谨以此书献礼中华人民共和国成立 70 周年

In Retrospect: Our Original Aspiration

中国远洋海运
与祖国同行 70 年故事集

人民交通出版社股份有限公司
China Communications Press Co.,Ltd.

前　言

这是中远海运人的故事。70 年航程中，或伟大壮举，或平凡经历；或惊心动魄，或情真意切；或前辈英模的大写丰碑，或普通员工的浪花一朵，点点滴滴，汇聚成新中国航运波澜壮阔的大潮交响乐章。

这是中国航海人的初心回望。透过朴实的文字、泛黄的照片和纯粹的情感，我们不难读懂航海人爱国、强国的初心，正是这份初心，照明了方向、照亮了航程、照耀了梦想，奠定了新中国航运业扬帆远航的精神基石。

在中华人民共和国成立 70 周年和全党开展“不忘初心、牢记使命”主题教育之际，我们精心编辑并隆重推出此书，旨在引领新时代航运人深入学习贯彻习近平新时代中国特色社会主义思想，深刻理解习近平总书记在上海考察时提出的“经济强国必定是海洋强国、航运强国”的重要指示精神，回望初心、铭记使命，通过对历史的重温、对往事的追忆，随着文字重走 70 年劈波斩浪、艰苦卓绝的航运“长征路”，跨越时空，同历史对话，与初心拥抱，更好地认识过去、把握当下、面向未来。

只有初心不改，才能动力不竭，肩负“航运强国”的使命，新一代中远海运人必能凝聚无坚不摧的力量，驾驭中国巨轮驶向领航全球的伟大梦想。

由于时间仓促、水平有限，本书收集的故事只是中远海运70年航程中的沧海一粟，很多重要题材、重大事件、典型人物未能形成故事编入该书，实为憾事，敬请读者谅解。

最后，向100篇故事的作者表示诚挚感谢！向在新中国70年航运事业历程中作出贡献的航海先辈和当代奋斗者致以崇高敬意！

编　者

2019年8月

序

回望初心　砥砺未来

1949 年，新中国成立，开辟了中国历史的新纪元。

70 年来，在中国共产党的领导下，亿万人民白手起家、艰苦创业，努力探索中国特色社会主义的发展道路，在改革开放和现代化建设的历程中，实现着强国富民、民族复兴的百年梦想。

70 年风云变幻。如今，我们的国家已经从一穷二白、满目疮痍一跃成为世界第二大经济体，国家地位不断提高，综合国力举世瞩目。祖国一步步走向繁荣富强，人民生活走向幸福美好。

70 年沧海桑田。作为国家战略性产业，新中国航运业从一叶扁舟孤帆远征到万吨巨轮百舸争流，一路劈波斩浪、风雨兼程，让中国成为名副其实的航运大国。中国航运事业的发展，推动了全球经济的联通，促进了世界文明的交融。

中远海运集团是新中国航运事业的开创者和引领者，参与了新中国航运 70 年从近海到远洋、从追随到领跑的历史进程，亲历了改革开放 40 年波澜壮阔的伟大变革。海运即国运，回望 70 年航程，回顾一代代远洋海运人的创业历程，贯穿始终的是“航运强国”的初心和使命，中远海运 70 年的发展史就是一部不忘初心、牢记使命的奋斗史、强国史。

正值新中国成立 70 周年之际，集团编纂了《回望初心》一书，选编 100 篇集团干部职工创作的文学和故事作品。这些作品集中展现了集团 70 年来远征五湖四海的不朽航迹，讴歌了航海先辈坚守星辰大海的感人情怀，体现了一代代远洋海运人航运强国的壮志雄心、风雨兼程的万众一心、百折不回的独运匠心、家国天下的碧血丹心、永不迷失的职业忠心、远征全球的剑胆琴心——这就是中远海运的初心。正是这份沉甸甸的初心使命，温暖了祖国曾经“海运百年无我份”的暗淡身躯，推动了新中国“迈向海洋强国梦”的前行步伐。

回望初心，我们要读懂历史赋予的重任。新中国成立后，随着解放战争胜利的步伐，在毛泽东、周恩来、朱德等老一辈革命家的亲切关怀下，中国航运事业肩负“航运强国”使命，开始了拓荒之旅。中远、中海正是在这样的背景下，伴随祖国的成长，几万人魂牵梦萦、几代人上下求索，历经风雨征程、不断发展壮大。读懂新中国航运业从羸弱到奋起、由苦难而辉煌的历史，才能更加深刻地认识航海先辈图强报国的思想根基，才能更加清晰地把握当代航海者奋进海洋强国梦的时代大势。

回望初心，我们要奏响时代谱写的旋律。透过历史和往事，我们从变迁中探寻规律，从风云中借鉴方略，从经验中汲取养分，从过往中感悟时代，最重要的是要以崭新的姿态面向未来。新时代、新航程，我们要牢记习近平总书记重要论述和殷切嘱托，进一步认清世界百年未有之大变局，心怀建设“航运强国”伟大梦想，传承航海先辈的精神基因和信念追求，理想信念坚定“压舱”、工作责任落实“满舱”、精神状态迸发“爆舱”，把稳舵、定好锚、扬起帆、拧成绳，同舟共济、众志成城，汇聚千里奔涌、万壑归流的洪荒伟力，驶向纵横四海、领航全球的光辉彼岸！

中国远洋海运集团
党组书记、董事长
2019年8月1日

CONTENTS

壹 航海人的初心是航运强国的壮志雄心

贰 航海人的初心是风雨兼程的万众一心

目　录

叁　航海人的初心是百折不回的独运匠心

肆　航海人的初心是家国天下的碧血丹心

CONTENTS (continue)

伍 航海人的初心是永不迷失的职业忠心

目 录

陆 航海人的初心是远征全球的剑胆琴心

In Retrospect: Our Original Aspiration

中国远洋海运
与祖国同行70年故事集

壹 航海人的初心是航运强国的壮志雄心

“东方”轮上的红色记忆

~ 购入“东方”轮 ~

1948 年 9 月 20 日，时任中共中央书记处书记任弼时致电时任华东局财经办事处主任曾山：“到华东局后，即电告大连，将一万二千两黄金……速转已去香港的钱之光，以备急需。”这封语焉不详的电报没有说明“急需”所用，却暗示着一个新时代的来临。

钱之光此行的目的地是我党创立于香港的华润公司。在此之前，华润公司已通过租借苏联货船，借道朝鲜打通了香港与东北解放区的航线，但随着革命形势的迅速发展，这已不能满足支前和解放区恢复生产的需要。经报中央批准，华润公司成立了一家名为“华夏企业有限公司”的子公司，开始了自营远洋船队的尝试，“买船”正是上文提到的“急需”事项之一。

很快华润公司便购入一艘挂英国旗的 3500 吨客货两用船，命名为“东方”号。船舶买入后，挂什么旗成为首要问题。当时新中国还未成立，没有国旗。如果继续挂英国旗，根据船旗国要求，船长就必须由英国人担任，这显然不合适。经过一番打听，了解到挂巴拿马旗对船长的国籍没有限制。于是华夏公司和“东方”轮都注册为巴拿马籍。

~ 物色海员 ~

在当时的条件下，配齐海员是比买船更难的事情。鉴于地下斗争的特殊性，要求高级海员必须是政治可靠的共产党员。多方寻找未果之际，时任华夏公司总经理的王兆勋向组织推荐了刘双恩。

刘双恩船长

刘双恩，福建泉州人，1927 年毕业于集美学校，曾任长江轮船“峡光”轮船长，集美学校海船部教员，1946 年加入中国共产党，彼时正以厦门港引航员的身份任厦门地下党工委书记。他的英文水平、航海技术水平都比较高。

1948 年 10 月，华润公司通过组织关系将刘双恩调到香港，任“东方”轮船长，并委托他为“东方”轮物色可靠的海员。

接受任务后，刘双恩秘密往返于上海、福建、香港之间，先后调动了集美学校毕业的旅沪共产党员许新识、陈嘉禧、刘辛南、白平民、林忠敬、周秉鈇、白开新。又通过集美学校校长、中共党员刘松志的关系组织了一批航海专业的学生：白文爽、白金泉、白山愚、陈双土、黄国昌、陈源深、周清东、张祥霖等，为“东方”轮配齐了一套以共产党员为班底的海员班子，其中大副刘辛南、二副陈嘉禧、三副许新识，其余人员大部分担任练习生。后来刘双恩把刘松志也请到了华润公司，在当时，刘双恩和刘松志是仅有的两位共产党员船长。对于他们中的一些人而言，来到华夏公司就必须放弃之前优厚的待遇，比如刘辛南与周秉鈇之前在董浩云的航运公司月薪 800 港元，到了华夏公司后按照供给制，月津贴只有 50 元人民币，对于组织的安排，他们无怨无悔。

~ 首航——护送民主人士北上大连 ~

1949 年 2 月底，“东方”轮首航大连。让海员格外兴奋的是：船上除了支援解放区的物资外，还搭乘了 40 余名文化界名人和归国华侨。

华夏公司的早期海员

1948 年，中共中央发布纪念“五一”劳动节口号，提出召开政治协商会议，成立民主联合政府。从 1948 年 9 月起到 1949 年 3 月，华润公司先后租用苏联、挪威籍货轮，以押送货物作掩护，分四批将郭沫若、谭平山、蔡廷锴、茅盾、柳亚子、马寅初、李济深、黄炎培、章伯钧、马叙伦等 350 多位著名民主人士、700 多位文化名人及爱国华侨从香港秘密运送到东北解放区。在此期间，租船工作主要由王兆勋负责，熟悉华北航道的刘双恩则以普通海员身份协助外籍船长航行。

1949 年初，奔赴解放区的部分民主人士在“华中”轮上合影

“东方”轮的首航，恰逢第五批民主人士北上。对于刚刚走出校园的集美学生而言，人生的第一次航行就面临着生与死的考验。当时国民党重兵封锁珠江口，刘双恩要求大家不该问的不要问、不该知的不需知。白开新回忆，开船前，他问刘双恩：“船开哪里？”，得到的回复是：“开日本。”

白金泉回忆：这天傍晚，“东方”轮从香港维多利亚港悄悄起航，第一次出海的同学们既兴奋又紧张。航行期间，刘双恩船长不断调整船速，保证船舶在夜间抵达台湾海峡。利用夜幕的掩护，“东方”轮全船熄灯、全速前进，所有人一夜无眠，连厨工都被派去瞭望，终于在拂晓时分安全通过台湾海峡，突破了最危险的封锁区。

此后，“东方”轮沿朝鲜西海岸航行，造成去朝鲜镇南浦的假象，到镇南浦外海再转向大连。航行途中严格实施灯火管制。数日后，船抵大连港，顺利完成了护送民主人士的任务。此后，“东方”轮不断往返于香港和大连、天津港，先后搭载 100 多名民主人士和党员干部前往解放区，还把解放区的农产品运往香港销售，并将从香港采购到的原材料、支前物资源源不断地送往解放区，保证了新政权的平稳过渡。

~ “海辽”轮与香港招商局、“两航”起义 ~

为做好撤台准备，从 1949 年 3 月开始，国民党政府对招商局实现全面军管，组织船舶装运军队物资撤台，并将一部分海外船舶集中在香港待命。为做好这部分在港船舶的统战工作，华夏公司的海员利用身份和业务上的关联与招商局海员进行了频繁的接触。在此期间，刘双恩找到了自己的老相识——招商局“海辽”轮船长方枕流。他二人早于 1945 年间便在重庆海关共事，刘双恩任船长，方枕流任大副。根据刘双恩的了解，方枕流为人正派，是值得争取的对象。1948 年方枕流成为“海辽”轮的船长，两人便经常交流对时局的看法，刘双恩还多次送给方枕流进步书籍。有一次刘双恩试探方枕流是否愿意到解放区工作，方枕流明确表示愿意。

1949 年 5 月，招商局通知“海辽”轮全体海员做好去台湾的准备。6 月，方枕流随“海辽”轮返港，他找到刘双恩，明确表示不去台湾。

经过与刘双恩彻夜长谈，方枕流决定起义。

1949年9月上旬，方枕流急告刘双恩：台北招商局命令“海辽”轮从广州驶往香港，添足燃料油后，去汕头运兵。该航次油料足以直航大连，这是一次难得的起义机会。经刘双恩上报，党组织批准了“海辽”轮的起义计划。

9月18日，“海辽”轮接到20日起航的通知，9月19日下午6时，“海辽”轮未拉汽笛就悄悄起航。晚9时，方枕流将全体海员集中，宣布：“海辽”轮起义！9月28日凌晨，经过8天9夜的航程，“海辽”轮胜利抵达大连港，起义成功。10月24日，毛泽东主席向“海辽”轮发来贺电。

方枕流船长

“海辽”轮升起第一面五星红旗

人民日報

閩西長汀城和平解放

伊朗報紙要求政府迅速與我建立邦交

起義海遼輪人員電毛主席致敬

毛主席覆電嘉勉

工業廳召開各廠財務會議

檢討財務工作缺點 規定嚴格財務制度

關於認眞實施經濟核算制與開展群衆性創造生產新紀錄運動的決定

《人民日报》刊登毛主席嘉勉电

五分钱纸币上的“海辽”轮

“海辽”轮起义产生了巨大的政治影响，不仅改写了招商局的历史，也对艰难抉择中的香港招商局、“中央航空公司”和“中国航空公司”产生了积极正面的影响。华夏公司的海员们利用这个难得的机会积极参与到策动香港招商局和“两航”起义的工作中来，刘双恩船长还专门带回了方枕流写给招商局同僚的信件。经过我党的不懈努力，1949 年 11 月 9 日，“中国航空公司”和“中央航空公司”在香港宣布起义。两大公司及其所属的 40 余架飞机回到人民的怀抱。1950 年 1 月 15 日清晨，香港招商局 13 艘货轮拉响起义汽笛，14 面五星红旗在香港招商局大楼和轮船上同时升起。

香港招商局起义合影留念

~ 突破禁运封锁 ~

1950 年 9 月 14 日，华夏公司“Orbital”轮正常往返于中日航线，在驶经韩国海域时，海员们惊讶地发现海面上黑压压地漂泊着数以百计的军舰，两艘韩国的军舰靠了上来，并对“Orbital”轮进行了查验……驶出这片海域后，“Orbital”轮迅速将情况报告了上级，他们不知道的是，这一天正是仁川登陆的前夜。

随着中美两国在朝鲜战场上的兵戎相见，1950 年 12 月 2 日，美国政府下令："凡出口中国大陆、香港、澳门的许可证一律作废，已经起运的要一律停泊美国岛屿接受检查。"针对新中国的禁运开始了。

为支援抗美援朝，华润公司利用美国禁运初期英国等其他西方国家还没有跟进的时间空当，开始了与时间赛跑的"抢购"与"抢运"。"抢运"任务主要由华夏公司承担。这一时期，华夏公司还出人出资组建了中波轮船公司，联合社会主义阵营打破西方帝国主义的封锁，中波公司早期的租船工作由刘松志带领的华夏公司团队负责，通过这条中欧航线，不仅运回了钢材等大量建设物资，我国还在这条航线上建立了多个代表处，与锡兰（后称斯里兰卡）、印度、摩洛哥、法国、英国、荷兰、德国、丹麦、芬兰等国家港口建立了"准外交"关系。

1951 年初，美国动用联合国开始扩大对中国的禁运范围，从限制军火，到限制战略物资，再到全面禁运，并强迫其他国家对中国实施禁运。迫于压力，日本、澳大利亚、印度、巴基斯坦、印尼、英国等新中国的主要贸易国家先后加入了禁运，甚至一些在禁运令前已装船的货物也在海上被拦截，一些已经付款的货物、款项和货物一并被扣，华润公司在美国的存款也全部被冻结。仅这些损失在当时就可以购买 125 架战斗机。

当然，"抢购"与"抢运"成果也是丰硕的。1951 年，我国以 20 万吨大米与印度进行了易货交易，同年从巴基斯坦购买棉花 7 万吨，并向巴基斯坦出售煤炭 4.6 万吨，1952 年又同锡兰政府签订了 5 万吨锡兰橡胶易货 27 万吨中国大米的协议，这些运输工作都是由华夏公司完成的。

根据统计，1951—1959 年，华夏公司在冲封锁、反禁运的斗争中，共租船 233 艘，完成货运量 1186.42 万吨。

~ 斗争中诞生的"香港远洋" ~

1951 年 5 月，正在汉堡港卸货的华夏公司"梦荻莎"轮大副陈嘉禧接到了波兰打来的紧急电话，电话那头，正在筹建中波公司的刘松志用闽南话告诉他："马上把船开到波兰，换波兰旗。"海员们这才知道，美国刚刚发布了新的禁令："所有挂巴拿马旗的船不得开往苏联、中国等社会主义国家。"而华夏公司船队多数都挂巴拿马旗。

1957 年 5 月 27 日，在原有的挂巴拿马、利比里亚旗船舶先后受到西方禁运限制后，华夏公司又成立一支"灰色"船队，对外称"香港远洋轮船公司"，挂索马里国旗。由陈嘉禧任经理。这支方便旗船队后来成为我国最大的海外船队，与随后成立的中远公司一起成为新中国早期一内一外两支远洋运输主力船队。

~ 新中国外贸航运业的摇篮 ~

时至今日，华夏公司的名字已经很少有人提起，然而回顾新中国远洋事业发展史，华夏公司的劳功却不能不提。

1950 年，中国与波兰政府协商，合资建立中波轮船公司。华夏公司将刚刚购买的 3 艘万吨轮——"梦荻娜"号、"梦荻莎"号、"莫瑞拉"号和配员一起划归新组建的中波公司。

1951 年，外贸部、交通部、华润公司在北京联合成立中国海外运输公司，海上运输和租船业务由在香港的华夏公司负责。

1955 年，中国海外运输公司与中国陆运公司合并成立中国对外贸易运输总公司，成为"制定国家进出口货物运输计划"和"负责租船、订舱、储运、交接、分拨等组织工作"的专门机构，海上运输和租船工作继续由华夏公司负责。

1971 年，经报请周恩来总理批准，华夏公司将香港远洋轮船公司及其所属 50 余艘船舶及新造船，还有 27 条远洋运输干线一并移交中国远洋运输总公司。

聚是一团火，散作满天星。从“东方”轮上开启了航海生涯的第一代华夏公司海员也根据祖国需要走上了新的岗位。1950 年，刘松志远赴波兰，参与中波公司的筹建，随后陈嘉禧、白金泉等人随同“梦获娜”等 3 艘船舶一齐划归中波公司。1951 年，中国海外运输公司成立，刘双恩回国参与公司组建。1952 年，时任外运公司副总经理的刘若明告诉大家一个振奋人心又透露着些许伤感的消息：“交通部正在筹建自己的五星红旗远洋船队！”这不正是大家梦寐以求的一天么？当然，这也意味着这些走出校门便在一起出生入死的海员就要分别了。随后，华夏公司的 34 名海员分成两部分，17 人留在外贸部，17 人去交通部。留在外贸部的 17 人一部分继续留在香港，一部分调回北京工作。尽管离开了华夏公司这个大熔炉，但是这些散落的星火很快就在新的工作岗位上焕发出了光和热：

刘双恩，先后担任海事仲裁委员会委员，中国对外贸易运输总公司副总经理、副总工程师，对外贸易部运输局副局长等职。

刘松志，先后任中国对外贸易运输总公司海运处、租船处、国外企业处处长及总工程师等职。

陈嘉禧、白金泉、白开新、林忠敬、陈双土继续奋战在远洋战线，在随后打通南北航线、抗美援越、海外贷款买造船等重大历史事件中发挥了重要作用。

许新识、刘辛南、白平民、张祥霖进入外交、商务部门，担任我国驻外商务人员、驻外企业负责人。

他们中还有一位烈士——周士栋，他是中波公司“哥德瓦尔特”号货轮三副。1954 年 5 月，“哥德瓦尔特”号货轮被国民党军舰劫持到高雄，周士栋面对特务的严刑拷打，视死如归，于 1955 年被杀害。

不容青史尽成灰，前事不忘，是对先辈们最好的纪念。

林于暄

中国货轮的第一次环球航行

1973 年 12 月至 1974 年 6 月，“金沙”轮作为悬挂中华人民共和国五星红旗的远洋货轮，首次实现环球远航。

“金沙”轮驶离青岛港，驶经黄海、东海、南海，穿过马六甲海峡，横越印度洋，一路风平浪静。当时，埃及的苏伊士运河还没有恢复通航，从中国去西欧，只能勇闯好望角。进入好望角海域后，船开始轻微摇晃并抖动起来。“金沙”轮紧贴着开普敦海岸，小心翼翼地向前航进。风浪越来越大，船体大幅度地摇摆、强烈地抖动。灰暗色的天空下，西风嘶鸣，悲空惊鸿，怒海滔天。孙维钧船长 24 小时坚守在驾驶台上。轮机长则坚守在机舱里，密切注视着主机和副机的运转情况，以确保提供船舶动力和电能。“金沙”轮鏖战好望角之后，就进入了烟波浩渺的大西洋，船员们恢复了井然有序的工作和生活。

“金沙”轮从大西洋进入英吉利海峡，驶入了泰晤士河，穿过泰晤士大桥，稳稳靠泊在伦敦港的杂货码头上。中国驻英大使馆相关同志登船指导工作。后来，“金沙”轮船员专程去伦敦市郊海格特墓园，瞻仰马克思墓，并向这位伟大的思想家、哲学家、革命先

“金沙”轮

驱和革命导师敬献了花圈。花圈的挽带上用中文写着：“谨献给全世界的伟大革命导师马克思！——中华人民共和国天津远洋运输公司‘金沙’轮全体海员敬挽”。

“金沙”轮从英国伦敦港驶抵荷兰鹿特丹港后继续卸货。中国驻荷兰大使郝德清同志带队从首都阿姆斯特丹赶赴鹿特丹，先后两次登船看望“金沙”轮远洋船员。他第二次来船，是奉国内指示专门召开全体船员大会，正式下达回航任务。郝德清作了政治动员，主持召开“‘金沙’轮首次环球远航誓师大会”，为“金沙”轮远征壮行。

“金沙”轮从荷兰鹿特丹港来到了古巴曼萨尼略港。该港口规模不大，码头设施也很简陋，但办事效率高。船一靠码头就开始装载古巴砂糖。这一批砂糖是古巴政府作为抵债物资，用于偿还中国政府的一部分欠款，中国驻古巴大使馆的商务参赞老鲁同志到船指导，自始至终一直在船。古巴移民局派出专人驻船监管。

金斯敦是牙买加共和国的首都，“金沙”轮作为第一艘中国远洋货轮来到这里，为的是要加油、加水，上伙食。船靠港当晚，刚放好梯子，中国驻牙买加共和国大使馆的何大使夫妇登船慰问，带来了号称“果中之王”的新鲜芒果，还带领了一拨又一拨华侨上船参观。旅居金斯敦的侨胞们事先从大使馆得到“金沙”轮将要挂靠本港的喜讯，个个喜笑颜开，奔走相告。“金沙”轮在金斯敦加油、加水、上伙食，本来仅需七八个小时就行了。但是，金斯敦的众多华侨团体和广大侨胞，纷纷向大使馆提出挽留的请求，务必让“金沙”轮在此多停留一段时间，以便让更多的华侨同胞多看一看、多摸一摸来自祖国的远洋货轮——“金沙”轮。何大使向国内请示并获得同意，于是，“金沙”轮在此非生产性停留两个白天和三个夜晚。

驶入利蒙湾，“金沙”轮顺利到达大西洋这一侧的巴拿马运河河口，即被安排在克利斯托巴尔港系泊一天。该运河管理局来人办理过河的全部手续，并做详细登记。“金沙”轮作为第一艘通闸过河的中国远洋货轮，被载入了巴拿马运河的史册。

船从克利斯托巴尔到加通湖的这一段运河是直线向南的，其水位与大西洋相同。加通湖乃是一池人造的山顶淡水湖。在加通湖旁，建有三个高低不等的船闸，用闸门各自分开。它可以把船舶逐级随水加升至加通湖的湖水平面。这时候，船已“上”山了。

船从甘博亚附近开始的运河段，先在彼得罗米格尔湖进入一级水闸，后在米拉佛罗勒斯湖进入二级水闸，最后船舶随水位降低至太平洋水面。这时候，船已“下”山了。

巴拿马运河的船闸是成双成对的“鸳鸯闸”。因此，船舶过闸，可以从运河两端两个方向同时进行。为了防止船舶碰坏船闸，船舶过闸时都是用电动小火车头拖拽着船舶通闸过河，并由运河工人操作，技术熟练、配合默契。他们对中国人很礼貌、友好。

“金沙”轮顺利通过巴拿马运河之后，开始横渡整个太平洋。1974 年 6 月中旬的这一日，“金沙”轮风尘仆仆、归心如箭，抖落一身的征尘，终于胜利回到祖国青岛港。“金沙”轮首次实现环球航行，为中国航海事业写下光彩的一页。

文 天津中远海运散运

第一条国际集装箱航线的开通

目前，我国规模以上港口集装箱吞吐量已达到 1 亿标准箱，这些集装箱拼起来，长度能够绕赤道 15 圈以上。而就在 40 年前，我国水路集装箱运输还是一片空白。直到 1978 年 9 月 26 日，载有 162 个集装箱的半集装箱船——“平乡城”轮从上海港起航，驶向澳大利亚，我国第一条国际集装箱航线才正式开通，也拉开了我国国际集装箱运输发展的帷幕。交通部水运局集装箱运输处第一任处长、参与我国第一条国际集装箱航线筹备工作的傅希贵老人回忆了当年筹备这条航线时一些鲜为人知的事情。

~ 1973年：中日合作试运集装箱 ~

20 世纪 70 年代初期，我国对外贸易已比较繁荣，尤其是中日贸易量大幅增长，港口却还处在杂货人工装卸的阶段，压港压船现象十分严重。这引起了党中央和国务院领导的高度重视。周恩来总理多次直接过问港口工作，并委派粟裕到港口调研，交通部不断派出工作组到几个沿海大港抓港口疏运工作。

出于自身利益考虑，有两家日本公司主动提出要与我国合作进行国际集装箱试运。

在交通部主抓成组装卸的傅希贵是发展国际集装箱运输的坚定支持者之一。傅希贵说：“不发展集装箱运输，根本无法满足港口吞吐量增长的需要；不发展集装箱运输，我们的工人何时才能够从繁重的劳动中解放出来？”

1973 年 9 月底，日本新和海运公司派船将空的集装箱运到上海港，中日集装箱试运开始。首次装卸作业是利用当时杂货作业机械进行的。10 月，日本川崎汽船公司的“渤海 1 号”轮驶抵天津港，这是天津港接卸的第一艘集装箱船。截至 1975 年 2 月底，中日双方共试运 89 航次、2499 自然箱、7503 吨货物。傅希贵说：“现在听起来，这个运量是很小的，但这毕竟是我国第一次接触海上国际集装箱运输，为以后的工作积累了宝贵经验。”

~ 1975年：沿海第一座集装箱专用码头开建 ~

开辟集装箱国际航线要有硬件和软件两方面的条件，当时我国都不具备，硬件可以花钱买，最欠缺的还是软件——人才、体制、思想。

硬件方面主要包括集装箱专用码头、专用船舶、专用大型起重机、专用车辆等。购置和建设这些专用设备和设施需要巨额投入，而且要同步进行。当时，集装箱船舶由中国远洋运输总公司负责，集装箱码头归港务局负责，运输车辆则由公路运输单位具体负责。中国远洋运输总公司的一位副总经理就说：“没有船我们可以买船，没有箱子我们可以租箱子，这些东西有了，码头能准备好吗？”

这种忧虑不无道理。虽然 1975 年交通部就决定在天津港建设我国沿海第一座集装箱专用码头——天津港三港池21号泊位，但是直到1977年，这个专用泊位的水工部分才基本完工，1981年12月25日才正式投入运营。上海港在建的半集装箱码头同样进展缓慢，全集装箱泊位甚至连设计都尚未真正开始。

~ 1977年：交通部成立集装箱运输筹备小组 ~

更严重的问题是专业管理人才的匮乏，以及体制、思想上的僵化。

对于发展集装箱运输，国家领导人和交通部、外贸部都很重视，港口工人也十分拥护，但是也有一些港口的负责人有不同想法。当时还是计划经济体制，港口每年都要完成一定的任务量。要搞集装箱运输，就要腾出专用的码头泊位和一部分工人来，一些港口负责人觉得这样会影响任务的完成。用傅希贵的话说，当时是“两头积极，中间不动”。

1977年，时任交通部部长叶飞到北欧访问，对那些国家港口集装箱运输的先进与高效印象深刻。当年8月，叶飞主持召开了有上海港、天津港、天津建港指挥部及交通部有关负责人参加的集装箱运输工作座谈会，随后，交通部正式成立集装箱运输筹备小组。10月，经国务院批准，筹备小组用中国远洋运输总公司买船贷款的456万美元，为天津、上海、黄埔、青岛4港进口了一批集装箱装卸专用机械，使这些港口初步具备了国际集装箱装卸能力。

1978年6月，叶飞邀请丹麦宝隆洋行（丹麦一家大型运输企业）集装箱运输专家访问团来华，为我国相关人员举办集装箱运输讲座。10月，根据达成的协议，丹麦专家来华到上海港、天津港进行现场指导。

事实证明，丹麦专家对我国国际集装箱运输发展的帮助非常大。

“平乡城”轮装载 162 个集装箱从上海港起航

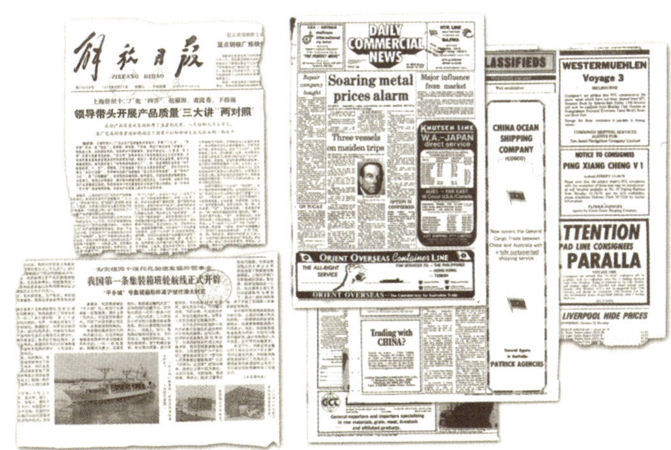

解放日报
JIEFANG RIBAO
领导带头开展产品质量“三大讲”“两对照”
我国第一条集装箱班轮航线正式开辟
DAILY COMMERCIAL NEWS
Soaring metal prices alarm
Major influence from market
Three vessels on maiden trips
KNUTSEN LINE
W.A.-JAPAN direct service
ORIENT OVERSEAS Container Line
THE ALL-RIGHT SERVICE
Trading with CHINA?
CLASSIFIEDS
CHINA OCEAN SHIPPING COMPANY (COSCO)
PATRICK AGENCIES
WESTERMUEHLEN Voyage 3
NOTICE TO CONSIGNEES
PING XIANG CHENG V 1
ATTENTION
PAD LINE CONSIGNEES
PARALLA
LIVERPOOL HIDE PRICES

“平乡城”轮首航澳大利亚有关媒体报道

例如，一看到天津港专用泊位设计图，丹麦专家就指出其中存在很严重的问题。原来，我国设计人员在专用泊位入口处设计了一条与公路平交的铁路运输线，这样每当火车通过时，进入专用泊位的交通就要中断，对港口生产效率的影响很大。

~ 1978年：中国第一条国际集装箱航线正式开通 ~

1977 年 10 月，时任交通部副部长彭德清在上海港主持召开了研讨国际集装箱运输的座谈会，会上，中国外贸运输总公司提出应该首先开辟中国至澳大利亚的国际集装箱运输航线（之前一直规划的是中日航线）。同年 12 月，交通部、外贸部派出联合工作组到上海进行落实。

1978 年 5 月，中国远洋运输总公司为这条航线准备的首航船舶——“平乡城”轮已就绪，从国外租来的 400 个集装箱空箱也已运抵上海港待用。上海港第十作业区半集装箱泊位、装卸机械和装卸人员也已经全部到位，只等装箱。

然而，问题就出在了装箱上。装箱由外贸部外运公司进行，但是关于装箱费用问题，中国远洋运输总公司和外贸方面一直无法达成共识。事情一拖就是几个月。

傅希贵回忆起当年的情形时说：“不仅开航的事情被拖住了，国家也要受很大损失。400 个集装箱，一个月就是几万美元的租金。”傅希贵给当时国务院副总理李先念写了一封信，信寄给了国务院信访局。

这封信很快被转到了国务院副总理余秋里那里，余秋里立即批示国家经委出面干预此事。1978 年 8 月 15 日，国家经委在京召集交通、外贸两部以及上海港、航、贸有关单位负责人开会，傅希贵也被邀请参加。在国家经委的协调下，费用问题终于得到解决。会议决定当年 9 月正式开通中国至澳大利亚国际集装箱航线。

1978 年 9 月 26 日，历史将铭记住这个特别的日子，“平乡城”轮装载着 162 个集装箱驶离上海港，向澳大利亚驶去，我国第一条国际集装箱航线正式开通。此后几十年，我国迎来了集装箱运输大发展的黄金年代。

文 中远海运集运

历史性的起锚

1978 年，是中国改革开放元年。这一年的 9 月 26 日，一艘小型集装箱船——“平乡城”轮从上海出发开向澳大利亚悉尼，开启了中国集装箱运输的历史，也开启了中远海运迈向世界级航运巨头的历史。

“平乡城”轮

五星航运公司悉尼办公室最早的收单柜台

2 年后，1980 年的国庆节，中远集团和澳大利亚伯恩斯飞利浦公司合资成立了五星航运公司，成为中澳两国的第一家合资公司。

几年以后，一条全新的澳大利亚—日本周班航线和澳大利亚—东南亚双周班航线正式启动，航线主力船型为当时出现的“口”字号滚装船。

“古北口”轮

“张家口”轮

这一时期，中远海运主要承运的澳大利亚出口货为：由Dalgety、Elders和Conagra等销往中国和日本的羊毛、必和必拓出口的钢铁、ICI出口的化工产品、Namoi和昆州棉业出口的棉花、Alcoa出口的铝制品以及壳牌澳大利亚化工出产的聚丙烯等。后来，随着越来越多的贸易转向FOB，Myer、Coles、Kmart、Target Stores和Woolworths等主要澳大利亚本地进口商开始指定中远海运为中澳航线的承运供应商。

历经40年的市场风雨，时至今日，Elders、必和必拓、Namoi以及Kmart、Target、Woolworths等这些澳大利亚最大的客户依然与中远海运保持着稳固的合作关系、携手共进的信任和历久弥坚的情谊。

这些年来，中远海运持续升级航线船型和服务，特别是在澳大利亚—东北亚航线，中远海运始终处于领先地位。从最初只有两三百标准箱的小型滚装船“口”字号、700标准箱的“城”字号、1400~1700标准箱的“河”字号，到1960标准箱灵便型集装箱船“天河”号、巴拿马型集装箱船，直至今天的超级巴拿马型集装箱船，中远海运一直走在中澳远洋运输业升级的前列。

2001年5月，2748标准箱的新型集装箱船“中海福州”轮挂靠悉尼，标志着澳大利亚集装箱市场进入2700标准箱阶段。2003年11月，4250标准箱的“中海青岛”号成为挂靠澳大利亚的第一艘4000标准箱以上的集装箱班轮。2010年3月，墨尔本港航道疏浚完成，5668标准箱的“新烟台”轮实现满载进出，创造了当时澳大利亚港口挂靠最大型船舶的新纪录。2018年9月，8501标准箱的“中远泰国”轮开创了澳大利亚历史上最大型集装箱班轮服务的新篇章。

“白云河”轮

“喜峰口”轮

“天河号”轮

“鄂城”轮

“瑞云河”轮

“春河”轮

2010 年 3 月，“新烟台”轮挂靠墨尔本港口

COSCO THAILAND 集装箱船在墨尔本码头作业

40 年来，中远海运与澳大利亚主要码头供应商建立了稳固可靠的合作关系，并积极参与这些码头供应商的每一次技术升级。比如，2002 年，Patrick 在实现布里斯班码头自动化时，就邀请中远海运“虹云河”轮作为第一艘靠泊的船舶参与测试。

2002 年，“虹云河”轮停靠布里斯班 Patrick 自动码头

1995 年创设的“劳氏澳洲航运奖”，在业内受到了广泛认可。自从 1995 年来，中远海运的东北亚航线连续多次被授予多项关于客户服务质量和准班率的奖项，这充分说明 40 年来中远海运在澳大利亚本土的行业地位。

40 年来，中远海运一直致力于为大洋洲客户提供高效、全覆盖的优质服务，也得到了广大进出口客户的广泛认可。

在集团总部的正确领导下，在全体干部员工的共同努力下，在合作方的大力支持下，中远海运澳洲公司已经成长为澳大利亚航运业的翘楚。而这一切，都始于 1978 年 9 月从上海的那次起锚。

文 中远海运澳洲公司

进出口见证祖国巨变

20世纪90年代初，中波公司独家成功承运由德国GSMG（德迅）集团供货的上海地铁一号线、上海地铁二号线、广州地铁一号线和新加坡地铁设备和电动客车近70列，共计420节车厢。《新民晚报》对当时公司承运情况做了专门报道，形容船员们像“捧鸡蛋”一样把一节节车厢从德国运回上海。伴随着世界经济的发展和中国制造业的雄起，往昔从海外来的机车等“大块头”设备转而变成中国制造业的强项。2000年后，从中国出口的大型设备、重型机车又成为中波公司船队出口货物里的“座上宾”。从为祖国建设运输设备，到“国货国运”，再到“一带一路”建设的变化，既是海运见证祖国发展的历史，也是祖国发展推动海运前进的浪潮。

~ 装运地铁列车　开启班轮服务 ~

1991年，上海市委市政府提前一年开始对地铁列车抵沪进行协调，成立专门小组，要求地铁、港口、铁路、交办等相关部门组成项目小组协调各项技术细节，确保地铁项目万无一失。由于地铁的

祝中波轮船公司完成
CONGRATULATIONS TO CHIPOLBROK ON FULFILLMENT THE

生产以及物流全部打包由德国方面实施，协调小组找德国德迅集团商量海运与陆路衔接事宜。德迅公司表示，具体技术细节得与具体承运的海运企业进行沟通。德迅的海运供货商又是哪家航运公司？协调小组这才发现，巧了！上海的地铁即将由总部在上海的中波轮船股份公司运回上海！

中波公司航运部负责人加入上海地铁项目后发现，在协调小组开展工作中最难的是协调船舶到港时间和铁路运营计划。20 世纪 90 年代初，远洋船舶的运输时刻表几乎都是“表跟船”，就是以船舶实际行驶的时刻为准，很难按照计划掐准船舶靠泊指定港口时间。而上海地铁一号线电动客车到港后要由铁路方面特别安排停运一些线路，然后通过铁路轨道，用火车头拉到指定基地。因此到港时刻不确定势必影响铁路营运计划的制订。并且，由于当时技术限制，列车卸载到码头必须按序排成整列。150 米的列车将会占满码头所有作业泊位，如果与铁路方面衔接不当，也会给码头的正常工作带来影响。

牵一发而动全身。面对那么多的后续工作，办法只有从源头上想起。中波公司决心在自身业务上更进一步，为项目倾尽全力。按照地铁方每月一班船的要求，公司航运部尝试协调船舶按照规定的时刻表航行，掐准时间靠泊港口，确保地铁项目按计划进行。公司的班轮业务从此开始。

从 1992 年装运上海地铁列车，到 1999 年圆满完成广州地铁一号线、二号线共 20 列列车的海运任务，中波公司在地铁项目运输中不断积累班轮服务经验，逐渐适应市场挑战，凭借出色的服务成功中标多个国内重大运输项目，如山西神头电厂、金山石化总厂，葛洲坝 50 万伏直流输电工程、黄河小浪底工程、华能福州电厂、宝山钢铁总厂等大型成套设备海运任务等。中波班轮服务的新技能 get！

~ 小心思和勇担当　彰显特色 ~

2018 年 7 月 11 日，航海日，上海电视台融媒体中心制作了《海港之声》，让突然安静的世界衬托上海港口作业的吊机、码头鸣笛的轮船、往来船只的马达声，展现海港城市的声音质感。短视频制作者、上海广播电视台融媒体中心首席编导吴钧，谈起航运和码头总是充满激情，娓娓道来。作为曾亲临现场报道上海地铁一号线、二号线列车运输的记者，他谈起当时的情景仍历历在目。在他珍藏的现场照片的胶卷底片上，一列列车厢被从船舱中吊装出来，随着吊车缓缓下降，车头和车尾的两大块白色“垫片”特别显眼。“这就是为了保障列车在运输途中不‘破相’的小心思。”原来这些“垫片”都是席梦思床垫。据吴导介绍，中波公司运输的这批列车至今依旧在上海地铁一号线、二号线路线上运行。

历时近 10 年的运输地铁列车项目中，也曾有过突发事件，但凭借一线船员精湛的技术和公司航运部沉着冷静的指挥，它们都被一一化解。在运输上海地铁一号线列车时，中波“嘉兴”轮在长江口遭遇大雾，港口引航员无法登船指挥船舶进港。虽然中波航运部与铁路协调，尚有一天的余量，但考虑到整个进港过程和卸载耗时，调度室果断命令船舶尝试尽量向长江口内移动。中波公司老船长余纪芽凭借过硬的技术、多年的航海经验和敢于担当的勇气，在没有引航员的情况下指挥船舶驶入长江口，赶抢船期。最终，在航道上接到引航员顺利靠港。

~ 与祖国共奋进　誉满全球 ~

中波公司原副总经理李一平谈起变化时，讲起 2003 年他在波兰分公司任航运部经理时的一个故事。当时，欧洲当地代理陪同德国工业巨头蒂森克虏伯运输部门人员来波兰和中波公司签订了 5 万吨钢材从欧洲到国内的运输合同。两年后的 2005 年，李一平回到上海总公司任航运部经理时，同样是这几位客人，又来到上海和中波商谈 5 万吨钢材从国内到欧洲的运输合同。双方再度见面时会心一笑，共同赞叹中国的飞速发展。

后来的 10 年间，从国内出口的电站设备、电网设备、动力机车、石油化工、工程机械、大型车辆等设备货物，特别是成套设备不断增加，中波公司从中国到欧洲的航次承载货物中设备货物比例逐年上升。2010 年以来，设备货物进出口流向特征更为明显。随着我国对外承包工程和投资项目的推进，10 多万元运费吨的出口设备运输合同已不鲜见，目的地从开始时的西北非、东南亚、波斯湾等区域拓展到南美、加勒比海、地中海、黑海、波罗的海地区，近期已向欧美发达地区挺进。

伴随着合同的履行，中波船舶装运大型机车的形象出现在世界各地的媒体报道中。货已不是当年的货，船也已经升级换代为 30000 载重吨以上、最大起吊能力从 640 吨到 700 吨不等的先进重吊船。2016 年 7 月，中波“大西洋”轮首航，装载 150 片风车叶片创造国内港口装载纪录，天津媒体对此做了相关报道。同年，中波“东海”轮装载重型机车到阿根廷的新闻也登上当地报刊。2017 年 9 月，刚刚完成换旗的中波“乾坤”轮登上了墨西哥报纸的头条。在成功横跨太平洋后，“乾坤”轮满载着风电设备货物顺利靠泊目的港墨西哥，并在此把贵重货物毫发无损地交付客户。墨西哥当地报纸用头版大篇幅对此进行了报道，称赞“一艘悬挂五星红旗的中国轮船把价值高昂的货物圆满运抵墨西哥”。

作为新中国现存最早的中外合资企业，中波公司既是亲历者，更是受益者。新时代新任务在前方召唤，中波公司将继往开来、改革创新、乘风破浪，为把“两个一百年”宏伟蓝图变为现实而不懈奋斗！

文 中波公司

远洋一帆“银河”号

中远广州公司“银河”号是一艘从事正常国际商业航运的远洋集装箱班轮，于1993年7月在执行第81航次由天津、上海至海湾的定期班轮运输任务中，蒙冤受屈，被美国无端指责载有制造化学武器的前体硫二甘醇和亚硫酰氯。美国派遣军舰监视、飞机骚扰，致使该轮被迫在公海上中止正常航运33天之久，引起了中国人民的关切。在党中央、国务院的亲切关怀下，在中远（集团）总公司和广远公司的直接领导下，全体船员紧密团结在船舶党支部周围，面对强权无所畏惧，面对困难不屈不挠，表现出了中国海员崇高的爱国主义、集体主义和革命英雄主义精神，经受住了严峻的考验，以实际行动维护了祖国的尊严，最终凯旋。

在“银河”轮回国的欢迎仪式上，时任国务院副总理邹家华首先转达了时任国家主席江泽民对“银河”轮38名船员的亲切慰问，代表党中央和国务院热烈欢迎全体船员胜利归来，高度赞扬“银河”轮的英雄事迹，并挥笔题词：“远洋一帆银河号，凯歌建业志益高。”中远（集团）总公司党委和广远公司党委分别给“银河”轮记集体功，中远（集团）总公司还授予“银河”轮一面绣有“强权面前无所惧　碧海丹心扬国威”的锦旗。

~ 路遇强霸　被迫停航 ~

1993 年 7 月 7 日，“银河”轮驶离天津新港，按既定航线，先后挂靠上海、香港、新加坡、雅加达，载着 782 个集装箱的货物驶往卸港迪拜、达曼和科威特。

8 月 2 日，“银河”轮行驶在阿曼湾中，离靠泊港——阿联酋的迪拜只有一天航程。

上午 8 时，“银河”轮左方上空出现了一个黑影，并迅速扩大。这是一架美国的军用直升机，在“银河”轮上空低空盘旋，高度离桅顶只有十来米，强大的气流刮得风向标直打转。直升机座舱门大开，一位美国军人探出身子，用摄像机对着“银河”轮摄像。直升机跟踪船舶 1 个多小时后，就通过高频电话查询“银河”轮的船名、航向、航速、船籍港、货运情况，以及本航次抵达的目的港。

12 时 30 分，“银河”轮右前方出现了美军一艘编号为 61 的大吨位巡洋舰，并从“银河”轮右舷驶过，然后掉转头，在距“银河”轮 4 海里外紧随不舍。舰上的导弹发射架、火炮和一架架舰载直升机清晰可见。

13 时，又有两架美国军用飞机在“银河”轮上方轮换低空盘旋。飞机掠过驾驶台，巨大的发动机声震耳欲聋。

美军直升机的烟雾破坏了天宇的明静，海员们疑惑丛生，美国当局究竟想搞什么名堂？

善良的人们哪里知道，一个超级阴谋的黑网正在向“银河”轮笼罩过来。

7 月 23 日，美国驻华使馆官员突然紧急约见我外交部国际司官员并宣称：美方获得确切情报，中国货轮“银河”号于 7 月 15 日从大连港出发，装载着制造化学武器的前体硫二甘醇和亚硫酰氯，正在驶往伊朗的阿巴斯港。美国政府要求中国政府立即采取措施，制止这一出口行为，否则美国就要按自己的国内法对中国进行制裁。

8 月 3 日，美方在与我外交部的又一次交涉中，竟无视“国家主权不得侵犯、别国内政不得干涉”的基本原则，要求中国政府命令“银河”号返回出发地；或由美国人登船检查货物，以查明船上是否载有美国指称的两种化学品；或者索性停留在某个地点，听凭发落。

“银河”轮根本不是从大连港起航，也没有驶往伊朗港口的计划，更没有运什么化学武器的原料。尽管美国的无端指责纯属造谣，严重地侵犯了中国的主权，中国政府还是采取严肃对待的态度，要求各有关方面对“银河”号货轮进行认真、周密、全面的调查。调查结果再一次证明，“银河”轮装运伊朗的 24 个集装箱，装载的都是一些文具、小五金、机械零件和染料等。这些货物按航线的一贯做法，在迪拜港卸下后再转运。

情况非常清楚，美国的指责完全是子虚乌有，“银河”轮绝无美国指称的两种化学品。然而，美国死死抱定所谓“确切情报”，不断地制造舆论，施加压力。在动用飞机、军舰对“银河”轮实施骚扰、阻拦的同时，又向海湾国家散布危言耸听的所谓“情报”，西方新闻媒介也对美国的“发现”大加渲染，开始说“银河”轮载有敏感化学品，继而又说满载化学武器，甚至说载有核武器。有关国家在美国强权的威逼下，不让“银河”轮进港卸货。

“银河”轮的航线就这样被拦腰切断。

“银河”轮

“银河”轮回国欢迎仪式

～ 历尽磨难　不屈不挠 ～

8 月 2 日 19 时 30 分，“银河”轮在美国霸权主义和强权政治的粗暴干预下，被迫停止航行，在霍尔木兹海峡东口 10 多海里外的公海上抛锚。

“银河”轮被美国飞机、军舰团团围困在阿曼湾……

“银河”轮党支部成员清醒地认识到，这是一场严肃的、事关国家主权的政治斗争。他们迅速召开支委会统一认识，研究了安定人心、克服困难的对策措施，接着召开了党员、团员和全体船员大会。思想政治工作激发了全体船员强烈的爱国热情和敢于斗争、敢于胜利的精神。

船上电台实行昼夜 24 小时值班，保证通信畅通，还把国内有关“‘银河’号事件”的广播录下，让大家了解我国政府正与美国进行着严正的交涉，使大家深切地感受到祖国记挂着“银河”轮，全国人民关心着“银河”轮。

船员们纷纷表示，“银河”轮的每一寸甲板都是中华人民共和国的“浮动国土”，我们的一举一动都关系着国家的主权和声誉，祖国和人民是我们的坚强后盾，真理在我们手中，我们要团结一心、克服困难，同美国的强权政治进行坚决斗争。

38 位海员，犹如 38 个铁铸的汉子，紧紧地拧成一股力量，形成了一个坚强的战斗集体。

“银河”轮自 8 月 2 日被迫停航漂泊后，3 艘美军巡洋舰不分昼夜在“银河”轮周围游弋监视，舰载直升机和军用侦察机频繁地低空骚扰。此时，船员们除要顶住精神压力外，还面临着酷热、缺水、缺油、缺食品等困难的考验。

锚泊第一天，党支部就针对淡水只有一个星期的存量和轻油只能支持四五天，以及蔬菜已所剩无几的实际，在全船作了长期斗争的思想动员，开始实行严格的节水、节油、节约食物措施。

水，此时变得如血液般昂贵。许多船员为了节约用水，每人每天仅使用一小桶淡水，硬是撑过了四五天，甚至一个多星期没有洗过澡，汗湿的工作服干了又湿，湿了又干，穿在身上硬邦邦的，不少人因此皮肤过敏，全身长出一个个斑点，奇痒难耐。但船员们没有丝毫怨言，大家想的是把淡水让给更需要的同志、留到最困难的时候。

油，是船舶动力的源泉。为了节油，轮机长钟华星领着轮机部人员开展“攻关”。他们对发动机的重点加热系统进行了 3 次改革试验，摸索出了能在 1 小时内燃起锅炉的气压，掌握了重油加热到主机能正常运转和操纵的温度值。停用锅炉这项措施，每天可节约轻油 1.5 吨。

伙食也实行了严格控制。每餐的三菜一汤改为两菜一汤，分量也减少了。大家常常以一勺辣椒酱、一块豆腐乳或一块咸菜疙瘩佐饭。一些体质较弱的船员抗病能力明显下降，消瘦、感冒、头晕、拉肚子的越来越多。

“银河”轮船员就是在这般难以言喻的艰难困苦面前，坚定沉着、坚持斗争。艰苦的环境，更加激发了船员们的斗争勇气。

值班人员每天 24 小时全天候睁大眼睛，对美国飞机、军舰动态做详细记录。一遇美国飞机、军舰贴近骚扰，值班驾驶员就端起照相机拍照。大家说：把霸权主义行径记录下来，将来在国际社会面前揭露它。

8 月 5 日，美国军舰来电话试探情况，表示“可以提供淡水、食品和油料”，尽管“银河”轮缺水少食，但为了维护祖国的尊严，船长义正词严地加以拒绝。

“银河”轮为了应付突然情况，保证船舶随时能够开得动，全船掀起了搞维修保养的热潮。甲板部船员将甲板、船墙、索具、活动部件等都维修擦洗了一遍；轮机部船员冒着高温拿下一项又一项维修保养工程。

乱云飞渡，更显从容。“银河”轮受困阿曼湾，但船员们的豪迈在美国霸权主义面前，展示着中国远洋船员“泰山压顶不弯腰”的雄风。

~ 团结战斗　争回公道 ~

8 月 24 日，“银河”轮按照中远（集团）总公司的指示，起锚驶向达曼港。

为了用事实向国际社会说明真相，尽快解决“银河”轮受阻的问题，避免货主蒙受更严重的损失，也使“银河”轮船员少受磨难，中国政府早在 8 月 4 日就提出，由第三方国与中国一起，对“银河”轮的有关货物进行检查。经过外交上的多方努力，沙特阿拉伯王国政府愿意接受“银河”轮进入达曼港，由中国代表与沙特代表一道进行检查，美国派专家作为沙特方面的顾问参加。

“银河”轮于 24 日当地时间 7 时起锚。从阿曼湾锚地至达曼港只有数十小时的航程，途中，党支部召开动员会，强调这次接受货物检查是一场复杂的、严肃的政治斗争，一定要配合中方检查组做好工作，争回公道和信誉。船上迅速成立了货物检查组、安全保卫组、生活保障组、通信组，全船 38 名船员都明确了各自的战斗岗位。

8 月 26 日 13 时 20 分，“银河”轮如期驶抵达曼港，靠泊在 22 号泊位，等候接受货物检查。

次日上午 10 时，以时任以我国外交部国际司副司长沙祖康为组长的中方检查组一行 16 人登上“银河”轮看望和慰问全体船员，传达了党和国家领导人的亲切问候，并向船员介绍了检查方案，提出了具体要求。沙祖康副司长说；“明天开始是检查的决战阶段。现在只有两种选择：要么我们中国人趴下，要么美国人爬着出去。”

“银河”轮洋溢着临战的亢奋。大家纷纷表示，一定要配合中方检查组打赢这一仗，扬我国威，还我清白。

“银河”轮靠泊的 22 号泊位，由沙特武装严格封闭，货物检查场地成为戒备森严的钢铁围城，仅有一个通道能够进出，而且进出人员要经过好几道关卡的严格盘查。

8 月 28 日上午 9 时 20 分，中方检查组 15 人、沙方检查组 7 人和美方 10 人登上“银河”轮检查。美方人员虽然是以沙特方面的技术顾问的身份参加，但他们仍然引人注目，既有化工专家，又有防爆专家，还有海运专家。

根据中、沙、美三方检查人员 26 日在朱科勒海军基地谈判达成的协议，检查分三步进行：第一步，审阅“银河”轮货运清单，找出运往伊朗的货箱，进行外观检查；第二步，对其中有疑问的货箱，可卸下开箱检查；第三步，检查结束后，三方在检查报告上签字，向全世界公布检查结果。

检查组先是下到大舱核对箱子，对运往伊朗的货箱进行外观检查，对有疑问的货箱喷漆做上标记。

当时，甲板气温高达 65 摄氏度，大舱内更是闷热。第一次下大舱时，美方硬要挤下 5 人，沙方下去 3 名军人，船方有大副魏成立、二副朱茂良、水手彭秋光 3 人现场陪同。在闷热的大舱里，美国人不断要求换人，随后他们 20 多分钟便换一次人。而我们的船员想着祖国的重托和肩负的责任，忍受着高温煎熬，在舱内一干就是几个小时，等所有货舱检查完毕，汗水湿透全身，依然精神抖擞，使美方人员相形见绌。

码头上，船上吊下来的货箱堆积如山。

29 日上午，在码头上开始对运往伊朗的货箱进行开箱检查。美方检查人员一早便来到了检查场地。他们似如临大敌一般，有的身穿防化服，头戴防毒面具，有的手提各种仪器。美方为首的马克尤姆凑近沙祖康副司长说：“硫二甘醇和亚硫酰氯都是剧毒品，是否可以提醒贵方人员戴上防毒面具。”沙祖康一笑：“谢谢！我国政府已多次声明，‘银河’轮没有装载这两种化学品。我们没有这个必要。”

第一个货箱打开了，出现在人们面前的是一桶桶铅封的黑漆罐。美方检查人员欣喜若狂蜂拥而上，可打开铅封一看，里面装的全是五颜六色的颜料。他们傻眼了。又接连打开 23 个运往伊朗的集装箱，看到的全是我国政府早就声明过的文具、小五金和机械零件，唯独没有美方要找的那两种化学品。

美方为证实自己情报的正确，提出要扩大检查范围，对由香港转口运往伊朗的 6 箱货物和运往伊朗以外国家的 19 箱货物也进行开箱检查。而检查结果又是一无所获。再往后，美方只要见到液体罐装货物，便一概不放过，统统取样送化验室分析。美方为了表明对化验的重视，不惜血本，千里迢迢用飞机专门运来硫二甘醇和亚硫酰氯的样品和化验剂。然而，结果却越来越使美方人员难堪。

8 月 30 日晚 10 时 30 分，发自中国各港的最后一箱货物检查结束。次日，对其中 8 箱液体化学品的化验结果也出来了。31 日下午 6 时，三方人员在“银河”轮会议室再次会谈。美方在事实面前不得不承认：8 月 28—31 日的检查结果表明：在发自中国包括由香港转口的 49 箱货物中，没有查出硫二甘醇和亚硫酰氯两种化学品。美国打着防止扩散化学武器的旗号，企图抓住把柄破坏中国声誉的最后一线希望，彻底地破灭了。

第一次检查先后经历了 7 个昼夜，“银河”轮的船员也顽强地拼搏了 7 个昼夜。

从 8 月 28 日正式开始检查以来，船员们积极配合中方检查组工作，有力地支持了外交斗争。检查几乎不分白天黑夜，经常是因为美方提出一个问题，临时又要开箱验证，或者要船方提供有关资料。大家默默地配合着，每天要干 15~16 小时。无论在烈日曝晒的场地、高温烧烤的大舱，还是在机舱、甲板、厨房，船员们的表现，一个个都是好样的。

在检查过程中，船长张如德的任务特别繁重。船在阿曼湾锚泊时，要经常与公司和国内有关部门联系，汇报情况，又要指挥全船密切注视海上安全情况，没有睡过一个安稳觉。船抵达曼港后，忍着偏头痛、痔疮等病痛的折磨，领着检查组人员反复核对箱位箱号，带着二副朱茂良连夜整理检查组需要的舱图舱单，及时交出了准确的第一手资料。作为检查工作的船方负责人，自始至终在现场配合中方检查组工作。二副朱茂良的角色是检查员，也一直在检查现场配合工作。开箱、关箱、登记箱号、关封，对已查的货箱做好关封标志，对未查的货箱严密监护，防止有人做手脚栽赃。一天下来，他们记不清衣服被汗水湿透几回，晚上从货场回到船上，还要赶紧整理一沓沓资料，每天最多睡两三个小时。

船上的安全防范工作做得滴水不漏。甲板上昼夜有人巡查；梯口值班岗位如铜关铁锁，来往人员逐一登记；政委黎国虽然年纪大、身体差，但为了让刘小苑政委集中精力抓好日常管理，主动担任巡逻组长。

检查期间人员往来频繁。中方检查组经常在船上研究工作，多次举行中、沙、美三方会谈，有时一次就餐就多达 30 多人。虽然食品匮乏，但业务部想方设法把饭菜做得美味可口，还每天自制冰水、绿豆汤给大家消暑。

胜利，既包含中方检查组前方的激烈斗争，也包含“银河”轮全体船员后方的艰苦工作。

美方不甘心失败，他们单方面撕毁三方原达成的协议，毫无道理地提出要检查“银河”轮上的全部货物，包括发自第三国的货物。中方检查组要求美方提供扩大检查范围的理由，美方除了一遍又一遍地重复“华盛顿确信‘银河’轮载有两种化学品”外，再无话可说。马克尤姆最后索性“直率”地说：“华盛顿即使提不出证据，也要怀疑‘银河’轮所载的货物，包括来自日本、新加坡等第三国装运的货物。”他宣称，如不让美方检查全部货物，美国将不承认最后检查结果。一番话赤裸裸地暴露了美国的霸权主义行径。

9 月 1 日，我国外交部官员紧急召见美国驻华使馆官员，对美国违背诺言、背信弃义的行为提出交涉，明确表达了反对美国干涉来自第三国货物的立场，指出进行这样的检查，应由美方承担由此产生的全部后果。

对“银河”轮的新一轮检查，从 9 月 2 日开始至 9 月 4 日上午 10 时止，“银河”轮运载的第 782 个，也就是最后一个集装箱货物检查、化验完毕。至此，美国打着防止扩散化学武器的旗号，企图败坏中国声誉的最后一线幻想彻底破灭了。13 时 4 分，中、沙、美三方在检查“银河”轮全部货物的检查报告上签字，共同确认“银河”轮没有运载硫二甘醇和亚硫酰氯两种化学品。

“银河”轮全体船员在这次事件的 40 多天里，克服了种种艰难困苦，经受住了严峻的考验。他们忠于祖国、忠于职守、不屈不挠的精神和维护祖国尊严的实际行动，令人钦佩。

“‘银河’号事件”的胜利，是中国人民的胜利。“银河”轮船员对“强权面前无所惧，碧海丹心扬国威”的称谓是当之无愧的。

文 中远海运集运

从“一万五”到“三十万”

1992年的“六一”，十七岁的我背着行囊在上海桂家村船厂登上了“大庆50”号轮船，开启了我的航海之旅。从小在江南水乡生活，夏日总是泡着运河水，看惯了南来北往的“一条龙”；去上海也乘惯了四层楼高的客轮“东方红”号、“江申”号，然而那时，当我在黄浦江畔踏上人生第一个工作岗位——“大庆50”轮时，“一万五”留给我最初的印象就是大。

当时我们一起实习的四位师兄弟睡在一个八个人的集体宿舍里，整条船上40多号人热热闹闹，吃饭不要钱让我们这群还处在长身体阶段的孩子们一顿猛吃，早饭肉包子是八个打底。和家里不同的是，船上水龙头24小时流淌着热水，每天都可以舒舒服服地在集体浴室里洗个热水澡，在家里这可是一个奢望。

慢慢地，自己从学徒转为二水，离开了八人宿舍，搬进了双人间。很快，船上也开始吹响改革号角，首先就是减员。对船员来说，人少了，活儿多了，最大的好处就是收入明显提高。秦皇岛下地购物，“包圆”成了船员们的口头禅，双人房间也变成了一个人居住。幸福指数直线往上飙。

在“大庆 50”轮工作几年后，内心开始向往到出国船上去看看国外究竟是什么样，而那时海员证不好办，得在内贸船上踏踏实实干出样才会有可能拿到全船仅有的一两个名额。好在五年的努力没有白费，我终于拿到了梦寐以求的海员证并且在不到万吨的“建设3”字型船上做了两个套派，其间跑遍了非洲、南美、欧洲、澳大利亚和东南亚等地。不过，“建设 3”字型船舶实在是太小，对于晕船的我来说始终是一个跨不过的坎。2000 年，在“我要上大船”的呼声下，经过和调配的多次软磨硬泡后，我终于如愿以偿来到了传说中的“大庆 92”轮。

1998 年，原海运局重组为中海集团，新成立的油运公司积极开拓北美市场，“大庆 92”轮的任务就是要在北美市场上创立品牌。当时，最大船舶的模型总是被放在公司门口的大厅里展示，而 2000 年时摆放的正是“大庆 92”轮，她还有一个英文名字叫“LAND ANGEL”。“大庆 92”轮的航线主要是委内瑞拉等南美国家和在美国各港之间进行原油运输，用 32 米的船宽从 33.5 米宽的巴拿马运河船闸中缓缓挤过是她的特殊本领之一，所以也被大家称为巴拿马型船舶，为了迎接世界上最严苛的美国海岸警卫队的检查，在去美国的路上，我们每天都在拼命演练着，当船抵美国，全副武装的警卫队对我们的演习进行一对一的观察考核并给予通过后，我们的航行才算是正式开启。

在 16 个月的套派期，我们的“LAND ANGEL”在密西西比河中穿行，航行于哈德孙河从自由女神像前驶过，眺望世贸大厦双子塔，而我们也穿梭在旧金山唐人街的大街小巷，和《走遍美国》第一课一样在驶往布鲁克林的渡轮上拍照留念。美国的繁华给我们留下了深刻的印象，但我们深知，眼前的繁华与我们无关，我们的家在东方，我们的根在中国。

随着改革开放不断深入，整个长江沿线开始沸腾起来，长江也成为名副其实的黄金水道。而“大庆 7”字型船舶就是为了适应长江运输而量身定做的肥胖型船舶，3.5 万载重吨的船舶在长江上称得上是庞然大物，11.5 米的满载吃水已是航道允许的最大值。惰气系统的使用让船舶的安全系数获得了极大的提高，ARPA 雷达、AIS 系统、电子海图、GPS 等也从无到有出现在了大家的面前。原先蒸汽吊杆换成了液压克令吊。起落吊杆从原先的甲板部全体出动到现在只需要一人指挥、一人操作便可顺利完成。每月三次的进江过程让我们有幸目睹了长江诸桥从孕育到诞生，苏通、江阴、泰州、润扬在几年间就像梦境一样出现在了我们面前。每次一进长江，爱人便沿沿江高速公路驱车到船探亲的情况在以前也是不敢想象的。移动电话的普及让船员们与家庭的沟通不再成为障碍，套派期的时间也渐渐地缩短到了 10 个月，往往还没感觉到累，套派时间便已过得差不多了。

在内贸船上前前后后又待了几年，飞速发展的公司将原先的“9”字型船舶逐渐淘汰，此时，大厅的船模换成了阿芙拉型的“柳林湾”轮，与“大庆 92”轮相比，“柳林湾”轮足足大了将近一倍，达到了 11 万吨。而我在调配员的一纸调令下，幸运地在“柳林湾”和“杨林湾”两艘船上工作了三个套派。一次和老家朋友聊天时，说我们船有 280 米长，朋友睁大了眼睛看着我，掰着指头算了半天说道:“那得半里多地，从村东头走到村西头都不够呢。”由于船太大，当时国内能够停靠的原油码头极少，我们的航线也主要集中在中东到日韩的港口间，回国也成了奢望，与家人的沟通主要是通过船上的电子邮件来完成。经历了内贸船的种种“便利”之后，船员们对船舶生活设施的要求也高了起来，不再像自己当初上船有个热水便已欣喜。“湾”字型船舶最让我满意的是每天白天在反龙骨甲板里面昏天黑地敲了一天锈后，晚上可以在游泳池里泡上一次舒舒服服的海水浴。躺在水面上，放松身体，让自己漂浮起来，仰望星空。慢慢地，你会感觉自己漂浮在大海与星辰之间，遥望宇宙，畅游夏日银河的情景让我至今难以忘却。

2004 年 11 月 28 日，中海成立第 6 年，30 万吨级超级油轮“新金洋”号缓缓离开大连重工船舶公司码头，加入公司船队。这是第一艘中国自主建造的悬挂五星红旗的超级油轮。2006 年，经过公司面试，我终于来到了“新金洋”轮工作。

“新金洋”轮回国欢迎仪式

30万吨级超级油轮长330米、宽60米，甲板面积19000平方米，相当于三个足球场的大小，按全船最大定员28人来计算，差不多人均一亩地，满载吃水达到21.5米。最引人注目的是，这一艘比“湾”字型大上近三倍的超级油轮，她的目的港是中国。国家战略原油储备计划开始实施时，“新金洋”轮便参与其中。一开始，国内只有青岛一个超油码头——黄岛油库；广东茂名的水东只有一个海上单点，离岸4小时的航程让船员们下地成为泡影。航次计划的到来成为船员们最关心的事情，青岛意味着海鲜大餐、冰爽扎啤和久违了的新鲜蔬菜，水东则意味着没有任何的补给以及必须在新加坡购买更多的昂贵伙食。好在这样的情况并没有太久，宁波的册子岛超油码头建成并投入运营。从那时起，超油回国可以停靠的码头多了起来，由北往南：曹妃甸、营口、天津、大连、青岛、日照、宁波、泉州、惠州、茂名、湛江、洋浦、涠洲等。如此多的码头在以前是不可想象的，而更让人惊讶的是如此众多的码头的利用率更是精确到了小时。

在“新金洋”轮之后，宁洋、安洋、平洋、通洋、润洋、汉洋、浦洋、岳洋、甬洋、申洋、夏洋、丹洋、连洋、龙洋、威洋等十多艘超油如下饺子般地加入船队序列。装油港也从中东扩展到西非，如今，原油的贸易结算也从美元转换为人民币。祖国的强大让行驶在二十一世纪海上丝绸之路上的中国船员们倍感自豪。南中国海上的永暑、美济、诸碧三岛的灯塔在漆黑的夜晚照亮着来往的船舶，给予远航者们家的温暖。

回首以往的岁月，已过不惑之年的我如果用一个词来形容，那一定是“改变”。从来没有一个历史时期像这40年一样随处充满着“改变”。“一万五”“两万四”等“大庆”号轮早已淘汰，曾经看着出厂的“大庆7”字型船舶也被更先进的“池”字型船舶所替代，消失在历史的长河中。从初次登上“新金洋”轮的甲板，被其宏伟的身姿所震撼，到如今已是第五次踏上“新金洋”轮这一浮动国土。2016 年中远、中海两大航企合并重组，一个世界航运业的超级航母出现在人们面前。

从“一万五”到“三十万”，我用了 27 年的人生，经历着“改变”这一幕，而在中远海运改革史上，这只是千万涓涓细流中的一条山涧小溪，也正是这千万溪流汇聚成了我们中远海运这一大江大河。四十年间，千千万万如中远海运般的企业，化身为一个个音符，一起奏响了中国改革开放的宏伟乐章。

透过历史的眼眸，我们站在新中国成立 70 周年的航程上回望，从沧桑历史的呼唤到蔚蓝大洋的畅想，我们，怀揣古老民族走向世界的无限憧憬；我们，在改革春风里不懈进取。明天，你就会看到我乘风破浪的身影，正朝着胜利的彼岸，无畏地前行。

文 陈建华

打造“一带一路”重要支点

也许你不知道什么是哲学，但是你一定听过柏拉图与苏格拉底的名字……

也许你并不热爱数学，但是你一定做过关于希腊字母 α、β、γ 的题，也知道毕达哥拉斯“黄金比例”的概念……

你一定知道世界上有几大“古文明”，它们大抵都是“河流文明”，但唯有“古希腊文明”是“海洋文明”……

几千年后，在这片孕育了“海洋文明”的希腊土地上，一个与“海洋”息息相关的中国企业在这里落地生根，开出了明艳的花儿，它把中国和希腊紧密地联系在了一起，它便是“中远海运集团”。

自从“中远海运”来了希腊，希腊人一见到亚洲面孔便问，“你是中国人吗？”在得到肯定的回答后，紧接着就会问：“中远海运的？”这是一种奇妙的现象。

～ 初生 · 举世瞩目 ～

2008 年 11 月 25 日，在时任国家主席胡锦涛和希腊总理卡拉曼利斯的见证下，中远海运集团与希腊比雷埃夫斯港务局签署了“比雷埃夫斯港集装箱码头特许经营权转让协议”，特许经营35年。

中远海运比雷埃夫斯集装箱码头有限公司（Piraeus Container Terminal S.A.，PCT）应运而生，它如一个初生的婴儿呱呱坠地，举世瞩目，因为没有人知道“它”将如何成长。在希腊爆发债务危机的同时，中国企业突然入驻希腊最大港口，希腊人慌了，他们不知道来自遥远东方的中国管理者会如何管理公司，他们不知道自己是否会失业，于是，针对港口私有化的罢工大规模地出现了。

然而，事实的发展打消了希腊人的疑虑。自2010年中远海运接管比雷埃夫斯集装箱码头以来，凭借PCT全体中希员工的努力，比雷埃夫斯港的全球排名从93位上升到第36位。

PCT中希员工正是秉承了“一带一路”倡议的核心价值观——“民心相通”，相互尊重彼此的文化，不断增强相互了解与信任，团结一致，克服重重困难，始终牢记两国领导人“要把码头建设成为中希友谊的桥梁、地中海上的一颗明珠”的要求，秉承中远海运集团“和谐共赢”的核心价值观，才取得了跨越式的发展。

PCT商务经理Tassos Vamvakidis就是土生土长的比雷埃夫斯人。他起初也有顾虑，但在与中方管理层深入接触后，他对妻子说，“中国人不是来抢我们的饭碗的，他们是真的来帮助我们提升码头业务量和管理水平的，而且他们都平易近人、易于沟通，我和他们能敞开心扉。”他坚信，在具有东方智慧的中国人的管理下，PCT会有美好的未来。

~ 初长成 · 砥砺前行 ~

2015年1月27日，希腊新政府激进左翼联盟（Syriza）胜选组阁后，负责航运的副部长 Thodoris Dritsas 表示将中止上届政府启动的向中方出售港口股权的进程，希腊新一届政府将根据希腊人民的利益重新审核同中国中远海运集团的交易。这个突然被叫停的私有化计划所涉及的地方，正是该国最大港口比雷埃夫斯港口，它也曾被视为希腊最成功的私有化案例，其多数股权原本将出售给中国国企。这一消息如一块巨石，重重地压在了每一个关心比雷埃夫斯港口项目的人的心里，未来，它将何去何从?

2015 年 2 月 12 日，国务院总理李克强应约同希腊总理齐普拉斯通电话。齐普拉斯承诺对中远比雷埃夫斯港口项目这个两国合作的“龙头”将给予更多重视和支持，并称希腊正处在重振和发展经济的重要阶段，需要中国的支持和帮助。希腊愿同中国扩大海洋、海运以及基础设施建设、金融等一揽子合作，正如中国在希腊遇到困境时，坚定地选择与之携手并进。后者对帮助希腊恢复国际市场信心，走出债务危机发挥了重要作用。

2016 年 3 月 8 日，希腊审计法院批准比雷埃夫斯港务局出售股权给中国中远海运集团，这使该国最大港口比雷埃夫斯港的私有化又往前迈进了一步。8 月 10 日，中远海运集团正式成为希腊比雷埃夫斯港务局的 67% 股份控股股东，PPA 中希管理团队走马上任。在集团 PPA 经营管理委员会和董事会的正确指导、带领下，通过一系列行之有效、落实到位的举措，顺利平稳地接管了欧洲十大港口之一的比雷埃夫斯港的经营管理，将东方的管理智慧融入西方文明的发源地，取得了一系列成就。

两千多年前，正是在如今中远海运集团所经营管理的海域上发生了人类历史上最重要的战役之一 ——萨拉米斯海战。萨拉米斯海战作为希波战争的一部分，希腊人民背水一战，顽强拼搏，勇敢抵抗波斯大军，最终取胜。萨拉米斯海战的胜利，开创了雅典的黄金时代，使

中远海运比雷埃夫斯港

得希腊文明得以保存并发扬光大，成为日后西方文明的基础。此后，世界文明发展的格局逐渐形成东西方并立共存之势，一直延续至今。

中华文化包含“艰难困苦，玉汝于成”的精神，与希腊民族不谋而合。希腊和中国人民都能在历经苦难之后欣然保持着自强不息的奋斗精神，中希两国人民热爱和平，相互钦慕欣赏彼此的历史与文化，这为实现“一带一路”倡议，打造比雷埃夫斯港成为“一带一路”重要支点提供了天然的优势。我们相信，中远海运比雷埃夫斯港有限公司在这片孕育了西方文明的大地之上，用东方智慧加以灌溉，定能蓬勃发展，不惧未来，继续砥砺前行！

~ 闪耀 · 崭新时代 ~

2016 年 7 月 5 日，国家主席习近平在会见希腊总理齐普拉斯时指出，中方愿同希方携手合作，将比雷埃夫斯港建设为地中海最大的集装箱转运港、海陆联运的桥头堡，成为“一带一路”合作的重要支点，并带动两国广泛领域务实合作。[1]

中希两国签署了《中华人民共和国和希腊共和国关于加强全面战略伙伴关系的联合声明》，中希双方确认中远海运集团在比港的投资是成功的、互利共赢的。

经过中国远洋海运集团十年的辛勤耕耘，比雷埃夫斯港码头吞吐量从接管之初的 68.5 万标准箱提升至 2018 年的 500 万标准箱，已经成为全球发展最快的集装箱港口之一。2018 年 2 月 26 日，比雷埃夫斯港集装箱码头第三个 2 万标准箱级集装箱泊位正式投入运营，同时迎来“中远海运金牛座”集装箱船首航。这是希腊航运史

[1] 新华网 2010 年 7 月 5 日

上第一次迎来“2万标准箱+”超大型集装箱船舶进港作业，标志着比雷埃夫斯港从此进入“2万标准箱+”新时代。

比雷埃夫斯港如同璀璨的明珠一般，闪耀在中西方文明的交汇之处，中远海运以自己独特的魅力在爱琴海上掀起阵阵涟漪，将这股带有灵韵气息的清风吹向整个“一带一路”辐射带，谱写“一带一路”重要支点的新篇章！

文 盖柏辰

“破冰之旅”背后的故事

~ 引子 ~

亚马尔项目被誉为“镶嵌在北极圈上的一颗能源明珠”。北极航线被称为“冰上丝绸之路”。

2018年6月26日，“Vladimir Rusanov”（弗拉基米尔·鲁萨诺夫）号承载着北极圈冰层下沉睡了亿万年的清洁能源从俄罗斯亚马尔半岛萨贝塔港出发，沿着北极东北航道，穿越白令海峡，以比绕行印度洋通过苏伊士运河节省近20天时间的航程，于7月19日，在万众瞩目之中，抵达并稳稳地停靠在位于江苏如东县洋口港开发区阳光岛的LNG接收站的泊位上。

这次“破冰之旅”，是LNG运输历史上第一次完成“冰上丝绸之路”的壮举，它不仅向全世界宣告了由中俄引领的北极能源（清洁能源LNG）开发与运输革命取得了实质性的成果，而且向全世界彰显了中国“合作共赢”的丝路精神和建设“清洁美丽的世界”的构想，对践行中国“一带一路”倡议具有重要的战略意义，同样给

“弗拉基米尔·鲁萨诺夫”轮“破冰之旅”

世界LNG贸易和海上运输格局都带来了深远的影响。

完成这次历史壮举的“Vladimir Rusanov”号由中远海运能源运输股份有限公司（中远海运能源）投资建造。中远海运能源作为完成“冰上丝绸之路”的开路先锋，是中国LNG运输的引领者和世界LNG运输的重要参与者，旗下拥有中国仅有的两家LNG专业化运输公司——独资的上海中远海运液化天然气投资有限公司（上海LNG）和50%股权的中国液化天然气运输（控股）有限公司（CLNG），共承揽了亚马尔项目15艘ARC7级极地破冰液化天然气运输船中的14艘，分别负责其中3艘和11艘ARC7级极地破冰液化天然气运输船的项目。

毫不讳言，在正式参与亚马尔项目之前，中远海运能源对于极地破冰船一无所知，对“冰上丝绸之路”也知之不多。为了完成使命和把握机遇，中远海运能源拿出了航海人应有的魄力和胆识，担起了国家骨干船队应尽的责任和义务，在克服一长串“项目不可能成功”的困难背后，谱写了化不可能为可能的奇迹“三部曲”。

～ 一、有心人天不负 ～

CLNG得到亚马尔项目的消息实属偶然，甚至当时形势非常不利，差一点错失良机，但通过努力，CLNG抓住了机遇。2013年6月的一天，CLNG的工作人员在拜访中石油的过程中无意中获悉这样一条信息：中石油与俄罗斯诺瓦泰克（Novatek）签署了亚马尔LNG项目购股协议意向书，获得诺瓦泰克主导的该项目20%的权益，该项目LNG船舶需求巨大。

这条消息立即点燃了整个CLNG的热情，但一盆冷水却让CLNG马上冷静了下来：CLNG已经错过了第一轮竞标机会，机会渺茫。但这盆冷水并没有浇灭 CLNG 心中的熊熊烈火，公司决定立即成立项目小组，放手一搏。一方面，快马加鞭组织人员拜访中石油俄罗斯 LNG 项目部，全力以赴寻求参与该项目投资的最佳途径。另一方面，紧锣密鼓组织有关商务和技术人员了解、研究项目相关情况，制定参与方案，并请示董事会。

经过艰苦的商业谈判，功夫不负有心人。6 月底，中石油俄罗斯 LNG 项目部与 CLNG 达成共识，CLNG 制定了具体参与亚马尔 LNG 运输项目方案大纲，提供给中石油以及俄罗斯亚马尔项目方参考；中石油项目组正式推荐 CLNG 参与该项目的船舶投资。

~ 二、有志者事竟成 ~

CLNG 虽然拿到了入场券，但还有一道门槛需要过：CLNG 需要与第一轮后进入短名单的 7 家船公司合作才能进入第二轮竞标环节。

此时第二轮投标已经迫在眉睫，CLNG 没有退路，势在必行。回国后，公司立即与短名单上的 6 家船东进行联系，项目小组通宵达旦、分工协作，处理各类庞杂且巨大的数据及信息数以万计、翻译整理各种全英文材料累计数以千页计、递交董事会的投资申请报告长达 40 多页，最终，克服了商务、技术人手不足，谈判工作任务重、时间紧，巨量造船合同和租船合同文本的研究和翻译等重重困难，在不到两周的时间内，与瑞典船东 Stena 公司及加拿大船东 Teekay 公司达成初步合作协议，为后续联合竞标工作铺平了道路。

最初，竞标工作虽然是辛苦的多轮拉锯战，但是工作推进还比较顺利。就在大家认为胜利在望的时候，又一条拦路虎跳出来了。2017 年，与 CLNG 合作的 Teekay 公司在融资上出现了问题。因为

Teekay 公司是纽约上市公司，受西方制裁俄罗斯的影响，融资出现前所未有的阻力。CLNG 项目组人员与 Teekay 公司商务人员为此召开了多次越洋电话会议以及数不清的邮件往来，也没有解决妥善。

CLNG 此刻的处境可谓降至冰点，不过，有志者事竟成。CLNG 决定另辟蹊径，从国内银行进行融资。在 CLNG 董事会高层的积极斡旋下，经过艰苦努力，在多次拜访国内银行之后，2017 年 12 月终于签署了融资协议。

~ 三、打铁还需自身硬 ~

上海 LNG 给极地破冰船取了一个响亮的名字：冰雪女王。此前，上海 LNG 在多个项目中培养并磨砺了一批优秀的专业技术人才，在 LNG 运输项目商务谈判、投融资、技术监造等方面崭露头角。

为了打造出自己心目中的“冰雪女王”，亚马尔项目组多年如一日扎根巨济岛。公司项目监造团队的负责人陈明，新婚不久后就走上岗位，寝室深夜长明的灯便是这位年轻人在异国他乡的唯一陪伴，他唯一的愿望就是：“‘冰雪女王’将把中国的春节带到北极圈去。”监造团队主管液货舱监造的谢广明船长克服不会驾车的困难，每天需要骑自行车爬坡转场二十几公里，无论刮风下雨，抑或烈日高温，他都会穿梭于各个分散的检验场地。负责轮机监造的苗志轮机长被大家戏称为“车轮上的轮机长”，每个季度要驱车近 4000 公里，完成设备异地外检工作 20 余项，其身高足有一米九，但在直径只有几十厘米的管子和仅 60 厘米见方的主机滑油循环舱内，他爬行检查时灵活得像只猴子。

打铁还要自身硬。正是这种精神和要求，“冰雪女王”在技术上取得多项突破创新，拥有多个世界之最：全球商船中最强破冰能力、史上最低的船舶环境设计温度、史上最大的破冰吊舱推进器……“冰雪女王”拥有当今世界顶级——ARC7 冰级破冰能力，其在推进方式、结构加强、防冻设计等方面为冰区航行而定向设计。以推进方式为例，为兼顾常规海况下的快速性、适航性以及冰区海况下的双向破冰性能，该系列船的推进方式采用了吊舱式全回转电力推进系统，由双燃料发电机提供电力。同时，该系列船整个吊舱推进器可围绕连接船体的垂直轴灵活自如地做，360 度水平回转，就像现代军用飞机发动机使用矢量喷口一样，不仅可以自如地前进、后退，还能够完成“横移”“原地回转”等各种高难度动作。此外，该系列船配备的吊舱推进器的螺旋桨叶片由实心不锈钢制造而成，非常坚硬，在吊舱推进电机强大转矩带动下，一个个叶片就像一把把强悍的巨无霸砍刀，可直接切割、连续攻破厚度达 2.1 米的北极冰层，使得船舶在零下 52 摄氏度的极低温环境下，也能够在坚冰覆盖的大洋上畅行无阻，真正称得上是北极的“冰雪女王”。

“冰雪女王”最后定名为“Vladimir Rusanov”号，这是源自苏联北极探险家、地质学家弗拉基米尔·鲁诺夫的名字，暗示“冰雪女王”将凭借不畏艰险的精神，完成前古无人的北极航道 LNG 运输探索之旅。

在亚马尔项目中，中远海运能源按照“一带一路”倡议，在国际合作中，建立起 LNG 项目商务开发、融资、技术、监造以及服务的作业标准规范，提高和完善了 LNG 项目全链条服务水平，在世界 LNG 市场形成自己的影响力和品牌号召力。未来，中远海运能源也将抓住这一历史性机遇，引领行业发展潮流，成为真正的行业领军者。

文 中远海运能源

逐梦光华情谊深

今年是新中国成立 70 周年，说起新中国远洋事业的发展，“光华”轮是新中国远洋事业发展的第一艘船舶，“光华”轮因此载入了新中国远洋事业发展的史册，老一辈的船员们对“光华”轮也是情有独钟。

“光华”轮

2016 年 12 月 9 日，我国第一艘 10 万吨级半潜船“新光华”轮，刚接船并停靠在广船国际后，便迎来了一批特殊的客人。他们有来自组建新中国远洋运输公司的摇篮——广州远洋运输公司的离退休老领导、有在新中国第一条“光华”轮上工作过的卓东明、有为“新光华”轮题写船名的罗林竹老人，也有在远洋船上工作了多年的老前辈及其家属代表。他们带着对“光华”轮的怀念和对“新光华”轮的期望，迈着矫健的步伐，踏上了中国远洋海运特种运输股份有限公司（中远海特）定造的世界上第一艘最现代化半潜船——“新光华”轮。

这艘 10 万吨级半潜船之所以取名“新光华”，意为继承“光华”轮“光我中华”的传统，为新时代的中国远洋事业创造新的辉煌。

“新光华”轮首任船长高正捍、政委舒昌洪、轮机长廖文东，代表全体船员欢迎老前辈们莅临“新光华”轮。走在宽阔的甲板上，看着崭新的“新光华”轮，从他们的欢声笑语中可以看出，他们为公司承前启后、继往开来的发展，为中远海特取得如此巨大的航运成就而感到高兴。在进入生活区左侧的甲板处，看着一幅幅反映“光华”轮的历史图片，他们的心中难以抑制对“光华”轮无限怀念的激动心情。曾在“光华”轮工作过的卓东明老人，指着墙上的图片动情地向同事们说起了他在“光华”轮工作的情况和所认识的船员。87 岁的卓老精神奕奕，思路清晰，声音洪亮，一说起“光华”轮的往事就滔滔不绝，仿佛就像是昨天的事情。

当他们乘坐电梯来到驾驶台参观，看到世界上最现代化的航海设备仪器时，深深为船舶现代化科技的发展而感慨万千。他们一边仔细地听着高正捍船长的讲解，一边不停地向船长问这问那，还有的坐在驾驶台前，像模像样地进行手操舵表演并拍照留念，整个驾驶台始终充满了欢乐的笑声。

参观完驾驶台后，这些对船舶有着特殊感情的老人，不顾自己年事已高，强烈要求走到机舱去看一看，再次听一听那轰鸣的机器声，感受当年在船工作时那难以忘却的情景。

坐在宽敞明亮的餐厅，这些见证了新中国远洋事业发展的老前辈们和新一代远洋人畅谈着“光华”轮的历史，勉励晚辈们为“新光华”轮增光添彩，续写“新光华”轮的华丽篇章。卓东明老人动情地说，昨天晚上在广州远洋宾馆参加“十万吨半潜船业务推介会”，很高兴见到你们并畅谈，看到你们几位领导个个精神抖擞，信心十足地承担起这艘世界上最大的半潜船，为我国的远洋事业的持续发展作贡献，我们参加聚会的老远洋们都无比兴奋，感到我们的远洋事业后继有人，必定会有更宏大的未来。

1958 年参加筹建广州远洋运输公司的老同志、93 岁高龄的唐越老人，听到“新光华”轮的建成非常兴奋，连夜填词一首——《水仙子·祝贺“新光华”轮首航》：

百年远洋我份少，
而今云帆遍海角。
游踪环宇彩霞飞，
叹无限风光好。
莲子已成荷叶老，
解甲归田耕书草。
物换星移几度秋，
写不尽蓝梦稿。

唐越老人的词填好后，由现年近 80 岁的广远老政委许梅亮书写，并委托卓东明赠送给“新光华”轮全体船员。卓东明还向船员赠送了他撰写的反映我国海运和远洋航运创建和发展的回忆录《往事》等书籍和录像资料。我代表全体船员接受了老前辈们赠送的珍贵礼物，并表示，一定不辜负远洋老前辈们的殷切希望，继承和发扬“光华”轮的光荣传统，团结带领全体船员安全创效，为创造“新光华”轮的辉煌作出新的贡献。

文 舒昌洪

“新光华”轮

欧洲离我们有多远？

千百年来，“和平合作、开放包容、互学互鉴、互利共赢”的丝绸之路精神薪火相传，推动了人类文明进步，是促进沿线各国繁荣发展的重要纽带，是东西方交流合作的象征，是世界各国共有的历史文化遗产。现如今，“一带一路”贯穿亚欧非大陆，一头是活跃的东亚经济圈；另一头是发达的欧洲经济圈，中间广大腹地国家经济发展潜力巨大。二十一世纪海上丝绸之路从中国沿海港口过南海到印度洋，最终抵达欧洲。

如果把二十一世纪海上丝绸之路比喻成“主动脉”，那么欧洲区域航线就像是“毛细血管”，更紧密地融入欧洲经济圈，不仅服务于二十一世纪海上丝绸之路在欧洲的落地生根，更是大大扩大了二十一世纪海上丝绸之路的覆盖面，将合作与交流延伸到更广阔的地区。

经过几年的发展，无论是波罗的海、亚德里亚海、黑海、爱琴海，还是斯堪的纳维亚半岛、巴尔干半岛、亚平宁半岛、伊比利亚半岛，都可以见到中远海运支线船舶的忙碌身影。

当然，发展的历程并不是一帆风顺的，其间充满了困难和艰辛。

欧洲具有深厚的航海底蕴，不仅拥有马士基、地中海航运、达飞轮船等众多全球排名领先的集装箱航运公司，还有一大批历史悠久的著名船东和船舶管理公司，航运文化和传统根深蒂固。

作为一家亚洲背景航运公司，要在欧洲区域范围内取得发展、获得客户和合作伙伴的信任，必须付出加倍的努力。

还清晰地记得，在 NET（North Earope Tarkey Service）航线紧锣密鼓筹划的时期，意大利代理公司的销售人员告诉我们，在拜访客户时，遇到一个当地的 VIP 客户提出这样的质疑：“一家亚洲背景的船公司，在欧洲传统船公司运营的区域航线上服务是否能持久？会不会几个月后就关闭航线？敢不敢与其签订 6 个月甚至 1 年以上的合约，并保证履约？”

意大利当地负责销售的同事特意将问题转述给我们，他们当时就得到了肯定的答复，“中远海欧洲公司对于这条航线是坚定的，有信心保持航线长久运营，并为客户提供优质的服务”。

虽然我们的回答是坚定且明确的，但毕竟是新开辟的一条具有突破意义的航线，客户和同事的疑虑也是可以完全理解的，当时无论我公司怎样解释，也无法完全打消客户的顾虑。

事实胜于雄辩，2 个月之后的 2017 年 4 月 9 日，新的欧洲区域航线 NET 首航仪式在土耳其昆波特码头举行。NET 航线是连通西北欧—地中海的区域航线，是中远海运集运首次提供更具竞争力的欧地间直达服务，这也标志着中远海运集运 IET（Intra—Europe Trade, 欧洲区域市场）业务在欧洲大陆全方位铺开。昆波特码头位于连接欧亚大陆的枢纽城市伊斯坦布尔，我公司的航线缩写也被命名为 NET 航线，英文意思“网络”正表明了航线的准确定位，服务于“一带一路”在欧洲区域的网络延伸，编制服务沿线国家的运输网络。该航线里程碑式的突破将为国家“一带一路”倡议在欧洲的全面落实以及集团第三国航线和区域市场开发起到至关重要的作用。中国驻伊斯坦布尔总领馆商务领事、昆波特码头 CEO 以及当地客户代表近百人应邀参加了此次首航仪式。

NET 航线的开辟，得到了众多媒体的关注，不仅新华社、新华网等媒体进行了报道，德国、土耳其、英国等地的媒体也进行了详细报道，提升了中远海运品牌的影响力，助力“一带一路”的宣传推广。

如今，我公司 NET 航线不仅运营稳定，还从最初的 2000 标准箱船型升级到 4250 标准箱的大船。截至 2018 年 8 月底，总计运输欧洲区域内的货物超 14 万标准箱，并完成中转超 2 万标准箱，如果将这些集装箱首尾相连，长度接近 1000 公里，相当于用集装箱跑了 23 个全程马拉松。

伴随着中远海运欧洲区域支线业务的发展，离不开各方面的鼓励和支持。

客户这样说——

土耳其客户：“这几年航线越来越多了，明年还有几组新开航线计划啊？”

意大利客户：“中远海的航线挺稳定的，给我们增加了更多的服务选择。”

德国客户：“设备支持足够的话，我们还有更多货。”

合作伙伴这么说——

达飞轮船：“我们都是海洋联盟的成员，欧洲区域合作可以继续加强哦。”

马士基：“虽然不是一个干线联盟的，但不妨碍在欧洲区域合作啊，比如黑海、波罗的海就有机会。”

阳明海运：“以前都是 CKYHE 联盟的成员，虽然现在分属不同联盟，但欧洲支线合作可以继续哦。”

媒体报道这么说——

新华社："中远海运举行西北欧—地中海区域直达航线 NET 首航仪式，标志着中国航运公司实现突破，欧洲自有支线连线成网。"

英国菲利克斯托媒体："新航线的开辟，将进一步增加客户的选择，欢迎 NET 航线挂靠。"

兄弟单位这么说——

比雷埃夫斯港："感谢这几年自有支线的协同支持，2018 年将有 400 次挂靠，中远海运在比港的操作量排名已经升至第一位。加把劲儿，大家一起为 500 万标准箱的目标继续奋斗。有机会的话，再吸引更多合作方一起来挂靠啊！"

欧洲区域物流、拖车公司："IET 业务迅猛发展，端到端的联运服务一起加油哦。"

当地员工这么说——

销售部员工："再来几条新航线，明年我们的业务量还能增长 50%！"

航线经营部员工："最近合作越来越多了，看来船型还有升级的潜力，争取再出售一点儿舱位，增加效益。"

操作部员工："航线多了，需要配载的船舶也多了，人手有点儿吃紧啊。只要货量足够，辛苦点儿也没什么，周末加个班一定完成任务。"

欧洲区域航线这几年的快速发展实现了集团提出的战略目标。未来要继续保持 IET 业务快速成长，同时继续为干线提供优质的中转服务，协同降低成本，降本增效。"

欧洲公司身处一线，是"一带一路"的重要组成部分，要继续推进"实体化""专业化""本土化"运营，站在欧洲看世界，把相关业务继续发展壮大。

近年来业务的快速增长，我公司自身的运力规模得到大幅增长，排名从第 20 名提升到第 5 位。

欧洲区域自有支线操作量不断快速增长，从 2015 年之前不足 60 万标准箱、2016 年的 100 万标准箱、2017 年的 150 万标准箱，到 2018 年的 220 万标准箱，实现了跨越式的发展，有力支撑了“一带一路”在欧洲的落实。

其中，欧洲区域运输 IET 业务的箱量，也从 2015 年之前不足 2 万标准箱，发展到 2017 年突破 20 万标准箱，增长了约 10 倍，提前完成集团下达的 3 年发展目标，2017 年支线中转加 IET 相关业务的收入预计超 1.8 亿美元，并且仍以保持约 50% 的快速增长，2018 年预计实现 30 万标准箱，收入规模近 3 亿美元，在欧洲区域新发展出了一个小有规模的全新业务板块。

随着业务量不断增长、影响力日益扩大，也促成了与众多欧洲本土船公司的合作。

面对发展之初客户怀疑、合作方迟疑的艰难局面，我们始终保持着开放乐观、积极进取的心态，坚信“不积跬步，无以至千里；不积小流，无以成江海”，从零星的舱位互换做起，逐步发展为共同投船的大规模航线合作。

客户之间关于中远海欧洲区域航线的“小道消息”也发生了明显的变化，从之前的怀疑，逐步变成了期待。

以前客户总是问“你们公司确定会开这条航线吗？”，现在客户更多的是咨询“你们下一步还有什么新的开线计划？”

不仅客户对中远海运区域航线的看法有了明显转变，合作方的态度也从“等待观望”变成了“积极主动”。目前已经形成了良好的合作态势，我公司已经与欧洲区域运力排名前 10 的公司中的 9 家达成了形式多样的合作，其中包括马士基、达飞轮船、赫伯罗特、以星航运等传统欧洲背景公司，合作伙伴的日益增多，正是我公司融入“一带一路”沿线国家、合作共赢的最好注解。

欧洲离我们有多远?

古代从陆地上走完“丝绸之路”要按年计算，通过“海上丝绸之路”也需要数月时间，欧洲离我们很遥远。

随着技术的进步，集装箱船舶连接“一带一路”只需要几十天的时间，欧洲的距离不再那么遥远。

现在，扎根欧洲本土的中远海运欧洲公司每时每刻都在与“一带一路”沿线的欧洲国家紧密互动，作为中远海运在欧洲的派驻机构，放眼未来将继续实施国际化经营、践行“一带一路”倡议，在保留一颗中国心的同时，我们可以自豪地说一句：“欧洲与我们零距离”。

文 中远海运欧洲公司

中远海运港口的全球化故事

~ 开启“全球化”征途 ~

任何时代，都有一群先行者，试图跨越边界，探索世界。中远海运集团旗下中远海运港口有限公司 2016 年 3 月完成改革重组，转型为纯码头营运商，以更为清晰的战略目标和“变革”之姿，作出了移步海外、紧盯全球枢纽港的战略新选择，开启了“全球化”征途。

与全球主要码头运营商相比，中远海运港口具有独特的船公司背景。依托这一不可复制的竞争优势和持续地自我赋能革新，中远海运港口整合伊始即全面确立企业发展理念、企业愿景、三大战略方向和五年发展目标。

中远海运港口以“The Ports for ALL”为发展理念，致力在全球打造对用户有意义的控股网络，从而能够提供成本、服务及协同等各方面具有联动效应的整体网络，并为航运上下游产业创造最大价值的共赢共享平台，接通全球航线，致力成为“大家的港口”，是中远海运港口的承诺和愿景。

具体到五年发展目标，以 2016 年整合元年为基数，中远海运港口明确提出，2021 年总资产要实现上升 50%、权益吞吐量上升 60%，持续经营业务净利润上升一倍。

随着国际国内形势持续发生深刻变化，当今全球经济并不明朗，“逆全球化”思潮时有发生，重资产行业产能过剩，资产价值居高不下。2016 年上半年，世界排名前 30 位的集装箱港口总吞吐量仅增长 0.2%，主要港口吞吐量都呈现疲软态势。处在全新历史坐标点的中远海运港口，在一个现代开放经济的环境下，在西方发达国家占据经济优势的压力面前，会交出一份怎样的时代答卷？新生的中远海运港口，面向市场和全球客户伙伴，自信地提出了全新发展理念“The Ports for ALL”，以更为开放和革新的姿态出现在了业界。在 2016 年的更名暨全球客户推介会上，中远海运港口负责人张为对这句新口号作了阐释，“我们的港口是独立的市场主体，是为了大家的一个港口，为了大家服务的港口，为了大家分享实际收益的港口，同时也是建筑理想的一个港口。大家通过这个港口，一起实现各自的目标。”

背靠世界最大船队的网络支撑，随着“一带一路”建设的延伸，中远海运港口以国际眼光、专业团队和全球网络优势进行全球化操作，并与全球客户伙伴“联合出海”。这样的商业模式和资源整合平台，在业内备受关注。

马不停蹄，中远海运港口连续落子全球枢纽港：以置换新泊位进入发展新阶段的中远海运首个海外码头新加坡中远—新港码头、中远海运中东第一港中远海运港口阿布扎比码头、操作效率跃居地中海第一位的中远海运希腊 PCT 码头、号称“地中海丝绸之路要塞”的中远海运港口西班牙 NOATUM 港口、中远海运西北欧地区首家控股码头、中远海运港口泽布吕赫码头……

2016—2017 年，中远海运港口集中发力，完成 6 个海内外码头战略支点布局，其中 5 个是控股码头，海外：西班牙 NOATUM 码头，持股 51%；比利时泽布 吕赫码头，增持至 100%；国内：南通通海码头，占股 51%；武钢阳逻码头，持股 70%。

截至 2018 年 6 月 30 日，中远海运港口在全球 35 个港口营运及管理 274 个泊位，其中 184 个为集装箱泊位，总年处理量达约 1.02 亿标准箱。在劳氏 2017 年发布的全球港口评选中，中远海运港口首次登顶为全球第一大港口营运商。

两年间，中远海运港口全球网络布局步入“高速度、高品质”发展通道，成为中远海运集团构建全球供应链服务的排头兵。

~ 码头向港口转变 ~

世界是立体的，点、线、面构成彼此联系的网络，港口是不移的支点。港口的“想象空间”可以有多大？“全球化”提速的中远海运港口在“变与不变”间，一次次大胆探索和验证商业模式，推动码头向港口转变，“赋能”港口。

借国内沿海省份深化港口改革之机，中远海运港口依托重组构建的大品牌优势，积极参股上层港务集团，重构大中华区的港口投资布局。2017 年初，中远海运港口以持有的青岛前湾码头股权加现金出资方式，以 57.99 亿元认购青岛港 16.82% 股权，连同原有股权，中远海运共计持股 20%。这个项目是中远海运港口首次大手笔参与国内大型港口投资，一方面在 2018 年获得了丰厚的业绩回报；另一方面巩固了中远海运港口在大中华区的领先地位。其也成为中远海运港口从单一码头运营向参与整个港口运营管理的重要尝试，获得了资本市场的高度认可和欢迎。

为提升运营效率，码头整合和盘活资产也成为中远海运港口的发力点。2017 年相继完成国内营口港、天津港、广州港、大连港的码头整合，而在 2016 年底率先完成的香港区域码头整合效益也在持续释放。

作为一家志在争取码头控制力和话语权的全球领先港口运营商而言，运营一批“比雷埃夫斯式”的全球大型枢纽港是应有之义，而能否干出自己的绿地码头项目，则是“勇敢者的较量”。2017 年，中远海运港口以义无反顾的决心和勇气，毅然决定“撸起袖子”开工建设自己第一个真正意义上的绿地控股码头项目。中远海运港口以阿布扎比码头为抓手，探索海外绿地项目工程建设模式，通过采用“勘察设计 + 设备采购 + 土建总承包分别招标”的模式，经过公

中远海运港口阿布扎比码头开工

中远海运港口 NOATUM 瓦伦西亚集装箱码头

开招标和竞争性谈判，从源头持续控制工程费用。据估算，工程费用比原预算节省约7700万美元，这也为开港运营奠定了技术与成本优势。阿布扎比码头的自动化堆场和未来采用的“无人驾驶”技术，还将中远海运港口厦门远海自动化码头这一中国第一个全自动化码头的技术进行了迭代升级，开启了中远海运港口海外第一个“智能化”码头。阿布扎比码头项目，2017年11月5日开工建设，2018年12月12日开港运营，还将在更短时间内服务全球客户。“要将绿地码头当成棕地码头来建”，中远海运港口内部自勉的这句话，也成为她自带“流量”的例证。

伴随着配套的阿布扎比码头 CFS 项目、南通码头后方物流园区、武汉阳逻码头后方物流场地建设及集装箱铁水联运项目的相继签约……标志着中远海运港口进入了码头—园区综合开发运营新模式，所打造的新型港口生态圈，让业界看到了港口在物流业务链上的应有实力和未来想象力。

商业模式的探索远不止于此。2017 年 1 月 5 日，中远海运港口第一支“管理输出”团队正式进驻安徽省安庆港：2017 年带领安庆港完成集装箱吞吐量 8.3 万标准箱，同比增长 42.6%，散杂货吞吐量 241 万吨，同比增长 94.8%，一举扭亏为盈，为安庆港转型升级和安庆市“以港兴市”战略提供了新路径；也为中远海运港口下一步推广“管理输出”打响了品牌，积累了经验，铺开了道路。

坚持创新思维的中远海运港口，一点点撬开了企业利润上升空间。2018 年业绩显示，全年收入同比大幅增长 57.6% 至约 10 亿美元，经调整后纯利同比上升 42.9% 至约 3.25 亿美元，总吞吐量同比增长 17.1%，优于行业。其中，控股码头箱量持续增长，成为业务增长动力，控股码头数增至 16 个，吞吐量上升 29.7% 至 22507686 标准箱，利润上升 36.7%，升幅超过非控股码头；境外码头（含港澳台）业务表现强劲，境外码头数攀升至 16 个，吞吐量同比增长 31.5% 至 24768234 标准箱。中远海运港口的“全球化”含金量和强控股战略效应明显提升。

中远海运港口的码头组合遍布中国沿海五大港口群、东南亚、中东、欧洲、美洲及地中海等。截至 2019 年 3 月 31 日，中远海运港口在全球 37 个港口营运及管理 285 个泊位，其中 194 个为集装箱泊位，总年处理量达约 1.08 亿标准箱。根据德鲁里报告，按照 2017 年总吞吐量计算，中远海运港口全球排名第一。

~ 港口大有可为 ~

中远海运港口是中远海运集团第一家在香港上市的公司，管理层团队由中远海运委派高管和当地港籍职业经理人共同组成。身为第一代中远海运港口领头人，公司管理层团队带领员工，为 COSCO SHIPPING Ports 品牌定下积极目标并时刻警醒自己：积极激发新思维，将创新和活力向上植入品牌血液，以实效为导向，助力实现中远海运港口“全球化”战略和全球一流港口运营商这一愿景目标。

多元化团队始终以开放包容自勉，以合作学习共融。即便在香港 / 上海两地办公，甚至经常需要飞往全球码头现场开展项目谈判。高管团队成员一同决策，攻坚克难，遇到紧急突发状况，周末临时开电话会议也都是家常便饭。

中远海运港口管理层团队笃信，全链接的世界需要更开放的视野和共享型价值平台，“全球化”企业也必然需要更开放的人才体系。除了持续加大外部合作交流之外，中远海运港口对内大力引进人才，正所谓为有源头活水来。公司新推码头动态分级与人员经营能力匹配机制，建立总部专业与管理并行的双信道职级序列；仅 2017 年就先后举办了全球码头运管管理选调、中高层管理人员领导力培训班，年内实施 75 人次岗位人员、58 家下属码头 131 人次董监事的调整配置。“大家的港口”在一点一滴把市场做大的同时，也在进行更为广阔的价值分享，这正是海阔凭鱼跃。

当前中远海运港口正处在前所未有的时代发展机遇期，正在从事的是“大有为”的事业，是“开创性”的事业，是“筚路蓝缕”的事业。

也因此，中远海运港口“全球化”发展的故事，甚至还来不及细细分享。对于“港口”的重新认识，对于商业的新认识，随着时代的急速发展，要做的努力还有很多。

中远海运港口人不忘初心，牢记使命，秉持“The Ports for ALL”的发展理念，以开放包容的态度、创业有为的精神，齐力推动公司向全球领先港口运营商奋勇前进。

文 中远海运港口

阳光灿烂的日子

1990 年初，我从深圳口岸过闸出境，取道九龙，到香港维多利亚港上“银河”轮实习，第一次真正“下海”，做船员……

做船员有一个最大优点，就是可以免费周游列国。每到一个港口，都会进城走一走，十几年的航海生涯，让我差不多走遍了世界各地的大小港口城市。但在 20 世纪 90 年代前，中国船员周游列国的概念，也就是踩踩地皮、吸吸地气、看看西洋景、逛逛跳蚤市场，最多买点旧货回来而已。特别是到了发达的西方城市，更是黑眼望蓝眼，左手握右手，往返空空也。归根结底一句话，国家穷，百姓穷，船员也一样穷。记得有一次老船员下地，在香港鸭寮街花 20 元港币淘了件二手不锈钢洗碗槽，像得到了一件宝贝，兴奋许久。

相比之下，我们 20 世纪 90 年代后开始做船员的小青年还是幸福了许多，富裕了不少。与过去“干不干，二块半”年代的老船员相比，收入有了较大的进步。我上船实习十多个月后，就把原装进口彩电、冰箱、音响陆续搬回了家。朋友感叹、邻居羡慕，就连老船员都忍不住感叹，你们遇到了党的好政策，赶上了中国发展的好时光。

说到购买彩电、冰箱、音响等电器，自然要说到香港免税店。

在香港中环干诺道附近，免税店是一间连一间，其价格比境内免税店又便宜许多。为此，大家都乐于在此购买电视机、摩托车、微波炉、手表等“三大件、六小件”。只是很遗憾，当地只收港币、美元。没办法，我们只好去银行兑换，让人家吃点儿利润。胆子大一点儿的船员，偷偷走进小巷，与香港居民兑换一些港币，然后再去购买大小物品。

时过境迁。2003 年从香港公休，看到干诺道附近的电器店门可罗雀。究其原因，是电器的价格与质量优势已不复存在。在境内，各大商场所卖的各类电器用品价廉物美、应有尽有。特别是近年来，苏宁、国美电器连锁店的开张营业，无论是国产电器，还是进口电器，门类齐全、档次高低不一，让老百姓有了更大、更多的选择权。更为重要的是，中国还拥有诸多如美的、科龙、海尔、格力等世界知名品牌电器，不但在国内非常流行，而且还畅销世界各地，成为国际市场上一群有力的竞争者。在境外，船员一不小心抱回来一个中国制造，一点儿也不奇怪，搞得大家心中直犯嘀咕：到底值不值？如今，船员免税购物已成为历史的产物，更不要说在香港买台电视或扛部音响回内地。若有此举，恐怕要被人笑话了。

说到香港，还有一段小插曲。1992 年我从香港公休。由于临近圣诞节，返广州交通船一票难求，过陆地口岸费用又高，加上海员证要交移民局办理出关手续，搞得我们躲在香港旅馆里整日看电视，不敢上街。第四天下午，代理才告之买到了当晚的船票，我们便请求，可否出去买点儿东西。未曾想到，我刚一踏上中环大道，便被香港“差佬”逮了个正着。理由是逃港，即非法入境香港。在这之前，我也曾多次听说内地船员在香港遭误抓之事，只是今天有了一番亲身体验。任何辩解和抗议都是枉费精力，只好任其“绑架”，带回警署。进了皇家警署，事情自然会明朗起来，放人是肯定的，只是前前后后大半天，白白浪费了我的时间，也影响了我回家的心情。为此，我们也学会了一句话：等着！回归以后，我们再来香港找你们“算账”。今日忆起，仍然能感受到当时挺有阿Q精神的。

香港回归后，我从香港又公休过几次，出入关手续方便快捷，如同从广州到深圳一般。特别是近年来，越来越值钱的人民币，越来越有用的普通话，让港人把广告做到了大江南北、塞外高原，十分真诚地邀请大家到香港去游玩、购物。还有香港的人才输入、观光客输入、高校生资源输入等特殊政策，让逃港早已失去了市场，成为过去，封存于史。兄弟一家亲。忙于生意的内地百姓，日夜筹划着事业的发展、忙于生意的奔波，谁还有闲情逸致去“收拾”香港这帮自家兄弟。一切恩恩怨怨都随着香港的回归、殖民统治时代的结束而一笔勾销。

1996 年，我在“丽河”轮工作。7 月 13 日，船舶抵达美国纽约。远远望去，高高的自由女神像就在码头对面矗立着……

欢迎你 / 那些疲乏了的和贫困的 / 挤在一起渴望自由呼吸的大众 / 那熙熙攘攘的被遗弃了的人们……这是撰刻于自由女神雕像下

的一首短诗。女神双唇紧闭，头戴光芒四射的冠冕，身着罗马古代长袍，右手高擎火炬，左手紧抱美国独立宣言，脚上残留着被挣断的锁链。

在第一次踏上美国国土，造访新约克镇时，我不由得想起 1993 年亲身经历过的“银河”号事件。正是这个象征民主、喊着自由的国家，制造了一起震惊中外的海上霸王事件，在公海公然践踏他国的主权，让我们 40 多名船员在海上漂泊了 30 多天，缺水少菜，担惊受怕，吃尽了苦头。我并未对这首短诗产生置疑，只是对这种美国式的民主自由滋生出一种莫名的恐惧，他们盗用了 Emma Lazarus 的原意与善良。

傍晚时分，船还没有靠好，我大表姐携夫带子已站立在码头边等候多时，随后，一家人开车陪着我到洛克菲勒中心、世贸中心、帝国大厦、联合国总部等地游览了一遍。雄伟的建筑、先进的技术，又让我陷入了沉思，心中不得不承认，美国是一个好地方，有许多东西值得我们去学习、研究、探索。其实，内心特别欣赏电视剧《北京人在纽约》中的一段对白，客观又实在：如果你爱他，就送他去纽约，因为那里是天堂；如果你恨他，就送他去纽约，因为那里是地狱。

改革开放初期，船员外逃事件相对增加了一些。除少数想投奔依靠国外亲属外，船员外逃主要还是因国家的贫穷、生活的困难，或听信谣言、经受不住西方物质的诱惑等方面，便捷的客观条件也是一个主要原因。为防止船员外逃，各船舶都制定有一些措施，如：三人以上为一组、干部船员与普通船员组合、党员船员与群众船员组合等等。事实上，随着中国的改革发展，船员心中自然会感受到经济、社会和文化得到了极大发展。到了 20 世纪 90 年代中期，船员外逃事件已几乎为零。有一个同事曾对我说，他的一个老乡出逃几年后，一直在寻找回国的机会。这应该说，是改革开放，让每一个中国人看到了社会的进步、民族的希望，以及个人的前途和生活的奔头。

有一件事让我触动很深。那是1995年公休下船，在机关得知公司给我分了一套住房。听到这一喜讯，回家的心情更为迫切。于是，匆匆忙忙打的往火车站赶。当司机得知我想乘火车去佛山，仿佛我是一个外星人，睁大双眼对我说，都什么年代了，还乘火车，坐大巴走高速公路半小时就到……所有这些真切可触的利益看得见、摸得着。你说，还有什么理由让我们放弃正当的海员职业，去国外过一种难以见光的地下非人生活？所以，1996年当我告诉船舶领导，跟我表姐下地玩时，领导们再三嘱咐，注意安全，玩得开心。船长甚至当着大伙的面笑言："你想挣美钞可以，但得先把人民币留下来。方便的话，再告诉我们地下室门牌号，下次好联系你为我们供应伙食。"自然引来哄堂大笑。

2003年，公司派我上"海皇"轮工作，主要从澳大利亚纽卡斯尔装载燃煤运往珠海电厂……

跨入21世纪的中国，已站立在奔腾向前的激流中，与世界一起分享着经济、技术和文化的有利资源，不断发展壮大着自己。中国发展的几十年，离不开世界的发展，更离不开自身的努力。中远发展也是如此，可以毫不夸张地说，无论中远船员行走在国外哪个港口城市，只要说我们是COSCO船员，就如同万里长城一样，他们立马就会明白你来自何方，再也不会追问你是日本人还是韩国人。某天，我们下地购物，在澳大利亚的纽卡斯尔城一家音像店里，买了几盘原版英文歌曲CD带后，想再租多几盘VCD回船。由于所带现金所剩无几，大副便抱着试试看的口气向店主作了说明。开店的中年妇女点头表示，只要抵押一本海员证就可以。在国外，海员证如同身份证一样重要，是不可以轻易抵押的。一旦丢失，你得去大使馆报官声明办手续，十分麻烦。女老板见我们面带难色，耸耸肩再也没说什么。过了一会儿，女老板突然走到大副面前，笑着说，免抵押、免订金，租给你们10张VCD，下次回来还我。此话一出，有点儿惊讶，不知对她说什么好。原来，她看见大副T恤衫上织绣的那个COSCO标志……不知她与COSCO之间有什么动人的故事，但有一点可以肯定，COSCO在她心目中，可能就是一种象征诚信的标志。

随着中国的和平崛起，身处国外的华人，更是扬眉吐气。那年国庆前夕，我们船正靠泊在澳大利亚的纽卡斯尔港口。我正值下午班，见几位华人站在码头边不停地张望着我们。一打听才知道，他们想到咱们中国“浮动的国土”上来走走，以这种特殊的方式祝贺新中国的华诞，话语中透着向往、关切与自豪。上船后，他们这儿看看、那儿摸摸，并不时询问国内建设情况，笑声时时飘荡在船甲板四周。临走前，还再三邀请大家一起在五星红旗下合影留念。

说到中国的高速发展，还有一点，是许多人无法体会和领悟的，那就是信件。20世纪90年代初，有一共事过的三副就深受过信件的伤害。由于航行时间长，三副成堆的信件难以邮出，又迟迟不见姑娘的鸿雁传书。结果导致双方的误会，热恋成了冷战。等到大家知道原委，姑娘成了新娘，三副却不是她的新郎。每每谈起，三副都会长叹一声。时至今日，书信已被电子邮件和微信所代替。生活中的所见所闻、工作中所思所想，还有心中的甜言蜜语，想写就写，想发就发。如果再想听一听亲人的声音，拿出随身携带的“全球通”微信一下。无论置身何处，只要有信号，就能有呼必应，愉悦地聆听来自家乡的声音，看到亲人的笑脸。

文 米军喜

勇敢承担航海者责任

航海给人类带来幸福，给世界带来繁荣。

在 30 年前我们毕业的年代，我依稀记得同学分别握手的表态：“海运学院是航海家、船长的摇篮，参加海员队伍，学习航海老前辈，为祖国的航海事业作出贡献。我一定要成为一名有作为的远洋船长！”

我对航海有好感，每当黄浦江上的海轮拉响汽笛起航时，我总想知道海轮是如何驾驶的？梦想成为海员。1977 年高考后我实现了驾驶船舶的理想，大学毕业后我走上了远洋船舶，从此站在驾驶台，一直做到了远洋船长。航行于三大洋五大洲，走遍了全世界 60 多个港口。经历了大自然的狂风巨浪冲击，经受了与海盗斗争的考验，我热爱这份碧海丹心的事业。

30 多年过去了，我还是现役高级船长。我仰望和鸟瞰上下同学职业变迁，他们都是事业有成，成了航海界的精英，引领中国海事的发展。

再侧身关注身边左右，大部分同学肩上都扛上了金光灿灿的四条杠，成为了出色的远洋船长。不管登陆的，还是继续航海的，同学们对祖国的航海不忘初心，孜孜不倦，对大洋流连忘返，倾注了毕生的精力，奉献了青春，磨砺了中年，成就了老年。

有的还“老骥伏枥，志在千里”，退休了还在为钟情的航海事业默默作出贡献。那片蓝色海洋上空染着夕阳红的浮云演变为现实中的航海神马。我们因是中国海员而骄傲，我们作为祖国的远洋船长也是各大海事院校的光荣。我感恩海大的培养，感恩船舶成就了我的事业。

航海是勇敢者的事业，是非常有冲锋陷阵意义的职业之一。参与航海的年轻人可以通过职业开拓视野，了解世界，增加自己的阅历。

航海也是磨砺航海者意志的职业，参与航海的人们都了解航海的风险、孤独和寂寞，远离社会、远离亲人。因此投身航海事业的人是年轻人中的勇敢者！你们参与航海都是勇敢者！

回首自己的航海经历，我感觉这辈子做了件非常了不起的事情，使我成为一名勤于思考、勇于进取、善于表达、是非分明、刚直不阿，勇敢面对海洋惊涛骇浪的远洋船长。

大家可能要问："船长，难道你真的对航海一片真情，矢志不渝，乐不思蜀？"

面对寂寞、孤独、远离社会的航海环境，我曾经离开过远洋船舶。可是，这段时间非常短暂。当年我在码头上找到一份安逸的、早出晚归、小资生活的工作后，很快我便感到莫名的烦躁，工作心不在焉，变得忐忑不安起来，觉得自己失去了一样珍贵的物品。

那天，我在码头边缘进行安全巡视，坐在缆桩上看着滚滚的长江之水在脚下流淌，远处长江上的航标随波逐流地上下起伏，远洋船、沿海船、江轮形成了百舸争竞的壮观景象，码头上的缆桩正等待远航归来的船舶靠泊系上粗壮结实的缆绳。一艘我非常熟悉的船舶映入我的眼帘——这是我曾经驾驶的远洋船舶，我曾经是她的 Master（船长）！她载着沉重的货物却激昂斗志，带着海员们对幸福港湾的期待进港了。我不知道现任的 Master 是否发现他的前任正孤独地坐在缆桩上，向往站在驾驶台的风光。现在，他迷茫了前进的航向。现任船长拉响了汽笛，船首激起了水花，仿佛在召唤一时迷失航向的我。

我心潮澎湃起来，眼睛有点儿湿润了。我的船勾起了我的航海情结，原来我内心深处的情结还是远洋船舶，不弃不离的职业是航海，恍然大悟自己内心不安之所在。我从缆桩上站立起来，对着那艘远洋船竭尽全力、发自肺腑地从喉咙中蹦出："大海，我要归来！我是远洋船长！我是站在船舶驾驶台上的船长，不是站在码头上为你带缆的码头船长！"

不久我就加入了中海集运，回归了船舶，回到了大洋上，继续我的航海生涯，继续承担远洋船长职责，就这样，大海成为我生活和工作的舞台，成为我的终身职业。

我见证了祖国远洋船队的发展，见证了中国集装箱船队从无到有的发展，为建设海洋强国，海员们不畏艰苦的海洋环境和复杂的人文环境，开拓一条条通往世界的航线。

当年我加入远洋海员队伍时，祖国的远洋船队还刚刚起步，都是从国外买来的二手杂货船队。就在这个基础上，经过一代航海人的奋斗，我们的远洋船队发生了根本性的变化。现代化、多船型的远洋船队遍及世界可航大洋上，还有世界上最大的集装箱船舶。在繁忙的大洋航线上几乎天天能见到祖国的远洋船，看到中国海员的身影。

今天我与新一代的船员在一起看到的是希望，在你们的身上寄托了航海前辈的殷切希望，你们将承担祖国未来航海的责任，把祖国建设成为海洋强国、航海强国、航运强国、海员强国。

海洋是人类发祥的摇篮。勇敢的海员为世界文明进步谱写了不朽的篇章，为航海事业的进步作出了巨大的贡献！

600 年前伟大的航海家郑和带领船队，把中国人民和平共处的美好愿望带给了世界各国，从而把中国古代的航海技术发展到了当时的顶峰。而以哥伦布为代表的西方航海在 80 年后才刚刚起步，虽然他们的航海技术领先，但他们是带着殖民他国的血腥横扫了全世界。

曾经，海员在人们的心目中是英雄，描绘海员的形象和性格是：“有大海一样宽阔的胸怀”，现在，海员航海的初心和胸怀依旧。

随着社会发生的巨大变革，海员职业在开放式的社会中，陷入了迷茫的大海中。社会隔绝了人们对海员的了解，海员也被姑娘们淡忘了。隔绝和淡忘的根源除了人们的世界观、价值观、人生观发生变化、海员飘忽不定的职业环境之外，还有社会舆论没有包括对海员的经典描述：“没有海员的贡献，世界上一半的人会受冻，另一半人会挨饿。世界上 92% 的贸易物资是由海运完成的。”但坚持守在船舶甲板上的海员建设航海强国的初心未忘。

航海是智慧者的职业。航海技术的发展，使海员的工作环境发生了根本的改变，安全得到了极大的保证。国际劳工组织公约的规定，也使海员在船工作的时间和休假更趋人性化、合理化。海员的工资待遇也逐渐增长，而且，船公司给每一位大学毕业生都进行了未来职业设计，给予他们在航运界发展的机会。你所积累了丰富的航海资历、经验，将成为人生发展的重要砝码，你将成为技艺娴熟的优秀船长、航运业的精英、运筹帷幄的海事管理者。

2005 年 1 月，我与中国各大航运公司的在职船长们，联名向全国人民代表大会和国务院倡议设立“中国航海节”。设立“中国航海节”以利于激发当代海员职业自豪感和使命感，弘扬艰苦奋斗、勇于进取、崇尚科学的精神；有利于让全社会了解海员、理解海员、尊重海员，激励更多的有志青年献身航运事业，使我们的海员队伍不断发展、壮大，素质不断提升。设立“中国航海节”可以让中国人民更多地了解中国历史，增强对海洋的认识。设立“中国航海节”是全国海员共同的愿望，使我们广大海员期待已久的、体现我国蓝色文化的节日得以成为现实。不久，国务院颁布以 600 年前郑和下西洋的起航日 7 月 11 日作为中国人民的“航海日”，从此中国海员有了自己的节日。

在交通部评选高级船长的英文考题中就有这么一段英文：The reasons a ship is called a “She”：There is always a great deal of bustle about her；there is usually a gang of men around her. She has waists and stays. She takes a lot of paint to keep her looking good. She shows her topsides，hides her bottom，and when coming into port always heads for the buoys. 翻译成中文就是：称船舶为“她”的原因是：她总是处于十分的忙忙碌碌之中；经常有一群男人围绕在她的身边。她亭亭玉立，打上了漂亮的油漆，

展示她的优美身段，当她进入港口时总是朝着她心爱的男孩（浮筒）走去。

你说航海职业浪漫吗？还有很多非常值得同学们了解的礼仪。这些航海故事说明：“海员是热爱生活、尊敬女性、热爱家庭的性情群体。”

国际海事组织在STCW公约马尼拉修正案14号决议中写道“鼓励女性参加航海”。海员未来的生存环境将逐渐接近社会化，单性航海在不久的将来就会成为历史，让我们这个年代的海员去回顾了。那时，海员职业将重新成为年轻人崇尚的职业。所以海员应该利用新时期发达的媒体这个喇叭，为自己摇旗呐喊，为自己重塑光辉形象。

2010年5月1日世博会在黄浦江畔举行，当我首次参观中国船舶馆之后，感觉到中国民众对船舶、航海海员职业了解甚少，甚至讲解员的讲解也满足不了观众对船舶、对海员了解的渴望。讲解员面对的是由冰冷钢铁焊接而成的船体，有了骨架却少了海员驾驭远洋巨轮的血肉，体现不出造船企业的文化、航运企业的航海文化。于是一份公开的博文让船舶馆领导费尽社会力量寻找到了我，我把我的想法如实地告诉了船舶馆领导。

远洋船长的经历让我感觉到有责任和义务为民众宣传航海，宣传豪迈、绚丽多彩、使人仰慕、令人肃然起敬的海员职业。经过一段巧妙的经历后，我成为世博会中国船舶馆的志愿者，在船舶馆的有限空间内把观众带向了无垠的海洋。“没有什么理由，也不想出风头，而是凭着一位船长对航海的痴情和对祖国航海事业的忠诚……”

基于我对航海的热爱，世博会上的解说和航海故事打动了一批观众，并达到了宣传航海文化的目的，也得到很多观众的理解，特别是那些美女们的青睐。

目前，我的工作是培训年轻船长、驾驶员，工作岗位是首席培训师。告诉大家，我没有离开航海，没有离开船舶，我的身份仍然是海员而不是机关工作人员。为了适应现代化航海技术，我每年将抽出时间到船上去工作，站在驾驶台的感觉不要太好。

我总结了自己一生的航海经验，那就如同船长肩膀上的四条杠的含义：

专业（Professional）、技能（Skill）、知识（Knowledge）和责任（Responsibility）。

我查阅了一份中国近代航海发展史，其中有一段是清末民初的航海教育学家、吴淞商船学校唐文治先生的名言：

“诸生今日来校学习航海，日后，个个要到海上做事，看大浪，吹巨风，航海生活是枯燥的，辛苦的。一个生命财产之安危，均操在船长手中，试想所负这个责任，又何等重大。同时诸生亦应记得，商船驾到国外，其实是国家的势力所达之处。此外还赚外国人钱，以富裕自己的国家，试想这样的意义，更是何等重大。还有国家一旦有事，诸生即是海军，故东西各国，均特别优待商船人才，今朝廷效外国，亦决定优待你们，愿诸生学成致用，不负朝廷厚望。勉之，勉之。”

任重道远，我们当海员需要职业的责任感和荣誉感，还要求有尊重和敬畏海洋的态度，努力以航海工匠孜孜不倦的奋斗、创新精神，为自己的人生描绘一幅漂亮的图画。

文 胡月祥

我自豪　我是中国海员

孩提时我就梦想成为一名海员，幻想着穿上那蓝蓝的海员服、佩上金色海锚的风采。多年后，当我从航海学府毕业，登上远洋巨轮时，才真正实现了自己梦寐以求的愿望。

那是我第一次出国远航，船抵加拿大的温哥华港，我们一行十几人穿上笔挺的海员服登岸游览。这些人中，有两位是我的同学，其他人也都是学校毕业不久或海军转业当海员的年轻人。当时正值夏天，我们穿着乳白色的海员服，戴着佩有中华人民共和国国徽的大檐帽，昂首挺胸，精神抖擞，潇洒地走在大街上，既威风又漂亮，尽显国威，那股高兴劲就别提了，许多当地人和华侨亲切地向我们打招呼致意，使我有生以来第一次体验到了受人尊敬的荣耀和自豪感。

后来，船抵日本横滨，我们来到市中心一家表行，浏览中我相中了一块 CITIZEN 手表，我叫过店员请他拿出看一看，只见那个日本人态度傲慢地把手表往柜台上一放，说“16000 日元”。转身就走了，并与旁边的另一位店员叽咕了一句日本话，那意思：你们中国人买得起吗？顿时我好像受到了极大的侮辱，一股无名之火在胸中燃烧，见我用一双愤怒的眼睛瞪他，那日本男店员忙走过来说“对不起，请交款吧。”那语气和神态真让人受不了。不错，我们中国人是穷，可你们日本人也太过分了。我迅速从口袋掏出钱，可全部外汇还合不到 8000 日元。因为当时海员外汇很少，我们初次上船的又拿半外汇，在船工作几个月，全部外汇还不够买一块表的。真没想到一块手表这么贵。此时我感到脸上有些发烧，急了一身冷汗。见此情景，与我一起来的两位同学连忙将自己的外汇递给我。就这样，用三人的外汇买下了那块表，同时也买下了中国人的尊严。

当时，由于外汇少、工资低，在外的中国人常买一些廉价的便宜商品，所以不少外国人瞧不起中国人，特别是一些商场店员，对中国人很不友好。也就是从那时起，心爱的海员服被我封存在箱底，我到国外下地时，也只是到一些公园、风景区游览游览，拍些风光照而已。

1996 年 8 月 30 日这天，作为一名远洋船员代表，在北京人民大会堂，我荣幸地受到了时任国务院总理李鹏、副总理邹家华等党和国家领导人的亲切接见。当时我们全体代表身着海员服，李总理见后很高兴，夸我们的海员服“挺精神”，穿上可以耀我国威。从此以后，我便又穿起了久违了的海员服。所到之处，赢得一片“China”

的致意声，不少外国人以与中国人合影为荣。船抵新加坡，不少叻商老板派专车到码头迎接中国船员，欢迎中国人光临他们的商店。中国海员现在买的不再是那些廉价商品，而是将眼光瞄向了那些高档、名牌产品。

一次，我所在的船去美国新奥尔良，在一家大商场里，初次上船的水手小张被品种繁多的旅游鞋吸引住了，最后他选中了一双“adidas”牌旅游鞋。“请你拿这双鞋给我看看”，小张向一位美国男店员说道。“那鞋太贵，这双便宜。”店员轻蔑地向小张看了一眼，随手扔过一双南美出的廉价鞋，“我要那双 adidas 鞋”，小张有点儿生气地用手一指。那店员不情愿地把那双鞋递给小张。看着这双做工考究的旅游鞋，小张很满意，“多少钱？”“99 美元”，店员傲声说道。小张一怔，他身上只带了几十美元，原以为买双鞋足够了，万没想到一双鞋竟卖 99 美元。“这……对不起，我不买了，请你放回吧。”小张满脸通红，有点发窘。不料，那店员却板起了脸，大声训斥道：“给你拿便宜的不要，非要好的，这好鞋你们中国人能买得起吗……”我虽离得很远，但也听到了那侮辱性的言辞，我疾步走到柜台前，“中国人怎么了？”我厉声向那店员问道，店员的不友好行为勾起了我对十几年前往事的回忆。那店员被我的质问吓了一跳，他那怯懦的眼光直在我的双肩上打转悠，看到我肩章上的四道杠，他的态度马上变了，“对不起，船长先生，我的意思是说，中国人工资太低，适合买便宜点儿的，这鞋对你们来说实在是太贵了。”他故意把“太”字拉得很长。他这软中带刺儿的态度更让我勃然大怒。“怎么，中国人就不能穿名牌了吗？”“当然可以，船长先生。”“这鞋多少钱？”“不多，才 99 美元。”店员有点自得地说道。我从口袋里拿出一沓美元，抽出一张甩到柜台上，“够了吗？”见我真的买了，店员急忙恭敬地屈腰向我微鞠一躬，将钱拿起，“噢，

100 美元，够了。”我拿起鞋，带着小张等人大踏步向门外走去。后面传来美国店员的声音：“船长先生慢走，找你钱。”“不用找了，赏你小费。”我头也没回说道。洋鬼子，不要狗眼看人低。

“请等一等”，突然，我的手臂被一位快步赶上来的美国中年人拉住，“对不起，船长先生，我是商场经理，他年轻，刚到我店工作不久，对于他的失礼，我向你表示深深的歉意。我将对他的无礼行为作出让你满意的处罚。”见商场经理亲自赔礼，且态度诚恳，我的语气也缓和下来，“没什么，事情过去就算了，希望你的店员以后能平等对待每一位顾客。”我向经理说道。“那当然，我一定好好教育他。”然后，他叫过那位年轻店员，让他向我们当场道歉。我们离开商场时，那位美国年轻店员握着我的手说：“船长先生，欢迎你和你的船员们以后多多光顾我们的商场，我保证热情服务。如你们忙，我可送货上船。”“也欢迎你有暇去我们中国观光”我笑道。“有机会我一定去”美国小伙子也笑了。就这样，一场硝烟在友好的气氛中烟消云散。

船归航，我轮又一次停靠在日本的横滨港，十几年过去了，旧地重游，我又一次来到了当年买表的那家商店，不过，当年的表行现已扩建成一家大超市。这次我要买的也不再是手表，而是一架高级照相机，周游列国的航海生涯，使我与摄影结下了不解之缘。这次我特意穿上了代表中国特征的海员服。在照相机专柜前，一位日本店员热情地接待了我们，“欢迎你们，中国朋友。您想买些什么？”我告诉他，我想买一套尼康相机。这位日本店员耐心细致地把各型号尼康相机一一向我作了介绍。从他的言谈举止中已不见了往日日本店员的傲慢和冷漠，而多了几分和蔼和恭敬。最后我愉快地买下了一套尼康高级照相机，临走时日本店员礼貌地向我们深鞠一躬：“欢迎您下次再来。”

是啊，改革开放几十年，中国人已富裕起来了，中国这只东方雄狮令全世界刮目相看。走到哪里，我都可以自豪地说一声：“我是中国海员！”

文 牛国臣

回望初心

In Retrospect; Our Original Aspiration

中国远洋海运
与祖国同行 70 年故事集

贰 航海人的初心 是风雨兼程的万众一心

曾经别样的航海

记得1989年我在“五台山”轮任政委，6月中旬，船在罗马尼亚的康斯坦察港装满钢材，东行回国。“五台山”轮有15000载重吨，是欧洲制造的三层柜杂货船，当年船龄将近20年。

从康斯坦察港开航，驶出黑海，穿越土耳其的博斯普鲁斯海峡和达达尼尔海峡，顺利地进入爱琴海，这一路天气很好，海面像镜子一样平滑，呈现出大海特有的温柔面孔。从地中海东行来到埃及的塞得港，顺利办妥各种通行手续后，我们的船慢慢驶入苏伊士运河，当时船上的情况一切正常，与我搭班子的船长是杨秀国，他一副轻松的样子对我说：“在印度洋季风到来之前，我们就能够抵达马六甲海峡，这样8月份就可以回到国内了。”

船在红海航行时，我看到两岸黄沙铺地，热气蒸天，偶有沙尘扬起，天气显得很干热。出了亚丁湾口，海面有些不平静了，白色的浪花告诉我们前面的风力不小。果不其然，刚刚驶入印度洋，大海突然改变了面孔，风力逐渐加大。越往东航行，天气越加恶劣，低沉的乌云卷起巨浪，不停地拍打着船体，万吨巨轮完全没有了平日的雄姿，像是一片轻飘的树叶，显得那么渺小无助。一般情况，印度洋季风是在7、8、9三个月盛行，6月底7月初不应该有很大的风浪，可是偏偏今天的风力至少有8级以上。这一天是6月30日，我已经准备了第二天庆祝党的生日活动，而这突如其来的大风浪，将我拍打得没了状态，船舶在大洋上晃来晃去，我开始明显感到不适，有些头晕恶心。

“五台山”轮装载的货物中，有一些钢筋盘圆，大都装在二层柜和上层柜，遇到这样的风浪，船舶晃得非常厉害。我们原来设计的航线是向东南方向穿过印度洋，然后进入马六甲海峡，由于赶上印度洋的西南季风，船舷右侧面正好形成受风面，船舶剧烈摇晃，使得货物不断向左舷移动，这一下可是糟了，船舶越来越向左倾斜，而且不能复位。

进入夜航后，海面一片漆黑，狂风咆哮着从驾驶台上方掠过，那声音刺耳惊心，赵大副不断盯着摇摆仪上的指针，焦急地向船长报告：“现在船舶左倾8度！还在继续倾斜！”这时，杨船长也感到了问题的严重性，在茫茫的印度洋上，我们无法争取任何救援，船舶倾覆的风险随时都会降临到我们的头上。联想到当年的“德宝”轮，也是从罗马尼亚装钢筋盘圆回国，经过印度洋时，遭遇强大的季风，最终“德宝”轮在印度洋倾覆沉没，35名船员仅仅生还两人。此情此景正如同“德宝”轮再现，要赶快采取措施。

杨船长果断下令：“左——五度！”年轻的驾助小贺，在船长的指令下，紧握舵柄回复：“五度——左！”他选择两个长涌的间隔，把船舶稳稳转向侧顺风，以减少受风面。但是船舶的倾斜仍然没有摆正，这种情况是相当危险的。一种无助的恐惧向船员们袭来，船上的气氛急剧紧张，就连航海多年的老船员也不淡定了。当晚，船长和我商量，召开紧急船务会议，研究部署排险办法，船长似有把握地说：“只要我们保持船舶动力，就有脱险的希望。”于是决定向右侧边柜压水调整平衡。经过紧急排压水措施后，效果仍然不太明显，好在船舶侧顺风航行，我们暂时还不会有太大的危险。

天亮了，这是 7 月 1 日的清晨，我一夜没有合眼，在驾驶台与船长商量下一步措施。杨船长分析：这种情况的发生，不仅是强大的季风影响，也是由于我们绑扎的方法不正确，没有按照“兜底生根”的方法加固钢筋造成的。在“五台山”轮，我是初次上船当政委，不懂得这些船舶技术性的问题，但我只有一个信念——“险情就是命令”，这是我从军 20 多年感悟的绝对真理。在这紧要关头，狭路相逢勇者胜。最后我和船长决定：天亮后，全船动员下舱正货，纠正船舶倾斜。

天刚蒙蒙亮，船长下达了命令：“除了驾驶台、机舱值班人员和大厨外，其他人员全部到大舱里正货。”船长挑选了技术过硬的人员值班，我布置了舱位分配情况：船长和轮机长带领机舱船员到三舱，我和大副带领甲板船员到二舱，办法是从盘圆底层穿过钢丝绳，绑扎好后，用手拉葫芦将盘圆拉向右侧固定在舱壁的地铃上。这个办法看起来很笨，但在大风里航行，这是保住船舶和船员安全唯一有效的办法了。

从早 7 点开始，我们携带工具从道门下到舱位，在关闭舱盖的情况下，大舱里仅靠几个货灯照明，如同暗室里的烛光，显得非常昏暗，大舱里又闷又热，散发着一股冷轧钢铁的气味，机舱里主机轰鸣声与海浪拍打船体的“砰、砰”声交相呼应，船员们只能用眼神交流，用手势会意，在这种条件下排险，艰难程度可想而知。正货过程中，船舶不停地摇晃，有的人被晃倒、有的人被划伤、有的人躲在大舱角落里呕吐。

手拉葫芦牵引的速度很慢，加之船舶有倾斜角，工作效率明显不高，但大家一直坚持着，确信只要保住船舶安全，也就保住了自己的性命。年轻船员们看到船舶领导身先士卒，看到党员和老船员冲在前面，顿时克服了恐惧的心理，争分夺秒拼命地干着。驾驶台上，每隔一段时间，就要报告船舶倾斜情况，这样我们坚持了整整一个上午，船舶的倾斜还是没有纠正过来。

由于船舶还在倾斜中，情况非常紧迫，我和船长坚持在大舱里，船员们谁也没有上去的念头。中午，大厨像是慰劳前线的将士一样，把饭食系到大舱里，还送来膨化饼干和汽水，为大家补充能量。我们围坐在一起，狼吞虎咽地吃完了午饭，又继续干了起来。为了加快进度，船员们还想了不少好办法，如托底挂钢丝、两套手拉葫芦交替牵引等。水手长利用船舶平稳的机会，把大舱盖稍稍打开一些，光亮透进来，改善了舱内的昏暗环境，缓解了空气中的沉闷气氛。

时至傍晚，大家都已经筋疲力尽了，像是散了架似的躺卧在大舱里休息，眼看盘圆大都移向了右舷，好像再也没有倒腾的余地了，杨船长用对讲机向驾驶台询问船舶倾斜情况，驾驶台报告了好消息："现在左倾 3 度！"

在大舱里奋战的船员们，激动不已，拍肩相拥，庆贺胜利。此时，我们总算暂时安全了，整整一天呀！经过全船 34 个弟兄的齐心协力，终于化险为夷。我们保住了船舶，也保住了我们自己的性命。

入夜后，杨船长在夜航命令簿上写下："船舶尚倾斜 3 度，各值班员要严守驾驶台，随时观察和记录摇摆仪动态，如有情况及时叫我。"夜航命令是这样写的，但是我和船长都在驾驶台又坚守一整夜，谁也没有回房间休息，在这种情况下，谁还能睡得着呀。

转天，我们继续偏顺风朝东北航向行驶，船舶已经远远地离开了预定航线，直向印度西岸插去，绕航的损失已经不重要了，保障安全才是第一位的。这样我们又航行了几天，在距离印度西海岸几百海里的地方，风力开始减弱，船舶调转了航向，南下去马六甲海峡。

此时，船舶时有 3~5 度的倾斜，尽管如此，我们已经是很乐观了。

“五台山”轮像是患了一场大病，拖着疲惫的身躯，终于进入了马六甲海峡，这时的海面非常平静，我感觉船舶有些平正了，驾驶台报告说“船舶倾斜归零”。这可真是个奇迹，我心中泛起了解脱后的愉悦。船员们说：“谢天谢地，真不容易呀！有贵人相助，我们这是死里逃生呀！”其实，这贵人不是别人，就是我们“五台山”轮的全体船员们，是大家的奋不顾身，坚定意志，才战胜了这极度的风险。

事后，我问过杨船长，当时他为什么不选择在驾驶台值守，而是去大舱，他深有所感地说：“最关键、最危险的地方在大舱里，我相信驾驶员的能力，所以我必须在第一现场，因为职责所在呀。”

“五台山”轮回到国内，我申请休假了，屈指算来我已经在“五台山”轮工作了近 14 个月，在这些日子里，我确实经历了许多。然而，7 月 1 日党的生日那天抢险，是我此生最难忘的。

文 薛贵宁

转战在“浮动的国土”上

20世纪90年代，上海正经历着产业结构调整和深化改革的阵痛，先后有近百万职工下岗、再就业，成为这座老工业城市一个难点和亮点；其中，有13个轻纺、机电系统的政工干部毅然走向波澜壮阔的大海，到远洋船上任职政委，经历了一段不平凡的历程。

1996年和1997年，当时的上海远洋运输公司（以下简称上远公司，现为中远集装箱运输有限公司）为充实船舶政委力量，探索一条政工干部用工市场化的路子，先后两次到轻纺、机电系统招聘船舶政委。这一举动在轻纺、机电系统中产生不小的反响，尽管招聘条件苛刻，但报名者仍有数百名之多。他们中有的所在企业面临倒闭、有的勉强维持但前景不妙。上远公司经过层层筛选，确定了其中的13人，经过培训、实习，正式派上船任职。当时公司对这批首次从社会中招聘的政工干部十分重视，从各方面给予关心、支持和帮助。时任公司党委书记王云茂更是热忱有加，希望他们在新的领域开创出新的天地，为上远公司增添生机和活力。

经过几个春秋的历练，他们由不适应到逐步适应，渐渐与“远洋”融为一体，在学习和实践中重塑自我，在新的岗位上找到自己的坐标和方位，体现了轻纺、机电政工干部特有的价值和人生风采。

~ 李庆春 ~

李庆春，原是上海华丰搪瓷厂的党委副书记，安徽人。那年不过44岁，因为长得大大黑黑，人称大老李。

华丰搪瓷厂是一家一百多年的老厂、国家一级企业，生产的“如意”牌、“丰收”牌产品曾誉满海内外，大多以出口为主。鼎盛时期有职工4000余人，产值4.8亿元，利润1.2亿元。然而随着市场的变化，特别是东南亚金融危机后，该厂便江河日下，一日不如一日。1997年职工只有千余人，厂里困难到没办法支付职工的医疗费。李庆春的办公室里每天总有几十个职工因各种问题来找他。一个职工因换肾而欠医院30万元，去世时医院因为厂里交不出这笔钱而不让拉尸，那情景真惨。李庆春为此揪心地痛。他是党组织的负责人，然而他却自感回天无力。一部分来吵闹的职工甚至说：“叫我们职工下岗分流，你们当领导的为什么不能下岗分流？”李庆春一时气急，但事后想想这话不无道理。正在这时，上远公司来招聘远洋船舶政委，他毫不犹豫地报了名。他想在干部下岗分流上带个头。

痛快是痛快了，但到了远洋他又不得不面对现实。原先的工厂尽管不景气，但他毕竟是副书记，有车子、有手机，而现在这些都没有了，上下船还要自己背着行囊，落差太大了，心里不免有些失落感。更主要的是远洋生活的艰苦性超出他的想象。他上的船跑美国航线，从天津到韩国釜山，再到加拿大温哥华，最后到美国长滩，来回时间长，气候变化大。有时船不是左右摇晃，而是像筛糠似的；有时海面上“涌”会逞强，上蹿下跳，有次把餐桌上的一瓶啤酒兀然抛起，腾空直蹿天花板，连老船员都扛不住了。在不同的方位气候变化大，有时高温炙人，有时寒潮袭人，确实让人很难适应。但李庆春是个硬汉子，他当过七年的炮兵、装甲兵，到地方后务过农，当过乡办公室主任、纪委书记、乡长、乡党委书记等。他的妻子是上海知青，1991 年他随妻子到上海，安排在华丰搪瓷厂。他有这种适应环境的能力，更有为原单位争气的犟劲。

那年冬季，船到加拿大温哥华港，当时寒气逼人，气温在零下 40 摄氏度，船舷边上由于不断上浪，结起了一层 30~40 厘米的冰，水密门舱都冻住了，打不开。李庆春带着船员们抡起铁镐一块一块地敲凿破冰，手上都起了紫血泡。夏天，船在波斯湾海域，中午时分，暑气灼人，甲板上达到 60 多摄氏度，机舱下也有 50 多摄氏度。他坚持下机舱，了解机舱情况，帮助解决一些问题，好几次晕倒了，被船员们背出了机舱。

一次，船上二号油舱漏油，公司已决定进厂修理，对渗漏处进行焊接和修补，但在动火之前必须事先清洁油舱。油舱有 700~800 立方米，特别是下面的一层油角很厚，油舱又不规则，曲里拐弯的，有的地方人要蹲着、趴着才能工作，工作量大且有难度。船厂开出的修理项目中仅这一项就要七万元。李庆春与船长、轮机长商量后决定自己干。他们发动全体船员一起上，大家作了分工，责任到人。李庆春自己选择最里面、难度最大的位置干。他们在一路颠簸中把油角一点儿一点儿铲起来，装进桶里，足足有十几吨，卡车一车还装不完。船员们个个搞得油垢满面，李庆春更像一只油老鼠。大家打心眼里佩服他，这个政委真棒！

一年三月，李庆春在“秀河”轮上，船由美国回沪，途中突遇风浪，经过日本海时，风力达到 11 级，浊浪拍天，船倾斜到 40 度，厨房里正在下的一锅饺子也在剧烈的晃荡中翻出。偏在这时，机舱发生主机凸轮移位故障，情况十分危急。船长和轮机长都未遇到过类似情况。李庆春和大家商量，广泛听取轮机员意见，最后决定封掉一个缸，维持到国内。由于少了一个缸，转速上不去，在风浪肆虐中随时都可能发生不测，船员们个个都捏了一把汗。几天中风浪一直不敛，反而越来越疯狂，操舵的一水为使自己不被摔倒，手拉着边上的把手，用肚子顶着操舵，全身里外衣服都湿透了。李庆春特别冷静，他发动全体船员各就各位，做好各项应急准备工作，以防不测，同时带着人去甲板检查集装箱箱子情况。有船员叫道，这时出去不要命啦！他说不出去不行，万一箱子有什么情况，损失不得了。他和船员们用绳子连起来，系妥了保险带，走几步挂一个钩子，一个个地检查，待全部查完时，全身被海浪都浇透了。那三天三夜，他没有好好合过眼，直到船抵上海，他心里的石头才落地。

李庆春做过多年党务工作，又注意学习，因此政治理论功底较厚，在原单位曾被评为“上海市优秀思想政治工作者”。他在船上经常开展各种教育，且很少讲套话，更忌讳空洞无物的说教，而是将教育内容融于人性、亲情、知识性、趣味性中，因此他即便讲时事政治，船员们也特别爱听。只要一段时间没听到政委讲课，大家便会问他：“最近形势怎样啦？”“什么时候给我们详细嗑叨嗑叨？”

李庆春所在的前一艘“秀河”轮荣获“中远集运公司先进党支部”、“上海市文明班组”，所在的后一艘“荣河”轮荣获“中远（集团）总公司‘华铜海式船舶’”称号。

～ 章胜海 ～

如果说李庆春在上远公司的国轮上经历了一场灵与肉的搏击和考验，那么章胜海作为劳务输出政委到外籍船上工作，自然走过了更为艰难的道路。

章胜海原是上海第七印染厂的工会副主席，因产业结构调整，企业不断萎缩、兼并，在对未来无法把握的情况下，他毅然选择了去“远洋”。在上远公司，他被安排在船员劳务外派处。船员劳务外派处是上远公司为有效利用人力资源、参与国际海员劳务市场竞争而建立的海员劳务输出机构。章胜海第一次独立工作，就被派到美国海威公司的“大明华”轮上，并且让他单个去接班。外派处的领导在下达调令、为他送行时，曾不无歉意地表示，本来他第一次出去应该有一个同伴一起走，但这套班子的船员到期还有一段时日，原政委有特殊情况要回来，公司又不可能专门派一个人去送他，因此只能让他单枪匹马走了，希望他一路上千万小心。章胜海十分理解领导的心情和难处，握着领导的手说，放心，我会顺利到达的。

“大明华”轮停靠在美国的坦帕港，去到那儿必须先坐飞机到日本东京，然后再由东京转机到美国芝加哥，最后由芝加哥换机到坦帕港，路上要 18 个小时，换乘三架飞机。当章胜海几经周折终于出现在船上时，船员们惊讶地打量他，说他外语一定相当棒，他摇摇头；又说他一定是出来闯荡过、见过世面的人，他摇摇头又点点头。

章胜海 1954 年出生，16 岁就当兵了，17 岁在部队时就独个负责押着一车待修的仪器设备，用火车从丹东到沈阳，再从沈阳修好后运回去，期间找修理厂，联系托运，用了火车用汽车，办了这个手续又打那个交道，最终圆满完成了任务，受到部队首长嘉奖。以后他复员到了二十三漂染厂，干过青年、组织、宣传等工作，由干事到科长，再到工会主席、副厂长。后来二十三漂染厂被兼并到第七印染厂。他好学肯钻，自学了高中、大专，取得了毕业证书。远洋航运对他纯粹是另一个世界，他连远洋航运以及船舶的最基本概念都没有。但他愿意学习，感到人生就是在不断的学习中充实、提高，从而使自己得到升华。过去他要懂得全棉、混纺、高支、低支，现在要知道经度、纬度、水流、潮位，生活就是在挑战中迸发出火花。

他一到“大明华”轮就立马接班，紧张地熟悉情况，当天老政委下船，次日一早船就开了，章胜海突然感到心里空落落的，全船船员都看着他，包括外籍船长、轮机长。那天他只感到脑袋晕晕乎乎的，头重脚轻，一阵阵倦意袭来，难受得不得了；而到了夜里又怎样也睡不着。一开始他不明白这是怎么回事，后来才知道是时差反应。从地球的这边到那边，人的生物钟节律被扰乱，他还没有习惯，需要有一个适应过程。这种状况直到一个多星期后才慢慢缓解。

“大明华”轮除船长、轮机长为外籍人外，其余 28 人均为上远劳务派出的船员。章胜海对内是船舶政委，对外是加油工。远洋系统的人都知道，现在的船舶政委不好当，而外派船舶政委更难当。他们对外是不公开的，既要做好业务工作中的事，又要负起一队人领队的责任，有的既当政委又当服务员，或当水手、机工等，扮演着双重角色。

“大明华”轮上的船长、轮机长都是美籍台湾人，按理说比较好沟通，但他们对大陆不了解，又抱有偏见，甚至带有敌意，因此除了工作上的事外，从不与大陆船员接近。章胜海曾试图与他们交流、沟通，但无果。他并不气馁，心想，他们彼此在同一艘船上，是有共同点的，就是把船开好，安全优质地完成航次运输任务，工作上主动配合好。“大明华”轮航行于加勒比海，在美国—特立尼达和多巴哥之间，12 天一班，船舶周转快、工作量大。而美国港口国检查是出名的严，甚至到了挑剔的程度。章胜海坚持和船员们多商量、多请教，凡事想在船长、轮机长前面，仔细研究美国港口国检查的条款和要求，各方面考虑尽可能细致周全，做到无可挑剔，这样每次港口国检查都顺利通过，船长、轮机长脸上露出了笑容。

一次，船上的增压器发现缝隙，影响船速，需要更换外壳。但这个修理项目一般要厂修才能解决，但厂修代价大，船东征询船上意见，能否有折中的办法。船长和轮机长感到为难。章胜海知道后与轮机部的弟兄们商量，广泛听取意见，最后又召开了“诸葛亮会”。大家认为这个项目船上自己能搞，但难度很大。章胜海认为，既然自己能搞，再大的难度也要克服。在认识统一后，他们向船长领命接受自修任务。章胜海觉得，我们要么不接，接下来就一定要做好。只能做好，不能搞砸。他和大家彻夜研究，制定完善的方案，考虑到每一个环节，又做了大量的前期准备工作，确保万无一失。一个月后，船停在一个简易码头，自修攻坚战打响了。船东给了船上三天时间，够紧张的，但船员们日夜突击、马不停蹄，仅用了两天就完成了任务，章胜海与船员们累得快要趴下，眼睛都布满了血丝。船长亲自下机舱来慰问，这是他第一次下机舱。他特别高兴，跷起了大拇指，又拍拍船员们的肩膀，一个劲地说：“到底是COSCO！”随后又给大家发了奖金。

这以后，船长对大陆船员的态度有了转变。他知道章胜海是他们的头儿，有了难事总要通过他去解决。船长称呼他“头儿”，有时就干脆直呼“政委”了。章胜海并不在乎别人怎么称呼他，但外籍船长在称呼上的变化，说明人家对他工作的认可、对大陆船员的尊重。后来船长、轮机长先后休假换人，新的船长、轮机长开始也较生硬，两方之间总有一层隔阂，但时间一长，他们知道通过大陆船员这个“头儿”，事情就能够得到解决，也愿意和他商量，态度也变得友好。船上的船员陆续换了几批，而章胜海一干就是17个月，直到合同期结束，才带领着20多个船员一起返沪公休。在离船之前，他去向船长和轮机长道别，他们握着他的手不放，说：“你的工作很出色，真不简单！不知下次什么时候还能再来？”

章胜海第一次外派就是一年半，回到家里，读初中的儿子直愣愣地看着他，他也快认不出儿子了。儿子长高了，像个大人了，他自己似乎也经历了脱胎换骨的锤炼，变成另一个人了。

那年 7 月，章胜海在东平船务公司的“秦岭”轮上工作，接到船员劳务外派处发给他的电报。电报告诉他，中远集运公司已授予他 2000 年优秀党务工作者荣誉称号。他拿着电报，心里好一阵激动。按理说他过去得到的奖励、证书并不少，但这次是他步入人生不惑之年后，在一个全新的领域得到的又一个肯定，因而他特别珍视。

~ 竺瑞跃 ~

竺瑞跃，原搪瓷不锈钢公司的组织人事部副主任。人长得并不高大，却敦敦实实，始终留着小平头，为人特别随和诚恳。在这 13 人中他是较为年轻的一个，到远洋那年还不满 40 岁。1976 年到松江农村插队落户，以后上调到上海工业搪瓷厂，1983 年进搪瓷不锈钢公司组织人事部的工作，曾得到过“上海市新长征突击手”的称号。按理说他这位子还是挺“铁”的，下面工厂不管怎么变，公司总归是一棵大树，且组织人事是掌有实权的部门，好多人还挺羡慕呢。然而竺瑞跃眼光看到的不是现在，而是将来。搪瓷不锈钢公司下属企业凋敝、萧条的景况他最清楚，公司为了应对下属企业的收缩，已几次改革机构、精简人员，未来趋势更为严峻，令人无法乐观。更何况他有一颗不“安分”的心，不满足于守摊过安稳日子，他要寻找能够大刀阔斧施展自己才干的地方。他感到自己还年轻，需要一份有挑战性的事业。他曾利用业余时间先后参加党政管理、金融管理大专学习，分别取得了学历证书，就是为了迎接今后的挑战打基础。就在这时，机会来了。上海远洋公司的招聘让他怦然心动。他对远洋行业不甚了解，只知道这是一个古老的职业，可以遨游四方，潇洒而又浪漫。很久以前他娘家的一个老邻居就是满世界跑的国际海员，每次回来总是风风光光的，那时弄堂里没有一家有家用电器，就只他家最早从国外带进来彩电、冰箱、空调等，引得左邻右舍煞是羡慕。能够周游列国，收入待遇又优，“生活天天是新的”，这样的工作为什么不去争取？更何况他想试试自己的能力。一路过关斩将，竺瑞跃终于如愿以偿。

刚上船那阵子，他既兴奋，又新鲜，然而时间一长，那种感觉就烟消云散了。远洋航运生活不是他想象的那样浪漫、风光，而是艰苦、严酷，是极大的付出并承担着风险。船舶颠簸时的呕吐，胃腔里翻江倒海似的难受，头沉得无法竖起来，那种晕船的滋味没当过海员是无法想象的。出去时间长了，蔬菜没有了，而一时又上不了，只能吃酱菜；淡水用完了，没处加水，就用雨水积着，每人定量用。靠港除了装卸货，应付各种检查，还要不停地巡逻，防止有人偷渡，更要睁大眼睛时刻提防海盗偷袭。航行中搞保养，敲锈涂漆，人往往悬在半空。还有时差、温差……最让他受不了的是思家之苦。他的家庭观念重，整天牵挂父母，想着妻儿，特别是女儿，她是他的掌上明珠。每天他都会想到女儿这会在干什么：她放学了，妻子会按时去接她吗？星期天早上学钢琴，她会不会贪睡迟到？她看书写字总是距离太近，现在是不是注意些了？她喜欢吃凉食，最近肚子是不是又不舒服？越想越是不安，嫌船上的时间慢，盼着早早回家。好不容易回到上海，还没来得及过夜又要走了。夜深人静，别人都守着妻儿安然入睡，而他却要起身赶船。女儿不肯入睡，拉着父亲的手抹眼泪，那情景实在不好受。以后他吸取了教训，特地趁女儿上学时走。他真不愿意这样做，但又不得不这样做，实在是无法面对女儿的眼泪。然而当他上船后在电话中向妻子打听女儿时，从妻子的回答中知道，女儿回家后发现父亲不在时还是大哭了一场。

直到这时他才感到当远洋海员确实付出得太多了，心里未免有些懊恼、后悔。尽管他也得到了不少，但和付出比较起来，值得吗？那种想法在头脑中保留的时间不长，他就责备自己，难道捧着原单位的大锅饭就值吗？人生就是在付出中得到，有时付出和得到不能简单类比。更何况这里的天地多宽、舞台多阔？如今社会上像上远公司那样确确实实重视思想政治工作，有体制制度作保障，有传统的环境氛围相烘托的单位并不多，他应该好好珍惜。只要自己融入进去，是大有用武之地的。

这样一想，心也就平了。他便开始琢磨怎样做好本职工作。远洋船员这样辛苦，作为船舶政委，他的工作重点应该放在哪儿呢？思前想后，他感到应该放到船舶文化建设上，丰富船员生活、营造家的氛围、提高船员素质、凝聚船员人心。他在原单位也特别热心于企业文化工作，将原单位的一些经验借鉴到船舶，在船上举行运动会、艺术节，搞得红红火火、有声有色，把船员潜在的特长都发挥出来了。有些并无特长的，在参与中也得到了乐趣。船上的气氛活跃了，融融乐乐，宛如一个大家庭。尝到甜头后，他就想方设法经常开展类似活动，比如揭字游戏、猜谜、跳交谊舞等，想不出新招时就叫妻子帮着收集各种文体活动资料。开始有些船员不习惯，而时间一长就习惯了，在活动中增进了彼此的了解，消除了误会和隔阂。一个一水和二副为点儿小事赌气，竺瑞跃在一次舞会上看准了机会，把二副推到一水面前，他们彼此最初有些尴尬，转瞬两人就跳了起来，一曲舞完了，彼此的气儿也消了。

竺瑞跃留心注意船员的情绪变化，谁没出门，一个人关在屋里，有没有外在因素。比如通了电话、来了信，家里发生什么事情了。他拉他们出来，在活动中得到沟通和了解，做有针对性的疏导工作。这些活动效果之好大大出乎他的意料。最主要的是他与船员之间的距离近了。1999 年，他开始对船员实行“上船一封公开信，下船一封感谢信”的做法，被公司称为思想政治工作新方法的独创，受到上上下下的一致好评。再以后，他将文体活动与业务学习结合起来，绳索打结、撇缆竞赛、电脑操作训练等，既丰富了船员生活，又提高了船员的业务素质。同时他将文化建设进一步深化，在船员中广泛征集船舶精神和“减去一个坏习惯，养成一个好习惯”等活动，在征集中使船员受到了教育，得到了提高。大家都说，竺政委真有办法。

船员文化素质的提高，大大促进了船舶营运与安全。1999 年夏天，竺瑞跃所在的“东凤”轮正停泊在台湾基隆港，由于加油不当，油舱里的油从透气孔往外冒，甲板上满是柴油。如果柴油溢出甲板流入海里，造成港口污染，后果不堪设想。此时狂风大作，暴雨滂沱。竺瑞跃迅即带着船员冲入暴风雨中。他们从各个位置围堵，用吸油毡一点点地吸，不让柴油流下去。经过两个多小时的鏖战，终于避免了一场油污事故。

竺瑞跃在哪艘船上都很受船员欢迎，他与船员之间也建立了深厚的感情。每次与下船公休的船员分手总依依不舍，心里要难过几天。他们朝夕相处，而一旦分手，又不知哪天才能重逢在另一艘船上。这个，他到现在还是不太适应。

2000 年，中远集运公司授予他“优秀共产党员”的荣誉称号。

文 吴锦祥

冲出亚马孙

我所在的中远“衡山海”轮，是上海沪东船厂在 1998 年建造的一艘 72000 多载重吨散货船。2002 年 5 月底，该船结束了在比利时根特的卸货，航行于大西洋上，清扫、冲洗、备舱，准备迎接新的任务。30 日上午，接到香港租家的第一个航次指令，任务是开往巴西北部亚马孙河里的 TROMBETAS（特龙贝塔斯）港，装 5 万吨精制铝矾土，然后开往爱尔兰的 Aughinish 港卸货。

大家对巴西亚马孙河都非常陌生，港口资料掌握甚少，船上没有该地区的大比例尺海图。而且港方要求从河口至河道内的 MACAPA（马卡帕）引水站这段约 200 海里的航程，需要船长自引。如果此段必须要引航员的话，需要绕道 300 多海里，到另一河口上领航员，且费用要 1 万多美元。所需航时约 2 天，一进一出就要 4 天，花费确实很大。当时的航运市场很不景气，租船价格非常低，经过与公司反复争取，最后公司同意了我的自引方案，给我提供了尽可能的岸基支持，并要求我必须确保船、货和人员的安全。与此同时，我们也与租家确定了受载计划，根据港口吃水限制要求，保证装货在 5 万吨上限以内。各项抵港前的准备工作也相继开展起来，包括各种预案、设备调试、应急演练等等。

6月8日下午，船抵达亚马孙河北沙坝，因为是空船，吃水小，很顺利就通过了这个最低约9米水深的北沙坝，19点正式进入亚马孙河口。当时正值世界杯球赛（中国对阵巴西队），因河口太空旷，根本没有电视信号。然而即使有信号我也看不了，精力全部集中在河道中的安全航行上。天渐渐黑下来，两岸没有灯光，伸手不见五指，原始茂密的森林里不时传来野兽的怪叫声。河道内可供航行定位的浮标太少，为保证航行安全，我们提前将航线上的各转向点输入雷达里，按照雷达所示的航线走（雷达的方位误差必须是零）。船离岸边的最近距离只有0.5海里。在甲板上巡逻的船员用对讲器询问我："是否离岸边太近了，都能听到野兽叫声了。"我告诉他注意观察，不用担心，我们现在的船速是14节，野兽是追不上我们的。9日凌晨3点半，我轮顺利抵达马卡帕引水站抛锚。早上8点，各位港口官员上船办理船舶抵港手续和验舱、量油等等，下午，两名引航员上船起锚续航，年轻的引航员一上来就问我："是中国人还是日本人？"我说："中国人"，他告诉我说："啊，4:0（指昨晚那场比赛），不过中国球员踢得很努力。"可见巴西人对足球的狂热程度。

由于亚马孙河道里面常年落水流，我轮虽然是空船，但一路顶流航行，速度只有10节左右。经过了40个小时的航行，10日下午顺利抵达装货港特龙贝塔斯。6月15日下午装完货，共计51981吨精制铝矾土，平吃水为：前中后均11.58米。代理提供了出港所需的大比例尺海图和河口潮汐表。当天傍晚在引航员的指挥下，船离开了特龙贝塔斯港。在亚马孙河里一路顺流北上，船速很快，平均在16节左右。16日上午到达马卡帕。两名引航员离船，我开始了自引工作。傍晚7点，在河口SANTANA附近抛锚候潮，按照潮汐表所示，高潮潮时约在凌晨2点半，然后约1个多小时的平潮后，就开始落水了。高潮潮高大约 3 米。

亚马孙河口的地理环境对于一条满载的大船而言是极其险恶的，到处是浅滩、急流，可供我轮抛锚候潮的水深（13 米以上）很少。这里虽然大船不多，但从事捕鱼的小船却很多，都想趁着大潮汐下网捕鱼，这给我们的安全航行、锚泊候潮带来了相当大的阻碍。晚上 8 点多，转流了，且流速很大。原先抛锚时在船头 0.25 海里左右的浮筒灯标，由于大船调向瞬间被甩到船尾附近，很有可能被压到船底下。接到值班人员的报告后，我立即组织人员重新备好车，通知船头的大副先绞锚，待大船绞离浮筒一段距离后，马上动车，用尾流将浮筒冲开，将船移到稍远点儿的地方重新抛锚候潮。按照提前做好的预案，大船要在高潮时段的 4 个小时内冲过该河口约 40 海里的北沙坝。考虑到浅水效应，预计船速要下降 4 节左右，也就是说由全速时的 14 节下降到 10 节左右，4 个小时冲过沙坝还是有安全保证的。还有一点就是合同条款里有一条"南美河道或港口的合理坐浅"规定。即使 4 个小时闯不过去，也可以坐浅在沙坝上，等待下次高潮时再继续冲过去。但是作为一名船长，谁也不愿意自己开的船坐浅。

17 日 0 点 30 分，"衡山海"轮在我的指挥下准时备好车起锚冲滩。船慢速地躲过一条条捕鱼船和一片片渔网，于 1 点 30 分抵达亚马孙河口北沙坝，此时船速已经加到最大全速，开始向着沙坝发起冲锋。很快，大船就上了浅滩，先是浅水效应开始有了，船速急剧下降，紧接着船体开始剧烈抖动前行，测深仪等助航仪器显示的船底富裕水深为零，只有 GPS 显示的船速在下降，最低降到了 7 节左右。我看看水面，船还在走，从船体抖动的情况分析，估计船底的富裕水深也就 20~40 厘米。抖动的情形好比犁耙在田地里耕地，估计这个时候船上没有人能睡着觉。当时我最怕的是机舱打电话上来，一旦机器扛不住出了问题，那可就白忙活了。还好机舱一直很平静，仗着是一条4年多的新船。两个操舵的水手紧张地盯着海面，我和值班二副一人守着一部雷达。二副非常焦虑地问我："比咱原计划慢了，要是闯不过去咋办呀？"我安慰他说："不用害怕，我们预案的计算都有安全余量，现在的平均速度还不低于9节，有速度，就有希望，要相信我们自己，坚持就是胜利。"早晨4点，大副上驾驶台值班，此时船体的抖动开始减弱为颤动了，船速也稍有提升，估计在平潮时段了，最浅的地方基本上过去了。接近5点，船速又上升了点，大约5点半，仪器显示船速恢复到13节，富裕水深也有了，从2米迅速增大到4米以上，经船位测定和各项指标显示，说明大船已经顺利驶出了亚马孙河口的北沙坝，冲滩成功了！大家欢呼雀跃着："过来了，总算闯过来了！"随后我们对大船稍做检查，认定没有任何损失后，即刻定向定速，朝着大不列颠方向开去。从驾驶台回到房间，已经是早晨6点多了，如释重负的我，早点也无心去吃，倒头就睡。

这件事虽然已经过去十几年了，但是当时的焦虑、惊险、紧张、喜悦的场景仍然历历在目，记忆犹新。

文 刘国华

与飓风“伊万”周旋

2004 年 3 月，我到天津远洋公司所属的“振兴海”轮任船舶政委。这次出海时间较长，主要航线是从南美哥伦比亚的圣玛尔塔港锚地装载原煤，运往美国南部的莫比尔港。船舶租给了美国的商家，一切运输计划都是租家安排，一个往返航次大概要 20 天左右，截止到 9 月初，我们已经为租家完成了 6 个航次的运输任务。也是经过了这 6 个航次后，我们非常熟悉了这个航线的特点，以及港口的设施情况和两个港口的办事效率。

9 月 6 日，“振兴海”轮第 68 航次，又一次从圣玛尔塔锚地装载 67600 余吨原煤，驶往美国的莫比尔港卸货。还是在开航前，我们收到了海上气象预报，预报称在小安的列斯群岛以东的大西洋海面，形成一个编号为“IVAN”（伊万）的飓风，路径是由东向西移动，横扫多米尼加、海地、开曼群岛，后折向西北穿过尤卡坦海峡，覆盖古巴西部和墨西哥东部半岛，进入墨西哥湾后，以 8 节的速度向北北西方向移动，飓风中心气压为 912 毫巴，最大风速为 170 节，中心海面浪高达 18 米，其破坏力是 20 余年来之罕见。这个飓风被当地媒体称为“杀手”，在飓风经过的多米尼加、古巴、墨西哥等国家，房屋被吹垮，道路中断，桥梁坍塌，人们的生命财产遭受了巨大的损失。在美国的莫比尔地区，人们更是闻风而动，政府早早放假，商店纷纷关门，学校被迫停课，市民们争先恐后购买木板，封闭和加固门窗。上百万人举家外出躲避，莫比尔和新奥尔良几乎成为空城，与此同时，“振兴海”轮正航行在去往莫比尔的海面上。

11日凌晨两点，“振兴海”轮抵达莫比尔港锚地抛锚，这时飓风“伊万”中心位于开曼群岛南部(17.8H/077.4W)，向西快速移动。此时，飓风在“振兴海”轮的东南方向与古巴相隔，距离1000余海里开外，船员们还没有明显的感觉。

按照正常的计划，如果此时能够进港卸货，13日晚，可以赶到飓风到来之前安全离开港口，到海上避风。可是由于飓风的到来，港口坚持作业的工人所剩无几，卸货速度明显缓慢。船舶在锚地焦急地等待两天才有了进港的消息。进港时间的推迟，是对“振兴海”轮防避飓风最不利的因素，可是租家执意要在飓风到来之前让我们进港减载，然后离港避风。从时间上看这样安排是可行的，但是按照飓风移动的速度来看，“振兴海”轮最好是在13日下午两点前安排进港快速卸货，否则将受到飓风的威胁。与租家代理反复联系，租家代理的态度总是不明朗，程船长将此情况及时向公司海监室和航运处报告，争取岸基支持和帮助。

13日中午，飓风中心横扫多米尼加和开曼群岛，距离“振兴海”轮650海里。对于“振兴海”轮来说，时间就像生命一样的宝贵，在程船长的多次催问后，终于得到下午4点半上引航员引航进港卸货的通知。可是，毕竟比我们希望的时间推迟了两个半小时。

莫比尔航道狭长，从引水站到卸货码头需要4个多小时。这4个小时我们仔细研究部署了抗避飓风的一些细节安排。召开紧急党支部会议，向甲板部和轮机部的同志通报了情况，让大家在思想上和行动上做好一切准备，设想可能出现的不利情况，研究了三条应急方案：“进港后，甲板部提前开舱，并协助码头工人抢卸，争取尽快离港。”“离港后，各部门必须在航道上完成防风的绑扎紧固工作。”“海上避风时，选择最佳航线、航向，轮机部保障全速冲出大风区，择地避风。”有了这些准备方案，大家的心里踏实多了。

防避飓风（台风）是远洋船舶极其要紧的大事，从陆地机关到一线船队，都不敢掉以轻心。海监室是远洋公司专门指导船舶海上安全的指挥控制部门，掌握了大量的气象和水文资料，可以利用卫星通信与船舶联系沟通，协调当地航运代表给船舶必要的支持。一线船舶掌握本船设备的具体性能，熟悉货物配载的情况，了解船员的业务素质和应变能力。

在“振兴海”轮进港途中，公司海监室于主任用卫星通信直接与船长通话，明确要求“振兴海”轮“做好当地代理和港方的工作，密切与中远航运代表的联系，争取尽可能早地离开港口，进入墨西哥湾避抗飓风”。并要求我们细致部署各项应急准备工作，谨慎封闭货舱及各处水密门窗，提前与驾驶员商讨大风浪中航行的操纵措施，准确掌握船位，掌握风流差，随时掌握船舶与危险浅滩和危险井架的安全距离，保证船舶机器设备的良好状态，保障与公司的通信联系。

公司及时而明确的指示，为船舶防避飓风增添了巨大的信心，船舶立即召开紧急会议，按照公司的要求和部署，进行全船防抗飓风的紧急动员，强调在紧要关头，共产党员要起到骨干和模范作用，全船要保持镇定冷静，抱定必胜的信心，部门要顾全大局通力合作；要坚决执行命令，服从船长的统一指挥。并对具体工作进行了明确分工：船长负责对外和对上级的联系，负责进出港安全和海上避风的各项细节实施；政委负责思想动员和绑扎加固工作的监督落实；

轮机长负责船舶机器设备的安全运转，随时启动应急设备，检查并集中油水舱室，以减少自由液面；大副负责码头的抢卸协调工作，准确掌握开关舱作业的时机；大管轮和机工长负责机舱备件和设备的固定；见习政委负责业务组生活保障和生活区内的加固；水手长负责指挥甲板部对物料间、油漆、消防救生设备、舷梯、伙食吊、备用锚的绑扎加固。各方面的工作部署下去，大家迅速行动，没有一丝拖延，船员们同舟共济的意志，在紧要关头得到了充分的体现。

13日21时22分，“振兴海”轮安全停靠莫比尔港码头，此时飓风中心位于古巴西部，距离“振兴海”轮520海里。海监室于主任又打来电话，要求“以船长的名义，把采取的措施和理由通报租家。行动前提前量一定要充足，确保船舶和船员的安全。力争14日早上6点离开港口。”按照海运惯例，这就是绝对死命令，必须坚决执行。程船长此时心里明白，自己一定要保持清醒，沉着应对一切可能出现的情况。

在系好最后一根缆绳时，还没有等舷梯放下，大副就在船边与岸上的工人取得了联系，询问了港机的准备情况和卸货速度，并提出我们的要求。美国工人在关键时刻还是挺配合，迅速调来港机做好了卸货准备。租家代理上船后，径直奔向船长房间，第一句话就是通报飓风“伊万”的动向，并称最快要到14日早8点才能完成减载1400吨的数量，满足在莫比尔河道掉头区11.8米的吃水深度要求，否则将会造成船舶搁浅，那时“振兴海”轮将是一条死船，在飓风到来之际是绝对不会有人来救援的，船毁人亡的局面不可不免，美国海岸警备队一定会追究当事人的法律责任。

听到可能出现这样严重的事态，更何况离港时间又要推迟两个小时，船员们不免产生了焦急情绪，担心船舶能否冲出飓风“伊万”的袭击。特别是推迟了两个小时，这非同小可，它意味着距离当天下午 2 点封港的时间仅有 6 个小时的余量，那时争先离港避风的船只将会增多，港口需要先安排容易离港的船舶，对于我们六七万吨的大船来说，还不知道安排到什么时候。

船员的焦虑情绪很容易表露，政委找到大管轮和水手长几位党员骨干，同他们分析了目前的不利条件和有利因素：从飓风移动方向上看，我们在墨西哥湾避风不是个好地方，我们的回旋余地明显小一些，且石油井架子和浅滩较多，一旦飓风的移动方向不是预报的那样偏北方向，而是转向偏西方向，对我们更加不利。然而我们的有利因素更大，第一，我们已经在这条航线上跑了有半年时间，航线情况比较熟悉了。特别是这几年，船舶维修保养工作抓得很紧，船舶机器设备始终处于良好的运行状态，甲板上锚机设备处于良好的使用状态，对抗避飓风有可信的基础。第二，美国是飓风多发地区，气象预报相当准确，只要我们紧密关注飓风的动向，在可航半径航行，危险性就会减少。第三，我们装载的是原煤，不会轻易造成货物移动，如果减载一部分，船舶稳定性能更好。第四，墨西哥湾虽小，但是紧急情况下船舶可以向南航行，靠离大陆近一些，待援更有利。第五，我们是一条优秀的船舶，有一支高素质的船员队伍，船员对船舶操控的业务能力很强，希望通过全体船员的共同努力，顺顺利利地躲过这场灾难性的飓风。

一组惊人的数据表明，“伊万”代表着 2004 年北大西洋飓风强度的最高水平，“伊万”也成为北大西洋近 20 年来最强的十个飓风之一。

减载卸货是在夜里进行的，由于是在码头上，船员们可以更方便地开展抗飓风前的各项准备工作，这一夜，大家几乎没有合眼，一方面关心卸货的进度，另一方面要检查各部位的加固情况。甲板部在卸货时见缝插针，把物料间、油漆间的物料固定好，封闭道门，关闭货舱通风口，绑紧甲板上的配电箱，收回前甲板的救生圈等，他们的动作显然是经过长期训练的，此外水手长带人登上救生艇，检查两个救生艇的状况，启动艇机试验。由于时间已经是下半夜了，水手长抓紧安排水手休息，因为明天会有更艰巨的任务等着他们。

机舱里能够移动的部件比较多，平时航行没有太大的问题，但遇到大风浪就必须加强固定，特别是备件箱、可移动的大型工具、机床等容易出现问题的地方，要盯紧不放。此时安排轮机员和机工值现场加强班，其余的人员抓紧休息，明晨开航后，轮机长还要到机舱值班，并安排两名机工巡视，所以现在养精蓄锐是很重要的。

14 日凌晨 4 点，大副值班上岗，这个班次比较让人放心，政委在房间打了个盹儿，不到 6 点又起来到了伙房，早晨帮厨是政委的习惯。此时，大厨正在准备早餐，为了让大家吃好以保持充沛精力，大厨破例早上包包子，大厨姓王是位老船员，他勤快热心，是政委的好帮手。俗话说：大厨是半个政委，这话一点儿不假，船舶伙食的好坏，确实关系到船舶思想政治工作的效果，一个好大厨，可以使思想政治工作起到事半功倍的作用。大厨周到的心思，让人很欣慰。

早上 8 点前，我们减载的任务顺利完成，美国引航员登上甲板后，还没走上驾驶台就下达了开航的口令，真是争分夺秒呀。确实，我们在联系引航员的时候，已经做好了各项准备工作：拖轮已经带好缆绳，锚链已经收起，机舱已经备车完毕，这使美国引航员非常高兴，与船长配合起来也很默契。莫比尔港航道很窄，对于我们这样的大船，掉头比较困难，在掉头的过程中，我们体会到了减载的重要性，如果不减载的话，在航道上搁浅是不可避免的。

一声长笛，“振兴海”轮在阴雨中调转船头，安全驶出莫比尔河道。

14 日中午 12 时 10 分，“振兴海”轮行驶了近 4 个小时，抵达了莫比尔锚地，减速停车，让接送引航员的快艇背风靠近。在风浪中，引航员艰难地从软梯下船，乘快艇返回了港口。此时，飓风“伊万”离“振兴海”轮约400海里，正在墨西哥湾疯狂肆虐，并向北直扑美国南部。引航员离船后，“振兴海”轮全速向墨西哥湾西南方向驶去，此时，我们抗避飓风“伊万”的第一步取得了决定性的胜利。

公司海监室来电：“欣喜你轮已及时开航离港，驶往海上避、抗飓风，为避风成功起到了良好的保证作用。”“引航员下船后，全速走西南航道，向西南方向，远离飓风进路，在接近STROBE灯浮前，请注意避开浅水区域，从该灯浮南面通过，保持与井架等危险碍航物的安全距离，防止被风压向危险碍航物，过28.0N/90.5W点后，要尽可能地向偏西方向的安全水域行驶，及早地远离飓风中心。”“绑扎加固好每一个可能移动和活动的物体，尤其是绑扎好艏甲板上的备用锚。”“充分考虑到可能遭遇的狂风、狂浪时的操纵方法，克服疲劳，执行双驾驶制度，保证两个操舵水平高的水手在驾驶台操舵。”

公司的具体指示，给了我们极大的支持，我们按照设定的航线，向墨西哥湾西南方向全速前进。由于海上有众多石油井架，我们只能选择最安全的航线，避开浅水区和碍航物，虽然我们已经减载，但仍然是重载航行，航道右侧有浅滩，因此必须格外谨慎小心，程船长从早晨一直坚守在驾驶台，本来语言就很少，现在更是一句话没有，两眼只盯着航线前方，生怕出点儿什么意外，虽然我们实行了紧急情况下的双驾驶员制度，但是坚守在驾驶台上，会让船长自己也放心一些。

晚上10点40分，我们终于驶出了复杂航段，顺利进入深水区，此时，海面风力逐渐加大，六七级的大风让“振兴海”轮有些晃动，飓风中心距离我们只有255海里了，预计未来几个小时，飓风中心离我们会更近些，我们必须加足马力向西南方向前进，争取与飓风保持260海里开外的距离。此时，我们从雷达中看到，在我们的附近还有七八艘船舶，他们先期抵达这里避风，看来我们并不孤单。

当程船长向海监室报告船舶动态时，他们也非常高兴，在海监室守了一天一夜，现在可以放松一下心情了。他们用电话告诉船长说：公司老总非常关注“振兴海”轮的避风情况，深夜赶到海监室坐镇，并提出了具体指示和要求，给“振兴海”轮抗避飓风以有力的支持和力量。

15日凌晨2点，“振兴海”轮距离飓风中心220海里，船位28.4N/090.3W，海面风力增大到7级，气压1005毫巴，这个数据表明，我们虽然在大风中，但是相对还是安全的。船舶在巨浪中左右摇晃、上下颠簸，倾斜仪显示船舶左倾27度、右倾25度，由于我们有了充分的防范准备，船员们没有惊慌的表现，反而更加冷静沉着。凌晨4点飓风中心距离“振兴海”轮188海里，这是我们距离飓风最近的距离了，但从海面的情况看，比我们想象的更好一些，这是我们所希望的海况。我们在这种情况下坚持了整整一天。

15日下午6时，我们行驶到远离飓风265海里处，海面风向转东北方向，风力减弱至5级，气压也回升到1008毫巴，海况逐渐转好，避风成功了，船员们禁不住暗自高兴，但是我们还不能庆祝胜利，因为飓风过后，海面不规则的涌浪随时威胁着我们，根据这样的情况，船长决定采取漂航的措施，等待飓风登陆后再胜利返航。

16日上午9时许，飓风“伊万”在莫比尔登陆，我们意识到“振兴海”轮真正摆脱了飓风的威胁，成功避风已成定局。在驾驶台上，大家望着船长又在香炉前燃香，都已感到下一步进港卸货也会很顺利的。

16日午夜，“振兴海”轮主机启动，开始返回港口卸货，为了避开飓风过后的巨大涌浪对船舶的影响，我们没有原路返航，而是向正东方向行驶，在飓风“伊万”的尾部继续与它周旋。航行中，我们对船舶受损情况进行了检查，结果船舶丝毫未损，在 20 年不遇的飓风面前，这种结果是极其难得的。这时船员们从发现，在防避飓风的三昼夜，程船长没有脱过衣服睡觉，两眼熬红了，没有吃过安心饭，因为在紧要关头，坚守岗位是船长义不容辞的责任。

当我们将“振兴海”轮胜利避风的情况向公司汇报后，公司向我们发来了慰问电：“在全体船员的共同努力下，‘伊万’取得了防抗飓风的圆满成功，这充分体现了你轮全体船员对安全工作的高度重视，在防抗飓风的过程中，你们始终保持了和公司的密切联系，按防抗飓风的应急程序有条不紊地开展工作，并通过你们的辛勤劳动和艰苦努力，保证了防抗飓风计划每一项工作的落实和实施，体现了‘安全是重中之重’在全体船员心中已经打上了深刻的烙印。”“对你们在飓风巨大的威胁面前表现的冷静和良好的素质深表钦佩，对你们及时地脱离险境，成功地战胜困难，安全地完成防避飓风任务感到由衷的喜悦。”“在你们的精心组织和有效的领导下，全体船员团结一心，众志成城，积极采取防范措施，不辞辛苦，不分昼夜地抓好每一个环节的预防和预控，以高度的责任心和不怕困难、勇于制胜的良好表现，确保了国家财产和船员生命的安全，出色地完成了任务，用实际行动谱就了一曲国家利益至上、企业利益至上、船员利益至上的集体主义、英雄主义赞歌。”

在船长宣读这些电文的时候，船员们静静地听着，有些船员的眼眶湿润了，大家非常激动，包括船长和政委在内的老船员们一直反映：跑了 20 年的船，还没有遇到过这样巨大威力的飓风，而且这次防抗飓风的过程中，各方面工作做得缜密细致，没有造成任何损失，难能可贵。这是船员们的真实感受。

在返回港口卸货的时候，我们看到有些码头仓库的房顶被大风掀开了，路边的广告牌大部分被大风摧垮，杂物七零八落地遍布街头，车辆稀少，人迹了无，只有为数不多的码头工人恢复了工作，莫比尔码头一片狼藉，通过电视可以看到，飓风过处，惨不忍睹，也许这是当地最沉重的灾难了。

在战胜飓风之后，船员们付出的艰辛得到了公司领导和同志们的肯定，这是对船员最大的褒奖。船员们纷纷要求船长致电，感谢公司领导和海监室的同志们。本次防抗飓风“伊万”的典型意义，不仅在于船员们身处险境而不惊，巧妙地与风浪搏斗，更在于公司安全管理部门与船舶密切配合的科学防抗飓风；不仅在于船舶防抗飓风的零损失，更在于船员们勇于克服艰难，赢得了租家的赞誉和信任，维护了企业的利益和形象，这次防抗飓风的结果，是非常成功和理想的典型案例。

文 薛贵宁

印度洋特大海啸中的东方之舟

2005 年 1 月 13 日，“桃花山”轮——这艘在经历印度洋特大海啸后满载着铁矿石的船回到国内水域，靠上南京新生圩港惠宁码头。劫后余生的船员们身着不同颜色的工作服，在各自的岗位上忙碌着。船舶除了罗经甲板上的一处栏杆外，其他并没有什么大的损伤。“别看现在‘桃花山’没什么问题，在海啸中，船尾的缆绳断了 4 根，船一侧的舷梯也彻底坏掉了。尽管有些损伤，但比起其他船来说，‘桃花山’是受损最小的。”船员们说。

此前，“桃花山”轮从江苏泰州起程，前往韩国加油后，驶往印度装载铁矿石。一路上，行程很顺利，按照原定航次计划，2004 年 12 月 25 日，“桃花山”轮靠上了印度金奈港铁矿石码头，开始装载铁矿石，准备运回南京。

2004 年 12 月 26 日上午 9 时许（当地时间早晨 6 点），大副陈世欧值完 4–8 班后回到房间，刚蒙蒙眬眬进入梦乡。突然，实习三副小廖叫了起来：“大副，情况紧急，船长叫你马上到船头去。”就在这个时候，大副听到船长通过船令广播下达了紧急命令。凭着职业的敏感，陈大副断定可能出大事了，他立即冲到了船头，眼前的景象让这位有多年航海经历的大副也吓了一大跳。船首前方的北防波堤正在遭受着外侧强劲水压，石头、铁块顺着堤坝“哗啦啦”地滑了下来，声音大得让人心颤。大副的第一反应是“莫非要发生地震了？”

几乎在同一时间，甲板上的水手也发现情况危急，一股和以前不一样的大浪涌了过来，还没来得及采取任何行动，又一个大浪打了过来。在几秒钟的时间里，巨浪漫过了码头两三米高，一个正在准备装船的集装箱被巨浪冲得掉了下来，马上又随着巨浪漂向更远的地方……

正在机舱里工作的见习生狄万磊，突然感觉到自己站不稳了。虽然预感到发生了什么大事，但他仍然坚守在工作岗位。机舱里的东西不时被抛起又落下，人也随着船上上下下，他感觉到整个船都被抛起来了。

“大副，抛双锚，一节半下水刹住。”面对突如其来的巨大潮汐，具有多年航海经验和丰富航海知识的船长陈延立即发出了第一个指令。听到船长和往常一样沉着镇定的指令，每位船员都感受到了一种超强的力量，训练有素的船员们在最短的时间内迅速进入了各自的工作岗位。

下达了命令后，船长陈延第一时间向港口控制中心报告出现异常潮汐，要求立即派引航员及拖轮前来援助，并通知港方立即移走装载机。可是，港口控制中心没有任何反应，陈船长马上意识到，港口正处于一片混乱之中，指望港口的帮助几乎是不可能的了，为了保护船员和船舶的安全，只有凭借船员自己的力量。

9 点 13 分，大副报告驾驶台：“双锚抛下，一节半下水，刹住并抓牢！”

9 点 14 分，“桃花山”轮前倒缆绷断，船舶被巨大的暗涌推拉得不能自主，船体开始由慢到快往前移动。这时，对“桃花山”轮威胁最大的是码头上两座大型装载机的输送吊臂。由于潮水突然冲上码头 1 米多高，淹没了电缆及码头设备，造成了短路，装载机无法及时将吊臂收回，作业人员也被这巨大的潮水吓得四处逃避，两架吊臂就像两只巨大的恐龙伸着长长的脖子，横在“桃花山”轮主甲板的上空。“桃花山”轮被海潮推着，不由自主地步步靠近吊臂，眼看着吊臂就要撞上驾驶台了，装船操作台上的工人吓得目瞪口呆，情况十分危急。

站在驾驶台舷外甲板指挥的陈船长，沉稳地下达着一个又一个指令“刹牢尾缆！刹牢双锚！刹牢前倒缆……”在船尾进行带缆作业的水手机智地完成了所有指令。这时，双锚已经牢牢抓住了海底，减缓了船舶前移的冲势。

9 点 15 分，两根系在缆桩上的头缆及一根后倒缆同时绷断，其他两条头缆受力增加，开始“砰、砰”地作响。此时，双锚锚链已经开始吃力拉紧，及时将船停住，否则另外两根头缆和第一货舱上空的装船机也在劫难逃。

9 点 16 分，机舱集控室向驾驶台报告：“主机备妥！”车、舵、锚是船舶抵御海啸的有力武器，有了车，船长指挥起来更加胸有成竹。这时候，潮汐涨落频繁，每 10 分钟涨落一次。为了控制船前后移动的速度及冲势，缓冲缆绳的受力，船长采取频繁正倒车的办法，同时调整缆绳均衡受力，保持船首线与码头平行。为了防止船体撞击码头，船长命令大副再将双锚链下放一节半下水刹牢，将船稳住。

9 点 25 分，三副接通了广州海岸电台，立即向公司总调度室报告船上的紧急情况，寻求岸基支持、指导。公司应急小组马上对船舶进行跟踪指导，公司领导通过无线电对船员表示了慰问。

9 点 30 分，码头装载机电路故障修复，但操作工人见船舶不停地移动，不敢爬上吊臂操纵室。“桃花山”轮政委黄彦新在主甲板上不断向码头工人打手势，稳定他们的情绪，并要求仍留在船上的工头指挥装载机操作工人尽快启动机器，升起装载臂。终于，两名操作工人勇敢地爬上了操纵室，启动了机器，2 分钟内将两个装载臂收起，消除了“桃花山”轮面临的两个最大安全隐患。

9 点 35 分，距离“桃花山”轮船首约 80 米处的两艘集装箱船和港池内距“桃花山”轮 300 米处一艘 6 万吨级油船的缆绳全部断开了。油船断缆后，撞上了码头的引桥部位，横堵在出口航道上。大家的心又提到了嗓子眼上，因为如果油船撞击防波堤，一起爆炸或倾覆沉没在航道上，封住港口的出口，那港池内所有的船舶就都会很危险。好在最后油船弃锚冲出了港口。而两艘集装箱船被强大的海潮吸离码头，在港池内拖锚转动，它们的失控也直接威胁着“桃花山”轮的安全。最后，集装箱船也丢弃一个锚，在拖船的帮助下驶出了港口。

当时，“桃花山”轮正处于情况比较被动的一个泊位，无法凭借自己的力量驶离港口，只有停留在泊位上。在此后的 7 小时中，船长累计使用了车钟 466 次，确保了船被牢牢控制住。脱险后，这 466 次正倒车也被业内赞叹为“奇迹”。

下午 4 点半，海啸逐渐消退。晚上 9 点 15 分，“桃花山”轮在公司总调度的指挥下，在没有引航员登船引航的情况下，离泊安全出港。晚上 10 点 45 分，经过 12 个小时的紧张自救，“桃花山”轮在巨大的海啸后安全锚泊。

12 月 28 日下午，海啸后的港口初步恢复生产。海啸前“桃花山”轮装了 2 万余吨、近 2/3 的铁矿石，仍有 1 万余吨的铁矿石需要加载。在港口方面的安排下，“桃花山”轮再次进入港口装货。船舶停靠好后，该轮代理告诉船员在这次抗击海啸袭击的抢险中，“桃花山”

轮的损失是最小的。在港口一片混乱的情况下，船舶被成功控制住，在避免自身损失的同时，也保护了金奈港港口设施的安全。“桃花山”轮在海啸中的不凡表现受到金奈港港口控制中心、引航站和港口管理局的高度赞扬，他们纷纷前来对全体船员表示慰问和祝贺，并一再称赞“中国船长非常优秀！”

12 月 29 日凌晨 4 点 5 分，“桃花山”轮满载铁矿石，安全驶离印度金奈港，踏上了回国的旅程。经过半个月的航行，“桃花山”轮回到了祖国的怀抱。

在“桃花山”轮成功抗击海啸的过程中，30 名船员齐心协力，行动迅速，将每一个指示都贯彻到底， 1 分钟内抛下双锚，6 分钟主机运转起来，466 次正倒车，这些奇迹发生在“桃花山”轮上，充分体现了“桃花山”轮船员高超的工作技能和良好的职业操守。

“桃花山”轮成功抗击印度洋特大海啸的过程，受到了包括印度金奈港在内的全球航海界的高度赞扬。“The Chinese captain is very excellence！”彰显了中国海员的智慧和本色。

文 莫侨国

从大山到大海

中日国际客轮“新鉴真”号航行在风光旖旎的日本内海。

船上大厅的椅子上坐着一位日本老人，他微笑着朝不远处一个小个子服务员用中文招呼道：“姑娘，过来歇会儿吧！”

正在忙乎的姑娘怯怯地问：“您需要我做什么事吗？”

“不，不。”老人说：“你一直没停过，也该休息会儿。”

姑娘顿时释然：“不要紧的，我们这是工作。”

老人说：“我早就注意你了，你很像典型的日本姑娘，只是日语说得不太好，可能是刚工作吧？”

姑娘霎时脸红了，点点头。

“是从旅游学校毕业的？”老人继续笑眯眯地问。

“不……”姑娘摇摇头。

“来吧，坐会儿。”老人拍拍边上的椅子，说：“看到你，感觉就像在我们日本的游船上一样。”姑娘睁大眼睛，诧异地问：“您是日本人？”

老人颔首：“我对中国很熟悉，以前在山东青岛工作过多年，现在也经常来中国，不过乘船还是头一回，感觉好极了。”

姑娘想，怪不得他能说出一口这样流利的中国话。

老人问：“你家是在上海吗？”

“不，”姑娘说，“我是从云南来的。”

“云南？”姑娘信赖地对老人说：“知道怒江吗？我们是怒江边上的傈僳族人。”

现在是轮到老人诧异了，他是一个中国通，去过云南，知道云南那一带聚集着好多少数民族。他请姑娘把“傈僳”两个字写出来。尔后摇摇头。面对老人的疑惑，姑娘把自己的来历告诉了他。老人听后大为感慨，连连道：“不容易，不容易！从大山到大海，这可以说是奇迹。这样的事只有你们中国能做到。”姑娘频频点头。老人又问了她从山里出来的感受，第一次上船的反应，姑娘无拘无束地一一道来。这一老一少竟谈得很投缘。在姑娘起身时，老人真诚地说：“你能这样快地适应这里的环境，也一定能适应日本的环境。如果你愿意到日本来，我可以做你的担保人。”

姑娘愣了会儿摇摇头说：“我没有想过。我愿意在船上再干几年，然后回家乡。上海再好，日本再好，总不是自己的家乡。”

老人略感意外，转瞬赞赏地点点头：“好，以后我到了云南来找你。”他递给姑娘一张名片。姑娘也道出了自己的名字：杨春妮。

~ 一、走出大山 ~

祖国西南边陲的怒江贯穿西藏和云南，在云南境内的江边有一个福贡县，县内山高坡陡，平均海拔 2000 多米，可耕地极少，经济十分落后，是国家扶持的贫困县。傈僳族人大多居住在山上，一些地方至今未通电。1996 年，中国远洋运输集团（总公司）根据党中央开发式扶贫的精神与怒江州的福贡县对口扶贫。他们怀着对边疆贫困地区、少数民族的责任感和满腔热情，积极给予帮助，派干部、建学校、招收远洋海员等。1996 年 7 月，在招收男海员的基础上又决定特招女海员，合同期三年。消息一出，在福贡上下引起了不小的轰动。可惜因文化程度等方面的因素，再经体貌等诸多项目的考核筛选，最后仅录用了 8 人。录用通知于次年 2 月发出，杨春妮所在的乡有二十多人报名，仅她一人被录取。

这八位姑娘无疑是幸运者，她们平均年龄不满 20 岁。从山上赶到县城报到，再从县城乘 4 小时汽车到州府，接着从州府坐汽车一天一夜至昆明，而后就是三天三夜的火车，当姑娘们长途跋涉抵达上海时已十分疲惫，然而上海的繁华和亮丽又使她们感到振奋。姑娘们过去从未出过远门，莫说大城市，连州府都未去过，从崇山峻岭到立交桥纵横的大都市，前后恍若两个世界。

上海远洋运输公司（现中远集装箱运输有限公司）的领导热情地到车站迎接她们。姑娘们不会说普通话，只反复用傈僳族语说一句“夏木娃”（谢谢）。一路上她们只感到眼花缭乱，不知道鳞次栉比的高楼中一格格窗玻璃里有些什么；不理解川流不息的车辆怎么会风驰电掣而又井然有序。公司将姑娘们安排在所属的东虹大酒店培训，计划经过培训后派往中日国际客轮工作。

一切对姑娘们都是新鲜的，一切对她们都是有吸引力的。然而一切对她们都是困难的。她们连普通话都不会说，船舶和大海的概念都没有，不敢走出酒店大楼，生怕出去了找不到回来的路。业务培训更难，客房服务、餐厅服务，她们就是按标准将房间整理好，没法像别的服务员那样折出一朵朵餐巾花；船舶消防、海事急救等犹如坠入五里雾中。老师和师傅们十分耐心，她们充分理解姑娘们的难处，不厌其烦地讲解，甚至手把手地教。山里的姑娘们能吃苦，她们一遍遍地学，甚至回宿舍还在用心，终于都达到了要求。

~ 二、八方关注 ~

八位傈僳族姑娘从到达上海的那一刻起就牵动了中远无数员工的心。从集团总裁到人事部干部，一个个电话由北京发出，询问姑娘们的情况，关心她们的生活和学习，指导对她们的具体安排。上远公司党委书记王云茂、副书记孙锦华一次次前去东虹大酒店看望，送学习用品，与她们谈心、交流。东虹大酒店更是作为一项特殊任务上下发动，大家伸出手，生活上关心，学习上帮助，使姑娘们心里热乎乎的，初到时的陌生和胆怯逐渐消失。

是年6月24日，就在姑娘们培训结束即将奔赴大海时，远在北京的时任交通部部长黄镇东在翻看《中国交通报》时忽然被头版一条特写吸引，题为《乘风破浪会有时——我国第一代傈僳族远洋女海员诞生记》，他一口气看完，不觉动了感情。黄部长曾去过怒江，亲眼目睹过那里的贫困和落后，作为共和国的部长为此内心隐隐作痛，并深感内疚和责任重大，交通部与怒江州对口扶贫后他的心一直牵挂着那一片土地。如今当得悉中远招收了傈僳族的远洋女海员时，不由欣慰有加，他禁不住拿起报纸又从头看了一遍，并用钢笔在每个姑娘的名字下一一画出。当晚，他抑制不住内心的激动，提笔给这八个姑娘写了一封信："……经过培训，你们即将成为我国第一代傈僳族远洋女海员。你们是幸福的。从崇山峻岭走到了碧波万顷中的远洋巨轮上，这是多么大的变化！你们的父母、祖辈从来没有想到过，也不可能想得到……当大海的女儿就要有大海的胸怀，就要有与惊涛骇浪斗争的拼搏精神……希望你们不要忘记家乡的贫困，不要忘记你们是大山的孩子，要立志从你们这一代开始，把贫困甩到太平洋去……"

6月28日，黄部长又专程致函上远公司党委，殷殷之情溢于言表："……她们年龄比较小，远离家乡、父母，会遇到很多问题和困难，希望你们研究具体措施，使她们成长为合格海员和回故乡脱贫致富的骨干。这不仅是帮助这八位姑娘的问题，而是我们能否做到真心真意、一心一意、全心全意扶贫的问题，也是增进民族团结的问题。这八位傈僳族姑娘的成长就拜托给你们了……"

两封信到了上远公司，公司干部职工拿着信只感觉沉甸甸的，这是部长的深情表白，这是北京的殷殷嘱托啊！公司党委副书记孙锦华将黄部长的信亲自交到姑娘们手上，姑娘们感到捧着的是一颗炽热的心，她们当即表示，决不辜负领导和同志们的期望，好好学习，克服困难，掌握本领，努力成为一名合格的海员。

~ 三、扬帆远航 ~

七月的天气火辣辣，姑娘们的心更火。她们就此踏上了远洋国际客轮，其中四人在上远所属的"新鉴真"轮、"苏州"轮，另四人分别在天津远洋公司所属的"燕京"轮和厦门远洋公司所属的"闽南"轮。第一次上船，穿上了远洋海员制服，她们是多么兴奋啊！终于成为一个远洋海员，这是她们的父辈过去做梦都不曾想到的，而这一切在她们身上成为现实；过去连船都没见过，怒江边上只有当地农民绑扎的木筏，现在一下就登上了国内最好的星级国际客轮，一切令她们恍惚、迷离。姑娘们倚着船栏，面对波光粼粼的黄浦江，背衬外滩美丽的身姿和浦东生机盎然的图景，留下了一张张照片，她们要让阿爸阿妈、家乡的父老乡亲看看她们的新形象。

新生活的帷幕拉开了。然而新生活并不都是浪漫而美好的，对她们而言，更多的是挑战——艰难而严酷。尽管她们在培训时已知道当海员的第一关是克服晕船，但是当出海遇到风浪，真正尝到晕船的滋味时还是出乎意外。呕吐，把吃的食物全部吐出来，肚子里没有东西了，还是吐，吐出的是黄水。那胃腔内翻肠搅肚般难受，那脑袋像吊着铁块般沉重，没有亲身经历是无法体会的。

“苏州”号的小进娜只有 18 岁，船一摇晃就抱着废物桶不敢放，有一次船停了，同房的师傅寻找废物桶，左找右找就是找不到。小进娜感到奇怪，屋里的废物桶会到哪去呢？找了半天，原来在自己的枕头下。两人对着废物桶哈哈大笑。

杨春妮的晕船反应也特强，有几次呕吐得厉害时忍不住哭了。船舶领导对她们特别关心，一次次送水果、送稀饭，说些宽心话，让她们消除顾虑。然而姑娘们毕竟稚嫩，风浪大一些就回房里去，躺下就不愿意起来了。当时船上的时国权政委思忖，这样下去怎能适应海上生活？他狠狠心让人把她们叫起来，对姑娘们不失温和却又语气坚定地说：“躺在床上是锻炼不出海员来的，你们应该到自己的岗位上去。”两个姑娘起初有点委屈，然而最终理解了，政委是在“逼”她们，要成为一个优秀的海员就要在大风大浪中锻炼。这以后再大的风浪她们也坚守岗位，有时旅客呕吐，她们就及时打扫，清理呕吐污物，有时往往自己也会忍不住呕吐，但边呕吐还是边工作。

作为中日客轮上的服务员，需要掌握一定的日常日语。然而姑娘们普通话都很生硬，学习日语谈何容易？开头时嘴巴特别不听使唤，无论怎么练总是结结巴巴，发出的声音像走了调。杨春妮的结对师傅是优秀服务员王颖，比杨春妮大不了几岁，她一遍遍地教，杨春妮不是咬不准音就是连不成句。王颖又气又急，却又不能发火。她自感责任重大，船舶党支部郑重其事地交给她的任务，必须完成好，教不会对方，心理压力很大。有一次在一句服务用语上卡了壳，王颖急得忍不住哭了。杨春妮看到师傅哭了，自己也跟着哭了，说：“都是我太笨，你别教我了。”王颖说：“不，是我没教好，不怪你，我们再来吧！”灯下两个姑娘继续操练。以后姑娘们买了录音机，一遍遍地对着练；去书店买来教材，反反复复地学习，从每个日语假名的发音和默写，到词语、句子的积累和连读，充分利用工作之余的每一点时间。当她们第一次在客人面前用日语表示，对方听懂了她们的话，当时的愉悦和感受是姑娘们一辈子都难以忘记的。

“苏州”号的娜友花要年长些，是高中生，她在几个姑娘中日语学得最好。有一次执勤时，一个上海旅客问她：“汏浴（洗澡）在哪里？”娜友花反应不过来，摇摇头。那旅客有点儿不满，嘴里嘀咕了一声走了。这事使姑娘们懂得，中日航线上的旅客有不少是上海人，听不懂上海话怎么服务好？于是她们边学日语边学上海话，渐渐地能听懂一些了，继而还能说几句，虽然不地道，但还有点儿味。

～ 四、温馨之家 ～

两家客轮党支部都将接纳傈僳族姑娘作为一项工程，制定培养帮教计划，“苏州”号指定优秀服务员分别做她们的工作指导老师和生活辅导员，建立成长记录。

姑娘们一上船就感受到船上大家庭的温馨，从船长、政委到每一个船员，大家像对待自己的小妹妹一样，这个送学习用品，那个送生活用品，嘘寒问暖，帮助她们适应海上生活。“新鉴真”轮上杨春妮和阿杜甫的结对师傅带她们去市区游览观光、逛街购物。阿杜甫第一次认识肯德基并吃出了味，于是她们一次次地陪她去吃肯德基。“苏州”号的服务员卞月成对姑娘们言传身教，关怀备至，指导她们克服困难，还请她们到自己家里去做客。当他知道姑娘们喜欢吃水煮毛豆和咸鸡后，多次从家里带去。去年他休假了，但船回沪时他常常还会来看望她们，带上姑娘们喜欢吃的土产。

去年是阿杜甫20岁生日，“新鉴真”轮上可热闹了，黄碧樟船长、季华政委、吴利安副政委和船员们围在阿杜甫的房间，让她穿上傈僳族服装，厨工师傅为她做了一桌子菜，并按傈僳族习惯，送上两个特选的初生蛋，在一片“祝你生日快乐”的歌声和掌声中，阿杜甫吹灭了蛋糕上的20支蜡烛。在这一刻她的眼睛湿润了，嘴里不住地喃喃：“谢谢！我太幸福了，我太高兴了！”这是一个土洋结合的生日仪式。阿杜甫记得她还是很小的时候，有一次阿妈给她两个鸡蛋，说是她的生日，此后就再也不知道生日了。这样的仪式在她还是生平第一次，她怎能不激动、怎能不铭记终生呢！

要过节了，船上举办家属联谊会，其中一个节目是女服务员合唱一个傈僳族民歌。排练时由阿杜甫教大家唱，姐妹们感到有趣极了，阿杜甫教一句大家唱一句，学着唱着她们忍不住要笑，最后竟笑得直不起腰来。联谊会上这个节目获得了全船特别热烈的掌声。

杨春妮上船两个月就得了病，公司把她送到了部队医院，安排在特等病房。“新鉴真”的领导和船员们每周船回上海就去看望她，给她送吃的用的以及书籍杂志。一次船因大风延误进港，当船员们赶到医院时杨春妮委屈地哭了起来。大家心里很难受，说我们来晚了，是因为船遇到大风……杨春妮说：“我不是怪你们，是盼你们、想你们啊！”她在上海举目无亲，她是把船员们当自己的亲人。船员们理解她，以后公休在家的船员知道后也隔三差四去看望她，为她排遣寂寞和孤独。四个月后她康复了，回家后她才把生病住院的情况告诉了家人。家人十分感动。傈僳族人重感情，他们以全家人的名义给“新鉴真”轮和上远公司写来了情真意切的感谢信。

1998年春节前夕，黄镇东部长登上刚回沪的“苏州”号，看望船员同志们。他的心里一直牵挂着八个傈僳族姑娘，上船就问起该轮上两个姑娘的情况，可惜她们休假回家了。黄部长不无遗憾。当该轮姚孟舟政委汇报起姑娘们的情况时，部长的脸上露出了一丝欣慰。姚政委说到小进娜从来船时的体重90多斤到现在已130多斤时，黄部长频频点头，转而说：“你们爱护、关照是对的，但更重要的是严格要求，要给她们压力，要教给她们岗位本领，千万不能迁就姑息，光长体重不行，她们以后回去是要建设家乡的，千万不能把她们养娇喽！”

~ 五、乘风破浪 ~

“苏州”轮连续收到旅客信件，指明表扬13号服务员，对她的甜美微笑印象深刻，对她热情周到的服务更是由衷感谢。特别是一个叫山崎义郎的日本旅客在信的末尾说：“倘若贵轮的服务小姐都能像她那样，那么我们在船上就真正感受到‘海上之家’了。”

13号服务员是小进娜。

今年四月，“苏州”号刚从上海开出，一位学者模样的旅客要找小进娜。小进娜望着对方不知有什么事。对方听说她就是小进娜时满心欢喜地说：“你还记得一个叫包容的小姑娘吗？我是她的爷爷，她在电话里多次跟我提到你。”小进娜想起来了，那是一个十岁刚出头的小女孩，她的外公外婆定居在日本，去年11月，她随外公外婆赴日，途中小女孩与她特别投缘，两人一起看大海、画航船，她到哪儿小女孩也到哪儿。分手的时候两人已难舍难分。这次小女孩的爷爷要去日本，小女孩特地嘱咐爷爷乘“苏州”号，去看看她的一个大朋友。

小进娜心里一阵感动，她没有想到一个远在东瀛的小女孩会如此牵挂着她。船到港前，她在商场选购了一件漂亮的玩具，让老人带去。隔了一个月，老人乘“苏州”号返沪，他是上海一所大学的资深教授，特地带了自己精心创作的一幅画送给小进娜。

去年八月，正是暑假期间，“新鉴真”轮上来了不少日本中小学生。正在大厅巡视值班的阿杜甫格外认真和用心，注意着每个小乘客的情况。只见一个女学生进了洗手间后久久没出来，她感觉不对，急急进去察看，发现那个女学生已晕倒在地。阿杜甫摇着叫她，没有反应，她想去叫医生，又怕耽误时间；周围没有人，她也来不及多想，立刻背起女学生就往楼下医务室跑去。医生说：“幸亏你发现得及时，不然就危险了。”带队的日本领队知道情况后向阿杜甫深深地鞠了一躬。

阿杜甫在工作上很出色，在一次餐务摆台考试中得了第二名。过去在山里从没见过卡拉 OK，现在已摆弄得很娴熟，经常为乘客表演，还能用日语唱《北国之春》，常常博得日本乘客的热烈掌声。1998 年，她被船上评为文明船员。

一年年末，“苏州”号在客运服务人员中进行年终客运常用日语考核，娜友花和小进娜分别以 99.5 和 98.5 分取得全船第一、第三名，令船员们刮目相看，受到船舶领导的高度赞扬。

杨春妮也再不是过去那个爱哭鼻子的小姑娘了，她似乎长大了许多，整理一套客房的时间由原来的 34 分钟到现在只需 25 分钟。她把自己承包区内的卫生工作做得很细致，多次受到组长、客运主任的表扬。同事们发现，今年以来她再也没有哭过。大家跟她打趣，她说：“我不会再哭了，我只会笑。”

为了让姑娘们掌握更多的技能，两艘船上都为她们创造了很好的条件。“新鉴真”轮已开始电脑培训，每周都安排时间上课、上机。可惜阿杜甫得病了，医院诊断为“腰椎结核”，原以为住一阵就好了，没想到一住就是三个月。她在医院心痒痒的，让人借来了键盘，在病床上先练指法，说回船以后可以及时跟上。“苏州”号计划让娜友花去商场工作，让她尽快成才。

姑娘们身在船上心系家乡。上远公司团委发动青年为福贡县捐献书籍，娜友花、小进娜得知消息后立即拿出 300 元，让船舶团支部代购书籍，以表示对家乡的心意。娜友花常常想到合同期满后回家乡，到时候她要买几本科学种田的书，帮助家乡改变落后面貌，摘掉贫困帽子。

她们从踏上远洋国际客轮到如今已有两年了，两年的风雨使姑娘们逐渐成熟，两年的海浪使姑娘们的羽毛日趋丰满，她们以自己的汗水和意志迈出了一大步，她们以自己的信念和努力一步步融入远洋女海员的行列中。

姑娘们，中远人为你们祝福！愿大海将你们砥砺得更矫健、更秀美，愿新世纪留下你们更亮丽的英姿。

文 吴锦祥

亚丁湾惊魂

近日看到一则新闻：2018 年 9 月，中宣部等单位组织的海军海口舰先进事迹报告团，在北京等城市作全国巡回报告，汇报了该舰三赴亚丁湾护航，成功解救遭海盗袭击的“雁荡海”轮等 10 艘中外商船等先进事迹，让我的思绪回到了十年前……

2008 年 12 月，我国派出了由海口舰、武汉舰、微山湖舰组成的我国首批护航编队，抵达海盗活动猖獗的亚丁湾，保护过往商船和船员生命安全。2009 年 2 月 25 日中午，亚丁湾中部海域，中远散货运输有限公司新造船“雁荡海”轮，正满载5 万余吨小麦由乌克兰驶往目的地越南。海面上劲风阵阵，偶尔会有飞鱼伴随涌浪越过船舷，飞上甲板，给正在甲板巡逻防海盗的船员带来一丝惊喜。该轮右舷 5 海里处，丹麦军舰 L17和另外几艘商船同向而行，让“雁荡海”轮船员对此次航经海盗区获得了更多的安全感。尽管如此，该轮仍然按照防海盗预案，对外保持与护航编队和公司防海盗部门的密切联系，对内加强防海盗值班和应急演练。船长 24 小时在驾驶台指挥船舶航行，政委带领船员全天候不间断地在甲板巡逻，轮机长始终在机舱内加强机电设备维护保养，其他船员枕戈待旦，随时处于防海盗战备状态。13时左右，一架军用飞机抵近“雁荡海”轮，盘旋两周后飞走。船长和政委通过VHF对讲机交换了驾驶台瞭望和甲板巡逻情况，并组织对安放于船舶四周船舷的铁蒺藜、防海盗掩体、消防皮龙、燃烧瓶、火把和海员撤离安全舱等防海盗设施进行反复巡查，确保正常可用。

“砰——”，一声巨响打破了寂静的海面！在“雁荡海”轮与丹麦L16军舰之间海面，海浪之间突然出现一艘海盗艇，迎面像箭一样地靠近“雁荡海”轮，并在驶近途中发射一枚火箭弹，击中驾驶台顶甲板的一盏探照灯，灯罩和玻璃碎片飞溅，部分碎片从驾驶台前窗口坠落。很快，海盗艇在距离“雁荡海”轮右侧正横方向二三百米的位置停下，四名武装分子清晰可见，一名肩扛火箭筒对着驾驶台方向，另有人持有冲锋枪等武器，示意船舶停航。驾驶台里，船长立即启动防海盗应急预案，在VHF16频道呼救。甲板上，政委组织船员抗击海盗，并在最前面手持消防皮龙，用消防水和各种器械阻止海盗登船。船员们则按照应急预案果断行动，有的从驾驶台及甲板不同位置连续向海盗船上空发射信号弹，有的在甲板各处控制皮龙出水，全力向海盗船方向喷射，其他人则手握用啤酒瓶制成的燃烧弹和火把等防海盗器械，把守在甲板上一起高声叫喊，顽强抵抗。穷凶极恶的海盗见状，向驾驶台再次发射火箭弹，穿过船长卧室约4厘米厚的钢板，再次击穿房顶钢板横梁等部位，弹壳卡在厚厚的钢板里冒着青烟，在3.5厘米直径的弹孔周围留下了近1平方米的密密麻麻的弹坑。正在驾驶台右翼甲板指挥抗击海盗的船长脸部，被溅起的弹片划出一道5毫米长、3毫米深的伤口，鲜血直流。其他海盗端起冲锋枪，向正在组织抗击海盗的政委瞄准。政委见状，命令其他船员退回机舱烟囱等甲板设施后躲避，自己则以最靠近右舷船边可以继续阻止海盗登轮的一个粗大钢柱为掩体，手持高压水枪与海盗继续对峙，心中只有一个念头：坚决拒海盗于船舷之外，保护国家财产和船员弟兄生命安全。海盗艇时快时慢地调整速度，用冲锋枪找寻向政委射击的最佳角度，政委则忽左忽右灵活地围绕钢柱调整位置，始终保持高压水枪射向海盗艇。海盗向政委所在位置疯狂地扫射，政委身后的冰机间舱壁钢板被射出无数个弹孔，其中有一枚穿甲弹射击到钢板上，飞溅出无数的碎片，弹射进入政委腿部，27 处伤口流出了殷红的鲜血。

海盗见船员在此处奋不顾身地英勇抗击，突然加快速度，朝船舶中部人少的地方疾驶，企图快速登轮劫持船舶和船员。船长在驾驶台沉着地指挥操纵船舶，以巨大的船体压向海盗艇，逼迫其远离船舶。就在这万分危急时刻，右舷附近的丹麦军舰 L16 赶到，对海盗艇实施警告和驱逐，最终使其落荒而逃。14 时左右，有一“NAVY”标志的军用直升机抵达“雁荡海”轮上空，盘旋多时，询问船舶和船员受伤害情况。船长政委和全船弟兄们向 L16 舰表示真诚的感谢，同时更加坚定了抗击武装海盗的信心和意志。

“雁荡海”轮遭遇海盗袭击并且船长政委受伤的消息，牵动着我国政府相关部门、海军护航编队和中远集团的心。正在“雁荡海”轮以东海域执行护航任务的海口舰奉命以最快速度驰援，预计晚上十点到达。天渐渐黑下来，四周海域恢复了寂静，海面也似乎比下午平静了许多，海盗袭击的一幕仿佛是一场梦魇，让船员心有余悸。根据公司指导意见，船舶关闭了航行灯、AIS 设备，把所有向外透光的窗户都堵死，以防被附近海盗船发现。船长、政委安排更多人员参加防海盗值班，确保在护航编队抵达前船舶安全。大家气都不敢粗喘，瞪大眼睛盯着船舶周围。突然，雷达屏幕显示，在前方 6

詹振参加“雁荡海”轮亚丁湾防海盗值班

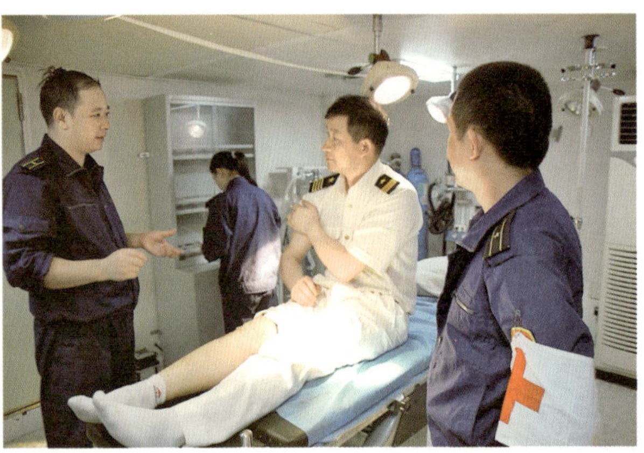

詹振在微山湖舰接受治疗

海里左右有一艘疑似海盗母船停止不动，附近有另外2艘海盗艇像幽灵似的四处游荡。船长当即命令船舶调整航线远离。时间在一分钟一分钟地悄悄流逝。“雁荡海”轮一边高度警惕地做好防海盗工作，一边保持与公司和护航编队的联系，汇报船舶最新状况。轮机长将船舶主机转速调至最大，“雁荡海”轮以最快的速度前进。当地时间25日22时，海口舰终于与“雁荡海”轮会合。在海盗猖獗的亚丁湾，有了被誉为“中华神盾”的海口舰护航，船员提到嗓门的心，放下了。有的船员则像见到了亲人，流出了激动的眼泪。船上连夜赶制的“向祖国海军致敬！”的巨大横幅标语，表达了全体船员发自内心的感激之情！

26 日 6 时，“雁荡海”轮在海口舰护航下，平安抵达亚丁湾东部安全海域。正在此处等候的微山湖舰征求船长同意后，派出 6 名医护人员和相关军事专家到“雁荡海”轮，对受伤船员进行救治和医疗指导，查看海盗袭击场所及其使用的武器情况，对全体船员进行慰问。将受伤较重的政委和另一名腰部扭伤的水手，接至微山湖舰做进一步检查和救治。就诊过程中，舰队指挥员、舰长等首长亲自陪同，给予了无微不至的关怀。

2 月 27 日，中国海上搜救中心给“雁荡海”轮所属中远散货运输有限公司发来慰问电，对“雁荡海”轮不畏艰险、奋勇拼搏成功化解险情给予了高度评价，代表交通运输部领导表达对船长、政委和全体船员的关切和敬意。3 月 5 日，中远散运成立近四十年来第一次向国外派出由公司领导带队的慰问组，前往越南向“雁荡海”轮全体船员进行慰问，并亲自将政委接回天津最好的医院进行救治。其间，中远集团主管领导到医院亲切慰问，提出了今后中远集团船舶经过亚丁湾海盗区“必须参加中国护航编队、必须雇佣中国武装保安”的要求，最大限度地保护了广大船员的切身利益。中远散运各级领导也纷纷表达了对“雁荡海”轮全体船员的关心和慰问，这让大家倍感温暖。2011 年，“雁荡海”轮政委被北京市劳动行政部门评定为工伤六级，被中远集团授予“防海盗先进个人”。

文 詹 振

亚丁湾英勇抗击海盗

2009 年 11 月 12 日清晨，当地时间 5 时 45 分，黎明前的亚丁湾一片宁静。中远（香港）航运有限公司所属的 7 万吨级散货船“富强”轮，从印尼满载着 6.8 万吨煤炭，正赶往我国海军护航编队西行集合点。

亚丁湾，印度洋通向地中海、大西洋航线的咽喉，连接欧亚的“黄金水道”。当时，这里索马里武装海盗猖獗，被各国商船视为畏途。上船前，香港航运就对“富强”轮船员进行了防海盗特别培训，并作了充分的准备。有 15 年航海经验的 38 岁船长李刚，组织成立了防海盗工作小组，选择有中国海军护航的推荐航线。

这时的“富强”轮正处在亚丁湾东口，北纬 14 度 36.1 分，东经 54 度 14.5 分。“再有几个小时就可以见到护航官兵、见到祖国亲人了”，在驾驶台值班的大副陈正伟心里热切地期盼着。他全神贯注地盯着雷达，严密注视着海面的动静；两组防海盗值班人员手持太平斧，在全船不间断巡逻，警惕地盯着漆黑的海面。

突然，雷达显示，12 海里处有一小船回波，“有情况”，大副顿时警觉起来，马上通知防海盗值班人员加强戒备，并通知船长赶到驾驶台。6 时 15 分左右，望远镜观察显示，回波是一条渔船大小的白色快艇，位于“富强”轮左前方 6 海里处，船壳上白下红，正以每小时 20 海里的速度向“富强”轮逼近。

“不好，海盗来了！”李船长立即启动防海盗应急预案：开启两部舵机，转换手操舵，通知机房开启消防水，广播通知所有船员迅速集合，进入防海盗“一级战备”，并不停鸣放汽笛，向小艇发出警告。尖锐的汽笛声刺破了黎明的宁静，气氛陡然变得紧张起来，可是小快艇根本不理会，仍快速靠近。危急关头，船长立刻用无线电波发出警报，呼叫正在亚丁湾护航的我国海军护航编队援助，并沉着冷静地发出三条指令：船长守住驾驶台，指挥战斗；驾驶台仅留一名舵工协助船长操控船舶；大副和轮机长带领全船其他船员立刻到甲板狙击海盗。

~ 第一次反击：汽油弹、石灰粉击退海盗 ~

13 分钟后，海盗快艇接近到“富强”轮左正横约 0.5 海里，驾驶台可以清晰地看到快艇上共有 5 名海盗，手持霰弹枪和登船用的铁梯，正虎视眈眈地盯着“富强”轮。训练有素的船员们早已在甲板上摆好了架势，但“富强”轮 25 名船员还没有一个人如此近距离接触过海盗，心里难免有些紧张。对讲机传来了李船长的声音：“兄弟们，不要害怕，对方只有 5 个人，狭路相逢勇者胜，只要我们按照平常的防海盗演习的部署，就肯定能阻止海盗登船。”

听到船长镇定坚决的声音，船员们信心大增，迅速组织反击。由于左舷上风，涌浪较大，不利海盗登轮，海盗见状便快速转向船尾。在驾驶台指挥作战的船长居高临下，将海盗船的动态看得清清楚楚，甲板上的船员在船长指挥下迅速赶到船尾，做好迎战准备。两分钟后，海盗向右舷七舱靠拢，在离船舷30~40米时鸣枪开火，准备强行攻船。船长下令船员即刻趴下，不给海盗留有开枪的射击角度，并采取左、右满舵不停大幅度全速转向，使海盗船难以靠近船体。海盗急得哇哇直叫，端起霰弹枪对着船尾的船员狂射，试图通过射杀吓住"富强"轮船员。当海盗小艇接近船舷时，船长下令开始反击海盗，轮机长柯朝煌和大副陈正伟利用事先准备好的活动挡板和空油桶为掩体，冒着被子弹击中的危险，冲在最前面，不断地向海盗投掷火把、汽油弹和煤油弹以及石灰粉等。

无畏的船员击退了狂妄的海盗，海盗首次进攻失败，这使得他们更加急躁和疯狂，企图迅速登船。

~ 第二次反击：枪口前掀掉海盗铁梯 ~

凶残的海盗哪里会甘心失败，他们在离船约150米处观察，鸣枪恐吓，3分钟后又快速向右舷6舱靠拢，利用船员躲避密集子弹的时机，迅速将铁梯挂上了船舷。

形势非常危急，一旦武装海盗登上船舶，后果将不堪设想。船上所有人的心都提到了嗓子眼。"拼了命也要脱开铁梯"，离铁梯最近的大副陈正伟和实习三管轮赵亮顾不上前面就是黑洞洞的枪口，快速冲了上去，奋力将重重的铁梯抬起、扔下，海盗挂梯登船的企图被挫败了。这一举动大大激发了船员们的斗志，轮机长大喊一声："兄弟们，咱们拼了，让这些猖狂的海盗也尝尝咱们中国船员的厉害。"船员们随即奋力投掷燃烧弹、火把，并用高压水龙猛烈扫射海盗。

双方僵持约10分钟后，海盗见无隙可乘，又一次撤退到不远处进行观察。

~ 第三次反击：智破海盗狡猾的“时间差” ~

没有了枪声的海面一下子安静了下来，船员们感受到的是自己“怦怦怦”的心跳声。大副和轮机长指挥大家选择好隐蔽点，一边注视着远处海盗船的动向，一边部署着下一步的反击。

不远处，海盗们正指手画脚地比画着什么，嘴里还大声地说着。船长很清楚，海盗一定是在策划新的阴谋。他通过对讲机告诉现场人员提高警惕，随时反击海盗的更疯狂的第三次攻击。果不其然，5分钟后，海盗船再次发动进攻，而这一次，狡猾的海盗选择的进攻点，是距离6舱约有80米远的右舷3舱，他们一边向3舱迅速靠拢，一边向船员疯狂扫射，企图阻止船员向3舱靠拢，通过打一个“时间差”来实施他们登船的阴谋。

船长一眼看出海盗的阴谋，立即指示船员们在靠近货舱的一侧猫腰快速前移到了右舷3舱，结果，船员们在海盗之前到达了3舱，利用掩护体投掷燃烧弹、石灰瓶，甚至铁块、铁钉等，喷射冲水柱，顽强阻止海盗登船，经过5分钟的对抗后，海盗第三次登船也告失败。连续攻击3次后，贪婪的海盗仍然不死心，在船舶周围游荡伺机攻击，并保持近距离跟踪，试图再次寻找登船机会。船员们匍匐在甲板上，打起十二分精神，随时准备做第四次、第五次反击。

时间一分一秒地过去。僵持近1小时后，天空由远而近传来了直升机声。船员们高喊着“五星红旗，五星红旗……是咱们的飞机，解放军来救我们了。”是的，那正是从中国海军护航编队马鞍山舰赶过来救援的直升机。海盗船见势不妙，立马仓皇逃跑。“富强”轮船员热泪盈眶，激动地拥抱在一起，高呼“祖国万岁”。而此时，

“富强”轮航行中生产防海盗“武器”

及时赶到的中国海军救援直升机

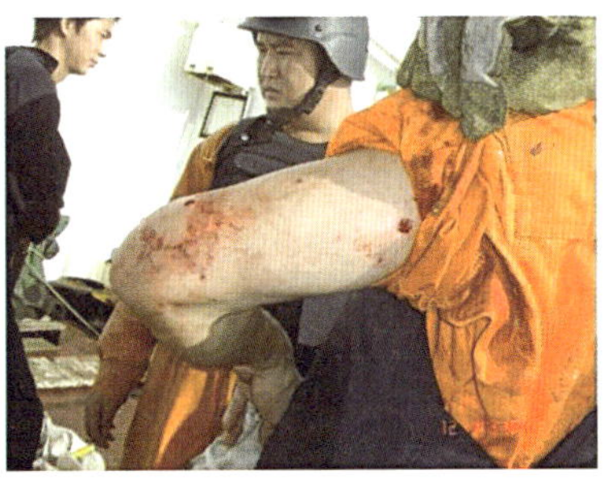

受伤船员

“富强”轮全体船员合影

驾驶台的船长李刚仍然关注着海盗船的动向，以高度负责任的态度，通过高频电话通知海域的其他商船警惕海盗转移攻击目标。

这时，实习三副严波、二水洪先文才觉得手臂有些疼痛。一看，原来不知道何时，霰弹击中了手臂。幸运的是，伤势不算重。当地时间上午 10 时左右，中国海军护航编队三名军医搭乘舰载直升机来到“富强”轮，为手臂受到霰弹枪伤的严波、洪先文现场检查并包扎了伤口，并留下了相关的药品。最终，“富强”轮在海军护航下安全驶出亚丁湾，向着目的港意大利热那亚进发。

“富强”轮上 25 名平均年龄仅为 31 岁的年轻中国海员，就是这样经过持续近 1 个多小时的斗智斗勇，在及时赶到的中国直升机支援下，摆脱了被索马里海盗劫持的危险，以两名船员受轻度枪伤的微小代价，保住了价值两亿多元的船只及货物的安全，维护了国家的尊严。

“富强”轮荣获中央企业团工委“2009 年度中央企业青年文明号“全国交通建设系统工人先锋号”“广东省工人先锋号”“2009 年度全国水运系统安全优秀船舶”荣誉称号；船长李刚荣获中央企业团工委和中央企业青联授予的“第一届中央企业青年五四奖章提名奖”。

文 香港航运、深圳远洋

“乐从”轮激战海盗

我进公司 11 年，大概是公司从军转干部中招聘船舶政委里最早的一批。虽说从军营出来，但是第一次面临枪林弹雨的正式“战斗”，却是在海上，敌人却是海盗。

2010 年 11 月 18 日，“乐从”轮第 62 航次正前往也门荷台达港卸货，当航经北纬 12 度 20.8 分，西经 66 度 46.1 分的印度洋海域时，我们与海盗船正面相遇。下午 4 点 30 分左右，海盗率先向我轮开枪，当飞散的子弹击中船舷和货舱外墙产生闪光时，我们意识到真正的危险就在眼前，在统一组织下，全体船员迅速进入“战位”，投入到抗击海盗的战斗中。二副和大管轮按照布置从不同位置发射钛雷，四个抗击小组守护在船舶左右两舷，使海盗不敢从船中部登船转而从船尾攻击。看到海盗改变攻击点，我也立即采取应对策略，留两个小组在前甲板守护，自己带领另外两个小组转到船尾阻击海盗。我和水手长、大厨三人在船尾倒缆孔用信号弹、弹弓和方木阻击驶来的海盗船。

突然，大厨被子弹击中缆桩产生的碎片击伤，怎么办？一时间，所有的目光都看向了我。我没有去安抚受伤的大厨，而是要求船员坚守阵地不许撤，坚决不让海盗趁机登船，随后报告船长，安排船医把大厨背下去。守卫在船尾的9名兄弟并没有因为大厨受伤而胆怯，反而越战越勇。那天，与海盗的较量从下午4点30分左右开始，至晚上8点海盗无可奈何地离去，我们前后五次击退了海盗的进攻。面对武装海盗，我们用的是钛雷、长方木、集装箱底座、酒瓶、弹弓、信号弹等近乎原始的武器，但是兄弟们同舟共济，互相支持、互相鼓励，硬是把海盗拒于船舷之外，保障了人、船、货的安全。“乐从”轮这帮兄弟确实是好样的！同时，打赢这次“遭遇战”，也再次证明了海盗确实是“可防能退”的，极大地增强了我们船员战胜海盗的信心。

当然，现在船舶防海盗的软硬件条件都比过去好太多，船舶航行进入危险区域，公司都有完善的操作指导与要求，进入高危区更是要求跟随护航编队或安排武装保安随船，船舶防海盗器材和船员人身保护装备也在不断地更新和加强，防抗效果明显提升。

“乐从”轮的这段经历已经过去很久，但每次想起都记忆犹新，船上的那帮兄弟依旧令我骄傲，令我感动。远洋船员的生活是很辛苦，也充满风险和挑战，当我工作不顺利时也曾有过不再上船的念头。但是公司优良的船舶文化、有效的管理机制和每一次在船工作与船员兄弟共同生活的经历，都使我难于割舍，就这样一直工作到今天，不知不觉中竟然已经度过了11年的海上生涯。这一切都值得我永生铭记。

文 陈永定

印度洋上的惊险 160 分钟

几年前，电影《加勒比海盗》曾风靡一时，刷新了电影票房历史最高纪录，让观众对海盗在充满恐惧的同时，也增加了对他们的好奇心。现实当中，船舶在海上航行遇到海盗的可能性比较小，如果一旦遇上了，要想成功摆脱、战胜海盗的几率很小，但有时也会有奇迹发生。2011 年 2 月 1 日，中远海运散运所属“嘉宁山”轮在印度洋上与海盗进行了四个回合、160 分钟的交锋，战斗十分激烈，现场惊心动魄，全体船员团结一致、坚韧不屈，击退了海盗一次又一次的进攻，最终赢得了抗击海盗的胜利。

“嘉宁山”轮是中远海运散运公司 5.7 万吨级“嘉”字号灵便型船舶，当时由于刚投入营运，船舶状况比较好，被安排走全球航线，主要承运煤炭、钢、粮等散装货物，经常航行于海盗频繁出没的海域。

2011 年 1 月 30 日，“嘉宁山”轮在印度 Magdalla 卸完煤开往南非加油后到大西洋，途经印度洋防海盗区域。船上按照公司指示积极做好防海盗、防劫持工作，船员们加班加点架设高压电网，制作长矛、长柄镰刀，准备煤油弹、救生信号、抛绳器，将船上备用钢板固定在舷边栏杆上，将特制防弹钢板焊上铁架布置在合理位

“嘉宁山”轮

置，检查防弹衣、防弹头盔、盾牌和消防斧，保持随时可用，所有对讲机、强光电筒充满电，搜集有关防海盗防劫持经验措施，并进行反复培训、演练，每6小时向公司报告保安情况，认真接收海盗信息，做好防海盗各项准备工作。

2 月 1 日 14 时 27 分，值班驾驶员二副发现正前方 7 海里处有一艘小船动态不明。他立即将这一情况报告给船长。因为在几天前这个海域附近有两艘货轮遭遇海盗袭击，船长迅速赶上驾驶台，以大角度避让不明小船。14 时 30 分，“嘉宁山”轮与不明小船相距 5.5 海里，通过望远镜观察发现不明小船正在下放两艘小艇下海。船长立即发出防海盗警报信号，命令全体船员立即做好战斗准备。全体船员快速赶到一楼办公室，分配防弹衣、防弹头盔、防护盾牌、消防斧、长矛、长柄镰刀、煤油弹、救生信号、啤酒瓶等防护攻击武器。14 时 33 分，各应急小组按应急预案各就各位，开启消防泵，消防水皮龙出水，随时准备迎接战斗。

尽管“嘉宁山”轮采取了提高主机转速、大角度左右摆舵，防止海盗船接近，但由于海盗小艇运动灵活、速度快，海盗小艇距离

"嘉宁山"轮越来越近。14 时 42 分，在距离"嘉宁山"船尾正后方 200 多米时，海盗向"嘉宁山"轮开了第一枪。随后，两条海盗小艇全力对"嘉宁山"轮左舷进攻，船长命令除留守之外的人员迅速增援左舷。100 米、50 米、20 米，当距离越来越近时，船员们发现每一条小艇上各有 5 名海盗，他们对船员进行连续射击。相持前行中，一条小艇从左侧，另一条小艇从后面逼近，企图强行登船。船员们用准备好的煤油弹、啤酒瓶、消防水、火箭信号一起掷向两条海盗小艇，同时船长操纵船舶大角度左右摆动，在船尾掀起滚滚海浪，使海盗小艇难以靠近，船上这一系列有效的防御措施让海盗一时无法登船。14 时 48 分，一条小艇来了一个大回转掉头，驶向"嘉宁山"轮驾驶台右后方，发射了一枚火箭弹，火箭弹击中了生活区右侧四楼甲板外侧，洞穿后又击中二副房间右侧外板。大副立即带领人员到右侧阻击。当看到海盗配备重型攻击武器，船长感到情况越来越严重，指示二副发出了 VHF DSC、H/MF DSC、C 站遇险报警。14 时 49 分，另一小艇逼近到 5 舱左侧 5 米以内，准备登船，水手长手持两个点燃的煤油弹飞奔向前狠狠砸下，煤油弹准确砸中了海盗小艇，小艇立即离开，煤油弹使小艇马上着火，海盗们迅速脱下外套丢到海里，然后急忙清理艇内物品。几乎同时另一条小艇也被煤油弹、啤酒瓶阻挡，令海盗不能靠近。战斗持续了十几分钟，船员勇敢的抗击始终没让海盗小艇靠近船舷边。14 时 51 分，两条小艇停了下来，并靠在了一起，两条小艇上的海盗用手势进行交流商讨。14 时 57 分，两条小艇回到母船旁边，海盗第一轮攻击结束。

15 时 15 分，"嘉宁山"轮距离海盗母船约 4 海里，两条海盗小艇又飞快朝"嘉宁山"轮扑来，开始第二轮进攻。这次海盗不敢再像第一次一样肆无忌惮，他们非常小心谨慎，两条小艇开始采取齐头并进、相互穿插掩护以迷惑船员，迂回靠近"嘉宁山"轮，距离 300 米时分兵两路，作出同时袭击左右两舷的假象。15 时 41 分，相距 150 米时，左后方小艇朝船尾靠过来，而右后方小艇则瞬间加速，企图冲过“嘉宁山”轮在船尾的拦截，向船中靠拢。在看清海盗的意图后，船长指示右甲板船员阻止了右侧海盗小艇向前突破。15 时 42 分，海盗发射一枚烟雾弹到“嘉宁山”轮船尾右舷甲板，被水手长快速拾起抛入海中。海盗小艇越来越近，当相距 50 米时，船员们开始使用红光火箭阻击，这次海盗的枪声更密集，以“嘉宁山”轮甲板船员和驾驶台为主要目标。靠近船尾的海盗小艇为了掩护右侧小艇向前突破，艇上的几个海盗一齐开火，试图压制住“嘉宁山”轮船尾人员无法支援右侧。船员们被海盗压制在船尾左后角一块防弹钢板后动弹不得，身边的火箭信号和抛绳器发射完了，海盗仍在不停扫射，用于掩护船员的钢板上被子弹打出许多弹孔。当海盗小艇突到右前方去时，左边甲板小组守卫人员立即通过 5 舱后通道援助右舷。他们勇往直前，奋不顾身，四五枚火箭信号齐射，一次又一次阻止了海盗小艇靠近船旁。15 时 45 分，海盗们放弃了第二轮进攻，两艘小艇又靠在一起停了下来。

15 时 48 分，两条海盗小艇又开始行动了，这次海盗的攻击方法和第二轮相同，火力依然猛烈，右侧向前突进的小艇与“嘉宁山”轮保持更远一些距离，船艉攻击掩护的小艇把位置调整到“嘉宁山”轮船尾右后方。看到海盗把攻击重点放在右侧，船长立即下令左侧甲板只留 3 个人驻守，其余全部迅速驰援右侧。丧心病狂的海盗为了让船员知道他们的厉害，多次使用了大杀伤力的散弹、火箭炮，爆炸声震耳欲聋。船员们坚持以静制动，距离远时，坚守岗位不反击，只要靠过来够得着就狠狠还击。16 时 20 分，其中一条海盗小艇禁不住长途奔波，动力出了问题慢下来，另一条向其靠了过去，汇合在一起。

船舶设施被子弹打穿

未爆炸的弹头

16 时 38 分，两条小艇又追上来，这次两条小艇一快一慢、一前一后，高速艇在前保持离右舷稍远高速行进，直指“嘉宁山”轮右前方，低速艇则在后紧盯“嘉宁山”轮船尾。艇未到子弹先飞，这一次加强了火力，一条艇的火力顶刚才两条艇，压得船员们抬不起头来，由于右舷小艇距离远，船员们没能阻止右侧海盗艇向前突击，使其抵达 3 舱右舷边，船员快速跟进，使用红光火箭逼退了海盗，没有使海盗的计谋得逞。16 时 56 分，两条海盗小艇停止了攻击，尾随在“嘉宁山”轮后面十几分钟后返回母船旁边。17 时 15 分，小艇被母船吊起，距离“嘉宁山”轮 5.5 海里，然后海盗母船启动尾随“嘉宁山”轮，但由于速度比“嘉宁山”轮慢 6 节多，两船相距越来越远。17 时 40 分，距海盗母船超过 10 海里，周围未再发现海盗船，保持人手加强值防海盗班后，拉响解除警报，取消一级战斗戒备。

事后检查发现，二副房间外钢板及四楼甲板外挡板被火箭弹炸穿两个 15 公分长的缺口，右舷救生艇艇体留下 6 个弹孔，右舷一救生筏被子弹洞穿壳体，船尾左后绞缆机液压钢管被子弹打穿，生活区 3 个普通照明灯罩被打烂，右登艇甲板一应急射灯被打烂，两个消防皮龙箱被子弹打对穿，罗经甲板 518 接收机天线主体及里面线板被子弹对穿毁坏，生活区及甲板 3 处钢管被子弹对穿。经统计发现弹孔、弹痕总计近 170 处，海盗共发射 3 枚火箭弹，连同打空的子弹，海盗总共向“嘉宁山”轮射击不少于 400 枪。

“嘉宁山”轮成功抗击海盗表彰大会

“嘉宁山”轮全体船员临危不惧，团结协作，积极应对，英勇抵抗海盗，以强烈的政治责任感和主人翁精神，成功保护了全体船员的生命和国家财产安全，充分展示了中国海员良好的职业素养和英勇善战的革命斗志。为了表彰该轮全体船员勇斗海盗的英勇事迹，集团发出嘉奖令，在集团范围内通令嘉奖。5 月 6 日，公司召开“嘉宁山”轮成功抗击海盗表彰大会，会上授予“嘉宁山”轮“抗击海盗英雄船”荣誉称号，颁发了“抗击海盗英雄船”牌匾，并给予该轮一次性奖励人民币 30 万元，向该轮赠送“斗智斗勇抗海盗，英勇壮举扬国威”的锦旗。

文 付永民 徐幼杰

感受北极

知道本航次要去北极圈内的REDDOG（红狗）港，心中不由地生出一种难以述说的兴奋，因为北极是很少有人能去的地方，除了科考队员和探险者外，远洋船员应该是最幸运的了。

七月初的一天，我随远洋货轮“泰顺海”号，穿过40海里宽的白令海峡，向北极圈内驶去。不久，海面上袭来的寒风包绕了我们，我特意看了一下温度表，在北半球的盛夏季节，这里的正午气温只有7摄氏度，而且越往北走气温会越低。这时候，突然听到驾驶员报告前方发现浮冰，我急忙赶到驾驶台，用望远镜瞭望。果然，在我们的左前方，漂来一座形同小屋样的浮冰，在阳光照耀下一闪一闪，乍看去，像是在蓝色的海面上镶嵌了一颗明亮的玉翠，亮丽透彻，光彩夺目，给人一种纯美的遐想。当我们与浮冰相近而过的时候，大家意识到货轮已驶进北极圈内了。

第二天，在我们将要靠近目的地的时候，货轮却不能继续前进了，方圆十几海里的路缘冰把我们阻挡在了外海。长长的白色冰带，夹着或大或小的浮动冰山连成一片，远远望去，或像抵御来敌的城墙，或像献给远山的哈达。眼前的蓝天、白雪、冰山、碧海构成了一道绚丽的风景线，让人心头震撼，兴奋不已。

REDDOG 港坐落在美国阿拉斯加的西部，位于北纬 67 度半，这里地处高寒，人烟稀少，但矿产资源非常丰富，按自然气候条件，每年的七月至九月正值暖季，是一年中唯一可以运输航行的季节。

REDDOG 港很特别，是一个没有码头、没有海关、没有航运代理的矿物堆场，装货只能利用作业驳船运到近海的锚地，由于路缘冰的影响，我们的货轮不能驶进锚地，只好漂在外海等待，谁知这一等就是十来天，多亏有一艘破冰拖轮开道，我们才能驶进锚地内。后来才知道，这种情况在往年是不多见的，也许是我们进来得早一些，也许是今年的北极过于寒冷吧。

七月的北极给人印象最深的应该是极昼了。虽然 REDDOG 不在北极的纵深地区，但我们到达的时候正是极昼现象的盛期。在极昼的日子里，北极的太阳始终不落，天空的光线很强。没有夜晚似乎很有趣，可是习惯了夜幕下熟睡的人们，此时却不知所措了。极昼期间，昼夜不分，作息难辨，一些船员到了“深夜”还没有一丝睡意，索性什么时候困了，就把窗户用黑布或报纸之类的东西一挡，倒头便睡。因为工作学习和生活起居都是在白昼情况下，所以大家便把开三顿饭的那十几个小时称作“白天”，其他时间就算是“黑夜”了。

在北极的故事很多，由于人们的好奇，有人提问：北极的太阳从什么方向升起。一时间众说纷纭，有的说太阳是从东方升起，有的讲是从东北方向升起，也有人非常肯定地说：“北极的太阳从西边落下，因为是极昼，所以太阳还应该在西边升起”。其实，随着日期的推移，北极的日出和日落，在方位与夹角上也不断发生变化。七月中旬在 REDDOG 这个地方，太阳总是挂在天空。全天中太阳是围在我们头顶转个圈，在偏北方向接近地平线，然后向右横移一段，又回升到天空，像是从“北”方落山，又从“北”方升起，太阳升起的最高角度是在下午 3 点半左右，此时太阳与海面的夹角大约是 44 度 30 分。不过，无论怎么讲，太阳从西边升起实在是个大笑话。

在暖季里，北极的科策布海面显得多姿多彩，有时海面平滑如镜，柔美细腻；有时金光粼粼，文雅华贵；也有时细雾弥漫，幻知幻觉。那些成群的浮冰，在阳光的雕琢下千姿百态，有的像游在水面的白天鹅，有的酷似踏在冰雪上的北极白熊，也有的像张开利齿的鳄鱼……看到大自然的艺术杰作，会让人丢掉一切烦恼，陶醉在这美妙无比的境地。

过了几天，锚地又开来了三艘货船。友船相遇，倍感亲切，那种独自漂泊的寂寞一扫而光。也正是友船的到来，使我们见到了“海市蜃楼”这一奇观。那是在我们驶向装货锚地的时候 ，随着我们与友船渐渐离远，我们惊奇地发现，水天线间的货轮被倒映在了天空，而且随距离的变化，倒影的高度也在变化，一开始为长方形，然后变幻成两船倒对在一起，驾驶台部分对顶相接呈“C”字形，后来，在倒影的船体上又折射出一层，远远望去又呈“E”字形。另外两条船因处的方位不同，一条像是高高竖起的“水塔”，另一条像隐隐约约的“高楼”。这一回，平生想见的奇观竟在北极见到了，尽管与我们想象的不尽相同，但船员们还是拥在甲板上争相眺望，恐怕错过了这难得时机。其实，这一奇观在海面上空持续了很久，足以让船员们大饱眼福了。

在我们将离开 REDDOG 的那天，极昼现象也开始渐退了。距离海岸近一些的山丘上，已经可以见到一片片泛起青绿的小草和苔藓类的植物，在如此寒冷的北极圈内，它们居然有如此顽强的生命力，无不使人倍加赞叹。午夜时分，太阳隐落在北面的冰山之间，天空中散射着五彩缤纷的晚霞，这迷人的晚霞红似火、烈如焰、美若锦，使人感到如入仙境一般。因为，此时正处北极的极昼季节，我们不可能看到绚丽的极光，也分辨不出北极星在此地的方位，但能感受到北极的魅力，已经让我们心满意足了。

文 薛贵宁

百战印度洋

7月10日，船出曼德海峡东行，随着赤日炎炎、挥汗如雨的火海渐行渐远，即将进入印度洋，穿越到6、7、8月的季风季节。吃早饭时，看到墙上的通知："今天下午有大风浪，各部门要提前做好准备。船长"。《孙子兵法》说："知兵者，动而不迷，举而不穷；知战之地、知战之日，则可千里而会战。"7时30分，怀着对船长的崇敬，我早早来到驾驶室，准备提前接班；同时，心里还揣着另外一种打算：想看看老船员经常说起的大风浪到底是什么样子？政委交班时说，10时以后大风浪就要来了。

远处的海上和空中笼罩着白雾，阳光透过较薄的云层在涌动起伏的海面上洒下一片银光，跳动着、闪烁着，月光似的。根据老政委说起的经验，这是风浪到来的前兆，犹如大战在即之前的短暂平静。敌我双方的阵前，一方传来悠扬而幽怨的羌笛，另一方唱和着呜咽而感伤的楚歌，彼此在冷静地麻痹、观察、试探着对方。9时左右，海面上若无其事地涌起一道道长长的波浪，波不起浪、浪不开花时，术语叫长涌。长涌有节奏地、漫不经心地从船头右前方拂过。老政委提示说，水上为浪，水下为涌，这就叫暗流涌动。就像战前散兵游勇的哨探，企图瞒天过海，在神不知、鬼不觉中刺探军情、袭扰对方。

不久，涌浪伴随着呼呼的海风越来越长，滚动的频率也越来越快，大船破浪时发出厚浑而有力的抖动，开始左右横摇，大海的试探性进攻终于开始了。涌浪一层接着一层，一浪叠着一浪，后浪推着前浪，长浪越滚越快，浪头越颠越高。此时，连我也看出其中的门道，这种进攻的阵法应该叫作“鱼丽之阵”，此阵法出自出《百战奇谋》，犹如鱼群之顺流而下、依次而进，连环攻击之谓也。其阵法的要旨是通过源源不断、层层叠叠的多波次进攻而疲敌、袭敌、扰敌，最终迫使对方露出作战实力而达成试探性进攻的目的。偶尔，船身一颤，让人分明地感触到大海传递而来的浑厚、强大的动能。重达 15 万吨的万箱轮犹如一座移动的小山，劈风斩浪，所向无敌。

大海仿佛有了怒气，强劲的海风推动着更高更长的涌浪一波波向大船袭来。然而，貌似粗犷的大海又是多变的，正如“对一个貌似忠厚的男人更应该提高警惕”一样，不能轻易对大海下结论。我很快看出这次阵法不变之中的变化，长涌袭击的间隙，短浪簇拥起白色浪头狠狠地扑向大船。中国 2500 年前的兵家孙子深谙大海蕴藏的用兵之道，对其早有论述：“凡战者，以正合、以奇胜。故善出奇者，无穷如天地，不竭如江海”（《孙子兵法·势篇》）。在这种涌浪为主、短浪为辅、奇正结合、交互袭击的攻势下，大船开始出现纵倾，俗称船点头。然而，大船仍处于上峰，任凭风吹浪打，我自岿然不动。

大海彻底被激怒了，海面的长涌不见了。海浪变换进攻阵势，由层层进攻的长浪变换成遍地开花的波涛，犹如万马奔腾，从四面八方袭来，海沸波翻，展开一场混战。混战亦称乱战[1]，乱战者，乱

---

[1] 乱战：乱而取之，语出《孙子兵法·计篇》。

中取胜之谓也。从表面上看，这一阵势好像是以众制寡、以多击少，高调进攻。其实还隐藏着示强以壮声势、示形以造乱象，旨在乱中取胜的“后手棋”。这就要求船长一要有“泰山崩于前而色不变，麋鹿兴于左而目不瞬”的处乱不惊的素养；二要有通过现象看本质、透过乱象看本真的功夫；三还要有遇强则强，具有“在百万军中取上将首级”的精神和勇气。“纷纷纭纭，斗乱而不可乱也；浑浑沌沌，形圆而不可败也”（《孙子兵法·势篇》）。不久，大船驶近索科特拉岛，风浪稍息，激战稍停；但双方都在蓄积力量，以待再战，短暂的平静将酝酿着更大的风暴……

23 时 45 分，我准时到驾驶室接班。海面出奇地平静，海风也减弱了。明月伴着箕星[1]，悬挂在右舷外的上空，斜照着奔腾、涌动的海水，银色的月光在海面上跳动着、闪烁着。“古人不见今时月，今月曾经照古人”。风浪间隙的短暂平静，让人顿生“缭乱边愁听不尽，高高秋月照长城”的肃穆悲壮之感。这时，人会产生错觉，被月光照亮的海水仿佛从高处源源不断地涌来，而大船正在逆流而上。从月亮所处方位可以判定，大船正在无边无际的月光中驶向东南方向。

1 时，船出索科特拉岛，驶入印度洋。此时正是中国农历六月十五的子时，地球离月亮的距离最短，箕星正在月亮西北[2]。不久，海水开始兴奋不已、动荡不安。海风渐紧，海浪乘着风势纷纷簇拥起白色浪头冲向空中，扑向圆月。“湍转则银河如覆，浪动则星月似惊”，月战拉开了帷幕。月战者，盛月之战也。古人认为，月主阴，象征刑杀，用兵宜在月盛之时。兵法曰：“十战而六胜，以星也；十战而七胜，以日者也；十战而八胜，以月者也”（《孙子兵法·月战》）。不是大海通晓兵法，原本兵学师法自然。海浪乘着夜色越颠

---

[1] 星宿名，二十八宿之一，东方青龙七宿的末一宿。
[2] 《孙子兵法·火攻篇》：“月在箕、壁、翼、轸，凡此四宿者，风起之日也。”

越高，海面不断涌过小山一样的波峰、波谷，轮番撞击着船舷，发出滚雷般的巨响：“嘭——！”巨大的浪头呼啸着、窜起来扑向船头，在船舷上撞得粉碎，被弹出几十米远；紧接着是“哗——！”在海上落下一阵急雨，扬起四五层楼高的雪白水雾，瞬间被强劲的海风吹逝。海浪周而复始地撞击着大船，发出接连不断的巨响：“呼——！嘭——！哗——！；呼——！嘭——！哗——！……”大船不为所动，劈风斩浪，穿云破雾，毫不犹豫地疾驰在夜暗之中……

激战至黎明，胜负未分晓。船至印度洋深处，海上气候多变，海底地形复杂，深海暗流涌动。匆匆吃过早饭，我再到驾驶室时，印度洋大军毕至，大海咆哮如雷，真正的大风浪终于到来了！大海茫茫无际，海风呼啸、机器轰鸣、浪涛巨响；整个海面犹如万马奔腾，海水旋转着、涌动着、颠簸着、碰撞着、倾覆着、追逐着、流逝着……大船仿佛陷入十面埋伏之中。“混混沌沌，如环无穷；纷纷纭纭，莫知所终”（《握奇经》），这就是阵战。大海不断变换阵法：一字长蛇阵、二龙汲水阵、三才天地人、四门斗底阵、五虎攒羊阵、六子连芳阵、七星斩将阵、八卦金锁阵、九曜星宫阵、十面埋伏阵。“夜战多金鼓，昼战多锦旗”。墨蓝色的海面四处泛起白色浪头，扬起大片水雾，映着初升的朝阳，幻出一道道七色彩虹。大船顶风顶浪，颠簸前进，犹如水上的飞漂，在海面纵倾打跳。船头与鱼贯而来的浪头迎头相撞，随着“嘭”的一声巨响，弹起几十米高的波涛，激起大片乳白色泡沫。“银涛堆雪，雪浪翻银”，快速地向船后流逝。

阵战未果，大海再次变换进攻态势，以势战取代阵战。势战者，求之于势，不责于人；不再强调凌厉的进攻，而在于谋取整体的胜势。“木石之性，安则静，危则动，方则止，圆则行。故善战人之势，如转圆石于千仞之山者，势也”（《孙子兵法·势篇》）。船头的海面忽然壁立、升至半空，朝着十七八层楼高的驾驶室直压下来，海水淹没了驾驶室，大船变成潜水艇，仿佛掉进深渊。随着海面急速下降，大船又被抬起，两舷边挂起无数瀑布，接着冲向半空。船身剧烈地抖动，艉部的螺旋桨犹如巨大的风扇，因失去动力而造成空中停车，俗称打空车，然后重重在摔在水面上。整个海面在不停地左右倾覆，四周的海水忽而快速上升，大船如同坠入谷底；随着海水骤然急速下落，大船仿佛又从谷底冲上山顶。时而舰桥长翼掠过水面，就像侧身滑翔的飞机即将着陆；时而海面迅速下降，仿佛飞机展翅爬升正欲拔地而起……

大海使出浑身解数，万法自然，百战兴浪。但“间于天地之间，莫贵于人”（《孙子兵法·月战》）；“天性，人也；人心，机也。立天之道，以定人也”（《阴符经》）。浪高一尺，道高一丈。“知彼知己，百战不殆；知天知地，胜乃无穷”（《孙子兵法·虚实篇》）。“是故胜兵先胜而后求战，败兵先战而后求胜。善用兵者，修道而保法，故能为胜败之政”（《孙子兵法·形篇》）。

天际上的斯里兰卡（SRILANKA）[1]已遥遥在望，右舷外云水氤氲的高空中现出一弯巨大的彩虹桥，那是上帝与人类盟誓言和的标志[2]！虽然胜局已定，但大风浪仍在继续，“有志与力而又不随以怠”才是最后的胜算。人、船与海在印度洋上持续着久战，久战者，旷日持久之战……

文 魏 东

[1] 印度东南海沿岸岛国，古称锡兰国，SRILANKA，原意：“光辉灿烂之国”。
[2] 《圣经·创世纪》中，神与挪亚立约：“虹必现于云彩中，水就不再泛滥……”

勇闯亚丁湾[1]

东非丧乱由来久，不图自强反跳梁。
可怜户枢黄金地，竟成水浒[2]乱石岗。
弯刀利剑骷髅船[3]，昔时梦魇今复燃。
快艇火枪风波恶，甚嚣尘上亚丁湾。

曼德海峡路漫漫，亚丁湾阔夜沉沉。
惊涛疾驰声声碎，骇浪荡漾惴惴心。
中远[4]群英意志坚，肝胆二气搏云天。
心系蓝海踌壮志，丝路[5]天涯凯歌还！

“海洋是智者的天堂，愚者的地狱”（海明威）。航海是一种古老而悠久的职业，水手历来被看作智慧、力量和勇气的象征，他们远离家乡、远离人群、同舟共济，大都真诚而率直，彼此之间称兄弟。

---

❶ 指也门以南，索马里以北海域，经常有海盗出没。
❷ 《水浒传》，中国古代一部描写梁山泊强盗的长篇小说；水浒，借指海盗出没的地方。
❸ 指帆船时代的海盗船，通常悬挂骷髅旗。
❹ 中国远洋集团的简称。
❺ 指“一带一路”倡议，即“丝绸之路经济带”和二十一世纪海上丝绸之路。

时代发展到今天，船舶由钢甲代替木材、自动舵代替转轮舵、螺旋桨代替风帆、电罗经代替磁罗盘、电子海图代替纸质海图、卫星导航代替手工量算；水手餐桌上的啤酒、红酒和黄酒代替了大航海时代的郎姆酒(RUM)[1]、摩根[2]酒（MORGAN）、库克[3]酒（COOK）。然而，当排山倒海的惊涛骇浪袭来时，无论再大再先进的船舶仍然只是漂零水面的一片树叶，而水手们犹如困在树叶上的蚂蚁，只能因着与上帝曾经的渊源[4]，期冀于远在天际之外的运气，靠着对国与家的执着信念支撑着渡过此劫。

除了天灾，还有人祸。亚丁湾海盗的快艇、冲锋枪、火箭筒代替了昔日的弯刀、火枪、骷髅旗，水手们面临着更加凶险的现实威胁。众所周知，士兵在战场上枪林弹雨、冲锋陷阵、出生入死是可歌可泣的，历来被人们所景仰和歌颂。然而，水手们往往凭借超人的胆识和过硬的船艺挑战海天、规避凶险、远涉重洋；仅靠赤手空拳或酒瓶、石块、铁椎、木棒对抗全副武装的海盗。这种极不对称的殊死搏斗却是鲜为人知的，这种特殊的战斗恐怕在世界军事史上也是找不到的。没有士兵的荣耀与军功，却坚守着绝对服从命令的天职；没有军人的鲜花和掌声，却承受着比军人更为悲壮的奉献与牺牲。海员是真正的勇士！

国际上把北纬 20° 以南、东经 80° 以西的索马里海域认定为防海盗高危海域。海图上的红海犹如一片狭长的竹叶，其最南端通往亚丁湾的曼德海峡蜂腰部（北纬 13° 、东经 43° ）是厄里特利亚、也门、吉布提、埃塞俄比亚和索马里五国交汇之地，是典型的“三不管”海域，加上航道狭窄、水浅波缓、船速减慢，因而成为海盗出没的

[1] 盛行于大航海时代的“海盗之酒”。
[2] 摩根 (1635—1688)，在加勒比海抢劫西班牙船的威尔士海盗，曾出任牙买加总督 (1680—1682 年）。
[3] 库克 (1728—1779)，JAMES COOK，英国航海家，澳洲大陆发现者。
[4] 《新约·马太福音》第四章 18 节：耶稣最初的四弟子西门、安德烈、雅各、约翰都是渔夫和船员。

焦点地域。印度洋 6、7、8 月的季风过后，秋季是海盗活动频繁的季节。餐厅里醒目位置的墙壁上贴满近期发生的海盗袭击案例和公司关于加强防海盗工作提示。

[国际海事局海盗报告中心通报]：2014 年 1~6 月，国际海事局海盗报告中心共接到全球范围内的 116 起海盗袭击事件报告。上半年，发生被劫船舶数量为 10 艘，7 艘被纵火，78 艘被海盗登船，28 艘遭到未遂袭击。共有 200 余人被劫持为人质，5 人被绑架，2 人死亡。索马里海域共发生 10 起海盗袭击事件，其中 3 艘船被纵火。

[集团安监部信息]：近期小型油轮劫持案件持续上升，东南亚海域 4 月份以来至少已有 6 起沿岸油轮遭劫持；7 月 25 日，油轮“MT JI XIANG”遭 7 名印尼武装海盗袭击，1 名印尼籍水手颈部中弹死亡。海盗在逃逸过程中留下 2 把枪、1 把弯刀；8 月 2 日，“乐民”轮于曼德海峡口（北纬 12° 40′、东经 43° 20′）被 2 艘可疑小艇高速追踪。

[公司保安部信息]：9 月 17 日晨，一艘从新加坡驶往沙特吉达港的中国籍大型集装箱船，在亚丁湾遭到 5 艘海盗艇攻击，每艘小艇上搭载有 5 名武装海盗。伊朗海军一艘驱逐舰接到紧急呼救后迅速赶到，特种行动小分队使用轻武器，从海盗手中成功解救该轮。

“无恃其不来，恃吾有以待之；无恃其不攻，恃吾有所不可攻也”[1]。9 月 20 日，“防海盗应急突击队”被动员起来，对防弹衣、防弹头盔及其性能进行讲解、试穿；对防弹盾牌、防护器材的使用方法进行训练；进行各种情况下的防海盗及退守安全舱演习。秋季船过亚丁湾，虽然照例是包饺子、作动员、搞演练，但紧张的气氛比平时浓厚了一层。

---

[1] 语出：《孙子兵法 • 九变篇》。

9 月 21 日下午，东行的大船驶近红海南端，即将驶入曼德海峡。远处海面上升起一层灰白的云雾，朦胧的太阳犹如月亮，海面上跳动着碎银似的波光。右舷外蜿蜒起伏着一片灰褐泛黄、铁铸般的沙丘，在夕阳的照射下泛出红光，让人联想到《西游记》里寂寞空旷、人迹罕至的火焰山。15 时 45 分，我准时到驾驶室参加防海盗值班，大船开始了直插红海地峡、勇闯亚丁湾的漫长航行。17 时 30 分，夜幕开始降临，VHF 电台里不断传来带有中东口音的英语呼叫声。原来是干舷较低、易受海盗袭击的货船编队夜航，彼此照应，就像《水浒传》里所描写的那样："远近商旅须乘中午、傍晚时分结伴而行，才敢通过水泊梁山。"看来，海盗这一古老的行业并没有那么容易随着人类文明的发展而绝迹。

17 时 45 分，船头右前方行驶着一艘名叫"ORIENTAL DIAMOND"（东方钻石）的油轮，雷达显示器上有两个小黄点，长时间缀行"东方钻石"。

细心的大副举着望远镜说："看海上那两条小船！"

"在哪儿？""在哪儿？"我和值班的小张同时拿起望远镜。

"2 点钟方向，20 海里处，一直尾随着右前方那艘油轮。"

我按照大副说的方位搜索几遍，什么也没看到。小张眼尖："看到了！看到了！"

我又搜索一会儿，果然在望远镜里看到两个针尖一样的小船，追赶着那艘油轮，犹如旷野里的豺狗追逐落单的羊。油轮已发现险情，加快了速度。两只小船停下来，东西张望，不久，调转船头朝我们驶来。雷达显示出小船航速 21 节，很快就能追上我们。驾驶室里骤然弥漫了紧张的气氛，我密切观察着小船的动向，头脑里闪过给家里打电话的念头。大副沉着地用电话通知机舱，把船速提升至 20 节；然后，大舵角打转向加速避让。在茫茫无际的大海上观察、搜索、辨别船舶的动向，主要是依据船舶尾部激起的白色波痕和船舶横宽和纵长的变化。望远镜中的小船横宽增加、船身横了过来，气氛稍稍缓和。不久，小船纵长缩小，船头又朝向我们；不久又横过船身，好像在犹豫……

大副说："不管是不是冲我们来的，还是要格外小心，先避开它们再说。"两只小船被远远地抛在船后，在雷达上消失了。刚才一紧张，一个小时很快过去了，看看船钟，已是19时30分，太阳早已沉入海中，天空开始朦胧起来，我们仿佛一下子穿越到17世纪的加勒比海上。说心里话，想想还真有点儿紧张！这儿正是高危海域，海盗的快艇、冲锋枪、火箭筒可不是电影里的道具。船头又发现一艘小船，望远镜中灰白的海面上有一艘像影子般的小船驶过船头，雷达立即锁定小船。船长和接班船员进来了，我们都如释重负。听完大副的汇报，船长镇静地说："你们去吧，早点儿休息。"

9月22日，凌晨3时45分，我走进驾驶室，四周漆黑一团，夜航灯火管制。过了好长一会儿，我才慢慢地看到船头微弱的航灯和天上的星光。驾驶员长期在夜航中练就了微光下观察、潜听、搜索、识别海上目标的过硬本领。一直静默的VHF电台突然传出一个女童咿呀婉转的声音，说着英语持续了几分钟，语音清晰，我们却一句也听不懂。本来流畅悦耳的童音，此时此刻听来却如闻"午夜凶铃"，让人感到毛骨悚然。船员们心照不宣，内心的恐惧源于船上一起讳莫如深的往事。据老船员讲，在许多年以前，船靠泊菲律宾马尼拉港（MANILA），上船的码头工人中有一位女工头，女工头带着一个四五岁的小女孩。不料，那个女工头在大舱上指挥吊塔装卸时失足坠入舱底，船舱有七八层楼深，自然是头脸血肉模糊。悲剧发生后，小女孩满船哭着跑着喊着找妈妈……从那以后，船上屡屡发生怪异事件。有人说，在夜深人静时能听到小女孩儿的哭声；有人曾在夜间看见一位披头散发的妇女坐在楼道里……历届船员口耳相传关于此事的各种版本中，有一则最真切、也最有代表性。据说，有一个大厨凌晨起早为船员做早餐，当他迷迷糊糊地走到餐厅门口时，看到里面坐着一个一身白衣的女人，侧身对着他，长发遮住半边脸，逗着身边一个小女孩儿，女孩儿在咯咯地笑……当时，那个大厨吓得腿都软了！“嗷”的一声，转身就跑，三步五步就从二楼的餐厅窜到七楼，瘫倒在船长门前。从此，历任船长上船后都会有意无意地在房间里点燃三炷香。

此时，大家都觉得怪异，在黑暗中瞪大眼睛，讨论半天，始终没有弄清女孩儿的声音到底来自哪里。

“子不语怪力乱神[1]！”政委止住大家，最后的结论斩钉截铁：“见怪不怪，其怪自败；一正压百邪，其怪必自败！”

时间过得真快，不知不觉中，2 个多小时过去了。天空变亮后，群星瞬间隐入云层，只剩下启明星悬挂在东方上空。一夜无事，天已破晓。海面无风，平静的海水缓缓流向船后，几乎感觉不到船在前进。雷达显示器里出现一大片亮点，开始以为是空中的积云反射雷达波呈现的图像，驶近了才发现是一群集体猎食的海豚。海面上攒动着千百只海豚，钻进钻出，跳跃着弧形的身影，露出光滑的背部和尖尖的长鳍，急于突围的鱼群乱撞乱跳，海面霎时沸腾起来。不久，海豚和鱼群涌向大船侧后，消失在船舷激起的波涛里。左舷外仍有七八条海豚在浪涛里锲而不舍地追逐着大船。泛海天涯、朝阳初升、空明澄碧、海豚逐浪，海天奇景给船员沉重的心情带来片时舒缓，高危海域的凝重氛围仿佛透过一缕转瞬即逝的清风。

17 时，船抵达曼德海峡的狭窄航道；19 时 45 分，太阳失去了

---

[1] 语出：《论语·述而篇》。

光芒，像一只圆圆的橘红色蛋黄，很快坠入海中。夜幕降临后，远处海面上出现一连串星星点点的灯光，那是结队夜航的货船。雷达荧光屏显示出亚丁湾的绿色通道，两边由舰队护航，中间的货轮犹如被保护的群羊，依次跟进、结队而行。电台里不断响起舰队与货轮之间的通话，招呼着货轮保持联系，紧紧跟上队伍；货轮之间相互提醒着曼德海峡入口处蹲守着一艘海盗母船……让人联想到《动物世界》影片中，成群结队的动物惴惴不安地通过野兽伏击区域的情景，各各自保，命悬一线。一整天，前后各有一艘货轮伴随着我们的大船，始终保持不远不近的距离，仿佛夜路上互不相识的人会下意识地结伴而行、互相壮胆一样，相濡以沫，慰情聊胜无。雷达显示出前一艘船名"ORIENT DIAMOND"；后一艘船名"MORNING GLORY"。一年前，在部队军事讲堂纸上谈兵时，我还煞有介事地引用"亚丁湾海盗凭海阔天空兴浪而列国护航舰队束手"的论据去论证"地形者，兵之助"的论点。没想到一年之后的今天，我却实实在在地感受到亚丁湾骇浪之中的心跳，生命的坎儿蓦然搁在面前！这感觉远不像欣赏美国大片《加勒比海盗》时的浪漫。帆船时代海盗的火枪、弯刀、骷髅旗已被如今的快艇、冲锋枪、火箭筒所代替。货轮只能早发现、早规避，"三十六计，走为上"。时间就像船舷边流逝的海水，感觉这一天出奇得快。20时，我们按时换班后赶快回房睡觉，因为，明天凌晨船将驶过北纬13°，抵达亚丁湾入口。

9月23日凌晨3时45分，我再到驾驶室接班时，船已驶入亚丁湾，海面不再颠簸。走到驾驶室外面的舰桥上，迎面吹来热烘烘的海风，一条由西南至东北的银河横跨大船上方的夜空；一弯银月悬挂在左舷侧后的海上，照亮船舷边层层向外荡漾的波痕，海面上跳动着银色的清辉。"星垂平野阔，月涌大江流"。夜色中，海上的星空看起来比在陆地上看到的要低得多，银河中闪烁的群星也比平时更多、更大、更清晰，大船仿佛一动不动地静止在星空中。舰桥下向外翻卷的雪白波涛在夜色里特别分明，向船后快速地流动。船速已增至20节，正在星夜中平稳地破浪前进。拂晓时分通常是海盗出没的重点时段。5时30分，太阳在海上照常升起，东方的半边海天发出耀眼的金光。海面上波光粼粼，空明澄碧，大船左半侧映着朝阳泛出红光。航道正前方的油轮“ORIENT DIAMOND”出现在雷达屏幕上，同向行驶，船速15节。航道左右两侧出现八九个荧光点，快速地向航道中间汇集，渐渐地包围了前方的油轮。

“像啦、像啦……”举着望远镜的大副仿佛在梦魇中自言自语。

“这是真的啦，这是真的啦……”同时举着望远镜的二副也喃喃地应和着。

我突然意识到：屏幕上那一群闪光点就是堵在航道正前方的海盗船，驾驶台顿时充满了一种异样的气氛。不久，油轮左冲右突，穿过那一群闪光点，加速驶去。果然，那群闪光点舍弃油轮，向我轮对向驶来。

快了！快了！我感觉空气沉闷、呼吸不畅，清晰地感觉到前方云雾散尽时将意味着什么。很快，前方海面的雾霾里钻出一群快艇，速度很高，尾部在海面划出长长的白浪。

来了！来了！我用望远镜紧紧盯着海面，听得见自己的心跳，说不清是兴奋、是恐惧，心情微妙而复杂，内心深处反倒希望它是真的来了。

近了！近了！快艇越来越近，左舷4条，右舷5条；每条小艇上都有四五个人，头缠围巾、满面胡须，衣服的颜色、样式都能在望远镜里看得清清楚楚。小艇在海面上跳跃，速度很快，船头高高翘起，船身几乎离开了水面，犹如水上的飞漂，船尾激起白浪，扬起水雾。其中一条快艇连续几次跃起，窜近我们的大船，气势汹汹，仿佛在观察、揣度着自己的猎物……

空气忽然凝结了！我深深地吸下一口气，右手不知不觉中移向驾驶台上一个红色按键，按键上面的玻璃罩已经打开，头脑中飞快地闪现出一旦发现异动，按下红键的瞬间将会发生的事情：“汽笛陡然长鸣、警报顿时大作，船员们冲出舱室、占领四周船舷，那里有早已备好的铁榷、盾牌、太平斧、酒瓶、石块、皮龙……”

观察窗上方的天文钟“嗒、嗒、嗒”地响起来。我感觉诧异，盯着墙上原本静音的天文钟，想弄清到底是钟在响，还是心在跳？稍一凝神，天文钟不响了，时间停滞不动了。我心里清楚：据说，天文钟 1 万年才误差 1 秒，不会轻易坏的。再凝神看时，天文钟的表盘忽然变得透明，我看到里面大大小小、错落有致的黄铜齿轮出了故障：“咔、咔、咔”地响，就是转不动……

短暂的对峙如同熬过一年，最终，那电光石火的一瞬间没有发生。那只快艇掉头驶离大船，呼哨一声，小船四散而去。可能见我们船舷高达四五层楼，无从下手，另寻其他目标去了……我们仍不敢大意，怕他们从侧后迂回包抄，紧盯着那些小艇，直到它们远远地消失在大船侧后的天际。虽然是一场虚惊，在亚丁湾与海盗狭路相逢，总算因我们从容镇定、严阵以待而赢得胜利。再看墙上的天文钟，一如既往地走，并没有任何异常。

9 月 26 日下午，船出亚丁湾，绕过索克特拉岛后驶入浩瀚无际的印度洋。东行的船舶顺风顺流，虽有轻微的颠簸已微不足道。这时我才想起 6 个多月以来没有给家人通信，因为怕说到亚丁湾会让家人担心。晚饭后，我赶快给家人回信：

妻张琳、儿武挥、女政扬：

我现已安全通过亚丁湾，正航行在印度洋海域，家人不要挂念……

祝家人安好、儿女快乐成长！

魏东，2014 年 9 月 26 日夜，印度洋

两天后，公司安监部传来“MORNING GLORY”在红海进出口附近遭遇海盗袭击的信息：

时间：9 月 23 日 06：57；纬度：013－05.00N，经度：043－05.00E。散货船 MV MORNING GLORY 在曼德海峡附近被 8~9 条有敌意小艇靠近，小艇持续追逐大约 1.5 小时。船长发出警报、增加航速、启动消防皮龙、发射降落伞信号弹，随船警卫亦开枪示警……船上的高频和甚高频持续发出遇险求助信号，附近的海岸当局和护航军舰可能都不在附近，告知暂时无法援助……02：25 时，该船对外联系全部中断，AIS 停止了工作，附近海域已经找不到该船，估计“MORNING GLORY”的确被劫持成功。

“MORNING GLORY”，曾经相濡以沫的难友！真希望这是一场梦，一觉醒来，我们相忘于江湖。可是，那朵在晨光里滚着露珠、溢光流彩的牵牛花时时萦绕在我的眼前，再也挥之不去。“MORNING GLORY”[1]！竟然在那天早晨的阳光下“凋谢”在亚丁湾中……

文 魏 东

[1] MORNING GLORY，N.[牵牛花]，形容昙花一现的人或事物。

能源运输的“班轮模式”

所谓班轮模式，就是指以固定的船舶为货主固定的航线提供物流服务，从而有效提升货物和船舶周转效率。班轮模式的航线一般具备以下几个特点：货源充足，保证至少一艘船舶高效来回运营；年运量计划性强，月输送量稳定；货主自有接卸专用码头，可以主导靠泊次序；航线固定，装、卸港基本直到直靠。

在航运业界，由于货种的不同而运输模式也有所不同。通常情况下，班轮运输多为集装箱运输采用的运输模式，能源运输多采用不定期船运输。近年来，中远海运能源在致力于为客户提供全程能源运输定制服务的过程中，不断“摸着石头过河”，认为能源运输作为大宗货品运输，如果也能采用班轮运输模式，那么将成为一种船货双方实现共赢的新型油轮运输模式：一方面，可极大满足和保障客户需求。客户可以充分掌握船期、船舶动态，便于掌握装卸节奏、手续办理情况，在及时有效保证货主方生产需要的同时还能为客户提供诸多差异化服务。在极端条件下，班轮运输可以带货执行下航次任务而不会引起商业纠纷。另一方面，该模式能极大地提高公司运营效率。班轮运输可减少收舱时间，提高装卸效率，有效避免货量纠纷；船舶可以更好地熟悉航线情况，做好船舶航行安全；船舶可以合理配载，提高载货利用率；有利于船舶和客户建立良好合作关系，做好现场服务。

在广泛论证研究的基础上，中远海运能源从远洋运输到沿海运输，对班轮运输模式开展了一系列的探索，不断突破创新，取得了良好成效。

~ 马德岛港显豪气：“一带一路”上的准班轮航线 ~

2017 年 12 月 23 日，中远海运能源和中石油云南石化、中石油国际事业有限公司共同签署了《关于开展原油包运及其他合作的备忘录》。至此，三方就中缅原油管道项目达成全方位战略合作。中远海运能源成为该项目唯一海上运输包运合作方。

备忘录的签署，从国家能源战略考虑，它是中远海运能源履行国家骨干船队使命、服务国家“一带一路”倡议在油轮运输领域具有标志性意义的责任担当；从企业发展考虑，它是中远海运能源多年来在“四个全球领先”目标下，致力于为战略客户提供全程能源运输定制服务的又一里程碑意义的重大成果，中远海运能源将尝试打造“一带一路”上的超级油轮准班轮航线。

这一切还需要从马德岛港说起。马德岛港是“一带一路”国家重点项目中缅原油管道项目的起点，位于缅甸诺开邦孟家湾，是一个可以停靠 30 万吨级和 15 万吨级油轮的天然良港。可是，该港是一个从未开发过的港口，从无任何超大型油轮（VLCC）靠泊过，在此靠泊至少面临着三大难题：一是没有有效的港图。该港目前无英版港图，电子海图中没有引水站至 12 号浮筒的详细资料，海图水深也不准确，缅甸版的当地港图是 1991 年出版的，信息严重滞后，这都给船舶进出港航行带来安全隐患。二是航道航线困难。马德岛港航道是人工开凿挖掘而成，呈“Z”字形，口窄内宽，大型船舶航行极其困难。而且航道中的 24 号浮筒附近，由于淤泥沉积，水深已由原来的 22.8 米减少到 21.1 米，这进一步增加了航行难度。三是靠泊有相当难度。由于码头输油臂管的 1、2 号与 3 号管方向不一致，在水流的影响下，要保证船上三个 Manifold 出口与码头输油臂三个接口管对正，极其不容易。

“新润洋”轮

“远秋湖”轮首次靠泊缅甸马德岛港

在重重困境面前，中远海运能源敢为天下先，用自信和专业帮助客户一起克服困难，确保项目顺利运营。在开港之前，原中海油运、大连远洋多次派遣资深船长前往马德岛港进行现场勘探、测量，制定靠港方案。在前期大量细致专业工作的基础上，2015 年 1 月 28 日，中远海运能源（其前身公司之一中海油运）所属“新润洋”轮半载稳稳停靠上马德岛港，成为首艘靠泊该港的 VLCC，为马德岛港的正式开港运营、中缅原油管道项目境外段试投产立下了汗马功劳。2017 年 7 月 13 日，在两年的等待之后，中远海运能源所属“远秋湖”轮稳稳停靠马德岛港，成为首艘满载靠泊该港的 VLCC，为马德岛港的全面开港运营、中缅原油管道项目境外段全面投产铺平了道路。在“远秋湖”轮完成任务之后，该轮船员无不感慨，赋诗一首：

远秋湖帆泛五洲，
峰回路转见华章。
砥砺前行争豪气，
一带一路书新篇。

中远海运能源用打造中东 / 缅甸 VLCC“准班轮”运输精品航线的努力，履行了对国家使命的承诺、对梦想的坚守以及全心全意服务客户的作为。

中缅原油管道项目达成全方位战略合作

~ 钦州湾里划彩虹：中国—东盟自由贸易区的班轮航线 ~

钦州港位于广西沿海北部湾畔，是西南地区进入东盟国家陆上最便捷的出海口，随着中国－东盟自由贸易区的建成，钦州港在推动和实施国家能源安全战略中，具有重要的战略地位和作用。

由于受制于钦州口岸航道限制，大型油轮无法进港卸货，需要合适的油轮将大型油轮上的原油从钦州港外驳运到钦州港。2011 年，钦州港专门设置原油过驳锚地，从事进口原油的过驳业务。

得知这一消息，中远海运能源所属大连油运（原大连远洋运输公司）看到了其中的商机和意义，立刻成立项目组，多次派人进行实地调研、考察、评估，认为可以尝试固定船舶点对点的班轮运输模式，该方案投标最终拿下过驳项目。2011 年 11 月 15 日，“连运湖”轮、“连盛湖”轮开启了钦州过驳项目的序幕，同时开启了中国－东盟自由贸易区班轮航线的大幕。

钦州常年高温多雨，夏季在驾驶台即使开空调，温度依然在 30 摄氏度以上，更不用提甲板和机舱了，在这样的环境下工作，不用两分钟就汗流浃背。加上过驳航行距离短，锚泊时间少，卸货频繁，船员们的工作量和工作难度可想而知。锅炉保养是船舶班轮运输中最突出的难题。由于锅炉长期处于使用状态，为维护正常使用，必须经常进行锅炉清理。在清理锅炉时，为了抢抓时间，轮机部的船员们通常要在炉内温度降到 50 多摄氏度时就钻进去作业。这样的温度，普通人只能在里面待 3~5 分钟，船员们只有轮番进入锅炉进行除炭作业。就这样，也要花掉一天多的时间，才能清完积炭，保证按时卸货。不过，大家却风趣地说，清除锅炉积炭可是一项高效的减肥运动，一天就能减掉两斤体重。

这样的故事很多，船舶大约三天就要完成一个过驳航次，一个月最多要完成近十个航次，一个月靠离港次数比普通油轮一年靠泊的总和还要多。2017年，钦州口岸共过驳进口原油859.4万吨，过驳量稳居我国沿海港口首位，连续六年成为全国海上原油过驳第一大港，并一跃成为全球最大的原油过驳口岸。7年来，大连油运钦州过驳项目安全、高效完成1200多个航次的原油驳运任务，驳运量5700多万吨，用班轮运输为钦州湾增添了一道靓丽的彩虹。

钦州项目

~ 环渤海带点星火：国企—民营的准班轮航线 ~

2015年冬季，受季节性气候影响，环渤海一带船舶靠卸作业效率低下，严重影响正常的生产经营。2016年，中远海运能源积极探寻提质增效的有效路径，在实践中发现诸多客户虽然为民营客户，但有一部分客户货量相对稳定，并具有一定的规模，而且航线相对固定，卸港确定，具备推行“准班轮”经营模式的条件，决定大胆尝试国企—民营的准班轮航线。

锦州—大连航线是率先推广定线制的航线之一，在实行准班轮运输模式后，该航线取得的成效有目共睹：2016 年前三季度航次平均周转天同比减少 0.5 天，在周转天方面为航次效益提升 7%；平均装载量同比增加 1000 吨，在配载方面为航次效益提升 2%；平均油耗同比减少 6 吨，在油耗管控方面为成本降低 3.6%，效率和成本的一增一减使航次总体效益同比提升约 10%。

同时，班轮运输模式也得到了客户充分的肯定。该航行客户写来表扬信："'金牛座'轮为我司安全高效运输原油 62 万吨，极大降低了原油卸货损耗，为我们蒸馏装置平稳生产作出了极大的贡献，体现了优秀的企业文化，感谢'金牛座'轮的优质服务。"

以此为基础，中远海运能源逐步投入 5 艘固定 MR 船队的运力保障，基本形成每天一艘船舶在装、一艘船舶在卸、一艘船舶重载航行、一艘船舶空载航行、一艘船舶机动在装港或卸港等泊的良性循环。到 2017 年，中远海运能源内贸原油准班轮运输客户增至 9 家，公司还通过创新港、航、货合作模式，进一步巩固了模式的有效实行。

中远海运能源在企业创新发展中逐渐形成了能源运输的班轮运输模式，未来，公司将坚持创新驱动发展，在追求"四个一"战略目标的征途中，致力为全球客户提供全程能源运输定制服务。

我的“诺曼底”航迹

从孩提时代开始，我似乎对大海就有一种割舍不去的情怀。无论是“春江潮水连海平，海上明月共潮生”的静谧，还是“乱石崩云，惊涛裂岸，卷起千堆雪”的壮阔，都让我心驰神往。从一名普通水手成长为一名远洋船长，海上的一次次日出和日落见证了我一路走来悲喜交加的心路历程，而这一次次的困难和挑战也慢慢磨砺出了我的航海精神和工匠精神。

我上过的船有很多，绝大多数的船名都在记忆中慢慢淡去了，但是我在“诺曼底”的经历却始终挥之不去，历久弥新。诺曼底位于法国的西北部，因盟军在第二次世界大战期间从欧洲西线战场发起的大规模登陆作战而闻名，诺曼底登陆也使二战的战略态势发生了根本性的变化。而与之同名的这条远洋船舶则为我自己的职业生涯添加了浓墨重彩的一笔，也成就了我自己的“诺曼底”。

2017 年 9 月，我受公司紧急委派，接班“诺曼底”轮。这条船历经好几家派员公司，管理上却始终没有步入正轨，船舶设备严重老化，缺少基本保养，船员心理比较浮躁，历史遗留问题较多。而我当时还处于腰椎间盘发病期间，为了不辱使命，体现一个共产党员的奉献与担当，我顶着家人极力反对的巨大压力，毅然决然地接受了这个任务。可是对于这样一艘已经在外出了名的不好管理的船舶，要说我心里没有一点儿压力也是不现实的，可当我想起习总书记那“不忘初心，牢记使命”和“撸起袖子加油干”的谆谆教诲时，就浑身上下充满了干劲和力量，坚定了“直面困难，舍我其谁，改变面貌”的决心，并向公司立下“军令状”——船员不满意不下船，船东不满意不下船。

虽然我已经有了思想准备，但是在我登上船的那一瞬间，看到眼前的景象，还是不由得倒吸了一口冷气，心中五味杂陈。一条船龄十年的船，就如同一个人的盛年之际，正处于巅峰状态。可这条船的甲板和船体早已锈迹斑斑，机舱里的各种备件也严重缺乏，就像一个迈入垂垂暮年的老叟，没有一点儿生机和活力。由于这条船之前就一直管理不善的原因，造成船员们的工作积极性极低，人心涣散、人浮于事的现象很普遍。我站在驾驶台上托着我疼痛的腰椎，望着一望无际的苍茫大海，一时间千思万绪涌上心头。要想让这样一艘先天不足又后天失养的船重新焕发青春，绝非易事。这时我想到了陈干青——中国的第一位远洋船长，他在当时由外国人统治的中国航海界，冲破殖民者的重重刁难，获得了第一张中国远洋船长证书，为中国的航海事业作出了巨大的贡献。抚今追昔，在习总书记所倡导的“一带一路”建设全面推进的历史进程中，我们应该继承我国几代航海人留下的宝贵的航海财富，将优秀的航海精神和航海情操植入到创建海洋强国的中国梦当中去。我暗暗下定决心：要把对这艘船舶的改造作为我航海职业生涯的里程碑，当作磨砺我航海精神和意志品质的试金石。

万事开头难，我决定先从改造船容船貌开始，就像《弟子规》中教育孩童的“冠必正，纽必结”一样，对船舶进行“整容”，因为良好的船舶环境是提振士气、保证安全生产的基础。说干就干，我马上召开全船的管理层会议，向大副和老轨了解这艘船的具体情况，再分门别类地布置各项任务。首先要求大副连同水手长一起制定船体除锈和刷漆的工作时间表；其次要求老轨制定机舱的维修保养计划，列出需要的备件清单；最后由甲板部和机舱部各自牵头，组织全体船员开展生活区卫生整改工作。工作布置下去之后，甲板部积极组织船员在正常工作时间之外加班加点，冒着酷暑清除船体的锈迹，并立即刷漆。看到大家满腔热情、热火朝天地工作，我同大厨一起制订了每周的食谱，保证了船上伙食的荤素搭配、营养均衡，还经常安排大厨熬绿豆汤为大家解暑。菜谱丰富起来了，大家吃的好了，干劲儿自然就十足了。在短短一个多月的时间里，甲板部完成了整个船体的除锈和刷漆工作，在船到美国之前船容船貌焕然一新，与此同时，轮机部也开展了对机舱的全面维修保养工作，将需要的备件清单申请上报到管理公司，并将整个机舱打扫得干干净净，消除油渍。全体船员更是齐心协力，在生活区彻彻底底地搞卫生，清理了以前残留的各种卫生死角。经过这一系列的工作，船上的面貌发生了翻天覆地的变化，工作环境变好了，大家的心情也就好起来了，不再是以前那种无精打采的样子，各项工作也就能顺利地展开了。在大家的共同努力下，这艘船分别在直布罗陀港和埃及的亚历山大港的港口国检查中连续两次无缺陷通过，获得了船东以及管理公司的一致好评，让这样一艘其他公司避之不及的船舶在中远海运劳务人的手中焕发出第二次青春。

虽然我基本上已经把船舶的管理带入正轨，可是船上接到的各种任务和航次指令也像这变幻莫测的大海一样，充满了未知和挑战。2018 年 4 月中旬，“诺曼底”号在美国休斯敦卸水泥后要立即原地装硫磺到巴西，因为装载硫磺的验舱标准比较高，如果扫舱不彻底的话，残留的水泥就会影响硫磺的品质。水泥受潮之后很容易固化，那样清扫起来困难就更大了，因此必须要及时喷洒化学药剂，并在规定的时间内用水清洗。可是此时又恰逢船员换班，新接班船员对船舶不熟悉，而休假船员回家心切，心情也比较浮躁，工作开展起来很困难。正当我愁眉不展之际，我在公司的休假支部书记微信群中读到了党工部推送的记录习近平总书记在梁家河的知青岁月的文章，梁家河是习近平总书记度过七年青春岁月的地方，是他读懂人民、读懂中国的地方，是他向全世界诠释“中国梦”的地方。梁家河记录了习近平总书记不怕困难、艰苦奋斗的青春岁月，也见证了总书记为祖国、为人民奉献自己的坚定理想信念和初心。他带领村民打坝修田、建沼气池、发展生产的为民情怀以及刻苦学习、不忘修身的励志故事，让我感动不已。青年习近平从繁华的北京到陕北偏僻的山村，从初中学生成为天不亮就要上山干农活的知青。梁家河的山山峁峁、沟沟岔岔留下了他的足迹，洒下了他的汗水，这种在逆境中成长，在磨砺中脱胎换骨的精神不正是现在的我所需要的吗？在习总书记精神的鼓舞下，我把严格要求与个别谈心相结合，要求休假船员站好最后一班岗，认真做好交接。同时与接班人员谈心，希望他们尽快熟悉船舶情况，进入正常工作状态。在各方面共同努力下，扫舱工作得以顺利完成，并且验舱一次性通过。

在顺利完成船舶交接工作之后，我在巴西港口休假了。由于我在这艘船上的表现，获得了派员单位和船东公司的一致好评。船东方面船舶总管表示：“本来我们对‘诺曼底’这艘船已经失去了信心，安排中远海运的船员上船是我们最后的底牌，事实证明我们用对了人，为郑伟船长带领的船员队伍点赞，希望你们长期为华林（船东）服务。”船东朴实的语言，是对我们在船船员的最好奖励。

回首这一段经历，始终是习总书记艰苦奋斗，为祖国、为人民奉献自己的信念激励着我克服了一个又一个困难。习总书记善于团结群众、善于凝聚群众的力量干事业的智慧也是我一生学习的目标。我要把“诺曼底”当作我职业生涯的一座里程碑，牢记使命，砥砺前行，

继续奋战在我的工作岗位上，为公司建设一支“国际化、高端化、市场化、专业化”的外派人才队伍贡献我全部的青春和力量！

文 郑　伟

运河畅想曲

地球偶然裂一缝，成就埃及不世功；

七海锁钥尽掌控，三洲枢机任捭阖。

经过20多天的海上航行，中远“意大利”轮（COSCO ITALY）即将于6月8日抵达苏伊士运河（SUEZ CANAL）。常听老政委讲，作为一名船员，只有历经世界“三大运河、两大角”之后才能称得上真正意义的航海人。三大运河是指苏伊士运河、巴拿马运河、基尔运河；两大角是指好望角、合恩角。并且，这三大运河各有特色，过苏伊士运河犹如在沙漠中行船，过巴拿马运河犹如在山顶上行船，过基尔运河如同在草原上行船。尽管头天晚上政委在过运河动员会上要求大家早点儿休息，但我还是久久不能入睡，畅想着尼罗河畔古埃及源远流长的历史文化；沉浸于爱琴海边斯巴达300勇士的壮举；向往着地中海上宜人的气候、明媚的阳光；憧憬着沙漠行舟的奇特感受和旖旎风景；臆想着这个被马克思称作“东方最伟大的航道”的风采。就像小时候年终守岁的除夕之夜，急切地盼望第二天早晨的到来。

凌晨 01：30，中远“意大利”轮终于在夜色中抵达苏伊士运河锚地。港湾里停泊着灯火通明的各国货轮，一眼望不到头，都在等待着编队进入运河。我们早早起床后按照动员会部署，分工协作，有条不紊地进行着引航员上船、工人安置、代理报关、海关卫检、货柜丈量等大量准备工作和接待任务。早上 06：00，大船驶进苏伊士湾的蜂腰部。右舷外天水相接的地方出现了海岸线，开始以为是海上发黄的云层，仔细看时才发现是沙漠和沙丘。沙丘大概很高，船走了半天，沙丘并没有明显的移动。整个海湾犹如一块巨大的软玉在涌动着、颠簸着，深蓝色的海面簇拥起一团团雪白的浪花。大船冲过海面，波涛卷起一堆堆雪浪；海风扬起大片水雾，迎着朝阳折射出一道道彩虹。近岸的海水中矗立着一座座钢架结构的钻井台，岸边的沙滩上阵列着一排排圆柱锥顶的储油罐。一切都在提醒着你，已经到了赤日炎炎、富于旷漠、盛产石油的阿拉伯世界。

海湾越来越窄，海面往返的货轮逐渐增多。不久，笔直的苏伊士运河终于展现在眼前。苏伊士运河北起塞得港，南止陶菲克港，全长 190 公里，河宽 280~345 米，河深 22.5 米；最大船舶吃水 17.9 米，最大吨位 21 万吨。运河通过地中海、红海连通大西洋和印度洋，紧扼欧、亚、非三大洲交通要冲，具有重大的经济意义和战略价值。与绕道非洲好望角相比，从欧洲大西洋沿岸各国到印度洋的航程缩短 5500~8000 公里。因此，100 多年前，苏伊士运河就被马克思称作“东方最伟大的航道”。苏伊士运河于 1869 年正式通航，是埃及人民对人类作出的又一个历史性贡献，但也为此付出巨大的牺牲和沉痛的代价。据塞得港和伊斯梅利亚城运河博物馆资料显示，在 1859—1869 年法国开凿运河期间，当时埃及全国人口 500 万，征用奴隶劳工 220 万，12 万人死于运河工程。苏伊士运河是埃及人用双手抠出来的，用肩膀扛出来的，用尸骨垒砌起来的，用血汗浇灌出来的。

早晨 07：00 时，大船放慢速度，缓缓驶入运河，在清澈的河面上划出一条又宽又长的波痕。左舷的窗外旋转着河岸上阡陌相通的广阔平原，不断移来岸上散落的建筑，岸边的公路上奔跑着大车小辆。右舷外长时间持续着一望无际的沙漠，偶尔会有几丛惯于干旱环境的灌木。大船行驶在碧波荡漾的运河古道，船头轻轻划破清澈的河面，两舷缓缓推开两道碧波，船尾幽幽拖出一条又宽又长的波痕。河水几乎齐着河岸，岸边生长着翠绿的苇草。运河里偶尔驶过三五只渔船，船上大都坐着男女两人：一人划桨，一人布网。我们的大船吃水 15.206 米，最大排水量 20.2322 万吨，犹如一座移动的小山，在河面上划开的波浪看似平缓，仍然颠簸着附近的小船。清澈的河面上偎集着几十条河豚，不久，又有几百条簇拥着游过船舷；到后来，鱼群竟像在水中荡漾的云雾，万头攒动、鱼光闪闪。没想到此次过运河不但有沙漠行舟的奇特感受，而且还有沙漠观鱼的奇趣。

运河两岸，风光迥异。一边是楼台厅舍，一边是广袤的荒原；一边是车水马龙的城镇，一边是寸草不生的沙漠。近岸散落着高低参差不结顶的院落（按照埃及法律，房屋结顶要缴税），远处矗立着规划整齐的高楼大厦。豪宅与陋室毗连，都市与荒原接壤，人化的文明映衬着化外的奇观，浓缩成埃及运河源远流长的历史变迁的剪影。苏伊士运河与侨汇、旅游、石油同为埃及四大经济支柱，每年经运河输送的货物占世界海运总量的 14%，仅过河费一项收入，每年就高达 20 多亿。真是天佑埃及，一方水土养一方人。难怪耶和华在《圣经》里曾赐福这方“应允之地”：“埃及我的百姓，亚述我手的工作，以色列我的产业，都有福了！”然而，“木秀于林，风必摧之”；家有珍宝，人所妒之。从古至今，埃及也饱受运河得而复失、几易其主之痛，并为此付出沉重的代价。望着运河缓缓流淌的清澈河水，我脑海中闪现这样一个问题：下面河床中流淌的到底是什么？浮现出的答案是：既有昔日悲愤的血汗，也有今天喜悦的泪水！历史镜头和现实场景在这里交互重叠，近期，埃及近邻利比亚、以色列风起云涌；人祸伴着天灾，西非又遭埃博拉病毒肆虐。去年，公司一条万箱轮在运河 37 公里界牌处遭到恐怖分子袭击，货柜上有 3 处被榴弹洞穿。过运河时，船上加强保安措施，锁闭生活区门窗。天空中掠过呼啸的战机，运河里行驶着护航舰队，两岸上散落着兵营和荷枪实弹的士兵，构成亚、非、欧的咽喉之地——西奈半岛地区的独特画面，仿佛在演绎着埃及运河的过去、现在和将来。西奈半岛历来被称为国际形势的“晴雨表”，埃及运河的未来仍然充满着变数，弥漫着尚未可知的迷雾。

右舷外驶过连绵起伏的沙丘，经过长年的日晒风蚀，沙丘表面形成一道道纵横交错的沟、壑、峁、塬。远远看去，如峡谷、如城墙、如栈道、如沙漠，寸草不长、人迹罕至、荒芜空旷，在阳光下泛着红光，让人联想到《西游记》里火焰山的画面。不得不佩服先贤深邃通达的眼界和意境，在几百年前就洞察出“西天”有如此景况。也许得到先贤启迪，我突然觉得世界原来并不太大。左舷外有一座高大的沙丘向海而立，其蜿蜒起伏的形状犹如峨冠长须、垂臂端坐的法老，彰显出古埃及帝王至高无上、威仪神秘的幻象。航行在源远流长的运河古道，置身于古老神秘的埃及国度，自然会畅想到充满神迹的金字塔和富于魔力的尼罗河。尼罗河被非洲人称作“生命之河”，恒河被印度人称作“圣河”，黄河被中国人称作“母亲河”，幼发拉底河和底格里斯河被巴比伦人称作“大地血脉”。黄河、恒河、尼罗河、幼发拉底河和底格里斯河在人类刀耕火种的农耕时代分别灌溉出亚洲、非洲、中东平原肥沃的土地，孕育出古中国、古印度、古埃及、古巴比伦四大文明古国辉煌灿烂的历史和文化。因河而立、因水而兴的农耕社会代表着那个时代的最高生产力。然而，随着社会和历史的发展也必定要被更高层次的生产力和生产方式所取代。经过16、17世纪的大航海时代，葡萄牙、西班牙、荷兰、英国等欧洲国家纷纷向海而立、向海而兴，迅速崛起，先后一跃成为世界近代史上的海洋强国，把曾经辉煌的四大文明古国远远地抛在身后。

2500年前，当一位东方圣人[1]立于黄河之畔发出“逝者如斯夫，不舍昼夜”的感叹时，西方的幼发拉底河上也有一哲人[2]发出“人不能两次踏进同一条河流”的哲学思辨。白云苍狗，沧海桑田。“人间正道是沧桑”才是亘古不变的真理，人类只有顺应时代发展规律，把握社会发展的正确方向才能永远立于不败之地。东西方两位哲人“逝者如斯”“天道唯变”的预言，四大文明古国的兴衰，苏伊士运河的变迁无不是因时而变、变则通、通则达、达则久的历史明证。历经挫折磨难、经过几个世纪的艰难探索，世界东方的中华民族终于步入向海而兴、向海而立的正确轨道。党的十八大报告提出建设海洋强国。发展航海事业，建设蓝海经济带，开创“海上丝绸之路”，描绘出催人奋进的“蓝色中国梦”。如今，作为一名上远人，我有幸与上远共成长，奋斗在国家“蓝海经济”的第一线，决心为国家航海事业奉献青春和才智。我们坚信，中

---

❶ 孔子（公元前551—公元前479年），春秋末期思想家、政治家、教育家。
❷ 苏格拉底 SOCRATES（公元前470—公元前399年），古希腊哲学家。

远集运这艘中国经济建设战线上的旗舰，一定会迎来事业腾飞的春天，在蓝色经济大潮中，顺风、顺水，扬帆远航，创造出更加辉煌的业绩！

文 魏　东

我的第一次远航

1973 年的五一国际劳动节，我从海军舟山基地复转到天津远洋运输公司，当即被天远选送到大连海运学院无线电系学习，结业后，在家休假待命，接到了天津远洋运输公司船员调配处王金良同志发来的一纸电令：速抵青岛，上“长亭”轮接班，勿误！

接到公司电令，我当即拎了一个小包，带上四季替换的衣衫，先乘渡轮后转乘海轮赶到青岛，登上了“长亭”轮。这是我作为报务助理，第一次正式工作，第一次登上远洋货轮，第一次要跑远洋航线。

初上“长亭”轮，我对一切都感到新鲜、好奇，更使我开心的是：我遇上了好人——报务主任李声振，他是我远洋报务的第一任师傅，也是最后一个师傅，不但人品好、性格脾气好、政治思想好、文化素质好，远洋通信的报务技术业务水平也好！

我在青岛港上船的第三天，就开拔了。第一个远航是跑中国至罗马尼亚航线。

在离港之前的两天，我在李主任的指导下，在电台上，分别提早抄收了大连海岸电台 /XSZ、上海海岸电台 /XSG，日本东京海岸

电台 /JMC 等，在中频、高频 4、6 、8 和 12 兆赫上播发的海上天气报告和海上航行警告。

在抄收时，我并没有按通常规的抄收程序：一般先用铅笔抄写，然后用英文打字机，把所抄得的海上天气报告和航行警告打出来，送到驾驶台，请船长和二副阅悉。而是我一边听着收报机里的“嘀嘀哒哒”的无线电莫尔斯电码信号，一边就直接用英文打字机，把它正确无误地打出来了。这就节省了抄收流程上的时间和精力！

对于这一点，李师傅很是欣赏我。

李师傅更欣赏我的是：我竟能背出来携带的一本已泛黄的简用袖珍英汉字典！

船长有点傲气，一上船就叫我“小电报”，听说我在大连海运学院无线电系学习过，还盘问我：大连海运学院在什么地方呀？旁边还有什么学校？教你的有哪些教授老师？当我一一流利作答后，他才晓得这个“小电报”竟然是他的半个校友呢！听说我能背英汉小字典，船长不大相信，几次到电台考我，见我几次都问不倒，他不再考问我，还把称呼也改了，开始叫我“小王”。

说到那本小字典，还得感谢厉始民老师！他是大连海员学院机电系的教授，是上海市崇明县向化镇人，他父母家与我爷爷奶奶住在同一个宅子。1971 年春，当我在大连海运学院无线电系报到之后，就急匆匆去找他，他深感惊奇和意外，不但热情接待了我，还送我这本小小的英汉字典。对于这本小字典，我如获至宝，爱不释手。我的大脑内所记忆的单词、单字，都是从这起步的。

“长亭”轮上的通信导航设备很先进、很高级，电台上的收报机是日本“JRC”的成套设备，发报机是两台同样的机器，瑞典“S1250”的，它的最大发射功率可以达到 1250 瓦，这配置要比我们海军舰艇上的电台配置好多了。

“长亭”轮从青岛出航，一直南下，驶经我的家乡港口上海港外的长江口，还进入了海军浙江舟山基地的海上巡防区：花鸟山、岱山、大长涂、小长涂、“定海”本岛、普陀山等，尽收眼底。我站在驾驶台，登高用望远镜四眺：啊！舟山，我的第二故乡！我作为一个海军老战士，作为一名新中国的新海员，我伫立在驾驶台的顶棚上，“啪”地一个立正，举起右手，向我的第二故乡敬了一个标准的军礼！

一周后，“长亭”轮抵泊新加坡。对于新加坡，我是心仪已久。我从书本知识上知道：新加坡共和国位于马来半岛的南面，扼守着太平洋与印度洋之间海上交通要冲的马六甲海峡的出入口。首都就是新加坡，是东南亚最大的海港。新加坡简称：“叻”，又称“星洲”，还称“狮城”。

这是我第一次来新加坡，感到既陌生，又熟悉。陌生的是，我第一次踏上这块土地；熟悉的是这里百分之八十都是黑头发、黄皮肤的华侨华人，同种同文；满街的指示路牌、商铺店招、广告宣传、报刊杂志，都用我们中华民族的母语——中文。

新加坡整个国家、整个城市就是一个硕大的亚热带大花园：到处是绿莹莹的亚热带所特有的花草树木，绿叶托红花，鸟语花香。新加坡海岸电台 /9VG，其发射功率强大、准时、正规。每天播发的海上天气报告，几乎是可以全通用的。新加坡台播发的海上航行警告，大多是关于马六甲海峡的各国各类船舶的通航情报，并且是极其重要的，特别是当超大型的大油轮，满载着原油，缓缓驶过“一拓浅滩”时，航行在附近的各船要加强瞭望，注意避让。

穿过沿海大道的一座天桥，越过莱佛士广场，第一站到泰昌布庄。大陆船员在泰昌布庄买布，买的都是“树皮凉”衣料。第二站是燎原电器行，可以买收音机、电动刮胡子刀等小电器。第三站是林裕昌钟表行，海员前辈们最早买的是瑞士劳力士手表，到我们这一辈只能买梅花手表，或英纳格手表了。我到新加坡只是沾沾地气，没钱买东西。后来我师傅上岸时，帮我买了一块梅花牌手表。从此，作为中国的一个穷苦农家的孩子，终于也戴上了一只真正进口的瑞士手表。第四站是海洋电器行，该店的出道晚于燎原电器行，但商店规模、商品的品种和经营手段等，较之燎原电器行要远胜一筹。

入夜，在新加坡浅海锚地远眺这座世界上独一无二、举世无双的海滨城市：万家灯火、一片璀璨。马六甲海峡，就像一条绿油油的彩色丝绸缎带，紧紧地连接着两颗水灵灵的珍珠：一端是太平洋、一端是印度洋。

“长亭”轮从新加坡锚地拔锚续航，顺风顺水地通过了马六甲海峡。那时候，埃及的苏伊士运河因战乱还没恢复通航，“长亭”轮只能从南非好望角绕过去，从好望角一个有惊无险的转身，进入大西洋，继续北上。而我们，一路抄收各地电台的海洋气象报告。其中，达喀尔海岸电台 /6VA 播发的海洋天气报告，采用的是一种特殊的码语，而并不是一般通用的英文明语拼音天气报告。在此，我要深深地感谢大连海运学院无线电系的老师们，教会了我应该怎么抄收和怎么翻译这种独特的码语气象报告。全世界唯一它在这样使用和拍发。

在直布罗陀海峡口，一个右转，“长亭”轮进入地中海，经过博斯普鲁斯海峡，进入黑海…… “长亭”轮昼夜兼程，稳稳地靠泊上了罗马尼亚康斯坦萨港的码头。

总结“长亭”轮从中国青岛港至罗马尼亚康斯坦萨港的一路通信导航情况，一路抄收海上天气报告和航行警告的情况，可以概括两个字：顺畅。

作为小“报助”，第一次跑远洋航线，承蒙我的师傅——报务主任李声振同志的亲切帮助、指导和赐教，使我受益匪浅，终身难忘。我也深深感谢同船的大副时文祥同志，在我的英语学习上所给予我的谆谆教诲。我还要深深感谢政委王金龙同志。

处女远航不了情。“长亭”轮上的船友情谊，比蓝天广阔，比海洋深邃，比高山沉重！我永远怀念“长亭”轮！

是年冬，“长亭”轮从原路返航回国，胜利归来，抵靠青岛港，船舶领导接到天津远洋运输公司船员调配处的电报指示，令我速赶往大连港，在大连港上“金沙”轮电台履新，做报务主任，从此开始了我的远洋报务员生涯。

王德章

回望初心

In Retrospect: Our Original Aspiration

航海人的初心
是百折不回的独运匠心

扬帆改革发展大潮

改革开放以来，上海海运（现上海中远海运）迎来了航运发展的大好时机，紧紧跟上国家经济发展的步伐，勇于改革，勇于探索，积极开放，从单一的沿海运输冲出远洋，加速远洋船队建设，并组建上海海兴轮船股份有限公司，成为内地第一家在香港上市的大型航运企业。“立足沿海，发展远洋”的经营方针和成立上海海兴轮船股份有限公司是当时的上海海运（集团）公司在改革开放政策之下取得的两大显著成绩。

1979 年，我国对外贸易的扩大和旅游事业的发展，促进了海运外贸业务和对外交往。经交通部批准，1979 年 1 月 20 日，交通部上海海运管理局成立上海海兴轮船公司，1979 年 12 月 15 日正式营业对外办公。上海海兴轮船公司按照国际贸易海上运输规则，以航运为主，多种经营，远洋运输得到迅速发展，运量逐年增加，业务日趋兴旺。创办之初，其远洋揽货（除石油运输外）等业务曾受上海远洋运输公司代管，从 1984 年 9 月起，公司开始在国际市场上独立揽货，独立经营，承接第三国货载、船舶期租等远洋运输业务。公司除在香港派有常驻代表外，还与国外 20 多家经纪人和上百家船舶代理行保持密切联系，建立了自己的国外代理网，使公司所属船舶在世界各港口都能顺利装卸货物。同时，还在中国香港、纽约、新加坡等几个主要租船市场设有揽货代理，保持联系渠道畅通，从而在国际租船市场上掌握着“船少货多”的主动权。在国内，公司也与化工、冶金、矿产等十几家大型进出口专业公司以及沿海各港保持密切联系。为进一步开拓业务，还相继与厦门经济特区船务有限公司、上海招商旅游公司等单位建立了联营公司。在外贸运输中，该公司坚持“质量第一、信誉第一、用户第一、双方互惠”的宗旨，做到船期准、安全好、质量高，深受外商和港澳客户赞誉。

与其他航运企业相比，上海海兴轮船有限公司有其独特的优势，可兼顾国内外运输，调度灵活，机动性强。遵循上海海运确立的“立足沿海、搞活远洋”的经营方针，当国内运力紧张时，将部分远洋船舶抽调回国，参加国内沿海运输；国内运力富余时，又可将多余运力及时投放国际航运市场，从而在确保国内沿海运输和发展外贸运输，为国家争创外汇中都发挥重要作用。至 20 世纪 80 年代末，上海海兴轮船公司拥有可参加营运的客、货、油轮及化工专用船共 80 余艘，经常航行国外的有 50~60 艘，船舶吨位从 3000 吨级至 6 万吨级不等，可适应于各类港口，满足货主的不同要求。

1980 年 4 月 1 日，上海海兴轮船公司根据交通部的要求，陆续派出“新华 5”“泰山”“新华 6”三艘船舶分别担任九江—香港、芜湖—香港、武汉—香港的外贸物资首航运输任务。1980 年 8 月，上海海兴轮船公司与湖北省外运公司、长航武汉港务局达成协议，联合开辟汉口—香港定线货班航线。上海海兴轮船公司“上海”“海兴”两艘客轮投入中断 30 年的上海—香港的客货定班运输，被交通部命名为“文明航线”，“上海”轮也获得上海市交通邮电系统“最佳服务窗口”荣誉称号。公司有 5 艘 3000 吨级的化工专用船和 20

余艘油轮航行于日本、东南亚各国，运载成品油二石脑油、航空煤油、液体化学品产品以及椰子油、棕榈油等植物油；2 艘 6 万吨级油轮航行全球。

1990 年，上海海兴轮船公司有了长足的发展，拥有可参加远洋运输的船舶 84 艘，150 万载重吨。在“有水大家走”局面之下，公司扬长避短，1990 年外贸运量达 700 多万吨，为 1979 年的 10 倍多，10 余年间累计完成外贸运量 4583 万吨。远洋运输发展到世界航运市场的 60 多个国家和地区的 400 多个港口，特别在承运外贸的液体化工品上，特种油运船队，已成为远洋运输中一支不可缺少的运输力量。

20 世纪 90 年代，我国开始了新一轮改革，经济转入加速发展的历史时期。在这一时期，交通部按照建立社会主义市场经济体制的目标深化交通改革，推动我国交通事业进入快速发展的轨道。

在股份制改造和建立现代企业制度为目标的国有企业渐进改革过程中，国有企业逐步实现了体制转型和相应的经营管理方式的变革。1993 年 6 月 10 日，上海海运改制为上海海运（集团）公司，其目的是：改革企业原有的管理体制和机构设置，使之符合精简、高效、职责分明、减少层次、科学决策、协调配合和专业化管理等要求。在上海海运（集团）公司总部机关的改制中把不属总部管理范围的职能，尤其是具体事务性工作，下放给成员单位，突出总部的规划、决策、监督和协调职能。

1992 年，国务院对股份制试点工作作出部署，交通行业属于国家搞股份制试点行业范围。为做好试点工作，交通部成立了股份制企业试点方案审查小组，并明确审批程序。企业推行股份制是转换经营机制、争取更大活力的一条有效途径，也是实行现代企业制度的一项重要内容，关系到职工切身利益。为此，上海海运审时度势、积极争取，经过不懈努力，1992 年，交通部批准了上海海运作为股份制试点单位，上海海运成立了以总经理孙治堂为组长的改制领导小组，并设立了股份制办公室，由副总经理张洁明负责，直接推进这项工作。在股份制办公室人员的辛勤努力和各部室的配合之下，一方面认真研究相关政策、学习已实行股份制的企业的经验，一方面认真做好资产评估、财务审计等各项工作，如期完成了资产重组和改制工作。1994 年 3 月 15 日、16 日，上海海运召开第二十八届职工代表大会第一次会议，205 名代表出席会议。与会者听取孙治堂总经理关于上海海兴轮船公司改制为股份制企业的提议和工作报告。会议一致通过上海海运实行内部改制，组建上海海兴轮船股份公司并在香港上市，发行股票。

1994 年 5 月 3 日，经交通部、国家体改委批准，上海海兴轮船股份有限公司正式挂牌成立。1994 年 6 月 18 日，国务院证券委员会批复了关于上海海运（集团）所属上海海兴轮船股份有限公司 H 股的发行额度，使其成为我国到境外上市的首家航运企业。批复明确：同意上海海兴轮船股份有限公司公开发行 H 股，额度为 10.8 亿股（每股面值人民币一元），H 股发行后，可向香港联合交易所申请上市；上海海兴轮船股份有限公司股份总额为 24.8 亿股，全部为普通股，其中国有法人股 14 亿股，由上海海运（集团）公司持有并行使股权，占总股份的 56.45%，H 股 10.8 亿股，占总股份的 43.55%；上海海兴轮船股份有限公司在香港发行股票并申请上市的过程中应严格遵守香港证券监管的有关法规，并将发行和上市情况及时报送国务院证券监督委员会。

为了使上海海兴轮船股份有限公司顺利地在香港发行上市 H 股，取得较好的筹资效果，股份制办公室先后两次进行了国际巡回推介，扩大上海海兴轮船股份有限公司股票的知名度，加强与世界各大投

上海海兴轮船股份有限公司在香港隆重上市

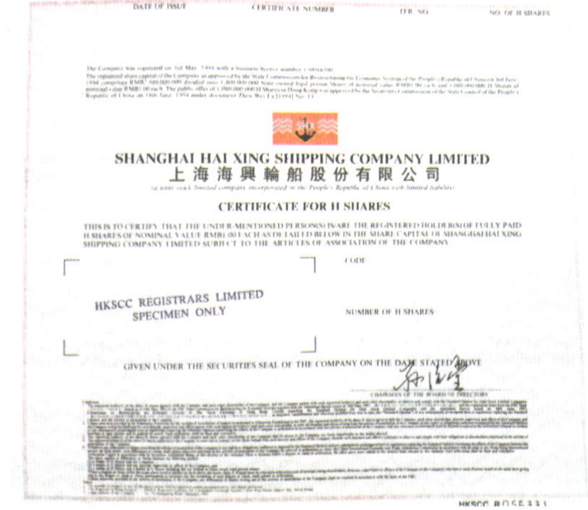

DATE OF ISSUE CERTIFICATE NUMBER TFR. NO. NO. OF H SHARES

SHANGHAI HAI XING SHIPPING COMPANY LIMITED
上海海興輪船股份有限公司

CERTIFICATE FOR H SHARES

THIS IS TO CERTIFY THAT THE UNDER-MENTIONED PERSON(S) IS/ARE THE REGISTERED HOLDER(S) OF FULLY PAID H SHARES OF NOMINAL VALUE RMB1.00 EACH AS DETAILED BELOW IN THE SHARE CAPITAL OF SHANGHAI HAI XING SHIPPING COMPANY LIMITED SUBJECT TO THE ARTICLES OF ASSOCIATION OF THE COMPANY

CODE

HKSCC REGISTRARS LIMITED
SPECIMEN ONLY

NUMBER OF H SHARES

GIVEN UNDER THE SECURITIES SEAL OF THE COMPANY ON THE DATE STATED ABOVE

CHAIRMAN OF THE BOARD OF DIRECTORS

HKSCC B O S E 3 3 1

上海海兴股份有限公司股票样张

资基金会的联系。上海海兴轮船股份有限公司股票主承销商选定为摩根建富亚洲（香港）有限公司。上海海兴轮船股份有限公司原定1994年7月上市，但当时香港恒生指数因受到国际金融市场的影响，比年初下跌了30%。为避免严重影响上海海兴轮船股份有限公司的发行价格，上海海兴轮船股份有限公司一方面顶住主承销商和其他方面的外来压力；另一方面主动紧急请示交通部和国务院证券委员会，要求推迟上市，最终获得国务院证券委员会的批准，成为中国第一家主动推迟在全球上市时间的H股公司。

1994 年 10 月 4 日，香港《大公报》在“热烈庆祝中华人民共和国成立 45 周年”的通栏标语下，以彩色整版的篇幅介绍了上海海兴轮船股份有限公司。报道指出：上海海兴轮船股份有限公司是上海海运（集团）公司旗下的大型股份制航运企业，位于中国最大的工业、金融中心城市和世界第三大港口——上海。公司通过股份制的改制，引入现代企业制度，充分利用自己现有的优势和市场占有率，全力发展航运业务，必将在国内航运业乃至世界航运业中占有重要一席。上海海运（集团）公司是中国沿海运输业中最大的综合性企业集团，资产总额达 76.8 亿元，其前身是创建于 1872 年的轮船招商公局，是海兴轮船公司的控股公司。版面还配以广东路 20 号上海海兴轮船股份有限公司办公大楼和公司管理层办公情况、船舶等 9 幅图片，在香港社会和广大股民中引起广泛关注。

1994 年 11 月 11 日，香港股市重上 9000 点，上海海兴轮船股份有限公司择其良时，隆重在香港上市。公司董事长兼总经理孙治堂鸣锣，国家证券会领导和交通部副部长刘松金出席海兴公司挂牌仪式。香港联交所新旧主席齐为海兴公司上市助庆。上海海兴轮船股份有限公司共发行海兴 H 股 10.8 亿股，其中国际配售 8.64 亿股，超额认购达 5 倍，香港公开招股 2.1 亿股，超额认购 13.97 倍，每股 1.46

港元。公司股票被股民们普遍看好，上市第一天逆势上行（香港股市当天收盘下跌 48 点），发行价为 1.46 港元，上市价为 1.58 港元，收盘价达 1.65 港元，成交 3 亿 5000 多万股，上涨 13.01%。公司股票的发行，共筹集资金 15.75 亿港元，折合人民币 17.4 亿元（经测算，推迟 4 个月上市，公司多筹集资金 2.5 亿元人民币）。

上海海兴轮船股份有限公司的顺利上市，有利于提高企业的知名度，有利于企业筹集资金增加实力，有利于推动企业经营机制的转换，增添了企业活力和发展后劲，为公司进一步改革发展带来契机，也为我国航运企业进行股份制改造积累了经验。

上海海运在改革开放政策的指引下，在党和交通部的领导之下，充分利用上海得天独厚的地理位置优势和企业自身的特点，为祖国的航运事业勇于首创和开拓，彰显和证明了上海海运是新中国航运事业的摇篮，是国家经济建设的命脉，并已然成为国家大型骨干航运企业，为国民经济提供运输保障等方面发挥重要作用，为国家实现交通运输现代化建设，成为世界航运强国打下了坚实基础。1997 年 7 月 1 日，为进一步发挥规模效益，增强国际、国内市场竞争能力，加快航运企业的经营机制转换，实现沿海运力的合理化配置，加快上海航运中心的建立，中国海运（集团）总公司在上海正式成立，集团全资持有上海海运、广州海运和大连海运的全部股份。1997 年 12 月，上海海兴轮船股份有限公司更名为中海发展股份有限公司，为中海集团的建立作出了应有的贡献。

上海海兴轮船股份有限公司的成立和在香港成功上市，入选中远海运集团改革开放 40 周年 40 件大事之一。

文 龚浩明

“南通”号浮船坞诞生记

“南通”号浮船坞夜景

1991 年 12 月，一座总长 254 米、浮箱长度 235.5 米、外宽 58 米、内宽 48 米的 15 万吨级浮船坞，在中国建成，这个消息立时轰动了航运界，从此中国拥有了修理大吨位船舶的船坞。这座 15 万吨浮船坞——“南通”号，是由中远（香港）航运有限公司的前身“香港远洋轮船有限公司”（以下简称香远），以船作抵押，向中银香港贷款 2000 万美元，自己组织力量建造的。此前，我国只有山海关船厂一座 5 万吨级干船坞，用于民用商船修理，而世界石油以及矿石等大宗散货均用 10 万吨、15 万吨、30 万吨船运输。因此，当“南通”号投产后，国内解决了大吨位散货船修理问题，得到了航运界的普遍称赞，世界许多航运国家的媒体都进行了报道。香港《文汇报》更是于 1991 年 4 月 20 日用整版篇幅刊登了长篇通讯，并配发了题为《他们在创造历史》的评论。

~ 国内顶尖设计师组成设计团队 ~

这座大型浮船坞是由当时香远总经理高志明发起并自己组织力量自行设计建造的。当时，建造一座 15 万级浮船坞，国际上的报价是4000万美元左右，香港一家船厂在新加坡建造了同样一座浮船坞，造价 4200 万美元。高志明根据多年在修船界摸爬滚打积累的经验，粗略估算了一下，如果由我们国家自己建造，会比这个报价便宜得多，虽然此前中国并没有造过这样大的浮船坞，设计单位也没有设计先例，但凭着对国内船舶业界的了解，高志明坚信，中国有能力建造这个浮船坞。

建造大型浮船坞，设计和技术是关键。当时，该项目聘请了原上海船厂总工艺师祝源钧先生、原上海船舶设计院总工程师谢鸣华先生和一批经验丰富的老工程师，组建成了当时国内一流设计团队，来完成此项具有重大挑战的任务。

祝源钧毕业于上海交通大学船体专业，“黄山”号浮船坞和上海船厂建造的我国首座钻井平台“勘探 3 号”就是他设计的，当时他已经退休并移居加拿大，应高志明的邀约，返回上海，来担纲浮船坞建造总设计师。谢鸣华是我国顶尖的船舶设计师，他设计的3万吨肥胖型运煤船等几个船型曾获得国家设计大奖，当时他也已经退休，应祝源钧的邀请，来共同完成浮船坞设计工作。

彼时，工作环境非常艰苦，没有办公场所，整个团队就把设计工作全部摆到了祝源钧家里。上海的夏天，天气异常炎热，火炉般的炙烤没有阻碍设计师的发挥，大家赤膊上阵，没有足够的办公桌椅，他们就把图纸铺在地上，克服种种困难，凭借着丰富的经验和深入的研究，硬是设计出了国际一流水平的浮船坞。

当香远以船舶作抵押，筹集到2000万美元资金后，中国最大浮坞的设计建造工作就此展开。

~ 首创国内“分段建造、水下合龙”技术 ~

由于当时没有建造15万吨浮船坞的巨大船台，设计师创造性地提出采取“分段建造、水下合龙”的办法建造大坞。首先把大坞分解为8个分段，由江都、靖江两家船厂各造4个，分段造出来后，由拖轮拖到黄浦江上一个租用的卸煤码头，由上凌船舶附件厂和深圳蛇口亿龙船舶工程有限公司、上海冶金金属结构厂的一批顶尖烧焊技术工人负责将分段焊接起来。数十名顶尖的烧焊高手参加了这场水上大合龙的决战。这批顶尖的烧焊人员，全部拥有船级社所颁发的证书，保证了烧焊工作的专业水平。

水下焊接工程，采用了密封箱烧焊技术。具有丰富造船经验的祝源钧设计出专供水下焊接的密封箱，在两个船体固定后，密封箱便将水下的接口完全包住，抽干里面的水，工人就可进入密封箱内进行烧焊工作。密封箱长达50多米，内里高1.5米，两壁呈倾斜形，正好可让工人倚着箱壁在头顶上烧焊，在这样一条几乎密封的长廊中工作，辛苦是可以想象的。把八个分段焊接起来，58 米宽的分段，设计师要求误差控制在 20 毫米以内，而最终结果误差只有 10 毫米。水下焊接质量竟然达到这么高的水平，真是一个奇迹！

~ 建立国内首个船坞检验规范 ~

浮船坞建造得好不好，检验是最重要的环节。香远首先找劳氏船级社负责浮船坞检验工作，劳氏未给予答复。当时，中国船级社还没有自己的浮船坞检验规范，所以能不能请到中国船级社给予检验，高志明的心里也没底。恰逢此时，时任交通部部长钱永昌亲自致电高志明，请他到北京当面陈述中国交通进出口公司递交的《关于出口十万吨级浮坞的报告》有关情况。

中国交通进出口公司的报告是这样写的：

钱部长：

鉴于我远洋公司每年在国外修船费用达 1.5 亿美元，10 万吨以上船舶近二十艘全部依赖国外修理，为使我大型远洋船修理不受制于日本、韩国等国的修船业，香港远洋轮船有限公司总经理高志明同志自今年七月以来，数次与我公司联系，拟由远洋公司所属的香港轮船公司出资在国内建造一艘举力 36000MT 的浮船坞，建成后，再由香远通过国际租赁渠道交由南通船厂使用。希望我公司予以配合，并承担出口业务代理。

为建造这座大坞，香远曾向国内外多方询价。中国船舶工业总公司估价在 4000 万美元以上，新加坡等地报价亦在三至四千万美元之间，交船期为合同签订后 18 ~ 20 个月。经比较并作可行性研究后，香远确定在国内定货。由上海东联船舶工程公司（为上海吴淞区、崇明县和东海船厂联营造船工程公司）作为总承包单位，我公司为出口代理。大坞的设计由原上海船厂已退休的造船专家祝源钧组织船舶设计专家承担。大坞的建造由原上海船厂厂长冷大章组织，采取分散预制集中组装方式进行……

今年十一月六日，以香港远洋轮船有限公司为一方，以我公司和上海东联船舶工程公司为一方，在上海商谈并签订了“36000MT举力浮船坞建造合同”。我公司仅收取象征性手续费。这座坞的尺度是：总长254米、浮箱长235.52米、坞宽58米、坞墙内宽48米、坞墙宽5米、坞墙顶甲板高18.45米，进坞最大吃水9.5米，是我国最大的船坞……

特此报告。以上，不妥之处，请指示。

张　辑

一九八九年十二月十四日

钱永昌部长接到这份报告后，非常重视，当面向高志明详细询问了浮船坞建造的可行性、建造大坞的技术力量是否过关等等。当得知建坞材料已经进厂、设计人员已准备就绪时，钱部长肯定了该项工作，并提出是否需要支持。高志明提出，请钱部长出面让中国船级社来检验浮船坞。钱部长当即与中国船级社社长取得了联系，促成了该项工作。

中国船级社的验船师非常仔细，对所有大焊缝百分之百用手提X光机检验，结果完全符合技术标准。从检验这这座浮船坞开始，中国有了自己的浮船坞检验规范。

~ 匠心策划震惊国内外航运界 ~

这座15万吨浮船坞的建造工地在上海共青苗圃，工程由陈时雄、马烈勋负责组织实施建造，工期原定29个月，实际只用了24个月，比预期提早了近半年时间完工，总投资 1870 万美元，比国际市场询价 4000 万美元低一半的费用，真正是物美价廉的大船坞。

大坞建成后，不但国内外媒体纷纷报道，航运界很多人士也纷纷前去参观。航运界知名人士赵锡成先生参观这艘浮坞后，赞它是“匠心策划，达到最经济，但也是最实惠之创始工程。”海商法专家杨良宜先生说：“看了这艘浮船坞和东海船厂的造船技术，证明中国的硬件是一流的。印尼著名船公司老板王盛祺先生两次参观浮坞的建造，他说：“水上合龙成功了，好像很简单，但当初能想出这个办法，实在不简单。”原东方海外董事长董建华先生，称赞大坞建成后，不仅船舶修理费用节省很多，质量更是相当好。

~ 国画大师刘海粟亲笔题名 ~

关于这座浮船坞叫什么名，当时有两种意见，一种是给这个船坞取名为“远通”号，因为南通船厂是中远的企业，而这座浮船坞将在南通使用；另一种观点是取名为“南通”号，因为一直以来，选址建厂都习惯于以当地的名称为船厂命名，这个船坞也不能例外，最终浮船坞命定名为“南通”号。

高志明请林圣和先生飞到台湾，专请国画大师刘海粟亲笔为船坞题名，刘海粟当时已 95 岁高龄，但听说国家建了一个这样大的浮船坞，他非常高兴，欣然命笔，写上“南通”两个大字。

文 香港航运、深圳远洋

新西兰市场的一体化服务专家

当你身处南半球，在新西兰华人最多的城市奥克兰和基督城参加元宵节灯会活动，看到人群中火树银花、落星如雨时，你可能并不知道这些灯笼、花灯和鳌山都是从中国远渡重洋运输而来。而负责把它们从长江口装箱、运往新西兰的企业，就是中国航运巨头——中远海运（COSCO SHIPPING）。

从 1988 年进入新西兰市场至今，中远海运已在新西兰默默耕耘了三十年。这是一家大企业，也是一家新企业，更是一家全球化企业。在她身上人们看到的是中国形象和中国力量。如果说中远海运的全球布局是长河巨浪，新西兰就是一朵晶莹美丽的浪花。三十而立。1988—2018 年间，中远海运奠定了新西兰最早直达北亚的集装箱班轮航线，投资入股当地最大的堆场公司，进出口集装箱运输量五年来复合增长率达到 13%，新西兰航线运力份额常年位居市场前五……可以说中远海运不但是新西兰对外贸易的重要动力，也是中新贸易最值得信赖的护航人。

新西兰是一个贸易立国的国家，在严重依赖进口的同时，出口地位也是举足轻重。进出口的同等重要保证了中远海运新西兰航线的往返平衡，不会满载而至、空船而归。服装、家电、家具和各种生活百货等“中国制造”成为新西兰人日常生活的熟悉风景，新西兰最新鲜的牛奶、最美味的猕猴桃和最上等的牛羊肉也在不断进驻中国各大超市和老百姓的餐桌。商品往来的背后，是带着“COSCO SHIPPING”标志的船队负重前行的身影。

今天中远海运已经成为新西兰市场的一体化服务专家，它的集装箱运输服务包括：工作日 2 小时内确认订舱；48 小时内保证放箱；船开后 1 个工作日内签发提单；1 个工作日内提供客户发票；到货前 1 天发送通知……。客户跟中远海运签约后，享受到的永远是无微不至、分秒必争的高效服务。此外，为顺应行业发展趋势，中远海运正积极向客户推广电子订舱及数字化服务产品，以进一步提升效率，改善客户体验。

2010 年，中远海运曾经为一家新西兰客户运送 20 英尺箱的罐装奶油去阿曼，货物特性决定了在炎热的新加坡港必须以最快速度中转出去，否则就会影响奶油质量。那一周从新加坡始发的船舱位刚好爆满，新西兰公司得知中转港无法立即安排转运后没有气馁，而是立刻联系总部寻求替代解决方案，在总部协调下为客户争取到了额外舱位，解决了客户的燃眉之急。这样专业快捷的全球服务网络，对企业在瞬息万变的商战中胜出至关重要。

中远海运在新西兰也以其业务创新而闻名，以满足客户的需求并提供可持续的服务。一个很好的例子发生在 2008 年，当时的中远与几位合作伙伴的北亚服务无法覆盖新西兰广泛的港口。但合作服务是在前一年签订的，当时是有覆盖尼尔森、惠灵顿和新普利茅斯港口的。这几个都是我们客户群的重要港口。因此，如果无法覆盖这些港口，将失去很大的市场份额，因为托运人会选择覆盖面广的运营商。

中远海运意识到他们必须要提出一个解决方案。公司管理层通过与新西兰唯一的国内船舶运营商的艰苦谈判，达成了重要的合作协议。对方为中远海运提供了尼尔森、惠灵顿和新普利茅斯三个港口的沿海运输舱位。以便连接到我们在陶朗加港口的服务网络。作为回报，合作伙伴允许该公司有优先使用新西兰港口之间的国际船舶专用空间，从而使他们能够在不增加额外吨位的情况下发展其国内业务。这种合作在过去十年中运作良好，中远海运利用该公司广阔的空间获得了业务增长，而该公司也能够以较低的风险发展其国内业务，具备了与铁路和公路运输竞争的能力。

这种由中远海运推行的创新协作方式，清楚地表明了中远海运作为新西兰市场领导者和创新者的能力和智慧。

除新西兰港口航线外，中远海运在斐济的业务也是由新西兰公司在管理。为连接南太平洋的海上丝绸之路，中远海运 2017 年 11 月开通了南太航线，为客户提供进出南太平洋岛国的集装箱运输服务。这条航线从南沙出发，经高栏、中国香港、蛇口港抵达巴布亚新几内亚和斐济，往返于中国和南太平洋岛国之间。

新西兰公司的斐济业务专员，不辞劳苦，时常奔波于新西兰与斐济之间处理各项业务事宜。2018 年的冬季，斐济一周内连绵大雨，由于当地经济落后基础设施老旧，很多路段都被雨水淹没。当日清晨，新西兰公司的业务员与斐济当地代理在驾车前往码头处理紧急事务的路上。由于道路被淹，当地代理建议取消行程，但公司的业务员果断拒绝了该建议，因为他心里想的是刚刚开拓起来的斐济业务一定不能让任何客户失望。于是他拉着代理卷起裤角，一步一步地走向码头方向。经过 1 小时的艰难行走，他俩终于到达了目的地并完成了当日的重要任务。此时此刻，中远海运工作人员坚韧不拔的工作精神，在斐济代理的心目中留下了难忘的印象。不久南太平洋业务全面开花的时候，为此流过汗水并留下足印的所有中远海运人员都倍感幸福与甜蜜。

中远海运在新西兰的快速发展，离不开日新月异的中新贸易。新西兰是第一个承认中国市场经济地位、第一个和中国达成自贸协议以及第一个和中国签署“一带一路”协议的发达国家。中国是新西兰第一大出口市场和第一大进口来源国。中远海运接下来还会在新西兰刷出更多的“存在感”。这种存在感不只是商业和贸易，还包括对本地社区承担的社会责任。中远海运常年参加新西兰癌症协会的“水仙花日”，支持奥克兰救援基金和特殊儿童圣诞派对等公益事业。每年圣诞前夕的慈善长跑都有中远海运员工矫健的身影。未来中远海运会为新西兰注入更多正能量，让这个美丽的国家更加多姿多彩。不积跬步，无以至千里。在新西兰厚积薄发三十年的中远海运正意气风发地展望着——她的前方是星辰大海。

文 中远海运澳洲公司

从 0 架次到 400 架次

2018 年 9 月 19 日 10 点 30 分，随着最后一辆装载水平尾翼的特种运输车稳稳停靠在天津空客总装线的大部件库前，中远海运物流承运空客第 400 架次飞机大部件运输任务圆满完成。

这是中远海运物流承接空客项目的第 10 年。10 年，中远海运空客项目从一期项目起步，拓展到二期、三期增速项目，乃至哈飞空客项目，一举奠定了中远海运物流在高端航空物流领域的领先地位，是中远海运物流服务产品化、产品服务化、客户市场化的典型代表。

~ 击破垄断“虎口夺食” ~

时间退回到 2005 年 12 月，时任国务院总理温家宝正式访问法国之际，空客与国家发改委在空客总部图卢兹签署合作备忘录，明确双方进一步扩大在民用航空领域的工业合作，其中就包括在中国建立一条空中客车单通道飞机总装线的可行性研究。这不仅是中欧合作典范的起步，也是推动我国民用航空产业发展的重要战略举措。

次年，该项目正式落址天津。

得知这个消息之后，中远海运集团领导的第一反应就是，这是个机会。空客的总装线落户天津，就意味着将有大量的组件从欧洲运到天津，这不光是长达数年的货物运输需求，更是发展航空航天等特殊货物运输业务的绝好机会。

2006 年 12 月，集团成立了以时任集团副总裁许立荣为分管领导的空客物流项目领导小组。2007 年，小组召集集团运输部、中远海运集运、中远海运物流、中远海运欧洲公司相关领导召开了项目启动会。最终确定：这事儿，能干，要干，快干！

有决心是好事，但是，怎么把决心转化为中标的优势？尤其在看到第一轮技术标截标后的竞争对手名单，其中不仅囊括了行业内几乎所有的国际物流业巨头，还有多家与空客本身就有长期合作关系的著名船公司或全球知名物流企业。中远海运集团要中标，无异于“虎口夺食”。

但是，这个“食”真就夺成了，而且在第二轮商务标时打败了四家劲旅组成的投标联盟。说起这个过程，空客项目部成员都是一脸自豪。当时的中标，不仅得益于天津港保税区政府推荐，也因中远海运集团本身的特点与该项目需求能够完美衔接，创造性地设计了用集装箱船运输飞机大部件的行业先例，航线资源丰富，船期有保障。从操作资源上来说，国际巨头多采取分包的模式，但是分包商的资质和服务质量参差不齐，无法完全满足空客项目苛刻的物流服务要求。最重要的是，空客项目需要强大的资源协调能力，包括与地方政府、监管部门的协调。从上述几个方面综合来看，中远海运的优势都是其他竞争对手无法比拟的。

这些优势，在后续的运输服务过程中得到了完美的体现，并且让中远海运物流在空客项目一期 8 年服务期限、运输 284 架次飞机结束后，又连续中标空客项目二期总计约 480 架飞机的运输服务，以及空客二期增速项目。

~ 从“我要做”到“共同做” ~

2008 年 6 月 24 日下午，由中远海运物流承运的首架空客 A320 部件在位于德国汉堡的空客总装厂起运，世界上首次将飞机大部件装进集装箱船进行跨洋运输的物流实践就此开始。要知道，对于空客来说，这也是第一次，因为空客此前并未有欧洲之外的组装线，而其欧洲区域内的大部件运输多采用大白鲸运输机或者驳船完成。

该项目的运输难点就在于，一是运距长，需要跨洋跨洲执行；二是涉及运输形式较多，需要完备的体系来支撑驳运、远洋运输、陆运等多种运输形式无缝衔接；三是需要稳定的运输周期，这也是本项目采用班轮形式的集装箱船而非件杂货船运输的主要原因；四是大部件没有外包装防护，且不允许触碰货物本身，只能通过操作工装夹具进行，而且运输本身对于加速度、盐度、湿度等都有要求。

以中远海运集团的体系来说，前两个条件是很容易达到的，但后两个颇具挑战，尤其最后一个，谓之“苛刻”也不为过。

最初，基于以往运输核电等重大件设备的质量体系经验，中远海运物流向空客提供了一套完整的飞机部件运输质量保证方案，当中包含了运输规范、管理规范、风控体系等。在这套方案与空客的体系进行对接时，对方提出了 100 多个改进优化项。以风险控制为例，空客提出需要分析风险发生的根本原因、发生的频率、造成的危害、是否可控、如何控制等，并最终提供量化数据。经过近一年的操作和经验积累，中远海运物流空客项目部不断对体系进行修正与完善，并最终关闭所有空客提出的改进优化项，实现与空客体系的完美对接并审查通过。

而在运输过程中的规范更多，要求也更为严格。不用说机身有机械损伤，就是外表出现任何痕迹，也要搞清楚是怎么回事。空客方面对整个运输过程加速度尤为关注，在最初阶段，他们会在不同的飞机部件上加装加速度仪，用来监测全程加速度数据。通过长时间监测，所有数据完全符合空客的技术要求，因此项目中后期空客单方面决定取消了加速度仪，这是空客对中远海运的信任，也是彰显中远海运实力的有力证明。2008 年 7 月 25 日，由中远海运物流承运的第一架次空客 A320 飞机组件在凌晨四点从天津港专用堆场通过陆运，正式交付空客亚洲总装车间。2016 年，空客一期结束，共有 284 架次的飞机组件和工装夹具成功运输于中欧之间。截至目前，一期和二期项目已合计交付 400 架次，创造中国乃至世界运输史上的一个奇迹。

而双方的合作,也由充满质疑到亲密无间。一期投标是“我要做”,大家都没有把握拿下项目。但是到了二期变成了“要我做”，空客内部很多人认准的就是 COSCO SHIPPING。现在的二期增速项目，成为共同做，中远海运和空客共同来商量，怎么做到更好。

~ 为客户“扛事儿” ~

10 年，400 架次，不仅保证了运输全程安全无事故，还能够做到稳定的无差错交货期，这本身就是一个“挑战不可能”的现实版本。就像一台精密高效的仪器，运转不仅依靠每一个零件，也需要强大的体系保障。

事实上，空客项目运输全程除了中远海运物流、中远海运集运、中远海运欧洲等系统内公司参与外，也有其他公司参与其中。比如，

中远海运物流空客项目开创世界飞机大部件跨洋海运的先河

飞机组件在欧洲境内的驳运就是由空客推荐的一家本土公司承运的。这就意味着，适用于中远海运集团所属各个公司的空客体系也需要适用于其他分包商。

“KPI”是中远海运物流空客项目部经常提及的一个词，KPI 意味着精细化管理，也意味着在项目执行阶段杜绝通过经验主义去改变原有流程，而全程操作体现的就是后端平台化概念。空客项目整体操作有近百人来执行，从产品设计到后续落地，从集团内部企业到外部分包商，建立的是同一套质保体系，甚至包括了管理模式、组织机构、作业指导等众多内容；而在执行阶段，项目部使用了检查单制度，现场派驻人员监管，从而实现关键性能指标的不走样和再提高。

最重要的是，这个体系的流转不受任何因素的影响，尤其是在稳定的交货时间上得到了验证。天津空客总装车间实行“零库存”策略，正常情况下每票货物“门到门”时间要求约为 41 天，在全球航运业，中远海运物流是目前唯一符合要求的，并且是经过了 10 年时间、400 架次交付量的实际考验。

2015 年 8 月 12 日，位于天津滨海新区的瑞海公司发生危险品爆炸的重大安全事故，爆炸所处的位置是项目陆运段的必经之路，雪上加霜的是，等待发往欧洲的工装夹具也正堆存在港区内，如果不能准时运送，就会导致欧洲无法发货，天津中断生产。

中远海运物流空客项目部总监李晨清楚地记得，8 月 13 日一早，他就会同天津港保税区的相关领导，陪同空客方面有关负责人，戴着防毒面具出现在爆炸现场，勘察线路、制定预案、协调运输。通过与天津市应急指挥中心、市交委、滨海新区政府、交管局等多方沟通协调，最终在爆炸 14 天后，所有参与运输组织的人员全副武装，将该架次组件成功运抵总装车间。现在想来，此中艰难和进入现场所需要的勇气自不必说，单看外方的表现，似乎也能说明问题。

原来，在爆炸发生后，天津空客总装厂的外方专家和高管已经全员撤回欧洲，唯有中远海运物流的整个体系，依然在保持正常运转，按时交货。

“感谢你们没有让空客雪上加霜”，事后，外方高管这样评价。

与空客的 10 年合作，获得的不仅是货物的运输权，中远海运物流一直追求把工作做到极致的服务理念，成功建立了一条领先对手的航空、航天业务线，充分发挥集约、协同之力，除了中标前面提到的空客亚洲一期、二期以及二期加速项目，还拿到了哈飞空客 A350 项目 95% 的物流业务份额，实现了服务产品化的战略目标，努力打造不可替代的核心竞争力。

10 年已过，空客在天津组装的也不仅仅是 A320 系列飞机机型，A330 飞机完成及交付中心项目也已上线，未来空客还有可能在华引入 A350 飞机项目等。中远海运物流实现了从 0 架次到 400 架次的交付，从满怀质疑到充满敬意，这一路并不容易，如何继续前行？

“齐飞，共赢！”便是最好的答案。

文 中远海运物流

打造厦金航线钻石名片

“新五缘”轮，是中国远洋海运（厦门）有限公司在厦金小三通航线上一艘具有特殊重要意义的高速客船。她承载着特殊的历史使命，肩负着重要的历史责任，为两岸的交流沟通架起了一座行之有效的桥梁。“新五缘”轮，虽然是一个拥有 10 个人左右的小小集体，然而却拥有着一批高素质高能力的船员班子，继承了“五缘轮”的荣誉和精神，继往开来，勇于创新，用崭新的姿态，一步一个脚印，超越着曾经的辉煌，迎接着未来的挑战，创造着一个又一个的荣耀和奇迹，树立起了中远海运对台客运服务品牌！

“新五缘”的前身——“五缘”轮，服务于中远海运（厦门）有限公司以来，连续 8 年被公司评为“先进船舶”，先后获得“青年文明号”“文明示范窗口”“工人先锋号”“绿色客轮”等荣誉称号。如今的“新五缘”传承“五缘”精神，开拓创新，秉持“安全、快捷、舒适”的经营服务理念，以“准空乘式”的优质服务，赢得两岸同胞的高度认同，打造成了厦金小三通客运航线上的“钻石”名片。

一个集体的荣誉，离不开组成这个集体的每个成员的付出。而“负责任，有担当，高素质，精技能”是这个集体对每个成员的基本要求。想要符合要求，“新五缘”轮的每个成员坚持不懈学习和训练，从无到有，从精到专，从基础到优秀，他们的自我超越使这个集体熠熠发光。那么这究竟是一支怎样的团队呢——“精益求精，经验丰富”，公司领导不止一次这样赞扬。

一个优秀的团队就要有一个好的带头人，“新五缘”也不例外，多次被评为“厦远优秀船舶领导”“优秀先进个人”“优秀共产党员”“中远集团劳动模范”“央企劳动模范”并有着丰富经验的黄富清船长，从“五缘”轮到“新五缘”轮，已经驾驶航行了数不清的航次，而每一个航次都确保了船舶安全航行零事故。谨小慎微，事必躬亲，待人和蔼，处事公正，被往来于两岸的旅客亲切称呼为亲民船长。好的带头人也有一个配合默契的好搭档，而被评为“优秀共产党员”“铜牌轮机长”，技能精湛的何冰意轮机长，为“新五缘”轮正常运行提供了切实保障。船上大到每一件机器，小到每一个仪器，他没有一个不是烂熟于心，任何一个小问题的征兆或出现都逃不过他的耳朵和眼睛，过硬的专业能力让他在同行中赢得了好口碑。

一个优秀的集体需要一批行动一致的参与者和执行者。“新五缘”轮从服务岗位到甲板再到机舱，每个成员都具备专业能力过硬、文化素质水平高、服务意识强的品质。有的成员积极热心，有的聪明睿智，有的特长明显，有的能言善辩，“新五缘”轮不仅确保安排在任何一个岗位的人能适任工作，更把每个人的特点优点充分发挥，让其作用最大化，使得“新五缘”轮把工作和服务做到了极致。在“新五缘”轮这个工作和生活的大家庭中，成员们各司其职，做好各自分内的事，遇到大事所有人不分身份、部门，都一起齐心聚力，因为杰出的表现，“新五缘”轮的服务员和水手多次被公司评为“先进个人”，为了“新五缘”更加的闪亮辉煌，他们不断完善自我，奋力进取。

“新五缘”轮自2016年8月上线营运以来，安全航行零事故，旅客服务零投诉，海事、PSC检查零缺陷，实现盈利年年增长，服务创新，品牌提升。

与气象灾害抗衡，像鹰一样在风雨中搏击长空：2016年9月10日“莫兰蒂”——具有毁灭性的超强台风，正面登陆厦门，让在厦门的每个人都不寒而栗。而此时，“新五缘”轮刚上线营运不足一个月，就要面对如此残酷的挑战。必须兵马未动，粮草先行，不容懈怠。在莫兰蒂登陆前一天，“新五缘”轮备足了缆绳、碰垫、淡水、食物以及所有紧急情况下能用到的物品和工具。一切准备妥当并再三检查确认后，船舶驶进避风港，但是因为进避风港避风的船只已经很多，“新五缘”轮只能靠在避风港的入口处，这增加了很多不确定性因素。船舶靠稳，船长即刻召集所有船员，研究抗台方案。根据预报，正面登陆厦门的是超强台风级，船长要求全方位考虑，多方案备用，不论遇到哪种突发状况，都要有最好的应对方案，力求将损失降到最小化。命令一出，全员行动。增加缆绳数量，每一道缆都确保双缆绳，而且船舶首尾各带一条缆绳固定到岸边；增加碰垫数量，在原来首尾碰垫的基础上再各增加一个，船中增加两个，船舶上甲板增加一个以防止大幅度摇晃碰撞他船，额外两个碰垫搬进船舱备用；固定好船舱内所有能够移动的物体和设施；确保驾驶台所有航行仪器正常运行，确保通信正常；保障机舱所有器械能够正常为船舶提供动力和电力。一切就绪，迎接考验。

2016年9月15日3时5分，莫兰蒂正式登陆，狂风大作，暴雨倾盆，周围的船舶像失去了控制一样毫无规律地跳动起来，在风、流、涌的共同作用下，“新五缘”轮和紧靠的重吊船不断地摩擦碰撞，担心的事发生了，船头碰垫被挤碎，关键时刻，船员们扶着栏

“新五缘”船长黄富清

“新五缘”轮

杆，顶着13级的大风和沉重的暴雨，一步一个脚印地将备用碰垫挪到舷外固定好，防止了碰撞受损的发生。然而，祸不单行，外海一条抛锚的散货船走锚漂到了避风港的入口，“新五缘”轮船员及时发现后通知船长和周围船舶，船长及时通知公司和不间断呼叫这艘散货船和交管中心。然而，这艘散货船船头还是慢慢靠近“新五缘”轮200米、100米……危急时刻，借住“新五缘”轮的其他船员都离开了船舶，但是“新五缘”轮的船员依然坚守岗位，用灯光不断提醒散货船，功夫不负有心人，船长接通了散货船，散货船及时操纵，慢慢远离，避免了碰撞事故的发生。整整一个晚上，每个船员都时刻保持警惕，注意周围环境变化，精心保护“新五缘”轮，最后船舶毫发无损，确保了公司的财产和船舶的安全。

“新五缘”轮以“准空乘式”的服务，用微笑温暖每一位旅客，用专业赢得了最佳口碑：2017 年 4 月 10 日，由厦门市“中途之家”和厦门市肢残人协会主办，由六十多名来自全国各地的残障人士组成的“生命之歌”旅行团（其中有约 50 人用轮椅代步），于 4 月 6 日至 11 日在厦门和金门两地体验“无障碍”游玩，计划 4 月 10 日乘坐“新五缘”轮到金门。公司了解情况后，迅速通知客运站优先办理登船手续，同时到船通知“新五缘”轮船长和全体船员，通报该团队的特殊情况，大家一起讨论如何做好这些特殊旅客的安置、上下船的安全和服务工作，事先做好各岗位人员的分工安排。并且向同益边防检查站负责船舶现场的警官汇报，请求专门开放一个上船通道。当他们到达“新五缘”轮时，船员发现协助他们的随行人员很少，于是全船动员，从推轮椅，过门槛，到最佳位置的安排，“新五缘”轮每个成员一个顶 10 个用，阳春四月，大家忙得大汗淋漓，保证了所有人员的安全登船以及船舶的准时出发。在航行途中，船长加派巡视服务人员，主动热情询问他们的需求，提供热水、晕船药和必要的服务指导，力求做到家一般的关怀。“新五缘”轮安全到达金门，每个船员依旧用心地提供服务和帮助，该团队下船后，纷纷在船边和“新五缘”轮合影，对“新五缘”轮的船员感激不尽，一再挥手向船员道别，感谢“新五缘”轮船员一路无微不至的照顾关怀，让“新五缘”轮的每个人深感自豪。“新五缘”轮用心服务，保障了无障碍通行的顺利完成。

确保旅客和船舶的安全，高效服务为公司创造效益，是“新五缘”轮一贯坚持的原则。2017 年 9 月的第一个周末，“新五缘”轮从金门载客回厦门，因为周末小黄金周的缘故，满载 322 名旅客，刚开出不久，全船抖动起来，速度也明显降下来，原因是右侧喷水器吸到东西。船长第一时间利用单车将船驶入安全水域，同时向交管中心和公司报告情况，水手、驾驶员和轮机员及时到达现场，开始检查喷水器里面的状况，与此同时服务员在客舱通过广播和不断巡视来安抚旅客。经过仔细的检查，这次卡在喷水器里面的是一块又长又大的实木，水手们轮番上阵，却始终无法让这块实木动一动。驾驶员及时把情况报告给船长，船长立刻向公司说明情况，请求船舶靠岸派专人来解决。同时向交管中心报告情况，得到同意后船长开始用单车进行操船，驾驶员、水手、轮机员全部处于紧张状态。由于船长有着丰富的操船经验，船舶行驶平稳，并且在规定的时间安全到达了码头，给所有的旅客节约了时间。到达固定泊位后，在公司还没有来人之前，船上的所有工作人员再一次进行尝试，因为 2 个小时之后就是下一个航班，若一个半小时不解决将会面临停航，就会损失大部分旅客。为了公司利益，每个人都在拼。但却收效甚微，好在公司找的专业人员及时赶来，专业人员下水检查后，说实木很硬，嵌在叶轮上，需要在水下进行切割，再利用外力将木头拽断。经过船长的同意后开始实施，所有工作人员随时待命，需要什么就尽量提供，最终在一个小时之后成功取出实木。结束后专业人员竖起了大拇指，对着船上的人说：“你们的工作效率和敬业精神真厉害！”

“新五缘”轮虽然刚上线营运不久，但却始终坚持两岸一家亲的服务宗旨，秉承安全、快捷、舒适的服务理念，安全航行，用心服务，努力打造厦金航线上的钻石名片，持续为公司降本增效，树立一流的客运服务品牌。始终如一，不忘初心，砥砺前行！

文 厦门中远海运

让惠普搭乘“一带一路”直通车

从背靠歌乐山的重庆团结村铁路中心站出发，自深圳盐田港出海，经希腊比雷埃夫斯至中东欧地区，一条国际海铁联运通道，成为搭载惠普笔记本电脑运输的直通车，也成为中远海运集团、中远海运物流积极响应国家“一带一路”倡议的重要足迹。

美国惠普公司“重庆战略伙伴杰出贡献奖”“年度物流供应商创新大奖”、2014 年度“中央企业青年文明号”、2015—2016 年度“全国青年文明号”等荣誉纷至沓来，客户高度肯定，这背后，承载着集团、总部转型创新的战略步伐，也凝结着项目团队服务客户的坚守。

~ 打响品牌　倾力定制全程端到端服务 ~

随着国家“一带一路”倡议和“长江经济带”战略深入推进，身处内陆腹地依山傍水的重庆以其独特的区位优势，吸引了以惠普为代表的世界知名 IT 品牌企业笔记本电脑产品生产基地、800 余家零部件厂商迅速集聚山城。

从惠普确定落户重庆伊始，物流总部就积极与重庆市政府开展合作，努力争取全球最大电子产品生产商及其供应商的物流服务。为落实总部战略规划、紧密跟踪惠普项目，电子产品物流项目部迅即组建成立。项目部领导带领全体成员加紧推进，从见面约谈，到加班加点研究惠普从重庆到全球各地的物流需求，再到制订方案，最终从诸多强劲对手中脱颖而出，获得了惠普的认可，并与之签订了全球战略合作协议，成为惠普公司全球顶级物流服务商之一。

来不及喘口气，一行人又投身于漫长而艰苦的技术谈判阶段。面对惠普的特殊需求，大家精心钻研，巧借系统协同优势，独辟蹊径，量身定制，将“不可能”“不敢想”变成了现实，在管理创新、技术研发方面实现突破——

创造性地设计海铁联运方案，积极寻求地方政府和相关部委的支持，精心考量每个细节，顺利开通“渝深”铁路通道“定时、定点、定线、定价、定车次”的“五定班列”，并优化物流路径，运输时间大大缩减至 48 小时，为西南至华南打通稳定的双向物流通道，一扫惠普对内陆运输时间的担忧。

创造性地建立项目管理控制塔（Control Tower），有效整合服务网络，保持 7×24“国际化”工作时间和对接机制，为遍布全球的惠普物流管理团队搭建信息集散平台，提供产品流动的全球化视角，提升供应链的灵活性和掌控度。

创造性地根据客户标准开发电子对接模块，全面 EDI 对接为客户提供了全面的订单跟踪和即时货物追踪功能，被惠普 IT 团队高度评价为有史以来 IT 系统对接最快的物流服务商。

如此以全程物流负责人身份整合各项资源，倾力打造全程端到端物流解决方案，让惠普高层“眼前一亮”，为中远海运物流运营国际化大项目打响品牌，更为后期双方的良好合作奠定了坚实基础。

~ 优化服务 创造性提出比港转运方案 ~

2012 年以来，随着惠普笔记本在欧洲的销售量不断上升，如何进一步优化惠普全程物流解决方案，成为惠普项目团队关注的重点。从全程物流负责人的角度，大家敏锐地发现原有远东至西北欧的路径具备改善空间，考虑到集团拥有完善的海外网络，且经营希腊最大港口比雷埃夫斯港，项目部提出了一个新的设想：以希腊比雷埃夫斯港作为欧洲新的转运门户，替代传统的鹿特丹和汉堡港，同时开通比雷埃夫斯至中欧的多式联运通道——中欧陆海快线。配送路径明显缩短，运输时间与运输成本大幅优化，惠普"登陆"欧洲的时间将比以往节省大约一周。

2012 年 8 月，集团领导携物流团队在北京接待了惠普高层来访，双方就比雷埃夫斯作为地中海节点来代替传统的西北欧节点达成一致。9 月，物流项目团队赶赴希腊，与惠普公司、比雷埃夫斯码头公司、希腊公司现场调研，商定建设比雷埃夫斯物流分拨中心及试运行方案。

为消除惠普对比雷埃夫斯港操作能力和当地税收问题的担忧，集团拿出有足够吸引力的方案，物流项目团队得到了集团上下全力支持：集团在比雷埃夫斯码头加大了投资力度，完善了港口设施、设备，在当地建立了越库作业的仓储设施，大大提高了港口的作业能力；希腊公司积极组织团队，在当地设立控制塔，专门开发越库作业（Cross Docking）信息系统，并在外方经理的协助下开发了从希腊到捷克的铁路线路；比雷埃夫斯码头公司加紧与希腊政府反复沟通、积极协调，终于促使希腊国会通过了与汉堡、鹿特丹等港口类似的增值税税务便捷处理流程，允许惠普等跨国企业申请特定执照，大大减轻了惠普的现金流压力,也免除了烦琐的增值税缴纳和申请退税流程。

2013 年 3 月 1 日，惠普项目在比雷埃夫斯码头物流分拨中心正式启动，出席启动仪式的希腊总理萨马拉斯认为，此次合作进一步加强了比港的地位，是“希腊经济的新开端”。中国驻希腊大使杜起文表示：此次合作将重新确立比雷埃夫斯港作为地中海地区主要海上中转和服务中心的地位。经过随后半年多的操作流程设计及 EDI 系统对接，11 月 2 日，惠普项目首个越库作业集装箱在比雷埃夫斯物流分拨中心正式操作；5 日，装载着惠普产品的 21 个集装箱运抵集团希腊比雷埃夫斯码头；6 日，比雷埃夫斯集装箱码头有限公司在仓库 PCDC 完成拆箱、重新分装上拖车，顺利发往保加利亚和罗马尼亚。惠普主管物流链的最高负责人、执行副总裁在第一时间发来邮件向电子产品物流项目部所有成员表示祝贺，并称之为一个伟大的里程碑，并高度评价比雷埃夫斯港的顺利运营是向惠普公司三大战略之一“将比雷埃夫斯建设成为欧洲区最重要的物流分拨中心”所迈出的坚实的一步。

一条贯穿中国重庆—深圳—希腊比雷埃夫斯—中欧地区的海铁联运通道，使惠普产品“物畅其流”，通行全欧，成为“中欧陆海快线”的先行者。2014 年，为响应国家“一带一路”倡议，在整合集团内部资源的基础上，物流团队再次为惠普更加完整便捷的端到端全程物流服务提档加速——进一步开通中欧陆海快线，打通了比雷埃夫斯至捷克的海铁联运路径。2016 年 8 月，中远海运集团正式接管比雷埃夫斯港务局 67% 的股份，进一步打造以希腊比港为枢纽的“中欧陆海快线”。而惠普项目比港转运方案依托中欧陆海快线，辐射地中海、黑海、北非、西亚、中东欧等国家，成为二十一世纪海上丝绸之路的重要组成部分。

重庆铁海联运国际大通道顺利开通

中远海运物流荣获惠普年度物流供应商创新大奖

~ 专业高效　打造品牌服务钻石团队 ~

惠普项目的成功，借助了集团在海外的强大实力，也离不开项目内部上下的齐心协力——总部领导、资深专家亲自出马，总部业务部门、系统各单位精兵强将勇挑重担，更选拔有海外留学经验、业务能力强、能吃苦耐劳的青年才俊招入麾下。2010 年 8 月 5 日，在北京召开的惠普专题工作会结束后的晚宴上，惠普欧洲区经理对项目部全体人员说道，能有一支如此多背景、多专业的物流队伍，这是你们成功的最主要因素。

“把工作做到极致，把服务做到完美”，是这个项目集体一直以来坚守与践行的理念，也是驱策他们不断前行的动力，成为惠普项目团队的文化基石。

完美的运输方案，离不开高效的操作效率。重庆是惠普项目的起始点和大本营，业务操作量大，对整个项目的服务质量有着举足轻重的影响。重庆操作团队自成立以来，在总部项目部的指导下，对外加强与当地政府、海关的日常沟通，对内则搭建规范化、标准化工作流程，积极发挥年轻团队精益求精、敢拼敢干的“钉钉子”精神，沉着应对了新 SAP 系统上线、政府补贴结算滞后、“通关一体化”、客户市场供货量创新高等一个个难题。“零失误”“早于客户预期”“每日更新、每日反馈”“顺利完成惠普历史最高的出货量任务”，一个个关键词句，记录着这个团队高标准的工作态度和高质量的服务水平，得到了惠普的极大好评。在总部项目部和重庆操作团队的努力下，“渝深班列”更是书写了历史年发运高达 347 班、周发运高达 9 班的辉煌纪录，成为重庆市对外三大物流通道中运量最大、运行最成熟的物流通道，连续 5 年蝉联“渝新欧”发运量冠军。

还有广州、上海、厦门、仓配、武汉、美洲、欧洲、东南亚……

各地项目团队各司其职，以良好的服务意识、过硬的专业素养和齐心的团队精神，众志成城，竭力完成各项任务，为惠普项目的顺利运营提供坚实保障。为通过惠普对全程转运时间的严格考评，操作团队不断优化物流方案，精确计算各个细节，确保物流操作无缝衔接、"物畅其流"，避免耽误不必要的时间。海铁联运业务包括货物监装、短驳、报关、铁路装车运输、海运装船出运、目的地清关等多重环节，每一个都是严峻考验，不容懈怠。坚守操作至下半夜、第一时间处理订单异常、24 小时邮箱电话在线，这些对项目团队而言都是再寻常不过的"家常便饭"，他们尽心竭力和以实际行动，成就了中远海运物流品牌服务的完美境界，只为向客户交出一张最美答卷。

忆往昔，全球服务脚窝沉沉；看今朝，转型升级任重道远。新的市场形势下，中远海运物流正在转型发展、提质增效的道路上勇往前行，为全力参与"一带一路"建设、主动践行战略使命、服务集团打造全球领先的综合物流供应链服务商而书写崭新诗篇。

文 中远海运物流

为极地科考船“雪龙”号服务

2008 年 4 月，我国极地科学考察船“雪龙”号载着第 24 次南极科学考察队圆满完成此次考察任务，胜利而归，如期返回上海。这是“雪龙”号历史上航行时间最长、跨越经度最广的一次远航。而在如此之长、如此之艰苦的航行中，其中的后勤保障和生活饮食需求又该是多么重要的一环。令人高兴和自豪的是，“雪龙”号远航途中所需的食品，有 50%~60% 是上海远洋船舶供应公司供应的，还有一些船舶物料也是由他们供应。此外，根据每次“雪龙”号的不同航线，设在南极的中山站、长城站上的一些食品和物资也由他们供应。尤其是“雪龙”号每次都有 100 多位科学家随船科考。这些科学家都是国家的精英。确保他们的航行安全和身体健康，更是上远供应公司在为“雪龙”号服务中所特别关注的。

为“雪龙”号供应食品和物资，这一任务光荣、艰巨且意义深远。能够担此重任，也说明上远供应公司具有相当的实力，其信誉度也是超强的。他们面对竞争激烈的市场经济大潮，创新经营，打造品牌，寻找亮点，提高核心竞争力，争做国内船供市场领先者。他们认为，“雪龙”号是我国极地科学考察船，到南极，到北极，是为人类科

“雪龙”号

学发展作贡献。能为科学考察船“雪龙”号服务，在后勤保障上作出成绩，也是一种贡献。而“雪龙”号往返时间长，质量要求高，这对上远供应公司所供应的食品质量来说，是一次很好的检验。同样，这也是公司自身拓宽市场和拓展业务的需要。

为“雪龙”号供应食品和物资，始于 1999 年。上远供应公司从众多的竞争对手中以“价廉物美”脱颖而出，并以良好的服务受到对方的赞誉。“雪龙”号对食品和船用物资的数量和品种需求量很大，质量要求特别高，其中还包括不少特殊品种。而难能可贵的是，近 10 年来，在与 10 多家供应单位的激烈角逐中，供应公司始终以稳定的质量、优惠的价格和一流的服务稳操胜券，供应量逐年增加。

最先负责这项工作的是食品供应部供船员树家斌同志。这位曾做过远洋船员的共产党员工作从不知疲倦，有一种吃苦耐劳的精神。当供应公司以“价格、质量、服务”的三大竞争优势，争取到了为“雪龙”号供应食品、物料的任务后，由于供船的食品数量大，品种多，质量要求严，加之还有不少特殊品种，树家斌为此投入全部精力，10 多次跑船联系，征询意见，将各方面工作做得细致、妥帖。首航前，各类品种都已送船，临近开航，忽然船方电告：急需 45 只新鲜枕头面包。树家斌天未亮就出了家门，赶在早上六点前等在面包房门口，终于在船方要求的时间内，把刚出炉的香喷喷的热面包送到了船上，保证了首航仪式的进行。一炮打响，初战告捷。在此后“雪龙”号再赴南极科学考察中，他们又为该船供应了 187 个品种的食品。依然是质量优胜，服务周到，获得船方的好评。

从 2002 年开始接替树家斌负责“雪龙”号供船任务的是朱浩同志。小伙子勤恳踏实，工作细致认真。随着“雪龙”号所需要的食品、物料品种不断增加，这一工作显得更加烦琐、忙碌。数量多、品种杂、要求严，其中包括与船方联系、询价、物品规格、采购协调、包装送船等。尤其是通过“雪龙”号托带到中山站、长城站的物品，需重新打包，装在专用箱内，物品标签分明，不能有半点差错。因为那里自然环境和生存环境恶劣，船到了南极或北极后，要用直升机吊装，再空投到站。工作量大，人更辛苦，但小朱却干得有滋有味，与本部门和其他部门同志之间都配合默契。这些年来，从最初供船的 100 多个品种，直至后来的 300 多种食品、300 多种物品。小到筷子，多到数千斤的大米、面粉、肉类等，每次都要用几大卡车运送。生活百事，包罗万象。干字当头，劳动的快乐也在其中。

由于“雪龙”号远航的特殊需要，供应公司蔬菜部曾派车到陕西、兰州去采购大白菜。因为那里的大白菜质量好，便于船舶较长时间储藏、食用；他们也曾派车到山东采购大葱，原因也是如此。为了确保食品质量，他们在采购时，货比三家，保质期至少一年以上。对蔬菜类的大葱、土豆等，在采购时不仅保证其新鲜，装船时也用包装纸多层包装，以适应船上的冰库冷藏。对肉制品，非上海食品公司出产的一概不买。保质保量，才能放心安心。一次，“雪龙”号需要一种名为“汤神”的滋补品汤料。需求量很大，但市场所能提供的又很少。为了满足船方的需要，他们一家一家商场找，数量不够，再通过上网寻找，最后直接找到生产厂家，才采购到所需数量。虽然利润微薄，有些甚至不赢利，他们依然孜孜不倦，为船舶服务的精神令人感动。2007 年 11 月 12 日，“雪龙”号开航。而此前的 11 月 11 日正是朱浩的婚礼。筹办终身大事，势必是很忙的。大事小事，事事挂心。11 月 10 日，忽然得知“雪龙”号急需一批货。由于食品供应部推行的是“首问负责制”，别人插不上手，小朱马上四处忙碌，一一办妥后，随车将货送到“雪龙”号上。“我们要竭诚为船舶服务，更何况是马上就要开航的‘雪龙’号呢”，帅气的小伙子真诚地说。那天，他还为“雪龙”号的船长和船员们送去自己结婚的喜糖，把洋洋喜气带给大家，祝愿船舶远航一路平安。

“24 小时全方位、全过程为船舶服务”是上远供应公司的要求。围绕着为“雪龙”号供船服务，各部门的同志凝聚一心，兢兢业业，各司其职，各尽其力。无论早晚，无论寒暑，只要船舶需要，立马争先。有时需要加班，大家从不推诿，依然精神抖擞工作。采购员不遗余力，驾驶员全神贯注，提货员们送货到船到舱，肩扛手搬。他们训练有素，服务规范，严谨的工作态度，多次赢得船方的称赞。

一次，上远供应公司所属的“救生设备销售维修中心”接到中国极地研究中心船舶管理处的通知，要求该中心在一周之内完成“雪龙”号所需的 17 只充气和吊式救生筏的检测任务。时间紧，工作量大，技术要求高。陈元中经理马上逐项安排落实，亲自带领有关人员到极地研究中心走访，到船舶一线了解，随后派出多名技术过硬、经验丰富的同志上“雪龙”号。经过 7 天夜以继日地奋战，终于完成了救生筏的检测任务，并且确保了检测质量。

上远供应公司为“雪龙”号的倾情奉献得到了“雪龙”号船员及其上级单位的认同。国家极地考察办公室和中国极地研究所的有关领导曾专程来到上远供应公司，向为“雪龙”号提供优质后勤保障服务的同志们表示衷心感谢并赠送锦旗。他们说：“产品质量最过硬，考察队员最满意。”现任极地中心副主任、原“雪龙”号船长袁绍宏也多次表示谢意，认为“上远供应公司的每个工作流程服务都很到位”。

确实，能得到这样的评价是很不容易的，但是，上远供应公司的同志们并不因此而满足。他们要以一种新的工作干劲，一种更加顽强的奉献精神，争取将自己的工作做得更好一些、更加完美一些。

文 赵建人

绽放在海上丝路上的美丽“珊瑚”

海上丝绸之路是古代中国与世界其他地区进行经济文化交流交往的海上通道，自秦汉时期开通以来，一直是沟通东西方经济文化交流的重要桥梁，而东南亚地区自古就是海上丝绸之路的重要枢纽和组成部分。2013 年 10 月，习近平主席提出建设二十一世纪海上丝绸之路。中远海运集团旗下的东南亚公司努力践行“一带一路”倡议，制订了《东南亚区域“十三五”发展规划》，积极开展资本运作和业务布局，为实现打造区域物流领军企业的目标迈出了关键的第一步，让物流网络在海上丝绸之路落地生根。

新加坡地处马六甲海峡，被誉为“东方的十字路口”，在建设二十一世纪海上丝绸之路中发挥了重要作用，是“一带一路”沿线的重要一站，是亚太区重要的海运、航运和物流中心，是重要的中转、补给和维修中心；同时也是重要的商业金融中心。新加坡的地理位置决定了它是“一带一路”尤其是海上丝绸之路的必经通道和重要节点。新加坡的经济实力和区域影响力助力新加坡在“一带一路”倡议中起到有效的引领作用和协调作用。

中远海运国际（新加坡）有限公司 1993 年 10 月在新加坡成立

并在新加坡证券交易所上市，是中国企业海外上市最早的企业之一。集团根据实施工业板块整合的战略需要，考虑新加坡上市公司生产经营、公司治理等实际情况，最终决定实施“珊瑚”项目：上市公司将持有的船务集团股份转让给新组建的重工集团；同时保留中远海运国际（新加坡）上市公司地位，作为集团东南亚区域物流发展的资本平台。即，转变上市公司主营业务，继续发挥海外资本平台作用。

在集团“珊瑚”项目组直接领导下，严格按照集团相关要求，遵循新加坡有关监管规则，与重工集团密切配合，共同推进相关工作。此项交易为上市公司主营业务的整体出售，涉及大额资金，且为重大关联交易。在取得了上市公司独立董事、独立财务顾问的认可和新加坡股票交易所的支持下，争取到了公司第二大股东新加坡胜科工业集团、新加坡中小投资者协会、股东分析沟通专业机构、投资者关系专业公司的配合。最终，在 2017 年 8 月 30 日举行的特别股东大会上，议案以 98.42% 高票通过。新加坡资本市场和公司小股东对此项交易给予好评，认为这是中国国有企业切实履行大股东责任、发挥大股东作用，促进上市公司健康发展的具体实践，并对中远海运国际（新加坡）公司的未来发展充满期待。

为实现“核心业务有出有进、无缝衔接；上市公司扭亏为盈、转型升级”，与实施“珊瑚项目”同步，自 2016 年底就启动了区域物流业务的规划和开发工作。对新加坡、印度尼西亚、印度、泰国、越南、缅甸等国的多个项目开展了研究分析，多种方式并举，进军物流产业，目前部分项目得到实施。

如何收购新加坡上市公司 COGENT 物流是一个关键环节。COGENT 物流 1960 年在新加坡成立，2010 年在新加坡主板上市。公司主营仓储、集装箱堆场、物流相关地产租赁业务、汽车物流和陆路运输业务，拥有新加坡最大的一站式综合物流中心 Cogent 1 logistics hub。公司拥有和经营物流仓库约 26 万平方米；集装箱堆存能力约 4 万 TEU；运营超过 100 台牵引拖头和 400 辆挂车，年运量约 8 万 TEU；并经营保税汽车运输、存放、二手汽车出口、违章车辆存放和事故车拖运等业务。除新加坡，公司在马来西亚也经营部分仓储和堆场业务。关于项目推进主要节点：经过对新加坡物流行业近一年的调查研究，2017 年 7 月，我们开始聚焦到 COGENT 物流上，公司内部根据所获取的各种资料进行了专题分析研究，并听取了外部顾问的初步意见，之后与对方大股东进行了直接接触，形成了对项目可行性的基本判断。2017 年 8 月初，按程序聘用了中国银行、海通国际证券作为联合财务顾问，PWC、DREW&NAPIER、AT.KEARNEY 作为财税、法律和行业顾问，组织进行尽职调查。8 月末，完成了尽职调查报告、估值报告、投资报告、可行性研究报告等材料。9 月初，正式向集团上报了收购 Cogent 物流的请示。9 月底，得到上市公司董事会和集团总裁办公会、党组会、董事会批准，正式向对方大股东提出交易方案。10 月上旬，在得到对方大股东出售所持股权的不可撤销承诺后，上报新加坡证券管理部门。11 月 3 日，获得批准后，发布收购 Cogent 物流交易的公告。11 月 24 日，正式向 Cogent 物流所有股东发出要约文件。2018 年 3 月完成交易。

海外公司在新加坡上市，主要是利用其资本市场，而主营业务大多在原有国家，但中远海运国际（新加坡）通过本次收购，真正成为在新加坡上市，并且在新加坡经营的本土企业。新加坡资本市场对本次收购给予积极评价，认为在短短两个月时间完成尽职调查、谈判和内部审批，并以有利的价格成交，这是“高效的决策、划算的交易”，充分体现了专业性和决断力，这令新加坡资本市场对中国国企、对中远海运刮目相看。

自交易公告于 2017 年 11 月 3 日发布以后，中远海运国际（新加坡）公司股价由之前的低于 0.3 新元，实现大幅上涨，一度高摸 0.61 新元，一个多月后平均价格处于 0.50 新元以上，市值平均增长约 5 亿新元，与 COGENT 项目 4.88 亿新元交易价格相近。

除收购 COGENT 物流项目，积极推进完成了多个项目。一是中远海运印尼远球公司 40% 股权转让给上市公司项目已经完成印尼、新加坡两地审批程序，签署了转股协议。二是在泰国与嘉里公司合资经营堆场业务项目，2018 年初投产。三是投资建设缅甸仰光堆场，2018 年初投产。四是投资建设印尼泗水堆场，2017 年上半年投产。五是与印度 APOLLO 物流成立合资箱管公司项目，2018 年开始运营。

对东南亚区域物流业务未来的谋划是打造物流网络，这是让二十一世纪海上丝绸之路落地生根的关键。根据集团战略、区域公司定位和中远海运国际（新加坡）公司实际情况，确定了“以推进现有上市公司调整产业结构，产业转型升级为目的，将资本市场作为融资主要来源，多渠道并用筹集资金，以并购、投资等多种方式开拓物流业务和集运延伸业务，建立区域物流网络”的发展目标。

中远海运（东南亚）公司及中远海运国际（新加坡）公司作为区域物流项目投资和物流资产持有的主体，制定和实施区域物流发展规划，发挥融资功能，针对区域内不同发展项目，独资或与集团物流、集运业务单元合资建立物流业务运营平台，发展物流和集运延伸业务，并在人、财和业务发展上对区域内相关运营企业进行协调和管理。重点在新加坡和马来西亚、印度尼西亚、越南、印度等新兴市场发展第三方物流、工程物流和集运延伸业务。

收购 COGENT 物流后，将其作为新加坡物流业务运营平台，充分利用 COGENT 物流的优秀管理团队、市场开拓经验和信息系统优势输出给区域内物流企业；与集团相关业务单元实现交叉营销，资源共享；整合新加坡物流资源，通过外延式发展增收创效。

推动 COGENT 公司健康发展是前提。按照计划，根据 COGENT 公司现有资源和运营特点，进一步优化业务结构，提升增值服务能力，保持和提高经营效益水平。利用现有的仓储物流经验和管理效率，继续扩大运营规模，拓宽辐射范围，提升规模经营效应。同时，完善延伸服务业务网络，增加服务渠道，促进业务创新。目前正在洽谈在泰国曼谷建设一个约 20 万平方米的物流中心，在印尼雅加达建设一个 7 万平方米的物流中心。

确保上市公司盈利能力不断增强是发展基础。上市公司 2018 年上半年已实现扭亏为盈，按照资本市场和股东对上市公司的发展预期，如仅依靠现有经营业务的潜在盈利能力，上市公司市值管理压力依然很大。在继续提升现有投资管理和运营水平的基础上，上市公司需要继续提高业务拓展力度、增加盈利增长来源，以直接的、扎实的、确定性的经营业绩，保持良好势头，促进企业可持续成长。

全面布局，精耕细作，加快建设区域物流业务网络是发展的关键环节。上市公司在新加坡的物流业务只是初具规模，而对马来西亚和印尼的物流发展仅是有所涉及，同时，我们在泰国、印度、缅甸的物流业务更仅仅是刚刚开始培育。为落实发展规划，我们将在区域内相关国家加快实施整体布局，加大收购和建设的投入。重点考虑对具有较大业务规模和较好投资回报的目标，持续开展重大收购行动。同时根据实际情况，对能够体现战略布局意义且具有一定潜力的企业，也可考虑进行参与。我们将力争合理统筹各类投资的力度与梯度、顺序与节奏。目前，我们正在广泛收集信息，并开始对一些可能标的进行初步研究。

促进协同，集成发展，提升集团区域物流及相关业务能力是发展的保障。目前，根据 COGENT 物流的业务结构和发展趋势，将和集团既有产业集群产生一定协同效应，通过积极交叉营销和优化服务组合，可与集团旗下企业共同打造全程物流最优解决方案供应商。未来在确定收购标的、拓展物流业务过程中，将充分研究如何和集团各业务板块产生协同效应，以发挥集团的整体资源优势，比如是否能够为集团客户提供陆运、仓储等延伸服务；是否能够拥有相关的稳定的客户资源，通过业务协作，有助于共同巩固和扩大集团总体客户群；是否能够有力提升集团在东南亚总体的客户价值创造能力；是否能够为集团业务集群在东南亚的业务渗透与战略发展提供具体支持。将与集团相关业务集群密切交流，真诚协作，设计有效的合作模式，分享获得的增量效益，确保集团总体经营效果最佳、利益最大。

发挥资本的力量，整合发展的资源，努力把中远海运（东南亚）、中远海运国际（新加坡）建设成为集团东南亚物流发展的支点和枢纽，打造成为东南亚物流行业的整合者和领军者，努力践行“一带一路”倡议，通过投资融资，组合操作，发挥资本力量，整合发展资源，让古老的海上丝绸之路在东南亚落地生根，开出鲜艳的新花。

2018 年 8 月中央电视台、人民日报、中央国际台等媒体现场采访了 COGENT 公司在新加坡的集装箱空中堆场，该集装箱堆场建造于距离地面 50 多米高的 7 层楼的楼顶上，堆场内是现代化的集装箱装卸设备，可以堆存 15 层高的集装箱，而在堆场下就是一个现代化物流中心。因为新加坡的土地资源比较紧缺，这个一站式的物流中心的堆场没有利用土地面积，只是利用了仓库的屋顶，而且 15 层集装箱的堆存高度超过了普通堆场堆存高度的一倍，同时节省了拖车来回往返的成本和时间，这种高效的模式得到了新加坡政府的大力支持和积极推广。中央电视台报道称：目前，以中远海运集团为代表的综合物流企业正在积极布局海外综合物流体系。中资企业与新加坡企业在“一带一路”方面的合作也成为中新两国政府合作的典范，这种良好的合作模式也将向东南亚其他国家推广。

文 中远海运东南亚公司

见证博鳌亚洲论坛历史时刻

2001 年 2 月 27 日，博鳌亚洲论坛成立。17 年的发展壮大让博鳌这个原先默默无闻的小渔村，一跃成为极具知名度与美誉度的论坛永久会址所在地。在这个天堂小镇，博鳌亚洲论坛年会(简称“BFA 年会”)都将在“博鳌时间”发出亚洲声音。天堂小镇一夜成名天下。

作为博鳌亚洲论坛核心服务商，中远海运博鳌有限公司因论坛而生，因论坛而兴。已经成功服务保障 19 届 BFA 年会，并将不忘初心，继续服务保障好论坛年会。

2003 年 8 月 27 日，在海南经历了一场强台风的第二天，我与学校的老师和另外 11 名同学，踏上了博鳌东屿岛这片热土。决定来海南实习，就是因为“博鳌亚洲论坛永久会址”吸引了我。博鳌，是我梦开始的地方。

2003 年的 BFA 年会，由于 SARS 而延期至 11 月举行。当时我在博鳌亚洲论坛金海岸酒店采购部做实习秘书，被抽调到酒店洗衣房帮工熨烫被单。由于没有面客经验，只要能服务于年会，在当时，就是件光荣而自豪的事。2004 年 BFA 年会在四月如期召开，我仍旧是名实习生，仍旧被安排在二线部门帮工，说起来好笑，这一年我竟然忘记我具体干嘛去了，或许是两届年会相隔太近，上一届的热乎劲还没过，这一届又来了。最遗憾的是，没能目睹到胡主席和温总理。这两届年会，我稚嫩的面孔，被记录在年会证件上。

2005—2006 年的 BFA 年会，我成了酒店的正式员工，是工程部的秘书兼仓管、调度。曾经三个人的工作，18 岁的我开始独自挑起。这两届年会，由于自身工作任务较多，没有去到一线帮忙。年会前期和年会时，我不停地接到各部门的维修电话。一部座机电话用于接单，一部手机和一部对讲机用于调度师傅前往维修。每隔半小时还要开启仓库为师傅们领货，同时填好各种单据。忙得不亦乐乎。突然一个紧急维修任务打乱了我们原本的计划，服务员报告一位政要所住的行政套房的马桶出现故障，此时政要在房间内，师傅们听到这个消息都有些冒汗，我急忙打开工程仓，为师傅们开了绿灯直接取所需的维修物料，手续后补。在不到五分钟的紧张维修后，房间马桶交付使用，我们都轻轻地松了口气。这两届年会，我见到了平日电视上才能见到的政要、明星，回到母校时，还带了照片去炫耀了一番。

2007—2008 年的 BFA 年会，我已经是金海岸酒店客服部的一名客服经理了。从此，我成了 BFA 年会真正的一线工作人员，2007 年我 20 岁。这两年的年会，我是金海岸国宴和户外演出的跟办人，协调酒店各部门服务于这两项任务。胡主席！我亲眼见到了胡主席，我亲自引领他走进宴会厅，步入演出座位席，我曾距离他如此之近。说老实话，可能是“初生牛犊不怕虎”吧，我竟然一点儿都没有紧张和害怕，我像是平时引领普通客人一样，带着一大群重量级人物去这儿去那儿。年会结束后，回想那些令人羡慕不已的场面，我的小心脏才开始咚咚地跳个不停。这两届年会，我在喜悦和兴奋中成长，成了家人的骄傲，成了同学眼中的榜样，也圆了我最初来博鳌时的梦想。

2009—2010 年 BFA 年会，我负责跟进美国前总统乔治・布什的任务。他刚刚离开白宫，是位绅士、友好、开放的人。他谈吐风趣，对待服务员彬彬有礼。第一天入住酒店，我在大部队前面引领，刚走到金海岸酒店前台，我就发现背后传来嘻嘻哈哈的声音，脚步声也突然停止。回头一看，布什先生正和前台的服务员们握手、拥抱呢。哇，老美的风格体现得淋漓尽致。到了房间后，他很随和地与贴身管家等人打招呼，一路我都在想，他为啥都没有注意到我呢。由于布什先生需要在房间内健身，我和酒店的同事们又调来了健身房的跑步机，难度虽然有点儿大，但也妥善解决了。布什先生的美国随行秘书调侃地问我：是你搬上来的嘛？我笑笑回复他：I’m not super woman。紧张的年会终于要告一段落了，在经过多番协调后，布什先生同意与公司和酒店的管理层合影，当然我也在其中。我心里一直不解布什阁下为什么没有注意到我，临走前，他特意走过来和我握手、拥抱，直夸我是个能力非常强的女性，并不断地表示感谢，我受宠若惊。原来他都知道我为他做了哪些服务工作，他并没有把我当成普通的服务人员，而是当作了他随行的工作人员，后来他的随行秘书给我发来一封致谢邮件，我才了解到这些。这两年，我收获了布什先生的肯定，成为公司原销售总部的销售经理，学会了在赞扬中自我检讨，不断努力提高自己的职业技能。

2011 年 BFA 年会，我承担了与中办、外交部、公安部、海南省接待办、省外办、省警卫局、省台办等重要单位的对接、服务工作。

2012 年 BFA 年会，我仍然承担着与中办、外交部、公安部等重要单位的对接、服务工作。此时的我，变得更加平静，对接和服务工作更加得心应手。

在随后的 2013 年、2015 年、2018 年 BFA 年会，我又多次参与接待了多位国家领导同志。

15 年来，服务博鳌亚洲论坛年会的点点滴滴，如电影画面般在眼前展开一幅长卷。对于服务而言，从来就没有完美一说，那些人们口中的完美和精彩，只是在我们所有中远海运人一步步脚踏实地的实践中积累出的经验与积淀。我很感恩能够一直融入中远海运这个大集体中，发挥个人所长，实现个人价值，完成个人理想。同时我也很感谢自己的坚定不移，始终怀抱一颗赤子之心。

我想这是我服务年会 15 年才能沉淀出的经验与心态，在这 15 年里，有我的热血、青春、汗水和泪水，更有那无怨无悔的付出与奉献。作为一名共产党员，可能我要做的还有更多，那些年会中鲜为人知的故事和细节还来不及一一道来。早在我刚来到博鳌时，我就曾有个梦想，等我服务年会 20 届、30 届时，我一定要写一本书，或是给自己留作纪念，要记录下我在博鳌亚洲论坛年会中走过的所有的路。博鳌梦想，与您同在！

文 刘亚萍

为远洋海运通信导航

“历史，总是在一些特殊年份给人们以汲取智慧、继续前行的力量。”2019 年，就是这样一个特殊的年份，是新中国成立 70 周年。70 年的发展改变着中国，影响着各行各业，也惠及航运事业。“改革开放初期，我国的船舶船型单一、技术设备落后。然而改革开放以来，国民经济持续、快速、稳定发展，为我国航运事业的兴起提供了难得的机遇和动力，给航运业带来了翻天覆地的变化，公司就是在这时代的春风中蓬勃发展起来。特别是中远海运集团成立后，集团优势资源得到了更合理的分配，船舶吨位越造越大，船型种类越来越多，船用通信导航和信息化技术得到了极大的推动和发展。”中海电信国贸公司的王孜倬如是说。

2008 年，中海电信有限公司下属上海中海电信国际贸易有限公司（简称国贸公司）在航运发展的鼎盛时期开始经营新造船通信导航设备的方案设计、设备供应、调试试航等整套打包业务。遥想立业之初，38000 吨散货船是国贸公司拿到的项目之一。在当时，4 万左右吨位的中小散货船是国内常见的船型，而在这 10 年间，国内货物运输量不断增长，大型散货船已成为新一代的水运主力军。64000 吨系列散货船就是国贸公司近几年接手的实施项目。目前，这个吨位的散货船应用范围较广，已成为当下国内水上运输的基础运力保障。另一方面，伴随着经济全球化发展，我国的进出口贸易量也是逐年攀升，国际海上运输量增长迅猛。近年来，中海电信先后承接过 10000 箱集装箱船，13500 箱集装箱船乃至最近的 21000 箱集装箱船中远海运宇宙轮的新造船通导设备项目。这些集装箱船在当时都属于国内外领先船型，受到航运界的密切关注。

2013 年，国家主席习近平提出共建“一带一路”倡议。为满足国际贸易海上运输需求，许多高附加值船相继问世，集团也建造了新的船型。2016 年，国贸公司承接的首制 17.4 万立方米液化天然气船“中能福石”轮，是当时国际公认的高技术、高难度、高附加值的“三高”型液化气船。该船入级英国劳氏船级社，通导设备品种之多、施工要求之严苛、调试要求之高，都是公司从未遇见过的。但公司最终还是啃下了“这根硬骨头”，通过了英国劳氏船级社的检查，得到了船东的肯定。“记得刚开始，我们接到最多的项目就是散货船。现在我们拿到过各种高大上的新造船订单，这些船舶上使用的通导设备技术哪里是 10 年、20 年前能比及的？”中海电信国贸公司元老级员工老余说话时，脸上难抑自豪之色。

以前在海上航行时，船舶通信主要依靠 VHF 和中高频等无线电设备。而近年来新兴技术高速发展，比如卫星通信技术的悄然兴起。卫通 FBB、VSAT 已是目前船舶通信的主流设备。绝大多数船舶为实现卫星通信全球覆盖，保证船舶通信畅通，都会配套多套不同通信频段的卫星通信设备。这就对工程技术人员提出了更高的技术要求。为了紧跟通导技术快速发展的步伐，公司不断提升技术水平，技术人员也在实际项目工作中不断积累丰富经验。“刚进公司时，一艘船上的设备并不多，跟着老师傅学习，用不了多久基本上都能掌握。可后来几年，这通导技术的发展就像搭上了快速列车，设备种类越来越多，接触的技术要求也越来越高，这几年就算我们工作再忙，都要维持着一边工作一边学习的状态才行。”已有 9 年工作经验的工程师小陈感慨道。如今，中海电信所承接的新造船通导设备项目，早已不局限于通信和导航功能。在确保处于通导技术水平最前沿的基础上，公司也在不断探索船舶现代化、智能化技术领域。而 2016 年国贸公司承接的“中能福石”轮就是为了满足 LR 和 CCS 双重要求而安装了智能化综合导航系统（INS）的特种船。它满足“一人桥楼”规范要求，是中海电信在船智能化领域迈出的重要一步。2016 年，上海船舶运输科学研究所牵头实施“智能船舶顶层设计及部分智能系统应用示范项目”的研发工作，中海电信作为参研单位并承担了“智能航行系统”研发。目前正在上海外高桥船厂建造的 21000 箱系列的最后一艘集装箱船将作为集团实施推广船舶，配备由中海电信自主研发的“智能航行系统”。

无论是中远海运“宇宙”轮还是“中能福石”轮，都足以见证新中国成立以来，中远海运集团乃至我国整个航运业的繁荣发展和强大生命力。放眼未来，新一代信息技术的进步将从根本上改变航运企业的竞争格局。互联网、大数据、云计算、人工智能和区块链等技术方兴未艾，这将推动航运业进入网络化发展的新时代。而中海电信也将牢牢把握住新时代的脉搏，继续在我国的航运事业史上书写新的篇章。

文 何 倩

黄岛油库“变形”记

1972 年 4 月 1 日，承载着为往来新中国的海内外船舶提供燃油供应服务的使命，中国船燃 6 家直属公司宣告成立，结束了我国长期以来无法为远洋船舶供油的历史。

这一天起，第一批中国船燃人便开始了“撸起袖子加油干”的创业历程。一切从零做起，一切摸着石头过河，而最大的困难便是“巧妇难为无米之炊”。如果说燃油是油品供应服务的“米”，那么一座座油罐便是“米袋子”。为了首先解决“米袋子”的问题，1989 年 7 月 14 日，交通部一纸批文，拉开了中国船燃黄岛油库供储油罐建设的序幕，一幅中国船燃人艰苦奋斗、战天斗地的壮美画卷也随之铺开。4 万立方米、6 万立方米（一期、二期）、8800 立方米、1 万立方米，黄岛油库前后历经 5 期建设，跨越整整 20 年，硬是将一片寸草不生的沿海滩涂填成了一个拥有 19 个油罐、占地 103.1 亩、总罐容积达到 11.77 万立方米的成品油库。

1993 年，黄岛油库一期投产运行，投产当天，锣鼓喧天，鞭炮齐鸣，红旗招展，人山人海，中国船燃人终于开始了“手中有粮、心中不慌”的日子。

时间的车轮滚滚向前，历经多次改扩建，黄岛油库作业功能不断完善，时至今日，可满足海上、陆地各品种柴油、燃料油装卸、中转、储存、调合等作业，油库年吞吐量从十几万吨增长到高峰期时的两百多万吨，业务从陆地到海上，从青岛到辐射山东半岛周边，成为目前中国船燃全系统作业功能最完善、工艺最复杂的成品油库。

~ 成长：起起伏伏　陷入低谷 ~

历经胶州湾近 30 年的风雨洗礼，见证了中国船燃 47 年来一步步发展壮大，黄岛油库有过辉煌，也有过迷茫，在磕磕绊绊中逐步成长。曾记否，当年这里是车水马龙，24 小时灯火通明，作业现场一片繁忙。直到 2007 年，国家逐步放开了保税油供应市场准入权限，中国船燃从计划经济时期的垄断经营一夜之间进入全面市场竞争阶段。由于体制机制等各种原因，思想观念及经营模式转变“慢半拍”，导致各项经营指标瞬间陷入低谷。面对市场竞争的白热化，青岛公司也未能幸免，经济效益大幅下滑。到 2008 年以后，航运指数大幅下滑更是雪上加霜，燃油市场需求一蹶不振，再加上竞争对手的恶性竞争，公司生产经营迅速进入“严冬”。黄岛油库也从曾经的年吞吐量 200 多万吨一下子跌落到了不足 100 万吨。生产作业量不饱和，油罐周转率大幅降低甚至部分油罐长期闲置，由于地处胶州湾海域的特殊地理位置，油罐、管线等基础设施经年累月受到海水海风的侵蚀，再加上资金不足造成的维护保养不到位，油库上下好像在一夜之间迷失了方向，员工们也仿佛对未来失去了信心。

~ 突变：硝烟弥漫　风声鹤唳 ~

2013 年 11 月 22 日，位于黄岛石化区的东黄输油管道发生爆炸，这起震惊国内外的特别重大责任事故发生后，青岛市政府作出了黄岛石化区整体搬迁的决定，计划 2020 年底之前所有石化企业全部搬离黄岛，黄岛油库再次陷入进退两难的境地。

难以想象的高额搬迁成本，再加上“搬迁选址”和“长远规划”，三道门槛使得黄岛石化区的搬迁从一开始就陷入了出师不利的僵局之中，迟迟没有实质性进展。为降低成本，三年期间，黄岛油库基本进入了单纯的维护性运营阶段，缝缝补补，拆东墙补西墙，保养投入几乎为零。管线锈蚀，油罐铁皮脱落，阀门抱死，甚至小范围的渗漏险情时有发生。但是关于石化区是否搬迁的政策依旧模棱两可。转眼间到了 2015 年，“8·12 天津滨海新区爆炸事故”发生后，国家相关部门开展了史无前例的大范围检查。由于前期依赖搬迁和维护保养投入资金不足，造成消防喷淋管线锈蚀渗漏，设备设施严重失修等，使得检查结果很不理想，甚至一度成为公司的“耻辱”。形势严峻，为公司上下彻底敲响了警钟。

~ 重生：痛定思痛　凤凰涅槃 ~

必须改变！面对历史积淀下来的这份宝贵遗产，公司痛下决心，决定一改以往缝缝补补的维修保养方式，对油库进行彻底改造。公司领导亲自坐镇指挥，全员出动，齐心协力，仅用一周时间就对交通运输部检查中提出的不合格项进行了彻底整改，并顺利通过了专家组的验收。此后，公司一鼓作气，继续加大对油库设施设备投资改造力度，一举扭转了设备老旧、隐患突出等问题。

投资 440 万元对柴油管线技术改造，实现了国Ⅴ柴油的专罐专用，独立输油管线系统，在山东半岛地区率先实现了国Ⅴ甚至国Ⅵ柴油装卸作业功能，一时间客户奔走相告、纷至沓来。

投资 200 万元将消防控制室升级改造为全自动装备，将消防喷淋管线全部更换为内外热镀锌专用消防管线和不锈钢喷头，油库消防安全管理更加高大上。

投资 100 万元修建防护墙，加高库区防火堤，安装 3 座高杆灯，不仅满足了本库区照明需要，同时也照亮了邻近油库，油库从之前的夜间“蹭光”变成了“被蹭光”。高杆灯上架设的 6 台球形云台高清摄像机，实现了安全监控无死角，成为名副其实的“天眼”。

投资 300 万元对油罐进行彻底大修，拆除锈蚀钢构件、更换罐壁保温层及保护层，罐壁及罐顶防腐、罐体劳动保护更换、泡沫管线、加温管线更换、浮盘检修，罐体检测，工程量之大、维修项目之全，在油库 20 多年历史上尚属首次，后续还将对所有油罐全部大修。

投资 30 万元硬化库区管线下方地面，修复门口破损路面，整治和改造陆地装卸车区域……曾经被杂草、乱石覆盖的管线露出了真容，不再是“犹抱琵琶半遮面”。路口坑洼不平、一到雨天就泥泞不堪的场景不再被司机诟病，陆地装卸车区域更成为提升公司对外服务形象的重要窗口。

在硬件改造的基础上，油库还加大软件建设，在办公区开设他山拾玉宣传专栏，将库区内防护围墙设计成安全文化长廊，弘扬干事创业的正能量，营造浓厚的安全文化氛围。

不到两年的时间，公司针对油库的投入超过 1000 万元。2018 年，油罐大修还在继续，高清视频监控、安全管理系统、信息管理系统也已经在路上……

一个个数字的罗列，不仅仅代表着一项项工作的完成，更代表

黄岛油库全景

了公司的魄力和勇气。面对前所未有的严峻经营压力，1000万元是何等的弥足珍贵。1000万元，带来的是黄岛油库凤凰涅槃般的华丽转身，从库容库貌到管线设备，从一草一木到员工的精气神，一切都在向好的方向变化、发展着。

旧貌换新颜，中远海运集团、中国船燃总部，港航局、环保局、安监局，一次次的专家检查，换来的是一个个大写的赞。油库从硬件到软件，从管理到运营，多次得到上级主管部门的表扬和肯定，公司上下的腰杆终于再次挺起来了。

奔梦路上，一路奋斗一路歌。新集团，新征程，新期盼，奋进的号角已经吹响，黄岛油库全体员工将和千千万万中远海运人一起，牢记“创造价值 连接梦想”的使命，秉承“为航运提供永恒动力”的宗旨，为建设中远海运集团“6+1”产业集群和国际一流船舶燃料服务商宏伟目标作出应有的贡献。

文 王志航

三“用”服务促进转型发展

2007 年，我从学校毕业后来到了上海海运基建住宅发展有限公司工作。那个时候基建住宅已经经历过一次改革，从最初的建造、分配职工福利房转变为以物业经营管理为主的公司。那时下属有海泓物业、海运物业两家物业公司，职能分工也有所不同。海泓物业经营着 700 号中海总部大楼，海运物业则是系统公房的物业管理。

随着市场的开放，房地产行业稳步增长，作为房地产行业的下游企业，物业行业的经营也面临着改革，原有的业务已不能满足市场发展的需要，不变革即被淘汰。2005 年起，公司开启了基建住宅二次转型的步伐，先后承接了上海市检测中心物业、浦东展览馆物业，从原有的自有小区物业、自有商务大楼物业管理，扎进了市场化的浪潮中。自此，承接管理商务公众物业成为公司主要的经营方向。

之后的几年，公司又继续承接了浦东新区民武、丁香楼、浦东新区成山路办公楼、陆家嘴文化中心物业管理。同时在保证现有的外部楼盘的基础上，又分两步走，第一步是加大对楼盘延伸服务的提升，第二步是加大对集团内部楼盘的开拓。2014 年，在上海中远海运的战略布局下，海运物业从原有的四级单位提升了层级，成为一套班子两块牌子的以物业经营为主的公司，同年海运大厦归并海运物业管理。2015 年原来的基建住宅公司更名为资产公司，房产租赁类的经营管理剥离了物业公司，物业公司专业做物业，同年承接了集团内部的航运科技大楼，同时也承担着集团内部整合归并的保障事宜。

2018 年，正值改革开放 40 周年，是集团和上海中远海运实施“十三五”规划承上启下的关键一年，更是公司打造置业板块“三维一体”综合业态转型升级的起步之年。随着新集团的起航，公司承接了新集团总部大楼——中国远洋海运大厦的物业管理，中国远洋海运大厦是新集团成立后新建并使用的办公大厦，是集办公、餐饮、会议等为一体的智能化程度较高的办公大厦，也是物业公司首次承接如此等级的新建大楼管理。作为承接大楼前期物业工作小组的一员，我有幸能够参与其中。前期物业工作小组的主要任务就是做好大厦内各类设施设备的交接、为后期物业管理做好准备，由于此次物业交接不同于以往，是集工程、保安、保洁、会务、餐饮为一体的综合物业服务，需要我们前期物业团队更加细致、更加周全地服务。从公司领导到工作小组的每一位成员都秉承三个“用”——“用情、用心、用力”，公司领导亲临现场指导，用情鼓励大家排除万难做好工作，项目团队用心定制了管理方案，着重突出在前期的物业移交管理以及后期物业正常运维管理过程中的不同服务重点，让业主能够得到更多最具个性化的服务，满足新集团对办公环境的需求，各个岗位的操作人员用心、用自己的专业能力做好各项交接工作。加班加点不在话下、任劳任怨不在话下、委屈受伤不在话下，只要业主肯定，我们的付出就值得。2018 年 5 月，集团顺利搬迁至新大楼，公司以集团新大楼物业管理服务为切入点，全力以赴开拓转型发展新局面，提升内部服务新格局。

2018 年初，上海中远海运对相关业务统筹规划，再次吹响了公司改革重组、转型发展的号角。目前，公司已完成了对资产、餐饮等板块的重组工作。如何将以前各自为营的业务板块“深度重组”，实现布局优化、结构调整、战略性重组，实现推动各业务板块做优做强才是我们的最终目标。在物业板块上，我们全力打造“平台型综合物业”，突破以往传统物业模式，以物业、餐饮共同管理的大物业格局，打响物业品牌，牢固树立业主至上、品位超前、务实求细、诚信守诺、专业要专、安全第一的“服务为本”理念，全力以赴探索新型服务理念，打造公司物业服务新格局；在资产板块上，我们集中开发优质不动产，逐步推进企业由管资产向管资本进行转变；在餐饮板块上，我们不断变革和创新餐饮服务理念，探索打造集团内部以“中央厨房”为核心的餐饮服务平台，将餐饮板块逐步做大做强，打造公司自己的“后勤服务平台”。最后，结合企业信息化平台建设，来构建物业—租赁—餐饮全方位的置业服务发展综合信息平台，以实现“1+1+1 ＞ 3”的经营业绩目标，向一体化置业服务供应商转型，从而增强公司的盈利能力。

跨入新时代，对理想信念最好的铭记就是不忘初心、牢记使命。回首过去，倍感成绩来之不易，令人珍惜，催人奋进；展望未来，深知挑战前所未有，任务光荣艰巨。站在新的历史起点，面临新的发展机遇，肩负新的担当使命，我们定坚定信心，砥砺前行，真抓实干，打造新格局，创造新业绩，为推动公司向置业发展转型升级再上新台阶而不懈努力，继续在改革发展创新的道路上前行。

文 王 玮

大连中远海运川崎 1 号船坞诞生记

2010 年 8 月 1 日，历时 485 天，大连中远海运川崎（原大连中远造船）1 号坞圆满竣工，标志着 1 号船坞正式投入使用。每个人的脸上都洋溢着成功的喜悦。

大连中远海运川崎 1 号船坞

1 号船坞全长 700 米，可同时容纳 2 艘 30 万吨级船舶同时建造，是国内最长的船坞，它的胜利竣工标志着大连中远海运川崎又一个引以为豪的标志性工程完成。两台 800 吨龙门式起重机、两台 300 吨门座式起重机、一台 7080 门座式起重机巍然屹立在船坞两侧，彰显着 1 号船坞强大的生产能力和先进的造船工艺。

1 号船坞于 2009 年 3 月中旬开始第一次混凝土浇筑，2010 年 6 月 20 日完成主体结构，2010 年 7 月末竣工投产，仅仅用了 1 年零 4 个月的时间。其中包括围堰工程、船坞主体工程、坞门工程的竣工，两台 800 吨龙门式起重机、两台 300 吨门座式起重机、一台 7080 门座式起重机、坞门水泵房设备的安装调试，并完成供电供水供气等动力配套工程。作为国内最长的船坞，包含了如此多大型设备的安装调试，其施工时所遇到的困难和不可预知的因素是可想而知的。

大连中远造船人发扬“首战用我，用我必胜”的精神，铸就了“不畏艰苦、敢为人先、持续创新、忠诚担当”的优良传统。开动脑筋、积极协调，互相配合、克服困难，终于啃下了这根“硬骨头”。

不经历风雨，怎能见彩虹，这一宏伟工程凝聚了建设者们无数的智慧和汗水。

1 号坞既是国内最长的造船坞，又与 2 号坞共用一个水泵房，这种方式是不常见的。工务部水工科的同志们面对船坞工艺复杂、施工难度大、船坞工期紧等压力，一方面详细地了解现场实际情况，反复与施工单位和监理单位研究赶工措施，利用有利的天气条件增加设备、人力等方面的投入、加大抢工力度，船坞主体结构完工比合同工期 2010 年 10 月末提前了 4 个月；另一方面坚持质量第一的原则，严格控制施工质量，严把质量关。

船坞工程设计中坞墙分为三种形式：全扶壁、混合式、衬砌式，在岩石风化程度较低且岩石较完整的区域采用衬砌式，在岩石风化程度高且岩石较破碎的区域采用全扶壁式，介于这两种情况之间采取混合式。设计根据地质勘查资料，1 号船坞北 270 米坞墙采取衬砌式或混合式结构，但根据现场实际开挖发现，船坞区域岩石风化程度较高、岩石较破碎完整性较差，该地质情况不适合采用衬砌式、混合式，如采用这两种坞墙形式易出现安全质量事故，无法确保船坞的正常、安全使用，经与专家、设计、地勘、施工、监理共同研究后，决定 1 号、2 号船坞全部采用全扶壁形式。虽然全扶壁形式会造成施工量、施工费用增加，引起施工周期增长、工期压力增大，但为确保船坞能够正常、安全地为造船生产所使用，不能因造价、工期等影响放弃工程质量，坚持质量第一，把施工质量放在第一位，确保船坞工程质量符合设计要求，为打造一流船厂、百年船厂打下坚实基础。

800 吨龙门式起重机作为公司的标志设备，具有工程难度大、质量要求高、进度掌控难、牵涉单位多、协调困难、情况复杂等诸多特点，从最开始的分段上岸到最终负载调试成功，一步步都凝聚了起重设备科同事们无数的心血。考虑到旅顺口冬季大风低温，公司在 2009 年伊始就对 800 吨龙门式超重机项目作了总体规划，将第 2 台 800 吨龙门式超重机的卸载时间确定在 2009 年 11 月底，作为提升工作的关门节点。由于 800 吨龙门式超重机分段上岸时，公司码头没有开放手续，工务部与海事部门协调运送 800 吨龙门式超重机大型分段的 10 艘运输船的临时靠泊手续。分段卸货后方处于码头、船体车间、船坞排渣等多个项目交叉施工之间，没有完好的堆料场地和运输道路，他们又积极主动地与相关专业主管协调，保证了分段的顺利运输。通过对整个项目质量保证、节点工期和安全措施等方面的有效控制，1 号机 8 月 10 日开始提升，9 月 5 日卸载；2 号机 11 月 7 日开始提升， 12 月 5 日顺利卸载。在 2 号机提升期间遭遇了罕见的连续大风和强降温天气，使得 2 号机提升工作被迫中断 14 天，他们积极了解天气变化，并在大风前组织采取适当的防风措施保证了 2 号机的顺利提升。为了保障 800 吨起重机的电气施工不出现问题，起重设备科的同事将吊机上所有的接线点在供电前一一排查，成千上万遍的检查确保了 800 吨调试的顺利成功。

300 吨门座式起重机、7080 门座式起重机同样受到上岸条件、运输道路、天气因素、动力供给及工期紧等多项制约，但起重科同事积极想办法、提前与各相关单位协调，排除道路不畅、交叉作业不利因素，设计好入场路线、吊装方案、防风锚碇方案以及安装调试方案，无论在工期、质量、安全方面都做到了一流水平。

坞门从 4 月 10 日现场合拢开始，历时 77 天的连续奋战，完成 23 个立体分段的合拢，144 条焊缝的焊接，2672 吨固定压载的浇注……2010 年 7 月 7 日坞门顺利就位。坞门自身没有动力，长 82.6 米，宽 10 米，高 13.1 米，自重 4550 吨，其拖行和转身都是难点。为了在仅 90 米宽的坞口内完成 90 度转身和停靠，起重科与水工科的朱船长先把坞门在停靠、转身、靠泊的每个状态，用图一一标示出来，确定缆绳在整个过程的姿态调整步骤。最终坞门安全地完成了转身，并稳稳地靠上坞口。船坞水泵房甲供设备种类繁多、调试复杂，为了保障整体的船坞进度，起重科同事加班加点抢进度，以厂为家，啃下了这根硬骨头。

工程顺利施工和设备的正常运行离不开电气水等动力的支持。变电所作为提供电能的核心枢纽意义非凡。为了抢工程进度，保障设备顺利调试，在施工单位人员不够的情况下，动力科的同事放弃了节假日与家人团聚的机会，积极配合施工单位一起奋战在一线现场。13 号变电所地理位置处于地下，给变电设备的安装带来了困难。为了节省时间赶进度，能够人工抬动的设备大家用人工抬到地下的变电所内。1–3 船坞分段平台，由于调整使用时间需提前供电，而为平台动力箱送电的12–1号变电所土建正在浇注阶段，设备基础、变电所四面墙体施工、机电安装、外网电缆敷设、低压电缆敷设，所有这些条件的完成都需要时间，怎么办？“从12–2号变电所和已送电的岸电箱引来临时电源解决”。在1号坞的建设过程中，类似问题比比皆是，动力科同时始终坚持“生产第一位”服务宗旨，圆满地完成了电、气、水的供给工程。

1号船坞正是这群艰苦奋斗的创业者的劳动结晶，它的全面竣工，标志着大连中远海运川崎进入了坞内分段组装的新阶段。大连中远海运川崎也借此契机，再接再厉，顺利完成了2011年初首制船205KBC的交付。

文 中远海运重工

挖油角

1978 年我在中国远洋运输公司“金湖”轮上任政治干事，12 月该轮预定到香港修船，那时香港还没有回归祖国，进厂前厂家提出厂修前必须挖油角，但一听报价却吓了一跳，挖油角的要价差不多是修船价格的一半。

挖油角就是清除船舶每次卸油后沉积下来的油渣。“金湖”轮当时是交通部先进船舶。船上立即召开党支部会议，经过讨论，大家一致决定动员船员自己动手挖油角，不向公司要一分钱。决定后，由支委下去分别做船员思想工作，船舶政委、党支部书记对全体船员进行了动员。

在政委动员下，船员们一说即通，纷纷表决心为党和国家作贡献，为国家节省外汇，为公司争先创优。当夜就把船开到桂山岛锚地，经过充分准备就开始干起来。

“金湖”轮可承载原油 4.5 万吨，当时配备船员 42 名，每天要留足够值班人员、后勤人员、轮休人员，剩余的把船长、政委、政治干事都算上也只能投入 30 人左右。工具呢，铁锹、铁铲、铁桶，都要充分准备，近 20 多米深的大舱，要用绳索一桶一桶往上吊，这对于从未干过这种活的船员来说谈何容易。

困难是明摆着的，但是大家不气馁，高度的热情焕发出冲天干劲，人人都是诸葛亮，人人献计献策，工具一到大家就纷纷下舱干起来。桶不够就把房间里的垃圾桶都拿出来，没有工作服，就穿自己的短裤背心，甲板部把敲锈刮漆的铁铲板都用上了。

实际工作做起来才知道困难比预想的要多，在舱里一个多小时后，有的船员就开始头昏呕吐，这是有害气体中毒的表现，于是决定立即安装排风扇。舱底的油渣由于时间较长，很硬很黏，一铲下去就像铲在橡胶上面，一次一点儿，效率非常慢。大家又集中起来总结经验，找窍门，最后摸索出分片分组，铲装吊配合一条龙，沿边蚕食，就这样一共用半个多月的时间，终于把10个大仓清理完毕。

在挖油角期间大家在有害气体熏呛下，每个人都有头疼、恶心、无力、吃不下饭等症状，可贵的是，谁也不说，谁也不叫苦。个别船员上船衣服带得不多，有的船员就拿出自己的给别人穿，有的船员家属来船了，就让家属到厨房帮厨做饭，值班人员也抽空给大家送绿豆汤、送茶水，大家团结互助，相互配合，使挖油角工作进行得很顺利，船厂验收一次通过，没有提出任何异议。

挖油角结束后，船舶党支部及时进行总结，表扬了挖油角工作中成绩突出者，肯定了船员的高度积极性。船员们虽然没有一分钱奖金，但感到能为党和国家做一点儿实际工作，是一名共产党员和中国海员的责任，直到如今我们仍为此感到无比自豪和无上光荣。

文 赵符发

一条线上的“三剑客”

十几年前，集装箱远洋运输业正如日中天。上海集运总部为了做强华南市场，将原来相互独立的香港、深圳、广州三家口岸公司合而为一。整合后，我成为新口岸公司的亚太航线经理。

口岸航线经理的活儿可不好干。集装箱班轮业有周期性，各条航线的淡旺季不一，尤其亚太航线。淡季缺货，要为船舶装载率发愁；旺季货多，又要为“装谁的货”发愁，总之365天全年无休。

面对密密麻麻的船期表、运价单，我的“炸毛”模式一触即发。好在顶头上司送来一剂“定心丸”：一个好汉三个帮，咱们做集装箱业务的，必须学会“集”采众人之长。你有副手，还有一张“王牌”呢。

大仁是我的副手。这个曾在珠三角多个网点摸爬滚打的江西老表，动若脱兔雷厉风行，江湖人称“拼命三郎”。记得有一回，总部计划开一条新航线到华南，我随口说了一句：新流向的客户基础太弱，看来咱得提前排摸市场、锁定货源才行。话音刚落，转天上班，嘿，大仁哪去了？一个电话跟过去，人家表示接听不方便：广深高速上！刚过虎门大桥！昨晚约了花都、番禺、佛山几家目标客户，今晚会加班提交市场报告!

光有“拼命三郎”抓客户还不够。航线经营是系统工程。货物有轻有重,客户有大有小,那么问题来了:到底该接轻泡货还是重货?接大客户的货还是中小客户的货?不可一概而论,有讲究。这就得用上那张“王牌”了。

王牌名叫彼得。别看他的名字洋气,其实大学主修的是农业。毕业后卖过电脑,做过促销,后被伯乐相中,一脚踏入海运业。虽半路出道,但后来者居上。几年打拼下来,彼得就成了华南区域亚太航线专家,对市场、客户、竞争对手,头头是道样样门清,无人能出其右。在我眼里,他当时的江湖地位,相当于马云之于互联网电商。

说起来,那年月我们定义的亚太航线真是包罗万象!澳新航线、南非南美航线、中东航海印巴航线……每个流向市场不同、客户群不同、面对的竞争对手不同,所采取的运营手法也不同。这当中,运价和舱位是平衡各方的两大利器。用好了,皆大欢喜,用不好,一败涂地。这样难办的事到了彼得手上,游刃有余,根本不用我操心。自己能做的就做了,要用到我的时候也不客气。有一次,驳船到干线码头晚了,按常规,驳船货没法按计划中转上预订的大船,责任不在我们。可他却二话不说,直接冲到我面前:这样大船要亏舱的!你必须找张三、找李四,如此这般……我若不顺着他的意思办,他就死活赖着不走,直到我厚着老脸求了张三求了李四,把驳船货接上大船为止。更离谱的是,夜半三更他也不消停。有回我正在梦里和庄周论道呢,他打来夺命电话:有个特种箱,赶船期,现在上不了船,船凌晨三点就要离港了,你应该立刻马上找总部的 ×× 船长帮忙……嘿,到底谁是谁领导,谁指挥谁啊?!

不过对这样的角色错位,我也认了。毕竟我们目标都是一致的——兄弟齐心，其利断金，一起把亚太航线做好！于是乎，我们仨，组成完美三剑客，彼得负责管航线，大仁负责跑市场，我负责和各方协调，当真把华南亚太航线做得风生水起。

航线做好了，我们仨的革命友情也越来越深厚。彼得开始展现其身上的搞笑特质——每回新航线挂过来，船舶满载着开出去，他必大唱他的“成名曲”：我的家在东北松花江上啊——啊——或者摇头晃脑字正腔圆地背诵：羽扇纶巾雄姿英发，谈笑间强弩灰飞烟灭……。我们笑他：文人！他抛个媚眼，回道：不，是骚客！

那真是一段激情燃烧的岁月！如今的我们仨，大仁正坐镇粤北，带领网点继续打拼；彼得即将外派东非肯尼亚，在广袤的非洲大陆开发新兴市场；我则调到上海总部，继续从事营销管理……。庆幸的是，一条线上的三剑客，虽天各一方，但依然在同一条 COSCO SHIPPING 的大船上，何其幸乎！

文 陈　莉

瞧这些销售们

经常听到业内的资深前辈慨叹：再早个 20 年，我们玩船的哪里需要销售？坐家里等米下锅就行了，大把货主上门求舱位……。可惜等我入行时，船公司没了销售可不行——新船纷纷下水，怎么把船上的舱位卖出去，自然得仰仗各家船公司的销售“八仙过海，各显神通”。

这些年，我一直在公司集装箱板块的营销团队供职，见过形形色色的销售案例。看下来，不成功的销售都是相似的，成功的销售各有各的套路。

有靠“之乎者也”的文青气质打动客户的。此公名字里有个“谋”字，江湖人称老谋子。老谋子湖北人，口音很重，但惟楚有材，人家肚里有货啊！多年前刚认识他，一堆人一起吃饭，刚开始他内敛寡言，几杯酒下肚，就成了红脸关公，诗兴大发，还都是古体诗。印象最深的，是他用湖北口音背诵“滚滚长江东逝水，浪花淘尽英雄”，那叫一个抑扬顿挫，举座皆惊。

这个老夫子却成了当年的销售明星。当时公司把他调到云贵地区开发市场，他倒吸凉气——云贵高原没有港口，没有码头，没有地缘优势，数得出几家龙头企业，早已是“皇帝的女儿不愁嫁”，门庭若市。要想打进去，而且用湖北口音，谈何容易！某家大客户见了他，直接闭门谢客：您说话我都听不懂，怎么谈合作？

老谋子说话不占优势，可他能写啊！某次夜半三更，此君百感交集，文思泉涌，奋笔疾书了一首诗词（具体是诗还是词，有待考证），将自己在云贵高原的际遇，以及希望和客户合作共赢的心思表达得淋漓尽致，并以邮件方式发给了客户。也巧了，客户负责人是个女文青，爱才，先生就是当地作协的，和夫君一起把玩了老谋子的大作后，主动约了老谋子谈生意，也不嫌老谋子口音重了。一来二去，嘿，谈成了。

还有人靠“臭脾气”的愤青气质打动客户的。此君叫 SAM，河北人，美线专家。燕赵多慷慨悲歌之士。SAM 爱憎分明，一言不合就秋风扫落叶，甚至，对某些客户也是！那年 SAM 的徒弟 LUCY 揽了一个大客户，该客户货量大、脾气也不小，LUCY 陪着一万个小心。某次，明明客户的货因自身原因，报关没出来，从预订的船转到别的船，产生了转船费用，但该客户死活不认账，胡搅蛮缠，电话里说被我们“黑”了钱，把 LUCY 骂了个梨花带雨。坐在 LUCY 旁边的 SAM 听不下去，夺过电话，说了一大堆专业术语，好好给客户上了一堂课，最后总结陈词是：我们一直以客户为中心，一直在提升服务品质，但我们的服务是有价的，且不止这个价！啪，电话挂了。

都以为这个客户要被 SAM 整丢了。没想到，隔天客户上门了，一脸死忠粉，直接奔着 SAM 就去了，哭着喊着把所有的货交给 SAM：货交给 SAM，我放心！就喜欢这样的个性，干脆利落，逻辑清楚！不像有些人，支支吾吾拖泥带水……LUCY 就坐在 SAM 隔壁卡座啊，求她的心理阴影面积。

还有人靠“扯闲篇儿”的侃爷气质打动客户的。J 是潮汕人，早年留学英伦，海归派。8 年前，公司派他到汕头，负责该地区市场开发。他一排摸，发现和当地一个知名企业的合作空间很大。可别人告诉他：难！这家是民营企业，负责船运的是富二代公子爷，谱很大的！可 J 愣是把公子爷搞定了！猜怎么着？原来也简单，他没事儿就约公子爷喝工夫茶，用的都是叽里呱啦潮汕话。J 自带英伦绅士范儿，绝对可以和公子爷一起摆谱。两人也不谈业务，公子爷喜欢啥，J 就聊啥。比如公子爷热衷新科技，那就谈谈大疆无人机嘛。这么着，喝了半年工夫茶，扯了一堆闲篇儿，市场打开了，合作份额上去了。

看吧，成功的销售无定式。何况上面说的几则故事，都发生在中国本土。如果放眼全球，这些年公司运力从几十万 TEU 到几百万 TEU 的壮大途中，关于销售的故事，写几本《一千零一夜》，应该不在话下。

文 陈 莉

“举重若轻”的成长之路

蔡连财担任大副期间，参加公司第一个半潜船海上平台 DP 整体安装

岁月如梭，光阴似箭。一家公司的成长，可以从名称、办公地点、业务范围等追寻壮大的足迹；一个人的成长成熟，则主要通过其自身的经历来体现。不知不觉，我也成了有故事的人。

1991 年 5 月，我完成了集美航海学院海洋船舶驾驶专业的学习，在黄埔航修站第一次登上万吨巨轮“玉林”轮，作为驾驶实习生，成为广州远洋运输公司广大船员中的一员。当时的“玉林”轮，是广远船队中少数几条拥有重吊的，安全负荷 80 吨。但当时在汉堡，一件 42 吨的变压器就让船长和大副心事重重。最终，还是因为船舶大吊有点儿问题，而使用岸吊把变压器装上船。这是我与重大件第一次但却并不愉快的相识。

1993 年 8 月，我在杂货船“内江”轮，第一次担任三副职务。1995 年 12 月，在“凌昌河”轮第一次当上二副。参加工作的前五年，我和大部分同事没什么两样。若要说有什么不同，那就是我一直认识到自己的英语听说能力与实际工作需要还有很大的差距，因此在一直坚持不断地学习英语。1997 年前后，无意间接触到当时第一种有声杂志《疯狂英语》，无形中开拓了我学习英语的思路和方法。从此，听英文歌、看好莱坞原声大片、读英文原著，开始成为我业余时间的主要消遣，而这也确实提升了我学好英语的自信心和自己的听说能力。

1998 年 3 月，按公司安排，我从青岛乘船应急赶到韩国 OKPO 港上“沙河口”轮，开始了与半潜船的不解之缘。1998—2000 年间，我两次上“沙河口”轮。半潜船浮装、浮卸，滚装、滚卸等超常的作业方式，单件动辄数千吨的货物，使我开始意识到其中的挑战和吸引力。在这里，我第一次组装台式机，学习使用各种软件，还用 Excel 编写了该轮的总纵强度校核计算表。

2002 年 2 月，作为我司新型半潜船“泰安口”轮的预定接船船员，我和其他几位同事一起到美国休斯敦参加了 DP 厂家举办的 DP 入门课程，深刻领会了船舶控制的另一个高端的新领域。

2002 年 12 月，我作为“泰安口”轮的接船二副，开始了新型半潜船的破冰之旅。2003 年 6 月，我在“泰安口”接任大副，经历了我司新型半潜船的第一次滑装作业（skid on），单件货物重量 5725 吨。2003 年 7 月，“泰安口”轮再一次滑装，这次是海上油气中央处理模块 BRA，长 60 米、宽 32 米、高 64.2 米，重达

10900 吨。作为最早接触 DP 的船员，我有幸见证了第一次半潜船 DP 整体安装作业。半潜船独特的作业方式、挑战成功后带来的满满的成就感深深吸引了我，以至于那时我想得最多的，不是航海的艰辛、离家的惆怅，而是如何更多地学习相关的知识和技能，更好地做好工作。2006 年 1 月，“康盛口”轮在马来西亚滑装 10661 吨的 BRE 平台，我酝酿几年的实时通信软件 CAI LINK 终于在此次滑装作业中派上用场。

接下来的几年，除了 2006—2007 年间在滚装船“关河口”轮见习并新任船长，我基本都在半潜船上工作。其间经历了半潜船各种形式的作业，并在与外国专家的广泛交流中，逐步从“知其然”往“知其所以然”过渡。

在英语的语境中，半潜船的专业叫法是“Heavy Lift Semi-submersible Vessel”，而重吊船一般叫“Heavy Lift Vessel”，而半潜船运输合同，和重吊船是一样的“Heavycon”。现在想来，我在对半潜船知识“穷追不舍”的过程中，其实也接触了大量的重吊船相关货运知识。

蔡连财在现场研究重吊船吊装方案

2010 年 4 月，我到中远航运岸基担任半潜船港口船长。2011 年 6 月，公司成立货运技术中心，由我担任副总经理，主持工作。当时公司已经有十来艘由“大一”（中华富强 250 吨船吊）系列、“大二”（黄海造 200 吨船吊）系列，以及“松”字号（船吊 90 吨）系列组成的重吊船队。但是，无论从货运技术的底子，还是人员的数量、质量上看，都非常薄弱。以前，学习技术是我的业余爱好和兴趣，但是一旦成为工作的必需，总会遇到各种各样的技术难题，一次又一次的“第一次”带来的忐忑和焦虑，曾经让我苦不堪言。

如今回首，我却感到无比欣慰。5 年来，我们的团队在半潜船领域创造了货物最长 194.5 米、最宽 113 米、最高 166 米、单件最重近 27000 吨，以及 DP 整体安装 18500 吨平台等多项纪录，赢得了北极项目、里海项目；重吊船领域，我们实现了 566 吨 LPG 罐体的运输加安装、7 台 RTG 同时运输、78 米长巴西渡轮 3 次运输；吊装拖轮从 615 吨、650 吨到 670 吨，稳步向船吊 350 吨 ×2 的极限挑战等等。这些成功的案例，为公司货运技术的发展奠定了坚实的基础，也为中远航运在特种运输领域赢得了声誉，提升了影响力。

2016 年，面临 10 万吨级半潜船“新光华”轮即将交船，更大船吊负荷的重吊船已列入公司“十三五”规划。在此，我特别想感谢公司领导的信任和团队各成员的支持、奉献，而面对未来，“谦虚谨慎，精益求精”仍将鞭策着我不断前行。

文 蔡连财

京汉航运的发展历程

京汉航运有限公司是中远海集装箱运输有限公司控股的全资子公司，成立于 2005 年 5 月，前身是中远集运和韩国兴亚海运株式会社合资组建的京汉海运公司，主营中韩航线班轮运输，航线覆盖中国的天津、上海、大连、青岛、烟台至韩国釜山、光阳、蔚山、平泽、仁川等主要港口。主要为中远海集运提供中国到韩国的支线服务。

京汉航运天津釜山支线公司位于渤海之滨的天津港。该港是世界级人工深水港，是建设中的北方国际航运核心区，更是距离首都北京最近的出海口。天津港年集装箱吞吐量中有 70% 以上来自京津冀地区。

天津港处于京津城市带和环渤海经济圈的交汇点上，北京经海运外贸进出口总值的 90％以上经天津港下水。天津港也是环渤海中与华北、西北等内陆地区距离最短的港口，综合运输成本最低。随着我国经济由南向北的梯次发展，天津港在北方地区的地位和作用日益突出。

京汉航运公司天津 / 釜山支线从 1994 年至今，已经走过了 24 个年头。开航之初的市场环境和船公司的硬件条件与今天的航运环境相差甚远。公司的船舶规模只有 200 标准箱左右。当时的天津口岸并没有专门运营支线的公司。为了充分利用舱位，京汉公司总部和天津办事处从零做起，挨家走访客户，上下一心，从领导到员工都在积极努力的寻求货源支持。仅用了三个月，就基本达到满载，并摸索出了从洽谈客户、签署合同到最终顺利装载的一条顺畅的工作流程。

作为主要接载釜山中转货物的支线公司，京汉航运的客户群体大部分都是远洋的船公司。作为中远海运集团旗下的企业，在和客户沟通上有着先天的优势，客户认可度比较高。利用这些优势，京汉公司在天津口岸打响了知名度，成为天津地区首屈一指的支线服务船公司。

随着海上运输业的蒸蒸日上，京汉公司天津 / 釜山线也在紧跟市场需求，及时加大船舶的投入，从 200 标准箱扩大至 700 标准箱。并从 1999 年 10 月开始，将之前的周班轮，扩大至周双班。这样的调整，提供了更紧凑的班期，给了客户更多的选择，再一次扩大了市场影响。至 2004 年初，已经可以稳定达到每周东行 1000 标准箱以上的货量。同时积累下了很多稳定的基础客户，也为以后的长期发展打下了坚实的基础。

2004—2008 年，是中国对外贸易飞速发展的一段时间。这期间，京汉天津 / 釜山线也紧随市场潮流，努力抢占市场份额，舱位利用率持续增加，2008 年上半年达到了两班船周周爆舱，每周实装稳定在 2000 标准箱左右。

2008 年末全球金融危机的到来，对贸易及航运市场产生了极大的冲击。很多进出口企业都面临着严重的生存危机。京汉公司也在这次危机中受到了非常大的影响，货量下滑严重。作为主要货量支持的二程船公司，为了节省成本纷纷组成联盟，联合投入运力经营。

这使得支线公司的生存空间越来越小。也让公司意识到了，之前市场的供需关系也许很难再回来，于是决定改变以 SOC 为主的经营模式，利用公司现有的航线资源，发展自己的本港客户群体，加大 COC 揽货的力度。经过办事处全体职员的共同努力，COC 货物从 2008 年的 900 标准箱，到 2017 年全年完成了 7890 标准箱。2018 年预计可以达到 8000 标准箱。

经历风雨才能够成长，通过金融危机的洗礼，京汉航运充分体会了市场的瞬息万变和残酷。但同时，也让公司从等货来到走出去揽货，从客户找公司要舱位，到公司主动寻求合作的一个转变。

2010 年以后，随着金融危机的持续，市场原油价格的上涨。船公司亏损已成为一种常态，在这种环境下，陆续有多家船公司破产倒闭以及收购重组。京汉天津 / 釜山线及时缩减运力，保证舱位利用率，利用班期和服务优势，稳定住了货量，扛过了航运界的“冬天”。

2017 年下半年，为了加大与中远海运集运的合作，京汉航运有限公司向上级公司积极争取，拿到了中远海运集运美加部分航线的货源。并借此机会，换回了 1400 标准箱的大船，使得公司有更大的舱位空间去开发新的客户。2017—2018 年，公司稳定地保持在 90% 以上的装载率。这对于现在的航运市场来说，实为难得。

进入 2018 年后，市场再次发生变化，越来越多的大船下水。鉴于天津港特殊的地理位置，大船靠泊需要时间长、耗油多，对船公司的成本是很大的负担。京汉航运敏锐把握这个时机，积极和 SOC 客户沟通，咨询他们的需求，于 2018 年 8 月，更换了一艘设计舱位 4250 标准箱的大船运营天津到釜山的支线。这种规模的支线船舶，在集团全系统都是难得一见的。经营 2 个多月以来东行箱量已超过前 7 个月的箱量总和，货源情况稳定，基本保持在满载水平。

京汉天津 / 釜山线从无到有，从小到大，经历了挫折，克服了困难，打造了品牌。京汉天津 / 釜山线的发展经历，是中韩间海运发展的一个缩影，经过了航运业从兴盛到低谷、从危机到发展的周期过程。展望未来，公司将再接再厉，为中远海集运公司、中远海运韩国区域公司再创辉煌，为服务“一带一路”建设努力奋斗。

文 京汉航运公司

回望初心
In Retrospect:
Our Original Aspiration

肆 航海人的初心
是家国天下的碧血丹心

大国方舟
——中远海运与新中国海外撤侨60年

近几年，一部以中国海外撤侨为背景的国产影片《战狼2》火爆海内外，铁血的硬汉形象，霸气的护侨宣言，《战狼2》票房的成功彰显的正是近年来中国不断上升的综合国力和国际地位，还有我们广大中华儿女的民族自豪感和自信心。艺术来源于生活，现实却又远比艺术作品更加动人，翻开中远海运的历史会看到：没有强大的海军做后盾，没有不死的主角光环加成，远离中国本土，深入危机四伏的战乱区撤侨，这些在今天观众的眼中依然不可能完成的行动任务，在新中国成立后的60多年中，中远海运的海员们却仅仅凭借着一颗共和国长子的赤诚之心一次又一次地做到了。

~ 1961年，“光华”轮首航印尼撤侨 ~

时间的卷轴翻回20世纪50年代。这一时期，正是新中国成立后欣欣向荣的大发展时期，新中国的建设牵动着无数海外中华游子的心，当时，东南亚华侨有1000万之众，其中印尼华侨就有270万

1961 年 4 月 28 日，“光华”轮首航仪式

“光华”轮首航归来

“光华”轮从印尼接回难民

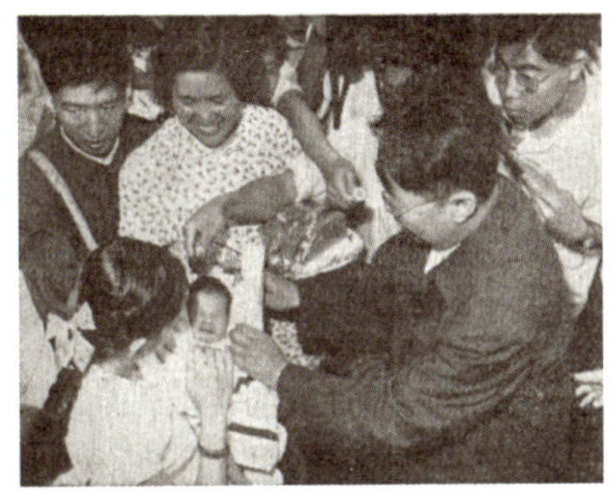

出生于“光华”轮第一次印尼接侨归国途中的“小光华”

左右，出于中华儿女的认同感，他们中大多数没有放弃中国国籍。一些别有用心的敌对势力利用华侨问题挑拨东南亚国家对华侨忠诚度的怀疑。为保障华侨在所在国的安全和正当权益，中国政府鼓励华侨自愿加入所在国国籍，然而新中国的包容和友善并没有被所有国家接受，1959年6月，印尼当局排华浪潮，造成50余万名华侨流离失所。中国政府践行了自己对华侨的承诺，迅速决定派船接运印尼自愿归国的华侨。新中国第一次大规模海外撤侨行动开始了。到1960年秋，中国政府投入1亿多元，通过租船接回难侨6万多人。

然而由于敌对势力破坏和禁运封锁，新中国只能靠租用外轮及侨、华商船撤侨。为更好更安全地接运难侨回国，1960 年，国务院批准从接侨外汇中挤出资金，购买两艘老旧外轮：一艘挪威船舶“西卡加”轮定名为“新华”轮，一艘希腊船舶“斯拉贝”轮定名为“光华”轮。“新华”“光华”正是那个年代航运人对于建设新中国的美好憧憬。1961 年 4 月 27 日，中国远洋运输公司总公司在北京成立。第二天，“光华”轮即从广州黄埔港起航赴印尼接侨。经过六天航行，“光华”轮抵达印尼雅加达，在荷枪实弹的军警森严的监视下将 577 名难侨带回了中国，到同年 10 月 1 日，“光华”轮 5 次往返印尼接回华侨 2649 人。“光华”轮的首航，标志着新中国自己的远洋船队登上历史舞台，并在之后的半个世纪中，扮演着历次海外撤侨的第一主力。

此后，“光华”轮继续活跃在新中国撤侨战线上。1962 年，中印边境冲突爆发，印度方面制造一系列排华事件。1963 年 4 月，“光华”轮、“新华”轮首航印度马德拉接侨，分三批接回难侨 2398 名。1965 年，印尼右翼掀起又一轮大规模的排华运动。中国再次启用“光华”轮撤侨。1966—1967 年，“光华”轮分四次赴印尼，接回华侨 4252 人。在中国的 15 年中，“光华”轮 13 次到印尼接侨，3 次到印度接侨，直到 1975 年以 45 岁的“高龄”退役，是名副其实的撤侨第一船。

~ 20世纪70年代：“明华”轮与越南、柬埔寨撤侨 ~

20 世纪 70 年代末，越南出现排华浪潮，旅越华侨纷纷到我驻越领事馆申请回国。我国政府于 1978 年 5 月 27 日发表了派船接回旅居越南华侨声明，并派出广州远洋的“明华”、上海海运局的“长力”两轮前往越南胡志明市和海防市接侨。

1978 年底，因越南出兵柬埔寨，中国大批援柬工作人员被迫撤往泰国。1979 年 1 月，广州远洋的“明华”“湘江”“梁湖”三轮再次受命起航，冒险前往泰国梭桃邑港接回我国援柬工作人员 1156 名。这也是新中国有记载的第一次领事保护行动。

“明华”轮

~ 生死一线间：1986年也门木拉卡港紧急撤侨行动 ~

1986 年 1 月 13 日，南也门政府发生内乱，引发亚丁地区的大规模武装冲突。包括中国大使馆在内的使馆区，中国各经援、承包组所在的赫尔·木克赛小区以及中国医疗队所在的阿比扬省都是冲突双方激烈争夺的战区。上海远洋“濰河”轮、天津远洋“石景山”轮紧急受命改变航线赶赴南也门海德拉毛省木卡拉港撤回被困的中国专家和工程人员。

当时，海德拉毛战况不明，“石景山”轮到吉布提接运中方撤侨工作人员尚未到达,为争取宝贵的时间,先行到达木卡拉锚地的“濰河”轮悬挂自制的红十字会旗，一边摸索前进，一边通过高频用英文与港口方联系：“我是中国的一艘商船，我们接到中国政府的命令，前来接中国专家，请回答。”港口方没有应答。

直到离木卡拉港约 5 海里时，港口方才给出应答: 要求“濰河”轮退回到离港口 15 海里处。为争取时间，“濰河”轮通过代理与港方反复交涉，并通过代理联系上了中国援也公路专家组。直到 24 日早晨 6 时，港方才同意“濰河”和随后到达的“石景山”进港。

时间就是生命！经过“濰河”轮反复争取，当晚 9 时半港口当局终于同意中方商船放救生艇接人。在两条商船争取进港的同时，在中国公路专家组的帮助下，分布在海德拉毛各地的中国医疗队、农田组和打井队以及远在阿比扬省的中国医疗队在一天之内集结完毕。1 月 26 日，两条商船载着 292 名中国援也人员安全撤往吉布提。就在商船开航后，木卡拉港即遭到飞机轰炸，因为船员们机智勇敢的救助，大家与死神擦肩而过。

1 月 25 日至 28 日，国内先后派出三架专机到吉布提，将 800

余名撤离人员接运国内，开创了中国同时派国轮、民航联合撤离海外公民的先河。

~ 祖国骄傲之子：1991年“永门"轮索马里撤侨 ~

1991 年 1 月 3 日至 11 日，索马里发生政变。由地中海装货返航的天津远洋“永门”轮奉命两次奔赴战火纷飞的索马里，先后靠泊摩加迪沙、基斯马尤两港，在港口设施完全瘫痪的情况下，冒着横飞的炮火，奋战七个昼夜，用救生艇、拖轮、重金租用的渔船抢救出中国驻索援外人员 244 名，本次撤侨行动人无伤亡、行李未丢一件，“永门”轮赢得了“祖国骄傲之子”的美誉。

1994 年，也门内战全面爆发，中国再次启动船舶、包机联合撤侨，共撤出中国同胞 821 人，外国人员 217 人。

“永门”轮在摩加迪沙港施救中国驻索马里使馆人员

~ 1997年："富清山"轮刚果撤侨 ~

1997 年 6 月，远在非洲的刚果发生内乱，我国援助刚果医疗队及该国布达旺电站国内工作专家 16 人生命安全受到威胁，正在刚果黑角港卸货的天津远洋"富清山"轮奉命接侨，经过 4 天颠簸将 16 名专家撤到纳米比亚鲸港。

~ 2000年："阳江河"轮所罗门群岛撤侨 ~

2000 年 6 月 12 日清晨，"阳江河"轮正航行在南太平洋上。6 时 5 分，突然收到中远集团指令，要求"阳江河"轮立即转向，全速前往 550 海里外的所罗门群岛首都霍尼亚拉港执行撤侨任务。

所罗门群岛拥有 30 万人口，因为长期的部族冲突导致军事政变。6 月 5 日，政变部队包围首都、扣押总理、关闭机场并切断岛国与外界的通信联系，内战一触即发。当地不法分子乘机抢劫、勒索华人、华侨和中资企业的财产，300 多华人、华侨人身安全危在旦夕。中国政府获悉情况后，紧急调动当时距离霍尼亚拉最近的"阳江河"轮奉命前往接救侨民。从外交部下达接侨令到船舶转向投入救援，仅仅用了 3 分钟。

"阳江河"轮

6 月 13 日当地时间 16 时 25 分，“阳江河”轮克服了无相关海图、航线不熟等困难，驶抵所罗门群岛霍尼亚拉港，打出“祖国欢迎你们，阳江河轮欢迎你们”的大字。当地时间 18 时，117 名侨胞全部登船。侨胞大多数是妇女和儿童，最大的 66 岁，最小仅 10 天，由于恐慌和烈日暴晒，许多人一上船就瘫倒在甲板上，靠船员背着、抱着才能进入船舱。

但是，困难远远不止这些。由于“阳江河”号是一条货轮，舱容、物资储备都十分有限，船上一下子多了一百多人，带来了许多意想不到的困难。一是住宿问题，船员们把自己的房间腾出来外加会议室才解决了侨民住的问题。二是吃喝问题。25 人的伙食储备要解决 117 张口。尽管如此，船上还是竭尽所能，将伙食标准从 3 菜 1 汤提升到了 4 菜 1 汤。

15 日 23 时 45 分，“阳江河”轮经历了 52 小时航行，冒险靠上了航道狭窄、暗礁密布的巴布亚新几内亚莫尔兹比港。18 日，中国政府包机将 116 名侨胞接回祖国。此次行动中，“阳江河”轮开创了新中国在没有外交关系国家撤侨的先河。

~ 2011年，世纪大救援——利比亚撤侨行动 ~

2011 年 2 月，利比亚发生持续骚乱，中国政府共调动原中远、中海两大国有船队“天福河”轮、“康诚”轮、“新秦皇岛”轮、“新福州”轮、“天杨峰”轮等 16 条商船驶往指定港口待命。当地时间 2 月 26 日 21 点 30 分，第一辆满载中国侨民的大巴车停在了米苏拉塔港的“天福河”轮旁，船员和使馆人员立刻热情地迎了上去，焦虑和不安的撤离人员听到熟悉的中国话，兴奋地问：“这是中国船吗？”船员们回答：“是的，我们是中国的远洋船，奉祖国之命来接大家，你们到家了。”经过 43 小时的航行，“天福河”轮于 3 月 1 日将 559 名撤离同胞安全送抵希腊伊拉克利翁港，完成了祖国交付的光荣使命。

“天福河”轮成立撤侨临时党支部

参与利比亚撤侨的“康诚”轮

~ 2014年，越南撤侨 ~

2014 年 5 月，越南发生暴乱，中远集团分别派出 5 名远洋船长登上“五指山”轮、“铜鼓岭”轮、“白石岭”轮、“紫荆 12 号”轮、“粤海铁四号”轮 5 艘船舶赴越南接侨。经过三日两夜的奋战，共接回 3553 名同胞。

60 多年风雨撤侨路，见证一个大国的初心，也见证了共和国长子的成长。经过半个多世纪的发展，在撤侨行动中成长起来的中国远洋海运集团已从最初 4 条远洋船 2.2 万载重吨，发展成为拥有 1082 余艘现代化商船、8168 多万载重吨的世界第一大船队。

文 林于暄

我的兄弟遭遇了海难

我的兄弟遭遇了海难，全船 36 名船员全部遇难，无一生还。

1994 年 6 月 20 日,“阿波罗海”轮在南非萨尔达尼亚湾外海失联，船上有 36 名中国船员。南非搜救机构证实，“阿波罗海”轮的部分救生筏、救生衣及无线电应急示位标已被冲上开普敦海岸。搜寻结果分析，36 名船员全部遇难。

36 名船员再也没有回到祖国，再也没有回到盼望他们回家团圆的温暖的家。这其中就有我的好兄弟，船舶大副陆建森。那时建森只有 34 岁，他可爱的女儿陆吟海，刚刚 6 岁，还没有上学。

这突如其来的噩耗，对于船员家庭那就是“天塌了”。妈妈更怕女儿幼小的心灵无法经受这样沉重的打击，不但对女儿封锁了消息，还要在女儿面前露出轻松的笑脸。

1996 年，那时我工作在《中国远洋报》社。当时《中国远洋报》（现《中国远洋海运报》）和《中国青年报》共同组织了一次“远洋知识竞赛”活动。陆建森的女儿陆吟海缠着妈妈一起翻书、查资料、找答案，终于完成了全部答题。在邮寄答题时小吟海还专门附上了一封写给编辑叔叔阿姨的信，她在信中告诉叔叔阿姨们“我爸爸也是远洋海员，他工作在‘阿波罗海’轮，现在正航行在南非。”还说，“爸爸答应休假后要带我去北京去天安门广场看升国旗……”

“远洋知识竞赛”活动总结阶段，我们和《中国青年报》的同行仔细阅读了每一封来信，但从这封来信中看出了问题。“阿波罗海”轮已经失联 2 年了，为什么这个小姑娘还说爸爸在“阿波罗海”轮上工作呢？带着疑问我立即联系了“阿波罗海”轮的主管单位，并和小姑娘的妈妈取得了联系。原来是家里的大人们对小吟海封锁了消息。妈妈说：“女儿已经是二年级的小学生了，可是对父亲的想念无时无刻不缠绕在她稚嫩的心里。总是问爸爸为什么还不回来呢？”爸爸每到一个港口都要给小吟海寄上一张当地的明信片。小吟海也在问“为什么收不到爸爸的明信片了？”实在想爸爸了，她在自己小卧室的地上用开心果果壳拼写出“爸爸我想你”，并宣布永久保留，不许破坏。妈妈看见女儿的作品，心里特别的不是滋味，只是盼望着等女儿再大些，再将实情告诉她。小吟海还说：“爸爸在信中说，这次回到北仑港，就可以休假了。还说，假期要带我去北京，去看升国旗，去登上庄严的天安门城楼，去攀爬雄伟的万里长城……”

对于孩子的提问，妈妈总是无言以对。妈妈的心也在绞痛。

了解了事情的真实情况，我们被陆吟海小姑娘感动了。报社领导决定利用暑假时间，我们大家捐款接陆吟海来北京，到天安门广场去看庄严的升国旗仪式，共同完成遇难海员的遗愿。

当我将报社的决定告诉陆吟海妈妈时，她犹豫了。她不知道用怎样的方式告诉女儿这个残酷的现实，她怕女儿经受不住这样的打击，她还是想再等一等，等女儿再大一些，再一五一十地告诉女儿。可她也觉得女儿已经发现了“蛛丝马迹”，长期下去怕有些瞒不住了。我们商定在报纸上公开这件事情，同时作为陆吟海爸爸的同事，我们邀请陆吟海小朋友来北京，圆小吟海的北京梦。吟海妈妈还是犹豫，一再说要考虑考虑，一周后再给我们答复。一周后吟海妈妈同意了我们的决定。

随即《中国远洋报》刊登了报社全体同事给陆吟海小朋友的信。

吟海小朋友：你好！

你和妈妈解答的“中远杯”远洋知识竞赛试题，我们已经收到。你那一丝不苟的态度和身在学校、心系远洋的精神，深深地感动了《中国青年报》和《中国远洋报》的叔叔、阿姨们，我们非常感谢你和妈妈的积极参与。虽然面对的仅仅是40道题，但你们付出的努力值得敬佩。让更多的人了解中国的远洋事业，也正是我们举办此次竞赛的目的。

在你的成绩单上，我们惊喜地发现，除了语文、数学得了双百分的好成绩外，你的思想品德、身体素质、心理素质以及科学文化素质中的课程也都是全优。噢，还有那盖着江苏省无锡师范附属小学红艳艳印章的三好学生奖状。叔叔、阿姨们都为你、为我们海员的女儿而骄傲、自豪！你没有辜负爸爸、妈妈对你的期望和厚爱，你不愧是英雄的海上男子汉的女儿！

你爸爸给家里写信时，曾说过要带你到北京来看庄严的升国旗仪式，这是你爸爸的一个心愿。作为你爸爸的同事，叔叔、阿姨们帮助你圆一个北京梦。等到今年7月份你放暑假了，我们就把你和你亲爱的妈妈接到北京来，在雄壮的国歌声中观看那冉冉升起的五星红旗，还要一起登上那庄严雄伟的天安门城楼、巍峨绵延的万里长城……好吗？

吟海小朋友，叔叔、阿姨们都有一个共同的心愿，就是能做你的好朋友。你的心里话，你的小秘密，你的快乐、你的烦恼，你的进步……如果你愿意，都可以写信告诉我们。

到暑假时，我们在北京见面，好吗？不必担心吃住行等费用问题，《中国远洋报》社全体同志个人捐款，保证安排好一切参观活动。

在六一儿童节到来之际，我们大家都祝你节日快乐！

《中国远洋报》社全体同志

同时刊发了题为《陆吟海，圆你一个北京梦》编者的话。

六一儿童节到了，我们向全体中远船岸职工的孩子们问好，祝小朋友们节日快乐！特别祝陆吟海小朋友快乐！

陆吟海是遇难的“阿波罗海”轮大副陆建森的女儿，今年才八岁。她的妈妈梁金芬为了不使吟海幼小的心灵受到失去亲人的创伤，始终没有将爸爸遇难的消息告诉吟海。朦胧中的吟海似乎从大人们的举动中察觉到爸爸再也不能回家来了，但她不愿意相信这些，她仍然日夜想念着远航在南非的亲爱的爸爸。爸爸在给家里的最后一封信中许诺：休假后，带吟海到北京看看伟大祖国的首都……看了吟海写给“中远杯”知识竞赛组委会的信，我们《中国远洋报》社的全体同志被小吟海纯真而美好的愿望深深感动了，决定借六一儿童节到来之际，向陆吟海小朋友发出邀请，请陆吟海今年暑假到北京来，圆吟海一个北京梦。

吟海小朋友在妈妈、老师的哺育教导下，学习、身体、思想品德等方面都取得了优异成绩。我们希望远洋船岸职工的子女们都向陆吟海学习，争取在各方面都取得更大进步，做COSCO人的好儿女。

7月，暑假到了，我按照报社的安排前去无锡接陆吟海小朋友来北京。在无锡，刚到出站口，就看到一个小姑娘举着一张画有一艘远航货轮的A4纸，这就是我要接的陆吟海小朋友。我们相见格外高兴，第一次见面就像久别的亲人，8岁的小吟海和我没有一丁点儿陌生感。但天色已晚，陆吟海母女陪我安顿了住宿的酒店，就

作者抱着陆吟海和自己的儿子在天安门城楼合影

作者和陆吟海一起登长城

陆吟海学成回国，作者在浦东机场迎接

作者参加陆吟海新书《多想靠近你》发布会

准备回家。可小吟海却不愿意跟妈妈回家，非要和报社来的叔叔住在酒店，这令陆吟海妈妈非常惊讶，小吟海可是从来没有离开过妈妈呀。我的第一感觉就是小吟海真的是和我有缘。

《中国远洋报》的编辑、记者们把小吟海接到了北京，8 岁的陆吟海很快就成了远洋人关注的“新闻人物”。更多的干部员工为这次活动捐款，从集团总裁到普通员工，他们都向为远洋运输事业献出宝贵生命的海员的女儿伸出了热情洋溢的双手。陆吟海终于圆了北京梦，不但看了升国旗还和国旗护卫队的叔叔们见了面，还登上了天安门城楼，参观了毛主席纪念堂和人民大会堂，看了卢沟桥的石狮、游了八达岭长城、圆明园的废墟……她太激动了，在她幼小的心灵里，默默承受着失去父爱的悲痛，到了北京，她沉浸在远洋大家庭爱的暖流中。

在北京的时时刻刻，陆吟海总是和我不离左右，或背或抱，或牵手而行，始终和我在一起。相聚总是短暂的，陆吟海就要返回无锡了，临别时小姑娘神秘地俯在我耳边，庄重地问：“你做我干爸行吗？”我立即答应“行！”小吟海当着众人立即甜甜地叫了声“干爸好！”然后就是深深的一鞠躬。在大家的掌声中我把女儿紧紧地抱在怀里，眼睛不由自主地湿润了。“我的海员兄弟为中国的远洋事业献出了宝贵的生命，我一定要为他女儿的成长尽一点儿义务。”

陆吟海北京之行，对她的成长产生了巨大的影响，她始终没有忘记远洋人的关爱，更没有忘记中远海运，在她的心目中这就是她的家，是她的一切。是爸爸为之献出宝贵生命的地方。

从北京回到无锡，陆吟海幼小的心灵就打定了主意，“一定要好好学习，考上北大，服务中远。”为此，她还将《中国远洋报》叔叔、阿姨送的布艺玩具起名叫“小北大”。从小学到中学，陆吟海的学习成绩始终名列在前茅，不仅如此，每天放学回到家，她还抢着帮助妈妈买菜、做饭、整理家务，老师说她比同龄的孩子懂事。

2003 年，初中毕业的陆吟海，以优异的成绩被新加坡南洋女子中学录取，离开妈妈独自一人在新加坡开始了小留学生生活。

陆吟海在新加坡上学是全额奖学金，每年还给一次回国休假的路费，对这些陆吟海极为满足。为了不给妈妈增加额外的负担，16 岁的她开始计划着奖学金的开支，从不乱花一分钱，也从不伸手向妈妈要钱。在新加坡的 4 年中，她每年只用学校提供的路费回家一次，其他所有假期都是自己一个人独自在学校中度过。看着同学们假期轻松地回家，或是父母来新加坡欢聚，陆吟海更加想念妈妈，但她把这一切都埋在心里，始终和妈妈用书信的方式抒发着自己的思念。

在新加坡的留学生活是艰辛的，陆吟海瘦弱的身躯却有超常的毅力。她除了有优秀的各科成绩外，还有很多社会职务，她编剧并导演的话剧小品《红绿灯》，在新加坡第八届全国院校戏剧小品创作及表演比赛中获得银奖，得到同学、老师和家长的好评。

在美国有很多大学，但只有耶鲁大学、哈佛大学、普林斯顿大学、麻省理工学院与威廉姆斯学院 5 所学校录取时保证能为录取的优秀学生提供所需的奖学金。陆吟海选中的是耶鲁大学，她看重的是这所学校最强调的两个字“潜力”。由于经济问题，陆吟海挑选的范围很窄，她给自己定的目标是必须取得好成绩，因为只有这样才有可能给予全额奖学金，否则，再好的学校也上不起。

陆吟海为自己确定了攻坚目标，却把自己累倒了。临近考试，她连续几天高烧不退。带着 39 摄氏度的体温，她走进考场，考试结束时她早已筋疲力尽。即使这样，她在 2007 年剑桥高级 A 水准考试中，还是取得了全 A 的最佳成绩。满分 120 分的托福考试，她考了 117 分这样少有的高分。

2007 年 12 月 7 日，完成学业的陆吟海结束了小留学生的生活从新加坡回国。12 月 15 日就收到美国耶鲁大学提前录取并获得全额奖学金的录取通知书。

这一刻，陆吟海默默地望着录取通知书，让泪水顺着脸颊自由流淌，直至打湿了衣衫。这是喜极而泣，只有她和妈妈知道这其中的苦和甜。

还有，爸爸的在天之灵也会知道。

在美国耶鲁大学的 4 年时光中，为了不浪费宝贵的耶鲁时间，她同时攻读了经济和国际关系两个专业，同时还学习了法语、日语，长长的假期她用来参加社会实践。在学校，她的学习成绩始终名列前茅，年年都能获得全额奖学金。她立志一定要学好、成才，回报祖国的养育，回报远洋大家庭的关爱。如今，学成回国的陆吟海又开始了艰苦的自主创业。

女儿长大了，参加女儿耶鲁大学的毕业典礼更让我的心情难以平静。由于我们异地相望，在吟海的成长过程中其实我并没有尽到干爸的责任，但我却享受到了干爸的欢乐与自豪。女儿的每一点儿进步，每一个成绩，每一步成长，都让我沉浸在愉悦、幸福和欢乐中，我更为有这样优秀的女儿而自豪。我可以告慰我那永远和大海相伴的海员兄弟，女儿在你的庇护下健康成长。

海员是勇敢者的职业，具有较高的风险，艰难困苦就更不必说了。新中国的远洋运输事业自发展以来，有很多海员前仆后继，献出了自己宝贵的生命。新中国成立初期台湾方面就曾劫持我们的远洋货轮，杀害了我们的政委和船长。中东战争中我们的船舶没能来得及退出战区，被交战的炮火击中，船员牺牲了。还有更多的海员是在与强风海浪的搏击中失去了宝贵的生命。他们才是真正的勇敢者，是远洋运输事业的骄傲，是我们的好兄弟。

文 靳爱清

海上生死救助

1978 年 10 月 6 日，我船正航行在西北太平洋上，天已晚，海面阵风很大，浪涌在黑黢黢的海面上不断翻滚着，海浪不时从甲板上冲过，还好我船是装满石油的重载，摇晃并不是那么严重。夜间十一点钟了，我在驾驶台上看了看，船已过了久米岛，正在向台湾东部航行，便回到房间准备洗洗睡觉。突然服务员急急忙忙敲门，说大厨王富元肚子疼得厉害，医生正在他身旁急得没有办法。我立即跑下楼，进大厨房间一看，王富元脸色苍白，豆大的汗珠不停地往下滴，医生正在给他量血压。我问是什么病？医生说：腹部急症，不像阑尾炎，问题很严重，咱们船上抢救不了。我赶紧向船长和政委汇报。

船在航行中，船长立刻向公司发出急电求救。公司立即向总公司汇报，总公司指示：该海域援救不利，船舶立即返航，务必保证人身安全，对病情变化及时报告。

时间过了半小时，王富元的病情更加严重，人已处于休克状态，把病人危险情况进一步报告公司。公司指示：总公司已经与海军部队联系，东海舰队立即出动一艘护卫舰来接我船生病船员，让我船向舟山群岛方向航行。此时，已是夜间十二点，病人王富元已经处于昏迷状态。

夜漫漫、浪滔滔，茫茫大海中在信号不相通的情况下，两只船欲在大海中相遇，谈何容易。我船不断把航线方位报告公司，以便与海军舰艇取得联系。第二天凌晨两点左右，我船右前方出现一束灯光，并在不断打灯语。我是从海军部队转来的，知道军舰在与我们取得联系。我赶紧到水手宿舍，找在舰艇上曾经做过信号兵的退役水手。恰好一名水手是信号兵，立即拉上驾驶台，用应急信号灯与前方灯光联系，问是否是中国军舰，得到肯定回答后，双方又商定如何靠近我船接病员。

当时，黎明前的海浪愈加癫狂，我们的大船都摇晃得很厉害，军舰更是似隐似现，两船相靠，谈何容易。我们要求再靠近一点儿，但军舰只能在大的范围绕着圈，告知无法靠近，只能等机会。这时的王富元一直处于昏迷状态，医生除止疼外，束手无策。

船长调出气象环流图，找出周围水文资料，经过详细分析研究，认定当天没有大的风浪，在天明前应是浪涛较小的时刻，到时抓住时机，争取两船靠近，然后全船动员，要船员用胳臂把病号王富元送过船，方案告诉对方，军舰领导表示同意。

清晨约六点钟，风浪果真减小了不少，对方军舰已看得清楚，信号兵也换上了自制的手旗，联系方便多了。军舰开始试图靠近我船，我船以最慢速度以稳定船舶。这时我船全体船员出动，找出备用靠垫，在船舷随时防护。军舰也是全体指战员出动，站在军舰边向我船挥手。这时两船一点儿一点儿接近，虽然两船甲板上下交错，但分明已有了靠近机会。这真是胆大心细的举动，约 5 万吨级的油船与一艘军舰相接，不用说我们没见过，可能世界上其他国家也很少试探过。

船长向军舰指挥官喊话，讲明交接人的办法，让他们派水兵站在船舷边伸出胳臂接病员。对方理解后，迅速集合全体水兵，在舰艇边一字排开。

两条船开始了绣花般的博弈，大船更慢更稳，而军舰发挥其灵活机动的特点，一点点儿、慢慢地向我船靠近，虽然中间有着隔垫的“鸿沟”，但在茫茫大海中已是最近距离，我船政委带人把王富元从房间抬出，到甲板后，船员在船舷边站成一排，都笔直伸出胳臂，把王富元放到大家胳臂上，对方战士们也是一齐伸出胳臂待接。船长站在前上方喊话：“大家听口令，我喊‘放’，对方要拼力接，不许出差错，确保万无一失。”

一切准备就绪，船长睁大眼睛，死盯两船上下交错，找准平衡一瞬间。这时，恰好两船平衡在一线上，船长大喊：“准备——放！”，只见水兵们深深探出腰身，我们的船员奋力相送，成功了！成功了！军舰立即离开，加速向国内驶去。

太惊险了，太感人了，中国人民解放军海军，我们的战友，我们的亲人，还没来得及说一声再见，就急急救助我们的亲人去了。

当时，我作为船舶政治干事，原本准备好陪同王富元一起下船，但部队领导告诉一切都不用船上操心，部队会全力处理好这件事。目送最熟悉、最亲爱的战友们，我心中感激万分，站在甲板上，向远去的战友们深深地鞠了一躬。站在一旁的新中国成立前曾在长江小火轮工作过的老轨朱洪勤，擦了擦眼边说：“这在旧社会简直是不可想象的事，只有等死吧。”

船到目的港，据船舶代理告知，王富元是胃穿孔，腹腔已漏进污物，开始大面积发炎，如再过一小时，人就彻底没救了。船舶党支部研究，为感谢海军部队官兵同志们，要真诚地写一封慰问信，对冒风浪救助我船员表示深切的敬意。这个任务当然落在我头上，第二天，慰问信通过电波发到总公司。

亲爱的海军××舰指战员同志们：

在我船员生命垂危之际，你们顶着狂风巨浪，不顾夜深方向不明、海况不详等种种困难，足足坚持一整夜，在海上两船相接没有经验的情况下，毅然决然地把船员救下，使船员转危为安，这是人民解放军保护人民生命安全的具体体现，你们不愧是党培养出来的思想红、作风硬、素质高的人民军队，我们在此向你们表示衷心感谢！

人民解放军是祖国的钢铁长城，是人民生命安全的保护神，你们这种革命大无畏精神，极大地鼓舞了远洋战线全体职工，我们一定以你们一不怕苦二不怕死的革命精神和高尚道德情操为榜样，努力为我国的远洋运输事业做出更大贡献。军民团结如一人，试看天下谁能敌。有坚强的人民解放军做后盾，有朝气蓬勃的远洋战线职工的努力拼搏，相信我们的祖国一定会更加繁荣昌盛！

文 赵符发

炮火中的“逆行”

时光虽然已悄悄地滑过整整二十个年头，但在我的记忆中，那年在“潍河”轮亲历援救驻也门民主共和国（简称民主也门）中国专家的事，让我刻骨铭心，挥之不去，且在我的航海生涯中留下了浓重的一笔。

1986 年 1 月初，“潍河”轮在芬兰的科特卡港配载纸浆后，向国内目的港上海驶去。当时我在船上任实习船长，这个航次结束，我也将结束实习期下船公休。按航程计算，“潍河”轮将在农历的大年三十前抵达上海。能和家人团聚在一起过年，这对远洋船员来说，真是千载难逢的机会。返航途中，船员们个个面带喜色，电机员品味着回家后做新郎的感觉，梦想着筵席上挽着妙曼的新娘步入殿堂的滋味。而一位水手则归心似箭，恨不得插翅飞到患肝癌晚期的父亲身边，以尽儿子的孝道……

然而，亚丁湾的一声枪响，把大伙儿的计划全盘打乱了。硝烟弥漫在亚丁湾的上空，战争的阴霾突然降临到阿拉伯半岛南部的民主也门，一场因政变而起的战争打响了。英、法、意、德、苏等国家政府立马开始撤侨，英国女王私人豪艇“大不列颠”号奉首相撤切尔夫人之命向亚丁湾驶去。

1月22日上午，“潍河”轮正航行在印度洋上。这时报务主任急切地拿着一份公司的加急电报交给船长杨斌，电报要求“潍河”轮回吉布提港待命，也没说原委。一个小时以后，我们又接到一份加急电报，指令“潍河”轮立刻驶往民主也门的木卡拉港，协助中国专家撤离。接到指示后，我们立即改变航向。为了做好充分的准备，大家分头忙开了。轮机部对两艘救生艇进行检查试放；事务部落实房间和床位，恐床位不够，有不少船员还拿出自己新买的地毯，以备急用；甲板部的同志赶紧找来被单，用大红的油漆在被单上滚了个大大的红十字悬挂在船上，以示国际救援。由于当时船上没有民主也门国旗，我们又找来阿拉伯国家比较类似的旗帜进行改制，确保援救工作万无一失。

当天下午，“潍河”轮又接到公司的电报，要求与天津远洋公司的“石景山”轮一起采取联合行动，做好中国专家的撤离工作。当时我轮距木卡拉港三百多海里，需航行十个小时，而“石景山”轮则要三十多小时才能到达。时间就是生命，它维系着几百名中国专家和技术人员的安危，而且此刻战火不断推进，已逼近边陲小城木卡拉。最后船上经过慎重研究，为了几百个同胞兄弟的生命，我轮决定单独进港。但是，进港又遇到了困难，船上没有该港口的海图。正在大家为此事犯难时，我突然灵机一动：木卡拉港不是日本人建造的吗？建码头后肯定有港图！我向船长提出建议，是否从《航海通告》中去找，也许会有图贴？果然不出所料，我们在《航海通告》中找到了图贴，然后将其放大，了解了进港时哪里是浅滩、哪里有礁石需要绕过，什么位置适合我轮抛锚，这些为我们安全进港提供了可靠的依据。同时，我们将所获的海图又提供给“石景山”轮，为他们进港提供了安全保证。

1 月 23 日上午，“潍河”轮向港口驶去。船长不停地用 VHF 以英语与港方联系：“我是中国商船，我们接中国政府的命令，前来接中国专家，请求进港。”但对方一直不给回应。在接近木卡拉港约 5 海里处，他们总算应答了。但不论船长怎么磨破嘴皮声明进港的目的，他们仍不让进港，并命令我轮退至离港 15 海里处。为了避免摩擦，我们只得退到其规定的地点。由于附近海面的水很深，船无法抛锚，只得随风漂泊。眼看一时进不了港，情急之中，船长通过各种渠道找到了代理，让他们出面帮忙。在多方的努力下，情况出现了转机。当天晚上，船长用 VHF 与专家组的领队取得了联系。当听到祖国的商船来接他们时，这些专家和技术人员激动得连说话的声音都变了，他们哽咽地说：谢谢祖国亲人，谢谢远洋公司！

24 日凌晨，“潍河”轮与后赶到的“石景山”轮获得了进港许可。由于我轮船身较大，只能锚泊在外，不能靠码头。为了救助工作顺利开展，我们决定带上糖果和汽水等礼品上岸打探。因我的英语较好，船长就让我带第一艘小艇去码头交涉。但还是遇上麻烦了，他们提出要一万美金的代理费，才能保证我们进港。后来由中远总公司出面，指定了一家公司担保，他们才放行。是夜十一点，经过长途跋涉和困顿波折赶到木卡拉港的中国专家，见到了冒着枪炮威胁、风破浪驶来救援他们的“潍河”轮小艇，个个激动得泪流满面，他们在危难中感受到了祖国的温暖与关怀，看到了人间的真情！

那个年代生活还不富裕，这些专家们虽然在国外工作，但还是很穷，所以连逃命时还不忘带着被子、草席和干粮等繁重的行李，而且每个人的行李足有几十斤重。这时，在黑暗中有个人扯了一下我的衣角，悄悄地把我拉到一个偏僻处，压低声音对我说，他是驻外机构的总管家，这些专家的工资都由他保管，大约有好几万第纳尔（当时一个第纳尔约合八个美金），请求我们帮忙带上船。他说，专家在外打工的收入都不高，这都是他们的血汗钱。但要安全地把钱带上船要冒很大的风险，一旦被查出，非但钱被没收，连人都会被扣下。为了专家兄弟的财产不受损失，我决定铤而走险。于是，我们想方设法转移那些士兵警卫的视线，那位总管家也打扮得很时髦，提着一个提包，脸不变色心不慌地被大伙儿围在中间，在大家的保护下，安全地登上了第一艘小艇，和他一起走的还有八个女同志和几位医生。此刻海面上风大浪急，小艇一靠上“潍河”轮就被重重地弹出好几米。后来船长重新调整方向为小艇挡风，才使小艇靠上了“潍河”轮，专家们安全地登上了大船。就这样，两艘小艇共来回放了七次，经过五个小时的奋斗，到第二天凌晨两点多钟，一百三十一名专家全部被安全地援救上船。船起锚不久，在我们的上空就有多架军用飞机在不断地盘旋，我们为这次成功援救暗暗地庆幸。

“潍河”轮在外已航行了四个多月，船上食品已经不多，一下子又多出一百多号人，伙食成了大问题。但是船上还是动足脑筋，在接到这次援救任务前，我们就自发了黄豆芽和绿豆芽，做豆腐，保证每天饮食，终于渡过了难关。幸好他们带上来油炸的巧果和茶叶蛋，弥补了船上伙食的不足。为了保证他们的休息，船员们纷纷让出自己的床铺给专家睡，而自己却挤在沙发上或打地铺，光船长的房间就睡了三十来个人。船驶入公海后，为了缓解他们几天来的紧张情绪，船长对他们说：现在你们已经到了自己的浮动国土上了，有什么要求和希望尽管提出，我们尽可能满足大家的要求。专家们提出为他们放映电影，于是，我们就在甲板上竖起竹竿挂上银幕，还临时做了些小板凳，每天为他们放映两场电影，使他们的心情放松了，也让他们感受到了祖国亲人给予的温暖。同样，援外的专家医生也看到远洋船员常年在海上漂泊的艰辛，为大家做了量血压等检查。有一位水手脸上长了个粉瘤，医生用刮脸刀片消毒后给他手术，很管用，那粉瘤以后就没生过。

在这期间，民主也门的战事不断升级，战火纷飞、遍地陈尸。我们在航行中还接到过他们的指令，说是有一名司令官在战争中阵亡，让我们降半旗致哀。当然，我们也不知道是哪一方的军官，为了船舶和专家的安全，经商量，我们还是依着他们的意图，将自制的旗子没挂满旗，也算表示一下心意，以避免不必要的麻烦。1 月 29 日，我们顺利地将援助民主也门的专家安全送到了指定的吉布提港，完成了祖国的重托，并于 2 月 19 日抵达上海港。当然，春节已过了十天。但是，当大家看到自己完成了一项艰巨而伟大的使命，而且在自己的航海史中写下不可磨灭的一页时，心中只有灿烂，没有埋怨。事后，交通部向“潍河”轮颁发了集体二等功。

林日金

“永门”轮救助索马里援外人员

1991 年 1 月 3 日，“永门”轮装载着一万多吨化肥，从欧洲里耶卡港返航途中。15 时 30 分，报务员龙海峰风风火火地闯进船长室，递上一封公司调度室发来的加急电报：“据总公司指示，因索马里政局变化，我方驻摩加迪沙人员立即撤离。现令你轮立即改驶摩加迪沙接我方人员后，速驶蒙巴萨港卸客……”船长肖荣林没有任何犹豫，立刻找到政委周爱成，迅速达成“一切服从命令”的共识。“永门”轮立即召开支委扩大会，37 名船员听了政委的动员，群情激昂，人人都以临战姿态认真讨论了各项准备工作。

1 月 6 日 6 时 22 分，“永门”轮比预定时间提前 7 个小时接近索马里。站在甲板上，摩加迪沙城的轮廓已十分清晰。岸上不时传来炮弹的爆炸声和疏疏落落的枪声。肖荣林从望远镜中看到岸上手持枪械的人你追我赶，防波堤上有人在焦急地向海上张望。他估计这都是准备撤离的人员。

此时，肖荣林格外冷静。他知道，目前的任何一点儿疏忽都会带来巨大的损失和伤亡。昨天通话得知，大使馆的同志冒着极大的危险，在港口联系了两条拖轮运送撤离人员，定于今晨 7 时开船。

他用高频电话问岸上：“送人的船来了没有？”

“撤离人员已经到齐，但拖轮却没有来。” 我驻索大使馆经济参赞傅光庭如是说。他的话音未落，两发炮弹就落到“永门”轮附近。伴随着震耳欲聋的爆炸声，水柱腾空而起。

情况紧急，刻不容缓。“永门”轮决定施放救生艇接撤离人员。

7 时 30 分，政委周爱成带领大副孙济生、三管轮俞剑波、水手长戴中会、机工王洪祥四人乘救生艇冒着炮火驶向码头。当时，海面刮起四五级大风，救生艇在波峰浪谷中挣扎着，0.8 海里竟然走了半小时！

码头上等待撤离的 105 人，在枪林弹雨中挣扎了七天七夜，个个憔悴而疲惫，围着堆积如山的行李，或坐，或立，躁动不安。

目睹这一切，“永门”轮全体船员认识到，用救生艇接运，一来浪费时间，二来艇小浪大，撤离人员中很多人不会游泳，会有危险。经过短暂的磋商，他们决定，尽最大力量争取拖轮援助。经过艰苦努力，2 条拖轮最终答应接送侨民。

当第一条拖轮靠在“永门”轮舷边，“永门”轮的船员抛下绳梯的时候，险情又出现了。

拖轮上有 15 名女同志。她们看到绳梯在风中抖动着，抓不稳就可能掉到海里，谁也不敢先上。一位 50 多岁的女同志本来就晕船，看到绳梯竟吓得坐在拖轮甲板上哭起来。肖荣林看到这种情景，对水手李小清说：“你下去，帮她上来。”李小清到拖轮上，给那位 50 多岁的女同志系上安全带，大家生拉硬拽地帮她登上了甲板。其他船员也纷纷把早准备好的安全带、绳子抛到拖轮上，把另外 14 名女同志拉上“永门”轮。

接着，第二条运送驻外人员的拖轮靠上了“永门”轮，当最后一个人跳上甲板时，两发炮弹又落在“永门”轮附近。

耽误一分钟，就多一分危险。“永门”轮迅即离开摩加迪沙，并在预定的时间，安全抵达蒙巴萨，顺利护送同胞上岸。

1月7日早晨，“永门”轮离开摩加迪沙后不久，中国驻摩使馆便遭到一伙持枪匪徒的袭击。他们砸开大门，索要物品，抢劫使馆院内的汽车，甚至用枪对着窗户扫射，使馆留守人员的处境危险万分。“永门”轮在抵达蒙巴萨护送撤离人员下船时，又接到中远总公司的命令：因形势紧迫，在蒙巴萨卸客后，急返基斯马尤接第二批撤离人员。电报还强调：“请你轮务必克服困难，采取一切措施，尽快起航。”对重返索马里，肖荣林虽说早有思想准备，但接到电报时，心里仍不免咯噔一下：带病的主机、发报机，没有基斯马尤港海图，疲惫不堪的船员……。然而，对上级的命令需要的不是讨论、考虑，而是坚决执行。

1月9日9时30分，“永门”轮驶向基斯马尤。

1月10日8时30分，“永门”轮在基斯马尤锚地抛锚。由于基斯马尤港口狭小，“永门”轮无法直接停靠，他们用重金租到一条300吨的渔船运送人员和行李。但是，渔船的船长嫌海上风大浪急就是不肯出来迎接，焦急万分的肖荣林船长在电话中对渔轮船长耐心解释：“你把船靠过来，我们操纵大船给下风舷，挡住浪涌，绝对保证你安全。”

真诚终于感动了渔船船长，渔船载着撤离人员艰难地朝前挪动，在渐渐接近“永门”轮时，肖荣林船长命令用车，使“永门”轮横在上风，挡住了浪涌。渔船和“永门”轮顺利地靠在一起。

“永门”轮船员马上行动起来，一个个抢着接人、搬行李。风浪毕竟太大，“永门”轮横过来只短短的一刹，就被凶猛的风浪推得顺了过去，船长命令再度用车，使“永门”轮又挡住了风浪。

渔船中午12时靠妥，不到一小时，“永门”轮就用车44次，一直让渔船处在下风舷的安全位置，保证人员登船安全。

渔船在风浪中起伏不停。一部分船员拉紧缆绳，努力让渔船靠住“永门”轮，一部分船员抢运行李。水手长戴宗会个子大、力气足，哪儿有重行李，他就在哪儿干，并将放在舱盖下的一捆捆一堆堆行李用帆布精心盖好。轮机长沈光林胃切除了一半，体力很差，但仍和年轻船员一道抢运行李，直到把人员、行李全部接到船上。

1991 年 1 月 11 日 9 时，“永门”轮克服重重困难，再次停泊蒙巴萨。中坦远洋公司总经理陆鸿飞、中坦航运公司经理徐锦锡、中远驻蒙巴萨代表王福雷到船慰问，并送来中国驻肯尼亚大使吴明廉的感谢信，表扬“永门”轮“克服种种困难，排除了一个又一个技术故障，两次冒着枪林弹雨深入战区，顺利救出我全体援索、驻索人员”，称赞“永门”轮的船员是“祖国的骄傲之子”。

天津市总工会授予“永门”轮“八五立功奖状”。

文 中远货运

所罗门群岛大营救

2000年6月12日清晨，中远集装箱运输有限公司“阳江河”轮正航行在南太平洋上，航向是从新西兰驶向日本。6时5分，船长丁海弟突然接到中远集团总部传来的命令，要求“阳江河”轮立即调转航向，全速驶向发生政变的所罗门群岛首都霍尼亚拉港，执行中国外交部下达的撤侨任务。

所罗门群岛拥有30万人口，长期的部族冲突，终于酿成军事政变。政变部队包围首都、扣押总理、关闭机场并切断岛国与外界的通信联系，内战一触即发。当地不法分子乘机抢劫、勒索华人华侨和中资企业的财产，住在霍尼亚拉的300多华人华侨人身安全危在旦夕。我国政府获悉情况后，立即部署营救计划，发出营救命令。于是，当时距离所罗门群岛首都最近的“阳江河”轮奉命前往接救侨民。

接到命令的那一刻，丁海弟意识到，接受祖国和人民考验的时候到了。能否胜利完成这一任务事关祖国的荣誉、中远的形象，更事关数百名遇难侨胞的生命财产安全，责任重于泰山。

丁海弟和政委翁志林紧急碰头后，立即召开了全船动员大会。船员们个个摩拳擦掌、斗志昂扬，并立下“军令状”：一定要发扬中远集团“艰苦创业、爱国奉献”的企业精神，一定要确保船舶、侨胞安全、船员安全，以实际行动让侨胞感受到祖国大家庭的温暖，感受到祖国同胞血浓于水的亲情。

“阳江河”轮在丁海弟的带领下，在接到公司海监处紧急提供的传真地图和各项指示后，顶风逆浪，以最快速度向霍尼亚拉港行驶。

6 月 13 日当地时间 16 时 25 分，“阳江河”轮终于驶抵所罗门群岛霍尼亚拉港。霍尼亚拉港锚地周围属于山坡垂直地貌，选择抛锚地点十分困难。丁海弟考虑，如果离岸太近，岸上叛乱分子的狙击步枪可以打到船上，有可能伤及船员和侨胞；如果离岸太远，水深超过 100 米，抛锚有可能折断锚链，造成锚机损伤。经过反复测试，“阳江河”轮最终在距离海岸 0.7 海里、水深 70 米处找到了合适的抛锚地。

在澳方两艘登陆艇的协助下，“阳江河”轮冲破重重困难，于当地时间晚 18 时成功地将 117 名侨胞全部接到船上。

为了表达祖国和“阳江河”轮对侨胞的期待和欢迎，丁海弟和船员们专门找来红布横幅，在上面端端正正写上“祖国欢迎你们，‘阳江河’轮欢迎你们”的大字，挂在迎接侨胞的舷梯口。望着海风中跃动的横幅，丁海弟激动地说，这是大家送给侨胞的第一份温暖。的确如此，很多侨民在登陆艇上看到这条横幅时，激动得热泪盈眶，发自内心地说：“祖国太伟大了，祖国人民没有忘记我们！”“还是祖国好，祖国亲！”

117 名侨胞中大多数是妇女和儿童，由于战乱惊恐和焦急等待，以及长时间在热带阳光下曝晒，他们大多体力不支，神情萎靡，特别是那些怀抱婴儿、后背行李的妇女们，更是羸弱不堪。许多侨民一上船就瘫倒在甲板上，有的要靠船员背着、抱着才能走进船舱。

在返航途中，为了使侨胞们掌握海上消防救生知识，丁海弟安排专人进行海上救生授课，并给大家放映救生录像；为了调节侨胞紧张情绪并增加他们对祖国的了解，他还要求船上不间断地播放一些诸如“50周年庆典”“春节联欢晚会”等题材的录像带，大受侨胞欢迎。他们一边看，一边说：“祖国变化太大了，祖国强大了，我们在国外腰杆也硬。”

这期间，船上连日来收到外交部、中远集团、中远集运、中远澳洲公司，中国驻澳大利亚、巴布亚新几内亚大使馆传来的慰问电、慰问信。为了缓解侨胞们的紧张情绪，丁海弟将祖国人民的这些慰问及时读给侨胞们听。在这种特殊的环境下，不要说饱受煎熬的侨胞，即使是船员们，都感受到了祖国母亲怀抱的温暖。

由于受高压气流影响，在整个接侨过程中，海区风力平均为7级，最大风力达到9级。南太平洋上一直波浪滚滚，使“阳江河”轮在抵达莫尔兹比港前，又经历了一次严峻的考验。

按照计划，“阳江河”轮于6月15日当地时间22时抵达莫尔兹比港，并准备在此上引航员，进港靠岸。但当时天黑、风大、浪急，进出港航道只有0.3海里宽，周围暗礁密布，港内引航员船出不来，船长自行进港有相当大的风险。但如果不进港，在离港10海里外漂泊一夜，船舶长时间剧烈摇摆，侨胞中妇女、儿童身体将难以承受；同时当地常有海盗出没，侨民安全难以得到保障。另外，我驻巴布亚新几内亚使馆官员与当地华人社团100多人已经提前等在码头，在船的侨胞也盼望着尽快上岸。在这种情况下，丁海弟果断决定：原定计划不变，进港！

为此，丁海弟加强了瞭望，谨慎驾驶，沉着应对，始终对准迭标，艰难地将船舶安全驶进港内。当地时间15日23时45分，“阳江河”轮历尽艰险，终于靠上码头。夜幕下的莫尔兹比港灯火通明，在我驻巴布亚新几内亚大使馆官员的组织和引导下，码头上早已等候的上百人，手举“热烈欢迎祖国同胞”的横幅，欢迎侨胞返航，接送侨胞的华人汽车在岸上排成长龙，场面壮观，气氛感人。

16 日零时 11 分，侨胞在船员的搀扶下开始离船，凌晨 1 时整，最后一位侨民由我驻巴布亚新几内亚大使馆安排的华人社团汽车送往旅馆。至此，“阳江河”轮圆满完成了这次接救侨胞的光荣任务。所接侨胞没有一人受伤，没有丢失一件行李，在当地华人华侨中产生了强烈的反响。

可以说，此次撤侨行动是在党中央和国务院的领导下进行的，充分体现了党和政府对广大海外侨胞的关心和爱护。在整个撤侨过程中，“阳江河”轮从最初的掉头出发，至霍尼亚拉港，再到莫尔兹比港，并最终又回到原航线掉头点，共计绕航 2389 海里，历时 99 小时。丁海弟率领着“阳江河”轮，完成了祖国和人民交给的神圣使命。

2000 年 7 月 3 日，外交部专门举行撤离所罗门中国侨民工作表彰仪式，并向“阳江河”轮颁发了奖状。

文 中远海运集运

一种英雄的壮举

2003 年 2 月 26 日，中远集运所属的“锦云河”轮在青岛外水域成功施救了 6 名遇难渔民。这一发生在当今时代的可歌可赞的感人事迹，经过青岛电视台等媒体的跟踪报道，在齐鲁大地引起热烈反响，并且在社会各界受到广泛赞誉。

船体在风浪中倾斜，6个渔民用尼龙绳将自己拴在船头，即使死，也要死在一起。

2 月 26 日凌晨 3 时，“鲁崂渔 0696”号渔船行驶在朝连岛航道附近。当时天降大雾，能见度很低。这时，渔船被一艘大船擦碰，船舱进水，发动机在半分钟内就泡在海水中。而此时那艘不明船舶早已消失在夜色里。大约又过了半分钟，船上的所有电灯都灭了，此时此刻，夜风呼啸，铁青色的波浪不住地翻涌而来。正在熟睡的渔民们被渔船船长徐克杰叫醒后，顾不上穿衣服，忙爬上了甲板，此时船体已经向左倾斜，慢慢下沉。为了能让过往的船只发现，船长将自己的棉被浇上柴油放在船头点燃，同时要求其他船员将所有能点亮的便携灯具点亮。然而，苍茫夜色中并没有船只来营救。船员们几乎绝望了。船长徐克杰毕竟经验丰富些，他感到这样大家都可能在风浪中失散。即使有一人落水，也会给其他船员造成心理负担，对自救或施救都不利。他决定用尼龙绳将6人拴在船头上，即使死，6人也要死在一起。

天亮后，船倾斜得越来越厉害，船员们的下半身泡在海水中了，再后来，只有船头露在海面，大家的胸部也浸在海水中。当时的水温只有5摄氏度，渔船上的所有人已不抱生存希望了。大家的脑子里几乎一片空白。然而，就在这时，远处出现了一艘大船，这就是“锦云河”轮。这是载着遇险渔民希望的一艘船。

救生艇以S形状艰难地向遇难船只接近。

获救的渔民们在甲板上一排下跪，感谢船员们的救命之恩。

那天下午，“锦云河”轮离开青岛港后，进入主航道航行。二副张新华与当值一水正操纵巨轮破浪航行。为了确保船舶安全，他们聚凝会神、密切观察海面上的每一个波点。13点30分，二副忽然发现距该轮左舷0.3海里处有一艘渔船在风浪中浮动，再细细观察，发现渔船已渐渐下沉，船上有人正在挥手求救。二副立即向船长陆新保报告。船长接报后，当即登上驾驶台，命令拉响船舶救生警报，并通过广播要求全体船员到救生艇甲板集合；机舱紧急备车；船舶减速，掉头从上风处接近遇难渔船。同时，报告中远集运调度室。两分钟后，全船集合完毕。此时，遇难渔船在海浪冲击下正一点儿一点儿往下沉没。时间就是生命，拖延一分钟遇难渔民就增加一分危险。经过挑选，三副孙彦带领6名年轻精干的船员登上救生艇。

14时5分，“锦云河”轮驶到接近遇难渔船300米的较为有利的位置时，船长果断下达施放救生艇的命令。顿时，二号救生艇迅速滑向水面，救生艇带着COSCO船员的一片深情，急急地驶向遇难渔船。5级的风，1.5米的浪，将只有2米高的救生艇摔打得或左或右，或上或下。救生艇以S形状艰难地向遇难船只接近。时间正在一分一分飞逝，遇难同胞的危险也在一分一分增加。从发现渔船到救生艇下水，仅半小时左右的时间，遇难渔船在海浪的冲击下，从水平摇摆状变为船头向上、船尾向下的直立状，无情的海浪正张大贪婪的巨口要将其吞没。施救的船员心急火燎，恨不得立马向前，将渔船托住。眼看救生艇快到渔船边了，然而，就在这紧要关头，救生艇的螺旋桨却被遇难渔船的海锚绳缠绕，救生艇顿时失去动力。而这时，遇难渔民的惊呼声又一阵阵透过风浪传来。真正是命悬一线了。“不能慌乱，危险时刻一定要保持镇静！”大家在通过眼神相互叮咛。此时，在“锦云河”轮上“遥控”指挥的经验丰富的陆新保船长沉着地用对讲机，对救生艇发布一道道排除故障的指令。救生艇上的水手长吕兆祥立即系好保险绳，匍匐在救生艇尾，将手伸入冰冷刺骨的海水里，一点儿一点儿将直径近3厘米的尼龙海锚绳从救生艇马达上解开，拉向艇边，再用太平斧斩断。风大水寒，加上波浪的浮动，使不上力，水手长用了20分钟时间，才将海锚绳斩断。此刻，水手长手上鲜血直流，海锚绳也被浸染上血花。救生艇又启动了。而在大船上，留守的船员们正忙着营救后的事宜。14时45分，救生艇顽强地靠近了遇难渔船，10米、5米。水手长抓住有利时机，向遇难船抛投了第一枚带缆救生圈，一个渔民获救。当抛投第二枚救生圈时，渔民们因双脚被海水浸泡了一天而不能跳动，无法上救生圈。这时，一个涌浪卷来，将救生艇卷向10多米外。艇上船员不为艰险所阻，一边调整航向，一边继续向遇难船靠近。14时50分，救生艇又一次靠近遇难船。艇员们抓住时机将4名渔民拉上了救生艇。大浪又起，救生艇再次被推开，经过又一番拼搏，14时55分，救生艇第三次靠上遇难船，终于将最后一名渔民救上了救生艇。

15时15分，救生艇顺利返回大船。获救的渔民们在船员们搀扶下登上“锦云河”轮。当参与施救的船员们一上船，腹中便翻腾起来，口中喷出的呕吐物飞出几米以外。渔民们在甲板上一排下跪，感谢船员们的救命之恩。5分钟后，那一艘遇难渔船就被海浪无情吞没了。

“这是一种英雄的壮举，是一种伟大的自我牺牲。”
“全青岛市民将永远不会忘记你们。”

对发生在青岛地区的这一英雄壮举，青岛电视台和其他媒体给予了充分关注和高度评价。事发当晚，青岛电视台便予以报道，并特派记者赶往现场，予以跟踪报道。青岛海事局官员和青岛电视台记者登轮后，向“锦云河”轮全体船员带来了青岛市民和遇难家属的无限感激之情。他们说：“中远船队这一救死扶伤的伟大举动，特别是在救助过程中展现的高超技艺和船员所表现的优良素质，是我们学习的榜样，值得弘扬，我们将号召青岛市民向你们学习，号召青岛企业向你们公司学习。”他们还一再表示：“你们真了不起，全青岛市民将永远不会忘记你们。”

3月25日，青岛电视台新闻中心评论部《QTV对话》栏目以“理解从对话开始”为题，邀请中远集运领导，“锦云河”轮船长、政委、施救船员和被救渔民以及嘉宾和听众80多人，就救死扶伤、人道主义精神和英雄的高尚品德进行对话。同时录制专题节目，在青岛电视台播放。

中国海洋大学教授、社会学者庞玉珍作为嘉宾参加了对话。她认为：“锦云河”轮船员施救渔民的事迹，展现了中远精神。他们在生死关头，舍身救人，是企业长期思想政治教育的结果，是文明建设的体现。这是一种英雄的壮举，看似平常，却体现出一种境界，这是对生命价值的尊重，是一种伟大的自我牺牲精神。青岛科技大学学生尚坤说，我们从这一壮举中，感受到一种豪情，这是一种实实在在的爱，人世间需要这种爱。青岛科技大学学生葛顺萍表示，以前总感觉英雄离我们很远，今天，我们却看到了实实在在的英雄，英雄就在我们身边。她说:“在当前商品经济社会，尤其需要诚实之心，善良之心。同时也需要我们向社会奉献爱心。”

文 高元兴

“丽河”轮营救渔民纪实

2004年8月28日，一个很平常的日子，而对“津汉渔04045”渔船上的6位渔民来说，却刻骨铭心、永难忘怀。这是一场惊心动魄的“生死劫”，是一场生命的大悲壮。当天，他们的渔船在深夜遇险，他们有的依靠着在波浪中若隐若现的沉船焦虑地期待，有的凭借着紧抱在怀中的木板在渤海的波涛中漂浮。沧海浩渺，风大浪险，生命之舟随时可能倾覆。正当他们身陷绝境、面临绝望的时候，一艘远洋轮由远处急驶而来，这是中远集运的船舶。就是这艘船舶，给他们带来了生的希望。

~ 一 ~

这艘名叫“丽河”的远洋船舶隶属于中远集运公司，系上海到东南亚集装箱班轮，此时正由上海驶往天津途中。早晨8点，当班驾驶员、三副金林波接班后一如往常，仔细检查着船上的各种航海仪器，校对着各项航行参数。“一切正常”，他轻轻地点点头，放心地一笑，然后与值班一水席建国一起，不间断地向远处海面 180 度范围瞭望，查看海面上有无异常，以确保船舶安全航行。

此时此刻，晴朗的海空，阳光微露，但海面上风浪很大。7 级西北风，波浪翻涌如山峦。船一路颠簸着犁波耕浪地向前行驶。时针指向 8 时 50 分。忽然，正在凝神瞭望海面的三副和一水，几乎同时惊呼起来。他们发现前方右舷 45 度方向 1 海里处有一个呈半沉浮状态的漂浮物，随着波浪而上下涌动，隐隐约约地，有一面五星红旗在水面上摇晃。“不好，一定有什么情况发生！”他们顿时心里一沉。出于一种慎重和警觉，他们用船用望远镜仔细地观察，这才看清，漂浮物上站着一个人，正不住地挥着手。毫无疑问，这是向他们发出的求救信号。原来，这漂浮物是一艘倾覆的遇难渔船，这位站在不住摇晃的翻船上的求救者有性命之忧！

金林波马上将这一情况向船长黄卫浩作了汇报。正在船长办公室工作的黄卫浩接报后毫不迟疑，立即赶到驾驶台，用望远镜仔细观察后当即决定：机舱紧急备车，改手操舵，准备施救遇险渔民。与此同时，黄船长向全船拉响了船舶救生警报。三副向全船广播，通知船舶各有关船员立刻按照人员落水施救应变部署到救生艇甲板集合。船舶减速后，黄船长发布口令：“右满舵！”指挥船舶右转从上风处接近遇险渔民处，同时将此情况报告远在上海的中远集运总调度室和天津海事局。

闻铃而来的“丽河”轮船员们仅用两分钟就集合完毕。他们穿着救生衣，戴着安全帽，并带着相应救生用具，根据施救应变部署进入各自岗位。一切施救工作准备就绪。此时，根据施救要求，船舶的车速减至前进二，再逐渐减至微速，直至停车。遇险船已在“丽河”轮的 100 米之内。

~ 二 ~

大海之间，风更大，浪更急，风浪中，沉船上，遇险渔民的手正在急切地挥动，遇险渔民危在旦夕……

营救遇险渔民，不仅激荡着“丽河”轮全体船员的情感和血脉，还牵动着千里之外的中远集运领导的心。9 时 35 分，公司一接到“丽河”轮报告便立即指示：做好各种准备，全力营救！海监室的资深专家还就船舶前往救助应注意的问题发文作了专门提示：派专人瞭望周围海面，专人负责对外通信，遵守国际避碰规则所有的规定和所有的操纵声号；如天气海况允许，可放救生艇下水并有适当装备的船员到水中援救，但要注意人身安全，带好通信工具。在救生艇靠近遇难物（或人员）的方向要视具体情势而定。两个关键的因素是：一是在施救过程中是否需要在下风做保护；二是遇难船与救助船漂移相对速度，估计你轮的漂移速度会比遇难船快，请注意安全。海监室还认为，一般来说，对水中的遇难人员最好从上风靠近他们。这些富有经验的提示，对“丽河”轮施救工作的开展提供了宝贵的参考和借鉴作用。

~ 三 ~

驾驶台上，黄卫浩船长又一次举起望远镜，仔细观察遇难船的形状、大小、结构、艏向、遇险人员状况，以决定营救措施。由于此时风浪太大，他反复考虑，决定船舶驶至遇难船的上风，先近距离投抛带救生绳索的救生器材，以此营救遇险渔民。9 点 36 分，“丽河”轮开始施救。船舶沿着遇险渔船绕了两圈，寻找最佳角度投抛撇缆绳、救生圈等设备救人，然而，终因风急浪骤，营救人员虽竭尽全力，两次投抛均未能成功。

根据大海的风浪情况，黄卫浩船长果断决定实施营救第二方案，放救生艇进行营救。

这时，6 名登艇人员已在做放艇前的准备：检查小艇艏缆、登艇软梯、收放艇装置及电源、启动艇机试正倒车，并检查艇上必备的救生器材和足够的备用燃油等。所有检查正常，人员登艇按分工各就各位，只待一声令下。

当黄卫浩船长正忙于指挥营救工作并思考具体部署时，政委张跃新在现场向船员们作简明扼要的战前动员，随后又安排事务长准备营救后的事宜，如遇险渔民所需要休息的房间、衣被和饮食、茶水等。作为一名军人出身、曾在部队担任过飞行大队长的船舶政委，此时他又考虑到这样一个问题：现在海上的遇险渔民只有一人，如果确实是捕鱼船出事，不可能只有一名渔民落水。那么，大海上应该还有其他遇险渔民。想到这里，他马上组织部分船员在船舶四周海区瞭望搜寻，自己也眺望海面仔细察看。他们凝神贯注，瞭望着大海，观察着远处每一片翻卷的波涛、高举的浪头，唯恐有一丝遗漏。果然，不久后张跃新政委的担忧得到了印证。在船舶左后方 2 海里左右的水域里，隐隐约约发现有一些小的漂浮物，一会儿随波而上，一会儿被浪卷没。张政委手拿对讲机呼叫驾驶台，请他们用望远镜进一步观察漂浮物上面是否有人。驾驶员用望远镜仔细观察辨认，确实有人，而且在不停地招手呼救。再细辨，一块漂浮的大船板上有 4 人俯在上面；再查看，又发现 1 人紧紧抱住另一块浮动的船板。

这一发现使营救形势更为严峻起来。前面是一位待救的遇险渔民，后面是5位刚发现的遇险渔民，时间紧迫，命悬一线，都处在“水深浪急”的危难之中，一定要尽全力将他们全部救出。但是，如何救？

黄卫浩船长不得不考虑下面的施救方案了。

～四～

在此前后，共有三艘外国船经过这一海域，但未施援手。这时，又一艘名为“北仓海 7 号”轮的中国船出现了，而且距离第一位遇险渔民处只有 2.5 海里。此时正是 9 点 43 分。两艘中国船的“海上相逢”和联手救助，为遇险渔民的“海口脱险”带来了希望。

为了在第一时间尽快将遇险渔民救出，黄卫浩船长决定请“北仓海 7 号”轮协助营救第一位遇险渔民，以便“丽河”轮集中精力救助另外 5 名渔民。当黄船长用 VHF 与“北仓海 7 号”轮联系，向他们通报了本船动态及渔民落水情况并请求协助时，“北仓海 7 号”轮船长立即表示同意。

“丽河”轮立即转向那 5 位落水渔民。在黄船长果断而小心翼翼地指挥下，船慢慢地靠近，800 米、500 米、300 米，眼看快 100 米了，距离越来越近……。然而，使人遗憾的是，风太大，浪太险，随着渔民的一声声惊呼，撇缆绳、救生圈一次次投抛，但终未奏效。

“施放 1 号救生艇！”黄船长下达了新的作战令。

～五～

二副金利斌、四轨孙峰、木匠沈跃华、一水席建国、一水丁小马、二水毛志杨迅速登上 1 号救生艇，准备施救。

10 点 34 分，利用海面上几个大浪翻涌过后的间隙，在黄船长沉着冷静的指挥下，1 号救生艇迅速滑向水面，然后脱钩、右满舵、全速直角疾驶……。7 级的风浪将只有 2 米高的救生艇举上推下，前后摔打，小艇上的6名船员经历着大风浪的考验，忍受着晕船的折磨。很快，小艇就驶到距离1名遇险渔民仅4~5米的位置，营救人员向其抛投带漂浮绳索的救生器具，并大声叮嘱他：“小心！小心！抓紧！不要松！”待这位渔民紧紧抓住绳索后，艇上船员再用力拖至小艇尾部，在小艇的左右颠簸中将他扶进艇内。此时正是10点37分，首战告捷！此时，惊涛骇浪，险境丛生，紧紧抱住一块漂浮大船板的另外4名遇险渔民，忽而被怒风卷没，忽而被激浪托起。营救人员向他们一一抛投救生器具，直至把他们一个一个救上小艇，扶进舱内。10点44分，小艇急速回返，大船收艇，营救结束。

~ 六 ~

这是一幕令人感动的场景，更是一种人间最美好的真情演绎。获救的渔民们一踏上“丽河”轮，便感受到亲人般的关爱和家的温暖，感受到一种发自心灵的同胞之情。“丽河”轮的船员们为他们准备好了衣物和棉被，让他们换衣、暖身；为他们送上矿泉水让他们漱口，然后端上热气腾腾的姜茶、面条……。在大海深渊般的“死”的威胁下度过了这么长时间，渔民们的身心受到了极大的伤害，他们想不出更多的美好语言，只嗫嚅着对感谢“丽河”轮船员给了他们第二次生命，默默地以泪水表达激动的心情。获救渔船船长陶学冬一上“丽河”轮便长跪不起，双目泪流，感谢“大恩人”。

船长黄卫浩并未忘记另一位遇险渔民，经与“北仓海7号”轮船长联系，得知那位渔民也已获救，且已随船先回天津港，一颗悬着的心这才放下。在“丽河”轮营救遇险渔民时，因风浪太大，3名船员在挂救生艇艇钩时手指受伤，所幸并无大碍。

经了解，“津汉渔04045”渔船8月28日凌晨在渤海中西部水域被一艘不明船舶撞翻，9 名渔民全部落水，1 人当场死亡，2 人失踪。在 6 位遇险渔民获救后，为了寻找 2 名失踪渔民，“丽河”轮继续在海面上巡航搜救。然而，终无所获。此后，为了 2 名失踪渔民，交通部海上救助中心、天津海事局专门派出飞机和专业救助船舶在海面上寻找，直至 29 日下午 16 时搜救工作结束，未发现落水人员。

在“丽河”轮靠泊天津港后，天津海事局有关领导登轮向“丽河”轮全体船员表示感谢。他们还在表扬信中盛赞“丽河”轮：“在实施救助过程中，发扬了大无畏的英雄气概，充分体现了中国海员良好的职业道德和高尚的人道主义精神。”

是的，“丽河”轮的海上营救，不仅体现出一种无私境界，更是中远企业精神的凝聚，也是上海城市精神的升华。

文 高元兴

大洋上的生死营救

2005 年 11 月 18 日凌晨，菲律宾吕宋岛附近海域。中国远洋集团所属青岛远洋运输公司“天荣海”轮正一如往日般平静地航行在从澳大利亚回航大连港的途中。“天荣海”轮的船员们正在梦乡，而此时附近海域有一艘外籍船只正在生死线上苦苦挣扎……

~ 凌晨5时，警报拉响 ~

凌晨 5 时，“天荣海”轮驾驶室内的报警系统骤然鸣起——一艘名为“BRIGHT SUN”的货轮在天荣“天荣海”轮航线附近海域失事，请求立即赶赴营救。人命关天！接到报警后，“天荣海”轮船长冷聚吉来不及多想，马上拿起电话向青岛远洋运输公司调度室请示，经批准后，“天荣海”轮朝着失事船只的方向加大马力，快速前进，因为每个海员都深知，在一望无际的大海深处，稍有耽搁，几十个船员的生命就可能瞬间失去。在这紧要关头，时间就是生命。

在冷聚吉船长的指挥下，一场没有硝烟的战斗就此展开。站在驾驶室做总调度的冷聚吉更是心急火燎，看着时间一分一秒地消逝，脑海中想象着遇险船员们在海中苦苦挣扎的身影，冷聚吉的心都提到了嗓门上。

12 时，“天荣海”轮到达船舶失事地点。全船除值班人员外全部出动，到甲板和驾驶室进行瞭望，搜索遇难船舶。

幸运的是，5 分钟之后，冷聚吉船长在驾驶台发现了处于半沉没状态的遇难船舶，遇险船的船位 1814N/12012E，遇难船船员已经逃生到救生艇上，有一艘名为“BISHU MARU”的日本籍液化气船正在实施救助作业。经过确认，这艘处于半沉没状态的船舶即为遇险船舶——“BRIGHT SUN”。

12 时 10 分，营救展开。

然而一系列困难摆在了“天荣海”轮面前，当时的海况较为复杂，风力 7 ~ 8 级，阵风 9 级以上，海浪 7 ~ 8 级，涌浪高达 8 米，现场实施救助异常困难。由于船舶干舷太高，加之恶劣天气引起的大幅度横摇，先期到达的液化气船 LNG BISHU MARU(被指定为指挥船) 已回旋救助了三次，都没有成功。在此情况下，“BISHU MARU”决定让“天荣海”轮直接实施救助。

风大浪大，救生艇飘摇不定。“BRIGHT SUN”救生艇上的 20 名船员生命危在旦夕，命悬一线。如再不采取有效措施实施营救，后果将不堪设想。面对如此恶劣的海况，有着 20 多年远洋经验的冷聚吉没有惊慌失措，而是沉着冷静，在脑海中迅速搜罗着营救的最佳方案。

“全体驾驶员上驾驶台，轮机长刘革备车，手操舵、大管轮王福秋，机工潘桂栋到机舱操车。大副钱星华协助船长瞭望；二副张美周保持 VHF 与现场协调指挥船 LNG BISHU MARU 及遇难船救生艇联系，并做好记录；三副孟庆明操车，电子员兼驾助袁群堂在通信处待命，随时电报、电话、传真联系；水手胡勇操舵……”

“天荣海”轮船长冷聚吉

三分钟不到，冷聚吉就给每个船员分配了各自的任务。一张为救助遇险船员的“天网”搭建成功。同时，在冷聚吉的指挥下，大副钱星华开始与遇险船舶进行英语对话，稳定对方船员的情绪。

随后，冷聚吉命令“天荣海”轮调整方向，朝着救生艇全速驶去。而此时，救生艇距离“天荣海”轮仅有约 2 海里，高高的涌浪将小艇上下颠簸，救生艇由于故障已经失去动力，经过近 7 个小时在大海上挣扎，船员们已经筋疲力尽，紧紧匍匐在救生艇的边缘，如再不加以施救，后果将不堪设想……

约 10 分钟后，冷聚吉将船逐渐减速，靠近救生艇，虽然相距约六七十米，但呼啸的海风让救生艇与“天荣海”轮保持这段难以逾越的距离，由船首渐渐移到船尾，就是无法抛绳缆，救助工作面临着巨大的挑战，20 名外国船员的生命也面临着巨大的挑战。

此时“天荣海”轮全船除机舱操车人员和驾驶台人员外全部到主甲板处于待命状态。

船员们穿好救生衣，在政委、水手长的带领下搬来软梯，拿来撇缆绳。船舶医生准备了急救箱和罗宾逊担架，颈挂听诊器随时施救。

大家还准备了救生圈、抛绳器等救助器材于 8 ~ 9 舱处。同时，冷聚吉让大副用高频联系，二副操车记录，三副到甲板准备抛绳，其他船员在甲板上准备接应遇险船员……

一场与死神争夺生命的没有硝烟的战役在菲律宾吕宋岛附近海域全面打响。

~ 13时45分，缆绳抵达救生艇 ~

13 时 29 分，海上风力 7 ~ 8 级，涌浪 7~8 级，救助难度陡然增加。而且当时还有另外两条日本液化气船，相距在约 1 海里范围内，如果稍有不慎、处理不当就会出现意想不到的紧迫局面。

此时，时任中远集团副总裁马泽华、青远公司副总经理孙文田和总船长张道余分别来到总公司调度室和青远公司调度室，协调指挥船舶救助，北京、青岛和太平洋上构建起了一条生命救助线。一条条指令越过陆地，飞越大洋，传到“天荣海”轮。

经过仔细观察，凭着 20 多年操纵大船的经验，冷聚吉决定采用“缆绳围拢法”救助方式，果断采取了一些非常措施：

冷聚吉先是命令水手长松出一尾约 100 多米的缆绳，让大缆随风流飘向遇难船救生艇。但由于遇难船救生艇已失去动力，其船员拼力划向大缆。同时，在“天荣海”轮 8~9 舱处，三副也用抛绳器抛出引绳，但由于风速太大，抛绳无效，救援工作面临着巨大的困难……

这时，冷聚吉船长立即调整思路，确定出遇险者的位置，把遇险者放在右舷（下风舷），保持和遇险者舷角 20 度 ~30 度用慢速或微速接近遇险者，在距遇险者 1 海里左右停车，在遇险者平船首后 100 米左右，全速倒车，倒至后退速度 2 节左右停车。这样，当遇难船救生艇还在船头右前方时，他就果断下达停车命令，让“天荣海”轮凭惯性驶向救生艇。当救生艇到达7舱右外侧时，他又命船舶急倒车，使遇难船救生艇处在上风，同时快速松出尾缆，右旋单车快速倒车船首右转，船尾左移，再加上快速倒车尾找风，此时船继续后退，缆绳快速向右前方漂移，船首向右转动，很快形成包围圈。就这样“天荣海”轮把遇险者包围在船体和缆绳之间，当遇险者抓住大缆时，慢慢收尾缆，收至离大船10米左右，送细缆代替大缆，再把遇险艇拉到下风舷，带好首尾缆，备好安全绳和担架，放好引水梯，遇险者可以登船，如果有伤员，利用担架和安全绳还可以把伤员拉上来……

功夫不负有心人！13时45分，“天荣海”轮抛出的一根尾缆终于被救生艇上的船员抓住。

抓住了缆绳，也就意味着迈出了鬼门关！这根原本普通的缆绳在船员们眼中也变得非同寻常。这哪里是一根普通的缆绳啊，这分明是一根凝聚着国际友爱、承担着20个生命的生命“天梯”啊！

~ 14时05分，第一名船员获救 ~

13时55分，遇难船救生艇上的船员抓住了大缆。船长派钱星华大副到现场指挥，自己坐镇驾驶台。在大副、政委、水手长的协调指挥下，船员们慢慢收大缆。其他人员齐心协力快速把软梯固定在左后尾舷。当遇难船救生艇逐渐靠向大船尾后方处在下风时，水手长、三副把系艇缆系在救生圈上，用力抛向遇难船救生艇，使救生圈随风流飘向遇难船救生艇。

14时，遇难船救生艇上船员捞起救生圈，系好系艇缆。“天荣海”轮船员合力拉向大船左后尾软梯处，并把尾缆收起。由于涌浪太大，系艇缆不能固定，为防止把救生艇拉翻，大家只好奋力拉住。

14 时 5 分，顺着“天荣海”轮船员放下的救命软梯，第一名遇难船员登上了“天荣海”轮。双脚甫一落地，他便立即跪倒在甲板上，眼含泪水、声音嘶哑着连说“Thank you！”。船员们赶紧将他扶到后甲板避风处，医生立即给他做了检查，发现该船员除了身体虚弱外一切正常。

~ 14时45分，最后一名船员获救 ~

紧接着，第二个、第三个……几分钟时间内，遇险的船员都通过引水梯陆续攀上“天荣海”轮，随即，一瓶瓶矿泉水递到他们手中。

听到船员们已经开始登上“天荣海”轮的消息，中远集团和青远公司指挥救助的人员都松了一口气……

然而，令所有人想不到的是，在胜利的曙光即将来临的时候，却出现了一段小小的插曲。

第 19 个遇难船员爬到“天荣海”轮的甲板上时，一不小心将系艇的缆绳给解开了，只载着遇险船舶船长韩吉宏一人的救生艇在大浪的推动下，立时向后漂去。说时迟，那时快，水手长戴宗礼立即抛出另外一条缆绳，由于两船相距较近，船长一下子就把缆绳抓住了，这时，水手长又大声地告诉他先系好缆绳，不要让他继续外漂，同时又抛给他一根双股撇缆绳。怕撇缆绳吃不消被拉断，船员又把系艇缆拿来抛向他，这样终于慢慢把遇难船救生艇重新拉回软梯处……

14 时 45 分，韩吉宏船长终于安然登上了“天荣海”轮。

至此，救生艇上的最后一名船员获救。韩吉宏一登上“天荣海”轮甲板，做的第一件事就是马上握住冷聚吉船长的手，激动地对冷聚吉船长说：“通过救助可以看出你在驾船方面是最优秀的船长。日本液化气船从18日上午开始对我们施行救助活动，第一次接近救生艇时，我们用尽全力向大船划，结果没有靠上，第二次大船又向我们驶来，我们又用尽力量向前划，还是没有靠上。第三次向我们靠拢时，我们用了最后的一点儿力量朝大船划去，还是失败了。这时，艇上所有人员仰面朝天——都失望了。日本液化气船也对救助失去了信心。当我们看到你们船的时候信心也不足，但当我看到你轮倒车的浪花、船首迅速向我移来，缆绳迅速向我漂移，我们增强了信心，当我抄起大缆时，我知道我们得救了。”

~ 获救船员得到妥善安置 ~

得到船员获救的消息，中远集团总裁魏家福、党组书记张富生分别给青远公司打来电话，要求青远公司发扬国际人道主义精神，竭尽全力做好获救船员的安置工作。青远公司总经理杨奇云、党委书记宋福辉也多次要求“天荣海”轮一定要做好船员的安置工作，让获救船员安全健康地返回家乡。

“天荣海”轮是超大型船舶，没有空余房间，船员获救后不得不挤在运河工房间。考虑到他们从早上8时后一直没有进水、进食，精神上也一直处于高度紧张状态，体力一定消耗很大，冷聚吉船长马上命令大厨先做面条给他们吃，并加派有厨艺特长的船员帮助大厨搞好获救船员的伙食工作，当散发着热气的饭菜端到他们眼前的时候，不少船员们的眼眶湿润了……

而当“天荣海”轮船员将一条条毛毯、一件件干净的衣物送给他们，将一瓶瓶啤酒和可乐递到他们手中的时候，这些在海水中漂泊了近7个小时的船员们再也无法抑制住自己的感情，一次次地用

“谢谢”这句蹩脚的中文向救命恩人们表达着感激之情。

考虑到获救船员都急着给家报个平安，冷船长请示青远公司后，决定允许每个获救船员用船舶卫通向家里打个平安电话。获救船员一再表示感谢，并掏出美金递给船长，船长摆摆手拒绝了。获救船长打电话时，他的老母亲对他说：“我给你了第一次生命，中国的‘天荣海’轮给了你第二次生命，你到死也不能忘记中国船员的恩情！”

当日晚，韩国大信航运公司在获知船员遇险后又被“天荣海”轮成功施救的消息后，于深夜给“天荣海”轮发来感谢信。信中说：“对‘天荣海’轮搜救我司船员的高尚行为表示感谢。听到我司船员被救到贵轮上的消息后，我们备受煎熬的心情一下子放松下来，没有你们勇敢的行为，我们船员的生命会一直处于汹涌海浪的威胁之中，甚至直到现在。”

后经过证实，“BRIGHT SUN”轮为一韩国籍散货船，37574载重吨，船上共有船员21人，由伊朗出发驶往中国塘沽，不料由于船舶故障，于18日上午8点弃船。在弃船过程中该轮大管轮没能登艇，至15时20分，经搜索未发现该失踪船员，经遇难船船长同意并得到现场指挥船“BISHU MARU”同意后，“天荣海”轮恢复航向续航，失事船于18日下午14时15分沉没。

另据悉，25号台风于当日晚些时候将到达该海域，如若不能及时营救，后果将不堪设想……

这次惊心动魄的生命营救只用了45分钟。在这45分钟时间里，20名外籍船员的生命得以重生，20个家庭得以团聚！

在生死攸关的危急时刻，“天荣海”轮这个团队奏响了一曲团结互助、协力救人的完美乐章。

这是一场动人心魄的生命接力，这更是一场跨越三个国度的友谊凯歌！

而这一幕，也必将永久地定格在菲律宾吕宋岛附近海域，因为这里见证了一场跨越国界的拯救生命的爱心壮举！

~ 尾声 ~

11 月 23 日，穿过南中国海的风雨，沐浴着温暖的晨曦，在翩翩海鸥的护送下，“天荣海”轮载着 10 名韩国籍船员和 10 名菲律宾籍船员等特殊的客人安全抵达大连港。当天，中远集团魏家福总裁给青远公司发来慰问信，高度赞扬了“天荣海”轮船员的英勇行为：这一事件充分展示了中远船员良好的精神风貌和职业素养，也体现了青岛远洋运输公司在船岸协同应对复杂局面的能力，同时又为中远历史上多次实施海上人命救助续写了新的光荣的一笔。在关键时刻，你们用实际行动唱响了一曲国际人道主义的赞歌，赢得了有关国家和人民的赞誉，你们无愧于新中国海员的新形象，值得全体中远人学习。

在 23 日下午举行的“天荣海”轮救助外籍遇险船员表彰会上，韩国驻沈阳总领事馆领事李承铉先生由衷地向“天荣海”轮船员深深地鞠了一躬。他说，韩国有一句俗语，仇恨可以随河流流逝，但恩情永远存在心中。谢谢中远集团，谢谢青远公司“天荣海”轮的船员……

看到因没有翻译而无法沟通的菲律宾船员只能当听众时，青远公司总经理杨奇云用流畅的英语作了一次关于“责任”的演讲。杨奇云讲到，虽然菲律宾籍的船员是属于韩国船的雇员，但你们同样是船员中不可分割的一部分，是获救船员的另一半。这次救助成功，是青远人应该做的事情，如果换了别人，同样会伸出援手。这就是我最看重的船员的责任。国际主义和人道主义精神是每一个船员都应该牢记的……劫后余生的菲律宾船员无不动容，一条条热血汉子忍不住流下了激动的眼泪。

11 月 24 日，带着中国人民的友谊，满怀感激之情的韩国船员和菲律宾籍船员依依不舍地告别了“天荣海”轮，告别了大连，踏上了归家的路程。

“天荣海”轮此次救人的壮举被广泛宣传，并荣获 2005 年感动青岛团体奖。

“天荣海”轮团队获得“感动青岛”2005 十佳人物

文 中远海运船员公司

生死救援

2012年2月3日，当东方第一缕阳光照耀在VITIAZ STRAIT海峡的时候，“中河”轮已经平安送走了29名落水人员，返航在昨天曾经奋力营救落水人员的海域中，看到昨日波涛汹涌、狂风怒吼的海面又恢复了往日的平静。

我在驾驶台上注视着海面，情不自禁地搜寻着，希望能发现点儿什么；希望奇迹的出现；希望100多名失踪者中有谁能发出呼救或者其他求救信号，能让我们再帮他们一把，使他们脱离苦海，重获新生。

不幸与痛苦，担心与焦急，昨天一定困扰着海峡两岸期盼亲人回家的巴布几内亚人民，牵动着千千万万关注海难人们的心。350多名旅客，因船舶遭遇大风浪翻沉落水，无数生命就像一片片被大风吹落的树叶，随波逐流。他们那求助的目光，声嘶力竭的呼救声，令人触目惊心、闻之胆战。昨天的经历，不断地在我眼前浮现。

根据船舶应急部署，全体船员迅速到位。船长在驾驶台统一指挥，我担任现场指挥，带领大家在甲板上井然有序地准备着救助器材，船舶正加足马力以21.5节的速度全力驶往出事地点。

时间就是生命，时间就是希望，险情就是命令。

大灾之后有大爱，在澳大利亚海事搜救中心的统一指挥下，我们一个半小时内就赶到了现场，此时已经有两艘大船在现场搜救，而远处，还有 3 艘大船全速赶来，狭窄的 VITIAZ STRAIT 海峡内，8 级大风，6 艘万吨巨轮往来穿梭，考验着船长们的操船技艺。

对讲机里不时传来瞭望人员发现的信息和船长沉着冷静的命令。我轮锁定了右前方的救助目标，船长根据与救助目标的相对位置、风向、流向以及他船的动态，向我下达右舷靠近准备营救的命令，我立即组织现场人员在右舷甲板展开营救。

我们事先准备好两根 12 寸的尼龙缆绳，安放在船的左右两侧水面，便于落水人员靠近我轮后有所攀附，以防再次漂走；准备好舷梯和引水梯，使落水人员安全登轮；梯口附近安装了一张安全网，便于落水人员抓住、在梯口的附近停留，登轮时更有保障；收集了全船的救生圈，并系上绳索，便于落水人员抓住救生圈后，拉到船边营救；准备了 8 根撇缆绳，在甲板右侧从船首到船尾依次排开；还准备了急救箱、担架等其他器材。

我们靠近的第一个救生筏上载有 13 人，筏上遇难人员不停地向我们挥手呼喊。我船慢慢接近目标，在船首将撇缆绳尽力撇出，由于风浪太大，撇缆头偏离目标，接着后面第二根、第三根、第四根相继抛出，终于在抛到第五根时被遇难人员抓住，大家悬着的心一下子放松了下来。但是，风大流急，缆绳太细小，难以承受救生筏的巨大拉力，船员们再次紧张起来，赶紧准备较粗的引缆再次撇上，终于将救生筏稳定下来，并开始慢慢地向梯口牵引。

我带着两名水手在舷梯底部指挥遇难人员登轮，由于遇难人员急于逃生，筏上秩序混乱，眼看救生筏再次漂走，我示意他们抓紧缆绳，让筏上的妇女儿童先登上舷梯，其他人员再依次登上舷梯。

由于遇险人员在海上消耗了大量体力，有的无法独自攀爬登轮，我示意其抓牢软梯，绞动引水梯，使其上升到舷梯附近，协助他们登上舷梯，搀扶到甲板。对于年龄较小的儿童，为了避免登轮时发生意外，由筏上人员托住，我们将其抱上舷梯。在大家的全力协助下，第一个救生筏上的人员全部安全登轮，并由政委组织送到休息室休息。

第一个救生筏营救成功后，我们一鼓作气，立刻向第二个救生筏靠近，展开营救。有了前面的经验，我们很顺利地将第二个救生筏带到梯口，由于风浪增加到9级以上，在施救过程中救生筏很难控制，向后漂移数米，当时一个幸存者正在拽住一根缆绳，像荡秋千一样，荡向引水梯逃命，但掉进水里，庆幸的是他牢牢抓住绳索，才没有被海浪卷走。我们赶快调低引水梯，使其入水，他抓住了水中的梯子，拼命向上爬，最后在我们的协助下，上了舷梯，走上甲板后泣不成声。我们十几个救助船员齐心协力将救生筏拉牢，使筏上人员全部登轮。

俗话说："众人拾柴火焰高"，在营救过程中，我们的船员齐心合力，服从安排，井然有序；我们的船员在营救过程中，个个都奋勇当先，不怕苦不怕累，心系遇难者，与风浪搏击、和时间赛跑，弘扬了中远人的国际人道主义精神。我们作为中远职工，紧密团结在公司领导下，齐心协力，维护公司的利益，维护公司的荣誉，在国际上树立了良好的负责任的企业形象。

文 邵建银

赴越撤员之行

中远海运历史上完成过不少次涉及政治、外交的特殊运输任务，作为大型国有企业，在国家需要的时候站出来，勇于担当，是应尽之责。不过我没想到，自己也有幸赶上了一回。

2014 年，越南发生打砸中资企业事件，我和另外 4 名船长一起受公司指派，赴越南协助接运我国在越工程人员回国。我 5 月 16 号刚刚在连云港协助完“乐同”轮的装货工作后赶回青岛，晚上 7 点多接到公司要求执行新任务的电话，马上订了机票，第二天晚上 8 点赶到广州，与其他船长会合。到了公司，船员部龚艳平书记已经在等候我，简单介绍了情况，接着就往白云机场赶。到机场看到顾卫东总经理已经在那里买机票了。6 点 45 分的机票，一路马不停蹄赶到海口，一到海口就直接去码头，到了码头就直接上“铜鼓岭”轮，这一路我们仅用了 11 个小时。虽然前段时间我刚患了重感冒，但我想一定要克服困难完成好公司交给的任务。

上船后，第一时间了解船上的实际情况，结合自己长期跑远洋的经验，提了一些建设性的意见和建议。由于这次是去接在越南受到暴徒打砸的人员、病号，我建议为船舶提供专职的医生，海事局和船公司立刻落实，为每条船配备了两名医生。“铜鼓岭”轮由于长期在沿海航行，缺乏远洋航行的资料，包括海图，我就利用自己以前积累的信息，在进港指南上查到了越南永安港的详细资料，同时把它们分享到其他兄弟船舶。航行中，我用英语帮助他们联系港口，与引航员、代理沟通，他们非常感激，船长还把自己的床铺、被套都让给我，以表示对我们的重视。开航前，我们开了一个联席会议，我主要从涉外纪律、抵达越南港口后的安全措施等方面做了一些介绍，同时在航行安全方面，包括航线的设计，为他们提供了帮助。

在接运人员上船时，原计划是一条船上完人员离开后第二条船才靠上来，我提出可以在保证安全的前提下同时靠上两条船，这样第一条船的人员全部上船后第二条船就可以马上接着上人，由此大大节省了时间。这也算是给同胞们的一点儿安慰吧。人员上完船开航后，在确保船舶航行安全的前提下，我会同原船陈船长到各客舱看望慰问回国同胞，在他们一次次的热烈掌声中，作为一位常年漂泊海上、四海为家的老船长，我深深地感受到他们对党、对祖国的无限感激和热爱。“短短 4 天后，就让身处险境的我们所有的人平安回家了，真是非常感动！”“客轮就是我们的浮动国土，我们的员工登船不到 10 分钟，心里就完全放松下来。感谢伟大的祖国！”

对我来说，能够参与这次任务，感到无比荣幸和光荣。我一直认为，本次撤员行动，作为船长只不过是一出大戏演出舞台上的一名演员，我们只是尽了自己的角色责任；还有许多领导、同事为圆满完成任务，在台前幕后不辞辛劳，无私奉献，他们所具有的铺路石一样的情怀和精神，更值得我们学习。作为一名海员，本次赴越撤员航行，只不过是航行生涯中无数次紧急起航、平安归航的一个普通航次，但我坚信，不管是谁，当接到紧急出海的任务，都会像我一样，不加思考、不说二话，背上行囊，奔赴任务岗位：因为我们拥有一个共同的名字——中远海运人！

文 林少辉

藏东高原上的“步行者”

徐步跋涉山路访问联系点

我们在这里要记述的主人公名叫徐步，是即将结束援藏任期的一名中远海运集团法务干部。他吸引人之处，是交织在援藏过程中的平凡与特别。

平凡在于，徐步只是中远海运集团在过去17年间派出的9批次18名援藏干部中的普通一员，忠实、尽职地履行着中央企业援藏工作使命；特别在于，在结束第一个三年援藏任期后，他又毅然申请了第二个三年援藏任期。围绕着种种理解和不理解，徐步执着地坚守雪域高原，在连续两个任期内，践行中远海运援藏工作和精准扶贫的双重承诺。

六年韶华，徐步始终不忘初心、牢记使命，在与藏区各族群众交流、交往、交融中，用踏实的脚步丈量着祖国这片海拔最高的热土，诠释着一名中远海运援藏干部的价值闪光。

就让我们用徐步的社交账号名字为题吧，这是他心底最朴素的写照——

在距北京3000余公里、海拔近3700米的西藏昌都洛隆县的援藏干部宿舍内，徐步捧着饭碗沉默地坐在电视机前，已好久没有动过筷子，手边，正放着一张还未填写的援藏干部下一任期意向表。

这一天，是2015年11月28日，也是他援藏的第850天。

现在是晚上7点刚过不久，几分钟前，新闻联播播发了中央扶贫开发工作会议消息。这个注定载入史册的会议上，党中央作出到2020年全国所有贫困地区和贫困人口一道迈入全面小康社会的庄严承诺，吹响了决战脱贫的冲锋号。

电视机前，徐步沉默的面容背后，正涌动着一股难以抑制的情绪，随时要喷薄而出……

从2013年7月底进藏以来，他就一边抵抗着高原反应，一边埋头扎进中远海运援藏项目实施工作中，教育、公共设施、新农村建设、医疗卫生改善、扶贫济困，一个个项目顺利完成，一个个项目又如火如荼开展起来。

藏族群众献上的洁白哈达、受助农牧民洋溢的淳朴笑容、援建校园中的活泼身影……似乎容不得静下来细细品味，一晃之间，三年任期已只剩下半年。

怎能不让人心潮起伏？一幕幕涌到眼前时，那种在付出中体味感动和精神洗礼的特殊感受，即便是任何一名中远海运援藏干部，可能也不一定说得清——

~ 初入藏区 ~

2013 年 7 月 31 日，经过两次援藏申请后终于得偿所愿的徐步，告别家人、朋友和同事，与同期援藏干部李奕钊（现任中远海运物流深圳公司党委书记），一起踌躇满志地踏上西藏这片土地。

这一年，他刚刚 42 岁。

还未到洛隆，西藏地区高海拔带来的高原反应，以及昌都地区交通之艰险，就结结实实给了徐步一个下马威。

“阿里远、那曲高、昌都险”，每年 7~8 月，藏区进入雨季，滑坡、塌方、泥石流更是经常发生。从拉萨到洛隆的路上，一度因为路况原因而不得不绕行林芝，又一度因为再次断路而不得不返回拉萨后，再一次重新出发去洛隆。

头痛欲裂，双目赤红，嘴唇发紫，每翻过一个 4000 米以上的山口，体感就像是刚完成一个五公里负重跑。这个出生在连云港的汉子，无数次觉得自己就像儿时从池塘里抓出的鱼儿，艰难地呼吸、挣扎着……

“进藏的第一天起，我们就对即将开始的援藏工作有了切身体会。”徐步回忆说：“不容易，但这也正是我们来这里的原因。”

这片土地和生活在这里的藏族人民确实需要他们。

中远海运对口援藏的洛隆县位于西藏东北部、昌都西南部，藏语意为“南谷”，历史上是茶马古道重镇，进藏必经之地，民族团结、民族融合的传统源远流长。

但与此同时，这里平均海拔3700米，客观地理条件严酷，高寒、缺氧，沟壑纵横，路况险峻，自然环境恶劣，经济发展滞后，基础设施薄弱。当时全县电力供给缺口很大，农牧民冬季的生产生活用水也常常得不到保障。民生方面，地方教育发展水平较低，公共文化设施薄弱，医疗卫生资源也非常匮乏。

没有实习、没有过渡、没有手把手教学，援藏工作从踏上这片土地的第一秒就要动真格。

在洛隆的三年，徐步的身份将是中远海运第八批援藏工作组领队、昌都市委副秘书长、洛隆县委副书记，同时还受聘为中远海运慈善基金会兼职项目主管。

进藏为什么？在藏干什么？在藏得什么？离藏留什么？前任援藏干部和洛隆地方干部们只告诉了徐步一句箴言，“调查才有发言权”。

是的，在援藏工作上，没有对实际情况的准确把握，怎能奢谈让援藏工作与当地真实需求紧密结合，最大程度地惠及藏区群众？

真情实感才有真知灼见。到洛隆县的第3天，徐步就在“缺氧不缺精神，艰苦不怕吃苦”的精神力量支撑下，奔赴各乡镇和在建的援藏项目现场进行调研。

为了深入了解农牧民生活情况，徐步住进了加日扎村藏族老人次成家。

次成家只有老夫妻两人，老伴身患重病，长年卧床，家里生活十分艰难。徐步看在眼里，心里很不是滋味。

生性较为腼腆的他此时一反常态，尽管有语言沟通上的障碍，仍想方设法找机会连说带比划地找老人聊家常、了解情况；与次成一起干农活，还为两位老人送去被褥、日常生活电器和生活用品以及2000元的生活费；协调县电厂检修家中杂乱的电路，重新布线，消除安全隐患；又请来县医院的大夫给两位老人做身体检查、治病……

怎能不让人心潮起伏？次成家可以说是贫困农牧民的一个缩影，10天的蹲点生活，让徐步真实触探到了当地群众的民生所需。沉甸甸的责任压在肩头，徐步开始马不停蹄地奔赴援藏项目现场，他第一次真切地觉得自己懂得了援藏工作的内涵和意义。

~ 洛隆三年 ~

徐步履职后第一个完成的援建项目是中远海运投资800万元的洛隆农畜产品综合交易中心——一个洛隆县各族人民翘首以盼的民生项目，这改变了当地农畜土特产品交易混乱的现状，为合理开发洛隆农畜土特产品资源，促进农牧民群众增收建立了良好平台。

综合交易中心项目是在上一任中远海运援藏干部任内启动建设的，因为任期结束，他们离开时还恋恋不舍地望着这个正紧锣密鼓建设着的项目。正式交付使用的当天，徐步郑重地给前任援藏干部们打了电话，向他们报告这个喜讯。

这是一个颇具“仪式感”的瞬间，既是中远海运援藏干部对西藏人民的真挚情感的接力，更是对援藏事业使命和责任的传承。从下一刻开始，他又将抖擞精神，继续投入到推进仍在建设期的总投资 2400 万元的 10 余个援建项目。

夜以继日地到各乡镇进行调研，马不停蹄地推进项目建设，短短几个月，我们的“步行者”，走遍了全县 11 个乡（镇）66 个村（居）和县主要委办局，也用最短时间基本熟悉掌握了当地的情况和经济社会发展状况。

在调研基础上，他和援藏工作组结合当地实际，与集团共同确定将 19 个援藏项目严格落实“两个倾斜”政策（坚持资金和项目向基层倾斜、向农牧区倾斜），确保 80% 以上的资金用于改善民生，为洛隆社会经济发展和援藏工作顺利实施作出了积极贡献。

这样“风风火火”的状态，从此就成为徐步援藏工作的常态。天蒙蒙亮，他就行走在下村调研、帮扶困难群众的道路上；落日余晖，拖长了他从一个个援藏项目工地返回时的身影……

在徐步第一个援藏任期的三年间，一个个中远海运援藏项目在洛隆的落地建成，不断发挥出促进地方经济发展的强大动力，使洛隆各族人民成为最大受益者——中远海运投资 1450 万元新建的洛隆小学（一、二期工程），极大改善了教学基础设施条件；“中远海运 – 格桑美朵”助学基金，累计捐助助学资金 190 多万元，为洛隆县家庭贫困且品学兼优的农牧民子女解决了上学难问题，也在很大程度上鼓励了当地农牧民子女继续学习和考学的信心；投资 60 余万元，组织近 50 名干部群众赴上海、江苏、云南等地学习，全面提升洛隆县基层干部职工为人民群众服务的综合能力和水平……

这些项目为洛隆带来的民生意义难以估量。这三年中，洛隆县顺利通过国家义务教育均衡发展验收，洛隆县人民医院成功创建二甲医院，两大里程碑式的成就，饱含着中远海运援藏项目的初衷和深远意义。

除了用好集团援藏资金，徐步还和李奕钊积极联系集团 3 家驻昆企业开展助学捐助，向洛隆县马利镇久修小学 175 名小学生捐助衣物和学习用品；积极倡议开展扶贫活动，将全国各地爱心人士及集团 13 家所属企业捐赠的近万件冬天衣服、鞋袜等衣物及学习用品，全部发放到了洛隆县孜托镇、马利镇、硕督镇、腊久乡、新荣乡和达龙乡的农牧民家庭和寒门学子手中。

当然，在洛隆的三年中，除了做好援藏项目工作外，作为县委副书记的徐步还要全力投入县委、县政府交办的各项工作中。其间，他积极组织协调洛隆县委宣传部、各受援单位，举行对口援藏 12 周年成果展示活动，对中远海运集团援助洛隆 12 年投入 1.37 亿元建设的 77 项援藏项目和 16 名援藏干部风采在 11 乡镇进行广泛宣传，洛隆干部职工、农牧民群众近 3 万人次观看了援藏成果展览。同时，作为中远海运慈善基金会的兼职项目主管，徐步还负责组织基金会在当地的项目实施，亲临一线进行督导，使得“中远海运－格桑美朵”助学基金等公益项目如美丽的花朵般盛开在雪域高原。

怎能不让人心潮起伏？三年间，洛隆人民难以忘怀的是每个援藏项目背后中远海运集团的无私奉献和大力援助，难以忘怀的是以徐步为代表的中远海运援藏干部在交流、交往、交融中，不忘初心、牢记使命，与他们一道投身藏区繁荣与发展中付出的心血和汗水。

～ 果决瞬间 ～

时间再回到 2015 年 11 月的那个夜晚。洛隆县的宿舍里，还是那个独坐在电视机前的身影。

按照常规，再过半年，他就将结束为期三年的援藏任期，返回工作岗位、返回家庭，那里有熟悉的亲人、朋友和同事。更何况，2015年底，正是原中远和中海两大央企紧锣密鼓推进重组整合工作的关键时期，远在藏东高原的徐步，也在与原同事的联系中紧张、期盼着。

但事实上，最让他心思难定的，还是源于最心底对西藏的一份眷恋和使命感。

"收到昌都市委组织部发来的征询意向表已经好几天了，那段时间我心中一直有个声音，是不是再在这里干三年？"徐步回忆起那个夜晚，仍然久久不能忘怀："在新闻联播看到决战脱贫的决定那一刻，之前的犹豫一下子就消失了……"

他拨通了家中的电话。

听到徐步说出想留在西藏再干三年的决定，听到话筒里从小心翼翼又渐渐坚定起来的语气，妻子也从本能的否定态度，逐步变成不太情愿的默许。

沉默，是因为电话两边同时缠绕心间那份矛盾复杂的情绪。

两年多前，家人支持他来到这里开展援藏工作，那份情感是真挚的，是热烈的。一年只能回家一次，数不清的电话中，充满着家人坚定支持和鼓劲打气的话语。

今天，家人希望他顺利完成一个三年任期后回来的情感，同样也是真实的，是迫切的。父母年事已高，身体不好，经常生病，妻子还要每天上班工作，孩子幼小，无人照看，也更需要父亲的陪伴……

"做出申请再干三年的决定，真的不容易。"徐步今天云淡风轻的描述中，我们依然能真切地看到他内心的颤动。

是啊，父母、妻子、孩子，家人多么希望他回到身边，他又何尝不为回到家人身边而感到激动呢？

徐步援藏工作的第一个任期，也是中远海运援藏干部任期首次从一年半变为三年。

从北京到洛隆，从繁华到艰苦，远离了家乡，远离了亲人，既要适应藏区的气候、海拔，又要熟悉这里的语言、生活、习俗，日复一日地下乡调研、援藏项目跟踪，很多次因地质和交通引起的道路险情，每每回忆，仍然一身冷汗。

但也就是在这一个个援藏项目现场、农牧民家中、丰收的青稞地头、欢声笑语的援建校园和更多难以一一详述的民生项目中，徐步与洛隆县各族群众结下了深厚的友谊。在交流、交往、交融中的这份情感，每每回忆，又让他浑身灼热。

但决定了，就将义无反顾。徐步很快填好了延长任期的申请表。

让我们再一次对他的家人表达发自肺腑的钦佩之情吧！虽然是如此期盼着他回到身边，但他们很快又在电话中，把思念化成对儿子、丈夫、父亲坚定支持的话语，再一次成为他心中最柔软也是最坚强的后盾！

怎能不让人心潮起伏？第一个三年任期里，他肩负中央企业援藏干部的使命和责任，与洛隆县各族群众全身心投入到民生事业中，尽心尽责、无怨无悔；在第二个三年任期里，他将要在脱贫攻坚战的冲锋号中，投身藏东地区精准扶贫、精准脱贫事业，不忘初心、牢记使命，在雪域高原写下对党的忠诚！

~ 第二任期 ~

时间来到 2016 年 7 月，当第二个援藏任期开始时，徐步的身份已成为中远海运第九批援藏工作组领队、昌都市政府副秘书长，工作地点也从平均海拔 3700 米的洛隆县到了平均海拔 3500 米的昌都市，市区实际海拔只有 3200 米。

“海拔下降了 500 米，感觉浑身是劲儿，”徐步笑称。既然有劲儿了，就一鼓作气参与到昌都脱贫攻坚战的最后决胜中吧，他想在党中央关于脱贫攻坚的总体部署中，为帮助藏区人民实现小康贡献一份坚实的力量！

昌都市的办公、生活条件，不是洛隆县能够比拟的。但对于援藏干部而言，对此并不太关注。进入到第二个任期，徐步的援藏干部团队多了两个新“战友”：张登波任职昌都市洛隆县县委常委、常务副县长，将肩负起已连续 13 年对口援助的使命；余贵兵任职昌都市类乌齐县县委常委、常务副县长，代表中远海运援藏工作将首次延伸到类乌齐这片全新的领域。

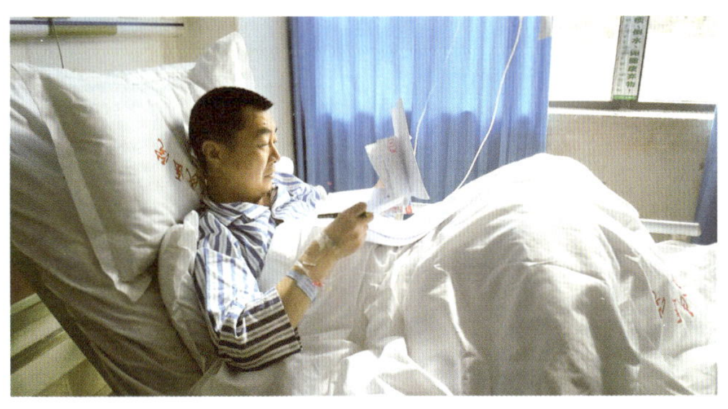

徐步在病床上批阅文件

“领队不是领导，我们三个人分别在三地工作，交通条件现实决定了我们平时很少能面对面商量工作。”徐步介绍说。虽然一两个月都不一定能见面，但由于目标一致，他们很好地利用电话和微信群建立了援藏干部之间的互动互助机制，在不间断的沟通中修改完善了援藏干部管理、援藏项目管理、援藏资金管理等一系列管理制度。这个过程中，中远海运第九批援藏干部们形成了团结和谐、互助友爱的氛围，也各自发挥了援藏工作分工中独当一面的作用。

作为援藏工作组领队，徐步与张登波、余贵兵在认真调研的基础上，用很短的时间牵头与昌都市、洛隆县和类乌齐县相关部门沟通协商、认真研究，编制完成了中远海运集团“十三五”援藏项目规划，包括易地扶贫搬迁安置点建设、教育、医疗、干部人才培训、基层组织建设、困难帮扶等6个方面15个项目，同时牵头制定了2017—2019年的援藏项目计划。

又一个三年时间里，徐步和援藏工作组利用划拨到位的4770万元（含计划外1170万元）援藏资金，实施完成了援藏项目28个。

易地扶贫搬迁中，建成洛隆县、类乌齐县五个安置点，将生存条件恶劣的农牧民搬迁过来，极大地改善了他们的居住条件，提高了生活水平；教育培训中，建设洛隆县小学新校区附属工程项目，改善了学校的硬件设施；饮用水工程上，在洛隆县和类乌齐县的五个乡镇实施安全饮水工程，彻底解决了2000多名农牧民的饮水安全问题；“中远海运—格桑美朵”助学基金，累计又资助洛隆县和类乌齐县贫困师生1000多人次，极大调动了农牧民群众送子女入学的积极性，增强了广大教师安心教育、奉献教育的事业心和责任感；“中远海运—岗拉美朵”医疗救助基金，用于洛隆籍农牧民群众入院前期经费不足时的借支，帮助群众及时入院接受治疗，有效缓解了困难群众看病难的问题；“中远海运—色钦美朵”医护人才培养基金，用于医护人员的培养和引进，一大批中青年医疗卫生骨干脱颖而出，进一步提升了当地医疗卫生服务水平……

走在洛隆、类乌齐的土地上，你能亲眼看到一个个中远海运援藏项目为这里带来的真切变化，你也能亲耳听到当地干部群众把中远海运援藏项目亲切地称为“功德项目”“民心工程”。

怎能不让人心潮起伏？实施一个项目，建一项工程，就是在藏区人民心中立一座丰碑。徐步和中远海运援藏工作组，在一批次又一批次的传承和接力中，做到了！

~ 藏东印记 ~

在昌都的三年我的履职中，徐步更忙了，一方面来源于他作为市政府副秘书长要具体负责开展的各项工作，农牧、水利水文、商务、科技、统计、扶贫、安居、气象、机要，每一项都需要全身心地投入进去才能做好；另一方面，则是那份让他坚持再干三年的源动力——助力脱贫攻坚。

这三年，是全国目光汇聚脱贫攻坚战的三年，也是中远海运全力投入精准扶贫工作，助力各对口市县地区脱贫摘帽的三年。

集团董事长、党组书记许立荣在西藏拉萨参加“央企助力西藏脱贫攻坚”活动期间，与西藏自治区党委书记吴英杰，区政府主席齐扎拉、副主席罗梅等领导就进一步深化产业援藏和助力西藏脱贫攻坚等工作进行了沟通。集团董事、党组副书记孙家康，集团纪检监察组组长、党组成员刘鸿炜，集团总法律顾问、中远海运慈善基金会理事长叶红军，集团工会主席、中远海运慈善基金会副理事长张善民等集团领导也在这三年中多次赴昌都及洛隆、类乌齐两县进行援藏工作现场调研，关心各项目推进情况，对出现的问题及时给予协调解决，并慰问援藏干部。

随着一笔笔资金的准时到位，随着一项项精准扶贫项目的落地实施，一大批群众急需、影响长远、促进发展、增强后劲的援藏项目，为推进昌都及洛隆、类乌齐两县跨越式发展和全面建成小康社会作出了巨大贡献。

徐步觉得，这三年中他几乎每天都在被集团的援藏扶贫决心和力量鼓舞着、感动着。

作为联系负责脱贫攻坚工作副市长的市政府副秘书长，徐步让梦想照进了现实。他积极协调中远海运集团与昌都市签订了《“十三五”对口援藏合作协议》；深度参与昌都市产业扶贫项目规划编制、昌都市“三岩”片区整体易地搬迁工作，到县区督导检查脱贫攻坚工作；帮助受援地农副特色产品外销；深入到结对帮扶户家中调研和慰问，采取有针对性的帮扶措施……

与此同时，中远海运慈善基金会也充分利用自有资金在援藏扶贫县及相关地区因地制宜策划和实施公益慈善项目，开展精准扶贫，将新的扶贫理念引入到援藏扶贫地区，深入诠释了精准扶贫的项目内涵。

作为慈善基金会的兼职项目主管，徐步自 2017 年起和任职洛隆县常务副县长的中远海运援藏干部张登波一起，积极管理和使用中远海运慈善基金会投入资金 60 万元建立的贫困家庭重大疾病医疗费用周转基金，对当地贫困农牧民在家中出现特、重、大、急病患并且入院前期经费不足的情况下，予以借款及适当的补助，极大地缓解了农牧民群众因入院前经费不足而导致小病拖大、拖重、拖急现象。

这些举措和行动都直接有效地支持了集团的援藏扶贫工作，也进一步提升了洛隆县乃至昌都市的精准扶贫综合效果。

亲吻果实的那一刻，你知道每一滴汗水都是甘甜的——按照国务院扶贫办的统计，类乌齐县 2018 年已完成脱贫任务，洛隆县根据各测算指标预计也将在今年完成全面脱贫的既定目标。

“作为一名中远海运援藏干部，我觉得我是非常幸运的一个。”徐步毫不掩饰心中的那份自豪，“因为在我即将完成六年的援藏工作之时，我见证了祖国这片美丽土地上的人民全部脱贫！”

这份幸运和自豪，又何尝不是第九批援藏干部乃至中远海运 17

年来所有 18 名援藏干部们共同的感受？

怎能不让人心潮起伏？西藏自治区是全国 14 个连片特困地区中面积最大的片区和唯一以全自治区整体划入贫困区的地区。党中央始终高度重视西藏工作，始终深切关怀西藏各族群众，在西藏 60 年的历史巨变中，时时处处都是党中央的深情关切和投入到这块 120 万平方公里土地上的大量心血。中远海运和派出的援藏干部们，能身处其中，能有所贡献，对他们来说，这是最闪光的价值和最值得夸耀的光荣！

~ 尾声 ~

站在洛隆县马利镇第二小学的操场上，徐步会眯起眼睛，非常陶醉地听四周环绕的琅琅读书声。

走过县医院门口，看到藏族群众带着轻松的神情从里面走出来，他也会在心中默默地献上祝福。

洛隆县糌粑加工厂的新厂房里，糌粑饼干的烘焙香味浓郁扑鼻，他和负责人泽仁顿珠眼前浮现出的，是这家小工厂一步步成为西藏自治区级扶贫龙头企业的拼搏历程。

农畜产品综合交易中心里，做生意的四川小伙阿成看到他就感到亲切和熟悉，虽然叫不出名字，却能准确地把头顶矗立的“中远海运援建”金色大字联系起来。

硕督村扶贫安置点，他端起热乎乎的酥油茶，和藏民朋友融洽地聊着天，脸上乐开了花。

时至今日，他也还会每逢节假日，找机会去看望次成老夫妻，农忙时节，一起收割青稞。次成的老伴如今已故去，当任期结束时，他说还会再去和次成告个别。

怎能不让人心潮起伏？在自来水厂、在搬迁示范点、在县委县政府大院、在七十二拐的崎岖山路、在海拔 4500 米的白托村……在昌都市、洛隆县的各族干部群众的眼中，他是中远海运援藏干部的一名典型代表，是最好的朋友，是最亲的亲人。

……

“在三年的援藏期间，徐步同志始终怀着对藏区人民的深厚感情和强烈的事业心、使命感开展援藏工作。从他的身上，藏区各族群众清晰地感受到中远海运援藏干部与他们心手相连、心意相通。”中共洛隆县委书记吴剑，与徐步前三年在洛隆一起共事，后三年也经常在工作中产生交集，他诚恳、动情地表达了对这样一位中远海运援藏干部代表的感情。

六年韶华易逝，留在藏区各族人民心间的足迹却永远闪光。

“援藏是党和人民赋予中远海运人的使命，是中远海运人的责任，我们今天的奉献，为的就是藏区各族人民更加幸福！”徐步，我们的“步行者”，还包括中远海运所有的这九批 18 名援藏干部，就是这样不忘初心、牢记使命，用大爱和汗水在藏东大地上留下了自己深深的印记。

【记者手记】

~ 大爱丰碑 ~

对徐步的访谈，是在洛隆夜深人静的时候。坐在对面的，是作为记者最怕遇到的访谈对象，不善言辞，朴实的话语也丝毫不带情绪化的修饰。但在藏东高原这个万籁俱寂的夜晚，一问一答间，却让我的内心始终波澜起伏。

徐步有着谦虚的品格，其中一个表现就是不习惯说“我”。在一桩桩、一件件事情的描述中，听到最多的主语是“我们”“中远海运”“援藏干部”“慈善基金会”等等。因为他始终觉得，作为中远海运培养的干部，能够参与到援藏工作中来，既体现着组织的信任，也凝结着期望与重托。自己只是中远海运援藏干部这个群体的一名普通代表，所做的一切都是在传递中远海运对藏区各族人民的责任与大爱。

中远海运集团自2002年开始对口支援昌都市洛隆县，2017年开始增加支援类乌齐县，截至2018年的16年间投入资金共计1.97亿元，共实施援藏项目111项，主要涉及教育、公共设施、新农村建设、医疗卫生改善、扶贫济困等方面，惠及昌都市洛隆和类乌齐两县10万多农牧民群众，为推动当地经济社会稳步发展和长治久安作出了积极贡献。2019年，集团又计划投入帮扶资金3510万元（包含中远海运慈善基金会资金投入）。

如何理解这些数字，套用一句当下热语就是：当我们说援藏，我们究竟在说什么？

如今已成为洛隆县中亦乡小学党支部书记、教师的斯郎曲扎，激动地描述着他求学路最艰难抉择时，受到“中远海运－格桑梅朵”助学金的资助，学成归来后投入教育事业，并获得了西藏自治区优秀教师荣誉称号。他以自身的真实经历使家乡的亲朋更加积极支持学龄儿童接受教育、升学、成才。讲述中，身旁围拢过来的小学生们，仰着脖子静静地听着，明亮的双眸中，分明闪现着对未来的无尽向往……

是的，最有说服力的答案就在藏区人民的经历中、话语中、心中！

——在面对突如其来的病痛而及时受到资金救助的硕督镇达翁村村民德西、白托村幼儿布琼永忠和他们家人的经历中、话语中、心中；

——在受惠于大骨节病防治工作成效明显，受惠于洛隆县人民医院成功创建二甲医院的广大病患者的经历中、话语中、心中；

——在受惠于自来水工程带来的清洁饮用水，在受惠于糌粑生产销售规模扩大而显著提高青稞种植积极性和收益，在受惠于更多援藏项目在基础设施建设、产业帮扶方面巨大民生影响的藏区各族人民群众经历中、话语中、心中！

怀着无比崇敬的心情，再次读出这些名字：张清海、樊华、石庆贺、王居仁、马高亮、王平、左振永、王文胜、祝孝福、王珂、张进、叶勇、张克敌、丁乾坤、徐步、李奕钊、张登波、余贵兵，还有新一批即将奔赴西藏的干部。

从祖国沿海地区的远洋运输事业一线，他们义无反顾地来到世界屋脊的藏东高原，不忘初心、牢记使命，用不停歇的脚步和勤劳的汗水，把党中央、国务院对西藏人民深深的爱，把中远海运持之以恒的援藏事业，铸成了藏区各族人民心中的一座座丰碑。

大爱，也是会传递的！

现就职于中共洛隆县委办公室的次仁措姆，受到中远海运助学基金资助从中国青年政治学院毕业后返回家乡。有感于自己一路行来获得的帮助和爱心，2017 年起，她和小伙伴们组建了“知行洛隆”公益小团队，利用周末和节假日将募捐过来的衣物整理、分类，按需送到偏远牧区农牧民家里。对此，她是这样说的：“因中远海运集团这些年来对我的潜移默化影响，如今，在生活和工作中我始终怀着一颗感恩的心，用自己的绵薄之力，帮助着需要帮助的人。”

第一次在海拔 3700 米做采访，7 天时间里，有机会亲眼看到众多中远海运援藏项目成果，接触到众多真实鲜活的受益者、受助人，让我深感此行不虚。

做完采访返程时，从飞机舷窗再度俯瞰藏东这片令人着迷的土地时，蓦然发觉，采访本上记录和勾勒出的，已经不仅仅是徐步一个人，而是这 17 年间中远海运派出的九批 18 名援藏干部，甚至千千万万来自全国各地支援西藏建设，与藏区各族人民共同追求幸福生活的人物群像！

文 白昌中

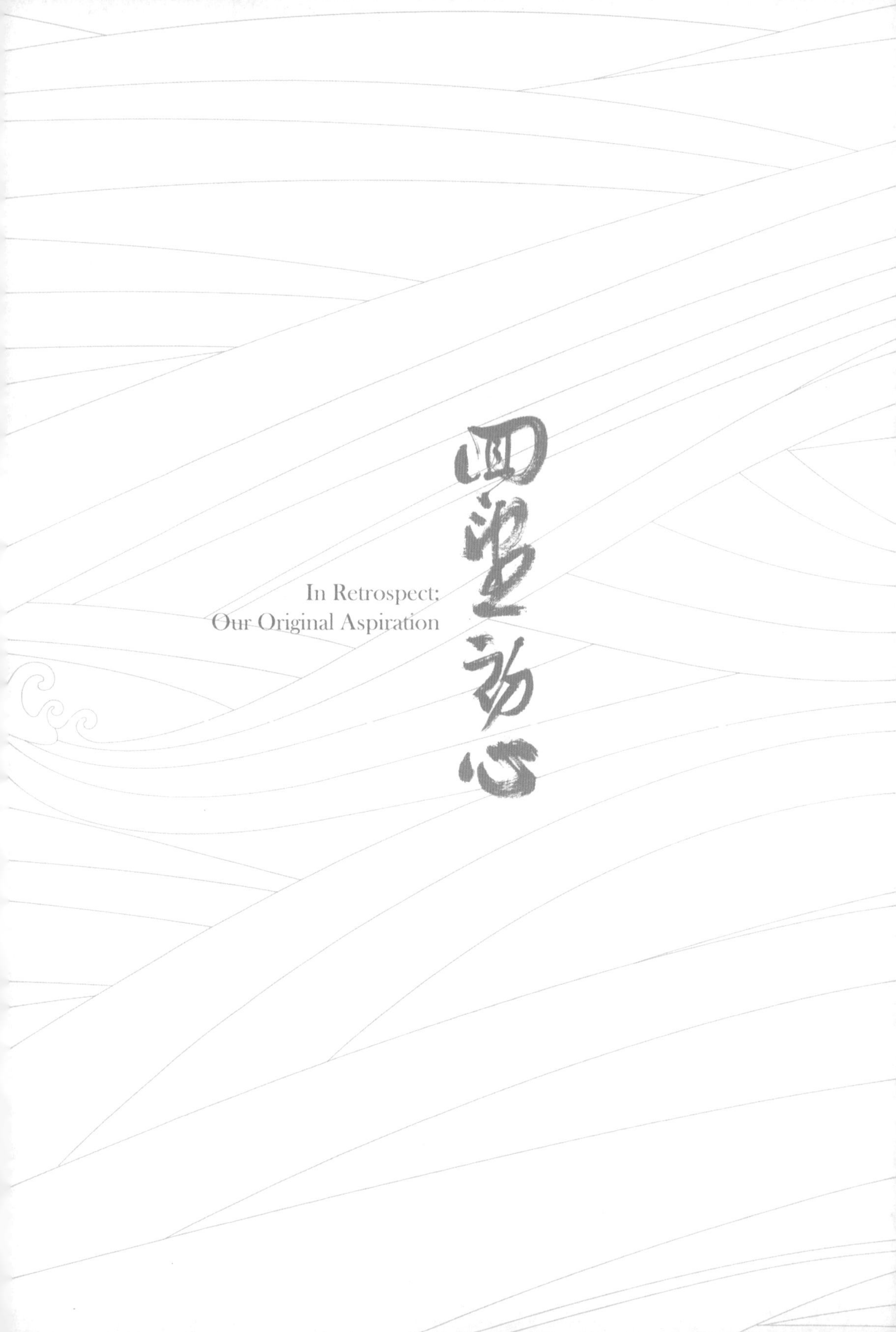
回望初心
In Retrospect:
Our Original Aspiration

伍 航海人的初心是永不迷失的职业忠心

贝汉廷船长

贝汉廷船长

千千万万的中国老百姓通过发表在《人民文学》上的报告文学《船长》，认识了这样一个名字——贝汉廷。人们从四面八方给作家柯岩写信，表达内心的感受：

“读着你写的《船长》，心里有种说不出的感激和愉快。贝汉廷，这是一个多么好的人啊！我们的祖国，多么需要这样的专家啊！”

“我们这个有着五千年古老文明的中华民族，希望在哪里？看，就在贝汉廷这样的老一辈那里，在千千万万有志于成为贝汉廷的青年那里！”

说得多好啊！这些发自内心的话语，今天听起来还是那么真切。虽然，贝汉廷船长已经于 1985 年离开了我们，可我们相信，每一位热爱大海、热爱远洋事业的人，都不会忘记他的名字。

～“我要把最大的力量贡献给祖国的航海事业”～

贝汉廷，祖籍浙江镇海，1926 年 4 月 23 日出生在上海，从小在南市长大。小学毕业后，家境并不富裕的他，在哥哥的坚持和资助下考上了著名的上海中学。高中分学科时，他违背母亲的意愿，毅然地选择了理科，因为他脑海里一直记着哥哥的话，科学会给人光明。1946 年，他又考上了公立的上海吴淞商船学校学习航海。他酷爱航海专业，在他看来航海是一门综合学科，搞航海的人，知识应该像大海一样渊博；航海者不仅要成为航海家，还应该是科学家和艺术家。为了心中的理想，他勤奋学习，在知识的海洋里飞奔。

1949 年 6 月，贝汉廷从吴淞商船学校毕业了。刚刚解放的上海，黄浦江上连一艘像样的轮船也没有，但这并不能打碎他要当一名航海家的理想。他同几位同学一起北上辽宁，在营口港登上了一艘 200 吨级的木壳机帆船“安海 5 号”，开始了自己的航海人生。随着祖国海运业的恢复和发展，在以后的几年中，贝汉廷服从组织安排，先后在华南海运局和上海海运局船舶从事沿海运输，从一名实习生成长为船舶大副。

为了打破帝国主义的经济封锁，20 世纪 50 年代，我国与波兰、捷克斯洛伐克等友好国家合作，相继组建了中波轮船公司和中捷海运公司。1958年，贝汉廷被派往中捷海运公司船舶任大副，从此踏上了远洋航运的万里征程。1961年，新中国第一家远洋运输企业——中国远洋运输公司广州分公司成立，贝汉廷又很快被调到该公司工作。1962年，贝汉廷被任命为船长，成为新中国成立后我们党和国家自己培养的第一代远洋海员和远洋船舶船长。1964年，贝汉廷指

“柳林海”轮首航美国

“柳林海”轮船员在贝汉廷带领下走下舷梯

挥“友谊”轮抵达阿尔巴尼亚都拉斯港，正在那里访问的周恩来总理亲切接见了全体船员，并同船员交流、合影留念。周总理对远洋海员的关怀更加坚定了贝汉廷献身远洋运输事业的决心。1965年，中远从法国购入万吨级远洋货轮“九江”轮，贝汉廷又担任了“九江”轮船长。

正当中国远洋事业成功起步进入成长期的时候，贝汉廷船长因莫须有的罪名被调离远洋战线，来到上海航道局，在一艘挖泥船“航峰一号”上任三副。但这无情的打击无法摧毁贝汉廷船长为中国远洋事业奋斗的意志和决心。1974 年落实政策后，贝汉廷终于重返远洋，来到中远上海分公司（后更名为上海远洋运输公司）。此时，恰逢中央提出要大力发展我国自己的远洋船队，“用三五年时间，改变靠租船运输的面貌”，上海远洋进入大发展时期。贝汉廷船长高兴万分，精神百倍。他不禁欢呼：“这下我要大干特干了！”在随后的 11 年时间里，贝汉廷船长为了发展远洋事业，为了祖国四个现代化建设，忘我地工作。接新船，开辟新航线，承运成套设备和重要物资，哪里需要他就奔赴哪里；首航美国，海上营救，培养祖国航海事业人才，他一次次圆满完成党和国家赋予的光荣使命，并于 1979 年 3 月光荣地加入了中国共产党。

~ “人有人的风度，船有船的风度，国有国的风度” ~

贝汉廷博学多才，他不仅是一名优秀的远洋船长、一名杰出的航海家，而且还称得上是一名外交家和科学家。他能用流利的英语和法语在各个港口与外国友人谈工作、叙友情，同德国人谈歌德、贝多芬、舒曼；同俄国人谈契诃夫、托尔斯泰、柴可夫斯基；同英国人谈拜伦、莎士比亚；同意大利人谈贝格尼尼。他感激他的老师们，因为，是他们给了他从事航海所需要的各方面的知识。

贝汉廷经常对船员们讲：“人有人的风度，船有船的风度，国有国的风度。中国是一个有五千年灿烂文化的文明古国，外国人不可能个个到国内来认识我们的国家，但他们可以通过我们每一个船员来了解伟大的中国。”

1978 年 4 月，天津化纤厂从联邦德国进口的成套设备急需从汉堡港运回天津。贝汉廷船长所在的“汉川”轮接到指令前往装运。然而，一船一次装回这套设备非常困难。因为总共 44 个大件，有近 5000 立方米，其中最高 4.3 米，最长 37.8 米，外型不规则，装卸运输中不能碰、不能压。古板的德国人根本不相信“汉川”轮能一次装回这批货。为了满足祖国建设的需要，为了装下全部货物并安全运回国，贝汉廷组织驾驶员们认真分析本船的技术状况，研究返航沿途气象条件，前往码头堆场实地测量核对每一件货的实际尺寸，并用硬纸板按比例制成货物模型，反复在船图上模拟装载，精心制订配载图和装货计划，使每件货物在舱内或甲板上都有最佳装载位置。当全部成套设备被奇迹般装上“汉川”轮时，汉堡港轰动了，港口当局、装卸公司、港内停靠的其他船舶船员，都前来实地考证参观。装卸公司拍下了装货全过程存档；电视台三次到船采访拍摄。德国人赞叹道：“杂货船货物装到这种水平在汉堡港还是第一次。”“Captain Bei”（“贝船长”）的大名传遍欧洲航运界。

1978 年 12 月 12 日，塞浦路斯籍货轮“艾琳娜斯霍浦”号在地中海遇难，途经此海域的“汉川”轮在贝汉廷的指挥下，冒着狂风暴雨，成功将难船上的 16 名船员和 1 名家属全部救起。为了来往船舶的航行安全，贝汉廷又将“汉川”轮当作航标，打开所有照明，守在难船边一个通宵，先后用无线电话警告了 6 艘船舶及时避让难船。贝汉廷船长及“汉川”轮船员这种崇高的国际人道主义精神和高尚的职业道德，不仅令获救船员感恩不尽，更获得了国际友人的高度赞誉，欧洲许多国家的报纸对此作了报道。希腊大管轮佛莱季·本德里斯万分感激地对贝船长和船员们说："你们不仅救了我，还救了我的妻子。她还有八天就要生了，这次如果生个儿子，我一定给他取名叫'汉川'！……"

1979 年 3 月，贝汉廷受命担任"柳林海"轮船长，指挥"柳林海"轮作为中美恢复海运通航的友谊使者，从上海起航首航美国西雅图港，担负新中国商船首航美国的任务。行前，他为这次特殊航行做了精心而充分的准备；航行中，他抽出时间亲自对船员进行外交礼仪接待方面的培训。为了体现中国海员应有的职业水准，他指挥"柳林海"轮在预定时间精确抵达西雅图港。整个西雅图为新中国第一艘商船的到达而欢腾，每天来"柳林海"轮参观交流的人络绎不绝，"中国""柳林海"和"贝汉廷"成为当时媒体最热门的名词。"柳林海"轮停靠西雅图港期间，贝汉廷船长承担了大量的外事活动，拜访了港口和当地许多政府部门的重要官员，接待了一批又一批来访者。他还通过电视同美国观众见面，表达了中国人民对美国人民的友好情谊。他一边做好外事工作，一边有效地组织运输生产，通过卓有成效的洽谈和交涉，促使装卸公司积极配合"柳林海"轮顺利实现装卸计划。在我国代表团领导的关心和支持下，在全体船员的齐心努力下，贝汉廷指挥"柳林海"轮圆满完成了首航美国的任务。

~ "我一辈子不离开船，不离开大海！" ~

贝汉廷船长的事迹很快传遍了大江南北。1979 年和 1981 年他两次荣获上海市劳动模范称号；1979 年 9 月被授予全国劳动模范；1980 年 8 月他荣立二等功一次；1982 年他当选为第六届全国人民代表大会代表；1983 年 2 月他被评定为船舶高级工程师，1984 年 7

月他被任命为上海远洋运输公司指导船长。

荣誉和成功并没能冲淡他对大海的深情。他应邀前往上海海运学院、青岛海员学院作报告，在介绍自己航海经历的同时，他都要鼓励同学们努力学习、刻苦锻炼，将来成为新一代的航海家。他婉言谢绝了组织上调他上岸，指派担任学院院长、驻外专家的工作安排，因为他感到，远洋事业的发展才刚有起色，船舶是最需要他工作的地方。

1983 年秋天，上海远洋运输公司决定开辟中国至西北欧集装箱班轮航线。1985 年 3 月，尚在病中的贝汉廷，带着医生给开足的 7 种药和一份译成英文的病症说明，受命再次登上了西行的班机，赴联邦德国去完成接新造集装箱船“香河”轮的任务。行前有朋友劝他，向公司说明病情换人去。可贝汉廷没有接受劝告，他心里想的是，任务几个月前就定了，出国护照早就办好了，临时换人不仅手续麻烦，还会延误接船时间。再说，集装箱运输是一项新的工作，要摸索经验，收集资料，公司需要自己。

抵达联邦德国后，贝汉廷早已把自己的病情抛在了脑后，验收船舶设备，收集整理资料，参与新船试航，组织船员参加接船仪式，举行盛大答谢酒会，整整 1 个多月，贝汉廷带领船员们出色地完成了接船任务。4 月 9 日，“香河”轮驶出了船厂，然而，贝汉廷并没因接船结束而获得更多的休息，他继续为新船首航能装运更多的货物而忘我地工作着。从联邦德国汉堡港到挪威奥斯陆，再到英国伦敦、比利时安特卫普，贝船长指挥“香河”轮穿梭于西欧各港；航行、进出港、揽货、装货，贝船长时常在驾驶台一站十几个小时。集装箱船紧张的工作节奏，健康的人都会感到疲劳，何况是患有先天性心脏病的贝汉廷。他双腿肿胀，开始感到四肢无力、胸闷、咳喘，为了“香河”轮满载货物顺利返航，贝汉廷始终坚持在工作岗位上。这一切，船员们都看在眼里，痛在心里，关心船长的身体健康成为船舶政委和船员们的重要工作。

4月20日,“香河”轮在安特卫普港装妥最后一只集装箱后开始返航。两天后船舶驶入比斯开湾，海面开阔，贝汉廷说：“现在进入正常航行，我要休息一下。”这次他一睡就是 11 个小时。23 日起床后，他又上了驾驶台，同政委商量当天的工作。政委见他眼皮下垂，脚步移动艰难，就建议原定下午召开的会议延期。贝汉廷说：“已经通知的会议不要变。我多休息一会儿，你主持，我讲话。”下午 3 点半，会议在船长房间如期进行，贝汉廷对下一步船舶的工作和注意事项一一作出安排。5 点钟会议结束，贝汉廷吃力地对政委说:“我吃不下饭，不想吃了……我讲不动了……”话没说完，贝船长就靠着沙发倒下了。船医闻讯赶来，为船长做人工呼吸；直升机来了，将船长救往西班牙的医院……。可是，无论人们怎么努力，再也没能挽回贝汉廷船长的生命。

噩耗传来，无数人为之痛惜。《关于学习贝汉廷同志先进事迹的决定》中称：“贝汉廷同志是一位优秀共产党员，出色的航海家，我国航海界知识分子的杰出代表，远洋船员的一面旗帜。他的过早去世，是我国交通运输事业的一大损失。”

作家柯岩在得知贝汉廷船长去世的消息时心痛万分，她在一篇怀念文章中这样写道：“贝汉廷同志将永远活着，活在那汹涌澎湃、永远神奇美丽的大海里；也活在无边无际、比大海还要清澈、还要壮阔的人民群众中。”

贝汉廷船长用他的生命履行了当年面对周总理许下的诺言：“我一辈子不离开船，不离开海洋！”

贝汉廷同志与大海永存！

文 中远海运集运

航海师表鲍浩贤

鲍浩贤船长

鲍浩贤，新中国第一代远洋船长，他用自己毕生的精力，谱写出一曲中国远洋运输发展史中的动人乐章。

~ 投身大海　立志报国 ~

1946 年，18 岁的鲍浩贤怀着“爱国、救国、振兴中华”之心，考入上海吴淞商船专科学校。三年的航海专业学习，他如饥似渴。1949 年 6 月，在上海解放的欢庆锣鼓声中，鲍浩贤毕业了，他和其

鲍浩贤船长出席国外宴会

他同学一起，作为上海市军管会水运大队的联络员，参加接管招商局船舶，组建新中国海运船队。“当一名新中国的航海家”，从此，他的人生已注定与大海结缘。

新中国的经济建设急需远洋运输。1951 年，中国政府与波兰政府签署协议，组建成立中波轮船股份公司。1954 年春天，身为三副的鲍浩贤登上中波公司“国际友谊”轮，开始了远洋生涯，他的“航海报国”志愿，从理想一步步走向现实。

那时，中国的远洋船不多，国内建设需要的进口设备、仪器主要靠海运。“国际友谊”轮每次回程常常是大件、重件塞满货舱，堆满甲板。透过这些，鲍浩贤感受到祖国人民期待的目光和肩上担子的分量。他忘记了自我，毫不吝惜地施展才干，挥洒汗水，不允许在自己的岗位上有丝毫差错，以免影响船舶安全和货运质量。任三副时，他把救生、消防设备整理得井井有条，救生艇上的每个绳结都出自他的双手；任二副时，他把锈迹斑斑的电罗经房油漆一新，把变流器、电罗经擦得发光闪亮。他抓住一切机会学习钻研远洋业务，为祖国民族航海事业重新振兴而积聚能量。机遇总是青睐有准备的人。三年后的 1957 年，鲍浩贤被中波公司提升为大副。船上职务提升特别看重海上工作资历，当鲍浩贤还在掂量“自己能行吗”时，波兰老船长莫切夫斯基咧嘴一笑：“是我写信向公司推荐的，你能干好！”在中波公司工作的9年里，鲍浩贤努力学习，勤奋工作，养成了认真仔细、脚踏实地的科学态度和工作作风，这影响了他今后的几十年。

1961年，中国远洋运输公司宣告成立，飘扬着五星红旗的远洋船舶开始走向世界。鲍浩贤服从祖国的需要，来到广州远洋运输公司，成为新中国第一代远洋船长。

1962年，年仅34岁的鲍浩贤，受祖国重托，驾驶国产远洋轮“和平”号，开辟了西非几内亚和东非坦桑尼亚航线，受到当地领导人热烈欢迎。坦噶尼喀和桑给巴尔联合共和国（坦桑尼亚）第一副总统卡鲁姆还专门举行了盛大招待会，宴请鲍浩贤船长和“和平”号船员。

1964年，中国政府决定将“曙光”号远洋轮赠送给阿尔及利亚。鲍浩贤船长再次肩负祖国人民的嘱托，将“曙光”号安全顺利地交到了阿尔及利亚人民手中。

远洋船是浮动的国土，远洋船员所展示的是祖国和亿万人民的形象。在数十年的航海生涯中，鲍浩贤船长就是怀着这种强烈的主人翁责任感，一次次出色完成了党和国家交给的光荣任务，并受到中国外交部、交通部的表彰。

~ 发展远洋　尽心尽力 ~

30多年的航海生涯，20多年的远洋船长经历，鲍浩贤驾驶和指挥过各种类型的远洋船，运过各式各样的货物，开辟了一条又一条新航线，他把全部的心血和精力献给了远洋，献给了他所钟爱的事业。

为了多装货物，保证船期，他精心计算各种数据，不知度过了多少个不眠之夜；为了维护国家利益和民族尊严，他科学严谨据理力争，不知参与了多少次艰难的谈判；为了节约运输成本，增收节支，他认真审核验算每一张货运使费单证，不知挽回了多少笔经济损失。

在领导眼里，他是一个最听召唤，在关键时刻最用得上的人；在船员眼里，他是一个最讲认真，管理严格、指挥果断，最容不得差错而又平易近人的人；在家人的眼里，他是一个最具责任心，爱船胜过爱家，听到有任务就高兴，不完成任务不肯回家的人；而在他自己眼里，他又是一个幸运的人，能亲身经历新中国远洋运输的从无到有，能亲身参与中国远洋船队的大建设、大发展，能在自己酷爱的事业上不断吸收新知识、迎接新挑战、创造新业绩，每每想到这些，他浑身就有使不完的劲儿。

1979 年，年过半百的鲍船长被派赴丹麦学习集装箱运输和管理技术，这为以后我国发展集装箱运输打下了基础。1982 年 10 月，他率领船员们驾驶“汾河“轮，踏上了开辟中国至美国东海岸集装箱班轮航线的征途。这是鲍船长第一次上集装箱船工作，而拥有 1200 标准箱位的“汾河”轮又是一艘具有当时先进水平的全集装箱船。全新的挑战令鲍船长无比兴奋。为了尽快进入最佳工作状态，他争分夺秒地埋头学习，翻阅资料，查对图纸，验算核对数据，了解港口规定和货运法规。他与其他船舶领导一同研究制订管理制度；他见缝插针向随船的大连海运学院教授请教集装箱货运管理知识。经过一连几天几夜的刻苦钻研，鲍船长逐渐对“汾河”轮的技术状况、集装箱班轮的营运特点，以及美东港口的相关管理规定等，做到了心中有数，同时，也增添了他圆满完成首航任务的信心和决心。

“汾河”轮抵达纽约港前，代理电告船上准备一个舱装 40 英尺集装箱，这就意味着必须拆去舱内六根像电线杆一样粗的活动定位柱。为了保证班期和节约开支，鲍船长决定动员船员自己拆。他对照图纸向船员一个环节一个环节地分段讲解拆卸要领，并亲自进行现场指导。

经过 15 个小时的辛勤努力，船员们成功拆除了 6 根定位柱。事后一打听，此举不仅为公司节约了 4 万美元，而且也在纽约港开创了先例。

在纽约港举行的“汾河”轮首航招待会上，各方嘉宾济济一堂，鲍船长用一口流利的英语向客人们介绍了“汾河”轮的船舶性能、技术参数、管理方法和船员素质，介绍了中远开辟美东班轮航线的服务特色和班期保证。“中国有这么先进的全集装箱船，有这么优秀的船长和船员”，“汾河”轮的到来，一时间在美东地区的航运界、港口、新闻界、代理和货主中被传为美谈。事实更证明了中国船员是说到做到的。首航后，在鲍船长的带领下，“汾河”轮船员克服了飓风、冬季大风浪等不利影响，始终保证船期准班准点，中远美东航线一度被称作“汾河班轮”，成为当时在美东地区最具信誉和影响力的集装箱班轮之一。

~ 为人师表　言传身教 ~

鲍船长丰富的经验、渊博的学识，来自他持之以恒的勤奋学习和钻研。他坚持遇事动脑筋，实况勤记录，不断积累、分析、总结、提高。每到一个港口，每上一艘船，每走一条航线，他都十分详尽地做好记录，随后利用出休时间，查阅专业书刊，对照理论根据，完善工作记录。鲍船长的笔记本分门别类、内容齐全、清晰实用，常常成为年轻船长和驾驶员学习的教材。而对于向年轻人传授技艺，更被鲍船长视作是自己的责任和义务。

20 世纪 80 年代初，公司有大批船舶技术干部参加换证考试。鲍船长奉命担任驾驶员的复习辅导老师。他和其他同志一起认真备课、出考题，对驾驶员们有问必答、有求必应。他经常主动针对薄弱环节和容易疏忽的问题，向驾驶员反复讲解，帮助他们加深对理论知识的理解，提高业务技能。

鲍浩贤船长在驾驶台

1985 年下半年，鲍船长又来到“清河城”轮，担负起操船和带教实习船长的双重任务。虽然公司没有交给鲍船长讲课任务，但他仍花了很多时间备课，在不到两个月的时间里给实习船长们讲了六课，其中“集装箱运输和管理”一课连续讲了六个多小时。他把自己几十年积累下来的资料拿出来给大家翻阅、摘抄。其中一本小小的《工作便册》里面收集了日常工作所需的各种数据、公式、应急应变措施等资料，实习船长们见了如获至宝。

鲍船长不管到哪条船，都把船员业务培训作为一件大事。他平时话语不多，但一讲起技术业务知识来，就滔滔不绝。知识渗于实例，实例证明理论，深入浅出，非让你弄明白不可。放艇演习，他亲自爬到艇上一遍一遍地示范；测定船位，他坚持要求驾驶员加强基本功训练，用六分仪测天或以目测陆标来定位；驾驶值班，他强调严格的驾驶台纪律。在他看来，只有这样，才能有效地保证船舶航行安全。

与鲍船长同过船或跟他实习过的驾驶员、船长都会有这样的体会：“鲍船长传授的不是从书本上抄来的东西，而是他的几十年的心血结晶，让人一辈子也忘不了。”

~ 呕心沥血　英名永存 ~

鲍浩贤船长，1983 年被授予上海市劳动模范，1986 年被授予全国交通系统“两个文明”建设标兵、全国优秀船长和五一劳动奖章，1988 年被授予“金锚奖”和全国最佳远洋船长；他还是上海市第六届政协委员，全国第七届人民代表大会代表。

对于荣誉，鲍船长总是将其归功于党的领导和国家的培养，他兢兢业业，不知疲倦，有着对祖国、对人民和对事业的忠诚。他以精湛的技术、严谨的作风、突出的业绩、勤廉的品德和那学而不厌、诲人不倦的精神，赢得了人们的普遍尊敬和赞誉。

1985 年 4 月，鲍浩贤船长带队来到联邦德国荷互兹德志船厂，准备接受 3 万多吨的现代化全集装箱船“冰河”号。整整一个月时间，57 岁的鲍船长天天工作到深夜，甚至通宵达旦。他和监造组的同志一起研究图纸，一起实地察看，先后提出了四五十条改进意见，一次次交涉。厂方不耐烦了：“你怎么提出这么多的意见？”鲍船长毫不退让：“请记住，我是船长，我要对这艘船负全部责任。根据国际造船和航运规定及双方合同提出意见合情合理。同时，我们为友谊而来，愿意尽力维护贵厂的信誉。”这有理、有据、有节的话语，令人难以拒绝。

1987—1988 年，鲍船长又参加了第三代全集装箱船“泰河”“普河”两轮的监造工作，奉命担任驻英国格拉斯哥高文船厂监造组组长。花甲之年的老船长，为了确保新船的建造质量和按期交付废寝忘食、呕心沥血。那一张张图纸，哪一张没有印衬过鲍船长的身影；那一层层船台，哪一层没有留下鲍船长的脚印。他渊博的知识、丰富的经验，还有对船舶建造追求完美的精神，让英国船厂的工程师和工人们都不得不投以敬佩的目光。

在英国监造新船的日子里，鲍船长的身体已经出现了发病的征兆，可是他无暇顾及，依然忘我地工作着。他把完成监造任务看得比什么都重要。直到 1988 年 12 月回上海休假，鲍船长才到医院检查病情。而谁曾想，鲍船长所患的是直肠癌，且已到了晚期无法医治。消息传开，交通部的领导来了，全国人大、全国总工会的领导也来了。然而，领导、同事、亲人们的慰问、看望和千呼万唤，终究没有能挽救鲍船长的生命。1989 年 8 月 18 日凌晨，为中国远洋运输事业奋斗了 40 年的航海家鲍浩贤船长，终因医治无效，与世长辞。

在鲍浩贤同志追悼会上，悬挂着同事们敬献的挽联，高度总结了他一生的敬业精神和高尚人品：

毕生严谨，坦坦荡荡，献身远洋；

一世勤勉，兢兢业业，为人师表。

文 中远海运集运

海员严力宾

严力宾同志

人们永远也不会忘记那个让人刻骨铭心的日子——1989 年 11 月 18 日。那天下午，严力宾所在的青岛远洋运输公司“武胜海”轮正在香港合兴船厂修理。因船厂工人盲目用气焊割换通风筒，焊渣掉进船舱底层物料间，点燃棉纱引起火灾。工人发现着火后，擅自劈开物料间的门，致使火势更猛。见此情境，工人们匆匆向船长报警后，迅速逃离。

“武胜海”轮上的中国船员纷纷赶到船尾。情况危急，必须探明火情，启动应急救火泵！严力宾一把抢过船友手中的呼吸器：“现在下面很危险，你们不熟悉情况，让我来！”说完，他毅然冲进了浓烟滚滚的机舱——。

时间一分一秒地过去了，严力宾却再也没有走出来。直到大火被扑灭以后，才在机舱里找到了因窒息已经牺牲的严力宾。我们的好兄弟、共和国的好儿子严力宾永远地离开了我们……

苍天动容，大海呜咽。

群山肃穆，巨轮悲恸。

严力宾救火牺牲的消息首先在香港各界引起了震动。香港 6 家报纸于当天进行了报道。《明报》在特别报道中说：“‘武胜海’轮失火后，厂方工人睹状纷纷走避，而内地海员严力宾走入火场救火。”严力宾以自己的英勇行为，在香港同胞面前展示了内地船员的崇高形象。

青岛远洋运输公司委托中远驻香港代表处为严力宾举行了隆重的追悼会，香港各界 1000 多名人士怀着崇敬的心情向严力宾的遗体告别。12 月 2 日，严力宾同志的骨灰被专程从香港接回青岛，严力宾的亲人和生前的同事、朋友纷纷从四面八方赶来，表达自己的悲痛和怀念之情。

此后，《青岛日报》，青岛广播电台、电视台，《大众日报》，山东广播电台、电视台，《中国交通报》，《人民日报》，新华通讯社，中央人民广播电台，中央电视台等新闻媒体先后报道了严力宾的英雄事迹。青远公司和青岛市、交通部、全国总工会组织了严力宾事迹报告团，在全国 22 个大中城市作了巡回报告。在宣传部的安排下，报告团在人民大会堂作了六场报告，中央电视台向全国播放。

同时，全国总工会、交通部、山东省人民政府、青岛市人民政府先后授予他“全国五一劳动奖章”“雷锋式优秀船员”“革命烈士”“优秀共产党员”等荣誉称号。

严力宾的事迹通过广播、报纸、电视传遍神州大地。青岛远洋运输公司、中远总公司、青岛市、山东省、交通部先后做出了向严力宾同志学习的决定。“学习严力宾”活动从齐鲁大地，到大江南北轰轰烈烈地开展起来。

一名普通船员，他看似平凡的事迹何以在千万人心中激起不息的波澜？

一名年轻机工，他短暂的一生为何让人永记心中？

“对祖国和人民——我是出自内心的热爱；对党——我是党的人，我无条件地服从她要求我做的一切；对革命——我把她看作一个巨大而美丽的花环，即使能为她献上自己一朵小小的花瓣也是我终生的幸福，能用自己的辛勤劳动去增加她的美丽，才是对祖国真正的爱”。

这篇日记，是严力宾光辉而短暂一生的充分写照。严力宾这个普通的共产党员、优秀的青年船员身上，洋溢着对祖国、对党和人民的无比热爱。严力宾出生在一个革命军人家庭，父亲严国臣是一位 1938 年参加革命的老军人，原海军航空兵某师副政委。严力宾从小在军营中长大，高中毕业后即主动要求到农村劳动锻炼。1976 年，年仅 20 的他就光荣地加入了中国共产党。他在一篇日记中写道：“我们既然选择了人类最崇高的事业——共产主义作为自己的理想，那就要为她奋斗不息。”每次上船，他总是要带上马列主义经典著作和《毛泽东选集》等书籍。一个年轻的普通船员，不仅认真地学习过两遍《资本论》，而且饶有兴趣地研读英文版的《共产党宣言》，令周围不少同志感到惊奇和钦佩。在船工作期间，他坚持利用业余时间学习马列著作，并写下了几十万字的学习心得和日记。他坚定的信念、扎实的学风，不仅感染了其他船员，连船上年过半百的政委也惊叹不已。

严力宾，这个1978年毕业于厦门集美航校的胶东汉子，对大海、对远洋事业有着无限的深情。他常说：“我喜欢远洋，远洋才是咱男子汉的事业。”

因为上船工作，严力宾几次耽误了考轮机员的机会，但他在普通机工的岗位上不断学习和研究，掌握了较高的英语水平和过硬的业务技术。严力宾曾先后在青远公司“福海”轮、“星宿海”轮、“武胜海”轮工作，不管在哪条船，他都能尽职尽责、出色地完成本职工作。他曾三次被派到外轮工作，其中后两次都是因为工作出色被外籍船长点名要的。外籍船长点名要一个机工，这在船员外派中是十分少见的。严力宾凭着自己的聪明才智和辛勤劳动，在外国船员面前树立起了中国海员的良好形象。

工作中的严力宾

一次，严力宾所在的船舶停靠在荷兰福利森根港卸货，5 号克令吊突然发生故障。船上的英籍二管轮、大管轮修了半天也不行，轮机长又修了一个多小时也无济于事。吃午饭的时候，严力宾对机工长郭培山说："咱俩去试试怎么样？"他们利用午休时间修好了克令吊。英籍船长和轮机长看到克令吊又重新开始工作了，感到非常奇怪。当他们了解情况后，不禁拍着严力宾和郭培山的肩膀连声称赞："好样的，了不起！"

在船工作期间，每当面对困难和危险，严力宾总是冲在前面。一次，船舶航行期间遇到大风浪，船上装的 200 多个大油桶不断在船舱内滚动、碰撞，发出震耳欲聋的轰鸣。如果这些油桶滚到一边，船体就会失去平衡，甚至会造成恶性事故。船长命令甲板水手立即进行固定。在剧烈颠簸的船舱内固定滚动的大油桶，当然是一件费力而危险的工作。严力宾听说后，却毫不犹豫地下到大舱，与水手们一起排除了险情。

严力宾所在的船舶曾经三次由东南亚装木材运往欧洲。木材的绑扎与解绑也是一项很危险的工作，一不小心就可能造成人身伤亡。每次装后的绑扎和卸前的解绑，严力宾都主动参加，而且总是冲在最危险的位置上。身为一名机工，却经常冒着危险去干水手的活儿，赢得了外籍船员的普遍赞扬。

由于严力宾技术娴熟，车、钳、铆、焊样样都行，而且工作勤奋，英籍大管轮彼特对他十分欣赏。每个月计算加班费，都多给严力宾记 20 个小时，但严力宾却不要，他对彼特说："我们 4 名中国机工都同样辛勤地为您服务，而您却给我多于他们的加班费，我受之不安。希望您能重新评价我的同事的工作。"

一次，严力宾为英籍轮机长解决了一个技术难题，轮机长给了他一笔可观的劳务费。但严力宾却主动把钱交给中国的管事，让他把钱分给大家。

大管轮彼特曾经很神秘地对我方船员领队说：“我知道你是政委，我看严力宾一定是共产党员。”说着，彼特跷起大拇指，“我听说，党员干活是这个”；他又伸出小拇指：“拿钱是这个”。

由于技术好、业务精，英语好，严力宾曾两次被邀到外国工作、定居。而严力宾却说：外国再好，毕竟是他人的故乡；中国再穷，毕竟是生我养我的母亲。我不能忘记祖国，更不能做背叛祖国的事情。在 1983 年 9 月 18 日严力宾写给他的妻子郭爱萍的信中，有这样一段话：“我的生日快到了，一个人没什么过的。十一国庆节，国内又会庆祝一番。在这里，我们看不到飘扬的五星红旗，听不到国歌的声响，但我是多么希望祖国能早一天强大起来。爱萍，让我们一起，为国家、为我们的生活努力吧！”短短几句话，充分展示了拳拳赤子之心。

和许多人一样，严力宾也有着丰富的感情世界和对美好生活的追求，但他从没有因为个人和家庭问题影响工作。即使妻子怀孕即将分娩，一接到调令他也是二话不说就上船。远洋十年间，他写给妻子的信达 100 多封。孩子还没出世，他趁船到广州停靠的机会，就买了《新生儿》《婴儿保健》等书寄给妻子；儿子出生后，他就订阅了《父母必读》。

这是严力宾在 1989 年 11 月 1 日，也就是他牺牲前的 17 天，写给妻子的最后一封信：“对你们我很想念，梦里总是你们的影子……我总想见见你和儿子，要说愿望，这就是我现在最大的愿望了。”

严力宾专门写给刚刚三岁的儿子的信，仅 300 余字，就有 10 个问号。为了买儿子喜欢的玩具，他就在信上画了 7 辆不同的小汽车让儿子挑选。舐犊之情，跃然纸上。严力宾牺牲后，在他的遗物中还有他给儿子采集的雨花石。

当百花争艳，
你含而不露，
将一点真红隐于绿中，
点缀在平原，
丛集在山岭，
带给人们虚怀和谦恭。
当十月的秋风吹去万紫千红，
你撩去面纱，
现出了真容，
虽没有梅的清香，
也没有菊的高风，
留给人们的却是平凡而坚定……

这是严力宾初恋时写的一首诗，又何尝不是他自身的写照！他用自己坚定的信仰、执着的追求、全身心的奉献将自己青春的理想融入了蔚蓝的大海，融入了祖国大地。

他就像春天里的一株小草，倾注自己的所有，默默为大地增添一点绿色；他就像一朵浪花，奉献出自身最美的瞬间，默默开放在船舷的左右。他是那样平凡，那样普通，但在这看似平凡和普通的外表下却让人无时不感受到了不凡与伟大。

严力宾同志离开我们的日子一天一天在增加，但是，严力宾精神却像一粒种子，不断在人们的心中生根发芽。

严力宾同志的故乡——胶州，一直没有忘记自己的好儿子严力宾。1999 年，在严力宾牺牲十周年之际，胶州市烈士陵园专门雕刻了严力宾雕像，并把严力宾同志的骨灰安葬在故乡的土地。

严力宾同志的母校——胶州一中，永远不会忘记自己的好学生严力宾。每年严力宾同志牺牲纪念日，学校都要举行盛大的纪念仪式，用严力宾的光辉事迹教育和培养青年一代。

座落于青远公司的严力宾纪念室，是山东省和青岛市首批爱国主义教育基地。1992 年落成以来已经接待了数万人次的参观。他们中有交通部和省、市领导，有远洋系统的职工，有大中专院校学生、部队干部战士，有来自工厂、医院、商业等各界的群众。人们从四面八方慕名而来，缅怀这位雷锋式的共产主义战士光辉的一生。

每逢清明节、严力宾牺牲纪念日，社会各界的群众、院校学生、部队战士、团员青年都会到严力宾墓前扫墓，到严力宾纪念室参观，缅怀烈士短暂而光辉的一生。

光阴荏苒。世纪巨轮已经驶进了 21 世纪。走在新世纪的阳光里，感受着知识经济和信息时代的浪潮，似乎一切都在飞速的发展变化。但是，不管时代如何前进、社会如何发展，有一些东西却是永恒的。我们的祖国永远都需要像严力宾这样赤诚爱国的好儿子；我们的党永远都需要像严力宾这样信念坚定的好党员；我们的远洋事业永远都需要像严力宾这样执着追求的好船员；我们的共和国永远都需要像严力宾这样道德高尚的好公民！

碧血化长虹，丹心照日月。严力宾坚定的信念、执着的追求、崇高的品德、无私奉献的伟大精神已化作一座蓝色的丰碑，永远矗立在人们的心中！

文 青岛远洋

扬帆万里写忠诚

“大海航行靠舵手 / 万物生长靠太阳 / 雨露滋润禾苗壮……”正是伴着这首当年万人传唱的革命歌曲，原青岛远洋运输有限公司船长庄茂奎跨出了远洋船员生涯的第一步。做一名“Captain”——驾驶巨轮驰骋大洋的远洋船长，是那时他最大的人生理想。如今，实现理想的庄船长已经退休，但是40年的远洋船龄和27年的船长驾龄让他在航海的长长航线上，留下了为国家远洋事业拼搏奉献的不朽功绩。

40年来，庄船长先后干过13艘船，安全航行185万多海里，不仅为国家创造了数千万元的经济效益，而且带出了一批高素质的船员队伍，经他亲手带出的船长就有55名。1989年，他被评为山东省劳动模范，2003年被授予全国“五一”劳动奖章，2005年获“全国劳动模范”称号。

~ “我只是做了我应该做的” ~

从一个农村娃儿成长为一名受人尊敬的远洋巨轮的船长，庄茂奎始终认为，没有党和国家的培养，就不会有他的今天。作为党的干部，自己必须调准人生的“准星”，任何时候都要想着国家和企业给予了自己多少，自己能够为国家和企业多做点儿什么。

1985 年，他驾驶“谷海”轮去罗马尼亚卸货，眼看着货物快卸完了，可下个航次的任务还没有着落。公司通知他，卸完货后船空载去美国。像“谷海”轮这样的大船，一天成本费要十几万元，想着国家和企业因此可能蒙受的损失，庄船长坐不住了。他多次打电话与中国驻罗马尼亚大使馆联系寻求协助，商务处负责的同志表示爱莫能助。他并不气馁，掰着手指头给该同志算了一笔账。或许被庄船长的精神所打动，使馆商务处终于给联系安排了 3 万多吨化肥，之后又将其他船不愿装的 3 台钻机、20 多箱拖拉机备件、270 辆卡车也交给“谷海”轮运输。像捡了元宝似的，庄船长立即兴冲冲地安排船员扫舱待装，对货物绑扎加固。航次结束后一算，这个航次“谷海”轮挣了 370 多万美元。

对公家的钱，庄船长总是斤斤计较，恨不得一分钱掰成两半来花。一次，公司安排船在日本船厂修理，给他批了 45 万元修理费。他没白没黑、跑上跑下，对工程质量和进度进行监控，一天要跑几个来回。船厂哪个项目派了多少人、安排了多少修时、用了多少耗材，他一一做了详细记录。修理结束时，船厂提供了一份工程账单，让他签字确认。庄船长接过账单一看，发现与实际情况有出入。提出质疑后，对方一口咬定绝不会错。于是，他不动声色地拿出自己做的记录，与厂方据理力争。铁证面前，对方一看就傻眼了。一向以认真自负的日本人，最后不得不按船长的要求重新计算，最后从总修理费中砍去了 31.5%。此举为公司节省了一笔不小的开支，也让外国人真正领教了中国船长的厉害，在国际上维护了中国船员的形象和声誉。

庄茂奎船长

在“琥珀海”轮，流传着庄船长打手机打掉了一个卫生间的故事。原来，上船时儿子把自己的手机送给他用，好让他经常给家里报个平安。令家人想不到的是，庄船长却把手机作为了船上的业务电话。一次，从高频电话里庄船长得知，电厂计划安排一艘晚到的船先靠卸。这样一来，他的船将不得不在锚地抛锚等待，白白损失几天的船期。在庄船长眼里，这简直比自己损失了几万块钱还难受。船上卫通电话费用高，他拿起儿子送的手机就与租家、电厂调度和公司联系靠泊事宜。一天下来，他手机电池就换了三块。经多方交涉，“琥珀海”轮终于得以提前靠港，节省了两天船期。一来二去，那个月他的手机话费交了1700多元。这在当时的青岛，足以买下一个卫生间。老伴十分纳闷，打电话询问怎么回事儿。听了船长的解释，老伴埋怨道：“花自己的钱去办公家的事，老庄你这是为个啥？”他在电话里嘿嘿一笑，说：“没有公家哪来的小家，我只是做了我应该做的！”

20世纪90年代末，公司把一部分老旧船由远洋航线转移到了沿海航线。这是一片新的领域。公司“点将”，把他派到了“琥珀海”轮。面对这一艰巨的任务，庄船长也曾犹豫过。万一干砸了，个人荣誉事小，重要的是可能给国家和企业造成无可挽回的损失。为这事儿，他反复考虑了好几天。然而，作为一名老船长、老党员和老劳模，在企业困难的时候，他没有选择逃避。共产党员崇高的使命感和强烈的责任心，使他像往常一样，愉快地接受了公司的派遣。

就这样，从 1999 年起，庄船长在“琥珀海”轮一待就是六年，先后为公司创造毛利 1 亿多元。“琥珀海”轮被誉为青远沿海运输船舶的“一面旗帜”，所经营的“秦皇岛—江阴航线”被青岛口岸办评为“精品航线”。

~ “驾驶台就是我的岗位” ~

俗话说：跑马行船三分险。做了 25 年的船长，却没发生过一起责任性安全事故，庄茂奎船长所创造的安全纪录，在航运界也称得上是一个奇迹。有人说他是一个“福将”，了解他的人却知道，这与庄船长精湛的业务能力和高度的责任心是分不开的。

从第一次干船长起，庄船长就养成了一个习惯：晚上睡觉再晚，早上 5 点半也会准时起床，起来后先上驾驶台巡视一遍；白天再累，也从未在 24 点前睡过觉，睡觉前必须检查一遍全船安全防火情况。这一习惯，他几十年在船一直坚持了下来。

30 岁，正值人生的黄金时期，但对船舶来说，服务年限超过了 30 岁，已算是高龄了。“琥珀海”轮就是这样一艘超老龄船。转入沿海运输后，在安全方面“琥珀海”轮面临着一系列新的问题：航区复杂、航道生疏、进出长江频繁等。但最让庄船长担心的，还是船员们的安全意识问题。“琥珀海”轮常年往返江阴一线，在与主管海事安全的江阴利港海事处频繁的接触中，庄船长萌生了一个想法——通过与海事部门“联姻”，来促进船舶的安全工作。2001 年 12 月 24 日，在他的积极促成下，双方正式签订了口岸共建精神文明协议。由于找到了“安全”这一双方共同关注的契合点，共建活动开展四年，成效明显。利港海事处为船员举行安全形势、水上法律讲座十余次，海况复杂时，还主动派出巡逻艇为“琥珀海”轮保驾护航。这一成功“联姻”，使船员们的安全意识得到了加强和提高，船舶安全工作最大限度地得到了保障。

生活和工作中，庄船长是良师和益友，但不管是谁，若在安全方面出了问题，他又会严厉得不讲情面。一些和他同船的船员，都有过因没戴安全帽或系安全带等被他批评的经历。“琥珀海”轮进出长江需要 17 个多小时，虽患有腰椎间盘突出，但每次他都坚持在驾驶台值守。累了，喝杯咖啡，困了，就用冷水冲一下脸。一次进长江，一名船员看他十分疲劳，好心劝他：“船长，您下去休息一会儿吧，这儿有我们呢？”庄船长当即回答道：“保证船舶安全是我的职责所在，这时候，驾驶台就是我的岗位！”

沿海航区复杂、周转快、靠离码头和进出长江频繁，但在庄船长的指挥下，“琥珀海”轮一次次化险为夷。在该轮工作的 54 个月、1600 多个日日夜夜里，他的船共完成了 159 个航次，进出长江 318 次，靠离码头 630 次，没发生一起安全事故。

~ “他是值得信赖的” ~

船期是金，对远洋巨轮来说绝不是夸张。就“琥珀海”轮来讲，市场低的时候，一天的租金几万元，高的时候则达十几万元。

1999 年 4 月，公司揽到一票从北方港口至南方一家电厂的运煤合同。这是一笔长期业务，当时许多船公司都在竞争。为揽下这笔大合同，庄船长与船员们想租家所想，急租家所急，千方百计增加运量、节省船期。几个航次下来，“琥珀海”轮每个航次只需 7~10 天，而租家同时租用的其他船舶却要 15 天左右。在市场经济优胜劣汰的法则面前，租家将“琥珀海”轮指定为长期租用船舶。

每上一艘船，除了安全外，庄船长最关心的是船舶每个航次的运量、船期、可控成本、港口使费等数据，用他自己的话讲，就是“既要开好船，更要开明白船”。

第 179 航次，“琥珀海”轮由韩国驶往连云港港装煤。当时 16 号台风正影响附近海域。庄船长根据大量气象信息预报分析，判断台风不会对航行海域造成太大的危险。于是，完货后他果断地下达了开航的命令。航行途中，了解到另一艘同一卸港的船舶已经抵达长江口，而且安排在他的船前面进江。一定要抢在前面靠泊！打定主意后，庄船长立即着手修改航线，提高了航速。终于，在航行至南通水域时，“琥珀海”轮超过了该轮，提前两个小时靠泊，受到了租家的称赞。

船舶完货后 4 小时开航，属于比较正常，而“琥珀海”轮由于各项准备工作都赶在了前面，几乎每航次都在完货后 1~2 小时内即开航离港，最短时只用了 30 分钟。几年来，节省船期多达 33 天，合人民币 260 多万元。在为租家提供了优质服务的同时，也为企业创造了最佳的经济效益。

多年来的紧密合作，庄船长带领“琥珀海”轮与租家、货主、港方建立了一种同频共振、互利双赢的合作伙伴关系，租家甚至把留他在船上干作为一个重要条件，向公司提出了要求。回家休假不到一个月，租家、货主电话就会跟踪而至，一个接一个催他上船，用他们的话讲，“有你老庄在船上，我们放心！”一位租家在向“琥珀海”轮赠送锦旗时，曾深有感触地说：“庄船长是个不可多得的好船长，他与‘琥珀海’轮值得我们信赖。”

～“管船要像居家过日子一样”～

无论在什么船，庄船长心里都揣着一本经济账，用他的话说“管理船舶要像居家过日子一样，必须严格管理，精打细算”。

“琥珀海”轮设备陈旧、机械老化，给备航工作带来了很大难度。为此，他组织了船舶自修小组，成立了以团员青年为骨干的“青年突击队”，在航线短、周转快、进出长江及靠离码头频繁的情况下，见缝插针地做好船舶维修保养工作，变厂修为航修，变航修为自修。平时的修修补补，按责任区分工解决；遇到大活儿、急活儿时，则由全船统一部署，协调行动，使“琥珀海”轮机械设备状况保持了较高的水平。很多人第一次登上“琥珀海”轮，都不相信这是一艘行将退役的老船。

庄船长把技术革新作为“琥珀海”轮增收节支的一条重要途径。过去进出长江时，“琥珀海”轮一直使用轻油，与重油相比，不仅消耗大，费用也高。按当时价格计算，一吨轻油约 200 美元，一吨重油却只有 130 美元，每吨相差至少 70 美元。能不能在确保船舶安全的前提下，以重油代替轻油呢？为了解决其中的技术难题，他找到了轮机长，做通了他的思想工作，然后组织轮机部骨干力量进行反复研究试验，取得了成功，从而在“琥珀海”轮探索出了一条“以重代轻”增收节支的新路子。1999—2004 年，仅进出长江“以重代轻”一项，“琥珀海”轮就节约费用 340 多万元。

在庄船长上“琥珀海”轮前，由于辅机工况不好，无论航行还是停泊，一直两台辅机同时运行。如何解决这一历史遗留问题，降低燃油消耗，实现辅机单机航行，是庄船长上船后心里一直在琢磨的事情。在他的支持组织下，船舶技术人员日夜进行攻关，对辅机彻底检修、反复调试，最终恢复了单机航行。与过去相比，每天可节省轻油 0.9 吨，节省滑油 30 多公斤，五年多时间，仅单机航行一项就节约轻油 1653 吨，约合人民币 263 万元。

在庄船长的带领下，几年来“琥珀海”轮节约航修天数折合人民币 100 余万元，累计节约各种物料、备件、油漆等 155 万元，机电设备完好率达到了 99%，应急设备完好率 100%。在港监、船检等部门例行检查和港口国检查中，均以无缺陷的好成绩顺利通过，受到了当局官员的好评。

~ “选择了这个行当，就认定了要干一辈子” ~

远洋船员常年漂泊海上，与家人分离的时候多，相聚的时间少。40 年来，庄茂奎船长只陪家人过了六个春节。不能在家过年时，他只能给妻子写上一封平安信，或打一个报平安的电话，祝家人春节快乐。对此，妻子和儿女们早已习以为常。

从参加工作的第一天起，庄船长就把自己的前途和命运同祖国的远洋事业紧紧地拴在了一起。“我是党的人，既然选择了这个行当，就认定了要干一辈子”，朴实的话语里，折射着庄船长扎根远洋的崇高情怀。

1981 年，因腰部损伤，他住进了医院，还没痊愈就接到了公司的调令。尽管两个孩子都小，他还是说服了妻子，按时上了船。孩子没人看管，妻子只好把孩子带到厂里，一边工作一边照顾孩子。2004 年春节，船靠连云港港，86 岁的老母亲就住在新浦，从连云港到新浦坐汽车也只有半个小时的路程，但因装货紧张，他舍弃了这一难得的机会。年三十那天晚上，他从船上给老母亲打电话拜年，嘴上虽然在笑着，但心里却像打翻了五味瓶，一时间百感交集……在“琥珀海”轮，他最长干了21个月，最短也有13个月，其间只休了11个月假。40年来，他养老难以尽孝，教子难以尽责，妻困难以相帮。父亲病危，母亲生病，妻子住院，家里盖房，孩子出生、上学就业等，在这些节骨眼上，都因为他在船上，而没能帮上什么忙。

前些年，远洋待遇较低，按当时的说法，叫作“提职不提薪，粮食减三斤，干不干两块半”。一次，有家地方航运公司找到他弟弟，以四居室房子、高薪聘请、解决子女入学、家属调动等优厚条件，动员庄船长跳槽。了解他的弟弟说：“你们别费心了，我哥哥不会离开青远的。”这家航运公司的人很不理解地说：“现在还有这种人，这不是呆子吗？”

庄船长常把自己比作一滴海水，而中远海运集团就是那浩瀚的海洋，是远洋文化哺育了他，是企业给了他施展才能的舞台，他的根已深深地扎在远洋这一丰厚的土壤里。

文 中远海运船员公司

潮涌珠江　振兴海运

伴随着改革开放的大潮，我国的海运事业发生了历史性的变化。在众多致力于振兴海运事业的企业家中，有一位令人瞩目的人物。他就是原广州海运（集团）有限公司（简称广州海运）总经理——钱维扬。他为企业的崛起与发展耗费了大量心血，把自己的全副精力都倾注在振兴我国海运事业上。

钱维扬的成长道路，充满着坎坷、奋斗与追求。1960 年，钱维扬从大连海运学院毕业，分配到广东航运交通学院任教师，1962 年调入广州海运局运输处任调度员。秋日的傍晚，他来到了海边，当看着一艘艘满载的大型外轮穿梭驶过，而国内货轮却少得可怜时，他的思绪就像海面的浪花翻腾不停。他沉思着，当旧中国航运落后的阴影在脑海里掠过，他仿佛感到了自己的责任。他默默地下定了决心，一定要在这里干一番事业。

他努力地工作，以江浙人特有的精明、好学、有耐心、肯吃苦的性格，出色地完成了每一项工作任务。20 多年的奋斗，本着对事业执着的追求，不断进取，练就了一股不服输的性格。无论是工作还是为人，他都赢得了同事的赞许，受到了领导的肯定。

然而，他真正的事业是从 1984 年开始的。当又一轮改革大潮席卷全国的时候，他走上了领导岗位，就任广州海运局局长。

~ 把握机遇　发展运力 ~

改革带来的机遇，对每个企业、每个人都是均等的，但钱维扬善于把握机遇，很快显示出了企业家的魄力。

进入 20 世纪 80 年代，改革的春风吹遍大地，我国特别是广东省的经济建设情况发生了深刻的变化，海运也面临着大发展的机遇。但机遇与挑战往往是同时降临的。地方经济的起飞，对海上交通运输提出了更大的需求，然而，广州海运局此时真的感到有点力不从心了。

与新中国一同起航的广州海运局有过辉煌的历程，多年来，广州海运职工以老旧船起家，以艰苦创业谋发展，进入 20 世纪 80 年代又成为交通系统效益最好的海运企业之一。但是，却无法回避运力不足和超期服役的老旧船舶占船队三分之一的事实。运力是海运企业组织生产的基本条件。是从适应国家经济建设的长远出发，下决心花巨资发展运力？还是为避免担风险保持现状？这个问题摆到了刚刚上任的钱维扬面前。

他想了很多，想得很深、很远。

广东省是全国改革开放的综合试验区，政策灵活、优惠，有濒临港澳地区得天独厚的经营条件，为经济持续高速增长提供了极为有力的保证，广东省经济每年都以 10% 以上的速度增长。经济增长，动力先行。广东省有一半以上的煤炭和接近全部的原油要靠海运运入，难怪有人说，广州海运停产一周，广州市就会陷入“瘫痪和黑暗”。可见海运市场前景是广阔的，只要广州海运有实力，就不怕没有货来运。

但是，实力从何而来呢？

还是靠前辈们留下的老旧船来继续苦苦经营吗？这显然难有大的突破。不但从运力数量上不能满足华南经济发展的需求，而且，老旧船修理费用高，燃料消耗大，效率低下，难以形成真正的实力。

要提高实力，必须发展新运力，可此时造船的价格就像断了线的风筝，扶摇直上。此时造船，贷款债务必然会成倍增加，企业有这么大的承受力吗？要大量造船，资金怎么筹集？如何回收？万一决策失误，责任又由谁来承担？造船被企业界认为是“最具投资风险的举动”，这风险又由谁来担负呢？

改革的道路充满曲折和风险，一招不慎，就会满盘皆输。发展与风险的交锋，新观念与旧思想的决战，此时正在钱维扬脑海中进行着。是等待国家下政策、拨资金，守着老本吃保险饭；还是大胆地走自我更新改造的道路？前者名正言顺，后者铤而走险。

常和风浪打交道的人都知道中国这一句古语：逆水行舟，不进则退。它告诉人们这样一个道理：“一个人，一个企业，以至一个国家，要在世界上立于不败之地，就必须发奋进取，不能抱残守缺！”

造船！面对咄咄逼人的海上运输形势，钱维扬勇敢地作出了抉择。

为了这个颇具风险的投资决策，钱维扬和他的助手们进行了大量的市场调研和论证。资金缺可以先借，要突破就要打破常规，走负债经营的路子。如一条散货船按正常营运 24 年来考虑，即使 14 年还清贷款本息，也还有 10 年的赚头，何况一条散货船还不止用 24 年。只有有船，企业才能提高市场占有率，才能创利。况且，迅速发展的海上能源运输大市场，不就是还贷的可靠保障吗？至于船价暴涨，造船越早相对越便宜，迟造不如早造。

账越算越清，越算信心越足，胆子越大。他的想法得到了班子和上级领导的支持。在统一思想的基础上，“七五”期间，广州海运果断贷款10亿元，签订了包括7艘3.5万吨级经济型散货船在内的共46万吨造船合同。其后，由于国际海运事业急剧发展，船价成倍增长。而正是这批船舶，日后成为广州海运运输生产的主力军。钱维扬以自己的胆识和智慧，在走上领导岗位的第一步，就抓住机遇使企业获得了发展。

“七五”期间，广州海运局在运力发展上打了一个漂亮仗，共新增船舶32艘、44万载重吨，占当时船舶保有量的40%，使企业船队一跃成为我国沿海海运企业中最年轻的船队。

机遇从来只青睐有心人。面对千变万化的市场，钱维扬总是不放过每一个有利的时机。继“七五”之后，钱维扬又在运力发展上采取了一系列大动作。他精明地盯着国际船舶市场，在航运低潮船价下跌时，大胆地借贷一笔外汇，购进13艘44万载重吨国外二手船扩充船队。针对资金严重不足的困难，他又采取了难度较大的融资租赁方式买进2艘6万吨级散货船，拓宽了运力发展的路子。

进入20世纪90年代，随着航运市场的变化，钱维扬审时度势，及时对船舶结构和船队结构进行调整。一方面逐步处理了经营效益差、4000吨以下的小船和老旧“红旗”型散杂货船24艘、11.35万吨；针对广州海运的客货船严重亏损，无力与公路、铁路、航空竞争的情况，果断决策，于1996年初将全部13艘客货船处理完毕，退出了水上客运市场。为适应南海海洋油运输市场的需求，加大了油轮更新力度，重点增加了13万吨级油轮1艘、6万吨级油轮4艘、3.5万吨级油轮4艘、1.1万吨级成品油轮2艘。另一方面，他把深邃的目光投向国际市场，组建专门从事远洋运输的南方船务公司，实行专业化管理和规模经营，投入外贸运输的运力占了一半，为广州海运实施“立足沿海，发展远洋”的战略目标迈出了坚实的步伐。

统计数据表明，改革开放以后，广州海运的船队规模从 1978 年的 94 艘、91.1 万吨迅速增至 1997 年底的 124 艘、314.9 万吨。

~ 深化改革　科学管理 ~

企业发展的关键在于完善的管理，一个好的领导者必须是好的管理者。钱维扬深知，发展运力和技术改造仅仅是海运局这个老企业开创新局面迈出的第一步，企业要进入市场，参与竞争，没有好的管理，就没有高效益，造船的巨额投资就犹如投石入海。他认准了这一点，决心在管理上下真功夫，向科学管理要效益。

然而，要做好管理这篇文章谈何容易。对于广州海运这样的老企业，多年在计划经济体制下建立和发展起来的管理模式、运行机制以及各种旧观念在人们心目中根深蒂固。“冰冻三尺，非一日之寒”啊！在旧体制下过惯了舒服日子的人们，一旦要面对竞争、危机，在他们思想上引起的将是何等的振动。旧观念、旧体制是人们前进的绊脚石，也是改善企业管理的拦路虎。

“明知山有虎，偏向虎山行，”在困难面前从不退缩的钱维扬，毅然带领广大职工踏上了企业全面改革的艰难之路。

钱维扬在广州海运（集团）公司第四届职工代表大会上

根据党的十四大提出的建立社会主义市场经济体制的要求，经交通部批准，广州海运局从1993年1月1日起正式更名为“广州海运（集团）公司”，钱维扬出任总经理。

思想是行动的指南，他从解放思想开始，让职工正确认识市场，树立新观念。在职工代表大会上，他讲转换经营机制的道理，讲现代企业制度和《公司法》，讲与国际接轨，讲市场竞争，优胜劣汰。在生产经营分析会上，他讲市场的风险和竞争的残酷性。在计划体制向市场过渡的过程中，他要求广大职工首先建立风险观念。

风险无情，但它使人时时抱有危机感、紧迫感，从而主动改进服务，改善管理。在他的极力主张下，广州海运成为国内第一家向保险公司投保的航运单位。

分配也要有新观念，要调动人的积极性，必须发挥激励和分配机制的作用。他提出，打破分配上“大锅饭”的做法，把分配与个人才能、业绩、贡献大小结合起来，大胆采取灵活的分配方式，对贡献大、责任大的实行高薪。他鼓励职工靠勤劳致富，为社会、企业创造财富越多，拿钱越多就越光荣。所以在调整岗位技能工资中，他主张向一线船员倾斜，向船长、轮机长等专业人才倾斜。

企业进入市场，效益的观念十分重要。过去计划经济只强调产量指标和指令性计划的完成，不大重视成本和产值指标，使效益问题摆不上重要地位。因此，在市场经济中，他强调效益是企业的生命，一切经营活动必须以效益为中心，并以此要求广大职工努力降低成本，多渠道创收，实现低投入、高产出。

企业要与国际接轨，他强调必须按国际航运规则的要求，针对存在问题，大力进行整改，改善设备，转变观念，加强管理，建立和认证船舶安全管理体系，才能取得进入市场的通行证。

他对企业经营成绩的评定标准，也有自己独特的见解。他说，衡量一个企业成绩的大小，不是看完成上级指令性计划的多少，不能自己与自己比。企业的真实水平只能与同行比，同社会平均水平比。只有这样才能使企业提高资金回报率，使效益高于社会平均水平，使企业兴旺，有竞争力。

他的新观念、新思想，带动、启发和影响了广大职工，使之变成了推进改革的动力。

1993 年，为适应转轨需要，他主持完成财务制度的三大改革。一是（集团）公司与国家财政关系由“承包经营”改为“税利分流”；二是实行新的“两则”（会计准则和财务通则）；三是进行清产核资，摸清本企业的现状，为建立现代企业制度做好基础工作。

1994 年底，广州海运被国务院确定为全国百户建立现代企业制度试点单位之一。钱维扬首先主持召开了企业发展战略研讨会，确定了“立足沿海，发展远洋，海运为主，多元经营”的战略和目标，然后按建立现代企业制度的要求，主持大胆探索建立新的管理体制和领导体制。从 1996 年 1 月 1 日起，广州海运由直线职能制，改制为事业部制的组织管理机构。企业划分为公司总部、事业部、基层单位三个层级，分别承担决策中心、利润中心和成本中心的功能。新的管理机构经过一年的运作，成效显著。同时根据交通部的委派和任命，组成了董事会、总经理和监事会，在企业内部建立起权责分明、相互制衡、有效运作的公司法人治理结构，实行董事会领导下的总经理负责制。1996 年 8 月 9 日，广州海运（集团）有限公司正式挂牌，钱维扬任副董事长、总经理，1997 年 8 月 28 日任董事长、总经理。

行政权力增大了，钱维扬却并没有丝毫的居权自傲，他感到的是担子、压力和责任的增加。他懂得，搞好企业，不能只是靠一个企业家的力量，而是靠上下左右的领导、同事和群众力量的密切结合，靠一个团结而高效的领导集体，特别是靠党委的支持。他常常提醒自己，要讲民主，要谦虚谨慎。他常说：“我这个权是党给的，是广大职工给的，不是我个人的！”

他是这样讲也是这样做的。围绕企业的发展，在许多重大问题上，他主动向董事会、监事会和职工代表大会报告，十分注重依靠党的领导和支持，千方百计扩大群体的力量，听取群众的意见，发挥领导班子的作用。

钱维扬在悉心架构起新的管理体制和领导体制的同时，又不断推进企业的各项内部改革。

首先，改革企业职工保障制度。在社会保障尚未成熟的条件下，为推动企业的各项改革，率先试点，成立社会保障部，实现了企业内部保障社会化，让生产单位轻装前进，集中精力参与市场竞争。同时，进一步改革和完善了企业内部的各项保障制度，如职工养老制度、住房制度和医疗制度的改革，体现了国家、企业、职工个人共同分担费用的原则。

其次，对劳动人事制度进行改革。一是成立英华船员劳务分公司，将原分散于各船公司管理的船员，集中由船员公司统一管理，以合理配置劳动力资源和优化船员整体素质，船员公司与船公司之间通过劳务合同建立业务关系，形成企业内部劳动力市场和竞争上岗的机制；二是用工制度上打破“终身制”，实行劳动合同制，陆岸单位员工以及船员与企业签订了劳动合同；用人制度上搬掉“铁交椅”，实行行政干部和专业技术干部逐级聘制，党群系统科以上干部实行委任制，严格考核干部的“德、能、勤、绩”，能者上，庸者下，引入公开招聘的竞争机制。

最后，按现代企业制度的要求，健全企业财务会计和内部审计制度。建立了总经理制定财务预、决算，董事会批准预、决算，监事会负责财务检查，出资者加强财务监督的机制。

各项改革措施的出台，迅速改变着企业的面貌。钱维扬在接受《广州海运报》记者采访时说：“改革会使企业越办越好。”广大职工开始对此深信不疑。

~ 振兴海运　以人为本 ~

人才是企业最宝贵的资源。但是，我国海运企业却长期以来存在着技术人才短缺、技术骨干青黄不接的严重问题。尤其是改革开放，海运企业走向市场以后，人才竞争更加激烈，如何有效地防止技术骨干外流，同时又尽快造就一支高技术水平的人才队伍，就成为海运企业参与市场竞争的一个焦点。

企业之间的竞争归根结底就是人才的竞争，只有留住人才，才能参与市场竞争，有远见的企业家毫不例外地把目光集中到人才身上。

钱维扬深知人才的重要性，人才问题是他上任之后考虑得最多的问题。他常说，海运企业的发展，更需要大批的有用人才。

但是，由于历史的原因，造成广州海运人才断层、技术干部数量不足，60% 以上的高级船员因长期得不到公休而超负荷地工作；管理机关不少岗位由于没有补充来源也难以提高干部的素质和业务技能。而船队的迅速发展，船舶新技术的广泛应用，对人员的素质又提出了更高的要求。

另外，干部队伍总体素质偏低，还有相当部分船舶技术干部文化程度在初中以下。同时，管理机关中层干部普遍趋于老化，据 1990 年统计，广州海运处以上干部 54% 以上超过 50 岁。而此时又恰逢社会对人才的不公平竞争，受高薪及各种优厚待遇的吸引，造成了相当部分人才的流失。

1998 年 8 月，钱维扬主持并参加中国海运（香港）控股有限公司成立大会

面对企业发展和人才需求的巨大矛盾，钱维扬的内心忧虑而焦急。

怎么办？他苦思良策。

一种对企业前途、命运的忧患意识和强烈的责任感，促使他提笔向《广州海运报》写下了《局长的忧虑》。很快，“局长的忧虑”变成了全局的忧虑，他提出的问题在广大职工中引起很大的反响。职工们纷纷出谋献策。

留住人才的关键在于稳定人心。“要多关心船员，为他们排忧解难！”钱维扬感到企业既要有奋发精神，但也少不了人情味。他不顾工作的劳累，特别是每逢节假日，经常深入到船上和基层单位。无论是对刚走向工作岗位的青年职工，还是工作多年的老船员，他都与他们促膝而谈，细听心声。平时，无论多忙，他总是亲自批阅船员的来信，热情接待来访的船员，尽力为他们解决困难。多年来，职工的困难、疾苦使他牵肠挂肚，操心不已，经他亲自过问解决的“农转非”、住房、子女入学、家属就业等老大难问题就不下百起。

钱维扬在留人才的同时，还十分注意培养人才。他把十分有限的基建资金拨出一部分投资建设了海运技校和海员培训中心，建成了门类比较齐全、完整，师资比较雄厚的培训基地。经过培训，一批又一批的合格人才走上岗位，成为海运队伍的生力军。他大胆启用年轻人，促进了人才的成长，人们为 4 万吨级船舶“万寿山”轮的船长年仅 32 岁而惊叹，而实际上他已当了 4 年船长。即使是最大的一艘 10 万吨级油轮，船长、老轨也仅 30 出头。为年轻人创造大显身手的舞台，也是企业家的责任。钱维扬对所属的船公司提出了让青年快速成长的要求，让大中专毕业生提前上岗，大胆使用，有效地缩短人才成长周期。这种做法在专业技术人员中产生了强烈的反响，他们看到了一条快速成长的希望之路。他还想方设法吸引人才，每年赞助经费给全国有关院校，保证高等技术人才源源不断进入广州海运。同时，多次参加省内外的人才交流市场，广开人才渠道。

通过参与市场竞争和现代企业制度试点，一大批优秀的青年管理干部脱颖而出。据 1997 年底统计，机关 45 岁以下的处级干部占了 40%，最年轻的只有 31 岁。钱维扬欣慰地说：“这些后起之秀，正是我们企业未来的希望！”

~ 服从大局　心系未来 ~

1997 年是广州海运推行现代企业制度试点的最后一年，也是中国海运集团成立的一年。钱维扬胸怀全局，他要求广州海运全体员工服从大局，全力支持中海集团组建工作。一方面，他在公司领导班子成员之间以及利用各种场合，大力宣传中海集团成立的目的、意义和筹备、改革工作的进展情况，强调树立集团意识，使全体员工增强全局观念，理解和支持改革。另一方面，他要求各有关部门积极配合中海开展调研，并从人力、财力等方面大力支持中海集团的组建工作，共输送了15名素质较高、对市场适应能力较强、具有实践管理经验的干部；按照中海集团专业化管理的要求，组织做好油轮、船代、货代、集装箱等业务的移交工作；积极做好中海货运的组建工作。

1998年7月22日，广州海运、中海货运在广州海运大厦召开处以上干部大会，中海集团组织部领导宣读了交通部任免文件。在全场热烈的掌声中，钱维扬满怀激情地走上讲台作了离任讲话。

怀着对海运事业的追求，钱维扬满怀信心地踏上了新的征程……

文 朱允光 顾昌瑜

钱老退休后参加公益活动

正己正人的掌舵人

沙明宗，1977 年到青岛远洋工作，在几十年的航海生涯中，年年安全航行，年年超额完成运输生产任务。他所在的“胶州海”轮连续 11 年被中远集团评为“安全优质先进船”，1993 年被全国总工会授予“全国先进班组”荣誉称号，荣获“五一”劳动奖章。1992 年，沙明宗船长被评为山东省劳动模范，1995 年，荣获全国劳动模范荣誉称号，并作为基层代表，受到了时任中共中央总书记、国家主席江泽民等党和国家领导人的接见，赢得了党和国家给予劳动者的最高荣誉。

~ 他的座右铭是“人生难得一个正字” ~

沙明宗船长在总结工作时深有体会地说：“只靠船长的职权，作为一船之长指手画脚地发号施令是管不好船的。”沙船长始终把以身作则、严以律己当作行动准则，工作中，他和政委密切配合，首先抓好船舶领导和共产党员自身素质的提高，他自己更是时时事事率先垂范，以自己的模范行动影响和带领全体船员为远洋事业拼搏奉献。

沙船长始终坚持白天和船员一起劳动，晚上处理自己的业务工作，他和水手们一样分片包干，并宣布“以我为标准”，检查工作的时候，次次他的工作进度和质量都是第一。在他的带动下，船舶领导参加劳动成为“胶州海”轮不成文的规定和传统，哪里有脏活儿，哪里有累活儿，哪里有突击任务，哪里就有船舶领导与大家共同奋战的身影。

熟悉沙船长的人都知道，他有一个“人生难得一个正字”的座右铭，因为这个“正”字，在他的提议下，船舶领导的奖金比公司规定的标准少拿25%；因为这个“正”字，在涉外交往中出于礼节收下的礼品和外国老板私下塞给他的“红包”，他都如数上交，反而，在公司批拨的招待费用不够的情况下自己掏钱补充；因为这个“正”字，船上的烟酒糖茶、生禽海鲜、罐头食品，他嘴不馋手不伸，想吃棵大葱也是下地时自己买；因为这个“正”字，要求船舶卫生达标，他的房间始终是全船公认的卫生标兵房间；因为这个“正”字，1991年，我国南方部分地区遭受严重水灾后，他带头向灾区捐款500元，是全船和全公司捐款最多的人；因为这个“正”字，他一次一次地把春节休假的机会让给别人，这么多年的远洋生涯中，他只在家过了4个春节……沙船长的高尚品德受到全体船员的由衷敬佩，船舶工作自然政通人和、令行禁止。

沙船长像兄长一样关心船员，为搞好船舶伙食，他亲自修改审批周食谱，从饭菜的花样品种到营养成分的搭配，他都亲自把关。船员生病了他及时去看望，船员有思想问题，他找他们谈心交流。他常说：“思想工作三言两语不算少，要从关心人、理解人入手。”在处理矛盾时，他注重调查研究，坚持实事求是，不袒护、不偏听偏信，是非曲直分明，因而保护和调动了船员的积极性和创造性，在关键时刻，一声令下，全体船员如猛虎下山般敢打敢拼。

沙明宗船长

~ 他成为美国加尔沃斯顿市的荣誉市民和名誉港长 ~

业余时间，当别人打牌娱乐的时候，沙船长却在学习天文学、地质学、气象学、材料力学、海商法……。凡是与远洋运输有关的各种知识，他都孜孜不倦地学，日积月累，几尺厚的业务笔记积攒了几大摞。丰富的业务知识，使他无论在风云变幻的海洋，还是在复杂的国际营运市场环境中，都能指挥船舶镇定自若，处理业务胸有成竹。在狂风巨浪的大海上，在复杂的海区，他一次次使船舶转危为安；在复杂的国际营运市场环境下，他一次次挽回损失、一次次增收节支。凡是和他同过船的船员，凡是与他打过交道的外国人，无一不对他由衷地赞叹。

1980 年春天，他驾驶远洋货轮，横穿北大西洋，通过百慕大三角，第一次到达美国加尔沃斯顿，装运 15800 吨棉花。棉花属危险货物，航行中相互摩擦、温度升高都可能自燃，必须有严密的防火措施。接到装棉花的任务后，沙船长立即发动全体船员，献计献策，制定最佳装卸方案，准备好铺垫物料，提前做好一切装货准备。抵港后按装货方案，严格监督港方认真执行，装货期间加强值班监督，与港方密切配合。以中国海员意气风发的精神面貌和高度的工作责任心深深打动了美国各界人士的心，加尔沃斯顿市市长带领政府官员特意上船，授予沙明宗船长为加尔沃斯顿市荣誉公民并任命他为该港名誉港长，亲自给沙船长颁发了双任命证书和加尔沃斯顿市的金钥匙。这件事为中美友好关系增加了小热点，当地报纸在头版头条位置报道了这一消息，并刊登了沙船长和市长合影的大幅照片。1989 年，沙船长第二次驾船到达加尔沃斯顿，新一任加市市长宣布：中国青岛远洋运输公司“胶州海”轮船长沙明宗先生继续担任加尔沃斯顿港名誉港长！

沙船长驾驶巨轮数次绕好望角、穿百慕大、过巴拿马和苏伊士运河，起码环绕地球 30 余圈，为远洋事业做出了突出的贡献。

~ 他所管理的船舶成为青岛远洋公司的光荣船舶 ~

远洋运输生产的工作实践使沙船长越来越意识到管理工作在生产经营中的重要性。他坚持从严治船，向管理要效益，向管理要安全。

他逐项逐条地审定船舶及各部门、各岗位的规章制度，完善了各种机械设备的操作规程，严抓落实，奖罚分明；每月组织船员安全学习，发动大家查隐患、堵漏洞；每航次进行总结，全船养成了人人自觉遵守规章制度、按操作规程工作的好习惯。

1983 年，船舶定船承包后，他根据各部门的工作性质和工作任务，将承包指标层层分解落实到各部门、各岗位，就连公司组织开展的增收节支劳动竞赛活动，他也将具体措施承包落实到各部门、各岗位，全船人人有承包任务和具体指标，并将承包任务的完成情况与年终各项先进的评比和奖金分配挂钩，严、细、科学的承包安排，充分调动了全体船员的积极性，保证了船舶安全优质地完成运输生产任务。

为了培养一支过硬的船员队伍，使船员能够应付各种复杂情况，他经常组织干部船员适时、适地地学习，当船舶航行到雾区和复杂海区的时候，他召集干部船员上驾驶台，亲自讲解示范；他定期组织船舶消防救生演习，提高船员的应变能力；他安排船舶各部门认真进行工人船员的岗位学习和业务技术竞赛，使船员的业务素质得到了不断提高。

为了节省物料费，他亲自掌握着各种物料的出入账，严格按规定发放使用。船上千余米的管路，常年风吹浪打、日晒雨淋，如果保养不好，两三年就会烂穿，但在他们船上，即便是 8 年过去了，除个别位置因难以保养更新外，其他管路仍在使用。

1994 年初，“胶州海”轮在连云港港装地瓜干，对工作高度负责的“胶州海”轮船员发现麻包里掺有大量的沙土、石块、水，最多的在仅有 80 余斤重的麻包里掺假 43 斤。得知情况后，沙船长紧急组织全船人员分成几组，冒着深冬的寒风，日夜坚守在舱口监装，阻止大批劣质货物进舱。后来，租船人代表在船员大会上激动地说：“你们阻止了 800 多吨杂质上船，至少防止了 70% 的沙土进舱，你们为提高国家信誉立了一大功，‘胶州海’这个名字将永远留在我的记忆中。”此事惊动了连云港市政府和口岸委等有关单位，他们联合查处此事，并发表了多篇报道和评论文章。

1994 年，在沙船长的带领下，“胶州海”轮全体船员以拼搏奉献的主人翁精神，自修保养了四个上边柜，五个舱盖，敲锈面积达 8376 平方米，涂漆面积 1 万多平方米，更换了 1 号克令吊的大小齿轮和主供油泵布司，改装了应急发电机和锅炉热水井管道，更换各种规格的管路 122 米……公司安排的 8 天航修时间一天也没占用，大量的自修工作节约了修船费 20 余万元，优质地完成了全年的运输生产任务，安全生产保持“六无”，营运率 100%。自 1993 年 7 月与公司签订任期目标责任书至 1994 年 12 月，节省修船期 12 天，节约航修费、通导费、物料费、备件费等 300 余万元。

多年来，沙船长和他所在的“胶州海”轮先后获得了 70 多面锦旗和各种奖状、奖杯、奖牌。一面面锦旗，一张张奖状，一个个奖杯，一块块奖牌，就像一座座丰碑，记载着沙明宗船长和船员们敬业爱岗、拼搏奉献的光辉业绩，他们的事迹已成为青岛远洋公司其他船舶和船员学习的标杆。

文 中远海运船员公司

海上铺路者

采访鲍浩贤，顺利又不顺利。

他的老同学，同过船的船员很愿意向我们介绍，而他自己，却不肯讲。

怎么办？难题也得做，大家公认的好船长——“全国优秀船长”称号和全国“五一劳动奖章”获得者，不写，对不起大家。

海员，千千万万，鲍浩贤是一个真正的海员。

好似雕刻而成的脸庞留着风和浪的印记——皮肤，黑里透红；凝聚着思索的皱纹嵌在宽宽的额头上；炯炯有光的眼睛习惯于正视前方；高高的鼻梁，有棱有角的嘴唇，给人以威严。

一开口，上海宝山县的乡土口音，沉沉地，慢慢地，侃侃而来。他，一个典型海员性格的人，坦豁、正直、深沉、细腻——全由大海所赋予。

说他是个地道的海员，殊不知，他却是在无意之中——

～ 走上了航海之路 ～

十八岁的鲍浩贤高中毕业，要考大学。选学什么专业？耿直的父亲是开通的。书要读下去，学什么？由儿子自己定。

十八岁，富有幻想的年龄，可鲍浩贤却想得实在——学冶金。学冶金？是国家历经创伤，工业萧条落后，民族的忧患屈辱曾经刺伤了他的心？是硬邦邦的铁和钢更适合他深沉寡言的性格？是锰、硅、磷等等神秘的元素吸引着他？一个人生中重要的决定常常是各种因素的合力促成的，一句话自然很难说清楚。

鲍浩贤船长

鲍浩贤最终没能与冶金结成良缘，他看到父亲肩上的生活担子挺沉的。哥哥上了大学，六个弟弟妹妹嗷嗷待哺。他得重新做选择：找一个公费或者少收点儿学费的学校，读啥都可以，只要有书读就行。这时，吴淞商船专科学校从重庆迁回上海，开始招生。这所国立专科学校符合他的选择标准，他去报考，被录取了。学什么专业？茫然。开船、出海，离不开驾驶员，学驾驶吧。然而，这个决定却使他在以后的几十年中后悔不已："其实我应该学轮机的，我对轮机更有兴趣，喜欢动手做做事。"但是他的身上没有朝三暮四、见异思迁的秉性。一样东西，既然学了，就一定要学好它。

高中时代任左边锋的鲍浩贤，已经无暇再在足球场上奔跑拼搏、犀利威风了。听课一看书一作业，生活天天如此循环，他舒心地遨游在知识的大海洋里。

一晃几年，临近毕业。这批未来的船长只能在 400 ~ 800 匹马力的长江拖轮上实习。拖轮上驾驶台很小，房间也小，驶进了江中，船上的空间更小，鲍浩贤却能在工作之余找到他看书学习的"空间"：驾驶台顶上、甲板上、走廊里……。冷了，裹件棉衣；落雨，披件雨衣。钻进了书本，周围的一切悄然无声了。干起活儿来，是个好水手，勤快，肯干。

1949 年 5 月，上海解放了。6 月，鲍浩贤从船校毕业。他和同学们一起，以联络员的身份，跟随军代表接管国民党的招商局，组建新中国的海运船队。

~ "中国船员做事，使人放心" ~

20 世纪 50 年代中期，年轻的中华人民共和国正处在国民经济恢复阶段，非常需要资金，需要设备，需要人才。国家家底薄、摊子大，再加上帝国主义禁运封锁，困难重重。但是，中国人民没有被艰难险阻所压倒，社会主义兄弟国家伸出了援助之手，中波、中捷合营股份轮船公司相继成立，帮助我们运输急需的物资。

两百多个中国海员先后被派到挂着波兰国旗的船上工作，这就是新中国第一代远洋船员。那时，中波公司的船也不多，国内建设需要的设备、仪器，主要靠海运。船上的回程货大多是大件、重件，常常塞满了船舱，堆满了甲板。中国船员透过这一切，看到了祖国人民期待的目光，感到肩上的担子沉甸甸的。他们忘记了自己，配载、绑扎、加固，尽情地施展自己的才干，毫不吝惜地挥洒汗水。他们兢兢业业，绝不容许自己在岗位上有丝毫差错，影响船舶的安全和货运的质量。每个人都为着祖国的荣誉、民族的尊严而尽心尽力工作着。

1954 年的春暖花开时节，年轻的三副鲍浩贤心里揣着不安，离开海运局，来到中波公司的“国际友谊”轮工作。中国大副已经休假，船上驾驶员就他一个是中国人。沿海—远洋；国语—英语。转折？启程？来了，就不会退却。本职工作，救生、消防设备整理得井井有条，该做的，一件不少，救生艇上的绳结只只出自他的手。他又兼任起翻译，周旋在大副—水手（中国）、水手长—水手之间，忙得不亦乐乎。

又过了一年多，鲍浩贤再次登上“国际友谊”轮时，已经是二副了。该轮安放老式电罗经的房间，上下四壁斑斑驳驳，一看就知道这条船已经饱经风霜了。鲍浩贤挽起袖子，把变流器、电罗经擦得发光发亮，把房间打扫得干干净净，上下四面墙壁都油漆一新。天好开门通风，下雨关门。这一切，都被老船长默默看在眼里。船长莫切夫斯基年近古稀，海军出身，集军人风度与海员气质一身，素以严厉著称。

是老船长对这位来自东方古国的小伙子寄予厚望？还是他要有意考考这位任职不久的二副？

其时因为战争，苏伊士运河被封闭，船要绕行好望角才能回国。好望角—印度洋—桑达海峡—黄埔港怎么走？大圆航线（两点之间路程最短）比墨氏航线（恒向线）可少走几海里？老船长给驾驶员出了题目。鲍浩贤非常兴奋，他也很想有机会掂一掂自己的分量。回到房间，他拿起笔就干了起来，画出了大圆航线图，用锥面三角形计算公式一步步演算出大圆航线的航程，接着，又计算出了恒向航线的航程。他借来了英文打字机，认认真真仔仔细细地记录下自己的整个演算过程。之后，16 开的五张纸恭恭敬敬地送到老船长的手中。只见这时，船长一贯严肃的脸上，表情依然难以捉摸。只是事后，他对人说："中国船员做事使人放心 。"到了 1957 年 4 月的一天，鲍浩贤被招到公司，提升为大副的决定让他感到惊愕：船上的职务提升特别看重海上工作经历。他想想自己，才干了一年多二副啊？回船后对老船长一说，莫切夫斯基咧嘴一笑："是我写信向公司推荐你的，你能干好的，小伙子！"鲍浩贤默默地用力点了点头。

在中波公司工作的九年是鲍船长的黄金年华。人皆云：青年时代是人生之春、人生之华、人生之王。鲍浩贤在特殊的工作环境中练就了自己献身事业，为国争光的非凡气度。这种坚韧不拔、持之以恒的学习精神，认真细致、脚踏实地的科学态度，影响了他以后的几十年。

~ "请记住，我是船长……" ~

1961 年，中国远洋运输公司宣告成立，我国有了自己的远洋运输船队，飘扬着五星红旗的船舶来到了东南亚、欧洲、非洲……。这时候，鲍浩贤已是一位独当一面的船长了。

"船上的工作应该是严肃的，有程序的。存在着领导与被领导，指挥与服从，这是工作的需要，我们要强调这种气氛。而工作之余，同志之间的关系则应该是和谐的。"——这是鲍船长的主张。他要求船员各负其责，各尽其力，而他自己首先不折不扣地担负起了一个远洋船长的职责。

三十多年的航海生涯，二十多年的远洋船长经历，他面对的是汪洋大海：时而碧波荡漾、水天一色，时而浪涛汹涌，咆哮狰狞；来到世界各国各地区的港口，装卸设备、风土人情、民族习俗都各有差异；面对着复杂多变的气候条件、地理环境，北海的冰流、亚得里亚海的风云、比斯开湾的狂风……运过了多少票货，记也记不清。化去的心血汗水，不比装的货少。鲍船长的肩膀上一直压着一副重重的担子，远比别人要重得多。为了国家的利益，他度过了多少不眠之夜，反复计算运量、船期；为了民族的尊严，他经历过多少次艰难的谈判、交涉；为了公司信誉，他查看过多少货仓和货箱，凡是要鲍船长签名的单证、提单，他都要一一反复审核。油账、修船账一笔笔重新计算。船员名单中拼音错了，他也要提笔改正过来。他每到一艘船，第一件事就是上上下下、前前后后跑遍摸透。他把船图微缩在自己小笔记本上，用红蓝铅笔标明各个部位，各类数据工工整整地列在上面，本子随身带。有的船员不解地问："鲍船长，这些材料船上不是都有吗？何必再费那么大的功夫抄在本子上？"他说，抄在本子上的，是通过自己了解而得到的资料，有利于熟悉船舶，方便工作。一船之长，心中装下的是整条船。

但，他又岂是心中只装着船。

一个寒风凛冽的季节，欧洲的冬天似乎更冷。南斯拉夫耶卡胜利船厂停泊着一艘悬挂着五星红旗的货轮——"梅海"轮在这里保修。

"梅海"轮是一艘4万吨级的粮矿散装船，投入运营后，一直装运粮食，为了试验质量，在保修前，从秦皇岛港装煤去罗马尼亚。到了保修时间，装过煤的一、三、五、七舱油漆起皮脱落。鲍船长决意把此列入保修项目。偌大的七个大舱，除却底部，顶部加四周，五面的旧漆要铲除，重新喷上新油漆，工程量大，费用高。怎么说服厂方？没有充足的理由，很难达到目的。

设计？材料？工艺？果然，厂方代表矢口否认，不肯认账。

“这是工艺和油漆质量问题。”鲍船长说。

何以见得?

“说明书上的日期说明，船舶是在冬季进行油漆的。低温油漆，钢板上有水汽，表面没有处理好。油漆质量也有问题，几度油漆是逐层脱落的。”

厂方化验员，工艺保修科和油漆厂三路人马联合调查。

鲍浩贤也在找证据，摸准厂方要拉生意的心理，拿出一块从大舱壁上剥落下来的油漆，放在信笺上，“我要向公司汇报你厂工艺和质量问题。”

“我们研究研究”，一个星期后，厂方同意了。

“现在也是冬季，油漆工艺更要引起重视。”

结果，七个大舱油漆一新，而且用的是高强度的环氧树脂油漆。

时间像流水般地过去。

1985 年 5 月末的一天，在联邦德国的基尔，HPW 船厂里又有一艘现代化的 3 万多吨全集装箱船“冰河”号交付中国使用。

清晨的太阳冉冉升起，葱绿的树木，盛开的鲜花，绿茵茵的草坪都泛着一层橙红金亮的光辉，中国船员迎着和煦春风，步履矫健地迈入船厂。

领队的是鲍浩贤船长，整整一个月来，他天天工作到深夜，甚至通宵达旦。一大沓的各类船舶图纸和说明书，一份份地看，有的还要逐字逐条译成中文。他和监造组的同志一起研究图纸，一起到实地查看，带着四五十条改进意见，一次次交涉。厂方不耐烦了：“你怎么提出这么多的意见？”是呀，这家船厂牌子响、资格老，谁不敬几分、服几分？鲍船长说话了：“诸位先生，请你们记住我是船长，我要对这艘船负全部责任。那么，根据国际上有关造船和航运方面的规定，根据我们双方签订的合同，按照操作上的需要，我提出这些意见，请诸位考虑一下，是否合情合理？”继而，话锋一转：“其实，我们这么做，也是为你们厂方着想。我们为友谊而来，愿意尽力维护贵厂的信誉。”这一招，恰到好处，厂方不得不尽可能地逐条加以改进。

交船仪式开始了，鲍船长一走进会议室，一双非常敏锐的眼睛已瞅见了放置收录机音箱处的明线仍然没有按要求改成暗线。他不动声色，相机行事。鲍船长与各方代表寒暄交谈。正巧，一架摄影机镜头对着收录机音箱处，鲍船长上前扳过摄影师的肩膀，“对不起，请不要对着这里照相。”厂方总工程师立刻心领神会。他握着鲍船长的手，轻轻递过一句话：“明天上午一定给你们搞好。”鲍船长爽朗地笑了：Thank you very much。

~ 开辟新航线 ~

有人曾说过：陆地上的路是用脚走出来的，而大海上的路却是以血和汗铺成的，而鲍浩贤就是无数个勇敢的海上铺路者中的一个。

中国的远洋运输事业是随着祖国的发展而发展的。中国的远洋船舶已经抵达停泊于世界一百五十多个国家和地区的六百多个港口；我们已经拥有和经营着六百多条散装船、杂货船、滚装船，以及具有世界先进水平的自动化全格栅式、半格栅式集装箱船……我们公司也已成为世界上规模较大的船舶公司之一。

美好的想象终于成为现实，鲍船长为之感到欣慰，他的干劲儿并没有随着年龄的增长而减退。二十年前，他曾率领着船员驾船首航西非几内亚和东非坦桑尼亚；二十年后，他又和船员们一起，驾驶着新型的全集装箱船“汾河”号，开辟中美集装箱班轮航线。

“汾河”设备较先进，管理要求很高，这是鲍船长第一次上集装箱船工作。老规矩，他一上船就和轮机长一起翻阅资料，查对图纸和实际数据。大连海运学院朱绍庐教授随船工作，这可真是个良机。鲍船长见缝插针，请教学习，刻苦攻关，经过几个日日夜夜，基本掌握了“汾河”轮的技术状况，相应制订出一套管理办法。

“汾河”轮抵纽约港装货前，美国代理电告船上准备一个舱装40英尺的箱子。这就必须拆去舱中六根像电线杆似的活动栅隔柱子。鲍船长看罢电文暗暗琢磨，假如叫美国工人来拆，手续繁杂，会不会影响装货时间呢？如果自己拆，有没有把握？打开图纸，细细一看，感觉问题不大，拆装程序我们基本能掌握。他在船员大会上，一个环节一个环节地分段讲解清楚，使船员有了信心，决定自己拆。拆卸时，鲍船长一直在现场进行指导。一共用了十五个小时，终于拆去了这六根柱子。事后一打听，此举节约了四万美元。干过十九年船长的美国代理见了，十分感慨：“我从没见过船员自己拆定柱，中国船员真了不起。”

“汾河”轮到达纽约港，举行招待会。美国方面呼啦啦来了五六十人，航运界的、港方的、新闻界的、代理、货主……济济一堂。“能在美国港口看到像‘汾河’轮这样设备先进的中国全集装箱船而感到高兴”“像‘汾河’轮这样外形漂亮、设备先进的全集装箱船开辟中美集装箱班轮航线，预示了一个良好的开端”。一片恭维寒暄声，暂且不表。

其实，今天美方来的这五六十个人，个个都是行家里手，他们不会只拣好听的说。美国人是讲求实际的。不一会儿，实质性的问题就直截了当地或者拐着弯地一一抛了出来：船舶性能、技术参数、管理方法、船员素质……想问的都问到了，目的显而易见，试探试探，中国人能不能操纵好这艘具有20世纪80年代先进水平的大船，中美集装箱班轮航线开辟后，前景如何？

鲍船长一一作答，话语精准而简练。他讲普通话带有上海宝山方言，讲英语可不夹中国腔，流利纯正。美国人服了，果然是位真正的行家！他们不得不在内心深处重新估价站在面前的中国船长。

首航以后，“汾河”轮连续几个航次准时抵达目的港，赢得了信誉。1983 年 5 月，该轮从美国长滩去纽约。船刚启程，天气预报墨西哥西海岸有强台风生成。看势头，船是非避风不可了。可鲍船长却没有下令避风。安全第一，靠港避风，情理上说得过去的。老船长了，风里浪里几十年，总算太太平平过来了，何必冒这个险呢？鲍船长不怕风险，也从来不会去冒险。他分析了台风动向，觉得只要保持一定距离，可以在航行中避开台风。请示公司领导同意后，“汾河”轮继续航行。鲍船长一再反复落实防台抗台措施，严密监测台风位置走向，以此修正航向。从长滩到巴拿马运河的一星期航行中，鲍船长没有睡过一个安稳觉。结果，“汾河”轮终于安全、准时抵达了纽约港。

文 赵建人

海上骄子王新全

王新全轮机长

他喜爱大海，也喜欢把人生比作大海。

王新全，这位从乡村的阡陌小路上走出来的纯朴小伙子，在波澜壮阔的大海上演绎了一段精彩人生。

1986 年，王新全从集美航海专科学校轮机专业毕业，分配至上海远洋运输公司工作。从毕业到 1997 年，王新全从普通机工成长为我国现代化水平最高的第五代超大型集装箱船舶轮机长，也是当时世界上同类型船舶中最年轻的轮机长之一。

～ 误入“海途” ～

王新全原先的理想并不是当远洋船员。他的故乡是一个远离大都市、远离海岸线的乡村小镇。他当时的人生理想是当一名教师。然而，却无巧不成书地考进集美航海专科学校。这是一所他从未听说过的学校，他将要就读的轮机学，也是一个十分陌生的专业。

在集美海校的3年学习生活，对于王新全确立自己的人生目标起到了至关重要的作用。集美是我国著名的爱国志士陈嘉庚先生的故乡，集美海校则是陈嘉庚先生亲手创办的一所专门培养祖国航海人才的学校。在这里，王新全深深地被陈嘉庚先生的“海运兴、国运昌”的报国精神所感动，也强烈地感受到了一股来自血液里的爱国激情。从此，王新全暗下决心，要把自己的毕生奉献给祖国的远洋事业。

3年后，王新全以优异的学习成绩和良好的品行素养从集美航校轮机系毕业，并被分配到了当时在国内已享有盛名的国轮船队——上海远洋运输公司。

第一次踏上远洋轮，第一次驶出国门，王新全不由地生发出了一种“乘长风破万里浪”的自豪感。然而，很快他就明白了：浪漫的情怀和脚踏实地地干事业毕竟不是一回事。

当时，我国的集装箱船队刚刚组建，作为当今国际上最为先进快捷的运输形式，集装箱船舶运输与传统的散杂货船舶运输有着很大的不同，其对船员的业务技能、设备熟悉程度和知识信息的积累等方面也提出了许多更高更新的要求。这一切变化之快甚至都来不及体现到海运院校的教学中去。作为学校的尖子生，王新全起初还是颇有些自信的，可是上船没几天，他就感到有点儿惶然了：机舱里的实际状况与课堂上学到的差距实在太大。很多设备及其工作原理，他过去均未涉猎过。如果这种惶然仅仅是来自知识上的，他还可以通过勤学苦练来加以弥补。但是，一次意外让王新全真正意识到，在船上千万次的准确操作是必须做到的，但失误却不能出现一次，有时只要一次就足以酿成塌天大祸，甚至灭顶之灾。

王新全明白了，这就是课堂和职业岗位之间最本质的不同。书本知识和现实存在着巨大的差距。他感到自己真正进入了一所永远也无法毕业的大学，他必须从头学起，只不过，这回他要将课堂转移到浩瀚的大海之上。大海给他上了庄严的一课，主题是：远洋船员神圣的使命感和事业心，常常比业务技能更为重要。

~ 学海“逐浪” ~

从某种意义上说，王新全的出现把普通工人和技术专家之间那道“闸门”打开了。21 世纪的中国，工人正向着专家型的方向发展。

1994 年 8 月，当王新全与他人合著的《滚装船舶艉门艉跳液压系统管理》一书，由人民交通出版社正式出版发行之后，王新全就下决心要在自己未来的职业生涯中再开垦一片新的天地：向现代船舶技术知识领域进军。

王新全当时也许并没有意识到，这实际上是中国船员面对的一场世纪性的挑战。现代大型集装箱船舶是当代科学技术成果运用最为迅速、知识密度最为集中的场所之一。而驾驶世界一流大型商船的，必须是能够通晓和掌握当代最新船舶技术的船员。

于是，王新全这位经受过多年风浪考验的年轻党员，便在这场严峻挑战中，责无旁贷地站到了时代前列。王新全认为，如果没有现代科学知识，人在新技术面前将会变得十分尴尬。而在船舶集体中，王新全更加感悟到，船员技术素质的提高已经不仅仅是他个人的事了。

就当时最大、最先进的第四、第五代集装箱船舶而言，科技含量比重越来越大。机舱操作，监控技术已经实现了电脑化、网络化和系统化。机舱人员可以在集控室内通过电脑屏幕，以人机对话的形式来监控机舱内庞大的主机系统和其他繁复的配套设施的运行情况。在机舱内，密如蛛网的油路管系，精密复杂的动力设备，为巨大的船体提供了强劲的驱动力。因此不能不说，现代大型集装箱船舶的机舱管理，已经成为一门综合性科学。

既然是一门科学，就必须有人系统地对它进行论证和描述。然而，我国当时几乎找不到这类实用性、指导性和时效性俱佳的专业书籍。理由很简单：在船的人往往没有能力写；有能力写的人却没有机会上船。

在这种背景下，王新全恰恰成了兼有两种优势的人物。一方面作为我国最年轻的轮机长之一，他曾两度登上当时国内最大最先进的第五代集装箱船舶工作，可以直接掌握第一手的技术资料；另一方面他的敬业精神和驾轻就熟的文字表达能力，又为他著书立说，提供了强大的内在动力。

新时代的知识大浪潮终究会造就一代新人。1989 年 4 月，王新全在《航海技术》杂志上发表了他的第一篇专业论文《柴油机高压油管漏油监测装置分析》，从此一发而不可收。在他的个人电脑里，存有一长串文稿的目录，这中间的文字容量已超过百万字。其中已经发表、出版的达 40 余万字。对于一位普通船员来说，这不能不说是个了不起的创举。常人很难想象，包含在这些字里行间的艰辛和付出是何等巨大。

~ 海上“专家” ~

上“沭河”轮时，王新全已经是一名三管轮了。当时，该轮有

4 台吊货设备，其中 3 台处于长期闲置状态，实际上它们的遥控系统已经失灵。这在香港—青岛—天津航线上尚不会对船舶运输生产造成影响，因为装卸货均可利用岸吊进行作业。也许是老天偏偏要为难一下这位初出茅庐的小伙子，或是故意馈赠给他一次显示实力的机会。王新全刚上“沭河”轮便接到公司指令：“沭河”轮由原航线调整为香港—泰国航线。这就意味着今后的装卸货必须依赖船上的吊货设备进行作业了。遥控系统的故障不及时得到排除，将会严重影响到船舶生产和安全。

船长问王新全：“怎么样，船吊的遥控装置能否自己修复？不行的话，船到香港时请捷达厂来修。”船长的征询实际上是将了王新全一军。

只有 4 天的时间。他心里清楚，成也好败也罢，一切必须在 4 天之内，也就是在抵达香港前见出分晓。

在这以后的几天里，王新全一直处在高度兴奋的状态之中。他时而深深埋首于资料堆中，时而在实地分析设备构造及工作原理，时而认真检查故障特征。很快，一个修理方案形成了。原来，经解体检查，他发现这 3 台遥控装置的故障原因各不相同，有的是装置内的油箱已干，或所加油的质量不对；有的是部分发讯管已锈蚀烂穿及某些部件早已失效，以至于产生的遥控信号在中途就被阻断；有的是遥控部位因得不到正确调试而发生偏移。毛病找到了，王新全心里有了底，于是对症下药，各个击破，仅用了 3 天就把 3 台长期处于休眠状态的船吊遥控系统给“救活”了。

初战告捷，王新全信心大增，顺势又将注意力放到了该船长期以来存在的液压油管振动噪声过大、严重影响船员生活的老大难问题上。然而问题究竟出在哪里，无人能向王新全提供可靠的资料。于是，王新全只好在布满全船的液压油管系统中一点儿一点儿地摸索。经过反复检查，王新全最终的结论是：空气混入了液压系统，致使液压油管振动发出噪声。原因找到后，他便对液压管系统进行全面检修。果然，振动和噪声消失了。“沭河”轮又恢复了往日的宁静。

在王新全的职业生涯中，真正让他开始崭露锋芒的，应当是20世纪90年代初期的几年，这一时期，王新全的业务技能和专业知识已经相当成熟和丰富。

1990—1991年，公司“口”字号滚装船上出现了一连串机械事故。王新全所在的“花园口”轮也开始出现机械问题。这使“口”字号船舶的技术改造问题更加迫在眉睫、刻不容缓。

经过认真分析，“口”字号船主机中速机故障率高的症结很快找到了。主要是新西兰航线上的船舶长期使用1500燃油，而现有的滑油分油机分油量过小，且不能改良油质，致使油内杂质混入主机，从而造成缸套裂损，排气阀烧掉或碎裂，而且碎片常常会敲坏缸套，一旦进入排气系统还会把增压器打坏。在此期间，王新全发现排气阀的检修是按照说明书上所规定的以一年（5000小时）作为周期的，但根据船舶的实际情况，主机在一年中一般要运转7000小时以上，因此，参照说明书规定的检修周期显然太长了。这是以往管理上的一个漏洞。他为此写了一篇论文给船队安技科，提出排气阀检修周期要相应缩短到3500小时以下。后来这篇文章所提出的观点就变成了该船队“口”字号轮排气阀维修管理的一个规范，并以发文的方式确定了下来。

1992年，“口”字号船技术改造工程打响的时候，王新全作为船队技术改造委员会的12名成员之一，参加了对艉门艉跳液压系统进行整治的工作。当时已是大管轮的王新全感到自己在艉门艉跳的管理方面似乎缺乏足够的了解和经验。虽然这一摊子归三管轮主管，但他还是决定要弄个明白。于是，他利用一切业余时间，没事就在甲板上转悠琢磨，一个细节一个细节地搞清楚艉门艉跳液压系统工作的原理。晚上，他常常打着手电一个人爬进大舱看看升降机平台、艉门艉跳动力间和液压油泵的工作情况，有时一蹲就是一个多小时。王新全觉得，我是整治工程领导小组成员嘛，设备在哪儿，我就应该到哪，否则怎么了解设备的运行状况呢?

“花园口”轮有两台副机，累计运行时间均超过 3 万多小时，但在王新全之前却没有留下这两台副机推力轴承的拆检记录。如果任其自然发展下去，出了问题也责怪不到他。但是，王新全认为：问题总是客观存在的，副机的运转极限也是客观存在的，问题不容回避。对这条船来说，也许副机再运行几百个小时都不会出问题，但也许就在某一瞬间便会酿成恶性事故。王新全只能有一种选择。但是问题来了：他既没有拆检经验，又没有前人经验，只听说另一条“口”字号船有人拆检过，但失败了。总之，这又是一个充满风险、叫人望而生畏的技术难题。王新全相信总得要有那么一个人需承担起第一个吃“螃蟹”的风险，那么就让自己来吃这只“螃蟹”吧，尽管这会让他“吃”不了兜着走。

在做了大量的资料准备、技术准备和专用工具准备之后，王新全选择了一个平静的海域，在同行的大力协作下花了一个上午居然顺利地完成了二号副机推力轴承的拆检工作。不安全因素消除了，他公休时走得十分踏实。

1994 年 5 月，王新全在“飞河”轮上任大管轮。“飞河”轮是一艘由德国船厂制造的 3800 箱位的新一代大型集装箱船舶，由于主机本身固有的一些问题，王新全在该船的这段时间，正是主机故障发生频率最高的时候。其中，一批在国内刚刚换上去的主机喷油器、喷油嘴，在使用了几百小时后，相继发生了裂纹和开裂现象。这些故障，经常造成主机排烟温度温差报警，继而出现了减速、停车和必须更换油头的被动局面。这一切，使得本来就不富余的船期，一下子变得格外紧张。为了确保班期，王新全每次在主机还没有停车前，就做好了检修的一切准备工作。从拆检的专用工具，到备用油头，都井井有条地放在规定的位置。一等到主机速度减至“慢慢车”时，王新全就带领轮机部船员，将高压油管保护套管、紧固“马脚”松开。主机一“停车”，王新全便抢先一步，上去拆卸主机油头。

王新全正是以这种对事业的执着，一步一步地向技术领域的最高境界迈进。1997 年 11 月，年仅 33 岁的王新全终于挑起了轮机长的重任，从而成为中国远洋战线上最年轻的轮机长之一。担任轮机长不久，他又登上了当时最先进的 5250 箱位的大型集装箱船舶“川河”轮。当日本坂出船厂的专家们得知，这位文弱瘦削的中国轮机长只有 33 岁时，一个个露出惊讶的神情。

~ 中流“击水” ~

有人这样判断：未来产业工人的劳动技能，将主要体现在知识含量的日益增大和科技成果的快速消化上。在这种时代背景下，会有一部分产业工人中的精英人物首先走出传统，大胆探索科技领域。可以说，王新全正是这样的人。

1991 年，王新全购买了第一台 8088 型个人电脑；1993 年，王新全在船上动手编写了《船舶计算机应用操作指南》(以下简称《指南》)；1994 年，王新全又在《指南》的基础上整理成 18 万字的《船舶柴油机微机监测系统及操作管理》一书……这一切无论是在时代需求上，还是在中国船员的技术发展上，都表现出一种可贵的超前性。

无论他当时是否意识到，未来的海上争霸将更多地表现在船员对科技知识的掌握和运用程度上。但是，他的这些举措毕竟表现出新一代工人阶级敢于大胆闯入最新科技领域的先进意识。

1993 年，他首创了油管上明火烧焊的新工艺。这一创举在当时的同行之间是有过争议的。当时的情况是这样的：船即将开航的时候，突然一根油管爆裂，油液喷涌而出。如不及时止住，就会造成污染海水的严重事故。这时王新全提出了一个由他亲自在喷油处进行明火烧焊的作业方案。结果作业顺利完成。事后有人向他提出疑问："你怎么敢在喷油处动火烧焊呢？焊火遇到油不是会剧烈燃烧吗？万一出事怎么得了？"王新全回答说："在理论上我是有把握的，液压油在油管内高速流动时，会把烧焊时产生的热量及时带走，这样燃烧的条件就不具备了。"道理说起来虽然十分简单，但多少年来，却从未有人敢这么干过。通常情况下是请船厂的工程技术人员将爆裂的管子卸下，然后再焊好装上，或干脆换一根新管子上去。费工费时还费钱。

王新全无论干什么，事先总要开动脑筋，把所有的环节都琢磨透，然后取一条最科学最有效率，同时也是最省力的路径上手。所以不少跟王新全同过船的船员都说：跟王新全一起干活儿，最大的好处就是事事顺手，省心省力。比如说，主机吊缸，按惯例是一只一只吊，但王新全偏要两只两只吊。起初大家觉得人力恐怕分配不过来，这中间难免会顾此失彼。但事实上没有这回事。王新全将整个作业期间的工作步骤、人手分配全都测算安排好了。加上准备工作充分，结果工效比传统的作业方法成倍提高。这些年，像这样的小改小革，在王新全身上真可谓是举不胜举。其中产生的经济效益也是无法估算的。

似乎在王新全的血液里总是涌动着一股激情，一股力量，推动着他不断地追求完美，追求更高的境界。

王新全在从事远洋运输工作的十几年中，成长为知识型产业工人的杰出代表。1993 年以来，先后获得中远（集团）总公司、交通部和上海市特殊贡献员工、劳动模范、新长征突击手、优秀共产党员称号，被授予中国青年五四奖章、全国十大杰出职工等荣誉称号，1997 年被上海市树为“学科学、学技术、学文化”状元，1998 年荣获“全国五一劳动奖章”，2000 年被授予“全国劳动模范”称号。作为优秀青年工人的突出代表，王新全同志先后受到江泽民、李鹏等党和国家领导人的亲切接见。

文 中远海运集团

“远洋工匠”郑国静

郑国静，1980 年毕业于集美航海学校，进入中远（香港）航运有限公司（以下简称香港航运）前身香港远洋轮船有限公司在国内的船员机构广州远洋船员二处工作，历任三副、二副、大副、船长等职，1996 年 10 月起，在“志达”“港明”“港华”“合永”“新丽海”轮等 21 艘次船舶任船长，船长海龄 152 个月。在 38 年的航海生涯中，郑国静曾荣获中国海员建设工会全国委员会“金锚奖”，以及“深圳十佳海员”“深圳市优秀共产党员”“深圳市精神文明建设先进工作者”“中远集团先进个人楷模”称号，中远海运集团“银牌船长”奖章。他用自己的坚持和努力实践着“忠诚、尽责”的职业道德理念。

郑国静是新时期开拓创新、严格管理，业务精湛，勇挑重担的航海标兵，他热爱远洋事业，恪尽职守，刻苦钻研，自强不息，创造出“港口国滞留率为零，海损事故发生率为零，货损货差索赔率为零”的骄人业绩，成为大家口中的“安全船长”。他在没有任何蓝本可以参考、没有任何经验可以借鉴的情况下，毅然勇挑重担，先后接手多艘 17 万吨、18 万吨、30 万吨超大型船舶，在不断探索中建立健全各种安全操作规程百余项，将操作经验总结形成书面材料，成为指导新接超大型船舶的借鉴经典，并坚持“传、帮、带”的优良传统，为公司培养了数十名超大型船舶驾驶员。圆满完成了公司交付的安全生产任务，被公司指定为新型船舶、超大型船舶的接船船长，赢得了公司上下广泛的赞誉。

~ 郑国静说，“实现人生梦想，要靠不懈的追求和坚守” ~

郑国静的人生梦想，就是当一名优秀的远洋船长。为了实现这个梦想，他勤奋刻苦、坚忍不拔，不懈追求着人生的目标、坚守着热爱的职业。他揣着三副证书当了 6 年水手，又揣着船长证书当了一年多大副。对此，他没有任何怨言，只当是人生的一种历练。

1980 年，23 岁的郑国静从集美航校中专毕业，被分配到有香港航运公司参股的香港明华公司，上船做了一个二等水手。在明华公司的船上，高级船员多半来自英国、爱尔兰等西方国家，船上等级森严，尊卑差别很大，就连打一壶开水，普通船员也不能随意进入高级船员的餐厅。身处那样的环境，性格内敛的郑国静显示出与众不同的淡定和从容；他处事不卑不亢，工作精益求精，从没出过任何差错，学业务、学英语，成了他业余时间的全部内容，因此，深得外籍高级船员的青睐。有句话，他经常挂在嘴边：自己强了，就没人敢瞧不起你。

1981 年，郑国静考取了三副证书，却一直没得到提升。这期间，在做好水手工作的同时，他抓住一切机会向高级船员学习。大副用六分仪测星定位，他下了舵认真观察；供应商上驾驶台换陀螺球，他在一旁学习罗经液体的配方；1985 年，他在“友乐”轮当一水，竟利用业余时间把船上的 3000 多张旧海图逐一对照新图“改”了一遍。一分耕耘，一分收获，这是自然界的补偿法则。6 年的刻苦钻研和积累，让年轻的郑国静对驾驶员的技能了如指掌，成竹在胸。从三副到二副，再从大副到船长，郑国静一步一个脚印，步步走得扎实、稳健。

郑国静取得船长证书后，有较长时间持证待岗。这期间，家里人希望他改陆地职业，当郑国静接到上“志达”轮仍然做大副的调令后，亲戚们劝说他改行的行为更加激烈，郑国静对家人说：“我的事业在海上，你们还是尊重我的选择吧！”正是这份执着，成就了他后来精彩的远洋生涯。

郑国静船长

~ 船员们说，“有郑船长在船上，我们干得既安心，又开心” ~

郑国静细致入微、一丝不苟、追求卓越的工作作风和对事业的高度负责精神，在船员中广为传颂，口碑极佳，船员们都愿意跟他在船上干。

2006 年，他受命带队去接 17 万吨级的“港华”轮，试航后，他眉头紧锁：主机空气分配器先天缺陷漏油，图纸与设备不对应，锚机出现多个故障，火警报警失灵，牛油嘴堵塞变形等等。而“港华”轮 3 天后必须起航投入营运，这是公司的命令！在重重压力面前，郑船长显示出沉着冷静的指挥风度，他要凭借自己的智慧、能力和设想，提出一揽子解决方案，他要借助多方资源解决前所罕见的船舶难题，他要带领全体船员打一场漂亮的攻坚战。在全船动员大会上，他给船员算了一笔账：这艘船的运价是每吨 15 美元，17.5 万吨等于每天运费近 80 万元人民币，相当于每分钟 500 元，只要抢出 1 小时，就等于为公司多赚 3 万元。随后，郑国静挑选精干人员组成 5 个攻关小组，抽丝剥茧，查问题、找办法，攻坚克难，同时与公司、船厂、租家保持热线联系，一场立体的攻坚战打了三天三夜，郑船长也一直盯了三天三夜。在这三天三夜里，工作虽然千头万绪，但全船紧张有序、忙而不乱，难题一个接一个地得到解决。在规定的开航时间之前，各种缺陷和漏洞全部排除。后来，又零缺陷通过了严格的澳大利亚港口国检查。

类似这样的故事，不胜枚举。

1992 年，郑船长在“惠成”轮，举全船之力“抠”舱容硬是额外“抠”出十几万元的运费。

2005 年，郑船长在“港明”轮，为了确保船舶多装货物，他蹚进一人深的污水井，排干压舱水……

郑国静当船长 14 年，被船员们称为“安全船长”。在 60 万海里的安全航行中，融入了他无尽的精力、智力和毅力。他说，作为船长，别的精彩可大可小，把船舶安全做扎实，那才是真本事，那才是真精彩。在郑国静心里，保证船舶安全是船长的天职。所以，为了这份责任，船到码头他几乎不下地；为了这份责任，进出港口，他在驾驶台一站就是四五个小时；为了这份责任，上船后他很少饮酒……在事关安全的问题上，郑船长慎之又慎，毫不含糊。

在谈到如何成为一名优秀船长时，郑国静说了三个爱：爱职业、爱钻研、爱总结。他，就是凭借这“三个爱”，从一名中专毕业生成长为这个年创百亿元效益的巨型船队的一流船长。由于他出色的操船技艺，从 2006 年起，他被公司指定为新型船舶、大型船舶的接船船长。2009 年 10 月，郑国静受命又从南通船厂接手了大型矿砂船“合永”轮，完成了他从 3 万吨级船长到 30 万吨级船长的新跨越。

在 5 万吨船上，看一艘加油船如同渔船；在 30 万吨船上，看 5 万吨的船如同舢板。在大潮汛靠码头时，至少 32 根缆绳和钢丝绳同时绞紧，外加 3 条拖轮协助才能稳住船身。有人问郑船长：“操纵这样的庞然大物，你有没有感到吃力？”他的回答很简单：“大船小船大同小异，一切取决于提前……”在小船做船长的时候，他就刻苦研究驾驭大船的技能和规律，把功课做在了前面、做在了平时、做在了最富效率的节点上。所以，当他面对 30 万吨的海上“巨无霸”时，是那么成竹在胸，举重若轻。

2017 年 3 月，已经退休的郑国静接受了 18 万吨级散货船“新丽海”轮的试航和首航任务，面对公司的需要，他从来都是义无反顾，一上船，就又是 8 个月……

～ 妻子说，“老郑的心思在船上，他欠我们再多也理解” ～

郑国静是妈妈的儿子，也是大海的儿子。“家里事小，公司事大”是他的口头禅。他妻子的评价是：“老郑这人，心里只有船，家里的事儿他没管过什么。”风雨兼程 35 年，郑国静宁可亏欠家人，也决不愧对公司，保持了对远洋事业的由衷热爱、不懈追求和执着坚守。

每提到家人，郑国静总是说：“酸甜苦辣，一言难尽，只觉得欠他们太多。”2007 年的一天，“港华”轮从新加坡驶往巴西，他接到妻子打来的紧急电话，告诉他妈妈病得厉害，快不行了，老人家就想见儿子最后一面。郑国静一听，心如刀绞。他让妻子把电话交给母亲，可是，电话那头的老人家已经没有多少力气与他说话，只是声声呼唤着他的小名。郑国静这个铁骨铮铮的硬汉，此时已是泣不成声。妻子几乎是在央求他：“老郑，跟公司请个假，回来吧！如果留下这个遗憾，你这辈子是无法弥补的！”郑国静平静了一下心情，回答妻子说：“公司开大船的船长少，调配很紧张，我不能给公司添乱，还是让女儿回国替我尽孝吧。”妻子说：“女儿此刻就在奶奶跟前，可是，妈妈现在最想见到的是儿子啊！”那些天，是郑国静一生中最心神不宁的日子，也是他一生中最痛苦煎熬的日子。

作为丈夫，郑国静感到欠妻子太多。作为父亲，郑国静感到欠女儿太多。郑国静欠家里的实在是太多太多，他自己常常感到内疚和自责。但在妻子眼里，他是世界上最好的丈夫；在女儿心里，他是世界上最好的爸爸；他以一腔忠诚和骄人业绩，赢得了妻子的理解，赢得了女儿的爱戴，更赢得了领导和同事的尊重。

郑国静热爱远洋事业，他坚持以“争一流业绩、创一流品牌；为租家服务、让公司放心”为工作目标，在长达21年的船长生涯中，他凭借精良的业务技能、高度的责任感，出色地完成安全生产各项工作任务，做到了安全无事故；他通过言传身教，树立船员的精品服务意识，为客户提供一流的服务，为公司赢得良好商誉。郑国静对远洋事业的全身心投入和尽职尽责；对船舶安全工作的狠抓严守和极致细化；对船舶管理的精益求精，当之无愧为远洋“工匠精神”的楷模。

文 香港航运、深圳远洋

“金蓝领”的精彩人生

姜宁获得“全国劳模”荣誉称号

2015 年 4 月 28 日上午，全国劳动模范和先进工作者表彰大会在北京人民大会堂隆重召开。会上，原中远造船工业公司所属南通中远川崎船舶工程有限公司生产一线工人姜宁被授予“全国劳动模范”荣誉称号，受到了隆重表彰。

姜宁把巨大的荣誉转化为前进的动力，回到公司后，他和往常一样，兢兢业业工作，更加精益求精。2018 年刚刚入秋的通城，热度未减，暑气逼人。姜宁换上工装，早早来到段位上四处察看。即将出席江苏省人民代表大会离开工作岗位的这几天，他有些放心不下。尽管工段里已经非常智能化、条理化，但习惯了忙忙碌碌的姜宁，一天不在岗心里总是不踏实。“全国五一劳动奖章”获得者、“全国劳动模范”、江苏省人大代表……这一系列荣誉的光环环绕着他，没有使他晕眩，相反让他更清醒自己所肩负的使命和责任。

22年前，他还是一个面朝黄土背朝天的农民，一名对现代技术与管理毫无所知的初中生。如今，他以自己的艰苦努力和辛勤耕耘，在完全不同于土地耕作的船舶制造领域闯出了一片崭新天地，实现了从传统农民到产业工人、从产业工人到现代蓝领、从现代蓝领到基层管理骨干的“三级跳”，成为全球最具竞争力造船企业之一——南通中远海运川崎制造本部内业车间加工工段的一名工段长。

南通中远海运川崎是中远海运集团与日本川崎重工联合兴建的国内首家大型现代化合资造船企业。投产20年间，建造了包括30万吨超级油轮，6200车位汽车滚装船，30万吨级矿砂船，3800车位双燃料冰区加强型汽车滚装船，13386标准箱、2万标准箱集装箱船等在内的一批填补国内空白的高精尖船舶，多项经济技术指标保持或连创全国造船新纪录。

40岁出头的姜宁，身材魁梧，虽不善言辞，却敏而好学，在同事中有良好的口碑。他掌管着6个班组160多人的团队，包括起重、划线、涂装、弯板等多个工种，所负责的数控切割，是造船生产的首道工序，直接影响造船的工期、成本和质量。在他的精心管理和带领下，培养出一支高素质、充满正能量的团队，几乎每年都受到上级和公司各层级表彰，他本人先后被国务院国资委、中华全国总工会、江苏省等单位授予“中央企业优秀知识型员工”“全国五一劳动奖章”“江苏省技术能手”“全国劳动模范”等荣誉称号。他所主持的工艺革新成果《等离子切割胎架二次利用》获交通运输部“优秀成果”奖，他牵头研制的“仿形切割机”，获得国家实用新型专利证书。

很难想象，这一系列成绩竟源自初始时仅有初中学历的姜宁。

“当年因家里土地被征用应招进厂当工人，看到身边的同事和伙伴都有一技之长，我感到压力很大。”回想当初，姜宁不胜感慨。进入南通中远海运川崎后，每天和激光切割机、加工机器人等高精尖设备打交道，他更加意识到在这样一个技术密集型现代企业里专业技术知识的重要性，危机意识愈发强烈。

不服输的他暗自下定决心：一定要学好知识、学好手艺，做一名有价值的现代工人。于是，工作之余他利用点滴时间进行学习和充电，白天上班，晚上学习，在较短时间内补习完高中课程，又报名参加全国成人高考，用三年的艰辛换来南京大学专科文凭。随后，他又马不停蹄地开始了本科课程学习，功夫不负有心人，他如愿取得大连理工学院船舶与海洋工程专业本科证书。但他仍不满足，开始向在职研究生学位发起冲刺。

在被公司派遣到日本川崎重工坂出工场研修期间，凭着执着的求知精神，姜宁克服语言上的障碍，边学边做，不到三个月时间，便熟练掌握了切割设备的使用技能和加工套料方法。回国后，和其他同事一道迅速建立起相应的生产体制和工作机制，使加工组的各项工作逐步走上正轨。他自费参加了计算机等级培训，取得计算机中级证书。因为计算机方面的特长，公司将他从套料组调至数控切割组。岗位转型初期，工作难度较大，他发扬啃骨头精神，一切从零开始，在干中学，在学中干，不断积累经验，硬是凭着一股子钻劲儿，全面掌握了数控切割技术，完成了由一名单纯技工向“一专多能”复合型现代产业工人的转变。随后，通过参加公司与清华大学联办的班组长进阶培训，他的管理知识和管理水平得到显著提升，成功实现了由普通员工向班组长、由班组长向工段长的跨越，晋级为一名出色的基层管理者。

有人说姜宁就像个“拼命三郎”。常常是别人还没上班，他已经在车间巡回；别人下班了，他还在办公室做次日计划；别人睡觉了，他还惦记着夜班生产。不管白天黑夜，只要现场有问题，他总在第一时间赶到。他常说，把每一件小事做好、做实，是一个现代制造企业员工应有的工作作风。

一名出色的管理者，必然是勤于思考、善于钻研的创新者。

他时时把公司倡导的“下道工序是上道工序顾客”的制造理念作为工作指南。在日常工作中，为有效贯彻公司精益管理理念，他积极推进 KPS 管理，以消除浪费为目标，以持续改善为动力，不断提升员工精益管理意识和节约能力。有一次，他在对切割电极、喷嘴等进口消耗品的分析研究时发现，这些部件长期为国外品牌所垄断，虽然质优但价格很高。经过与国内配套厂家反复探讨，成功研制出国产品替代，不仅品质上不输进口品，单套价格也由原来的 400 多元降至 100 多元，仅此项成果即可每年为公司节约成本 200 多万元。他所主持研究的“等离子切割胎架二次利用”技术，突破日本百年造船工艺，对传统工艺进行了大胆挑战，有效提高了切割精度，不仅缩短了生产周期，每年还可节约成本百余万元，赢得日方专家的高度赞誉。

姜宁在工作中

在姜宁的引领和感染下，加工工段员工形成了良好的创新意识和创新氛围，几乎每月都有 QC 成果发表，每周都有合理化小建议、小创造，为南通中远海运川崎公司优化生产布局、合理进行生产组织、提高生产效率作出了突出贡献。

随着市场的变化，南通中远海运川崎的发展速度超越了股东双方最初的定位，很多船型都是首次建造，这无疑给姜宁他们承担的首道工序带来巨大的考验。

“在国内首艘万箱集装箱船开工建造时，部分钢板厚度达到 80mm，是一般钢板的三四倍，坡口长度也达到 120mm，达到切割火焰的极限，而且单板重量更是史无前例，稍有不慎就会造成巨大的材料浪费、工期延误和安全事故。”

“按照传统工艺加工，钢板两头总有三四毫米公差，而且还有轻微的钢板变形，这将给下道工序带来巨大的工时浪费和材料的额外消耗。”

“集装箱船精度要求非常高，首道问题不解决，后续工作就没办法开展。” 忧心如焚的姜宁整天泡在生产线上。

姜宁介绍说，万箱集装箱船在合资方日本川崎重工当时也未曾建造过，没有任何可供借鉴的工艺和经验。

怎么办？

开弓没有回头箭。摆在姜宁团队面前的路只有一条，那就是自主创新。

姜宁带领一班人枕戈待旦，提前研讨，在不影响其他船舶钢板加工的基础上，利用设备工作间歇和残废材料进行技术攻关。

经过细心观察和潜心钻研，他大胆提出工艺革新思路，终于将精度控制在 1mm 以内，不仅达到了设计要求，而且有效降低了风险，减少了工时消耗，也为公司后续承建 13386 标准箱、20000 标准箱级系列集装箱船奠定了坚实基础。

近年来，南通中远海运川崎顺应国际潮流，前瞻性地将智能制造作为信息化和工业化深度融合的切入点，积极推进机器人应用，推动船舶产品由“中国制造”向“中国智造”转型。姜宁所管辖的条材、型钢、小组立等四条机器人生产线相继投运后，配员比原先精简一半以上，生产效率更是提升 50% ~ 70%。高度自动化的流水作业生产线加上柔性化的生产工艺流程，使产品质量、安全状态、企业品牌形象稳步提升。他们车间由此被国家工信部认定为船舶企业首个智能制造示范项目。

南通中远海运川崎高层管理者这样评价姜宁：“他是船舶产业工人中践行‘中国制造’向‘中国智造’转型的杰出代表。”

洗尽铅华，姜宁朴实如昨。他表示，成绩和荣誉不是他个人的，是大家的。“公司给了我自由成长的土壤，身边同事的支持鼓励给了我实现梦想的平台”。

他的目光瞄准了更高更远的目标。

文 彭常青

“百万王”的故事

在保煤运输中立下赫赫战功、受到时任上海市市长朱镕基同志亲笔信表扬的“振奋 2”轮，自 1988 年服役到 1994 年解决上海“煤荒”为止的七年中，年年跻身百万行列，被誉为保煤运输线上的“百万王”。

为了扭转上海“煤荒”危局，为了不辜负市长重托，他们响亮地喊出了海运人无私奉献的口号：加强自修不停航，再苦再累多运煤。

1990 年 6 月底某航次，正在大干快上的“振奋 2”轮发生了意想不到的事，二舱和五舱的舱盖板开关受阻，稍不注意，便关了起不来，开了关不上。严重影响了装卸煤炭和安全航行。经查这现象是振奋型船常见的，其原因为液压开启舱盖板自动装置发生了故障。按规定需进厂修理，因为船上没有起吊设备，船员们听说要进厂修理 15 天左右，都急坏了。15 天，辛苦一点儿，跑三个长短航次，可运六七万吨煤炭啊。

面对此情，难题摆在了轮机长赵志忠面前，这位曾在公司机务部门任指导的、富有轮机技术的轮机长，想了许久，对船员说：也不是不能自修，问题是起吊几十吨重的舱盖板，需要大家齐心协力一起干。船员们听了他的话，齐声说：“只要不进厂，我们不怕累，一切听你的。”于是一场“人定胜难”的抢修战在茫茫大海上开始了。

天也感动，7 月 2 日这天居然没有较大风浪。一大早，除了当班人员外，政委、轮机长和十几名船员都站在五舱边，听候轮机长指挥。七月的海上，一到八九点钟，天气就酷热难当，当火红的太阳高悬在大海之上时，只见船员们满头大汗干得正欢：有拆卸起动装置检测的，有更换密封圈、增流阀、溢流阀的……而更多的人则是忙于开启 39 吨重的舱盖板，运用杠杆和力矩原理，用两只千斤顶垂直起顶，再用两只手拉葫芦牵行，硬是把舱盖板顶了起来……。海上的夏天，如孩儿脸，说变就变，刚才还骄阳似火的蓝天，突然下了一场倾盆大雨，把干活儿的人淋成了“落汤鸡”，然而这一切难不倒“振奋 2”轮船员。经过反复试测，直到夜幕降临大海，难题被赵老轨等船员们解决，十三个小时的鏖战，终于使五舱舱盖板关启自如，大伙也顾不了疲劳，高兴得跳跃起来，齐口夸赞赵老轨“有水平”。

“振奋 2”轮

7 月 7 日，又是一个晴朗天，船员们再起大早，跟着赵老轨又如法炮制，在拼搏了十五个小时之后，终于又将二舱的舱盖板修复自如。当成功的喜讯传到公司机务经理耳朵里时，他为“振奋 2”轮吃苦自修的精神感动，特批了 500 元钱给予嘉奖。500 元，这是当时国企一个正处级公司经理的最高奖励权限！

1991 年国庆节，原本大多数船员可以和家人共度佳节，按卸煤计划，29 日中午到煤码头的“振奋 2” 轮，需要到 10 月 1 日 18 时才可卸空，准备一下，19 时起航，这是一个多么难得的机会啊。可在船长周正宁的精算中，“美好的享受”被烟灭了，因为根据潮汐，若是 10 月 1 日晚开船，将赶不上 10 月 6 日的最大潮汐，这样就要少装 2000 余吨，而 9 月 30 日晚开，则就确保了本航次的满载。为此周船长主动与港方联系，请局调支持，希望提前一天卸空。港方也正在为保煤而日夜忙碌着，知道了这个情况后，积极支持，机不停，人不息，终于在 30 日 17 时开航前卸空煤炭。当上海人民正沉浸在国庆六十二周年，烟火耀空、灯火辉煌时，“振奋 2”轮汽笛长鸣，仰起雄伟的船头，缓缓驶过了五彩缤纷的外滩，朝着惊涛骇浪驶去，实现再一个超百万的梦！

就这样，他们“以苦为荣，无私奉献”，创造着不朽的业绩，七年连破百万，成为海运史的唯一。七年中累计运煤 7597140 吨，平均每年 1085306 吨。其中进厂修船 197 天，实际营运 2300 多天，369 个航次。航次周转天数为 6.23 天（当时公司煤运船最佳周转天数平均为 6.8 天），这是一个多么了不起的营运指标，可以说它创下了百年航运史上的一个佳话。

七年中，“振奋 2” 轮的船长、政委和轮机长以及部分船员，虽然先后调动，然而愿为上海建设大发展敢挑重担的海运人，始终一脉相承，不断争创运煤奇迹。

让我们记住他们吧：1988 年首破百万并继续带领大家再创百万的劳动模范、癌症治愈后重上驾驶台的刘书禄船长，曾有《大海的儿子》专文报导。与刘船长精心谋划三破百万后，又与新来的年轻船长周正宁默契配合，开创了该轮第四个百万的离休干部卢清德政委，鉴于他花甲之年再作新贡献的突出成绩，1990 年 2 月被上海市人民政府授予"上海市 1989 年度煤炭调运"先进个人。党员、高级轮机长郭林，当他 1992 年 10 月调任"振奋 2"轮时，全船正在冲刺"五连冠"，郭老轨在那时写的《我为"振奋 2"轮船舶建设尽了一点心出了一份力》的文章中说："我必须尽快进入角色，竭尽全力为'振奋 2'轮的船舶建设添砖加瓦。"他以对船舶设备管理工作的极其严谨态度和吃苦耐劳的实干精神，连续三年不停航，为赢得"百万之王——七连冠"做出了突出的贡献。还有"干活免检"的水手长张宏木，"自讨苦吃"的副水手长缪金旺，"哪里有活哪里就有他"的水手孙和仁，"岗位最信任"的二管轮龚建香，"闲不住"的机匠长朱德才，"工作呱呱叫"的机匠季生荣，"色香味形俱全"的大厨庄东昶……。正是很多像他们那样默默无闻奉献的人们，铸就了"振奋 2"轮坚如磐石的钢铁队伍，在保煤运输中所向披靡，战果累累。

文 钱志新

“走到哪里，哪里的红旗飘起来”

在国际航运市场持续低迷，国内航运市场竞争日趋白热化，大型航运企业纷纷陷入困境的环境下，广州海运（集团）有限公司（简称“广州海运”）始终保持总体盈利和资产结构不断优化的良好势头，靠的就是广大员工有一种“不怕困难，敢打硬仗，永远争第一”的优良传统和精神动力。船舶轮机长吴有胜就是这支员工队伍中的优秀代表。

2009年9月29日，吴有胜与青岛港许振超（左）在北京参加庆祝新中国成立60周年典礼

从 1997 年他所在的“罗浮山”轮获“全国五一劳动奖章”，到个人荣获 1998 年度全国“交通系统劳动模范”、1999 年度“全国五一劳动奖章”，以及 1999 年他所在的“飞霞山”轮被原中国海运集团授予学“华铜海”标兵船和公司“先进集体”，吴有胜成为广州海运的“金牌轮机长”，也成为公司历史上获得最多荣誉、最高荣誉和最具影响力的船员之一。

作为轮机长，他先后在“狮子岭”“罗浮山”“飞霞山”等船舶工作过。在“狮子岭”轮，他以出色的燃油设备技术改造和燃油转换，为公司节约了巨额燃料成本；在“罗浮山”轮，他以优秀的管理，使“罗浮山”这艘有着近 30 年船龄的老旧船的机舱连续两年保持 100% 的安全面，为该船 1997 年创利润 1556 万元、1998 年创利润 2779 万元立下汗马功劳；在“飞霞山”轮，他仅用半年时间，就使该轮机舱彻底扭转了落后被动局面，机舱管理和面貌发生了“脱胎换骨”般的变化，该船也由原来的落后船舶一跃成为新的标兵。他独特的机舱管理方法在公司得到全面推广。“实干才是硬道理”“苦干实干加巧干”“干就要干得最好”——他朴实无华但铿锵有力的语言更成为广州海运新时期精神文明建设的闪光点，成为企业文化建设的重要内容。

~ 实干才是硬道理 ~

吴有胜任“罗浮山”轮轮机长的时候，正值公司实行现代企业制度试点，改革进入关键时期。广州海运老旧船比较多，“罗浮山”轮这艘北煤南运的主力船舶，在 5 万载重吨钢铁巨轮的甲板下，是近 30 年船龄的陈旧机器设备。机舱管系锈蚀严重，机损风险大，自修难度高。同时，在改革中富余船员的出现，合同用工和套派制度的实施，导致船员思想比较活跃，管理的难度也比较大。公司把“罗浮山”轮定为学“华铜海”的试点船，就是要通过抓好“罗浮山”轮摸索出一套老旧船管理和发挥重要作用的新路子，在同类船舶中起到示范作用。

轮机是船舶的动力系统，是船舶的“心脏”，轮机部是维持船舶安全的核心部门，同时也是扩大自修、大幅度降低修理成本、提高营运率的主要部门。作为轮机部的负责人，面对压力和挑战，面对部分船员思想存在的种种顾虑，吴有胜和船长、政委一起，喊出了掷地有声、铿锵有力的七个字——“实干才是硬道理！”他对轮机部的同志说：“我们要敢于打硬仗，善于打硬仗。实干才是硬道理。只有干才能改变机舱的被动局面，只有干才能使企业摆脱困境。”

吴有胜是这样说的，也是这样做的。他首先带领机舱的同志，对船舶的基础资料进行了整理，边翻译，边查找，把 1983 年以前的修船资料查了个一清二楚，对“罗浮山”轮机舱的每一条经脉、每一个节骨点和机器的性能都有了“刻骨铭心”般的了解和掌握。在此基础上，他带领轮机部的同志，从整治机舱环境入手，制定了一整套切实可行的船舶维修保养计划。通过组织机舱同志开展技术大练兵，掀起了“改造”“罗浮山”轮的高潮。

吴有胜说在前头，更做在前头。机舱抢修经常要冒一定的风险。有一次“罗浮山”双层底漏水，由于是 30 多年的老旧船，双层底条件十分恶劣，舱底钢板腐蚀严重，踩上去软绵绵的。补漏时稍有不慎，就可能将漏洞扩大，海水涌入，补漏人员就会有生命危险。吴有胜考虑了各个环节，安排机工在后瞭望，分把水舱两个口。万一补漏失败，就分别从两端舱孔爬出，准备封堵压载水舱门，以保证船舶安全，自己却要在他们撤退之后才退出。他自己一头钻进舱底，决然拿起焊枪，对准目标，准确熟练地将预制板牢牢焊在漏水的地方。

把困难扛在肩上，把危险留给自己。吴有胜以他的精神感召力，强有力地推动着机舱管理工作水平的迅速提高。

在“罗浮山”轮，吴有胜带领轮机部的同志，以顽强拼搏的精神超负荷工作，完成了绞缆机液压管、甲板淡水管、机舱输风总管等重大工程。盛夏时分，机舱温度高达45摄氏度，酷热得让人窒息。在蒸汽管道间作业时，身上的汗就像水一样向下淌。机舱的同志往往是在清理完管道上的油污后，一边撤退，一边还要把自己淌在钢板上的一大摊汗水擦干净。夏天在甲板面建造风管房，烈日把甲板晒得滚烫，穿着皮鞋都烫脚。烈日的曝晒，电焊的炙烤，把吴有胜他们的脸都灼伤了，脸部脱皮，刺痛难忍。机舱的许多工程，原来都是交给船厂来修理。但为了节约修理费，提高船舶营运率，吴有胜和他的同事们硬是凭着过硬的技术和坚强的意志，像啃骨头一样把工程一项一项拿了下来。输风总管完工后，验收工程的技术部门评价他们“比船厂搞得还要好”。

“罗浮山”轮轮机部全体工作人员合影（前排右二为吴有胜）

经过一年多的努力，在吴有胜管理下的机舱发生了巨大变化。当公司在“罗浮山”轮召开现场会的时候，到场的同行赞不绝口：“机舱几乎是一尘不染”“进入‘罗浮山’轮机舱可以穿西装系领带”。广东省海员工会主席陈文杰察看了“罗浮山”轮后，深有感触地说：“‘罗浮山’完全可与‘华铜海’媲美。”公司的领导对“罗浮山”轮的管理也给予了最高评价：管理一流，人员一流，软、硬件无可挑剔。广州港监人员到机舱进行安检，看到整洁的环境十分满意，本来两个“0”表示无缺陷，但他们在两个“0”后面又加了个“0”，表示了港监对“罗浮山”轮机舱工作的赞扬。

轮机部的优质管理有力地推动了船舶整体安全生产水平的提高。从 1996 年起，“罗浮山”轮的工作每年上一个新台阶，机舱连续两年保持了 100% 的安全面，为船舶适航、适货、适工提供了强有力的保证。通过自修，“罗浮山”轮连续三年未进厂修理。他带领轮机部的同志完成船舶维修工程工业产值达 50 多万元，不但节约了巨额修理费，还保证了船舶连续三年 100% 的营运率，“罗浮山”轮成为广州海运的创利大户之一，1998 年，单船年创利润 2779 万元。1997 年，“罗浮山”轮获“全国五一劳动奖章”。“罗浮山”轮声名鹊起，吴有胜因此被誉为广州海运的“王牌老轨”。

~ 苦干实干加巧干 ~

“苦干实干加巧干”是吴有胜的另一个特点。怎样才能在最短的时间干出最大的成绩，创造最大的效益？这需要“苦干”和“实干”，

更需要“巧干”。巧干就是科学管理。吴有胜的机舱管理方法是广州海运的一绝。

吴有胜有着出色的机舱技改技术。燃油消耗是船舶运行的最大

成本。早在1994年任“狮子岭”轮轮机长时，由于主机燃油加热器失效，不能烧渣油，而每吨重油要比渣油贵1000多元。为降低成本，在当时缺乏主机原始记录、资料不全的情况下，吴有胜带领机舱人员连续数日进行技术攻关，排除故障，使主机可以烧渣油，仅此一项，该轮每航次便节约20多万元，一年下来，为公司节约数百万元。吴有胜很注重燃油的转换，在航行中尽量多烧渣油，少烧重油。每次靠码头前他都认真估算燃油量与公里数，在靠码头的最后一刻才换上重油，而离开码头后又第一时间换烧渣油。他在燃油转换方面的经验、方法和取得的突出成效得到公司领导的高度评价，并在公司广泛推广。

吴有胜了解机舱的每个部件，胜过了解自己的身体。他能从机器的响声中判断机器是否正常运转，并能从各种异常声响中，迅速判断出故障部位。吴有胜已多次使事态化险为夷。1997年4月的一天，“罗浮山”轮北上秦皇岛。下午3点，吴有胜按常规巡视到电机房，在震耳欲聋的机器声中，他敏感地发现到2号电机声响不正常，并马上判断是调速器齿轮老化磨损即将断裂，于是他果断命令：“开1号电机！关2号电机！”就在并网的瞬间，2号电机突然自动停车。吴有胜和大家一起拆开2号电机一看，果然是调速器齿轮断裂，他从满是机油的曲拐箱里摸找出五六块花生米大小的齿轮碎块来。如果当时不果断关机，一起恶性事故就会发生在眼前。又有一次，“罗浮山”轮南下在桂山锚地，吴有胜和三管轮正在房间谈论工作时，猛然听见从机舱传来异常高压空气的尖啸声，吴有胜立即跑下机舱，凭着平时积累的经验，他很快便判断出是主机自动控制电磁阀卡阻导致主起动阀开关失灵所致，当即指挥当班人员改自动控制为手动控制，并拆检电磁阀，故障随即排除。这种超乎常人的预控能力，是他在平时工作过程中不断摸索、不断学习所形成的，是苦干实干加巧干的结果。

“能干”但不能“单干”。吴有胜技术精湛而不恃才自傲，他工作勤恳，待人厚道。同他合作过的船长、政委都和他协调得很好，褒扬有加。他善于把轮机部的管理和甲板部很好地协调起来，根据机器的状况，就驾驶员如何控制航速提出建设性意见；他还善于根据船舶生产航次任务，安排机舱的维修工作，做到维修、航行两不误。

吴有胜在船舶机舱管理中还总结出一整套非常有效的方法。他把学“华铜海”和执行船舶安全管理体系（SMS）结合起来。既强调安全管理条例的制度约束，又根据自身船舶的实际情况，有不同的侧重。他重视把安全管理和提高效益结合起来，成为有机互动的体系。所以同样是 SMS 体系贯彻得很好的船舶，他所在船舶的效益却比别人好很多。

吴有胜不但善于管机器，还善于管人。他重视制度管理的严肃性，每到一船，总是让大家先熟悉整个机舱的情况，了解该轮的主机运转情况以及备件的数量、类型等，以免突发事故时手忙脚乱。随后，吴有胜便要求在保证机器正常运转的前提下，进行维修，诸如补漏、换管之类，然后才是吊缸、敲锈、清垃圾、涂油漆，次序分明，绝不允许在该换的管道没换好或该焊补的漏洞没焊补好之前涂上油漆。在吴有胜眼里，机舱的安全操作程序是“天条”，任何人违反不得，马虎不得。

“轮机部是一个战斗的集体，一花独放不是春，百花齐放春满园。”吴有胜常用这句话告诫自己，也告诫自己的同事。他不但善于团结同志，还重视对轮机员和机工的培养提高。作为“王牌老轨”，他非常乐意将技术和经验传授给年轻同志。他毫无保留的“传、帮、带”在同行中口碑甚好。经他指点培养的 10 多名青年船员大都成为船舶骨干。由于在“软件”上的投资，使得船员同志们都紧紧地团结在他的周围，机舱的凝聚力特别强，因而战斗力也特别强，这是吴有胜所在机舱的一个鲜明特点。对船员来讲，“跟吴老轨搭过帮”“做过吴老轨的徒弟”，不但是实力和综合素质的象征，更是一种荣誉。

吴有胜的机舱管理方法，在公司内部得到推广。“罗浮山经验”被普遍应用于各类船舶，极大地提高了船舶管理水平。1999 年，广州海运 100 多条船舶的营运率达到 97.23%，船舶自修水平大大提高，船舶“三项成本”大大降低，取得了非常明显的经济效益。

~ 干就要干得最好 ~

1998 年底，广州海运学“华铜海”活动进入新的阶段。公司确定了“抓两头，促中间”的工作方针。尤其是加强了对原来考核落后的重点船舶的管理和考核力度。正在公休的吴有胜和“罗浮山”轮原船长、政委闻声而动，又主动请缨，移师“飞霞山”轮。创荣誉难，守荣誉更难。但是对吴有胜和他的同事们来讲，却不是这样理解，他永远抱着“从头开始”的信心和决心。对他来讲，荣誉只是一种动力：以前能干好，今后就能干得更好。公司对此予以高度评价，公司总经理徐祖远深情地说：“这些同志主动上一艘条件较差的船，以再创另一个‘罗浮山’为奋斗目标，这是一种永不满足的可贵的挑战精神。国企改革绝不能满足于一时的成功和荣誉，在吴有胜等同志身上体现了一种不懈追求的精神，这是企业在市场竞争中永远立于不败之地的最重要的思想和意志基础。”

“飞霞山”轮是一艘近 3 万吨的老旧船，船况差，设备老化，锈蚀严重。当初是按运载木材的要求设计建造的，结构特殊，和一般的散货船不一样，吊杆多，部件多，加强板也特别多。所以虽然比“罗浮山”吨位小，但船况要复杂得多。机舱共 5 层，每层都有一个舱底，维修保养工作量多、难度大、任务重。刚接管“飞霞山”轮时，一进机舱到处是黑乎乎的。机工长曾风趣地问：“吴老轨，你看这船打的是不是黑油漆？”要把这样一艘船建成一艘新的“罗浮山”式学“华铜海”先进船舶，谈何容易。吴有胜还是那句话：干才是硬道理，干出成绩，让成绩来说话！

“干就要干得最好”，这是创造奇迹的动力源泉。吴有胜带领轮机部的同志发扬“罗浮山”大干苦干的精神，全身心地投入新的战斗。仅在半年的时间内，“飞霞山”轮的5层机舱就完成清除油污垃圾和敲锈保养工作，共清出铁锈油污200多桶。主机、辅机等各种设施进行了检修保养和清洗。各种仪表、仪器、管道除清洗上漆外，还印上醒目美观的标识，仅此一项，就需制作2800多个字体不同的各种标识和465条标题。库房各类备件、物料、工具摆放得整齐有序，分门别类，登记造册，整个机舱一片清洁光亮。1999年5月10日，相邻停泊的“红旗123”轮政委上“飞霞山”轮一看就大吃一惊：“你们上这条船才半年时间，就干得这么好，奇迹，真是奇迹！”

脱胎换骨的“飞霞山”轮在保持良好安全生产的同时，1999年货运量达到573439吨，货物周转量695531千吨海里，运输收入2148万元，当年实现利润580万元，全年实现安全航行无事故。原来比较落后的“飞霞山”轮变成了“罗浮山”式的先进船舶。

“永远争第一”“上一艘船舶，树一面旗帜”。短短半年时间的整治，那种“机舱可穿西装系领带”的可人景致又在“飞霞山”轮呈现了。1999年10月，广州海运党委在“飞霞山”轮召开学“华铜海”活动现场会时，把“飞霞山”轮学“华铜海”活动归纳为“起点低、标准高、时间短、成效大”。党委副书记梁钜华说，“飞霞山”轮的船员是一支特别能战斗的队伍。与会的60多位船长、政委、轮机长也都感慨地说，又一艘“罗浮山”轮再现了！同志们钦佩地称，吴老轨走到哪里，公司就会在哪里召开学“华铜海”现场会！吴老轨走到哪里，哪里的红旗就能飘起来！

吴有胜在机舱管理和技术上的过硬本领和骄人业绩，引起了行内人士的普遍关注。近几年，常有一些地方船务公司以高薪邀请吴有胜“加盟”，均被他婉言谢绝。他深深地热爱着自己的企业，爱着自己所在的战斗集体。吴有胜，以及他和他的伙伴们创造出来的“罗浮山精神”，已成为广州海运精神文明建设战线上一束耀眼的光芒。而面对荣誉，吴有胜只是说：我是属于大海，属于广州海运的！

文 邹善常

“爱船员是带好船员之本”

陈洪璋政委

1969 年，28 岁的陈洪璋从部队转业来到青岛远洋公司，从一名普通的水手，到一名优秀的船舶政委，在浮动的国土上的每一步，他都走得坚实而自信。

辛勤的耕耘结出的是丰硕的果实。陈洪璋所在的“胶州海”轮曾连续四年被中远集团评为“安全优质先进船”，被交通部授予“安全优质先进单位”称号；船舶党支部曾多次被青岛市委授予“先进党支部”称号。陈洪璋政委也多次获得公司、中远集团、中国海员工会、交通部、山东省授予的各种荣誉称号，1989 年 5 月 1 日，他作为公司的第一位全国劳动模范光荣地登上了天安门城楼。

~ 投身改革顾大局 ~

1983年初，青岛远洋公司决定在全公司范围内学习“首钢”经验，全面推广经济责任制，对部分船舶进行定船承包试点。这是船舶管理上的一项重大改革。作为公司先进船舶的“胶州海”轮，政委陈洪璋意识到自己的责任，决心以实际行动积极支持公司的这一改革。4 月 24 日，他和船长一起，第一个与公司正式签订了为期四年的经济责任制承包合同，使“胶州海”轮在公司的船舶管理改革中走在了前列，起到了示范和推动作用。

定船承包合同签订后，陈洪璋组织支部一班人就如何落实责任制进行了认真研究，在全船进行了“要当改革的促进派”“发扬主人翁精神，树立以船为家的思想”和“正确处理国家、集体、个人三者利益”的思想教育，统一了认识，稳定了船员的思想情绪，激发了船员搞好承包、大干“四化”的热情。

实行承包后，“胶州海”轮到日本修理，为了节省船期和减少修船费用，在陈洪璋的组织下，船员们献计献策，努力压缩厂修项目，扩大自修项目，船期减少 11 天，节省费用 7 万余元。承包第一年就全面完成了承包任务，为公司和国家创造了效益，船员的奖金也增加了一倍。“胶州海”轮原本是一条自动化船，过去由于技术和管理上的原因，机舱一直是长年人工手动操纵值班。船舶承包后，船员们经过一年的努力，恢复了机舱操纵系统自动化，实现了无人机舱。

陈洪璋自觉坚持融入改革，用改革意识指导船舶工作，在运输生产和行政管理中，积极支持船长的工作。几年来，“胶州海”轮装卸完货后，没有因为船上的原因而影响开航。他在生产上不当“门外汉”，协助船长出主意、想办法，搞好增收节支。1983 年，“胶州海”轮第 10 航次在罗马尼亚的康斯坦萨港装化肥和汽车，由于船舶人员少、工作多、船期紧，要完成垫舱绑扎任务困难很大。如让港方承担，要花一大笔外汇。为了节约开支，船长提出了“用化肥塞垫汽车”的建议，陈政委马上召开船员大会进行动员，讲清这样做的道理。在船长、政委、部门长的带领下，除值班的船员，全船人人参战，搬动了 1000 多吨化肥，塞牢了 386 辆汽车，不仅比原计划多装化肥 1000 多吨，而且节省了绑扎、物料费 6 万多元。

1997 年底，年过半百的陈洪璋欣然受命，自信地登上了“普安海”轮。在船上，陈政委的年龄最大、体质最差，但在工作中，他却总是出现在最脏、最苦、最累的工作现场。大热天，甲板敲锈，大家考虑到老政委身体不好，不让他干。他就给大伙儿送绿豆汤。从厨房到船头，一个来回有 600 多米，陈政委一手提着二十几斤的水桶，一手提着碗，一送就是五六趟。由于过度劳累，他的尿糖指数经常在 2 ~ 4 个加号，严重时还经常下肢浮肿。船医提醒他注意休息，而他只是慈祥地一笑。

~ 情系船员保生产 ~

远洋船员常年与大海打交道，喜怒哀乐五味俱全。怎样做好船员的思想政治工作？陈政委总结出了一条重要经验：给船员以情、给船员以爱，尽最大努力，帮助船员解除后顾之忧。

1985 年冬季，“胶州海”轮在罗马尼亚装货期间，陈政委发现大台服务员王金山情绪低落。晚饭后，他来到王金山的房间，了解到王金山爱人病重，老王非常担忧。第二天，他拨通了公司的电话，在做完例行的工作汇报后，特意向公司领导补充了一句话："船员王金山爱人病重，请工会派人看望，帮助解决家庭困难。"寥寥数语，似奔涌的暖流，温暖着王金山的心。

陈洪璋对船员的深情厚爱发自内心，对所有的船员都是一视同仁。一次，他上船接班，刚刚踏上舷梯，就看到一个船员在与原政委吵闹，原因是这个船员想休航次假期却未获批准。交完班后，原政委下船了，这个船员一肚子火气没处发，又冲陈洪璋发泄起来。陈洪璋没有以政委的权力去威慑他，而是带上好烟，到这个船员的房间与其交心。这位船员一开始摆出一副旁若无人的架势。陈政委见不对劲，马上递给他一支烟，说："我看你这样急着回家，准是家中有急事，或者遇到了什么困难，请你告诉我，我来帮你想办法。船马上就要起航，航休是不可能了，如果家中有急事，我写信找人帮你办；如果家中有困难，我就打电话，请公司派人去解决。"这个船员听了陈政委这一席诚恳的话语，当场表示："对不起，政委，谢谢你！就凭你这些话，我的问题解决了。"当陈洪璋临走时，他抢先堵在门口，说："政委，不管你以后到哪条船，不要忘了带上我。"从此，他们成了好朋友，多年来，一直保持通信联系。

陈洪璋常说："爱船员是带好船员之本，对船员没有爱心，就没有资格当船舶领导。"在这种思想支配下，他注意时时处处用爱关怀船员。与船员见了面，他主动打招呼；船员病了，他带上病号饭前去问寒问暖；晚饭后，他和船员遛甲板，到船员房间拉家常；船员入睡了，他还在伏案疾书，给船员家属书写信件。船员家属来港探亲，他忙里忙外，热情招待；在家公休时，他自己的家就成了船员的旅店；对于船员的家庭，他又是走访的常客；有的船员的子女在上学、就业问题上遇到麻烦，他给公司反映；有的船员的家庭烧火做饭遇到困难，他送去了煤气罐；有的船员家庭盖房子缺少资金，他与公司工会联系，寄去了救济金……他每到一条船，都注意教育船员以友爱之心互帮互助，同舟共济，他被中国海员总工会评为“全国最佳政委”，他所在的船舶也评为文明船舶。

~ 身教胜于言教 ~

陈洪璋在船工作中，不止一次地听到船员们议论：“政工干部就是耍嘴皮子的。”针对这种现象，他坚信：只要用踏实的工作作风，讲得好，做得好，就一定能改变这种偏见，做一名让群众信赖的政工干部。

他教育船员以船为家，自己首先一心扑在船舶建设上。家里分房子、妻子生孩子、父亲摔伤腿、孩子病重住院，他都因船上工作忙没有回过家，在远洋生涯中，在家过春节的次数寥寥无几。

他教育船员公私分明，自己首先两袖清风。外国商人送给船上的回扣和手表、刮胡刀等，他按规定上交；奖金分配上，他主动提出按低标准领取；他从不侵占船员的利益，相反，把维护船员利益作为自己的重任。

从来到远洋开始，陈洪璋依然没有改变他的军人作风，“跟我来”的精神更是发扬光大。一次，在澳大利亚黑德兰港装货，由于机舱故障，上边柜有 3000 多吨压舱水抽不出来。如不排除故障，就要少装 3000 多吨货物，损失是巨大的。当时，陈洪璋的糖尿病比较严重，尿检有三个加号，身体虚弱。但他一得知这个情况，马上找老轨商量排除故障方案，而后又不顾船员们劝阻，带领轮机长、三管轮投入到排除故障的战斗中，一口气干了十二个小时，饭都没顾上吃。等到第二天凌晨两点故障排除后，他已经累得浑身像散了架，船员们把他扶到房间，帮他脱掉满是泥水和油污的衣服，他马上沉睡过去。

谁能想到，第二天一早，他又精神百倍地出现在机舱里。

陈洪璋，这位辛勤耕耘在生产一线的船舶政委，把全部精力和爱心献给了远洋事业，爱党、爱国是他当好船舶政工干部的思想基础，敬业、爱岗是他不断前进的永恒动力。

常年的海上生涯，使陈洪璋的身体超负荷运转，但病痛的折磨没有消磨他的意志，相反，正像大洋上泛起的浪花，他带领船员们创造了一个又一个突出业绩。

虽然陈洪璋已经去世，但他爱岗敬业、忠诚守信、关爱船员、公道正派的政工干部形象，永远留在远洋人的脑海里。

文 中远海运船员公司

爱拼才会赢

“10 年来，公司把我从一棵小草磨炼成了一棵小树，我希望将来能成长为一棵参天大树，把我的绿荫照到每个人身上。”

——张　蕊

张蕊是中运海运客运的一名客运经理，毕业于哈尔滨旅游职业技术学院，是一名性格直爽倔强的东北姑娘。2008 年，张蕊通过招聘，来到中远海运客运有限公司。说起招聘，张蕊说她还因为身高离要求差一点点，经历了一些波折。张蕊回忆，当时招聘人员对她说：“你那么瘦小，能吃得了那个苦吗？”张蕊坚定地说：“只要能要我，我就肯定能。”最终招聘人员也是看中了小姑娘的这份坚持，才同意了她的请求。

穿上漂亮的制服，张蕊别提心里有多高兴了，但接下来的晕船、想家、苦累……一个个困难接踵而来，但张蕊咬牙坚持，因为自己表过态啊，中途退场不就等于打自己脸吗。实际上，不光是因为张蕊表过态，更因为她骨子里就没有“退缩”二字，迎着困难上才是她的行事风格。

三个月的实习期下来，张蕊说什么罪都遭了，晕船的时候肚子里能吐的都吐了，还要坚持为旅客服务；独生子女离家在外哪有不想家的；在家从来都不问家务的小姑娘，上船既要值班清扫，还要铺床单，厚厚的床垫将纤嫩的手指磨得完全变了模样。所有这些，张蕊都挺了过来。她说：“一开始想家，电话打得妈妈都不耐烦了。后来习惯了船上的大家庭，过年过节船上还有好吃的，船舶领导就像大家长，船员们在一起会餐联欢，工作也顺手了，再也不会像刚开始三十晚上打好几个电话，眼泪流一大盆了，哈哈……”说起这些，张蕊爽朗地笑起来。

张蕊要强的性格，让她很快得到了领导的赏识，让她尝试负责高等级舱。没有经验，心里没底怎么办？那就多学习、多下功夫吧。这就是张蕊啊，10 个一等客房，每个房间的毛毯花都不重样，全部整理完后，先把自己关在里面欣赏，不断地给自己挑毛病，然后再让领导挑。当时带她的客运经理丛秀芬说：“这小姑娘行，有韧劲儿。”

张蕊不光爱拼，还爱琢磨。她在服务旅客过程中，永远是站在旅客的位置上想问题。“什么样的旅客最想要什么样的服务，不管事情大小，只要真正对了旅客的心思，就是好的服务。”张蕊说。一次，她遇到一名旅客，就只是简单地帮着提拿行李，关心问候了几句，那名旅客对她千恩万谢。张蕊起初不明白旅客为什么这么感动呢，后来她发现该旅客是一名癌症患者，人在脆弱的时候最需要的就是别人的关心和体贴。自己生病的时候何尝不是如此呢？就是那一刻，张蕊明白了“一棵稻草的力量也能顶千斤重”的道理。明白了服务的真谛，也就找到了服务的方法。后来也就有了许多被旅客感谢的事儿：捡到上万元现金和多张银行卡，毫不犹豫上交，旅客感动地送来锦旗和长长的感谢信；因为被信任，毫不犹豫答应替旅客给在烟台军校上学的孩子买应急的棉衣和生活用品，旅客说想都想不到……

不是有句歌词叫“爱拼才会赢”吗，经历了广播员、收银员、客

张蕊工作之余学习插花艺术

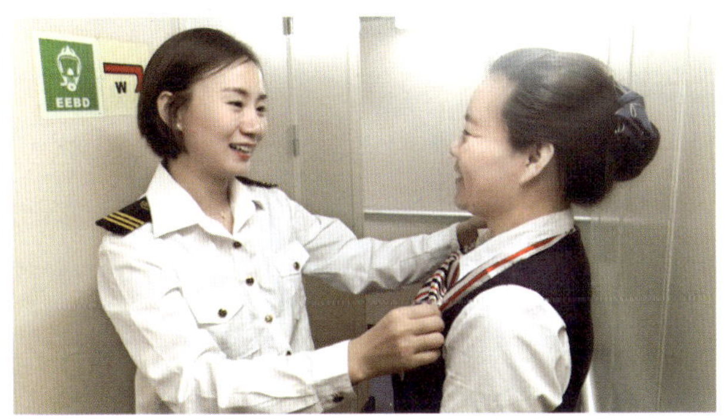

张蕊关心关爱年轻客运员

运领班等多个岗位的锻炼，张蕊的爱拼让她有了赢的结果，不仅取得了2012年服务技能大赛第三名，还荣获了2013年度公司青年岗位能手、大连市2016年窗口行业精品服务劳动竞赛活动先进个人称号。最令她备受鼓舞的是，2015年她通过竞聘走上客运经理的管理岗位。

那时候的张蕊结婚还不到一年，正是小两口感情上如胶似漆的时候，这时候两人不在一条船，免不了思念之苦，但一个人的奋斗和带领大家一起奋斗是完全不同的。工作上的担子不允许她陷入儿女情长之中。张蕊风趣地说："有时候我们俩就像是一对熟悉的陌生人，突然匆匆见面，一肚子话一时不知道说啥好，不知道的人根本看不出我们是夫妻（笑）。""还有一次，我们两个人的船在海上相遇，远远的挥挥手，都互相看不清地方的脸（又笑）。”

张蕊一心扑在工作上，不喜欢模式化的管理，总想弄点儿小花样出来。一次在执行军事任务中，船舶领导说要与部队官兵搞联欢。张蕊琢磨，什么样的节目才能既体现服务特点又能体现娱乐特点呢？她开始在网上搜资料，找思路。一段空姐穿制服表演的节目一下引发了她的灵感。“我们也有漂亮的制服啊，完全可以借鉴一下，融入我们的服务礼仪进去嘛。”一段富有青春活力的“服务礼仪操”就这样诞生了，表演之后赢得了部队官兵的热烈掌声。之后，张蕊还将该节目用在航前提振大家的精神状态上。她说，有时轮到早上的班期，一大早就得上岗，为了保证良好的工作状态，便想办法通过一些手段和方法提振大家的精气神。想来想去，太激烈的音乐担心不好适应，太轻的又达不到目的，便试着航前会前带领大家跳一段节奏适中的礼仪操，一试效果不错，便坚持了下来，并把它带到了其他船舶，年轻小姑娘们很是喜欢。

张蕊在中远海运客运已经工作了10年，10年中，“海洋岛”轮、“普陀岛”轮、“龙兴岛”轮、“万荣海”轮、“万通海”轮、“长山岛轮”、“棒棰岛”轮，她都工作过，公司10条船她干过8条。无论是在哪一条船，工作条件如何，张蕊永远都是满腔热情，全身心地扑在她热爱的客运服务岗位上。她说：“从事海上客运事业是她一辈子的追求。”10年来，她只在老家过了2个年，和爱人更是聚少离多。“家庭和事业永远是两条平行线，尤其是船员这个职业，但我对当初的选择从没有后悔过，不能把亏家人的爱浪费掉，把她用在旅客身上才是最值得的。”

一次，张蕊的船从烟台开往大连，晚上10点左右，一位旅客来到总服务台买感冒药。因为船上没有随行医生，也没有卖药的资质，张蕊看该旅客除了有点儿咳嗽，看上去没其他问题，便建议先观察一下。但客人说有些喘不过气，张蕊想二等 B 客舱只有四个人，应该不至于。不管怎样，旅客难受不可能撒谎。为了旅客安全，张蕊一面安慰旅客不要紧张，一边通知广播员通过广播在旅客中寻找医生。一名姓傅的医生听到广播后来到服务台，经过问诊和旅客当时的状态，判断为呼吸道过敏，需要马上输氧，使用抗过敏药物。张蕊与闻讯赶来的船舶政委一起立即将旅客引领到船舶医疗室，协助医生为旅客输氧、用药。半小时后，旅客唇色渐渐变浅，呼吸也顺畅许多。其间，张蕊全程陪同照顾，直到旅客安全离船。下船前，旅客及同行的家人激动地表示感谢，并留下张蕊的联系方式，说这样好的船，下次有机会一定再来乘坐。

“没想到竞聘时的一点儿小任性，成了困难面前说服自己、在事业道路上坚持下去的理由，成了自己不忘初心、继续前进的动力，以后还会。”说这番话的时候，张蕊的脸上平静中透着执着与坚定。

文 王　芳　李照爽

水头洪旭存印象

我与水手长洪旭存打交道并不多，刚上船时偶尔相遇，或是点头而过，或打一声招呼，但随着时间的推移和工作接触的增多，他给我留下了深刻的印象。他开朗的性格、敬业的精神和做人的原则，都令人钦佩。

无论做什么工作，只要职责所在，他总是出现在最困难最危险的地方。

“乐锦”轮第 31 航次于 2 月 18 日在上海加载集装箱后，由于第 1 舱舱盖上 2 层箱达 8.8 米高，顶着克令吊臂下缘使吊臂呈 30 多度角举着落不下来，按要求，吊臂头需用 4 根钢丝拉到甲板左右各两根生根固定。当时天气很冷，水手长紧了紧棉衣裤、整了整安全帽、系上安全带，二话没说，人已经手脚麻利地顺吊臂爬到了距主甲板约 25 米高的吊臂头，顶风冒寒，用绳子将 4 根绑扎钢丝及索具拉了上去，并一一卡住卡牢。当他下来时，面部已冻得发红，手脚均麻木不能动了。

保证集装箱的安全是“乐锦”轮本航次货运安全的重点，因为 50 个特种集装箱有 48 个装在甲板面或舱盖上（2 层高）。在绑扎中，水手长每次都必到最危险的箱顶上穿拉钢丝，或爬到两层箱中间只有 50 厘米高的间隙中卧爬着进行绑扎。尽管有安全带保护，但在顶部箱角穿钢丝的工作还是令人揪心的，因为周围没有栏杆的保护，行动时不免心悸，可水手长那灵活的动作、生龙活虎的形象、一马当先的工作态度，带动了许多人，使得全船动员的绑扎工作迅速而有序地顺利进行并圆满完成。因装载的集装箱有 2 层高，给航行中保养克令吊臂创造了有利条件。水手长在敲、铲克令吊臂中自己始终在最高处工作。在给克令吊塔打油漆时，打难度最大的第 2 舱克令背后的油漆的也是他。第 2 舱克令顶部背后凸出，座板放下时人与克令吊塔距离达 1 米多远，使座板在空中晃荡，大大增加了打油漆的难度。

他严于律己，宽以待人，对工作兢兢业业，一丝不苟，从不走过场，只要做了，就一定要做好。他领导保养过的甲板设施，过去很长时间也没有锈点泛出。不管何时走进他所管辖的船舱，所有东西都整齐规范、一目了然。对别人在工作中不负责任的现象，他从来不当面说，而是到他跟前做给他看，这种委婉的做法，使大家都看在眼里、服在心里。在进出港或装卸货期间有些临时的工作，只要他能自己做的，从不再去叫水手。而每次起锚时，他总是自己去推锚链，无论白天黑夜，都从没叫过水手。

从上船到现在半年多，他没休过一个星期六下午；在国内外靠泊期间，为了防备随时可能的临时性工作，半年多来他仅下过两次地。他始终坚持每天早饭后穿好工作服，7 点 30 分准时到大副办公室或驾驶台（航行时）向大副请示一天的工作，然后下来到餐厅分工，等大家到工作现场时，他已经把所需工具都准备好了；而当甲板上收工的人流已经走回房间，一个中等身材、胖瘦适中的人影才从船头姗姗回来，甚至有时是干到晚饭后才收工的，那必定是水头。

正常的工作之外，他会找到很多事情做，从来闲不住。

装集装箱时底层箱四角都用“Λ”型扁钢扣住底脚横梁焊在舱盖或甲板上，卸完货后给甲板舱盖残留下很多割剩下的扁钢与焊渣。为使甲板舱盖平整如前，他硬是自己拿着电砂轮，利用工作时和晚饭后太阳未落山的时机，将196个焊脚渣全都磨掉磨平并打上油漆。船靠鹿特丹码头后，他发现舷梯安全网有一些小破洞，于是又在晚饭后利用休息时间去进行修补。小“乐”字号因主机烟囱偏矮，备车时，艉甲板就会被从主机烟囱吹出的油烟灰铺上一层，人一走过，满脚乌黑，给生活区的清洁带来麻烦。每遇此事时，水手长总是在饭后或自己，或同两个实习生一起用水冲洗清扫干净。

他待人十分礼貌，见人总要打一声招呼，他的为人处事赢得了全体老少水手的爱戴和拥护。他常对老水手说：你们在船辛苦了一辈子，手脚不太灵活了，年轻的又太小，我才40岁，是最好的年龄段，我应该多干些。40岁，是人到中年了；可40岁的水头，在广远却是年轻的水头。他那双熠熠生辉的眼睛，展示着他的干练。在他勤奋与积极的带动下，水手兄弟们都主动自觉地干活。一个人的力量是有限的，而集体的力量是巨大的，能够凝聚起大家的力量，调动起大家的工作积极性，这展示了洪旭存做水手长的艺术和才干！

他时常还爱一展歌喉。《敢问路在何方》的雄壮的歌声，晚饭后常在甲板上响起，飘向远方；而《真的好想你》也能唱出那缠绵悱恻的意境。无论高亢激昂，或低回婉转，他都能模仿得如原唱般声情并茂。他那开朗的性格也使水手兄弟们摆脱了寂寞而孤独的海上生活，使甲板上茶余饭后的闲暇时光里，多了一份欢乐、一片笑声！

文 王连宗　李宗林

开拓油运新航线

作为"远大湖"轮首任船长，每当回想起与她一起遨游海洋、为国争光的那些日子，激动与骄傲的心情至今仍无法按捺。

——佟国峰

佟国峰，辽宁北镇人，1957年出生，1980年毕业于大连海运学校，同年分配到大连远洋运输公司（现大连中远海运油运公司）。历任远洋船舶水手、驾助、三副、二副，大副，1994年10月任船长职务。1994—2001年期间，掌舵包括期租南美洲、北美洲的4万和6万吨级油轮；外派挪威"DSD"船东11万吨成品油轮；劳务派遣香港"怡和"13.5万吨原油轮在内的等各类船舶。2002年佟国峰担任"远大湖"轮船长，成为中国第一位驾驶首艘国内船厂制造、国内船东经营的30万吨级VLCC的船长。

在佟国峰船长将近三十年的航海生涯中，他将自己的全部热忱奉献给了挚爱的远洋事业，航迹遍及全球。在各类船舶任职期间，其专业技能、敬业精神和管理能力分别受到公司、租船人和国外船东的高度赞赏。曾荣获国资委和中远集团劳动模范以及大远公司先进生产者、优秀管理者、知识型员工、诚信船长、优秀党员等荣誉称号。

~ 肩负重任的首艘VLCC“远大湖”轮 ~

21 世纪初，我国每年进口原油差不多能够达到 2 亿吨，都是通过海上运输实现的。按照这个货量计算，需要大概 100 余艘 30 万吨 VLCC 进行承载。但当时国内造船水平有限，我们只能租用国外的 VLCC，实现不了国油国运。因此，“远大湖”轮投入航运市场弥补了这一空缺，对保障国家能源储备来说意义重大。

当时对如何经营管理和驾驶 VLCC 都是不断在摸索总结经验，从交通部到集团领导对“远大湖”轮航行安全都高度重视。首航的时候交通部和集团领导曾多次打电话询问船舶航行情况。2003 年 2 月 9 日，“远大湖”轮首航顺利完成，没有辜负上级领导的期望，同时更是增强了大家对大远公司再造 VLCC 的信心。这对大远公司日后的发展来说是一个巨大的转折点，此后船队的载重吨迅速增加，企业也步入了快速发展的新阶段。

~ 为了“远大湖”轮首航告捷 ~

当得知自己被选为首任船长的时候确实感到压力很大，首航的时候集团领导曾对他说：“集团能否继续建造和经营 VLCC 油轮就看你的‘首航告捷’啦！”说心里话，能够被集团和公司领导认可，委以重任，佟国峰深感责任重大使命光荣，但同时也鼓舞了他开好这第一条 VLCC 的信心和决心。

早在 2001 年开始筹备接“远大湖”轮期间，佟国峰就被公司派到香港“华林”公司的一艘 VLCC“LYSAKER”船上做实习船长。在一个中东至远东往返航次（近 50 天）的时间里，他翻阅了船上所有关于大型油轮操作与管理的英文出版物和该公司的体系文件。如：

《Passage Planning Guide for Deep draft Vessel》（《深吃水船航线计划指南》）、《Anchoring Systems and Procedures for Large Tankers》（《大型油轮锚泊系统和程序》），《Transit in Malacca & Singapore Strait for Large Tankers》（《大型油轮穿越新加坡/马六甲海峡》），以及近30本有关油轮安全操作和管理的英文书籍，做了200多页几万字的学习笔记。同时也亲历了印度船长的操船（进出港航行、峡水道航行、过浅滩航行、抛锚等）实践。印度公司的体系文件只许看不许复印，佟国峰便抓紧一切空余时间做笔记。当他实习快结束下船前，船上的二副及夫人到他房间，看到他记的一大本子英文笔记，十分惊讶地说："Oh! Capt. Tong, Are you a 'KEGEBO'？"（佟船长，你是"克格勃"吗？）说起来，为了公司能够在接VLCC前有一本指导性的书籍，佟国峰的确在那艘船上当了一把"特务"，"窃取"了好多VLCC"情报"。回来后，他将所有的英文笔记翻译成了中文，这也为后来编写《巨型油轮操作指南》奠定了基础。

2002年10月10日，包括佟国峰在内的6名高级船员提前70天进驻南通中远川崎。在这短短的70天里，面对这样一个"庞然大物"，要想摸透它，谈何容易。他们6人白天上船熟悉设备及其安装和调试过程，晚间就在办公室整理资料、研读设备说明书和编写各项设备的操作规程。常常是周六和周日都在加班加点工作。就是这样，他们在船舶试航前完成了所有设备操作规程的编写并真正掌握了各种设备的正确使用和维护方法。在此期间，为了首航迎接石油公司的检查，他按照检查项目表每天跟船厂要数据、查找说明书的相关内容。他们在船厂期间总结的操作规程和相关数据后来也成为公司接入后续VLCC的重要参考资料一直沿用下来。

佟国峰船长

~ 开辟油运新航线 ~

“远大湖”轮第12航次自西非刚果至我国台湾。在回航选择经马六甲海峡还是经印尼的巽他海峡时，佟国峰作为船长曾一度做过多次细致的研究与思考。事实上，经马六甲 / 新加坡海峡对已经航行过二十几次的他来说是比较容易的。而要选择新航线，势必要花费很多精力去研究、查阅很多资料。但考虑当时公司VLCC和SUEZMAX已初具规模，今后势必有船要航经此航线。此外，开辟这一航线还有其战略意义，一旦VLCC中东至远东航线在马六甲 / 新加坡海峡由于战争等不测原因受阻，可将其作为战略储备航线。所以“远大湖”轮站在公司的高度，站在公司VLCC油轮战略的高度上，选择走这条新航线。

开航前，他们参考了《世界大洋航路》《航路指南》《航路图》《灯标表》《无线电信号表》以及洋流 / 潮流资料和相关海图及其他关于巽他海峡的介绍资料，对这条航线进行了详细研究。在成功开辟这条航线后，他们总结了它的特点，虽然在南印度洋冬季气象不是很好，但还是比经马六甲海峡节省航程，而且几乎没有通航密度（航行十几天未遇到船舶）。因此，只要周密细致地设计航线，谨慎航行，便可做到100%安全通过。公司后期去往南非、西非的船舶也经常走这个航线。

~ 伊战前夕遭遇海盗 ~

2003年初，“远大湖”轮首航后不久，在波斯湾锚地做演习放救生艇的时候，大副发现船舶外板有被污染的干油迹。他们立即组织人员扎筏子下去，拿着去油剂进行擦拭。当时正是美国和伊拉克战争一触即发的时候，美国海军和空军时不时就过来进行盘查询问。他们就回答说是做救生演习。佟国峰告诉船员等到飞机和军舰来的时候不要擦，防止二次污染。就这样，船员们在如此紧张的环境中大干了三个白天，终于把船壳外板的油污带清理干净。

2004 年，“远大湖”轮第 15 航次由沙特拉斯坦努拉港装货回宁波港途中，航行于马六甲海峡海域时，船舶雷达发现距离 1.7 海里处，有一艘不点灯快艇以 24 节航速正向我轮船尾驶近。佟国峰立即通知甲板防海盗巡逻组到船尾启动消防皮龙喷水，驾驶台用探照灯直射小艇。同时向全船发出防海盗警报，并伴有广播。听到警报后，全体船员立即携带防卫器械到船尾甲板集合，防范小艇登船。同时，船舶用舵，左、右变向操纵。2 ~ 3 分钟后小艇接近船尾，继续在右后方以 18 节航速跟踪 2 ~ 3 分钟，由于全体船员严阵以待、严防死守，小艇最终放弃跟踪，海盗登船企图未能得逞。

~ 对船员的寄语希望 ~

佟国峰上船工作以后，真正爱上了航海。他认为，这是一个伟大的职业，是能够塑造一个顶天立地、无畏艰难的男子汉的职业。一辈子坚守下来，回首往昔，他最热爱的还是这个职业。

对现在的年轻船员，他希望大家能够踏踏实实学习，多钻研业务知识。就拿学英语这件事来说，他做驾驶员的时候，每天坚持听英语广播，翻看英语杂志报刊，一到港，抓住机会用英语对外联系，以提高英语水平。再就是希望年轻人能够自己设计规划职业生涯，向着目标去努力。做三副的时候就要把二副的业务学到手，做大副有时间就要研究船长业务，不能做了之后现学。

他说，船舶是一个整体，像一个大家庭一样，需要每一个成员共同努力，缺一不可。因此大家在船上要有团队协助精神。驾驶台作为船舶的操控指挥中心，是一个科学决策、严谨执行的合作团队，任何一个人出错都会影响其他人。他在船的时候经常鼓励船员，船长下口令下错了，不管船长多厉害，在关键时刻如果有怀疑，一定要说出来。哪怕水手听到了也要提醒船长，别不敢吱声。

文 中远海运船员公司

投身健康养老事业的白衣天使

1986 年，凌淑芬以优异的成绩从护校毕业分配到中远海运（广州）有限公司（原广州海运局）下属单位广州新海医院，受南丁格尔的影响，她立志要以虔敬高洁为怀，做一名无愧于人民的白衣天使。从上班的第一天起，她就怀着一颗赤诚火热的心，决心以精湛的技术、高尚的医德为病人解除病魔的困扰。

~ 抗击非典接受新使命 ~

2003 年，非典来袭，广州全城进入紧张的戒备状态。凌淑芬作为呼吸内科的护士长，以身作则，冲在前线忘我工作，护理和转送疑似非典病人。为此，她获得了“广州市抗击非典三等功臣”“广州市抗击非典先进个人”的荣誉称号，并火线入党。

2013 年 11 月，面对中国老年人口剧增的趋势，广州海运在民政部门指导下，成立了广州新海颐养苑，并任命凌淑芬为颐养苑主任。有人认为照顾失能失智的老人，护理工作又脏又累，还有风险，但面对这个朝阳产业的工作，她丝毫没有感到犹豫，“既然领导信任我，我就更应该以百倍的努力做好本职工作，不辜负领导对我的期望，要做出医养结合特色的服务品牌。”凌淑芬说。

广州新海颐养苑成立初期，医养结合养老机构属于新事物，在营运管理、流程规范、服务营销、提质增效等方面还没有可借鉴的经验。凌淑芬夜以继日地积极收集国内外资料，并根据自身实践积累，制定了广州新海颐养苑养老服务规范流程以及质量评定制度，在制度实施中不断摸索完善最合理的方案，促使颐养苑较快走上了规范营运的轨道。她不辞辛劳，到广州各大高校、科研机构、医院以及街道居委会推介广州新海颐养苑“医养结合”服务特色，广州新海颐养苑成立后短短 3 个月，100 张养老床位就已住满，并且长期有老人登记排队等候入住。

~ 技术过硬 医养暖人心 ~

伴随着中远海运（广州）有限公司大健康产业的发展，凌淑芬从一名护理人员转变为养老行业的专家。她专业技术水平高，并且注重从书本中学习、从实践中领悟、在领悟中改进，已经发表省级以上论文 10 多篇。凌淑芬的专业技术水平受到行业认可，被聘请担任了广东省养老协会护理副主任、广东省养老机构星级评审专家、广东省民政厅福彩杯公益活动评审专家、广东省养老大赛裁判、广东省多家培训机构养老护理员职业培训师、养老机构老年人能力评估专业讲师、广州市轻工技师学院企业指导专家、第 45 届健康与社会照护世界技能大赛国赛（上海赛）裁判等。

工作 30 多年来，凌淑芬注重温情服务，观察细致，从老人角度出发思考解决问题，尽一切所能把工作做好。广州新海颐养苑入住的 72 岁的邓伯，有陈旧性心肌梗死病史。一天早上，凌淑芬在查房

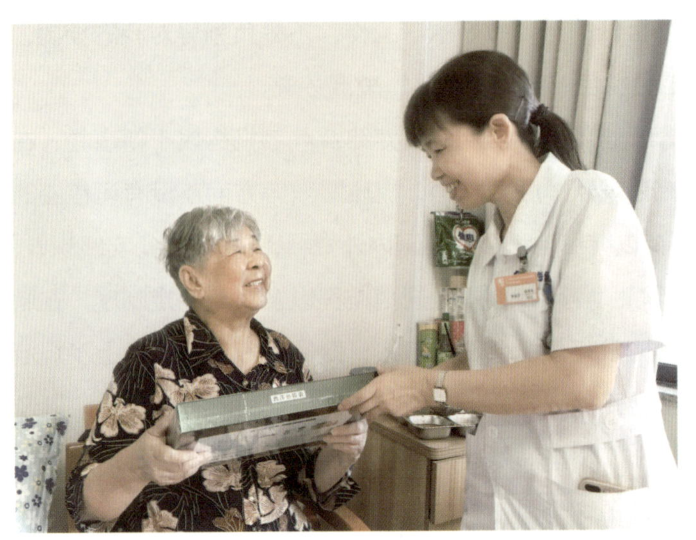

凌淑芬探望老人

时，发现邓伯气促、大汗、心率快，她马上意识到老人可能出现心衰，立即安抚老人，采取端坐体位、湿化酒精吸氧等措施改善呼吸，并与广州新海医院急诊科联系马上急救，由于抢救及时，邓伯脱离了危险，家属非常感激，逢人就夸奖颐养苑医养结合的好处，并介绍了5位老人入住。81岁的秦老师，患有帕金森症，有一次老人在吃饭时，凌淑芬发现老人两眼发直，面色紫绀，她敏锐判断这是噎食造成的，立即双手握拳顶在老人的肚脐上，用力向内向上推。通过3次的手法急救，老人终将食物吐出，呼吸顺畅，脱离了危险。凌淑芬就是这样，依靠精湛的技艺，解决了一个又一个突发情况和问题。

凌淑芬坚持每个周日上班已有 10 年，在家属周日探望老人时，能多听取家属的意见或建议，以便及时处理和改进服务。定期对护理员进行培训，指导护理人员及时解决突发事件和疑难问题，提高老人及家属的满意度，得到了家属及上级的肯定，获得了“2017中国远洋海运集团先进工作者”“广州市优秀护士”“广东省养老

商会最佳奉献奖”“2017 年度广州中远海运先进个人”“2017—2018 年度中远海运（广州）有限公司优秀共产党员”等荣誉称号。

~ 团结协作　不断创佳绩 ~

“知识集结、技能集结、高手集结，管理者要吹响这三个集结号。”凌淑芬认为，管理不是简单而冰冷的过程，而是以人为本，影响人的艺术。管理者要心怀全民健康的中国梦，热爱健康养老事业，善于集结带领团队。作为一名养老行业的管理者，凌淑芬已经培训了 60 多名高级养老护理储备人才、300 名评估人才、1160 名养老护理员，全面参与了广东省制定养老机构标准化建设，主持了与广州市技师学院的校企合作项目，参与了广州市长护险养老护理员培训课程的编制。在她的带领下，2017 年，广州新海颐养苑获得广东省民政厅颁发五星级养老机构荣誉；2018 年被评为广州市首批长期护理险试点机构；2016—2017 年，在全国医养结合 80 强评选中连续两年排位 13 强，广东省排名第一，创出了医养结合的特色品牌。

2018 年，广州江南颐养院正式开业，凌淑芬兼任院长，身上的担子更重了。她兢兢业业工作，投入更多的时间和精力开展广州江南颐养苑的营运管理和营销工作，并积极充实大健康产业链服务内容。配合上级申请江南颐养苑护理站资质，与政府合作开展喘息服务等；倡导并积极参与养老事业国际化合作，与日本专业养老服务机构签订了战略合作协议，通过“请进来，走出去”，开阔视野，交流健康养老产业管理经验，提高实操技巧和服务水平。在凌淑芬的努力下，广州江南颐养苑成为广东省养老服务人才现代学徒制培训基地。在抗击 2018 年第 22 号台风“山竹”期间，凌淑芬带领工作人员参与抢险救灾工作，迅速接收并妥善安置 13 名受灾群众，提供贴心医疗服务，得到政府部门表扬。

“她是一个有激情、有热情的优秀院长，是养老行业的带头人，护理、管理都是一把好手；她热爱养老这份职业，有巾帼不让须眉的豪气，也有领头雁的冲劲和担当。”这是同事们对凌淑芬的评价。

三十年弹指一挥间，凌淑芬一直保持对健康养老事业的情怀，信念坚定，执着认真，勤奋刻苦，追求卓越。

文 广州中远海运

一路创业木成林

四十年的风风雨雨锈蚀了一条条巨轮的钢板，四十年的沧海桑田送走了一批批离退休的中远海运人。在我的身边就有这样一位退休的老中远人，我的邻居——路成林。

我的邻居路伯伯在 20 世纪 70 年代就加入了原中远集团，成为万千远洋船员中的一分子。他的首航被安排在了中远“银川”轮，那时候的路伯伯才从学校毕业，踌躇满志，一心要做一名好船员。但随着船舶离开吴淞口，理想就被翻肠倒肚的呕吐所折磨，待船靠泊天津塘沽的时候，他已经是数日未沾食，站立不稳。船上的老政委眼看他就要打退堂鼓，不断地给他打气鼓劲，语重心长地开导他，给他讲述曾经在海军舰艇服役时驾驶小吨位舰艇劈波斩浪的事迹，痛心于新中国成立前航运被外国企业所垄断的无奈，自豪于中远集团迅猛发展的航运史，以及祖国对他们这批年轻船员寄予的殷切期望，希望他们这一代人能承接十年浩劫造成的人才断档，使挂着五星红旗的巨轮遍布世界各大港口。

路伯伯在船上干过服务员，做过翻译。做服务员时，他兢兢业业，任劳任怨，因为他体会到干净明亮的船舶环境给船友们对昼夜颠倒的时差有一种舒心的感觉，同时也代表着这艘“流动国土”的形象和精神面貌。做翻译员时，他克服自己英语基础差的困难，每天坚持早晚朗读英语词汇，努力学习船舶业务知识，无论是和船长一起对外交涉争取船期，还是和大副一道对货损货差据理力争，和老轨为保障质高价廉的航修，抑或是与外商斗智斗勇，他觉得日益强盛的祖国给了他底气，赋予了他激情。

给他记忆最深的就是每次船过基尔运河，五星红旗伴随着义勇军进行曲在运河边冉冉升起时，全体船员的激动之心。那个年代的航运人，与生俱来就有一种报效祖国、奉献自己的冲劲，每每听到路伯伯慷慨激昂地讲述他当年的航海经历，我幼小的内心便慢慢种下了一颗远洋的种子，随着岁月的积淀，不断生根发芽，直到我进入上海海事大学商船学院，成为千万航运人中的一员。

远洋船舶远离祖国，浮动的国土寄托着祖国和人民的期望，同时也忍受着与家人别离时的伤感，相见时难别亦难，路伯伯这趟远航，一走就走了十五个年头。1991 年，路伯伯告别了挥洒过青春的浮动国土，听从组织的安排，踏上了一条更为艰难的拓箱之路。路伯伯是这么形容这次调岗的：“如同当年八路军那样，受训后回到家乡建立货运根据地”。上海远洋货运公司初建时，公司办公地址未定，每个人骑着自行车穿街走巷地摸情况，翻电话簿、看报纸、托朋友、动员亲戚，忙得不亦乐乎。每天晚上约定碰头地点交流情况，然后再跑，再约下次的碰头地点，周而复始。当揽取到第一个出口集装箱业务的时候，公司的每个人虽然脸上都挂满倦色，但是大家都兴奋不已。以一台传真机、一部电话、一辆自行车的家当，以船员为主组建的第一批网点在华东地区破茧而出，为巨轮的多装快跑，活跃在闹市陋巷、大江南北。

1996 年，不断壮大的上海远洋货运在广袤的华东地区各城市建立了货运网点，路伯伯又被组织委以重任，离开温暖的家乡，奔赴镇江筹备营销一体化的建设。不久却又被派到扬州地区开展工作、维持局面、稳定队伍。在苏中地区奋斗的500多个日日夜夜，路伯伯毫无怨言地与同样要翻身要辉煌的公司同事们跑三泰，去高邮、赴兴化，出击仪征、江都。让他记忆最深的是元旦装箱，那天夜里12点了，公司的集装箱卡车还未到，货主等了十多个小时非常生气。路伯伯得到消息，立马带着干粮、汽水，奔赴货主的厂区与工人一同装箱，用实际行动感动了厂方，化解了对方的情绪。

路伯伯一直强调，是共产党员的责任与使命，促使他无怨无悔的南征北战。他说共产党员是崇高无私的代名词，是集众多美德于一体的化身。而他就是这么一位貌不惊人、与时俱进、积极乐观、平凡伟大的共产党员。从小被路伯伯灌输的共产主义思想，让我在红领巾时誓做一名优秀的少先队员，在高中时誓做一名高尚的共青团员，在大学时，早早提交了入党申请书，誓做一名无私的共产党员。

路伯伯曾多次在江苏、上海一带调动，每一次的调动就意味着要与家人分开，但是他都能一门心思地扎根在工作上，无牵无挂地在大江南北拼搏，为一方企业的稳定、巩固和发展，竭尽智慧和精力。在中远海运集团工作的三十多年，路伯伯一直强调，工作上的顺利离不开背后默默支持帮助他的妻子，他的妻子曾经跟他说过这么一段话：有了中远海运才有了家，有了中远海运才有了事业，你在前方，我在后方，做好保障也是为中远海运做贡献。这不正是无数位支持丈夫在异地和岗位上加班加点的中远海运系统伟大船嫂的缩影吗？

如今，中远海运巨轮遨游在五洲四海，承载着每一位中远海运人的汗水和丹心；远洋海运的丰碑，凝聚着每一位造船人的心血和深情。无论是在海上陆地，在祖国或异国他乡，一批又一批、一代又一代的中远海运人，用他们的青春和忠诚默默为 COSCO SHIPPING 增辉，为伟大的祖国添彩。

文 陆 健

挑战命运

1994年3月2日。

黎明的曙光刚刚在虹桥机场吐露，一架由新加坡航空公司开来的法国“空中客车”已呼啸着降落下来。飞机刚停稳，远处一辆救护车直驶而去，停靠在飞机舷梯旁。俄顷，只见飞机上用担架抬下来一个病人，他一动不动，面色灰白，看上去没有一点儿活气。病人是上海远洋运输公司“风航”轮的一个普通船员，从印尼首都雅加达的医院转道新加坡而来，抬着担架的是雅加达国立医院的两个医生。

救护车的门一关上迅即向上海海员医院驶去。

～ 一、他倒在自己的房间里 ～

他叫朱辉，是东南亚航线“风航”轮的机匠长。那年他36岁。

小伙子熊腰虎背，喜欢体育活动，是掰手腕的好手；特别是有一双巧手，车、焊功夫不凡，几次在公司组织的技术操作比赛中获奖，有一次还获得了车工第一名；连续两年被公司评为新长征积极分子，四度评为公司先进工作者。

朱辉性格开朗豁达，人也随和。然而细心的船员发现，他这航次上船有所不同，经常一个人闷在房里。同事们知道他上船前休假时刚离了婚，老婆迷上了跳舞、打麻将，家里的钱财都消耗光了，感情也在一次次失望中消耗殆尽。三岁的儿子判给了他。他把儿子托付给了母亲，自己一人上了船。

那几天朱辉自己也觉得有点儿邪乎，早上漱口的时候，手中的杯子会忽然掉下去，玻璃杯砰然四碎才发觉；吃饭的时候饭碗会不由自主地从手上滑落，散了一地才意识到。他找到了船上的医生。医生给他量了下血压，听听心脏，说“没事”。他想可能是累了点儿，前天爬大桅烧电焊挺费劲的，于是向轮机长请了假，就在自己房间里休息。第二天早上他没有起来吃早餐，到了中午也没有起来用餐。年轻的船医想去看看，但门被反锁了。到了下午联检结束他的门还关着。船舶领导有点儿急了，拼命敲门，里面就是没有反应。于是全船到处找，最后从船墙上放软梯下去，从外窗才看到朱辉在房间里直挺挺地躺在地上。船员们破门而入，只见他口吐白沫，大小便失禁，浑身发烫。船上一边抢救，一边呼叫代理。

这是1994年1月30日，印尼一个小港口，叫三马林达，“风航”轮泊在远离港口近百里的锚地。这天正是星期天，直到深夜十点，代理才开着小艇来了。天黑星疏，风急浪高，船上船员全部出动，费尽周折，最后由六个船员艰难地把病人抬上了小艇。好不容易到了港口医院，医生检查后却摊摊手说：“没救了，你们抬回去吧。”船员们苦苦相求。医生说：“很抱歉，我们这里没有条件。”就在这时公司来电：“请即转送雅加达，公司已通过总公司、交通部联系了中国驻印尼使馆，使馆会安排具体接运工作，一定要尽全力抢救。”

当天，在使馆的安排下病人由飞机直送雅加达。雅加达国立医院派了最好的医生进行抢救，同时中远（集团）总公司也让正在国内休假的航运代表迅速赶回雅加达，帮助协调处理抢救中的有关事宜。

朱辉在雅加达一直昏迷不醒，医院方面经过反复检查、会诊，确定为脑出血，于是先后两次在脑部动手术，几度垂危又抢救过来，终于闯过了生命的险关。经过一个月的治疗，病人的病情基本得到了控制。为此公司指示：回国内进行治疗。为了保证病人途中的安全，公司委托雅加达医院的两个主治医生护送回国，又订购了特殊的飞机舱位。上远公司出面与虹桥机场洽商，让远洋医院的救护车直接开到飞机舷梯旁。朱辉终于顺利回到了上海。

~ 二、我要站起来 ~

雅加达医院使朱辉保住了生命，然而他半边瘫痪，意识不清，左眼神经在脑门开刀时受损，眼眸上翘，嘴巴歪斜。公司有关领导来了，船舶管理处的领导来了，他的母亲、小儿子来了，他的哥哥、妹妹、亲戚朋友来了，然而他却毫无反应——认不出任何人。海员医院检查无果便转到上海长征医院，借助最先进的仪器设备，多方检查会诊，认定为先天性脑血管畸形。这种病例很少，也没有很好的针对性治疗方法，一旦发病将危及生命。

在医生的医治和家人的照料下，朱辉慢慢有了转机，从不会大小便、不会喝水，靠吃婴儿奶糊维持，到能够自控，认出人来，有了思维。只可惜他的思维很短暂，一时清醒，转瞬又糊涂了；刚才发生的事回头又记不起了。然而这毕竟是一个良好的开端，它给了母亲和家人极大的欣慰。他们不失时机地教他发音、说话，从拼音字母“A、O”开始，帮助他恢复语言功能。从长征医院出来，朱辉又住进了离家较近的空军 455 医院，部队医生每天为他扎针，同时辅以血疗。而朱辉的母亲则开始引导儿子练气功。

然而要教儿子练功谈何容易？他的思维似清醒非清醒，一时明白一时又糊涂，每让他做一个动作都十分吃力。特别是儿子糊涂时根本没法教，甚至耍脾气。母亲耐着性子开导他，又是哄又是骗的。在母亲的调教下，朱辉的身体康复很快，能坐起来，能借着拐杖慢慢地走了。

~ 三、父亲，你在哪儿 ~

朱辉能够站起来了，这使母亲万分欣慰，然而她知道，这仅仅是开头，并不巩固，他左边的瘫痪程度为零级，也就是最严重的一种，脚腕弯曲朝里勾，手腕也同样萎缩无法伸直，需要反复锻炼。

朱辉在医院里甩掉了拐杖自己一步步地练走，脚底下只觉得刀割一样，仿佛是赤脚踏在碎玻璃上，痛彻心扉，好几次他都无法抑制地发出呻吟。母亲一边为他流泪一边又鼓励他：“熬过这一关就好了，妈妈相信你有意志和毅力。”朱辉点点头，他是一个倔强的人，他下决心要闯过这一关。命运对他太不公平，但他不是弱者，不能听凭于命运，而要抗争，像贝多芬那样“扼住命运的咽喉”！他每天坚持练，每练一次都大汗淋漓。

朱辉的家是在长宁区的一间老式平房楼上，楼梯狭小，他必须在医院学会上楼。但他没想到上楼这样难，损坏的左脚踏上去，整个人一百多斤压在这条受伤的腿上，只觉得骨头在碎裂开来，万根钢针齐刺进去，疼得他一次次憋出泪来。几个年轻的护士看了都不忍心，扭过头去。

是年年底，朱辉出院回家了。这时他的思维也恢复较快，他不止一次地问母亲，父亲怎么还没回来？

朱辉的父亲原也是上海一家工厂的技工，提前退休后被新疆一家企业聘去，就在朱辉最后一次上船前，父亲也从新疆回沪休假。但朱辉未曾料到，他在雅加达抢救之时，父亲也查出了不治之症——幽门癌，不久带着对儿子的思念抱憾而去……

朱辉恢复记忆后只知道父亲又去了新疆，他时常问母亲和兄妹，父亲怎么不来信？他怎么这么长时间还不回来？全家人颇多顾虑，特别是母亲，心理压力很重，她怕儿子经受不住这个打击。儿子的脑神经刚刚恢复，还很脆弱，万一受不了，岂不前功尽弃？丈夫的早去已经无可挽回，她只祈望儿子好好活下去，孙子还小，她需要一个完整的家。

春节是阖家团圆的日子，朱辉的兄妹几家子都来了，大家在一起融融乐乐。朱辉说："要是爸回来了多好！爸爸怎么的嘛！现在我们有了电话，打个电话来也好嘛！"朱辉的妹妹正坐在哥哥的旁边，这时她实在忍不住了，说："哥哥，爸爸不会再回来了，他已经去世快两年了。"

朱辉一下愣住了，他不相信自己的耳朵，他发现妹妹眼中噙满了泪水，于是赶紧问母亲。母亲眼圈红了，牙咬着嘴唇哆哆嗦嗦，片刻抓住儿子的手说："你要坚强些，妈妈早就想告诉你了，但怕你受不了，你爸在前年4月23日就去世了，那时你刚从雅加达回来，在海员医院，人事不知……"他只觉得血在朝头上涌，眼前有点儿摇晃，仿佛是在梦中。这时哥哥、妹夫他们断断续续地告诉他当时的情况，最后只听到母亲的声音："你有儿子，要想开些，保重自己，不要激动……”他一定神，发觉儿子稚嫩的脸，正抓着他的手。他清醒了，理解了，强忍着泪水搂紧了儿子。这时他感觉到一种从未有过的责任感。

~ 四、几度梦中回“风航” ~

这以后朱辉更加紧了锻炼，去空军455医院扎针也不要母亲陪着，自己走着去。空军455医院的医务人员都认识他，说他好坚强，不愧是一个远洋海员。

向往船上，向往大海，渴望踏在甲板上，闻闻机舱的油味，听听海涛的拍击声，走在异域的港口、街头，与各种肤色的朋友打招呼……投入远洋十多年，他和大海、船舶有着难以解开的情结，特别是“风航”轮，他在上面干了五六年，船上的角角落落都留有他的汗水，多少回他在睡梦中又回到“风航”，醒来却不免怅然若失。

春天来了，听说“风航”轮回沪修理，朱辉央求母亲：“妈妈，你带我去吧，我要看看！我太想船上了。”母亲拗不过儿子，只得答应了。他们祖孙三口在司机朋友的帮助下来到靠泊上远船务公司的“风航”轮上。

“朱辉来了！”“风航”轮上喜气洋洋，就像过节一样，船员们全都出来了，大伙又惊又喜，围着他问长问短。船舶领导一直陪着他们，中午又让厨房特地加了几个菜招待祖孙三个。朱辉东走走、西看看，满心欢喜。哦，“风航”，几度魂牵梦萦！他曾在这里发生了不幸，然而这里又给了他温暖和爱心，他无法割舍对这里的感情。

去年，船舶管理处搬到了岳州路，朱辉又让母亲陪着，带着儿子去船管处。他想公司、想船。这次他已经知道自己虽然恢复得很好，但要上船的可能性是很小了。他意识到这点时曾十分痛苦，但是他从痛苦中走出来了。他想通了，如果说在大海中搏击是一种辉煌和荣耀，那么他也曾经辉煌过、荣耀过。回首往事，他并不空虚，他可以响当当地对儿子说：你爸曾经是个远洋海员！

吴锦祥

回望初心

In Retrospect: Our Original Aspiration

陆 航海人的初心
是远征全球的剑胆琴心

初心

~ 报到 ~

1973年元旦刚过，在长江岸边的凌桥乡，刚刚年满16周岁的少年阿根怀揣着梦想，在父亲徐有田的目送下，走进了海滨油库建设工程指挥部的那一排简易平房，成为无数乡民羡慕的工程指挥部工人。

工程指挥部四周，是一望无垠的农田和长江沙滩。阿根站在指挥部办公室的窗前，凝望这片养活了他祖祖辈辈的土地，本来，他也应该和父亲一样，继续在这片土地上辛勤耕作，挣口粮，挣工分，养活自己，再养活全家，直至老死而去。然而，命运最终还是眷顾了他，他的人生轨迹在1972年拐了一个弯。

那年初秋，一群来自海运公司的人，拿着国务院领导的重要批示，走进了乡政府。不久，乡政府宣布，海运公司将在凌桥乡建设一座油库。

经县里批准，阿根眼前这片土地被规划为海运公司油库建设用地，海运公司在这里建了一排简易平房，并且挂上了牌子：海滨油库工程指挥部。从此，阿根和大队里其他十几个年轻人，因土地征用而变成了海滨油库建设指挥部的一群新海运人。

起初，大队书记老岳将这个决定告诉徐有田的时候，老实巴交的徐有田根本不敢相信自己的耳朵，激动地蹲在地上号啕大哭起来，一转眼，就到了阿根去指挥部报到的日子。

徐有田时常教育儿子，要永远记住中国农民的传统美德，不要给父老乡亲丢脸。现在，儿子成为工程指挥部的一名工人了，徐有田还有些不放心，一直絮絮叨叨地提醒他注意这儿注意那儿。阿根正要出门时，徐有田又一次拉住他，为他掸去衣服上的尘土，拍着他的肩膀，用浓重的浦东方言嘱咐着："儿子，好好干！别给阿爸丢脸，别给我们大队丢脸！"阿根像平常一样，朝父亲庄重地点点头。

~ 开工 ~

1973 年春节，阿根来到工程指挥部已有一个多月。凌桥乡像往年一样，空气中洋溢着传统佳节的喜庆味道，劳碌了一整年的乡民们走亲访友，喝茶打牌，聚餐聊天，用各自的方式享受这难得的休闲时光。

大年初一，指挥部门前的大喇叭首次响起，传来了海运公司领导雄浑的声音："现在，我宣布，海滨油库奠基仪式，正式开始！"随即，锣鼓声刺破蓝天，一串串气球腾空飞起，乡民们纷纷聚拢到指挥部门前，只见打桩机在工地上"噗噗"地打桩，电焊机喷射出刺眼的火花，瓦匠师傅们砌着砖墙，工人们抬着沙石木料往来穿梭，海滨油库工程项目开工正如火如荼地进行着。阿根跟在师傅后面，用铁锹奋力地将泥土铲进手推车，并飞快地运到不远处的沙滩上，唯恐落在别的工友后面。

海运员工们并没有因春节的到来就放了假，而是将春节当成一个新的起点。随着工程的推进，阿根从师傅那里学到了很多技能，工作越来越得心应手，同时，他也了解到，他们正在建设的油库，是用来为海运公司储存船舶燃油的油库。

~ 大船 ~

阿根的舅舅是海运公司的一名水手，小时候，阿根喜欢站在舅舅家的阳台上看黄浦江过往的船只。一天，他发现有两艘大船停靠在锚地从未移动过，便好奇地问道："舅舅，这两艘大船怎么一直不动啊？"

舅舅告诉他："这两艘大船不是用来跑运输的，是用来盛放燃油的，我们海运公司除了一座只有 8000 立方米库容的何家湾油库以外，没有大型油库，所以只能暂时用大船替代油库存放油品。”

“这两艘大船占了那么大一片江面，每天都有几百艘船在边上经过，多危险啊！”阿根不由地为大船的安全担心起来。

“是啊，等我们海运公司有了自己的大型油库，这两艘大船就可以退休了。”舅舅如是回答。

“我将来一定为你们建一个大油库！”年幼的阿根，双手叉着腰，自信地冲舅舅说道。

“好啊，那舅舅就等着你来给我们建大油库！”说完，舅舅将阿根抱着高高举起。

让阿根意想不到的是，当年的一句戏言如今竟成了真，每想到黄浦江里的那两艘大船，他总是暗暗握紧拳头给自己鼓劲。

海运员工总是不断地创造着奇迹。经过两年多的大干，他们挖土填滩 75000 立方米，在农田和沙滩上筑起了 19 座 5000 立方米的油罐、4 条输油管线和 1 座万吨级的码头，海滨油库最终于 1975 年顺利试投产。

庆功宴上，师傅不停地夸奖被评为建设标兵的阿根，阿根却趁师傅喝多了的时候偷偷拿了师傅的自行车钥匙，悄悄离开了庆功现场，他跨上师傅的那辆“老坦克”，奋力地朝市区方向骑了一个多小时，当他满头大汗地爬上黄浦江的堤岸时，脸上绽放出了灿烂的笑容。

那两艘大船果真不见了。

满身疲惫的他一下子瘫倒在堤岸上，但是手却挥向不远处的舅舅家，心里激动地呼喊着：“舅舅，我兑现了我的诺言！”

~ 金牌 ~

油库建好后，阿根从建设指挥部的一名建筑工人转变为海滨油库的一名维修工，他继续跟着师傅苦练设备维修保养技能，很快就成了行家里手。无论设备遇到了什么样的难题，到了他的手中都能轻而易举地解决。工友都说："阿根随身三件宝，抹布听筒螺丝刀。"阿根走到哪儿，一把抹布就抹到哪儿，他所承包的设备永远是一尘不染、光亮可鉴；那把随身携带的螺丝刀，使他能够随时随地将设备中松动的螺丝进行紧固，减少了设备故障；一旦油泵出了问题，阿根就会像医生一样戴起听诊器，将听筒放在油泵上，根据油泵运转的声音就能判断出故障是什么。

海运系统要举办技术大比武，油库推荐阿根参加。临行前，师傅拍着阿根的肩膀，语重心长地说道："阿根，好好干！别给师傅丢脸，别给油库丢脸！"阿根自信地点点头。

三天后，阿根捧着金牌回来了。

~ 入党 ~

在全体员工的共同努力下，海滨油库不仅为海运公司提供了坚实的燃油保障，还积极服务于世界各国来往上海港的船舶。精湛的服务和一流的质量，令海滨油库逐步蜚声海外。

1986 年，英国女王访华，随行的"不列颠尼亚"号皇家游艇在上海港加注海滨油库的燃油，完美的供油服务受到了英国女王的高度称赞。

从报到的那一天到今日，阿根牢记父亲的叮咛和教育，年复一年地在海滨油库努力地工作着，他担任了工班长，带了徒弟，也入了党。

面对党旗宣誓的时候，阿根哭了，他说："感谢党！感谢海运公司！是你们培养了我，将我从一名懵懂的乡村少年培养成了一名光荣的共产党员。" 说完，他哭得稀里哗啦。

应邀前来观摩入党仪式的原大队书记老岳也不禁泪水潸潸，他想起了十几年前，徐有田得知阿根成为征地工人的消息时，蹲在地上嚎啕大哭的情形。他觉得，阿根今天的哭，和徐有田当年的哭，有几分相似，但更有几分不同。

～ 拆除 ～

阿根将自己的全部心血倾注给了海滨油库。他熟悉这里的一草一木，他精心爱护着这里的一草一木，每天在油库里转上一圈，到处看看，对阿根来说是一件快乐而幸福的事情，他觉得，这座油库已经融化到了他的血液中，和他共为一体了。

直到有一天，领导宣布，海滨油库库容已经不满足中国海运事业发展的需要，上级决定拆除海滨油库，并和中国石油集团联合出资，在原址上建设一个更大规模、更加现代化的油库。

这个消息，对于阿根宛如晴空霹雳。在他心中，海滨油库为中国海运事业的发展作出了巨大贡献，也承载了他本人所有的梦想和荣耀，怎么能说拆就拆呢！

阿根不理解也不能接受这个决定，他到油库领导那争执，去上级领导那反映，在支部大会上质疑，但身为共产党员的他，最终还是服从了组织的决定。

在拆除油库的前一天，阿根拿着他的“三件宝”，将油库的设备全部精心维护了一遍，然后，默默地朝着这些陪伴自己成长的战友们深鞠一躬，向他们作了最后的告别。

～ 重建 ～

不久后，领导找到阿根，对他说：“为做好新油库的建设工作，我们和中国石油集团共同组建了联合指挥部，决定由你担任副总指挥，想听听你的意见。”

似乎失去了精气神的阿根只是机械地点点头：“服从组织安排。”

“好！”领导大声说道，“我们相信你一定能干好！”随即，领导在阿根肩上重重地一拍，提出希冀：“阿根，好好干！别给我们团队丢脸，别给中国海运丢脸！”

这一拍，阿根感到一种熟悉的使命感又从心头流过，丢掉的精气神似乎又回来了。他对领导说：“请领导放心，我决不能让他们小瞧了我们海运人！”

宛如二十多年前一般，阿根再次进入油库建设指挥部，经过将近三年的大干，一座现代化的大型油库巍巍矗立在了长江之滨。全新的设备、全新的工艺、全新的控制系统、全新的管理方式，新的油库将现代化、智能化和科学化完美地融合在一起，所有的操作只需坐在中央控制室就能轻松地完成。

看着全新的海滨油库，阿根感到十分欣慰，他也不得不承认，新海滨油库，确实比老海滨油库强！

~ 传承 ~

2017 年 7 月 28 日，是阿根退休的日子。

站在办公室里，看着墙上张贴的新中远海运集团“四个一”文化目标“一个团队，一个文化，一个目标，一个梦想”，回首过去，阿根感慨万千。

他似乎又听见了当年父亲、师傅和领导对他说的话：

“阿根，好好干！别给阿爸丢脸，别给我们大队丢脸！”

“阿根，好好干！别给师傅丢脸，别给油库丢脸！”

“阿根，好好干！别给我们团队丢脸，别给中国海运丢脸！”

……

阿根含着热泪，朝着墙上的“四个一”文化目标深鞠一躬，说道：“阿爸、师傅、领导，我没有辜负你们的期望，你们对我的要求，我都做到了……。现在，该把担子交给下一代新海运人了！”

转过身，拿起属于自己的物品，阿根迈出门去。忽然，门外响起一阵歌声，“感恩的心，感谢有你……”

一群年轻的同事涌了进来，他们每人都捧着鲜花，一边唱着歌，一边将阿根簇拥在中央。

阿根的眼睛湿润了。

一个年轻人提议：“阿根师傅，在您光荣退休之际，给我们讲几句话吧。”

看着眼前的情形，阿根激动不已，他努力地平复了一下自己的心情，缓缓地说道：“谢谢大家。你们，都是海滨油库的骨干，海滨油库的未来靠你们，中远海运的未来靠你们。你们，好好干！别给中远海运丢脸，别给咱们中国人丢脸！”

文 霍拥军

“天华”北归

~ 一 ~

1948 年夏，在香港的航运公司大楼外，内地来的船员三三两两在等消息。正午 12 点，船员部的主管陪着吴船长从大楼出来宣布：现在准备去锚地上船接班。

交通艇在锚地海面上颠簸着向大船驶去。“那是 N3 型 2000 多载重吨货船”，二副嚷了起来。“这是美国二战时的剩余物资”，服务生小黄接着说。近了，大家才看清船名：“天华”。“那是老同盟会员陈天华的名字”。小黄站了起来还没说完，管事老陈拉了他一把：“坐好！就你知道得多。”上船后，船员们繁忙的交接班在进行着。等到交班船员离船后，主机已备好准备开航了。

转眼几个月过去了，这天午后，船在长江口外航行。水手邵山当班在瞭望，二副神神秘秘地对他说：“我去送中午的船位报给电报主任，你给我看着点海面。”说着就钻进了电报房。十多分钟过去了，二副还没回来，邵山准备上个厕所后回来替换舵工操舵。当他经过海图室旁的电报房时，见到二副和电报主任在收听广播。脚步声惊动了他们，只见二副连忙跑出来对他说："我和主任听了听上海商业电台的长篇故事连播。"邵山想，怪不得他每天都去好一会儿，原来是去听故事连播了。然而他不知道，二副和电报主任听的是解放区的电台广播。

~ 二 ~

好不容易船回了一趟武汉，偏偏邵山轮到当0点至4点的停泊班。因为船被国民党军队征用，白天和夜晚船员都不能下地。这对不能送钱回去养家和有私事急办的船员来说是不能忍受的。邵山更是躁动不安，因为他算了算老婆该生孩子了。还是管事老陈理解他："晚饭后饭老板（承包船员伙食的人）要离船，我让他的伙计留下来顶个班，你随饭老板上岸回家一趟吧，不过凌晨4点前一定要回来。"邵山感激得连连点头。

这是一个月朗星稀的夜晚，江汉关上大钟楼的指针已经指在3点30分了。邵山依依不舍地辞别了妻子和刚出生不久的女儿就匆匆赶回了码头，为了避开甲板上的哨兵，他在趸船上躲着找机会溜上船。突然他发现船尾有一只舢板和几个人影，哨兵也察觉到了什么正要去查看。这时的邵山感觉到不对，不顾自己会惹出什么麻烦就朝船边的哨兵走去。

当值班驾驶员二副证明他是本船的船员因急事离船时，带班的军官还是要处罚他。邵山除了挨一顿臭骂外还要罚两块大洋请当兵宵夜。可是邵山在船上攒的钱全都交给了老婆，身上只剩几个零钱了。这时，上海籍的电机员从船尾走了过来，他掏出两块大洋交给了军官。

"'虾虾侬'（谢谢你）。"邵山学着上海腔对电机员说。"应该吓吓你！”电机员笑着说完就走了。这时偷着回了一趟家，乘舢板回来的服务生小黄把他拉回舱室说：“你不仅救了我们也救了全船了。”“怎么回事？”“这次我们船开出后就不知道什么时候才回来，有的人想回家一趟，有的说不定就不回来了。”原来是想离船的船员晚上在船的外舷偷偷雇小艇离船，机警的邵山无意中消除了一场麻烦。

果然，天亮后船要开航，甲板和机舱都有几个人不回船了，那些军管人员和船员们闹成了一团。在驾驶台协助驾驶员做开航准备的邵山哼起了京剧《空城计》中诸葛亮用“西皮慢板”唱的：“我正在城楼观山景，耳听得城外乱纷纷……”

1948 年秋，东北战场打得天昏地暗。国民党军队城城失守，节节败退。“天华”轮又奉命去营口接退兵。码头上早已戒严，气氛虽紧张但却整齐有序。船员们也觉得不像上次那样乱哄哄的，只见全副美式装备的队伍有条不紊地登船，坦克和火炮一辆一辆地吊上船。上船后成建制原地休息，一眼望去大舱内数百个钢盔在防爆灯下闪闪发亮，一片肃杀之气。有大胆的船员一问原来是国民党青年军。这些国民党军精锐是被调去守备南京、上海和长江防线的。

~ 三 ~

就在“天华”轮要开航的这天晚上，船长的房间来了一个年轻人。“你是怎么上船的？”船长有点惊讶地问他。这个年轻人出示了证件，船长一看是国民党军舰上的电报员。他就是凭这个通过了船边警卫的士兵上船的。“可我们没有接到命令，你也没有公函。再说我们已有电报主任和电报员了，电台也军管了。”船长很为难。“船长，我叫刘彬，是军舰上的报务员，我不想打内战就开了小差逃了出来。”

船长一听："好小伙，好样的，我来想办法。"在船长的帮助下，刘彬就上船做了电报员。

太阳已没落但西边却是彩霞满天，风景煞是好看，但与沿黄浦江码头军民撤退的乱哄哄情景极不协调。船员们都聚在船首的甲板上聊天、发牢骚。天刚黑，大副广播说准备装货。邵山跳了起来，心想船开外海就想办法走人，如果运气好开武汉拿不到钱也要走。然而晚了，这次装的不仅是重要物资和几十辆高级轿车，还有数百个大小不等的箱子，都贴着封条。光是武装押运就有一个排的美式装备的军人，戒备森严。可是船往哪里开？没人知道。

"天华"轮航行在黄浦江上，这时的上海已笼罩在战争风云之中。但从远处传来的音乐及车辆行驶声，霓虹灯闪亮，仍呈现着这个东方不夜城的繁华。凌晨6点，在驾驶台当4点至8点航行班正在操舵的邵山已看到吴淞口的灯塔了。他不禁手心冒汗：过了前面的转向点是左舵还是右舵？即是往长江上游开还是往长江口开。这可是个命运的转折点啊！他不由自主地望了望站在旁边不远全副武装的士兵。然而，这时引航员发出了"右舵五"的口令。邵山心一沉，极不情愿地回了一句："五度右"的回令。

"我爱我的台湾啊！台湾是我家乡。过去的日子不好过，如今更苦愁……"听着街巷孩子的歌声，在基隆市里瞎逛的邵山和小黄心里酸酸的。"唉！真像是困在'鸡笼'一样啊！"邵山叹了一口气说。已经在基隆至香港之间航线跑了几个航次至今仍无返航大陆的消息。"我听船长说我们船要移交给国民党海军，正在验船。"小黄因为常在船长身边服务，知道得多些，小黄接着说，"但是……"小黄越说声音越小。"对！船移交不了就有办法！"邵山又高兴起来了。很快，船上几个进步的骨干分子就聚在了大台间，吴船长低沉有力的讲话令大家兴奋不已，"船是绝对不能交出去的，大家要团结一致，做好应对的准备,听从命令统一行动!”这时的船长已经相信刘彬了，就让他在电报房里掌握电台，不参加行动，不暴露身份。

~ 四 ~

会客室里，轮机长满头大汗地翻着资料和记录。“三台电机两台发电不正常。主机缸头又漏气。两三年没进厂大修，什么破船！”一位国民党海军中校发着脾气,“还有你船长,电、磁罗经工作不正常，误差太大……”“这两年军队征用忙于运输，又不让修船，毛病当然多了。”吴船长申辩道。“我不能验收，我不能签字！”中校拍着桌子嚷道。“我这就向局里申请去香港修船”，船长连忙说道。“我要向上峰报告！”说完，中校和验船师夹着皮包走了。他们刚走，船员们就兴奋地分别涌向轮机长和二副（管助航仪器）的房间。“说说怎么做的手脚？”“好家伙！海军中校军官和验船师竟让你们给蒙过去了！”整个船上洋溢着轻松的气氛。

第二天，船上上来了一个班全副武装的国民党兵，带队的是一个上尉和一个穿便服的人。穿便服的人自称是特派员，姓甘，他还拿出了公函，说是先去香港修船，修完船待命。就这样，“天华”轮开出了基隆港。

三大战役胜利结束后，“天华”轮奉命要去上海载运国民党的重要物资去台湾。从香港修船出来后，船上的几个进步分子就经常聚在二副的房间策划脱离国民党政权的行动方案。这天小黄谈到一个重要的情况，他说那个上尉说他的士兵班长在监视他，他真想把这个班长干掉！电报主任接着补充说，他几次看到这个班长和姓甘的私下接触，还拉了几个其他的士兵说着什么。知道这个情况后，二副就和大家商量，由邵山去接近那个上尉摸摸他的底细。

经过几次交往，邵山了解到上尉姓曹，是江苏人，他暗中准备船到上海就开小差，士兵中也有两人愿意和他一起走，还想请邵山帮忙。就这样，以邵山和二副为首，轮机长、电报主任、电机员、管事老陈和小黄，连同曹上尉一起到船长的房间，研究联合行动方案：一是在士兵中散布船员们决不会把船开回台湾，二是通过曹上尉控制和争取更多的士兵以孤立姓甘的特派员和那个班长。曹上尉主动表示由他对付特派员，那两个士兵对付班长。这时吴船长正式加入了行动组织，他让小黄协助那两个士兵去散布消息，并将自己船长的手枪给了邵山和曹上尉控制特派员。其余骨干按职务和部门去做船员的工作，保证船舶设备和人员的安全。

~ 五 ~

经过两天的航行，“天华”轮快到长江口了。一直待在电报房里的特派员也察觉到不对，他抓住长江口还在国民党海军和空军的控制下的时机，当即起草一个电报要刘彬发出去，刘彬一看电报内容是“天华”轮有叛乱迹象，请上峰采取断然措施。他深知如果这个电报发出去是一个什么样的后果。他说要电报主任请船长签字才能发。顿时，凶相毕露的特派员当即关上报房的门并锁上，他拔出手枪指着刘彬的头威胁。刘彬只好假装答应发报，想办法拖延。就在这时，电报主任用钥匙打开了门，刘彬趁特派员一分神就猛地向他撞去，他知道特派员的身后是一个配电箱，果然，特派员被刘彬一撞，头部磕在那配电箱的一角就出血晕了过去。刘彬迅速捡起他的手枪，和电报主任将他捆了起来。听到动静，楼下餐厅的小黄和那两个士兵马上将那班长按在了地上，拔出手枪的曹上尉和邵山就冲了进去控制了在场的士兵，船上的其他船员闻讯赶来收缴了士兵们的武器，将他们看管了起来。

现在摆在船员们面前的是，船往那里开？为了避免被国民党的飞机侦察和海军的军舰拦截，电报主任说：“我们只收报，不发报就没人知道我们的位置。”“我们离开航道，走外海，甚至改船名，挂方便旗。”二副说。这是决定全体人员命运的时刻，吴船长说：“开大连，那里已经解放了！”船员们一致同意：脱离国民党政权，隐蔽航行，北上！

对于关押在船上的特派员和那些士兵，邵山和刘彬明确地告诉他们，船是去投奔解放区，愿意去的留下，不愿意去的为他们找一条往西去的民船送他们走。最后只有特派员和那个班长要走，其余的士兵都要求留下。第二天，船长就花钱拦了一艘渔船把这两个人送下船去了。接着，船员们就忙着改船名，换船体颜色和伪装。刘彬和曹上尉组织留下来的士兵成立了武装护航队。在船过了山东半岛的成山角就和大连港口的解放军军管会联系上了。

当“天华”轮靠上码头时。欢迎的队伍锣鼓喧天，红旗招展。当地军管会派人上船慰问，还送来了慰问品和船上的补给。看着穿解放军军装和列宁装的男女慰问团团员的满脸笑容，船员们都有一种新生的感觉。军管会的代表由吴船长陪同，全体船员在甲板上挂起了军管会送来的红旗和毛主席画像合影，为这历史的转折留下珍贵的纪念。

照完相，站在后排的邵山扯开了嗓子唱起京剧《霸王别姬》韩信唱段“运筹帷幄，统雄师。一片丹心将汉扶；九里山前十埋伏，决胜策，神出鬼没”时赢得大家的一片喝彩之声。

文 李忠心

远航，有老娘相伴

“亲爱的老娘，您放心地走吧，此生儿子将永远走不出您的怀抱了……”他紧紧抱着母亲的骨灰盒，随着小船缓缓地行进，在心里默默念叨着。依照母亲的遗愿，他缓缓地、郑重地将母亲的骨灰撒向了大海。从此，母亲就长眠在这一望无际的蔚蓝里了。两颗清冷的泪滴在他那被海风熏染的黝黑的面颊上闪烁。

……

说不清是第几次在母亲病重时接到公司派船的指令了。他是根独苗，高中毕业后，本来有当兵的机会，可父母亲不舍。

也许上苍早有安排，他的人生注定要远离父母。一次偶然的机会，他成了一名船员。看到他毅然决然的样子，母亲还是妥协了。而这时，父亲已经去世五年了，临终嘱托就是让他照顾好体弱多病的妈妈。为了父亲的叮嘱，他甚至放弃了考大学的机会。但，这次，他想对自己的人生进行一次重新规划。

冥冥之中，他听到了大海的呼唤。

于是他背起行囊，头也不回地走向大洋。

……

时间过得飞快，转眼间他已经在漫无边际的大洋上漂泊了近 20 年，从一个毛头小子成长为一名练达的远洋船员。自从上船的那天起，妻子生病去世，儿子成长入学，母亲年迈多病……种种家庭变故和负担都没能阻止他远航的脚步。他是名普通船员，但他却从未因个人原因误过船，每次都是随叫随到。有几次刚下船又上船，甚至为等待来不及接船的船员而延长船期，这对于他来说，早已是家常便饭了。为此，他多次受到公司的表彰奖励。每次下船，他家里家外上上下下不停歇地奔波劳作，想以此来弥补自己对一家老小的亏欠。即便如此，他也从未放弃远航的念头。

自远航开始，已经记不起有多少个春节是在船上度过了。每逢大年三十，有机会打电话的时候，母亲亲切的叮咛，是他最大的抚慰。每当这时，一颗漂泊的心仿佛一下驶入了温暖的港湾，恬静、惬意、舒展。他似乎看到了电话那头老娘那慈祥的面容，仿佛感觉到了母亲正用那干枯的双手替他擦拭脸上的泪痕。入夜，浪涌不停地激荡着几十万吨的船体微微荡漾。他梦到自己躺在母亲温暖的怀抱里，耳畔回响着母亲轻轻哼唱的眠歌……

近 20 年了，随着时间的推移，常年栖身大洋，长期的船上环境磨合，他已经习惯了大海航行、餐风饮浪的生活，从内心享受着船员职业的刺激和独特。每次只要一上船，他就像鱼儿回归了大海，换上工装立刻精神抖擞地投入工作，只有这片浮动的土地才能使他感觉心里踏实。而每每回到陆地，他都要适应很长一段时间。远航，似乎已经成了他生命的常态。

而此刻，他犹豫了。因为他看到了风烛残年的母亲那双近乎祈求的目光，他突然感觉如芒在背，两腿像灌了铅。

自接到通知那刻起，他的心开始波澜涌动，不想说话，也不想吃饭，只是不停地吸烟。母亲苍老近乎枯朽的身躯不时在眼前晃动，清晰而深刻，这是他从未感受到的。夜深人静，月光透过窗户照在床上，清冷如水，他辗转反侧，头昏昏沉沉，但两只眼睛却如同月光般华润，没一点儿睡意。他干脆披衣下床，在透进窗户的皎洁月色里，他又点燃了一支香烟。

临近春节，公司派员困难，自己假期将满，没有理由拖延。若在以往，还依旧会将家里老小托付姐姐和亲戚朋友，但这次，他真的犹豫了。年过八旬的母亲常年疾病缠身，因多次复发脑血栓，以往十分要强的母亲，身心已变得十分脆弱了。身边虽说有女儿们照料，但在母亲内心深处最牵挂最放心不下的就是这个常年漂泊四海的儿子了。是啊，儿行千里母担忧。更何况，远航是与大洋为伴、与海浪风险为伍，又何止是千里百里，何止是十天八天！曾经不舍得让儿子当兵的母亲，竟然眼睁睁地任由儿子奔赴了远洋。而这一走，断断续续就是近二十年！母亲，这是多么博大而沉重的称谓！可有谁能够读懂她老人家内心深处的隐忍和多少个日日夜夜因牵念而饱受的煎熬呢？每逢家里电话铃响起，她都会莫名地兴奋，第一反应便是儿子打来的。每次接到儿子的电话，她都像过节一般地高兴好几天。也许感觉自己的身体每况愈下，自儿子下船以来，她恨不得每时每刻都想见到儿子，看他进进出出忙里忙外的样子，看他狼吞虎咽地吃着自己亲手递过来的粗茶淡饭，看他安安静静地睡在自己床上，像小时候那样小心翼翼地替他掖好被褥，布满皱纹的脸上满是慈祥和幸福，有时还会从眼角处淌下几滴混浊的泪花。而他，四十好几的人了，在妈妈面前，依然像孩子般娇嗔。

"儿子，妈知道你的心事，放心走吧，还是公家的事儿要紧。不用惦记妈妈，家里有你姐姐呢！"见儿子整日郁郁寡欢的样子，年迈的母亲终于于心不忍，再次为儿子放行了。能够听得出母亲平静的话语里隐含的那分无奈与凄凉。可另一种声音同时从心底里响起：选择了远航，也就选择了别离，自己不是已经适应和习惯了吗？自古忠孝难两全那。他内心在挣扎：这一走几乎又得一年。而此生，与老娘还有多远？此次分离会不会成为永别？远洋船员这一职业将会有多少和怎样的不确定性？他不敢再想了，把头深深埋了下去。

最终他还是订好了车票，又一次，留下颀长的背影，带着模糊的泪眼决绝地离去……

一晃又是十个月。船期届满，他比以往任何一次都渴望赶紧回家，回家告诉老娘，此次下船要好好陪陪她老人家，告诉老娘他这次下船会待很长时间，让她老人家放下心来，不再牵念，不再担忧，过几天舒心幸福的日子。可，当他急匆匆跨进家门的时候，他看到了最担心也最不愿看到的一幕——挂在墙上环绕黑纱的母亲的遗像。

虽然早预料到会有这么一天，可这一天还是来得太快、太突然，他还是没做好心理准备。其实，母亲是在他离家后半年突发脑出血去世的。因在远航途中，为不使他分心，每次打电话，姐姐们都千方百计隐瞒了母亲病逝的噩耗。

老娘啊！儿子不孝，回来晚了，您就不能等等儿子再看您一眼吗？您不会怪罪您不孝的儿子吧！他紧紧抱着母亲冰冷的骨灰盒，跪倒在地，痛彻心扉号啕不已。那种长时间集聚的忧虑和思念，那种没能见母亲最后一面的遗憾，那种子欲养而亲不待的愧悔，随着滂沱的泪水疾速流淌……

从此，不再有依依惜别的泪眼，不再有沉甸甸的思念，不再有望眼欲穿的等待，世上最疼爱自己的那个人，走了……接下来该与谁道别？儿子、姐姐……可谁又能代替得了老娘那不舍的目光和隐忍的牵挂？谁又能无论你春风得意还是穷困潦倒，无论你奋力打拼还是怯懦退缩都不离不弃，敞开胸襟包容你、安抚你、呵护你，疼爱你？

轻松与悲凉一样的强烈，期盼与绝望一样的难以抑制。面对母亲的遗像，他长跪不起……

“嘟——”汽笛长鸣，该返航了。他重重地抹了一把泪眼，面对母亲长眠的地方再次深深地鞠了一躬。

走吧，人生注定要经历几番离别，即使有些时候是那样刻骨铭心，那样痛彻心扉，你还是要擦干眼泪，挺起腰杆，迎着风雨，大步向前。

他忽然明白母亲为什么要选择大海作为自己的长眠之地了。原来她老人家是为了能够一直陪伴痴情于远洋的儿子，不想让儿子再有任何的顾虑和牵念。同时也想告诉儿子，既然选择了远航，那么大海就是故乡；作为名副其实的海之子，就要有大海般的胸怀，豁达、包容，就要有大海般的意志力，坚韧、执着，百折不挠！

如今，没有了母亲肉体的牵挂，却有了老娘灵魂的相随。今后的每次远航，无论天涯海角，无论风里浪里，都将有老娘相伴；即使航行的再远，也走不出母亲温暖的臂弯；无论遭遇什么艰难困厄，都会感受到老娘那不朽的凝望和虔诚的福佑。

从此，大海，将是永久的家园；远航，将是终生的旅程。

文 马云芹

一张地图

我收藏着一张已显得“支离破碎”的地图，那不是一张普通的地图，它有着一段鲜为人知的故事。

20 多年前，我外派英国公司，住在水头的隔壁。起初的日子，总见有同事喜欢进进出出他房间，出于好奇，有天我也凑过去看看，房间里没见到什么特别，墙上张贴的一张英文世界地图上各种颜色笔标注的直线、曲线、圈圈和许许多多的汉字，引起了我的注意并知道了它的来历。

水头是位老外派，几年前他被派往英国某公司船上工作，成年累月不回国内，合同一签是十多个月。当时船上只有 4 名中国普通船员，英语能力又不行，每天只知道干活儿，根本不知道自己身处地球的哪一个角落，船舶航行在大洋的哪一个经纬点上。当时水头身边有张地图，是港口教会俱乐部送的 4 开纸那么大的英文版世界地图，根本看不懂。在遭遇老外一次次白眼之后，水头决心自学英语，非得搞懂这张地图不可。五十岁出头的人，每天面对繁重的工作之余还得戴着老花镜，翻查字典，对照一个个字母组成的港口名，各大洋、大洲，逐字译成中文标注。他又利用每天上驾驶台请示工作之际，有事没事地找话说，以提高自己的英语表达能力。他的不断进步，也很快让老外们刮目相看。每航次他还有一个任务，就是对本航次的出发港、到达港进行连线，在连线上用笔点注当天的船位。让大伙能一目了然地知道船向北开还是向南走，向西行还是向东驶，离咱国家到底有多远。在当时那张地图确实帮了大伙不少的忙，有它存在的特殊意义。

有次过白令海峡，水头对着地图给我们讲了阿拉斯加的故事，讲了那里丰富的森林、水产、矿物资源以及那里的气候。诸如这样的故事，同船的日子他对着地图给我们讲述了很多，他津津乐道地讲，我们有滋有味地听。有天靠码头后，水头敲开我的门，告诉我他要公休而且退休再也不上船了。看他说得伤感，知道他内心难以割舍，便劝他“远洋一辈子，也该回去享享福了”，他连连答道“是啊，是啊”，边说边把从墙上揭下来的地图递给我，“年轻人啊，这张地图伴随我已有七个年头了，虽有点儿破，但它还能发挥发挥余热呢，尽管你们现在的航海技能，英语水平跟我们这辈比是高很多，不管你们现在需不需要它，都好好收着，好歹它也是我们远洋一步一步走到今天的‘见证人’啊。”我鼻子酸酸地接过地图，向他保证会好好地将它传下去，让更多人知道它的故事，更多地了解我们远洋发展的艰辛历程。

20 多年过去了，我也从当年的年轻人变成四十大几的中年人，但我没能忘记当初老水头的交代，曾继续让它发挥“余热”服务许多后来人。在我们远洋队伍不断壮大、中远中海两大公司历史性重组、船员素质不断提高的时刻，凝视这张地图上的每一条航迹，它是几十年来我们前辈为振兴远洋事业而付出的艰辛努力的真实写照，令人敬佩和感慨，同时也隐含着前辈们对后来人几多希望和祝福。它将永远激励后来人，自强自立，奋斗不息。这张地图将伴随、见证着我们远洋运输的不断壮大，走向更加辉煌的明天。

文 朱春荣

《心愿》创作的背后

2017 年的国庆、中秋相逢，加之“全运会”余温未退，整个津城浓墨重彩，喜迎党的十九大的欢乐氛围渐进高潮，出彩的津湾广场成为巨大的“强磁场”，格外吸引着中外八方来客。

农历八月十五的傍晚，我和老伴漫步在流光溢彩的海河边，感到非常震撼。座座高楼鳞次栉比，霓虹闪烁，条条游船彩灯镶嵌，川流不息，天津远洋大厦比肩牵手，伫立其中。想当初，2001 年，我刚调入天津中散公司时，曾为“鹤立鸡群”的远洋大厦发了许多感慨呢。时至今日，它已成为邻居“津塔”名副其实的“小弟弟”啦。眼前此情此景，构成了一幅远胜于我们老两口前不久游览的巴黎塞纳河畔的壮观美景，自豪之感油然而生，真是漂亮啊！“美丽啊，天津！厉害了，我的国！”我不禁喊了一声，把老伴吓了一跳，瞪眼拍了我一把。她哪里知道，这是我们乐团前几天刚刚在津湾大剧院成功上演的《新长征组歌》中的一句朗诵词。我作为总策划人及全部朗诵词和部分歌词的撰稿人，见景生情，能不激动吗？

猛然，远洋广场台阶上几个小青年哼唱的《天路》的歌声飘进了我的耳中，看着他们并不熟练的舞姿，但十分尽兴嬉戏的表现，我心中的一首歌也忽然被勾了出来，一下子想起了集团选派的、远在援藏一线洛隆挂职工作的一位同事。节日期间我们在微信交流中得知，为了工作，他还是要坚守中远海运扶贫一线领导的值班岗位，还要分片走村串户探望节日里的藏胞，不能回津过节与家人“圆月”团聚。年初，他曾发来自己写的一首抒情诗《心愿》，文字简短朴实，远洋人宽广的大爱胸怀、忘我敬业的奉献精神与扎实深入的工作作风跃然其中，令我很是感动敬佩！有感而发，随即将这首带着高原阳光温度的文字谱成一首歌：

“座座峰峦擎起雪域高原，
支支细流汇聚怒江波澜。
哎——我站在德嘎啦山巅，
祖国，祖国，我听你的召唤。

个个援藏工程架起幸福桥，
条条哈达连接着藏汉夙愿。
哎——我荣幸来到援藏一线，
祖国，祖国，我将第二故乡热恋！”

这岂止是援藏干部的肺腑之言，这也是中远海运广大员工和天津人民的共同心愿。多年来，我们远洋人身在四海，心系贫困地区百姓疾苦，不论企业效益如何波动，坚持挑起“连续扶贫、精准扶贫”的重任不停步，把党中央的关怀实实在在送进远方少数民族同胞心里。同时，也在扶贫艰苦环境中锻炼培养了一批有胸怀、能吃苦、敢于创新担当的好青年、好干部。记得我在青远工作时就曾亲眼看到经过扶贫一线艰苦环境磨炼的青年干部都有较快的成长进步。

我想将这首歌作为“远洋人”的小小礼物，献给远在青藏高原忘我工作的好同事和藏族兄弟，我自费找专业老师编曲制作伴奏带，请歌手进录音棚录制，这些工作都很顺利地完成了。但美中不足，歌曲声中没有画面，大为逊色。这是我花钱也很难办到的事，我又不愿给援藏同事添麻烦，只好试探着向集团求援。没想到党工部雪峰同志善解人意，积极安排落实此事，他与江辉同志主动配合，精心查阅大量西藏昌都、洛隆地区的援藏影视资料，仔细筛选为这首原创歌曲《心愿》配上了精彩切题的画面。终于，圆了我的心愿！听说这首歌不仅在援藏干部中产生巨大激励作用，进一步加深当地百姓与中远海运集团的深情厚谊，而且也为当地秀美的旅游资源宣传插上了翅膀。

至今，回想此事，我对集团年轻干部们朝气蓬勃的姿态与雷厉风行的工作作风敬佩不已，真是“长江后浪推前浪，一浪更比一浪高啊！”

那天，漫步在热闹非凡的海河边，看着洒满皎洁的中秋月光的河面，听着从心灵深处流淌出的歌声，回放着难忘的往事……我顿时觉得遥远的怒江与身边的海河，紧紧相连，贯通奔流——“呀拉索！”此时此刻，我们藏汉兄弟一定都会看到清澈夜空中的明月更圆更亮。

文 宋福辉

心　愿

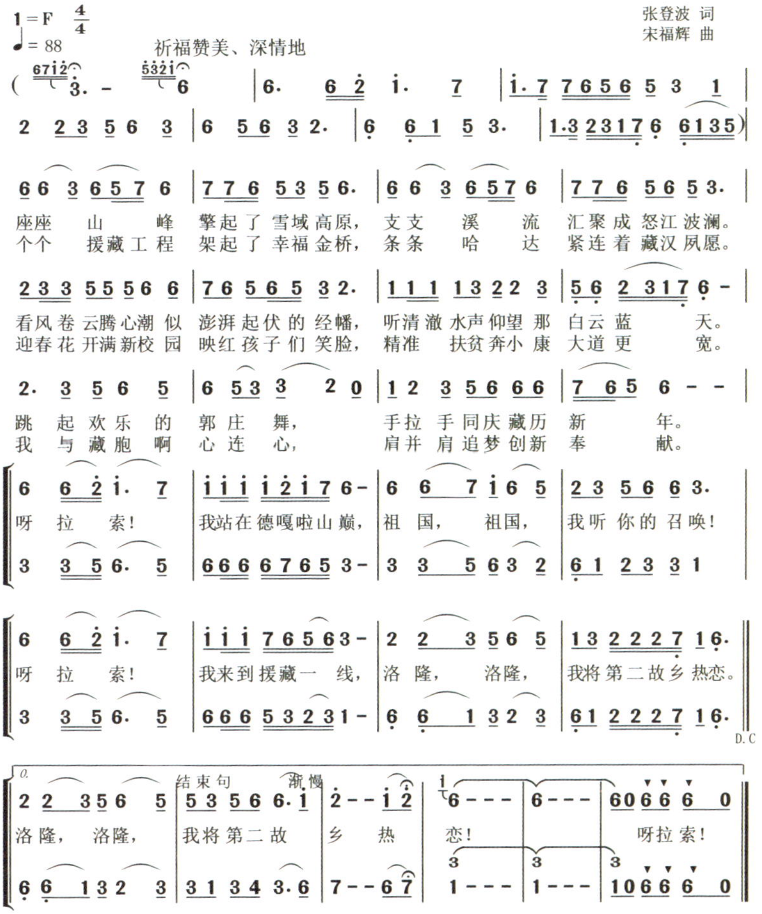

1＝F　4/4
♩＝88　祈福赞美、深情地

张登波 词
宋福辉 曲

座座　山　峰　擎起了雪域高原，支支　溪　流　汇聚成怒江波澜。
个个　援藏工程　架起了幸福金桥，条条　哈　达　紧连着藏汉夙愿。

看风卷云腾心潮似　澎湃起伏的经幡，听清澈水声仰望那　白云蓝　天。
迎春花开满新校园　映红孩子们笑脸，精准　扶贫奔小康　大道更　宽。

跳　起欢乐的　郭庄　舞，　手拉　手同庆藏历　新　年。
我　与藏胞啊　心连　心，　肩并　肩追梦创新　奉　献。

呀　拉　索！　我站在德嘎啦山巅，祖　国，　祖国，　我听　你的　召唤！

呀　拉　索！　我来到援藏一　线，洛隆，　洛隆，　我将第二故乡热恋。

D.C

结束句　渐慢

洛隆，　洛隆，　我将第二故　乡　热　恋！　呀拉索！

呼　唤

——献给扶贫一线“时代楷模”黄文秀的歌

1=♭B $\frac{2}{4}$

宋福辉 词曲

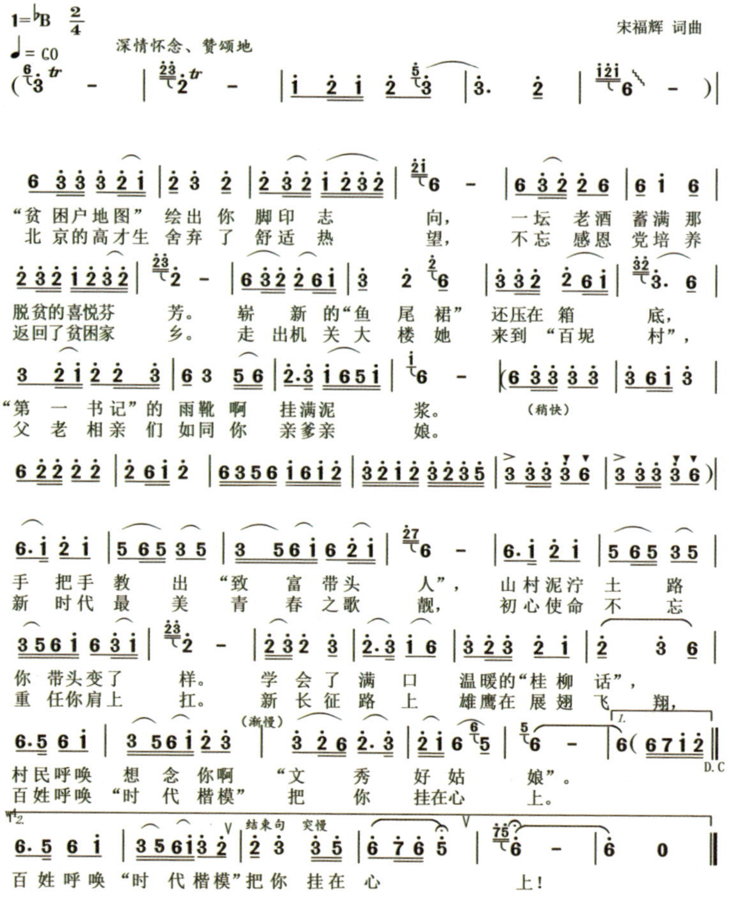

♩=60 深情怀念、赞颂地

“贫困户地图”绘出你脚印志向，一坛老酒蓄满那
北京的高才生舍弃了舒适热望，不忘感恩党培养

脱贫的喜悦芬芳。崭新的“鱼尾裙”还压在箱底，
返回了贫困家乡。走出机关大楼她来到“百坭村”，

“第一书记”的雨靴啊挂满泥浆。（稍快）
父老相亲们如同你亲爹亲娘。

手把手教出“致富带头人”，山村泥泞土路
新时代最美青春之歌靓，初心使命不忘

你带头变了样。学会了满口温暖的“桂柳话”，
重任你肩上扛。新长征路上雄鹰在展翅飞翔，

（渐慢）

村民呼唤想念你啊“文秀好姑娘”。D.C
百姓呼唤“时代楷模”把你挂在心上。

结束句 突慢

百姓呼唤“时代楷模”把你挂在心上！

【题记：2019-7-24 参加市音文会“庆祝八一建军节主题教育大会”共同学习从战火中走过来的功勋卓著，却默默深藏功名 60 年的老战斗英雄张富清的动人事迹和向其学习的“倡议书”深受教育，有感而发。】

深藏功名真英雄

——纪念八一赞战斗英雄张富清

宋福辉

【1】
伤残矮小的身体，
一座丰碑屹立在征程；
显赫非凡的战功，
一颗忠心把军旗染红；
六十载深藏的功名，
一盏驱除黑暗的明灯；
人民军队的骄傲，
一首英雄赞歌响彻新长征。

【2】
炮火硝烟炸碉堡，
一群战友倒下英勇牺牲；
枪林弹雨刀尖行，
一扫顽敌你是开路先锋；
军功章深藏在箱底，
一腔赤诚不求回报荣升；
解甲归田的功臣，
一路为民服务当好普通一兵。

【3】
啊—— 啊——
致敬！共产党人的初心使命；
啊—— 啊——
致敬！新时代浩荡大军的先锋！

新集团的第一课

北京冬天的细雨总给人迷蒙的感觉。中海党校教务部老刘透过二楼窗户，看着院里的柏树在雨丝中泛着青绿，银杏张着手臂等待春天的样子，心里想到，正如自己正在办的一件大事，在季节转换中，迎接新的开始。

自春节长假后第一天到达北京国家行政学院，组织实施中远海运集团共享中心新进员工集中培训班以来，老刘心里就沉甸甸的，尽管做了充分的思想和行动准备，一旦实施，仍然感到压力与责任，怎样和学院打交道，怎样安排好课程，怎样服务好学员，当中的道道，比带五个月大的双胞胎，可讲究多了，生怕哪点疏漏，就影响了改革重组大局。还好，一周以来，集团领导亲自给学员们作了开学动员讲话，33 名上海学员和 123 名北京学员已顺利入学，培训课程按计划有序展开，总算步入正轨。但静下心来，老刘总有些不放心。

“老刘，看什么呢？”临时办公室的门仿佛被一阵风吹开，从上海一起来的同事小赵旋风般闯了进来。

“看看天气啊！小赵，这么急，又有啥事啊？”老刘见小赵火急火燎的样子，看来大事不妙。

“老刘，刚刚下课，老钱又在教室外走廊和同学们开演讲会啦，还是那一套。”小赵拿起水杯，猛灌两口。

老刘知道，这个“老钱”，是参加这期培训的一个“刺儿头”，年纪大，资格也老，是总部老机关了，说话总带“想当初”，自称交通运输部里都有他的熟人，这几天来，的确不容易管理。

“老钱又说什么呢？”

“倒也没什么新鲜话，不外乎是说着培训意义不大，来参加一个多月的培训，浪费了，不值得，还说，一个多月后，共享中心成立，就是二线，同学们都退居二线了，离开了集团总部。经他这样一说，有的同学情绪就低了。”小赵实话实说。

“嗯，的确是想法比较偏，关键是还影响别人，这可得小心。”老刘心紧了一下。

春节刚过，气温还在冰点徘徊，办公室暖气略显不足，老刘把热茶捧在手里，让手心暖和，吩咐小赵坐下，忧心地说：“上回找他谈心，看来收效不大啊，得再想想怎么办好。”

“就是啊，他竟说不需要培训，瞧这话说的，郁闷！我看老钱就是最需要培训的人呀。这次培训，集团领导这么重视，安排到国家最高学府来学习，规格高，师资好，培训内容多，我们党校也这么用心，怎么就浪费了呢？看看咱俩，大正月的就出差来陪着他们，你家双胞胎女儿才五个月，我也费了老大劲才从老家赶来的呢。”小赵将学员手册安排表重重地扔在桌上。

“是啊，前阶段为这培训班，我们准备了那么多，要说，设立共享中心，是新集团重组方案中的一项重要安排，也是中远和中海集团总部合并后，重组机构改革的重要环节和创新型举措。培训的目的，就是为了让新进共享中心员工适应新的岗位、明确职责、调适心态，统一大家思想，共同为新集团发力，这可是事关总部改革和新集团重组顺利推进的大事。”老刘有感而发。

小赵接过老刘递来的水杯，“的确是这样，春节前，集团明确要在总部合并的同时，举办好共享中心培训班，让大家充电加油，开启新征程，集团许董事长年初一上午还给我们邹常务打电话，关照集团党校务必要办好这期班，给这些学员上好新集团的第一课。100 多人集中培训一个半月，这可是大工程，为这，我们春节放假都没闲着。”

“哈哈，不但没闲着，还挺折腾呢。”

小赵想起，原本在湖北老家过着年，为回校筹办这班，硬是退了难得买好的火车票，改汽车加飞机提前在年初四到校，总算保证了年初七正式开班，现在还感觉对不住爸妈。

老刘看出了小赵的心思，微微一笑，“好事总是多磨，原本在上海还有两周培训，后来改为全都集中在北京，这调整也是让咱项目组在春节紧张忙碌了好几天，李副校长这个组长可不好当啊。现在顺利开班了，咱先不想以前怎样折腾的了，想想如何才能服务好学员们吧。说说老钱这事有什么好办法？”

“办法总比困难多，这倒是我们培训师应有的风格。”小赵把水杯放在茶几上，站起身来，慢慢走到窗边。窗外雨停了，风却大了些，校园里有些冷清，三两人走过，裹紧着大衣。

老刘走过来，递给小赵一颗西瓜霜润喉片。“解决学员的问题要紧，解决自己的问题也要紧。小赵，昨天晚上你陪急性肠炎的学员在医院陪夜打吊瓶，都快通宵了，身体要紧，润润嗓子，可别上火。”

小赵挠挠头，有点儿不好意思，“昨天也多亏北京的几个学员帮忙，他们一起联系救护车送医院，情况可紧急了，要是光我们两个，倒是难了。”

老刘拍拍小赵的肩，也看向窗外，看向宿舍一角。“学员有困难，我们义不容辞。老钱呢，是思想的疙瘩还没解开，我们也要帮帮他。”

“是啊，培训的目的也正在于此。”

“集团刚刚重组，学员们思想不稳定也算正常，他们以前都是集团总部的员工，有优越感，现在按照工作需要，调整进入新设立的共享中心，涉及自身岗位变动，很难做到真正的淡定，思想波动就反映在言行中，对我们发发牢骚也在情理之中。”

“可是，老钱这样总发牢骚，也太影响其他学员了。原本共享中心也是集团总部职能的一部分，也是为集团发展服务的，经他一鼓动，其他人也会焦虑起来。”

“是啊，焦虑的也不只老钱一人，咱们要多观察、多了解、多关心他们，和他们多聊聊，疏通他们的情绪，提升正能量。”老刘的语气中也充满担忧。

小赵似乎想起了什么，转身回到办公桌，翻开桌上的培训方案，认真看了起来。

“四次！咱们一共安排了四次结构化研讨，重点就是关于共享中心的定位、职能、架构的研讨，到时候，集团领导和职能部门负责人也会过来，共同和学员们研讨交流，再加上这几个星期中，我们还安排了党性修养、集团战略、企业文化、团队建设、压力疏导等方面的课程，学员们通过学习，肯定会对集团的改革重组多些理解，对集团未来发展更有认识，对共享中心的作用发挥更有信心。”

小赵点点头，觉得老刘的话很有道理。“现在我们就要行动起来，认识提高和思想转变有个过程，我们就是要起到助推作用。”

“培训的作用也在于此”，老刘也眉头渐开，“老钱他们的思想工作我们还要仔细做，多了解他的需求，多和他们说说集团的形势，多谈谈未来，眼界就宽了，思想就活了，劲也就鼓起来了。走，我们去瞧瞧。”

老刘和小赵走出办公室，走在经雨水洗过一新的校园，太阳穿过迷雾，露出了朦胧的轮廓，天空比刚才亮堂了许多，空气中弥漫着新鲜泥土的味道，小柏树绿油油闪着光，银杏的枝条上挂着晶莹的水珠，仿佛那里藏着春天的消息。

春天的脚步一步步向前走着。不知不觉中，一个月的时光流转而过，国家行政学院的校园里开始生机勃勃。银杏树悄悄冒出嫩绿芽尖，几株玉兰已含苞待放，举着满枝头的嫩白毛笔头，饱蘸春风，向学子们报告阳春三月已经来临。

为期 5 周的培训班顺利结束。学院门口，即将返程的学员们将行李放上前往机场的大巴车，他们还沉浸在刚刚举行的培训结业仪式热情洋溢的氛围中，纷纷与老刘、小赵以及同班同学握手拥抱。

学员小王握着老刘的手说，“你们辛苦了，感谢集团组织了这次集中培训，我们充了电，学了很多，特别是明确了共享中心的功能定位，思路明了，任务清了，干劲足了，为以后工作开展打好了基础。期待下次上海见！”

学员老陈拉着小赵合影，“赵老师这个月瘦了不少嘛，来，合个影留念，你回上海后，别忘了把老师的资料和课件发给我，我们回去再学习研讨下。”

学员们相互依依不舍，“过几天我就去上海共享中心报到了，咱们办公室见！”“好的，等你！”

“下次来北京要联系我啊。”“必须的。”

“咱俩所在的共享中心，以后打交道不少，咱俩可得多交流啊！”“那是肯定的！”

老刘看着学员们融洽的场面，正感叹该如何打断这美好场景催他们发车，见老钱朝他跑来。

“刘老师，我接下来的工作还要继续和部里打交道呢。”老钱握手的力道有点儿大，“不过，现在的工作量比以前多了不少，两个集团合并起来的量，以后任务不轻啊！谢谢老刘，这个月你辛苦了，以前我做得不够好，大人有大量，你多担待呀！以后，我们还有很多要劳烦你的，你还是要够朋友啊！”

看到老钱的转变，老刘笑了，回握着老钱的手，“没问题，也祝贺您，我们继续一起努力，共同为集团出力！”

开往机场的大巴终于发车了，老刘掏出手机，笑眯眯地翻看起女儿的照片来。新集团成立后的第一课终于圆满结束了，终于可以回家好好陪陪宝贝女儿了。

文 中海党校

汉堡“行医”

1983年，我作为随船医生，随着“雁门”轮到德国汉堡。

那是初春的季节，船驶进易北河，虽然没有什么风景可看，但不当班的船员们还是趴在护栏上观赏风景。船刚到引水站，引水站的高音喇叭里就奏响了中国国歌，升起了五星红旗。船员们好一番激动，毕竟天连水水连天的日子，已经走过了31天。

“雁门”轮有36名船员，基本上都是身体棒棒的，所以医生基本上没有什么事做。我大部分时间都是在帮厨或者帮助服务员做卫生。

船很快就靠泊好了，当地的海关、代理等等都早已等候在码头上，航运代表也来了，船员们最着急等待的是家信。那时我还没结婚，啥也不等，一副观风景的闲暇样子。突然，值班水手大声喊：“医生，赶紧到船长房间去，船长有事。”

我吓了一跳，赶紧背上急救箱往船长房间跑。原来不是船长有什么不适，是航运代表找我，问能否给汉堡港的总经理看病。

不一会儿，航运代表就陪着汉堡港的总经理来到船上。原来他是左腿肌肉神经炎症，经常一抽一抽地疼，并导致了肌肉萎缩。他还说：他的汉堡市长朋友经常到中国去扎针灸，还帮他询问了医生，建议他也去中国扎针灸。

“我实在没有时间去中国，航运代表说你们船上有医生，就介绍我来了。”他告诉我。

我问他扎过针灸吗？他说没有，但他随即又说：“我的朋友介绍过，我觉得很好。”但我看得出来，他是半信半疑的。

我给他做了检查，用尺测量了两条腿的周长，两条腿的周长已经相差了将近 5 厘米，肉眼已经明显看出两条腿不一样粗细。

我拿出针给他看，他摇晃着脑袋表示不可思议。第一次给他扎完针灸，他只是礼貌性地说：感觉很轻松。看到他对针灸的反应不是很大，第二天就加多了穴位，加重了拉捻。我每提拉、旋捻一次，他的腿就不由自主地抖动一下。他还跟我解释“不是我在动。”

第三天他一进门就告诉我，他的腿昨晚没有疼，一晚上睡了个好觉，这是多年没有的。我继续按照头一天的手法行针。

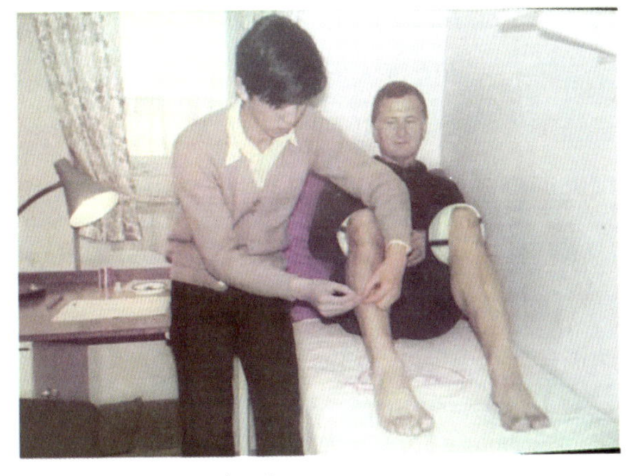

作者为汉堡港总经理针灸治疗

第四天他带着女儿来了，原来他平时都是夜里12点前后睡觉，早晨9点前起床，扎针灸后已经连续两天，晚上9点就困得不行了，转天9点才睁开眼。家里有些不放心，因此他夫人让女儿跟来问问情况。

我笑了，告诉他看到他的身体很强壮，我的行针力度就比较大，今天减几个穴位，手法上轻一些就没事儿了。

第五天，这个总经理一进门就像孩子一般笑得极其开心，告诉我："太神奇了，昨天腿没疼，睡觉也正常了。"

这回他是真心的佩服中国的针灸了！他把针拿在手里仔细地端详着，问："能给我一根针吗？我想留作纪念。"

十几天过去了，满载的货已经卸完，装载的任务还没有下来。按正常情况船应该到锚地去抛锚待命，我们却因为扎针灸，始终没有离开码头。这让船员们非常高兴，靠着码头就可以随时下地，去逛逛街，沾沾地气。

第一个疗程后，虽然用尺测量两条腿还有不到1厘米的差距，但是肉眼已经看不出来了。休息了3天，我们又开始了第二个疗程。

第二疗程的第一天，他递给我一个信封，里面全是钱。我说："钱我不能要，你是航运代表介绍来的，这就是我工作的一部分。"他一下子红了脸，直说"对不起"。

转天，两位工人抬着一台21英寸彩色遥控电视机来到船上，说是给医生送的电视机。那时21英寸彩色遥控电视机还是稀罕物件，国内极少见。我们船上也只有台16英寸的黑白电视机。我没再推让，让工人将电视机直接搬到餐厅，换下了那台黑白电视。

汉堡港的总经理再来时也不做过多的解释，他已经问过我们的航运代表，知道超过50元的礼品是必须上缴的，但他说还是想表达一点儿心意。

最后他送给我两支笔，一支钢笔，一支自动铅笔，都是金属外壳，在外壳上他专门请人刻上了我的英文名字。他告诉我："你来汉堡吧，这里没有扎针灸的，可德国人很相信针灸，我可以帮助你，一定会有很大发展的。"

"雁门"轮在汉堡港卸货、装货，加上等待备货的时间，停泊了将近一个月。总经理的腿也基本治愈。为了表达对我的谢意，总经理坚持要请航运代表、船长和我一起吃饭，还请来汉堡市长和夫人以及他的夫人作陪。

船要离开汉堡了，离开码头很远，总经理还在挥手致意，"是你治好了困扰我多年的病，真不知如何感谢你。"

汉堡"行医"，虽然只是一桩小事，还是给我留下难忘的回忆。

文 靳爱清

蒙坦达的秘密

~ 一 ~

“船长先生，你们运来的这一船大米，大约需要一个月的卸货时间。”

“钟山”轮一靠岸，由我的船东委托的扎伊尔（现刚果民主共和国）当地代理人丹尼尔便带领港口移民局、卫生检疫等官员悉数登上甲板，例行办理船舶入境手续。

“一个月？”对于丹尼尔的船期通报，我虽不露声色，心里却在打鼓。如果在马塔迪逗留一个月，这便意味着“钟山”轮将要陷入“弹尽粮绝”的境地。从上海开西非，“钟山”轮纵横印度洋，绕过好望角，昼夜兼程 38 天方才抵达西非贝宁湾。蔬菜早已换成索然无味的生豆芽，燃油和淡水也所剩无几，在这淡水比燃油还要金贵的非洲腹地，我知道接下来的日子，全船的弟兄将要经历一场真正意义上的“上甘岭”考验。

丹尼尔冲我耸耸肩，那意思是他也无可奈何。他们这个 1960 年才宣布独立国家，港口设施破败落后。“对了，船长先生，为了保证贵轮的船货安全，我们特地为贵轮配备了看船人——”，丹尼尔煞有介事地递给我一份表格。

我是辗转非洲多年的船长专业户。我何尝不明白“看船”机制是非洲的强制规定：看船人吃住在船，工资由船东买单。而看守效果，只要看船人不里应外合监守自盗便是烧了高香。既是强制规定，港口当局派谁，我无权干涉，唯有签字。船长签名等于支票，公司财务是有船长签署笔迹备案的。

20 万袋中国大米，要靠人工手搬肩扛，搁进吊货网兜，再从岸边卸装车皮，这对饥肠辘辘的非洲装卸工人来说，每一次弯腰直身搬动一百多斤重的麻袋，无疑是体能与地心引力的较量。

蒙坦达

中国大米开卸当天，情况还算正常，但在次日中午装卸工人换班时分，“状况”来了。看船人在梯口堵住了五六个工人并当场截获了他们用布袋、内衣包裹着的数百斤大米。待到天擦黑，工人们干脆不通过下船的舷梯口通道，直接跨越船舷逃避检查，撂腿走人。

此外还发现一个重要情况，码头上有陌生面孔混迹其中，趁乱跨上了“钟山”轮的主甲板。

第三天傍晚，“钟山”轮果然摊上了大事。是时，工人已经全部下班，水手还没来得及关舱，码头边已然乱成一锅粥。但见几个浓妆艳抹的黑人妇女与船上的工人为大米厮打成一团。雪白的大米撒落一地，在满是油泥的码头煞是扎眼。显然，“钟山”轮的大米在卸货过程中被窃已成为不可逆转的事实。如此发展下去，造成大量的大米流失短缺且不说，一场波及“钟山”轮安全和码头治安的危机一触即发。

“Watchman！”我将看船人唤至船员餐厅，满脸愠色。

“是，船长！”看船人原地一个立正。站在我面前的是个头戴一顶红色无檐帽，身穿橄榄服，脚蹬一双旧高帮皮鞋的非洲年轻人。

“你就是蒙坦达？”我曾听代理丹尼尔说起过，这个蒙坦达是看船的头儿。

“是，船长！”蒙坦达的右手缠着白纱布，左手握着一根一米多长用砂皮打得溜光的木棍，一副职业看船人的神气样儿。

“蒙坦达我问你，码头上怎么回事？你认识他们？是内讧，还是你们事先串通好了的？”

“不不，船长，您误会了……”蒙坦达紧张极了，他一再分辨码头边的斗殴与他没有一丁点儿关系，而是几个人争风吃醋与装卸工人分赃不均所致。这蒙坦达最害怕的是我的眼神，他怕我洞穿他右手缠纱布的秘密，因为蒙坦达在“钟山”轮逢人便称自己的右手是在上一条日本船上受的伤。

“原来是这样。那你要严密监视装卸工人的动态，不能再让事态扩大。有情况随时直接向我报告！”我沉吟道。

“是，船长！”蒙坦达“啪”的一声，鞋跟靠拢，又是一个立正，

"您，您千万不能辞退我。"

我点点头，望着蒙坦达的背影，我想起了代理丹尼尔在船长办公室的专门请求：无论如何也不能辞退蒙坦达。究竟为何，丹尼尔说有机会他会告知蒙坦达身世的秘密。

~ 二 ~

在蒙坦达的火眼金睛监控下，舷梯口被截获的大米虽已堆成小山，但装卸工偷盗大米仍愈演愈烈。"万吨中国大米运往首都金沙萨，而马塔迪没能分到一杯羹"的消息不胫而走。饥民奔走相告，趁着夜色朦胧，潮水般涌向"钟山"轮的船边。

为了保护大米，船员们全线出动，用防盗木棍，空啤酒瓶与有备而来的抢米饥民在"钟山"轮的主甲板发生了自卫性冲突。

情况万分紧急！面对突发局面，我预感到事态严重，倘若听任发展，船员的安全必遭威胁。我一边让政委、大副现场控制船员情绪，一边通知代理丹尼尔火速联系首都金沙萨，求得中国驻扎伊尔大使馆的指示援助。

午夜两点刚过，一阵猛烈的敲门声惊醒了迷迷糊糊中的我。"什么事？"我穿上睡衣，迅速打开房门。"出事了，船长！二副被人捅了……"前来报告的水手牛春脸色煞白。"人现在哪儿？""人躺在二舱梳房配电房呐！""马上叫医生！""已经去叫了！"关上房门，我和牛春冲下楼梯，直奔主甲板前桅房。

大副尚渝，水手长老乔，医生魏翔和舵工徐寅虎、杜晓齐，还有看船人蒙坦达将躺在血泊中的二副蔡泓围在配电房的地板上。二副斜靠在两只工人专门用来偷装大米的米袋上，腰间的鲜血浸红了包扎的纱布。

“二副必须马上送医院！”船医魏翔用眼神向我示意，伤员伤情十分严重。我抬手看着指向两点零五分的腕表。在这深更半夜，别说是在非洲，就是在国内遇此危情也够呛。一没有电话，二港口无线电高频无人值守，巴掌大的港口哪儿来的救治中心，要去市内医院必须翻过几道山坡，刚抵马塔迪才几天的“钟山”轮两眼一抹黑。

怎么办？伤员的血在不断流，秒针嘀嗒、嘀嗒地敲击着在场的每一个人的心。

“Montanda！”我的愠怒的目光第二次射向蒙坦达。

“是，船长！”蒙坦达躲开我的眼神，双脚靠拢笔直地杵在原地。这一回，蒙坦达知道，船员遭袭，作为看船人，他逃脱不了干系。

“令你想尽一切办法，去医院搞一辆救护车来！”此时此刻我比谁都头脑清醒。只有通过蒙坦达，伤员救治兴许还有一线希望。

“Yes, Captain!” 蒙坦达喜出望外，原本以为船长要修理他，未曾想临危受命。他未加迟疑，抬腿翻过船舷，三步并作两步，旋即消失在暗淡的港口夜色之中……

“牛春，你值得什么班？你说！捅二副的人呢？人呢？”水手长老乔怒道。

“我……我在房间喝水呐！可我刚进房间不大一会儿，就好像听外头有谁吼了一声。”牛春强词分辩，“等我赶到这里的时候，我只看到一个人影飞快向码头边逃窜……”

“人影、人影，二副要有个三长两短，有你好果子吃！”老乔脸色铁青。

“不怨牛春”，二副蔡泓断断续续描述了事发的经过，“刚才我在三舱右舷甲板巡逻，听到船头有动静，来不及叫牛春，就赶过来了。原来是两个当地人在搬大米，我想可能是白天他们趁人不备，把米预先藏在这不容易被人发现的配电房。我上前阻拦他们，抢夺他们手中的米袋。他们急了，一个逃脱，一个被我扭住的家伙看我揪住他不放，便用匕首捅了我一下，然后拼命挣脱跳河跑了。”

“蒙坦达当时在哪儿？”我追问二副。

“在船尾。我从船尾兜过来时，看到了蒙坦达，而且还和他打过招呼。

“牛春，那你到底进房间多长时间，嗯？”大副尚渝急了眼。

“我看啊，十有八九这小子在房间睡觉呐！”成天和牛春生活在一起，对牛春的习性了如指掌的舵工杜晓齐拿眼睛瞪着牛春，“我一点不吓唬你，牛春。二副真要有事，你吃不了兜着走！”

“那也不能全赖我呀！我哪儿负得起这个责任哇。”牛春不敢抬头看二副流血的创口。

“现在知道负不起责任了，早干啥去啦？”政委岳峰闻讯到场。

“先把二副挪生活区去吧。医生，一会儿你和我随同二副去医院。”我部署完毕，急回房间穿上衣服，等候救护车的到来。

约摸50分钟后，蒙坦达不负众望，随同一辆斑驳的灰色救护车疾驰船边。

当伤员在马塔迪唯一的市级医院做完拍片检查的时候，已经是凌晨4点了。为二副诊疗的是一位曾经在北京进修深造两年的外科医生。他告诉我，伤员的伤口离肝脏仅差毫厘，右腹有一根肋骨轻度刺伤。由于出血过多，伤员需要至少三个月的住院治疗。

二副指定不能随船继续工作了。另外，尚需派一名船员留下来陪护二副，使馆那里天亮后即便有人来，最快也得晌午到。我在心里盘算下一步的工作进程，我向大夫、陪护船医交代安排好一切，回到了“钟山”轮。

次日上午8:50，一架直升机盘旋在马塔迪港口的上空，这是扎伊尔总统蒙博托的专机，他的卫士和著名的外科医疗专家，曾为蒙博托先后主刀动过两次手术的中国医疗队队长石东芳大夫随行。显然，“钟山”轮大米遭遇大哄抢的消息惊动了总统蒙博托。

下午3时许，石东芳队长随同法文翻译耿卫华代表使馆驱车抵达马塔迪。我同政委岳峰扼要汇报了情况后，随即与石队长、耿翻译驱车去医院探望伤员。经与主治大夫商量，决定一星期后将伤员转移金沙萨，然后视伤情制订伤员回国计划。

安排好伤员的后续工作，我们一行4人沿着用石块砌成的马路驾车盘旋而上，专程前往拜访马塔迪市长。市长官邸坐落在市中心一个半山腰的别墅群间，通过两道有人把守的铁门，我们来到铺着红地毯的市长办公室会客厅。宾主相见，市长一见石东芳是总统的朋友，格外热情。石队长说明来意，向市长简要报告了“钟山”轮在卸货过程中遭遇饥民哄抢的麻烦，并详细告之中国海员遭到窃贼行凶，以及港区码头糟糕透顶的态势。临别，石队长代表中国大使馆留下10亿元扎币，我代表“钟山”轮留下两麻袋船员伙食用大米作为馈赠之后，与市长匆忙辞行。

~ 三 ~

当晚，一辆军用卡车停在了“钟山”轮的船边。持枪武装人员成三米间隔列队成行。这是一支精良的部队。墨绿色迷彩军服，锃亮的皮鞋，闪光的无檐帽徽虎虎生威。

哄抢大米的骚乱平息了，近万吨大米的卸载继续向纵深推进。二副就要去金沙萨了，船医要陪护他回国，这减员事小，船上不能没有二副，我决定提升三副顶职二副，三副航行班由我兼职。机舱的燃油已见舱底了，淡水早已告急，厨房限量供应开水已好多天了。“钟山”轮卸空了大米，往哪儿开呢？就在我焦虑犯愁之时，办公室外走廊传来一阵粗重的脚步声。这脚步声听起来那么熟悉，却又不像大副，也不像自己的船员，更不是代理丹尼尔，会是谁呢？

来人不是别人，正是日前午夜搬救兵的蒙坦达。门虚掩着。蒙坦达轻声敲门。“蒙坦达——，进来呀！”我目光如电。这是我第三次用这样的眼神看蒙坦达了。第一次是码头工人哄抢中国大米的前夕。第二次是二副蔡泓被捅的那天午夜。今天是第三次，这一次，我的眼神在向蒙坦达传递一种温馨、友善，没了前两次的寒光。

“Yes，Captain!”蒙坦达站在门前，迟疑着不敢跨进船长办公室。他明知自己有了救二副的资本，并获得了“钟山”轮最高长官的信赖，依然不敢贸然抬腿踏进一尘不染的船长办公室。原因之一，外国商船等级森严的规矩，他蒙坦达懂。原因之二，上一条船的的确确因为看丢了东西，让日本大副给狠揍了一顿，他发誓从今往后永不踏上日本船一步。

“进来、进来，蒙坦达。”我看出了蒙坦达写在脸上的忐忑，“蒙坦达，找我有事吗？”“这是丹尼尔让我送来的。”蒙坦达放轻脚步走近写字台前，毕恭毕敬地把三份传真电报放在我面前。

受到了船长的礼遇，蒙坦达开始放松拘谨，他的神情举止告诉我：怎么样，船长？嘿嘿，我蒙坦达不仅会看船，还兼职信使邮差呢。我粗略浏览了一下来自船东航运调度的报文，放下传真电报道：“蒙坦达，我问你一个问题，你必须老实回答我。”

“Yes，Captain!”蒙坦达重又紧张起来，他有一个死穴，他啥也不怕，就怕船长考问他手臂为何要缠纱布这茬。

“告诉我，你和丹尼尔什么关系，他是你什么人？”

“是……”虽说我没有发问手臂缠纱布的秘密，这令蒙坦达如释重负。但要回答这个问题，便等于违背了他和代理丹尼尔约定的另外一个秘密。丹尼尔多次警告过蒙坦达，在船上任何人面前不能说破这两个秘密。

“是……”蒙坦达支支吾吾。虽然我的眼神透出善意，他还是欲言又止。

“是兄弟。你和丹尼尔是亲兄弟，我说的没错吧！”我抢先开口，目光再次射向蒙坦达不会说谎的眼神。

“Yes,Captain!”蒙坦达似是而非地冲我点点头。这一句“是的，船长”的默认，是蒙坦达从牙缝里挤出来的咕哝。

“嘿嘿，我就知道你是丹尼尔的兄弟。自打我们靠码头的头一天我就看出来了。”

“嘻嘻……”蒙坦达憨憨地笑了，他笑得像个孩子似的，露出两排整齐的白牙。

“蒙坦达啊蒙坦达，我要好好感谢你哇。那天夜里我们的二副受伤叫天不应，没有你帮我们去找救护车，我们的二副弄不好就会丧命的呀！”我从写字台抽屉里拿出一张簇新的 50 美元和一封信笺来，然后又从柜子下面搬出一个纸箱放在了蒙坦达的面前。纸箱里头装着两箱快速面，两盒铁听上海牡丹牌饼干，还有一只 20 公升容量的空塑料桶。饼干面条是扎伊尔人的奢侈食用品，塑料桶是盛水的绝顶器物，信笺是我的亲笔信。我用中文简述了看船人蒙坦达的优秀表现。有了这封推荐信，蒙坦达便不愁上不了后续来扎伊尔的中国船，维持生计便不成问题。

“钟山”轮自从驶进刚果河，在博马[1]中转站遇引航员拒收万宝路香烟，求船长送他 5 公斤大米回家给年迈老母熬粥吃那一刻起，到后来马塔迪饥民哄抢中国大米，我已洞察出了当地的国情。此后，两名开车从金沙萨赶来马塔迪提货的中国留学生，又向我证实了金

---

[1] 博马 BOMA：扎伊尔历史名城。位于刚果河（扎伊尔河）下游右岸，离河口 80 公里。通往马塔迪港的必经之地。

沙萨每日宵禁、政局动荡的情势。这两名留学生在扎伊尔以做买卖为生，两只从上海托运出来的集装箱是他们的全部家当，为能把这两个箱子从港务局提前通关提货，她们破费了九位数的扎币。

蒙坦达被我的馈赠感动了。他扑通一声跪在了我的面前，口中嗫嚅着，激动得不知说什么好。我连忙把蒙坦达拉起来，拍拍他的肩膀说："明年我们还要来的。记住，蒙坦达，你是 Captain 的好朋友。"

"Yes，Captain!"蒙坦达又是一个立正、抬手，他给我敬了一个标准的扎伊尔军礼，然后咧开嘴捧着礼品转身离开了船长办公室。

"蒙坦达是金沙萨人。十六岁那年因盗窃罪被关进班房半年，且依照扎伊尔法律被截去一节指头。自打蒙坦达犯事被关押马塔迪，他的姐姐带病远道来看望他之后，蒙坦达便下决心改邪归正了。"代理丹尼尔利用中途一次登船拜访机会，向我和盘托出蒙坦达的秘密，"这小子之所以能在梯口堵住成堆、成垛的大米，那是因为他是倒戈卸甲的良民，谁有前科、谁有嫌疑，他自然成竹在胸。"

其实，早在船靠码头丹尼尔反复要求船方雇佣蒙坦达的那一刻，我便觉得丹尼尔和蒙坦达的关系非同寻常。蒙坦达在最后一刻承认了他和丹尼尔的兄弟关系，是我日常细心观察的结果，而我始终没有向丹尼尔捅破蒙坦达和丹尼尔是兄弟这一层窗户纸，为的是留给一个动乱国家艰难生存的大学生的尊严。

门外蒙坦达的脚步渐行渐远，我提笔在台历上写下这样两行字：

当今世界，谁能读懂海员的艰辛付出？

若干年后，谁能记住非洲暖男蒙坦达？

文 汪满明

我和新中国共成长

我生在旧社会，长在红旗下，许多人称呼我们这一代人为“40”后。漫漫人生路，不知不觉度过 70 多个春秋。我童年吃苦，青年从军，中年奋斗，晚年幸福。当农民种过地，当兵打过仗，爱远洋奉献远洋一干就是 30 年。丰富的人生经历，和新中国同呼吸共命运，让我感慨颇多。莫道桑榆晚，夕阳无限好，活在新中国，我也好荣光。

我的少年时代，正赶上新中国成立，又面临抗美援朝，在学校接受保家卫国的教育，向英雄学习中成长。记得上小学三年级时，老师带我们到驻军礼堂看电影，一部新片《董存瑞》，深深触动了孩子们的幼小心灵。当镜头出现董存瑞舍身炸敌人碉堡、手托炸药包高喊“为了新中国，前进”时，全场为董存瑞壮烈牺牲而悲痛；当镜头出现志愿军高举红旗、发起冲锋取得战斗胜利时，全场响起经久不息的掌声，此时此刻，英雄形象就深深刻在了我的脑海里。

那时候的我，做梦都想参军、当战斗英雄。刚好 20 岁那年，我参军的梦想如愿以偿，兴高采烈告别家乡，踏上东去的列车，来到美丽的海滨城市大连，成为一名光荣的中国人民解放军防空部队战士。

烽火岁月，奉献青春。20 世纪 60 年代，援越抗美的老兵们传唱一首经过改编的老歌，常常在我耳边响起："雄赳赳，气昂昂，跨过友谊关！为祖国去南疆，也是保家乡……"当时我还是一名战士，部队在广西崇左集结待命，聚精会神聆听营教导员王作祥同志作战前动员报告。他说，美帝国主义在越南狂轰滥炸，惨无人道，胡志明主席请求我国出兵支援，所以，毛主席和党中央就下达了高炮部队入越作战的命令。

作者军装照

1966年底，我所在的高炮部队，从友谊关进入越南北太省太原市参加防空作战。历时9个多月，我部指战员英勇顽强，发扬了我军一不怕苦、二不怕死的精神，共击落敌机100架、击伤敌机多架，取得了决定性胜利。那场战争已经过去50多年了，但那紧张激烈、浴血奋战的场面好像就发生在眼前。

我以共产党员的标准严格要求自己，圆满完成了上级交给的各项任务，荣立三等功一次，还被师政治部评为《战地快报》优秀通讯报道员。我和战友们不顾个人安危，越是艰险越向前，为党分忧，为民出力，为国争光，是自己一生的荣耀。

尽管自己没有当上战斗英雄，但我的表现一点儿都不逊色，立功、得奖、当先进，样样都不少，还被破格从战士提拔为师政治部干事。1968年3月光荣地出席了中国人民解放军"六兵种""两学院"学习毛主席著作积极分子代表大会，在人民大会堂近距离见到了毛主席。

时隔一年，因为工作需要，我从野战部队调到原北京军区炮兵政治部工作，和时任司令部训练处处长、久经沙场的抗日老战士徐先宗同志作为驻京部队代表，出席了1969年10月1日在天安门广场举行的新中国成立20周年大庆。我们在金水桥左侧红色观礼台上，又一次幸福地见到毛主席等党和国家领导人。毛主席在天安门城楼上，神采奕奕，谈笑风生，挥动着手中的帽子，向游行队伍致意。我们这些来自全国各地的观礼代表，心情非常激动。

10月1日晚上，天安门广场万众欢腾，人们载歌载舞，尽情欢庆新中国成立20周年。每当想起1969年10月1日亲历20周年国庆大典的盛况，内心总会热血沸腾。

革命战士心向党，哪里需要哪里去。20世纪70年代初，我听从党的召唤，卸却戎装，转业到刚刚组建不久的天津远洋运输公司工作。在天远大发展起步阶段，我年仅34岁就走上了处级领导岗位，也有机会在组织干部部门任职，很多人对我刮目相看，可我看重的不是手中的权力，而是事业和责任高于一切。人各有所志，大富大贵并不是我追求的目标，不好高骛远，脚踏实地地耕耘，自得其乐，这是我一生最大的满足。

有人赞美远洋人走南闯北、见多识广。的确，远洋为世界打开了一扇了解中国的窗口，构建了一座联通世界的桥梁。就我个人而言，无论如何也没有想到，一个从辽西农村走出来的青年，随远洋船出国考察调研，到过 10 多个国家，如日本、伊朗、孟加拉、新加坡、埃及、阿尔巴尼亚、西班牙、加拿大、阿根廷……

人的一生，注定要经历很多。我有过四次远航的经历，觉得每一次远航都是一种体验，每一次远航都是一种领悟。它既是我 30 年远洋职业生涯的重要组成部分，又真实地记录了我中青年时为祖国远洋运输事业奋斗的轨迹。这里边有惊涛骇浪的考验、有海之奇观和异国风情的享受，更留下了让我难以忘怀的美好记忆。

作者工作照

我们这一代人赶上了好时候，目睹了新中国成立70年扬眉吐气的光辉历程和中国发生的翻天覆地的变化。新中国成立初期，火柴叫洋火、铁钉叫洋钉，这些简单的生活用品都需要靠进口。在一穷二白的情况下，全国人民掀起了轰轰烈烈建设社会主义的热潮。

山河依旧，华夏换新颜。70年来，共和国虽经曲折，如今经济上取得了举世瞩目的重大成就，综合国力大幅提升。尤其是改革开放以来，社会经济快速发展，成为世界第二大经济体。

回顾新中国走过的历程，艰苦与坎坷、拼搏与汗水、光荣与梦想，交织成波澜壮阔的历史画卷。七十年的艰苦创业，七十年的团结奋斗，在党的领导下，中国人民用双手抒写了国家和民族发展的壮丽史诗。行者方志远，奋斗路正长。中国特色社会主义进入新时代，在以习近平同志为核心的党中央正确领导下，更加壮阔的征程在我们脚下展开。新时代属于每一个人，每一个人都是新时代的见证者、开创者和建设者。

少年的梦美丽而浪漫，我喜欢文学，立志当作家；年轻时用钢笔在稿纸上写，叫“爬格子”，不断地给报刊投稿；如今上了年纪，有了高科技，我72岁时学会电脑打字、发邮件，轻轻松松给报刊投稿，每年都有几篇自己满意、读者喜欢的散文在报刊上发表。作品见报的喜悦心情，用文字确实难以表达，不仅自己特有成就感，也给广大读者送去了欢乐。

功夫不负有心人。我于2018年获得了天津市第四届“退休职工时尚之星”的殊荣，被公司离退服务管理中心评为优秀共产党员，最近还加入了中国远洋海运作家协会。这些荣誉的取得，不仅是我个人的光荣，更是中远海运人的光荣。

如今的好日子更甜美，夕阳红的岁月更靓丽，生活多了几分高雅，也平添了几分从容。这种思想的积淀，感情的升华，是心灵的碰撞和共鸣，千言万语汇成一句话，那就是：不忘初心，牢记使命，和伟大祖国共成长。

文 曹守志

“老兵”的航海情

1978 年，以党的十一届三中全会为标志，中国吹响了改革开放的号角，开启了改革开放的历史征程，犹如一股新鲜血液，注入中华民族体内，古老的国家焕发出盎然生机。时光荏苒，白驹过隙，如今改革开放已有 40 年。

40 年的风雨历程，虽路途艰辛，但是硕果累累。中国人民的生活实现了由贫穷到温饱，再到总体小康的跨越式转变；中国社会实现了由封闭、贫穷、落后和缺乏生机到开放、富强、文明和充满活力的历史巨变。就我们远洋公司来说，伴随着改革开放的步伐，中远集团、中海集团实施重组，新成立的中国远洋海运集团公司成为当今全球运力规模最大的综合航运公司，规模优势和综合实力得到显著提升。我作为其中的一名普通船员，在近几年的工作中深刻感到自己与国家和公司在不断成长。

我是一名军队转业干部，1987 年参军入伍。经历了新兵连、坦克连、炊事班的磨炼，1990 年考入解放军总参装甲兵指挥学院。3 年军校学习结束后，我被分配到原所在的单位“万岁军”“飞虎师”部队，一路走来，从一名普通士兵，成长为一名干部；从基层连队到团师机关，从排职升任到团职，所走过的每一步，在人生的履历中都打下了深深的烙印。20 多年的军旅生涯，让我从一个“新兵蛋子”成长为做事严谨的职业军人，锻造了坚定刚毅的性格，培育了吃苦耐劳、服从与执行的团队协作精神，养成了严肃认真的态度和雷厉风行的工作作风；通过部队的刻苦学习与磨砺，积累了丰富的基层和机关工作经验。军队是个大熔炉，地方是个广阔战场。2011年 10 月从部队自主择业后，有幸入职远洋公司，再次经历了从“新兵”到“老兵”的成长历程。

入职公司以来，始终抱着感恩和归零的心态认真对待和做好每一项工作，百般珍惜和热爱自己的工作岗位，把组织的关怀与厚爱作为干好工作的强大动力。入职公司 7 年来，先后在“嵩山海”轮、“天丽海”轮、“远慧海”轮、“新旺海”轮、“远智海”轮、“中远亚丁”轮等船舶上任职政委。换岗不换志，退伍不褪色，面对新的岗位和工作环境，及时调整心态，从零起步、从头做起，虚心学习，自我加压，顺利完成角色转变，在浮动的国土上，将“军魂”铸入“船魂”，注重把部队的好思想、好传统、好作风带到船队，用无声的行动感召人、带动人、凝聚人，用责任与汗水延续着军人的誓言，时时处处展示着“军人”船员与众不同的风采。

记得刚上船的时候，看到船员熟练而繁忙的工作及严谨细致的态度，自己既感动又觉得有压力。想尽快加入其中，可是又不知从何做起。在大家的悉心指导下，从对工作内容的陌生、不知所措到逐渐地熟悉、慢慢地掌握。虽然也有对未完成的工作挂念于心的焦虑，但更多的是看到电脑上逐渐累积起来的表格、文档和照片而充满喜悦，一笔笔地划掉记在笔记本上的任务而带来的满足，船舶基础管理逐步有新的提升和变化而带来的自信……在远洋船舶上，也看到了远洋人爱岗敬业、务实高效的工作作风，感受到了身为一名船员的责任；在时光的流逝中，很快适应了工作的节奏，熟悉了工作的内容，更加注重工作中的细节要求和开展工作的方式方法；从船岸员工的身上，我深切感受到了我们远洋公司充满着朝气与活力的企业氛围，品味到中远海运的核心经营理念和企业价值观的丰厚底蕴……

而我作为公司众多船员中的一员，随着工作的深入和心态的不断调整，逐渐领略到船舶独有的魅力，并逐渐地被她所吸引。使我充分认识到一个航运企业能吸引住船员的，并不仅仅是它能提供怎样的福利待遇，而是它所蕴含的企业文化。只有这种文化才能有长久的生命力。这些打破了我以前刚上船时对船舶、对船员的一点儿片面认识。船舶不仅仅是航运的载体，船员也不仅仅是维修保养和值班的汉子，船舶一样可以成为一个风景优美、人文环境俱佳的场所；船员一样可以成为拥有航海科技知识、挥斥方遒的开拓人，我为能成为新时代的远洋船员而骄傲和自豪。

在这里，我开启了自己新的事业的旅程。与船员弟兄们谈笑之间，我了解到另一种生活的体验，看到身边船员们的一张张笑脸，终于明白，原来平凡的岗位也可以产生无数喜悦，每个寂静并伴随浪涛摇晃的夜晚，躺在床上，工作中让我感动的一幕幕像一幅幅浓墨重彩的油画在记忆中反复播映。弧光闪闪映照出一张张淳朴而又被海风吹黑的脸庞，那是劳动的颜色；粗壮且灵巧的双手诉说一件件工作的故事。的确，企业的大多数船员，都是默默无闻的普通人，没有惊人的业绩，没有耀眼的光环，平时也许不善言辞，从不认为自己能做出突出贡献，遵章守纪，落实体系，努力工作，非常平凡，也非常普通。但是就是在这些普通船员身上我感受到了一种敬业奉献的执着追求。企业的稳定、发展和壮大，归根结底是靠他们的，这些平凡之人才是企业真正的中流砥柱。当这些平凡人肩膀上的责任凝聚起来的时候，就汇集成了整个企业的责任，使企业的发展顺利稳定。感动在企业金字塔的底层，感动在真实中，感动在工作中。

入职公司以来，我注重把船舶的文化建设作为管理和宣传船舶工作的一大法宝，成为促进船舶安全生产的助推器。在服务的“嵩山海”轮、“远慧海”轮、“新旺海”轮、“中远亚丁”轮上分别创办了以“展示船舶形象，促进内部交流，培树船舶文化，凝聚团队力量”为主旨的船舶报纸《心海之窗》《远慧家园》《新旺风采》《亚丁家园》，通过刊载船舶内部事务、开展宣传教育、开辟文化活动、传递公司信息，加强业务培训，为全体船员共同参与船舶管理搭建和提供了载体，进一步增强了船员的团队凝聚力和向心力，不断促进船舶整体管理水平的提升。同时在文化建设上还本着贴近船员、贴近船舶、贴近安全生产运营的要求，构建了以船舶局域网、闭路电视网、SETT系统培训网、手机微信网、船舶报纸为主体的“四网一报”的船舶文化格局，使其形成船舶特有的文化立体传播平台，在进一步丰富和完善船舶文化载体中实现文化落地。也正是在这样的宣传发动下，全体船员始终能够以饱满的工作热情投入到船舶安全生产运营中，以良好的敬业精神，换来船舶建设的日新月异。

我在日常工作中十分注重自身形象的塑造，以人格的力量影响人、以务实的作风带动人。“把船舶当家庭来建，把工作当事业来干，把船员当兄弟来看”作为自身履职尽责的人生信条，用“有所建树的事业心、勇挑重担的责任心、不计名利的平常心”来衡量自身价值的取向，树牢扎根船舶，兢兢业业干好工作的思想基础。时时、处处、事事严格要求自己，要求船员做到的，自己先做到，始终坚持秉公办事，以身作则。坚持用共产党员的风范、用人格的力量来感染船员。在完成本职业务工作的同时，充分发挥政委的模范带头作用，全身心地投入到船舶维修保养工作中，冲锋在维修保养工作的第一线，和全船弟兄们摸爬滚打在一起，调动了船员们的工作热情，激发了船员们的工作潜能。

去年休假期间，我担任船员部休假党支部书记，工作中紧紧围绕船舶党支部“三会一课”，进一步拓展思路，在找准切入点、创新活动载体、贴近休假党员实际等方面下功夫，充分发挥微信平台的功能，积极运用现代新媒体，制作微党课、微信公众网页等，提高党员教育管理质量，使党建工作插上新媒体的翅膀，注重把“线上互动、线下活动”抓实抓活，极大地调动党员参与的积极性，使休假支部工作有突破、有创新、有成效。

为积极适应支持、投身集团公司船员管理体制改革大局，服从和服务于岗位工作需要，2017 年底，我从天津中远散货运输有限公司交流入职到上海远洋运输公司工作，在集装箱船“中远亚丁”轮上履职。工作中带领全船弟兄以公司领航船舶——“中远亚洲”轮为榜样，充分发挥全体船员的主人翁意识和人本精神，围绕安全生产运营工作，齐心协力规范船舶基础管理，着力推进“两个班组”、支部“五个贴合”和船舶文化建设，扎实开展“两学一做”常态化制度化学习教育，充分发挥党员团员的先锋模范作用，使上远船队 4250 船型中船况最差的一艘船进入先进行列，船舶整体管理水平和船员综合素质得到大幅提升。

多年的海上漂泊，见证了改革开放下公司船舶的发展和变化，见证了中国航运变大变强、提质增效的过程。改革开放以来，我们开的船越来越大，运的货越来越多，中国造船越来越强。在最初上船实习时，5 万多吨的散货船就是大船，可现在 15 万吨、18 万吨、20 万吨的大船随处可见，特别是今年我在上远集装箱船上工作时，公司 400 米长 /20000 箱位的集装箱船逐步交付运营于欧美航线。这些大船都是我们国家自己建造的。据说在改革开放前，我们大多是接收国外废弃的老破船运营，船况相当差，安全风险大。改革开放以来，随着我国产业不断升级转型，购买力升级，我们用上了自己建造的大船，并且船上装载的货物也随之发生变化，运送的货物也是种类繁多，配套设备设施也越来越精良。近年来，随着中国自贸区、“一带一路”建设的深入推进，这些货物不仅被大量运输到亚非拉国家，也被运输到欧美发达国家。从低端到高端，从部分到全球，改革让我们运送的中国制造成功升级为中国创造。

改革开放 40 年弹指一挥间，回顾公司和个人走过的历程，不得不感慨时光荏苒，岁月如梭。通过几年的在船工作经历，我深深体会到公司的发展与成长是我们船员的幸福，我们的企业养育了一代又一代的新型船员，用她温暖的胸怀让企业的员工越来越感受到这个大家庭的温暖。而我们每一位船员的努力都是公司前进的力量、成长的动力。同时公司也为我们提供了展现人生价值的机会，让我们的人生阅历得以丰富，让我们的人格得以锤炼。如果说公司是一个浓缩的社会，不如说公司是一个永恒的舞台，每个人都有着自己的角色。也许在前一场戏里你只是个背景，经过不断的努力你就可以在下一场戏中成为主角。作为远洋公司的一名船员，能和企业一起成长使我感到万分的荣幸和无比自豪。为了这平凡的岗位，为了这富有生命力的企业，我将继续奉献我的微薄之力，与我们的企业风雨同舟，共同走向更美好的明天！

文 张 金

喊一声政委最亲切

老船员都知道，二十几年前，上远公司号召“人学时国权，船学民河轮”，多少年过去了，虽世事沧桑，但精神常在。下面讲的却是那之前的一件事。

那是 1995 年，我刚结束大管轮考证，“聊城”轮的船长政委就建议公司将我调上了该船，说是要创当时管理二部第一条“华铜海”式船舶，所以我有幸做过时政委手下一兵。让我敬佩的是，他是一位除了做好本职外，还在其他很多工作上默默奉献的实干型劳模。其中的一次工作经历让我至今记忆犹新，感慨良多。

国庆节那天船在曼谷港，大部分人都下地去了。我值安全班，当时正好抢修结束了甲板设备一故障而往回走时，无意中抬头，猛然看到驾驶台后面高出的烟囱外窄道上站着一个人，吃力地在拖一根电焊线，看那特有的背影就准是我们的时政委。他人虽瘦小，但这时在我心目中的形象是那么的高大，感觉就是：

你到烟囱的边上，举手向天，你就像被接到云端里来了。

我在甲板的舷旁，紧闭双眼，我宛如被带到波浪上来了。

我赶紧上到假烟囱下，问：“政委，怎么不下地走走？今天您

作者与“聊城”轮政委时国权在一起

作者与“聊城”轮船长袁小宇在一起

在这儿又要焊什么?”

他露出那一贯的笑容，答：“这假烟囱烂穿了几个洞，早想焊了，今天我想来试试。”

站在烟囱壁中间，我扶着栏杆，身体犹如贴在悬崖上，衣服被风刮起，往下看让人有些目眩，心里却豁然开朗：

润物无声境常静，松老遇风韵长青。

会当凌顶众山小，越过峭壁独峰灵。

我见此由衷地请求：“这需要附钢板，有点儿难度，让我一起来，做些协助工作吧？”

时政委也乐得有个帮手：“好！”

几个月来，他白天找甲板破旧处补焊，晚上完成政委本职工作，每天精神饱满，从来热情不减。问他为什么有使不完的劲儿，他总是一笑：“要创‘华铜海’，作为政委，我感到责任很大。”实在的话，如清泉叮咚，似和风拂面，这真是：

白石清泉行胜言，和风时雨情赛辩。

青春斗浪梦无悔，责任压肩志更坚。

虽然我们对高空作业防护措施到位，但时政委还是不停提醒我注意安全，当心脚下和扶手。当焊补了一块钢板后看效果不错，准备焊第二块前，政委让我休息会儿，他去取样东西。我坐在地上，靠着烟囱壁看风景，日头虽已偏西但还是炎热难当，这时见一群海鸥在眼前飞过，伴着欢快的叫声。像每次在海上见到海鸥翱翔或海豚跳跃，仿佛这大海的精灵对我们欢乐迎送相伴、祝愿一路平安！恭贺点滴成功！这样身心就一下变得适意轻松。

回头见政委手上拿着几听可乐微笑着过来，我脑海中突然冒出一个名字来——啊！你是“海神的儿子”。

但见群鸥日日来，偶遇海豚对对越。

骏马跃洋海神佑，碧空蓝海任尔游。

高空圆弧部位烂穿处要附钢板烧焊，的确有些难度，但最后我们都成功地修补了，油漆一打几乎看不出明显的痕迹来，我们相视而笑——是小小的成功喜悦。

“华铜海”式船何尝不是无数小小的成功整改而创建，公司的辉煌何尝不是所有船岸职工辛勤汗水汇聚而成。涓涓溪水汇江河，江河满海方行舟。

从关心他人的一言一行，到艰难修理中的测量、取材、定位、分步烧焊，以及准备和收尾工作的细微处，让我看到，我们的时政委是一个安全第一、节能减排、意志坚强、先人后己的领头人，又是一位少说多干、废寝忘食、和颜悦色、体贴入微的普通人，这让我懂得那句歌词的真正含义：“哪个人都不会随随便便就成功！”

不遇艰难不知力，无非磨炼才成器。

谆谆教诲印脑海，从我做起记心里。

因为已近晚饭时分，政委得先漱洗一下，为国庆会餐稍做准备，最后的战场打扫就由我来完成，所以我也就来不及换衣服并被直接叫去餐厅一起干杯了。

盘餐国庆喜兼味，每逢佳节情加倍。

春风吹拂领航人，欲穷千里学前辈。

“聊城”轮争创第一条“华铜海”式船舶成功至今，一晃快要25年了。不久前在中远集运偶遇多年不见的老领导，其容颜未改，笑声依旧。我喊一声政委最亲切，握一下双手最感恩。

寒江孤影寻皓月，心守海魂盼紫霞。

天涯海角七千天，昨日偶遇人依旧。

我们的时政委，作为时代的烙印，船员的楷模，其精神曾照耀中远人很多年。如今人心浮躁， 但中远海运梦就在前方，而实干奉献精神好像风浪中巨轮的压舱石，能稳定航向；犹如黑夜中的一盏明灯，能照亮内心。

如今，自己做轮机长近二十年了，每每抬头仰望星空，常常远眺茫茫大海，我深感作为中远海运的一分子，虽时常忧心忡忡，但一路信心满满。

精神永辉如星辰，思想浩瀚比日升。
天高云淡任鸟飞，海阔水蓝凭鱼跃。
凤凰涅槃再展翅，火龙吐珠四海游。
真抓实干正能量，龙马精神创辉煌。

比尔·盖茨如是说："管理者行为是企业最好的制度"。作为船舶和公司管理者，首先讲奉献、接地气吧！

航标灯，静静屹立在高高的礁石，指引大船的航向——及时转向！

北斗星，默默高挂在幽幽的天空，定位人生的经纬——做好当下！

文 许国新

善意的“隐瞒”

到“临江”轮实习做政委半年多，刚回到家，却遭遇妻子的突然袭击：“你上船前有件 事瞒着我。”我心里一紧，看来，纸还是包不住火！

话还得从半年多前说起。

刚过完春节，初春的上海，春寒料峭。在北外滩的上海远洋公司的会议室里，却呈现出热气腾腾的气氛。负责人事干部的付经理和我们这些来自机关各处室的部分年轻干部促膝谈心。

原来，公司为了加强船舶政工队伍的建设，让年轻干部到基层锻炼，从机关选调 18 位年轻干部到船舶任政委。这天，公司领导特意把这些人召集在一起，征求一下意见，提点儿希望和要求，并告诉大家这两天把工作交接完后，就去船舶管理处报到，准备上船。

晚上，回到家里，我把公司召集我们开会的事向妻子讲了。“让乡下的奶奶和上海的外婆帮帮忙就可以了，你就放心去吧！”妻子是通情达理的人，尽管孩子尚小，她本人又在医院上班，家里需要人照顾，她还是非常支持。

公司的鼓励，妻子的理解和支持，自然使我对上船工作信心满满。

可是没想到，就在上船前夕，却给我来一个不大不小的“考验”。

考好小证后，我到管理处报到。孙处长热情地接待了我，考虑到我对船舶工作还不太熟悉，对我说：“你先到跑近航的‘临江’轮，跟老政委实习一下。他姓武，叫武德和，我已跟武政委打过招呼，这条船现在正在港区码头装货，明天下午开船到东南亚，最后停靠香港回上海。这几天你先把家里的事安排一下，下航次你就上船，明天上午开船前，你可以到船上先看看。”

第二天，我来到正在港区码头装货的“临江”轮。这是一艘只有几千吨位的小型杂货轮，看上去船龄不小，船体和设施也比较陈旧。我登上船，武政委已在舷梯口迎候着我。他中等个头，待人和蔼可亲，也是从部队转业到远洋的。向我简单介绍后，他带我到甲板、机舱、驾驶台，以及各个部门转了一圈，并让我看了他安排好准备住给我住的舱室。虽然船况较差，但有武政委这位好老师领我“进门”，我有信心。

上船“倒计时”开始。趁在家等待上船这几天，把家里该办的事办一办，并抓紧时间到公司办理上船手续。

在“临江”轮预定抵港的前两天的早上，妻子料理好早饭后，又忙着为我整理上船的衣物。我像往常一样，和女儿一边吃饭，一边打开电视看新闻。突然听到女儿惊叫：“爸爸，你看，有一条船被外国船撞沉了！”新闻报道称：我国一艘远洋货轮在香港港内锚泊时，被外国货轮撞沉。在晃过的沉船画面上，还依稀看到“临江”两个字。我的心“咯噔”一下紧了起来，不敢相信自己的眼睛。在里屋忙活的妻子忙问女儿“你喊么？”过两天就要上“临江”轮了，这件事要让妻子知道，她对我得有多担心？我急忙打个马虎眼说：“没什么！”。吃过饭，我依然像没事一样，拿起一只行李袋，去供应公司领服装。

第二天，我来到公司，孙处长用低沉的语气对我说：“杨政委，你不能上‘临江’了”。他把“临江”轮的情况简要介绍了一下，然后说：“我让调配科给安排了另外一条船，‘松城’轮，政委也姓武，名叫武家堂。”

从公司回来，妻子问我什么时候上船，我说：“‘临江’轮我不去了，公司给我换了一条船‘松城’轮，这条船回国不回上海，只靠大连，公司已给我订好机票，后天就去大连港上船。”妻子看了我一眼，笑着说“反正你的东西我经整理好了，你放心走就是了。”

过了两天，我去大连港，上了“松城”轮。从此，开始了我的远洋海员生活，这一干就是半年多。第二年过完春节，实习结束了，在正式担任船舶政委前，公司安排我回上海公休。

回到家里那天晚上，面对妻子准备的丰盛晚餐，我悄悄地贴近妻子的耳根说“老婆辛苦了！”妻子抿嘴一笑，面露狡黠而又神秘地说：“你上船前有件事还瞒着我”。

“啥事？”

“你去‘松城’轮前不是说要上‘临江’轮吗？”

见到妻子发问，我赶紧老实交代：“当时没跟你讲，我不是怕你担心吗？”

妻子嗔怪地说，“你小瞧人！”原来，妻子早已从公司朋友那里得知“临江”轮出事。“我假装不知道，是因为你上船后，你和船长下面还有十多个船员兄弟，船舶的安危系于一身，不能有任何闪失，为的是你上船后不必为家里人担心。”听了妻子的一番话，我高兴地对她说：“知我者贤妻也！”

文 杨 琦

去公司的路

我走过很多路，特别是去公司的路，仔细想想，其中的变化真不小。

二十多年前，从家去公司，首先要走小路到乡里，然后坐汽车到市里，最后乘火车到广州。到乡里的小路，其实并不是真正的路，从麦田里穿过，走的人多了，便成了路。雾天，那是两边花草挂满露水的路；雨天，那是一条泥泞的路；冬天，那是一个布满风雪的路；暑天，那是一段让人风尘仆仆的路。从乡里到市里，坐汽车、走公路，汽车站站停，不断上下旅客，感觉那是一段缓慢、拥挤的路。坐火车去广州，要提前买票等车，由于出门打工的人很多，经常没有座位，48 小时的旅程，人少蹲着，人多站着，累了就靠着，困了却不能躺着，记忆里那是一段让人疲惫的路。到了广州，在环市东路上，很远就看到“广州远洋”四个大字，感觉很气派，但是接待我们的办公地点，却是一个顺着斜坡而下的五层小楼。上船了，由于公司的船员较多，我被分到国内部，全套班子上其他公司的船，那是一条有 30 年船龄的船，到处锈迹斑斑，真是钢铁之船。

十多年前，在县城安家。从家去公司，直接坐快客到市里，买了卧铺，火车也提速了，全程不到24小时，中间再看看书、聊聊天、打打牌，那是一段轻松愉快的路。公司上市了，接待我们的办公地点也搬到主楼，空间比以前大多了，还有休息室，非常方便。上船了，是新成立的南方沥青公司的船，“江”字号，船小但很年轻，总体比以前好不少，只是每次装卸货时要开舱作业，甲板气味非常大，特别是平舱的时候，要站在舱口看液位，有点儿受不了。

现在去公司，从网上订票，由于在市里买了房子，从市里直接坐高铁就行，午发夕至，一路上看到好的风景，用手机拍个照，微信群里晒一下，那是让人感到享受的路。公司船员部也从环市东路搬到了江月路，在美丽的珠江畔，环境幽雅，内部装修和空间比以前更好更大。上船了，“江”字号到年限全部退役，现在都是“湾”字号，坐在货控室就可以操作，全部封舱作业，甲板上没有气味。听说沥青公司还要造新船，船队规模更大，船型更先进，市场前景更好。

二十多年过去了，国家在变，公司在变，去公司的路也在变。

经过二十多年，我从一名实习生，成长为一名大副，从农村走出来，进入城市，走的是一条进步之路。公司从广州远洋发展为上市公司中远航运，2016年中远中海强强联合，中远航运又更名为中远海运特运，走的是一条发展之路。这，也是国家近几十年来坚持改革开放走富强之路、复兴之路的缩影。

文 胡言普

不来梅旅馆的7天

衣羊船长没有休息很长时间，就被中威公司要求立即飞赴德国不来梅港，接替一艘灵便型散货船的船长，因为该船船长不适散货船的工作节奏，生病了。

那是在 2002 年的早春 3 月，衣羊匆忙调整好状态，不顾妻子噙着泪眼，对她说了声对不起，就准备行囊出发。

出发前，妻子为衣羊采购了许多塑料袋包装的四川涪陵榨菜丝，各类酱瓜和干香菇、金针菜和霉干菜。因为她听衣羊念叨，在长达几个月的外派船生活中，最为头痛的是很难购到有中国风味的伙食。

同行的是上海郊区的顾龙华船长，他第一次外派乘飞机远赴欧洲跟衣羊实习。同样，他的行囊中尽可能多地塞满了干货，鼓鼓囊囊的大包正好通过机场行李托运重量限定。

衣羊在新加坡挪威船舶管理公司办事处逗留了两天，就搭上飞赴德国法兰克福的航班，再转机到不来梅航班。经过近二十几个小时枯燥无味、上上下下的折腾，终于抵达了不来梅机场。来接机的是租船人代理指派的出租车司机，一位不会讲英语的当地中年人，在机场出口处高擎着写了衣羊英文名字的接机牌。

他们两人在硕大机场的众多出口处，费了好长时间才发现了出租车司机。那德国人一看是中国人，指了一下接机牌，再看了他们的护照，无言地提起行李，向一辆奔驰车走去。

一路上司机没有一句话，把他俩转的几乎分不出东南西北时，才在不来梅港口附近一个根本看不懂镇名的地方停了下来。

旅馆到了，司机打开后备厢把行李搁置在接待大厅后，让衣羊在一张发票上签了字后就一溜烟地开走了。旅馆受理台坐着一位非常美丽的德国姑娘，她一口比较纯正的英语终于使衣羊有了能够交流的机会。姑娘向衣羊出示了挪威船公司人事部经理刚刚发过来的英文传真，告诉衣羊，目前船舶在外面锚地抛锚，还没有进港计划。旅馆接到了挪威船公司人事部的指示，帮他们预定了一个星期的房间。

已经中午了，飞机上的早餐早就被消化殆尽，房间里的电视机频道上，播放着阿富汗战争的现场直播。

衣羊急匆匆地拿了房卡到餐厅。此时，他多想吃到一顿哪怕有一点儿中国味道或者是像家里早餐一样的泡饭加萝卜干之类的粗茶淡饭。可这家小镇旅馆，哪能会做中国菜？甚至他们还不知道China 在地球哪一角呢！翻开菜单从头浏览到尾，两版纸上就是这几样菜名：切片面包、牛排、烤明虾、洋葱茄汁汤，炸猪排、炸鱼排、沙拉拌蔬菜等。衣羊立时没了食欲，凑合着与顾船长一起吃几片面包和一块血淋嗒滴的牛排，喝一点儿可乐充当调味。看着大瓷盘里剩下的炸猪排，衣羊想起了浓汁浓味的上海菜。

晚餐重复了中午的菜谱。晚上，衣羊总觉得对不起自己的肚子，没有热水也没法泡一杯花茶，只好把晚餐时带到房间的一个青苹果吞到嘴里，填充一点儿微微饥饿的肚子。

第二天早晨，两人走入餐厅，盼望能有一顿丰盛的早餐。餐厅里人气十分旺盛，自助餐台上四周都是甜点、切片面包、各类面包、奶油蛋糕、白煮鸡蛋、翠绿的生甜椒丝、洒满绵白糖的片状番茄、生菜、生菠菜、果品沙拉，还有苹果、梨子、樱桃等水果。咖啡、牛奶随用。就是没有酱菜、酱油之类的调味品。但是吃的欲望战胜了失望。他们两人饕餮一顿，切片面包加蛋糕伴牛奶，再冲一杯奶咖，白煮鸡蛋沾了一点儿细盐，把摆饰在大盘中的蔬菜都扒拉到盆子里，再掺上有点儿咸味的调料就狼吞虎咽一番。饿极了，大概什么都可以吞到肚子里。

他们还是无法忍受午餐，一盆炒饭闪着油光、掺和了香肠碎粒，硬邦邦、干乎乎难吞难咽。衣羊叫了一杯哈利肯啤酒，闭了眼睛如同食肉动物一样，撕了一块还是血迹斑斑的牛排，用舌头搅拌着吞入肚子，总算又完成了一餐。

北海开敞式的锚地西北风呼啸，使刚刚想松一口气的在船船长又抽紧了神经，空空的船舶在大风浪中左右摇晃 40 度，连抛了几次锚，都被大风吹得走锚。他们正在不来梅港外锚地与冬季大风抗争，而衣羊和顾船长在旅馆却为了每日三餐犯愁。

“喂，衣羊船长下去吃饭了。”顾船长打电话到衣羊房间。

“好吧，我拿一点儿榨菜丝下来。” 衣羊突然想到在家里还带了这么些东西。

衣羊把榨菜摊在餐盘上，用了叉子和刀子学着德国人就餐的样子拨弄着送到口中。

几位服务小姐见到他们的“美食”都掩口笑。经过每天的接触，熟了，就谈起来。

“我们不喜欢西餐味道，如果每天对三餐皱眉头，我们就失去了快乐，觉得时间很长。”衣羊指着榨菜丝：“小姐，你能不能叫大师傅拿几个鸡蛋出来，再给两只 Tomato 如何？用我的东西一起做个汤，另外，炒一点儿米饭？”

服务小姐叫出大师傅，大师傅表示不会做。

“不会做？OK，能不能到你厨房里，我们做给你看。”衣羊望着不懂英文的大师傅对服务小姐讲。

小姐对大师傅咕噜几句，随后领他们进去了。

两人进去后，衣羊一看，厨房里主要调料是盐、味精、精制沙拉油。衣羊发现还有几根青葱和一些淀粉。于是由衣羊亲自操刀制作一锅番茄蛋花汤。

德国大师傅在旁边看着，他也想学做一道中国菜。

衣羊拿一只锅放水炖在电炉上，拿了两个鸡蛋，把它们敲碎，在碗里搅匀备用，等水煮沸。

衣羊把番茄切块放在炒锅里用适量食油旺火急炒，水开后，拿出一包榨菜丝，随同炒熟的番茄一起倒入锅里。水再沸后，放少许盐、味精，滴入一些色拉油，最后倒入鸡蛋，用勺子均匀调和，一分钟后起锅，撒上葱花。一大盆色、香、味俱全的番茄蛋汤呈现在德国大师傅面前，蛋花嫩嫩的。惊讶的德国大师傅跷起大拇指：“Very good。”

衣羊和顾船长两人美美地吃上了一顿地道的中国风味的番茄蛋汤。

这天晚上他们还想“故伎重演”，但是大师傅把他们拦在门外，要衣羊拿出榨菜丝给他，让他做一顿“中国菜”。

衣羊也不强求，给了大师傅一包榨菜丝，他们叫了啤酒，等待大师傅的好汤。

十分钟后，大师傅得意地端来了中西合璧的番茄蛋汤，不过蛋花已经过老了。

“Very good！”顾船长还是跷起大拇指表扬了他，乐得他“OK，OK”声不断。

作者在不来梅旅馆前留影

衣羊和顾船长从旅馆出发，开始游览这个城市。这个城市的街道很清洁，出了门不远就是一个很大的街头公园，成群的野鸭和一对对鸳鸯在湖中悠闲地觅食，湖边游人观赏着大自然的和谐一幕，路旁的白杨树枝还没有苞芽，草地上已经有了春天信息，城市的空气特别清新。

街头雕塑和周围环境组成了十分协调的艺术气氛，不远处还有几家中国餐馆。他们经过餐馆内中国人的指点到了公共汽车站，搭上了到不来梅市中心的有轨电车。

这电车式样与衣羊和顾船长小时候在上海滩上见到的不一样，也与现在唯一有有轨电车的海滨城市大连不一样，没有叮当、叮当的声音，也没有车轮与铁轨强烈的摩擦声。他们见到整个不来梅城市许多地方笼罩在电网下面，电车上单个辫子时不时在接头处闪烁一道微弱的银光，尤其是在昏暗的光线下，更是如同闪电一样的电火花。

不到 15 分钟，他们就到了不来梅一个非常古老的火车站。广场上卖艺的一对漂亮的蓝眼睛黄头发小夫妻，他们在人高马大的德国人群中显得十分矮小。他们把婴孩放在旁边手推车里，背后商店林立，成了一道天然背景。男的怀抱大提琴，女的穿了一双足足垫高十厘米的松糕厚鞋，托起小提琴拉起了悠扬的乐曲，一曲终，两人如同在舞台上一样，做了优雅的谢幕动作，博得了在场一片掌声。随后小提琴盒中响起了硬币撞击声，一曲又一曲听得衣羊和顾船长有点流连忘返。衣羊和顾船长在小提琴盒里各扔了一美元纸币，那小伙子跑过来与向他们表示谢意。

周围都是金黄色长丝在飘逸和双双蓝眼睛在注视衣羊和顾船长，他们在当时的卖唱现场是唯一的中国人。

在候车室走道的长廊里都是一个个小商品摊位，类似于上海人民广场下的地下商场。那里他们碰到了一群正在摊位上打工的中国留学生，男女都有，年龄都在 20 岁左右，都是自费留学生。那些小辈们见到衣羊说上海话，马上用好奇的目光与他们对视着，一打听留学生也是“阿拉上海人”。

小伙子、姑娘们以为衣羊是商务旅游者。衣羊说：“是海员。”

他们马上兴奋了：“是不是集装箱班轮航线？如果你们常来的话是否能够为我们带一些东西来，这里的中国商品很好卖。”

这些留学生把上海人的精明又在外国求学的时候体现出来了，他们综合了中外商人头脑，想紧紧抓住可能的机会，以便在德国发展。

他们走到了一条正在滚滚奔流的不知名的大河，河边停了几艘古色古香、好像是 18 世纪的战船，那些风帆似乎还散发了当年远征的硝烟气味，岸边的大教堂台阶上青苔蔓蔓，直插云端的十字架如同弩张的箭矢，与战船一样呈现了日耳曼帝国的昨天。而河边的走道上摆满了地摊，就是所谓的跳蚤市场，出售一些旅游小商品和旧货，熙熙攘攘的人群在祥和的气氛下讨价还价。

最为称奇的是一位当地人正在用四角网在河内网鱼，其样子如同上海黄浦江边上网鱼者。不过依衣羊所见，他的四角网做得没有上海的精致，其网骨不是翠竹而是不锈钢弯成的四角，好像把圆形的网勉强地支撑成的，还用葫芦（滑车）连接一副架子当作起网绞缆机。因为好奇，衣羊走到了打鱼人旁边，见到他的容器里有不少鲫鱼、白水鱼。见景，衣羊感觉仿佛回到小时候和父亲在黄浦江边木排上张起四角网打鱼的情景。当顾船长催衣羊回去时，衣羊才回神，惊觉这不是家乡黄浦江畔。

他们又游荡到教堂下面的农贸市场，径直到了蔬菜摊，挑选了长杆甘蓝菜和菠菜，价格虽然贵一点儿，想到能够补偿西菜的不合口味，衣羊也就掏出了腰包，购买了少许。

回到旅馆餐厅，晚餐已近结束了，衣羊和受理台小姐商量后，决定自己做几个菜。他拿出早餐时和顾船长从自助餐中偷偷带出的青椒丝、蘑菇片、生菜叶子，到厨房当着大厨的面开始了叮当叮当炒菜声。衣羊先在电炉灶上做了一个勾了芡的甘蓝菜炒蘑菇，然后做了一道青椒炒肉丝、清炒菠菜，如法再加工了一只榨菜番茄蛋花汤。

这些菜的调料都十分简单，衣羊没有菜料和佐料做那些更复杂的拿手好菜。

蓝眼睛大师傅连连评价菜味：Very delicious，but smoking no good！（很美味但油烟太大！）大师傅不可思议地说："每炒一个菜都是油烟袅袅。"

衣羊听了哈哈大笑：This is Chinese style of dish！（这是我们最为家常的菜！）

那小姐弄不懂了："Sir，I do not believe you are a captain！But a cook！"（先生，我绝不相信你是一位船长，而是一位厨师！）

衣羊用英语说："在中国上海，每一位男人都会做菜。我们是船长！不信你可以查阅登记卡。"

小姐眼里迷漫着惊讶的光芒，仿佛在嘀咕："中国船长能下厨房做菜，不可思议！"

衣羊叫了两大杯啤酒尽情地喝了起来。

这是衣羊在不来梅旅馆最顺畅的一顿晚餐。

转眼船靠码头了，服务台接到代理通知明天派出租车接衣羊和顾船长上船。

迎接他们的将是大西洋上的风浪？衣羊不信。

不来梅上空还是飘着阴霾的乌云，淅淅沥沥的雨飘在身上有点儿寒意。衣羊深信这是催生大地春意的雨露，也是人类走向和平的春天，或许明天就是一个艳阳天。

旅馆日子过去了，这 7 天也是阿富汗战争最为迷茫的日子。

那天，衣羊在驾驶台望着住了七天的不来梅旅馆，它渐渐消失在衣羊的视线中。

 胡月祥

见证巨变40年

2016 年是中国改革开放第一个 40 年。当年在没有前人经验可寻的历史背景下，改革开放的先行者运用“发展就是硬道理”的智慧突出重围，改革开放以其强大的生命力，让古老的中华大地焕发出青春魅力，让寻求发展出路的中国发生了翻天覆地的变化。作为一个亲历改革开放 40 年的小市民，我以所见所闻所行，感受时代的巨变。

1978 年，是改革开放元年。那时，广州二级工每月工资是 46.6 元，对等的干部岗位月工资是 45.5 元。记得 1977 年春节前，国务院发文给全国每个职工发 10 元奖金过年，这 10 元钱，在当时对市民是多大的安慰啊！而 2016 年，如果未退休，月工资至少是当年的 200 倍；如果拿的是退休金，也是 1978 年工资的 100 倍以上。也就是说，改革开放四十年，我们职工的收入是当年的 100~200 倍。

1983 年前后，我们远洋人算是第一批分享到了改革开放的红利。我们吃到了“四旧”的蛋糕——旧电视、旧冰箱、旧洗衣机、旧摩托车，在日本西欧旧货市场买的。当时还感觉挺美的，因为当时穷啊、落后啊。

1985 年前后，媒体上开始见到“万元户”的报道。市场活了，老百姓的收入也跟着提高了，两口子省吃俭用攒一年半载也能买个新彩电。但真的买台彩电也不容易，当时中国造不出来，没法子，1680 元一台 16 英寸日立彩电，还得先付款向日本订货，真是养肥了日本电视机厂。40 年后的今天，中国自主品牌推陈出新，家家户户的家电基本上是清一色的国产货，各种尺寸、各种牌子的 OLED 大屏幕彩色电视机应有尽有，想什么时候买就什么时候买，不愁商场没货，不愁钱包羞涩，这就是改革开放带来的翻天覆地的变化。

20 世纪 70 年代我骑自行车上班，80 年代、90 年代我开摩托车上班，21 世纪初我开私家车上班，这就是改革开放带来的巨变！

20 世纪 70 年代我住集体宿舍，80 年代、90 年代我住公司分配的后称“房改房”，2008 年我住商品房，这就是改革开放提高人民生活水平的见证！

改革开放初期，工资待遇低，人人都是为了日求三餐夜求一宿，哪有多余的钱去做其他事情呢。今时不同往日，经过 40 年的韬光养晦，中国以坚韧不拔的精神，发奋图强，打出了世界第二大经济体的天地，国人的生活水平和国际地位大大提高。国内的著名景区哪个不是人头涌动？外国的著名景点哪里没有中国人的身影？本人退休快 10 年了，游历了祖国名山大川，还去日本看樱花，去澳洲看大堡礁，去巴黎看埃菲尔铁塔，去英国观摩神秘的巨石阵，去丹麦游览安徒生的故乡，去美国见识黄石公园，去俄罗斯参观夏宫，去迪拜在帆船酒店品尝中式早餐……周游列国续写我们美好快乐的人生，这都是改革开放成就辉煌的最好见证。

旅游既长见识又长志气。当我在加拿大千岛湖游轮上听到用普通话播送的解说时，顿感骄傲、脸上有光。我在瑞典的议会大厅偶遇其工作人员，当她问知我是中国人，竖起大拇指表示“欢迎”；

我在挪威的公园，被一群热情的中学生要求合影，离别他们挥手齐声喊“再见，中国朋友！”当时我心里充满了自豪和喜悦，这一幕不时地在我脑海里播放，它见证了改革开放的中国正受到世界瞩目，国际地位正在提高。

可以想见，第二个改革开放 40 年后，我们祖国会更加强盛！

文 张礼祥

2010年的温暖回忆

踏着瑞雪，2011 年已飘然而至。回首早已跨过的 2010 年，作为一名船员家属，真可谓百感交集。

2010 年的中秋之夜，老公在拉各斯港进行安保巡逻时遭遇试图登轮盗窃的强盗的袭击，左眼及左腿受到重创。所幸老公得到了及时救治。受伤半个小时后，船员与代理即把老公送到当地医院进行救治。公司得悉伤情，考虑到当地的医疗条件较差，马上做出安排回国治疗的决定；飞抵广州当晚直接住进了眼科医院，次日便做了眼部手术，在确认腿部骨折后即被安排到中山一院接受手术治疗。

我在得知老公受伤的消息后，匆忙中安排好工作和家事，怀着万分焦急的心情赶赴广州。

虽然我们遭遇了不幸，却也因为公司及船员朋友们的关爱而倍感温暖。老公住院期间，广远公司工会，公司高管，船管部、船员部等有关领导在百忙之中抽出时间前来探望，中远集团航安部石总也代表中远集团过来慰问。船员部领导通过各种渠道联系医院和医生，综合处、船员二处每天派人跟踪、了解老公的治疗进展，即便在国庆长假期间也如此。在生活上给予关心和帮助，在精神上给予信心与鼓励。出院在家疗伤期间，公司人员经常电话慰问。来穗给眼睛拆线期间，时逢公司年终大忙，公司领导特地安排有关人员来看望我们，并陪同到医院。点点滴滴，见证着公司以人为本、关爱船员、生命至上的理念。

在穗期间，曾经的许多感动一直铭记我心，难以忘却。怎能忘记，当我得知老公受伤回国而打点行装准备探望时，出差在外的老公的同窗好友听到消息第一时间打来慰问电话；怎能忘记，一些家住广州的在船船友专门委托家属过来探望，捎来慰问品，连6年前与我有过一面之缘的同船海嫂也携夫来了；怎能忘记，机关同事、曾经的船友百忙之中多次给我们煲汤、做可口的饺子；怎能忘记，许多相识的船员弟兄不停息的电话慰问，询问伤情；又怎能忘记，来穗复诊期间公司和朋友们所给予的关照与盛情款待……所有的所有，让家住外地的我们实实在在地感受到了朋友的关爱、公司的温暖。

虽说2010年经历的伤痛让我们有所遗憾，但也收获了真情和感动。展望2011，我有着更多的祈盼和愿望：

2011年，我期望过着安安稳稳的日子，生活多一丝平淡，少一些波澜。岁月静好，生活依旧。愿老公早日康复，不再受伤痛的折磨，让他按部就班地工作、休息。我要扮好自己的角色，承担家庭的重任，让老公在外安心工作，在家享受天伦之乐，让我们的家庭充满欢声笑语，其乐融融。愿孩子健康成长，学习进步；愿家中的老人身体健康，安享晚年。

2011年，我心将依然存满感恩，并奉上诚挚的祝福。感恩在2010年那段伤痛的日子里，关爱陪伴我们走过的领导、同事、朋友、同学……那一声声问候，一句句安慰，时时缭绕耳边，温暖心头。愿友情长存，友谊天长地久，愿好人一生平安，快乐永相随！

2011年，我祈盼能彻底铲除海盗，还海上之安宁，予世界之太平，让我们的船员兄弟不再受海盗的袭扰，能腾出更多的精力安于船上工作，让我们的海嫂不再担惊受怕，全力支持丈夫工作，在家当好贤内助，让船员兄弟开开心心上船去，平平安安回家来！

2011 年，愿公司更强更大，发展更上一层楼。今年是广远公司成立 50 周年的大喜之年，祝愿公司红红火火，蒸蒸日上，公司上下携手并肩，团结一致，继续搞好安全生产，争创效益，再铸辉煌，为公司 50 周年大庆送上一份厚礼！

文 庞 欣

今天的被子是什么颜色？

“书柜上的书都整齐有序排列着，桌上放着一个绿色透明玻璃的花瓶，花瓶上插着五朵百合和一朵玫瑰，整个屋子弥漫着花的香气，电视柜上摆放着一对乳白色的长颈鹿彼此深情的凝望着，眼神里都是爱的味道，一个扎着马尾的小姑娘正在边整理床单边回头问道：“你知道我今天给被子换了什么颜色吗？……”

叮铃铃，叮铃铃，叮铃铃……闹钟响了。

睁开眼睛的那一刻，阳光有点儿刺眼，觉得整个人晕头转向的，趴在桌子上的姿势都没有变，忘记昨晚是怎么睡着的，只觉得背和脖子麻麻的、一阵一阵痛，强忍着支撑起身子，直起腰。拿起手机看了一下，电量还有5%，拿起充电器熟练地给手机插上插头，伸个懒腰，拿着漱口杯和牙膏到一楼卫生间，看着镜子中的自己居然有点儿陌生。

用另外一部手机看了一眼，现在是北京时间早上7：00，街上人不多，在街角看到有一个卖早餐的餐车，餐车旁边摆放着一张桌子和几个小塑料凳，一位五十岁左右的中年妇女正在招呼前来买早餐的客人。

看到我走过来，她笑盈盈地说：“小伙子，想要买点什么？”

我用语音回了一条朋友的微信，抬头说道：“买一碗皮蛋瘦肉粥，一个鸡蛋。”

“你也是贵州人么？”中年妇女问。

“嗯嗯，您怎么知道的？”我满脸惊讶。

“你刚刚发语音。”中年妇女笑道。

“哦，对。”我摸摸脑袋不好意思地笑道。

我坐下来边吃早餐边和阿姨闲聊起来，原来阿姨的儿子在这边做海警，她一个人在没有事情做，但她又是一个闲不住的人，所以就卖起了早点，这样既可以挣钱养家又可以充实自己的生活，她儿子平时工作忙，很少回家，上次见他还是半年前，我问她为什么要来防城港呢？她说只是想离儿子近一点儿，在他想见自己的时候能够见到。我突然感觉眼圈一红，想起之前母亲跟我说的话，“儿子，你工作辛苦吗？我听说做船代的要经常加班，有按时吃饭吗？实在不行我就过去……”

正吃着碗里的粥，阿姨温柔地问道：“这里有我自制的萝卜干和辣椒酱，你要不要尝一下？我儿子最喜欢吃我做的辣椒酱了。”

我连忙起身说：“谢谢，我妈妈也喜欢自己做辣椒酱。”

阿姨似乎听出了一些不对劲，然后连声安慰道：“小伙子，以后你要是没吃早餐，就过来我这里，我给你备好辣椒酱。”我苦笑着连连点头。

走到公司楼下，在一楼打卡机刷脸打卡，遇到一些同事，礼貌地和他们一一打招呼，走到办公室同事们都开始忙碌起来，这时电话响了，我接起电话：“Good morning ,penavico ,may I help you……”我熟练地拿起笔，在笔记本上记录船名、航次、吨数各种信息，打开船期表，看一下到港时间，跟客户仔细核对……忙忙碌碌的一个上午，居然连喝口水的时间都没有抽出来。

下午，船公司的李总，从上海坐飞机到南宁，领导派我去接一下，我开着公司的商务车，从防城港出发去南宁，本来晴空万里的天空，突然变得灰暗，一大片一大片的乌云飘过来，不一会儿居然下起了暴雨，心里想着自己淋着雨没有关系，但是让客户淋雨就不好了，看看手表，时间还充裕，于是绕道去超市买了一把雨伞。到达南宁的时候，停车去接李总，我撑着伞走在李总左边，李总突然转过头来，笑着对我说："你淋雨了吧？"

"啊？"我满脸疑惑。

"你看你衣服都湿了，雨伞也是刚去买的吧？标签都还没有来得及拆……"

我不好意思地摸摸头，"是的，李总，我出门的时候还是好天气。"

李总满意地笑了笑，"真是一个细心的小伙子啊。"

回到办公室的时候，同事们都开始收拾东西下班了，领导叫我到办公室问我，"今天晚上有事吗？今天晚上刚好有一条船靠港……"。

"我……"停顿了一分钟，"今天晚上我没事，可以加班。"我大声说道。

"好，那今晚你辛苦一下。"领导欣慰地看着我，拍拍我的肩膀，出去了。

晚上八点，女朋友来电话。

"喂，你今天晚上有空吗？"女朋友温柔地问道。

"今晚吗？"

"嗯，我期待很久的那部电影今晚上映，可以陪我去看电影吗？"

"今天晚上不行，我要加班。"

"加班，加班，天天就知道加班，人家的男朋友不是请吃饭就是送鲜花的，你倒好，连陪我的时间都没有，既然这样还不如分手算了……”

话还没有说完，就听见，“砰”的一声电话断了。

“唉……”我长叹一口气，这是我的第三个女朋友了，之前两个都是因为工作忙没时间陪她们分手了。

晚上十点，同事小周打电话过来，说有个船员生病了，他在家照顾他发烧的女儿一时半会儿走不开，问我可以带船员去医院吗？今晚靠岸的那条大船，要在凌晨才能靠岸，想想还有时间，于是就答应小周我带船员去看病，让他专心在家照顾小孩。

带船员看完病回到办公室，已经是晚上十一点了，坐在空荡荡的办公室，想着自己从学校毕业来到遥远的防城港，一待就是三年，这三年时间回家的次数单手可以数得过来，人们说有梦想的人是不孤独的，思绪一下回到了三年前。

那是一个夏天的夜晚，我和父亲坐在海边，看着大海，父亲沉默了，那晚的星星很少，但是月亮却格外的明亮，过了许久，父亲才说：“人生活的世界好比一只船在大海中航行，最重要的是辨清前进的方向。”我静静听着父亲的话，然后望着远方，“心中有梦想哪里都是舞台”自己心里暗暗地说道，曾经迷茫的心，在这一刻坚定了，我要扎根在这里，因为梦想、因为抱负、因为热爱。

三年来，我跑了无数条船。经常和船员们聊天，听着他们讲着那些惊险的故事，那些传奇一样的人生，和大海共处的那些日子，他们就像是大海的孩子，每天听着父亲的教导，听着有时慈祥有时温柔、有时严厉有时暴躁的声音。我也见惯了那些船员刚刚上岸时，走路都走不稳的滑稽样，走到街上逛商场时的兴奋样，在异乡见到同乡人时的感动样。人生百态，有些事情只有经历过才懂。

“叮铃铃……”桌上的电话响了，电话是 Sony 打来的，他表达了对我们公司的认可，表扬我们的服务是最好的。挂了电话，我思绪万千，我觉得只要得到客户的肯定，所有的付出都是值得的。

今晚靠岸的那条大船，要在凌晨才能靠岸，我定好闹钟，想想自己已经好多天没有回家了，于是拿着手机更新了一条心情，自嘲道 “都不知道今天的被子是什么颜色”。

喝了半杯水，打算小睡一会儿，突然手机连续响了两下，一条是母亲发过来的图片，是一张家里我房间的被子的照片，大红色的被子上面赫然缝着一个囍字；另外一条是女朋友发过来的，也是一张被子的图片，是一条天蓝色的被子，上面有一幅扬帆远航的图案，看着短信，我的眼睛湿润了，突然觉得所有的辛苦都是值得的。

文 姚婉露

“China good”

我是一名远洋船员，许多年的航海生涯，经历了中国从原材料到钢结构，到风电，到动车，再到“华龙一号”核电设备的出口，看到了一个个和中国关系密切的国家日渐昌盛，确实由衷地感觉到我们的祖国正在一步步强大，并且用她的勤劳、智慧与善良影响着世界上的所有人。

第一次踏上国外的土地是叙利亚。记得那里算不上富裕，人们都在自家门前撑个小桌，几个人围在一起聊天喝茶，小孩子们在周围嬉戏打闹，每个人都很友好，看到我们都很开心地跟我们打招呼，显得安逸祥和。这两年，不断看到那里战乱的新闻报道，几百万的难民逃亡欧洲，电视上的他们瘦弱、惊恐，让我有一种错觉，似乎这些人里就有我曾经见到过的围着桌子喝茶聊天、亲切地跟我们打招呼的人们。我们并非生活在一个和平的年代，只是幸运地生活在一个和平的国家。

听一位老船员讲过这样一件事情。那是 20 世纪 90 年代，船靠马尼拉，他们一起下地逛街购物，到一个华人开的首饰店里看首饰，华人店员用蹩脚的普通话说，不要看了，你们大陆人买不起的。时过境迁，2008 年我有幸去了马尼拉，也下去逛了，同样看到很多家华人开的首饰店，遇到的却是另外一番情景：老板很热情地叫我们“老乡”，邀请我们到他店里看看。不同的时间，同一个地方，两相比较，变化是多么显著。

今年 8 月份，我们靠吉布提的新码头，远远看过去，感觉码头有点中国风。靠近一看，码头上全是振华重工制造的岸吊！后来一打听，这个码头是由中国招商局筹建的，目前仍然有很多国人在这边手把手教他们运营管理，甚至岸吊的操作，直到最后交给他们自己来运作。记得以前到吉布提，就一个老港，七八个泊位，码头简陋，当地人穿着也简陋，有的连鞋子都没有，打着赤脚有气无力地上船卸货。如今完全不一样，工头开着小皮卡驰骋在干净整洁的堆场和码头之间指挥卸货，船上的工人也穿着讲究、规范，个个神采奕奕，卸货有板有眼，速度也明显比以往快了。下到码头和一个理货的老人聊了一会儿，老人告诉我，中国人好，中国人给我们建新码头，当地好多人都有了正式工作，生活也好了。他竖起大拇指说：“China good！”

文 陈　潘

敖德萨港散记

1981 年初秋，我随中远天津远洋公司“衡山”轮从意大利热那亚港转运集装箱抵达乌克兰敖德萨港。

乌克兰共和国当时是苏联的加盟共和国之一。敖德萨是苏联的机器制造业中心，有机械制造、石油加工、木材加工、化学工业、食品工业和轻工业。

敖德萨具有“南方棕榈”的美称，是世界驰名的旅游和疗养胜地，市内有泥疗地，可以进行泥疗、盐水疗、海水与人造矿泉水浴疗以及海水浴、日光浴和空气浴等。

敖德萨是乌克兰最美丽的城市之一，德涅斯特河在此附近流入黑海，素有“黑海明珠”的称誉。城市建筑新颖而雄伟，风格迥异；旧城区的老房子有着不同风格的建筑，著名景点有：波将金纪念石阶、沃伦佐夫宫、波托茨基宫等，还有诗人亚历山大—普希金的旧居。

敖德萨是乌克兰著名的大学城，市内有敖德萨国立大学、敖德萨国立工业大学、敖德萨国立音乐学院、敖德萨国立食品工业大学、敖德萨国立气象学院、敖德萨国立农业学院、敖德萨国立海运学院等 14 所高等院校。我们参观了海运学院，其规模比我们的大连海运学院略小一点儿，校园的绿化和风景是极好的。我不禁遐想，我们中国人家的孩子若能到乌克兰敖德萨大学城留学深造，那是一个“不二”的好选择。

敖德萨港拥有常年不冻的天然深水海港，附近占地141公顷，有54个泊位，可停泊大型油轮和装运集装箱货物，年货物吞吐能力约4600万吨，年集装箱吞吐量为90万标准箱。它同世界60多个国家的200多个港口均有来往，担负着全苏联百分之五十的对外贸易货物的海运任务。

在这里的食品商店，实行的是定点、定时、定量地供售美国生产的可口可乐散装饮料。敖德萨的男女老少，有拿塑料袋的、有拿塑料桶的、也有拿炊具的，在初秋的阳光下，自觉地排队，有秩序地等候着购买饮料。队伍像一条五彩斑斓的长龙，足有近千米长。敖德萨外代介绍说：这里所有的饮料食品都是计划经济和计划供应的。由此，我不禁想到：一个国家、一个社会，是计划经济好，还是市场经济好？实践乃是检验真理的试金石与界定碑，横剖纵观世界上凡事凡物，总有一个比较，若无比较，就无压力；若无压力，就无动力；若无动力，就无进步。

美元在敖德萨是极受欢迎、极受青睐和极受追捧的硬通外币。在这里，一个美元，仅仅一个美元，官价可兑换2000多卢布，若在黑市则可兑换一万多卢布，可以使这里的出租车司机高高兴兴地拉着你满城区满大街转悠一整天，爱去哪儿就去哪儿，还可以免费给你当导游做讲解；午饭和晚餐时刻，他还大大咧咧地请你吃当地名吃，再配上一大海碗俄罗斯罗宋汤。

在我们中国海员中，总有一两个是天才物探。靠港期间，忽一日，记不清是哪位船员弟兄仅仅花两美元买回来一麻袋不锈钢盆，于是乎简直是“炸群”了，轰动全船。船员弟兄们一个又一个到厨房向大厨讨要空袋子、空纸箱，原先无人问津的各种各样的空袋子、空纸箱顷刻之间被一扫而光。船员弟兄们齐上阵去敖德萨市内的厨房用品一条街，买回了一袋又一袋、一箱又一箱的苏制不锈钢厨具和餐具。有手拎着的、有肩扛着的、也有两人抬着的，叮里哐当。

敖德萨港口码头上的工人自来熟，往往在上船做工之余，不请自到地去船员餐厅，甚至直接到船员房间，从怀里、靴子里、裤腰带上，变戏法似的拿出苏制的手表、望远镜、放大镜、空军皮夹克等，嘴里蹦着单一的英文单词“Change”，比画着手势，要求与中国船员以物易物。他们最需要的是上海产的人参蜂王浆、衬衫、夹克衫、羽绒服，还有北京产布鞋。老北京布鞋被老外称为“中国功夫鞋”，这一名字得益于中国香港的武打明星李小龙，他就是穿着这样的老北京布鞋，以他的特有“螳螂腿”功夫，扫遍天下全无敌，通过香港电影把中国功夫，顺便把北京布鞋，还捎带着把其他“Made in China”的中国特产推广到全世界。

文 王德章

图书在版编目(CIP)数据

回望初心:中国远洋海运与祖国同行70年故事集/中国远洋海运集团党组工作部编.—北京:人民交通出版社有限公司,2019.11

ISBN 978-7-114-16026-4

Ⅰ.①回…　Ⅱ.①中…　Ⅲ.①故事—作品集—中国—当代　Ⅳ.①I247.81

中国版本图书馆CIP数据核字(2019)第243601号

书　　名:**回望初心——中国远洋海运与祖国同行70年故事集**

编　　者:中国远洋海运集团党组工作部

责任编辑:杨　川

责任校对:龙　雪

责任印制:张　凯

出版发行:人民交通出版社股份有限公司

地　　址:(100011)北京市朝阳区安定门外外馆斜街3号

网　　址:http://www.chinasybook.com

销售电话:(010)64981400,59757915

总 经 销:北京交实文化发展有限公司

印　　刷:北京盛通印刷股份有限公司

开　　本:720×960　1/16

印　　张:40.25

字　　数:483千

插　　页:1

版　　次:2019年11月　第1版

印　　次:2019年11月　第1次印刷

书　　号:ISBN 978-7-114-16026-4

定　　价:180.00元